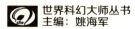

世界科幻大师丛书

主编：姚海军

KILN PEOPLE
陶偶

【美】大卫·布林◎著　夜潮音 邹运旗◎译

四川出版集团　四川科学技术出版社

KILN PEOPLE BY DAVID BRIN

Copyright: © 2002 BY DAVID BRIN

This edition arranged with RALPH M. VICINANZA, LTD

through Andrew Nurnberg Associates International Limited

图书在版编目(CIP)数据

陶 偶/[美]布 林 著；夜潮音 邹运旗 译.
– 成都：四川科学技术出版社， 2012.8
（世界科幻大师丛书）

ISBN 978 – 7 -5364-7459-8

Ⅰ.陶…　Ⅱ.①布…　②夜…　③邹…　Ⅲ.科学幻想小说-美国-现代

Ⅳ.I712.45

中国版本图书馆CIP数据核字(2012)第176840号

图进字：21-2009-53

世界科幻大师丛书

陶　偶

著　者	〔美〕大卫·布林
译　者	夜潮音　邹运旗
丛书主编	姚海军
责任编辑	宋　齐
封面绘画	刘军威
封面设计	漆　龙
版面设计	漆　龙
责任出版	邓一羽
出版发行	四川出版集团·四川科学技术出版社
	成都市三洞桥路12号　邮政编码：610031
成品尺寸	140mm×203mm
印　张	19.125
字　数	360千
插　页	2
印　刷	四川五洲彩印有限责任公司
版　次	2012年8月成都第一版
印　次	2012年8月成都第一次印刷
定　价	42.00元

ISBN 978—7-5364-7459-8

致中国读者

从大洋彼岸向中国读者致意!

我非常高兴地得知,《陶偶》很快将到达许多聪明好奇的中国读者手中。相信《科幻世界》一定会拿出一个出色的译本——很可能让它的英文原版相形见绌。

这本小说中的故事发生在近未来。那时,人人都能拥有一台"复制机",放在自己家中。这台机器吐出的不是纸张,而是用泥土塑造的你本人的副本,功能齐全,而且成本低廉。这些复制品可以行动、思考,但只有一天的有效期。一天终了时,它们必须把各自的记忆回传给肉身本体。想想看,这是多么有用……而且,多么危险。

这个点子其实源自西安的陶俑士兵。相传秦始皇的方士们能复制人的灵魂,并把它们铸进陶土。我所做的只是想指出,这样的事今后或许会变成现实。从过去吸取灵感以想象未来,这种做法再正常没有了。

从某个角度看,《陶偶》是一本侦探小说:奇案探秘,抽丝剥茧,层层推进。它还想传达一种观念:有的时候,某种新技术会猛然间改变所有现存的规则,而我们必须适应这一点。此外,这本小说还对人之为人的问题作了一番哲学探讨。它还是一本探险小说……一本好玩儿的书!

以上种种,综合起来不过是两种情绪:焦虑和兴奋。科幻小说最擅长同时抓住这两大要素。这并不意味着这种小说必定肤浅、愚蠢。最杰出的科幻小说探索的是我们所有人都有可能前往的未知之境,在我们前方摸索道路,进入笼罩在迷雾中的明天。

我在北京、成都和西安都做过关于科幻的报告。我的听众提出了许多精彩、聪颖的问题,它们都集中于未来和未来的改变。我的回答是,是的,科幻这一文类承认,改变是不可避免的。科幻关注这种可能性——孩子们长大成人以后,会成就他们的父母认定绝不可能的大事。这样的描述让许多人十分高兴,他们急于踏上这条改变、进步之路。

但也有人觉得不快。他们问我:"这样的改变对我们的先辈未免太过不恭了吧?认为孩子可能强于他们的父母,这种假设是不是有些不敬?"

我的回答是:"你盼望你的孩子比你聪明,比你强壮,更加成功,有更多机遇,对吗?你的先辈也正是这么想的,而且,他们做到了!为此,你感谢他们。这样的态度没有半点不敬。在人类进步的道路上,我们的先辈完成了一个奇迹:他们造就了我们!

"我无比敬重先辈的奋斗。面对贫困、无知和命运,他们奋起抗争。人类的伟大历程,半数都是这样的拼搏——只是一半。如果我们不能继承他们的事业,继续与命运奋战,我们就是背叛了我们的过去。

"我站在父辈的肩膀上,为的是让我的孩子能够站在我的肩上。我将毕生背负这一重担,并视之为幸福,直至永远。"

这也是科幻小说的核心价值之所在。正因为这样,我们讲述的故事才会不断有新的、美好的东西添加进来。

而这些东西绝不仅仅来自西方世界。

如果说,现代科幻小说诞生于法国和英国,在美国跨出摇篮,绽放青春,那么在中国,此时此地,它才真正开始改变人类的未来。它不再局限于一两个大洲,或某一种语言。用一位亚洲学者的话说,它"踏上了哥伦布的道路",通向整个星球上所有富于好奇心、冒险心,喜爱远眺未来的人的道路。

这是一条双向路,不是由西方到东方的单行道。我们中的许多人都明确表示,对西方人来说,抬起头来,关注东方的精彩故事,这是极其可贵的体验。在中国,才华横溢、信心十足、拥有无穷想象力的作家们将来自吴承恩的幻想传统与充满活力的现代想象结合起来,他们就像拥有神笔的马良一样,描绘了一幅幅富于技术想象力、类似赛伯空间的未来图景。这样的作家正在挑战我们,而我们最好赶紧应对。这里的我们,指的是所有的西方科幻作家。

总而言之,科幻已经成了一种新的语言,自成一派,飞越一切以国度划分的语言樊篱,比如英语、法语,或者中文。

科幻是一个世界,一个宇宙,由无穷的可能性所构成的宇宙。

大卫·布林
2012年7月

目 录
CONTENTS

第一部

再见！我得再一次煎熬于

这肆虐的内心之旅

——是坠入地狱还是保有激情肉体

……

但，当我焚毁于烈火

请赐我凤凰双翼

随我心意，翱于天际

——约翰·济慈

《欲重读<李尔王>》

1 | 绝佳的头颅配香槟

……星期一的绿色偶人带回了关于一条河的"温馨"记忆……

为生命奋战的时候,你没法温文尔雅。哪怕你这条性命不值一文。

哪怕你不过是一堆陶土。

不知哪里飞来的投掷物——我估计是块石头——"啪"的一声打在一步开外的砖墙上,碎片飞溅,溅了我一脸。附近没有任何掩体可以藏身,仅有一只塞得满满的垃圾桶。我一把抓过桶盖,挡在身前。

太及时了。另一枚投掷物正好打在盖子上,塑料桶盖立刻就被砸出个坑儿,要不然就该我的胸口倒霉了。

他们盯上我了。

这条小巷本来算是个好地方,可以让我藏一会儿喘口气,可没过多久,我就暴露了。巷子里阴冷漆黑,相比之下,连偶人的那点体温都显得十分突兀。贝塔的那帮子偶人不会在这个城区携带枪支——他们没这个胆子——但他们的弓弩上安装了红外线瞄准镜。

我必须逃离这漆黑之地。趁着弩手还在装弹,我举起手中的临时盾牌，一头冲向灯火通明的剧院广场。

这个举动相当冒险，因为广场上挤满了真人。他们有的在咖啡馆就餐，有的在高档剧院附近徘徊。情侣们手挽手，沿着码头散步，享受着河岸的微风。只有几个五颜六色的偶人是我的同类——大部分是侍者，站在遮阳伞下的桌子周围，服侍着肤色平淡乏味的真人们。

在这里，我是不受欢迎的。在此寻欢作乐的都是感官俱全的本体，他们正享受着长长的人生。不过，要是我还待在小巷里，跟踪而至的我的同类会把我剁成鱼食。所以，我还是决定冒个险。

真该死！人太多了！我一边想，一边尽量绕过人群穿过广场，希望不要撞到哪位闲逛的真人。虽然我一脸正经，好像确有什么完全正当的理由要到那边去，但我肯定像天鹅群中的鸭子一样引人瞩目——不只是因为我的肤色，这身撕得稀烂的纸制外衣已经够显眼了。话说回来，要是你也挥舞着一只凹凸不平的桶盖，一边跑路一边还要提防身后暗巷里的偷袭，你也别想举止优雅。

又一颗石弹狠狠打在塑料桶盖上。我回头一看，一个黄色的人影正低头给他的弓弩装弹。几个鬼鬼祟祟的家伙在阴影里盯着我，估计在讨论怎么才能抓到我。

我钻进人群密集处。他们总不会冒着打中真人的风险，继续开火吧？

来自远古的本能——自那人造就了我这具陶土之躯时就一同铭刻进我的体内——大声嚷嚷着：快逃吧！但我现在面临的是另一重危险——来自我周围这些高贵的自然人。所以我尽量展示出应有的标准礼仪，向一对对情侣鞠躬，让路，这些人是绝不屑于为区区一个偶人让开道路或放慢脚步的。

有那么一两分钟，情形看来还不错，让我怀抱着虚幻的希望：女人们正眼都不瞧我一眼，好像我根本不存在；大多数男人的疑惑盖过了对我的敌意。有一个小伙子居然满脸惊讶地为我让开一条路,好像我是个真人似的。我回报以微笑:将来有一天,我也会同样善待你的偶人,朋友。

不过,当我给下一个家伙让路时,对方就不那么友好了。他的胳膊肘狠狠捣了我一下,那双淡蓝的眼珠闪烁着寒光,挑衅地瞪着我。

我弯腰,鞠躬,同时讨好地挤出一个歉意的微笑。我一边给这位真人让路,一边强迫自己回想美好的记忆。想想早餐吧,艾伯特。散发着香气的咖啡,还有刚出炉的松饼。只要能熬过这个夜晚,就可以再次重温那些小小的快乐。

"我"肯定会再次享受到的。一个声音自心头响起,尽管享受的不是现在这具躯壳。

没错,我回答自己。但准确地说,那个"我"跟现在的我不完全是一回事。

我从这种老生常谈的存在主义话题中挣脱出来。说什么香气、松饼,我这种廉价的实用型消耗品其实并不具备味觉,此时此地的我没法理解那些概念。

终于,蓝眼珠耸耸肩,转身离开。紧接着的下一秒,一颗弹子打在我左脚边的路面上,蹦跳着掠过广场。

贝塔的偶人们肯定已经不顾一切了。我置身于真人市民中间,他们竟然也敢开火!众人四处环顾,有几对目光向我扫来。

回头想想,这个早晨从一开始就美妙得让人受不了。

我加快脚步。还有几米远就能穿过广场,但我被三个年轻人拦住了——三个打扮入时的年轻真人——故意拦住了我的去路。

"瞧见这头蠢骡子没有?"其中一个高个子说。另外一个,一身时髦的半透明皮肤,长着一双兔子眼一般的红眼睛,他伸出手指指着我,"嘿,你这偶人!急急忙忙想去投胎吗?你不会还指望着有来生吧？瞧你这一身破烂，回去了也没人要你。"

我知道自己这一身是什么德行。在我逃出来之前，贝塔狠狠修理了我一顿。我离咽气还剩下短短的一两个小时，原本完好的人造身躯已经出现了明显的酶衰变迹象。看着我拿在手中当盾牌的桶盖，那白化人哈哈大笑。他响亮地吸着气，鼻子一抽一抽的。

"太难闻了，就像一坨垃圾，让我倒胃口！嘿，也许我们应该投诉，你们说呢？"

"没错。怎么样啊，你这假货？"高个子斜着眼，"把你主人的代码交出来，叫他赔偿我们吐出来的饭！"

我举起一只手打算讲和，"别闹了，小伙子们。我要为我的原身处理紧急事务，必须马上回去。如果你们自己的偶人也受到这样的待遇，你们肯定也不会高兴吧？"

这三个家伙身后就是尤帕斯大街，我能看到大街上人来人往，听到车辆的喧器。我只想快点找个出租车站点，或者在卫护大街找一间警亭，付一点儿小费，请他们提供一间冷藏保管室，直到我的主人过来接我。

"哈，紧急事务？"高个子说，"如果你的主人还想要你这破烂家伙，我敢打赌，他肯定愿意付钱给我们，对吧？"

第三个年轻人，身材短粗，皮肤黝黑，头发粗硬，他倒是很同情我，"喂，别为难这可怜的绿家伙了。你们看他怪着急的，让他赶紧回家交差吧。要是我们耽误了他，他主人没准儿会来找我们的麻烦。"

他倒是通情达理，就连那白化人都有点动摇，似乎马上就要退开了。就在这时，躲在小巷里的贝塔弩手又开火了，我当盾牌的垃圾桶盖没挡住，弹子打中了我的大腿。

就算傻子和醉汉也知道，偶人的人造肉身也会感觉到疼痛。我的大腿疼得火烧火燎，不由自主地撞向白化人。他一把将我推开,气得大叫起来:"滚开,你这狗东西!你们都看见了吧?他竟敢碰我!"

"现在你该赔钱了吧?你这团臭泥巴!"高个子帮腔,"给我看看你的身份标签。"

我疼得发抖,但还是一瘸一拐地绕过去,让他站在我和小巷之间。这下跟踪我的人不敢再开火了,要不他们真的会打中真人的。

"你傻了吗?"我说,"没看见我中弹了吗?"

"那又怎样?"白化人的鼻孔翕动着,"我的偶人还总是被有机体斗士打坏呢。你见我抱怨过半句没有?更别提在这种地方找别扭了!快点给我看看你的身份标签!"

他伸出手,而我反射性地按住额头,那里植入了我的身份标签——一经要求,复制的傀偶必须向真人出示自己的标签。这起纠纷会让我付出代价……或者说,让我的主人付出代价。这二者之间本来没什么差别,但如果我不能在一个小时内赶回家,差别可就大了。

"那好,去找一位警察或仲裁官吧。"我一边回答,一边整理了一下松弛的人造皮肤,"看看要支付赔偿金的到底是谁,你们这些混蛋!我受够这场无聊的闹剧了,你们竟敢一再妨碍持有执照的调查员。那些冲我开火的家伙是罪犯……"

我瞥了一眼小巷中的人影。贝塔那些黄皮肤的偶人穿着笔挺的纸西装,摆出一副人畜无害的姿态,正穿行于漫步的真人中间,不时鞠躬,让路,像一群谦恭有礼的仆役,看起来毫不引人注意,但他们脚步匆忙,速度极快。

该死!我还从没见过贝塔会如此孤注一掷。

"……我脑子里的信息是解决一起重大案件的有力证据。你们想妨碍我?你们负得起这个责任吗?"

有两个年轻人畏缩了,他们被我唬住了。我继续施压,"要是你们敢阻挠我完成主人的托付,他会控告你们,你们要负法律责任!"

我们吸引了一大群围观者。他们可以阻止贝塔的人一小会儿,但时间仍然对我不利。

可叹的是,第三个无赖——就是一身半透明人造皮肤的那位——没被吓住。他拍了拍手腕上的显示屏。

"很好,我银行里的存款足够给这家伙放放血了。既然我们无论如何都得赔偿这偶人的主人,那干吗不找找乐子呢?来,放倒他!"

他抓住我的手臂,用力攥紧,结实的肌肉蛮力很足——真正的肌肉,可不是我这身贫血的仿制品。他捏得我很疼,但更让我痛心的是知道自己做过了火。如果我闭嘴不出声,他们或许已经放我一马了。要是我大脑中的数据丢失,贝塔就赢了。

这小子招摇地举起拳头,冲着人群炫耀,好像要一拳打断我的脖子。有人在小声嘀咕:"放过这可怜鬼吧!"但也有一些声音在不合时宜地煽风点火。

正在这时,"哗啦"一声响彻整个广场。声音非常大,围观者都循声望去。只见旁边的一家露天餐厅里,餐桌前的食客们纷纷跳开,躲避乱七八糟四处飞溅的酒水和碎玻璃——一个绿皮肤的侍者摔掉了手中的托盘。他一边连连道歉,一边忙不迭地用毛巾帮那些惊慌失措的顾客擦掉满身的玻璃碴儿。接着他滑倒了,捎带撞倒了一位气势汹汹的食客,他自己也结结实实摔了个屁墩儿。围观的人群爆发出一阵哄笑,连餐厅经理也跑了出来,他大声训斥着绿皮侍者,努力安抚那些湿淋淋的食客。

除了这个白化人,没人注意我,没了观众似乎让他大为光火。

绿皮侍者不知轻重,还在用那块湿漉漉的毛巾擦拭着真人们,结果让他们更加生气。但有那么一瞬间,那颗绿脑袋冲我瞟了一眼。他微微点了一下头,向我示意。

机不可失,快走。

用不着他提醒。我把空出来的那只手伸进口袋,抽出一张细长的卡片——看起来仅仅是一张标准的信用磁卡。不过我捏了一下,它的一道边便迸出银光,发出不祥的嗡嗡声。

白化人那桃红色的眼珠瞪了起来。偶人是不允许携带武器的,尤其是非法的武器——我这一套没能吓住他,他露出了恶狠狠的笑容。我知道这次遇上了一个难缠的家伙,一个赌徒。这种人喜欢冒险,而且软硬不吃,我有过这种经验。

他更加用力地攥紧了我的手臂。有胆就来啊!他瞪起的眼睛这么对我说。于是我满足了他。我用力砍下去,嘶嘶作响的刀刃轻而易举切开了皮肉。

顿时,我们之间的空气被剧痛与愤怒所充斥。是他的剧痛,还是我的?没错,他很愤怒,也很震惊——在那个瞬间,因为移情作用,我似乎与这个顽固的年轻亡命徒融为一体,我们俩同样体验到了那种年轻的愤怒,那种自尊心受伤的感觉,以及身为亿万人群中的孤独者的极度苦痛。

我只犹豫了一瞬间,一次心跳那么短暂——但它完全可能让我付出高昂的代价。他正要开口大叫,我迅速转身,夺路而逃,一头扎进喧闹的人群。身后的年轻人破口大骂,他手中还挥舞着一截血淋淋的断肢。

我的断肢,刚刚从身上切下来,还在他眼前一跳一跳地抽搐着。他终于畏缩了,一脸厌恶地把那只断手丢到地上。

我向后扫了一眼,看到了贝塔的两个黄色偶人。他们一边匆匆避开惊慌的真人们,有时还极不礼貌地把真人推到一旁,一边把弹丸压进手腕上的弓弩,准备随时向我开火。在这片混乱中,他们已经不用担心被人看见,或是因为冒犯公民而被惩罚了。他们一心想要阻止我,不让我把情报送回去。

不让我即将分解的大脑中的情报泄露出去。

现在的我一定十分狼狈,脚步跟跟跄跄,一身破衣烂衫,一只断手还在滴滴答答地淌血,像个疯子似的一路大吼着叫真人们闪开。我已经不清楚自己是否能完成任务了,生命衰竭的迹象已经出现,机体休克和器官衰竭也越来越严重。

一名警察注意到了骚动,从第四大街冲进了广场,那身笨重的装甲咣当直响,他的蓝色偶人们则四面散开,包抄上来。他们没有装甲保护,所以身手灵活。它们无须任何指令,因为每个人都明白本体在想什么,行动起来比一个训练有素的步兵班还要迅速。他们唯一的武器——如针尖般锐利的指甲上涂着麻醉油——可以轻易放倒任何偶人或真人。

我权衡利弊,马上改变方向,离他们远点。

严格来讲,我这个偶人没有伤害任何人。不过,事情闹得有点大,给真人们带来不少困扰,甚至是麻烦。我当然希望能摆脱贝塔那些凶残的偶人,及时躲进警方的冷冻箱,好让我的原身能在第一时间处理好这些琐碎的民事纠纷,顺藤摸瓜彻底消灭贝塔。但这些警察也很可能弄出什么纰漏,而不能及时冷冻我,最近他们老出这样的岔子。

我敢打赌,不少私人和公共摄像机拍到了我的镜头。这会成为有力的身份认证吗?这张绿脸本来就够没特点的了,贝塔们的拳头更是让我面目模糊,更加难以辨认。这样一来,我要做的就简单了:把我这具破破烂烂的残骸弄到一个没人能找到,无法识别身份的地方。让他们去猜是谁引起了这场混乱吧。

于是我摇摇晃晃地向大河冲去,大喊着让路人闪开。

快跑上码头的堤岸时,我听到一声震耳欲聋的大吼:"站住!"警察的傀儡们都配有扩音器,用这东西取代了普通偶人的合成器官……这种替代品真够令人毛骨悚然的,但绝对能引起你的注意。

我听到左边传来几声弓弦的锐响。一颗石子打中了我这具衰败的肉身;另一颗砸在路面上,反弹起来飞向了那个真人警察。这下子,警察的蓝色偶人们或许能发现那些黄家伙了。真不错。

不过我已经没时间考虑这些了,我的双脚已经伸进了水面。出于习惯,我在想,他们会不会用真空泵把水抽干呢……然后,伴随着河水飞溅声,我跳进了肮脏的河里。

我觉得,用第一人称讲述这个故事有一个大问题——各位都知道我一定平安归来了,至少可以从头到尾讲出这个故事。这样还有什么悬念呢?

好吧,我一头扎进河里并非故事的结束,尽管差点就此结束的。有一些傀儡的设计目的是战斗,比如那些被送进军事竞赛场的特殊型号,或是谣传的特种部队里的秘密型号。其他的偶人,造出来就是供人享乐的,它们的细胞过度活跃,脑中的记忆超量装载,所以存活时间不会很长。如果你肯多付点钱,还可以造出一个多长几只手脚或拥有超感官的傀儡,或者是会游泳的……

我是个廉价货色,没有那些花里胡哨的功能。但我和主人的其他偶人拥有超强的储氧能力,以便能长时间屏住呼吸。这对我的工作很有帮助,因为别人不知什么时候就会用瓦斯毒气对付你,或把你扔进密封的汽车后备箱,甚至把你活埋。关于这些事,我有太多的记忆。当然,如果偶人的脑子死得太快,我也就不会拥有这些记忆了。

我很幸运。

河水冷得像月球表面,仿佛挥霍的时光一般在我身边席卷而过。当我在浑浊的河水中越沉越深时,一个细小的声音在耳边响起——过去的某个时候,我也听到过这个声音。

　　放弃吧，睡吧，这不是死亡。真正的你会继续活下去，带着你的梦想，他会活下去的。

　　真正的你不会死。说得太对了。准确地说，我的原身就是我。该死的，从昨天开始，我们的记忆就分离了。这一整天，他可以打着赤脚、穿着内裤、窝在家里办公；而我却在这座城市的最底层寻寻觅觅，这儿的生命比大仲马小说里描写的还要廉价。但和我经历过的种种情形相比，此时此地的状况不过是小菜一碟。

　　我用一贯的方式回答了那个细小的声音。

　　去你妈的。

　　每一次我走进复制机，我的新偶人都会继承那种延续几十亿年的求生本能。

　　我想要来生。

　　双脚刚踏上黏糊糊的河底，我已经决心要挣扎求存。或许我没什么机会，不过这种事谁说得准？命运之神说不定会发给我一手好牌。再说，还有一个目标在激励着我。

　　不能让坏人获胜，永远不能让他们得逞。

　　虽然我可以长时间屏住呼吸，但行动起来还是非常棘手。我试图站稳脚跟，在烂泥里往前走。周围都是滑溜溜黏糊糊的，很难用上力。功能齐全的身体都会非常吃力，更不用说这具即将到期的躯壳了。

　　能见度几乎为零，我完全靠记忆和触觉往前行进。本来我想奋力挣扎到上游的渡口码头去，但随即想起克拉拉的游艇就停泊在一公里开外，剧院广场的下游。于是我不再拼命和水流搏斗，而是顺流而下，尽全力不远离河岸就好。

　　如果造我的时候附带上调节痛觉感应强度的功能，这会儿就能帮上大忙了。因为缺乏这项附加功能——感谢那该死的低廉造价——我的脸痛苦地扭曲着，深一脚浅一脚地在可恶的烂泥里穿行。但磨磨蹭蹭地缓缓前行反倒给了我一些时间,让我能好好思考我们这种生物生存在世必须面对的巨大烦恼。

我就是我。尽管我的生命十分短暂,但它仍旧极其可贵。尽管这样,我还是放弃了它,跳进这条河,仅仅为了帮那个家伙省点钱。而那家伙,他会跟我的女友做爱,会享受我的成就。

那家伙,本来和我共享一套记忆。直到昨天晚上的那一刻,他(或我)躺进了复制机。然后,他占据了原本的躯体,我却要跑出来累死累活。

那家伙可能永远也不会知道,我这一天过得有多糟糕。

每次使用陶偶炉都是掷硬币选正反。当你出来的时候,你会是哪一个? ……会是本体吗? 还是所谓的消耗品,傀儡,骡子,或是使用期只有一天的偶人?

通常情况下,这个问题无关紧要。在复制体到期之前,人们都会重新吸收偶人的记忆。就像一个人分成了两部分,然后又合而为一。但如果像我这样,偶人受了大罪,吃了苦头,情况就不同了。

我发现自己很难集中思绪。毕竟,我这颗绿色脑袋不是造出来动脑筋用的。我得把精力用在手头的活儿上。于是我拖着两条腿,继续在淤泥里跋涉。

有些地方,就算你每天经过好几次,也很难记得清,因为你根本没打算上那儿去。比如说这里吧。人人都知道高特河堆满了各种各样的垃圾,清污船的拖网不可能打捞干净。这些漏网之物把我绊得东倒西歪:一辆生锈的自行车、一台破损的空调、几台老旧的电脑监视器,它们像僵尸的眼珠一样在身后瞪着我。在我小时候,他们时常会拖上来一整辆汽车,有时候里面还附带着几个乘客——那个时候还没有复制人,人们只能自己承担命运。

时代在发展。回想我爷爷那个时候,高特河里全是垃圾,污染严重。环境保护法让河流又有了生命,现在人们可以在码头抓鱼了。鱼群有时会聚到一起，争抢从城市里掉落下来的可食之物。

比如说，我。

真人的肉体很坚韧，哪怕死后二十四小时也不会剥落。原生质韧性强、可持久，就算是淹死者的尸体，几天之内也不会腐烂。

但我的皮肤已经开始脱落了，在我跳进河里之前就开始了。我可以凭着意志力暂时屏住呼吸，但是现在，我这具仿制身体的定时有机链已经达到了极限，正以令人不安的速度开始分解。气味散开，吸引了大量投机分子，它们为追逐食物，从四面八方蜂拥而来，撕咬着我身上将要剥落的肉块。一开始，我还试图用那只残存的手臂驱赶它们，但这只会让我的脚步慢下来，而对食腐的鱼群没有多大影响。于是我干脆只是稳步前行，只有身上的痛觉传感器被贪婪的小鱼触动时，我才会伸一下手。

每当它们朝我的眼睛冲来时，我则会一把将它们打开。视觉还是需要的。

突然，一股热流从左边涌来，激流推着我偏离了原来的路线。水流也暂时赶跑了鱼群，给了我片刻喘息之机。

一定是哈恩大街的管道。

让我想想。克拉拉的船停泊在小威尼斯，应该是在这之后的第二个出口……还是下一个来着？

我必须尽全力穿过管道，不能被推进深水区，最后还要设法前往对岸的石头堤岸。不幸的是，食腐大军再一次集结——上面是鱼，下面是螃蟹——它们被我的伤口吸引，扑到我这具腐败的身躯上，一顿大吃大嚼。

长时间的艰苦跋涉之后，在水面下、烂泥里、残骸中的步履蹒跚之后，在蜂拥而来的撕咬之后，随之而来的是一阵眩晕，视线模糊。

据说，无论何时，根据原生真人复制出的偶人，至少会原原本本地保留前者的性格特征。不论其他特征如何改变,某些来自基本天性的东西会保留下来,从一个副本到下一个。一个人,不管原本是诚实、悲观或健谈,都会创造出一个拥有类似性格的傀儡。

克拉拉说过,我最大的天性,就是一根筋地执著。

谁说我做不到的?叫他去死!

这句话在我那渐渐腐坏的大脑里转来转去,重复了几千遍,几万遍。每当我痛苦地迈出一步时,每当一条鱼又咬了一口时,它就会喊一声。这声音渐渐变得无法再用语言来表达,它化为了咒语,一条蒸馏提炼过的强化咒语,促使我向前挣扎迈步,向前拖动身躯,尽管每迈一步都撕心裂肺地疼……直到我被一个细长的东西挡住了去路。

我瞪着它看了一会儿。它是一根盖满苔藓的铁链,绷得紧紧的,几乎垂直,把一只深埋着的锚和水面之上的木头做的浮动船坞连接起来。

船坞边上停着一艘船,它宽宽的船底上长满了参差不齐的藤壶。我不知道这是谁的船,但我必须赶紧爬上去。再多待一会儿,河水就该把我卷走了。

我用残存的那只损毁变形的手抓住锁链,绷紧身体,从该死的烂泥里抽出双脚,然后一点点地向上爬去。铁链一抽一抽地,带着我不断攀升,爬向水面闪烁的点点亮光。

鱼群也明白这是它们最后的机会了。于是它们麇集起来,在我四周乱窜。我身上我身边,有什么它们就抢什么,甚至到我后脑的创口抢食。我的胳膊搭上了码头,终于可以清理一下记忆,想想接下来要做什么了。

呼吸。没错,你需要空气。

呼吸!

我全身颤抖着吞咽空气,那声音完全不像正常人的呼吸声,更像是你把一大坨肉扔到案子上，然后削成薄片时发出的嘶嘶声，或者是气囊漏气的声音。终于，我恢复了一些力气，可以把一条腿从河里拖出来了。

我用尽全力挣扎着起来，终于完全钻出水面，摆脱了那群食腐者，它们在河里失望地蹦跳着。

一阵战栗，我的躯体猛地抽搐了一下。有个东西——我身体的一部分——在抽搐中松动，掉落，翻滚着掉进河里，溅起一阵水花。鱼群兴奋地围着那东西大快朵颐。

我眼前更加黑暗了。我隐隐约约地感觉到一只眼球完全不见了……另一只则悬挂在眼窝之外。我把它推回眼窝，然后努力想站起来。

我全身都麻木了，完全找不着平衡。我向肌肉和四肢发号施令，大多数信号得不到回应。不过还好，我这具饱受摧残的身体不知怎么还是站了起来。我摇摇晃晃地站了起来，先是膝盖……然后是上面松松垮垮的残肢——姑且可以称之为大腿。

我扶着木栏杆，跌跌撞撞地走上一段短短的舷梯，爬上停泊在附近的游艇。船上灯火通明，歌舞升平。

嘈杂的音乐声在四处回响。

我把头探过船栏杆，眼前是一片模糊的景象——摇曳的灯火在修长的白色桅杆上闪烁，锥形蜡烛闪着柔和的光，映照着银质餐盘和水晶酒杯。再远一些，苗条的身影在右舷的栏杆旁边来回走动。

是真人的宴会。他们穿着高贵的礼服，欣赏着对岸的景色。

我开口了，想体面地道个歉，因为我打扰了他们……在我的脑子化为一摊泥浆之前，会有人愿意通知我的主人来接我吗？

结果我发出的是一声含混的呻吟。

一个女人转过身，看到我从黑暗中东倒西歪地朝她走来，她发出一声尖叫——就好像我是从地狱里钻出来的恐怖僵尸。她这么想倒也没错。

我伸出手来,不知道哼哼着什么。

"哦,盖亚女神啊!"她的声音颤抖着,随即恍然大悟,"詹姆斯!麻烦你打个电话给克拉拉·冈萨雷斯,就是卡特琳娜宝贝。就说她那天杀的男朋友又把偶人给弄丢了……他最好能马上过来领回去!"

总算没有延误,我想笑一下表示感谢。可就在这时,我的人造身体突然解体了。

崩溃的时间到了。

之后的事情我不记得了,不过我听说,我的头很快被放进了给香槟制冷的冰柜。这是某个好心的宴会宾客做的好事,脑袋边上是一瓶上好的唐培里侬香槟王1938年份香槟①。

---

①产于法国的顶级年份香槟。

2 | 偶人的主人

……艾伯特本人如何应付艰苦的一天……

是的，绿家伙没能完整地回到家里。等我赶到时，他只剩下一颗冰冷的头颅了……外加一摊缩水的人造肌肉，粘在弗伦克尔太太的游艇甲板上。

（备忘：给弗伦克尔太太买件谢礼，要不克拉拉会找我算账的。）

当然，我及时收回了大脑，重温了极度悲惨的一天——我还没那么离谱，会把那种经历当成娱乐——"我"偷偷摸摸地潜入陶偶城区的下层世界，像虫子一样爬过阴沟，钻进贝塔的老窝，贝塔的黄色偶人打手抓到了"我"，痛打"我"一顿，然后"我"逃跑了，横冲直撞地穿过城市，最后孤注一掷地跳进河中，经过一番艰苦跋涉，直至灭亡。

我猜到了，在我把那颗湿淋淋的脑袋放进感知器之前就猜出了大概。这是一段辛酸的回忆。但我本来就没打算把它当成一顿回味无穷的大餐。

我们日用的饮食，今日赐给我们，让我们身体饱足，心怀感恩。阿门。

对大多数人来说，如果他们怀疑自己的偶人有一段不愉快的经历，便不会接收这段记忆。复制人经历的事情，本体可以不知道，或者不用保存相关记忆。这是当代复制人技术带来的方便——挥一挥手，向糟糕的一天说拜拜。

但我是这么考虑的：一旦你造出一条生命，你就要对他负起责任。那个偶人希望自己的记忆延续下去，为此不惜拼死奋斗。从我十六岁第一次钻进陶偶烘焙炉开始，到如今已经用过几百个偶人了，我一一接收了他们的记忆。现在，他们成了我生命的一部分。

再说，我确实需要他头脑里的信息，否则我只能两手空空地去见我的委托人——一个众所周知没有耐心的委托人。

从好的方面说，不幸之中也有万幸。贝塔亲眼看着我的绿皮复制人跳进河里，再也没有浮上来。所有人都会认为它要么淹死了，要么被冲进了大海，要么成了鱼食。如果贝塔也这么想，那他们应该不会把老巢移至别处。这将是一个好机会，可以趁他不备，抓住他手下那群盗版分子。

我起身走下复刻台，知觉还有些混乱，得适应一会儿。真正的双腿感觉有些奇怪——肌肉结实，实实在在的，但有种陌生感——毕竟，片刻之前"我"还拖着两条腐坏的残肢。身旁的镜子里映出一个壮实的黑发男子，看起来也很奇怪——太健康了，反而显得不真实。

星期一的偶人脸儿俏[1]，我一边想，一边仔细看看真实的自己眼角旁深深的皱纹。一次普普通通的接收也能让人茫然不已。想想吧，整整一天的鲜活记忆，搅动着、翻滚着，冲向大脑的九百亿个神经元。等它们找准位置安顿下来，怎么也要花个几分钟吧。

相比之下，分离过程温柔得多。复制机轻柔扫过你的大脑皮

---

①来自一首19世纪的民谣，原文的第一句是"星期一的孩子脸儿俏"。

层,把你的驻波刻入用特制陶土塑成,在陶偶烘焙炉里成型的新鲜模板。很快,一个全新的偶人来到这个世界,可以去执行任务了。而你可以继续享用早餐,甚至不需要告诉他该去做什么。

他早就知道了。

他就是你。

不过糟糕的是,现在已经没有时间再造一个偶人了。紧急事务优先。

"接通电话!"我说。我用手指揉着两边的太阳穴,把在河底艰苦跋涉的糟糕记忆挤到一边。我需要集中精力,从偶人的记忆中找到贝塔巢穴的位置。

"请说出姓名或号码。"最近的墙上,一个轻柔的女低音发出回应。

"接通劳务转包协会的布兰恩督察,加密,想办法联系上他的真人。如果他不接,用紧急线路切入。"

妮尔——我的家用电脑,却不想这么做。

"现在是凌晨三点。"她指出,"布兰恩督察已经下班了,他的偶人副本也不处于工作状态。需要我重放你上一次通过紧急线路叫醒他的情形吗?他以侵犯公民个人隐私的名义要求罚我们五百……"

"后来他冷静下来,放弃了这个要求。接通电话,快点!我的头疼得快裂开了。"

没等我提出要求,医药箱已经咯咯地运转起来,吐出某种有机合成物,调配了一杯嘶嘶冒泡的药剂。我一口吞了下去。与此同时,妮尔在拨打电话。她的语调很安静。我无意中听到,布兰恩的家庭电脑也不情不愿,他们在争论什么事才需要优先考虑。显然,对方的电脑更想留个口信,而不是叫醒他的老板。

我已经开始换衣服了,穿上了一套笨重的防弹服。这时,劳务转包协会的督察大人终于亲自接电话了,他昏昏沉沉,大发雷霆。我叫布兰恩闭上嘴巴,我对他说,如果他想搞定沃梅克的案子,二十分钟之内在老泰勒大厦附近跟我会合。

"你带的抓捕队最好有点本事。"我加了一句,"人手要多,如果你不想再摊上一起棘手纠纷的话。记不记得上一次,有多少通勤的上班族提出了诉讼?"

他再一次咒骂起来,骂得语言丰富,气场鲜明,但最终还是听从了我的劝告。我听到电话中响起一声响亮的嗡鸣——他启动了工业级别的陶偶炉,三只野蛮型偶人将一次压制成型。布兰恩虽然长了一张臭嘴,但干起活儿来确实雷厉风行。

我也不含糊。我家前门早已大开。布兰恩的声音切换到我腰带上的便携电话,然后又切换进我的车。这时,他也冷静得差不多了,可以停止通话了。

我驾车穿过黎明时分的薄雾,直奔老城区。

我竖起风衣领子,将配套的软呢帽压低,这样戴起来更舒服一些。这一套私家侦探的行头都是克拉拉亲手缝制的,用的都是她从预备役部队顺手牵羊弄出来的高科技布料,都是些好东西。不过防弹衣总是让人不敢放心,有太多现代兵器可以轻易撕开防护装甲。一般说来,明智的做法是把冒险的事交给复制人去干。不过我家离泰勒大厦太远,又要赶着和布兰恩会合,家里的小型陶偶炉制造偶人来不及了。

亲自上阵执行救援或抓捕任务总是让我胆战心惊。真人不适合亲身涉险,但这一次,我别无选择。

真人占据了一些最高的建筑,居高临下能看到的景色只有有机体的肉眼才能欣赏。老城区的其他区域则早已变成幽灵和傀偶横行之地。每天一大早,他们从主人们的陶偶炉中新鲜出炉,乘车上班。衣衫褴褛、皮肤五颜六色的廉价劳动力们排得整整齐齐,登上一辆辆投币公车、载重汽车和公共汽车。他们都裹着一次性纸制品外衣,身体和衣服都一样色彩明艳,随用随丢。

我们必须在每日的陶偶高峰到来前结束这次突击搜捕。在黎明的微光中,泰勒大厦两个街区之外,布兰恩匆匆忙忙地部署着他雇来的偶人队员。就在他把那些人编成班组,向他们分发伪装的时候,布兰恩的律师型黑色傀儡正跟一名警察讨价还价,要求她批准这次强制执法。这个穿着重盔的女警,在说话的时候揭开了护面的头盔。

我没事可做,便啃着自己参差不齐的手指甲,远望着晨雾弥漫中的朝阳。虽然时间还早,但大都会摩天大厦之间的峡谷中已经出现了一个个朦胧的巨大身影,这种可怕的形象,要是我们刚来到城市的祖先见了,准会吓得屁滚尿流。一个大家伙经过远处的一盏路灯,投下几层楼高的长影子。一阵低鸣响起,回声阵阵,连我脚下都感到了阵阵震颤。

等这头洪荒巨兽过来的时候,我们应该已经办完事了。

我发现了一张丢弃在人行道上的糖果包装纸——在这里发现这个有些奇怪。我把它捡起来,塞进口袋。偶人城区的大街很少有垃圾,因为大多数假人不需要吃喝拉撒。在这里,你只会看到一堆堆尸体,堆在阴沟里闷燃。我还是个孩子时就见过这种景象,只是现在的尸体比那时多得多。

警官最关心的是,确保今天出现的尸体都不是真人。布兰恩的黑色傀儡为一张免责书争辩了好久,最后无功而返,只得无奈地耸耸肩,接受了官方开出的条件。我们的队伍已经准备就绪,足有两打紫色的武装人员,他们身手敏捷,没有性别区分,有一些还做了伪装。我们按计划分头出发了。

我又扫了一眼阿拉梅达大街。刚才那头怪兽不见了,但很快还会出现其他大家伙。我们必须抓紧时间，不然非被人流高峰困住不可。

布兰恩的雇佣兵没有拖泥带水，一举擒获了毫无警觉的盗版贩子。

武装小队扮成维修工偶人和负责清晨投递的傀儡信使，瞒过了对方安置在商用运货车上的外部监视器。没等身上暗藏的武器触发警报，他们已经登上了前门台阶。

贝塔的十几个黄色偶人现身开火。一场大规模混战打响了，陶土傀儡们四下交火。弹片横飞，爆炸连连，肢体撒满地面。燃烧的碎片迸溅到傀儡身上，立刻引燃他们的氢催化细胞，炸出一个个壮观的微型火球。

枪战一打响，那个披着护甲的警察也带着她那些蓝皮肤复制人行动起来，他们设置起充气式简易隔离栏，记录下两边的违规事项……一句话，任何可能被处以高额罚款的行为全都记录在案。除此之外，冲突双方都当警察不存在。毕竟这是商业纠纷，只要没有真人受伤，就跟政府扯不上关系。

我希望能保持这种状态。我和真人布兰恩躲在一辆车子后面，他那几个野蛮型傀儡正前后奔走，催促紫色的佣兵们往前冲杀。他快速复制出的这些偶人是一群没脑子的巨人，动作迅疾粗鲁，不过他们全都接收到了他的紧迫感。在贝塔毁掉所有的盗版证据之前，我们只有几分钟的时间冲进去，解救那个被盗的模板。

"下水道那边怎样了？"我问布兰恩。昨天，我的绿皮偶人就是从下水道里钻进去的……那只是一段短途旅行，却和不久之后的河底长途跋涉一样不堪回首。

布兰恩的那张宽脸在半透明头盔面罩后绷得紧紧的，他的面罩上闪烁着各种符号和地图曲线。（他是个古板的守旧派，一直不肯进行视网膜移植,或许他就是喜欢这种花里胡哨的效果。)"我派了一台机器人进去。"他嘟囔着。

"机器人会被黑掉的。"

"有新型数据接口的新型号才会被黑。这一台是公共卫生部的机器人,铺设缆线的,没有自主意识,蠢得跟石头一样。它会拖着一条宽带光缆沿下水管道进入地下室,一直钻进贝塔的厕所。没人能从那家伙身边偷偷溜走而不被发现,我保证。"

我怀疑地嘟囔了一声。不过,我们最大的问题不是防止对方逃脱,而是如何在证据被毁之前冲进他们的藏身处。

后面的讨论都被接下来的一幕打断了:这可是件新鲜事。那女警派出了一个蓝色复制人,它一头冲进战斗的中心地带,毫不理睬呼啸的子弹,只管在倒地的伤员中翻找,确定它们已经丧失了行动能力之后,就切下它们的头,塞进一个储存袋,留待以后审问。

审问的意义并不大。贝塔使用偶人是出了名的小心谨慎,他会用伪造的身份标签,还会在傀偶的脑子里植入小炸弹,一旦被捕就会自毁。除非运气好得离谱,才有可能弄清他的真实身份。至于我,只要顺利完成营救行动,摧毁他这个盗版产业据点,也就心满意足了。

爆炸声摇撼着阿拉梅达大道,烟雾封闭了泰勒大厦的每一个出口,被布兰恩和我当做掩体的汽车那儿也受到波及,我的帽子被吹飞了,脖子被气流重重地推了一下。我蹲得更低,大口喘着气,把手伸进口袋去取纤维光学镜——用这个察看四周更安全一些。一条纤细得几乎不可见的眼柄像蛇一样从车篷后面伸出,顶端是一个微型彩色透明镜头,镜头自动调整角度,瞄向战场,把一幅幅有些扭曲的画面传送进我左眼的移植物里。

(备忘:这个移植物用了五年,已经过时。该不该升级?难道上次的事让你过分小心,不敢冒险了?)

警察的蓝色复制人还在那里,检查倒地的躯体,记录损坏程度。我们这边的紫色武装人员加强了攻势,突破了所有入口,一举冲了进去。大街上,只剩一堆堆乱七八糟的残肢断臂。就在这时,我发现几颗流弹呼啸着掠过那个警察的傀儡,穿过她的身体,又打在附近的墙上,溅起一团团烟雾和碎渣。她摇摇晃晃地弯下了腰,浑身不住颤抖。我很希望她身上的痛觉抑制系统能发挥作用。紫色雇佣兵造出来的时候就没加感觉细胞,就算双手打烂也像没事一样;但蓝色偶人的制造目的是为了提高真人警察的感知能力,她能感觉到疼痛。

哎呀,我心想,一定疼死了。

任何人见到她被打伤,受到如此痛苦,都会希望她能自动分解,但这个傀儡反而挺直了身体,打着哆嗦,一瘸一拐地回去继续工作。在一个世纪之前,这还是相当英勇尽职的行为,不过我们都知道现在招的警察是些什么人。那个警察说不定会吸收这个偶人的记忆……好好享受一番。

我的电话响了,是表示高优先级的旋律,看来妮尔想让我接这个电话。我轻轻磕了磕上排右侧的犬齿,三下:接通。

一个气泡,裹着一张人脸,占据了我左眼的整个视野。是位女士,长着一张淡褐色脸孔和一头金发。在这个大陆上,很少有人不认识她。

"莫里斯先生,我收到几份报告,说偶人城区发生枪战……我还发现转包协会登记了一份强制执法许可。这是你干的吧?你有没有找到我那份被盗的财产?"

几份报告?

我往天上看了一眼,一些小型飞行器正在战场上空盘旋,上面还有"热点探索网"的标志。这些秃鹫来得倒真快。

我把一句尖酸的回答咽了回去。就算他们妨碍了你的行动,你也必须善待客户。"呃……还没有,老板。我们打了他们一个冷不防,不过……"

布兰恩一把攥住我的胳膊。我侧耳倾听。

没有了爆炸声,但枪声还在继续。声音沉闷,听起来战事已深入大厦内部。

我抬起头,神经还是绷得紧紧的。那个女警察套着重装甲,步履沉重地从我们身边跑过,几个赤裸的蓝色复制人围在她身边。

"莫里斯先生,你刚才说什么?"在我的左眼里,那张俏脸不悦地皱起了眉头,我眨了眨眼睛,但她不打算让我敷衍过去,"我还以为你会告诉我详情……"

一队清洁工来了,都穿着一身绿色和粉红色相间的条纹服,像大号糖果。他们手持扫帚,推着喷液清洁车,打算在清晨上班高峰来到前把这里清理干净。虽然是可消耗品,但如果战火还没有停息,清洁工偶人是不会来的。

"莫里斯先生?"

"对不起,老板。"我答道,"现在不方便交谈。等了解更多情况以后,我再打给你。"没等她反对,我咬了一下一颗臼齿,切断了通话。这下我的左眼清静了。

"情况怎么样?"我问布兰恩。

他的头盔面具上五颜六色的,如果我是个网络型偶人,也许能看明白,但既然我只是肉体凡胎,只好等着他回答。

"我们的人进去了。"

"那模板呢?"

布兰恩咧嘴一笑。

"找到了! 他们正在带她出来。"

希望第一次涌上心头。我弯下腰,急匆匆地穿过人行道去捡软呢帽。那上面有弹性装甲,可以护住我的头。另外,要是我把它弄丢了,克拉拉不会给我好脸色的。

接着我们快步穿过那群清洁工,跨过二十级台阶,从大门进入大厦。破损的身体和飞散的人造肌肉正在融解,弥漫成五彩斑斓的雾气,给战场笼罩了一层虚幻怪诞的阴森气氛。不久,尸体就会消失,只留下几面布满弹孔的墙,还有几扇很快就会自我修复的窗户。大门只剩下碎片,紫色傀儡们强行冲进大厦时,把它炸了个粉碎。

新闻报道机器人俯冲而下,向我们不停发问。我所做的工作对公众确有帮助,但并不是所有消息都可以拿出来报道,于是我保持沉默,直到布兰恩的两个野蛮型复制人钻出地下室,扶出了一个体型比他小得多的模板。

黏糊糊的保存液从她雪花般白得耀眼的赤裸躯体上滴下,整具躯体只有光秃秃的头顶还存留着青黑色淤痕。尽管没有头发,面带伤痕,一身偶人的颜色,但那张脸和那副身材是错不了的。我刚刚还和她的原身通了话——正是那位冰公主,现代映像的音乐大师和头牌金妮·沃梅克。

布兰恩命令手下的紫色偶人把模板尽快带进保存箱,好让她在录下口供之前不至于断气。但这具苍白的躯体还是认出了我,她停下脚步对我说话,声音干燥嘶哑,有气无力,但仍是那个著名的性感女低音的音质。

"莫……莫里斯先生……看来你这次的开销可不少。"她扫了一眼窗户——大多数已被震碎,还没有自我修复——又看了看碎裂的前门,"你是不是打算让我为这个烂摊子买单?"

这具乳白偶人说出的话让我明白了很多东西。首先,她一定是在金妮·沃梅克雇了我之后才被绑架的,否则她不可能知道我是谁。另外,尽管在WD-90溶液中饱受痛苦地浸泡了好几天,但身体伤害丝毫没改变她的傲慢与轻狂——这种性格在金妮创造的每一个复制人身上都留下了深深的烙印。虽然头顶光光,满脸是伤,浑身透湿,但这个傀儡仍自以为是个女神。就算刚从贝塔的黑手中获救,也没能让她学会什么叫感激。

我心里想,沃梅克的顾客真是有病。难怪会有那么多人去买贝塔的廉价盗版复制品。

布兰恩做出了回答,就好像面前的复制品正是沃梅克本人。她给人带来的存在感还真很强。

"这当然了,您还得向转包协会缴纳一些费用。这次营救行动让我们消耗了不少人力物力……"

"不是营救,"乳白偶人纠正,"因为我已经不可能延续下去了。发生了这种事,你一定不会认为我的原身还会接收我的记忆吧? 她的财产被人抢走,你们夺回来了,仅此而已。"

"贝塔在大街上绑架了您的偶人,用她们作为模板,制造盗版复制人……"

"这严重侵犯了我的版权,而你阻止了他们。很好。所以我才会向转包协会付钱,而抓住侵权的盗版分子是你们的责任。至于你,莫里斯先生……你也会得到很多报酬。所以,不用假装你们有多高尚。"

她纤瘦的躯体突然一阵颤抖,皮肤上出现了一道细长的裂痕,接着她又抖了一下,裂痕更深了。她扫了一眼周围的紫色偶人们,"够了吧? 你们还不打算把我保存起来吗? 还是就这么傻站着等着我融解?"

我一点儿也没感到奇怪。这个偶人知道,金妮那颗漂亮的脑袋不可能接收她的记忆了。等人造大脑里的信息被过滤出来,成为法庭上的证据之后,她的生命——就像她自己说的那样——也就可悲地到头了。但是,她依然保持着那份独有的高贵和傲慢。

布兰恩让紫色偶人们先回去。他们带着小小的战利品,急匆匆跑过条纹清洁工、蓝皮肤的警察，还有正在汽化的残留碎肉——几分钟前，它们还是激战不休的偶人。布兰恩紧紧盯着沃梅克乳白色偶人的背影。我真想知道，他会不会也是她的崇拜者？他的壁橱里也藏着她的复制品吗？

显然不是——他厌恶地咆哮起来。

"真是不值！我们花了这么多人力物力，就因为这位高贵的女士不肯下力气保护她的偶人。只要她们能装上最简单的自毁装置，我们也犯不上冒这个险。"

我没有同他争论。布兰恩就是这种人，他可以不带任何感情地看待陶偶复制技术。在他眼里，偶人就是高效的工具，仅此而已。但是，我能理解金妮·沃梅克为什么不在自己的复制人中植入远程遥控炸弹。

当我在偶人的身躯里时，我也喜欢假装能永生不死，这样才能在枯燥乏味的日子里撑下去。

人流高峰到来时，警方设置的栅栏已经及时撤去。缓慢移动的加长公交车和轻盈的飞轮电车卸下乘客——灰色的办公室白领傀偶、绿色和橘色的廉价工人、一大群带糖果花纹的可消耗品，加上少数几个其他型号的偶人。他们走进泰勒广场，目瞪口呆地看着破损的墙壁。灰色偶人们立刻打电话给新闻机构，询问这起枪战的有关细节。还有一些偶人认出了我和布兰恩。他们保存下了这段不寻常的记忆，等到这一天结束时将带回家上传给他们的本体。

全副武装的女警官来到布兰恩身边，向他说明各种费用和罚款的初步预算。沃梅克关于付款和责任的说法没有错，转包协会需要支付大部分账单……直到最终我们抓到贝塔并逼迫他结账。如果真有那一天，布兰恩唯一的希望就是贝塔的钱袋足够大，大到可以弥补转包协会对损害赔偿的付出。

布兰恩请我和他一起到地下室去，检查一下贝塔的盗版复制设备。但我已经去过那个地方了。几个小时之前，"我"就是在那里被贝塔的陶偶们修理了一番。再说，转包协会雇了一打左右的犯罪现场分析型黑色偶人，他们装备精良，可以像梳子般清理现场，用专门开发的感官探查每一个角落，不放过任何蛛丝马迹。但愿他们能发现贝塔的真名实姓和藏身之处。

真能发现他吗？我这样想着，一边走到户外去呼吸一下新鲜空气。贝塔是个狗娘养的滑头，我追捕他好几年了，可他每次都能逃脱。

当然了，警方帮不了什么忙。自从"管制大解除"以后，偶人绑架和侵犯版权就变成了民事责任。只要贝塔能小心点，避免对真人造成伤害，那么一切都只能停留在商业行为的范畴之内。所以，他昨夜的表现实在令人费解。他们追着我的绿色偶人到了剧院广场，还用弓弩发射石子，差点打中几个散步的真人——这表明他被逼得走投无路了。

我在外面踱步，穿过来来往往的嘈杂人群。他们都是偶人，我这个真人可以一路畅通无阻。傀儡的尸体还在闷燃，周围的气味难闻得很。我赶紧走开，皱眉思考着。

昨晚贝塔看起来有些慌张。他之前也抓到过"我"，却从没有过那么厉害的刑讯，他通常都会直接杀了"我"。这与仇恨无关，也不牵涉什么复杂的情感，至少从我得到的信息来看是这样。

就是因为这种慌张，昨天晚上，贝塔的打手在狠狠折磨我的绿色偶人之后，居然才会那么粗心大意。他们在地下工厂里揍了"我"一顿，把"我"绑起来就全部离开了。只剩下两台自动陶偶炉，忙碌地制造着廉价的沃梅克偶人，再把他们绑架的那个乳白偶人的古怪人格复刻进去。那些黄家伙真的太粗心了，居然没搜出

"我"藏在人造肌肉下的几件工具。逃出去比闯进来容易多了,(或许太容易了?)不过,贝塔还是很快恢复了状态,开始了对我的追捕。

如今我回来了,取得了胜利,没错吧?端掉这个据点,对贝塔盗版集团来说一定是个沉重打击。可为什么我有一种不满足的感觉呢?

我随意走着,渐渐远离交通的噪音——投币公交车刺耳的喇叭声、大型公交的轰鸣声——不知不觉,我面前出现了一条小巷,入口处有一条呼啦啦抖动的缎带,颜色是特殊设计的,在每个自然人看来都特别刺眼。

"请勿靠近!"抖动的带子上写着标语,"危险建筑!请勿靠近!"

随着这个城区日渐荒凉,这种警告——明显只是给真人看的——越来越多。反正这里只有廉价的陶土人,这是每天都能补充的可消耗品,有必要关心维修问题吗?当然,作为一个非比寻常的贫民窟,这里非常独特,整洁与衰败并存。这又是解除管制带来的一个极具讽刺意味的结果,偶人城区反倒有了全新的魅力。

我收回目光,跨过闪闪发光的警戒线。我想去哪儿都可以,不需要别人指示!再说了,我的帽子有保护功能,不必害怕掉落的瓦块。

大型回收垃圾箱沿着小巷排列。两边的大楼里伸出一根根管子,将人造肌肉等等废弃物直接吐进垃圾箱里。偶人一天工作二十小时,工作结束后,并非都会回家把记忆传给本休。有些偶人造出来就是为了从事枯燥乏味、周而复始的艰苦劳动,为大众创造价值,直到允许休息的那一刻——这些混着泥浆的垃圾箱就是他们最终的归宿。

我仿佛也听到了床榻的召唤。拼了一天半的命——感觉上时间要更长,回家造几个复制人,然后美美睡上一觉,那才是最佳选择。

　　让我想想,我考虑了一下。我应该换上什么样的身体?除了要应付贝塔,还有半打小案子等着我呢。大部分不过是有点儿棘手的网络犯罪。造一个黑色偶人,在家里就可以处理了。黑色的有点贵,不过很有效率。

　　当然了,还得造一个绿色傀儡。我已经好久没做家务了。要去一趟食品杂货店和洗衣店,盥洗室需要维修,草坪也该修整了。

　　其他园艺方面的工作,如修剪枝叶,移栽花木,属于令人愉快的业余爱好,应该留出来亲自去做。就等明天吧。

　　那么,两个偶人足够了吧?应该不需要灰色偶人了,除非发生什么意外事件。

　　在更远处,大楼之间的另一条巷子里也摆满了垃圾箱——那是一条转向南边的小巷子,连着几道斜坡,尽头是一个老旧的停车场。巷子上方横拉着几条公共电话线和晾衣绳,绳上挂了几件便宜衣服,正在晨风中飘动。大喊大叫和刺耳的音乐,顺着摇摇晃晃的消防通道传了出来。

　　如今的日子里,每个人都需要有点业余爱好。对某些人来说,那就像是第二种人生——每天派个傀儡来这个偶人城区,和别人一起,假装组成一个家庭,假装做生意,演戏一样过日子,甚至和邻居打架。"陶土歌剧",他们好像这么称呼这种生活。整片废弃的街区在偶人接管后,被当成了文艺复兴时期的意大利或者闪击战下的伦敦。站在窄巷中,在飘动的晾衣绳下,听着嘶哑刺耳的音乐,我只需闭上眼睛,就能想象出自己正待在一个多世纪以前犹太人隔离区的场景。

　　但这幕场景的浪漫情调丝毫无法吸引我。真人们再也不会过这种生活了。再说,人们怎么打发业余时间和我有什么关系?当个偶人过日子,这完全是人家的选择。

唔,几乎完全是。

所以我才会盯着贝塔的案子不放,不顾接连不断的挫折和打击,以及那些彻底消失、再也不见踪影的"我"。贝塔的产业化盗窃团伙与旧时代的奴隶制有许多共通性。他能组建这么一个犯罪团伙,必然有常人难以理解的精神病理学上的原因——这个家伙需要看看医生才行。

偶人城区死角众多,暗流涌动。从狄更斯笔下出现的工厂,到仙境般的娱乐中心,再到公开的格斗竞技场,应有尽有。可这条小巷里的东西和我的案子有关联吗?今早发动突然袭击前,转包协会的悬浮电子眼已经扫描过这片城区,但人类的肉眼可以发现被摄像机忽视的东西,比如子弹在砖墙上留下的弹痕。这一个就是最近留下的,用指头刮一下,剥落下来的灰浆还是湿的。

这能说明什么?在偶人城区,这没什么可奇怪的。我不喜欢对巧合置之不理,但此时此刻,我首先需要考虑的是和布兰恩会合,然后回家。

于是我转过身,沿着这条排列着大型垃圾箱的小巷往回走。这时,一阵嘶嘶声从头顶传来,我停下脚步。

声音很模糊,听起来像是我的名字。

我迅速闪到一旁,向上张望的同时用防护服保护住自己。

又一阵微弱的嘶嘶声吸引了我的注意。一根垃圾管道从泰勒大厦的高层倾斜伸出,连着一只灰浆垃圾桶。管道是有弹性的,半透明的,我眯起眼睛,隐隐约约能看到里面有人影在扭动挣扎,用力抓着管壁上一条细细的裂口。它劈开双腿,撑住身体,不让自己滑落下去。只差两米,它就会掉进垃圾箱里。

当然,它的努力是白费力气。可怜的家伙,它那点少得可怜的人造生命会被腐蚀性的蒸汽侵蚀殆尽。就算还能支持一会儿,等下一个偶人被丢进管道时,那股下坠力也会砸断它腐坏的双腿,让两具陶土躯体都掉进灰浆里。

挣扎求生的偶人并不罕见,尤其是年轻人,他们还没习惯生命的循环,习惯冷漠的死亡和微不足道的重生。有时,这种循环让他们惊恐不安。其实,这也很正常。你备份自己的记忆,把灵魂复刻给一个陶土偶人,绝不仅仅是写一份"今日事务"清单那么简单。复制的同时,你也将求生本能带给了他们,这种本能来自只知道一种死亡方式,并对此万分畏惧的祖辈们。

这种事总是会归结到人性上。在学校的时候,老师就告诫过:除非你能看得开,否则别去制造即用即弃的偶人。

我举起了手中的枪。

"喂,伙计,你是想让我给你来个解脱……"

我又一次听到了,那细微的低语。

"莫……里……斯斯斯斯!"

我眨了几下眼睛,就像老话说的,一阵寒意冲上脊梁骨。这种感觉你只能亲身体验,用你真正的身体和原本的灵魂去体验——这是你六岁的时候,面对黑暗中的阴影,感到毛骨悚然时的同一具身体,同一副神经系统。

"嗯……你认识我?"我问。

"怎么可能……不认识……"

我收好武器,加速跑了几步,一把抓住垃圾箱上沿,借力爬到上面,没流一滴汗——真人每日例行的一项主要功课就是让身体保持良好状态。

我站在垃圾箱的盖子上,离那股气味更近了——如果你是个即将消融的傀儡,你会觉得这味道还挺不错。但我现在是肉体凡胎,所以只觉恶心。现在我看得清楚些了,在撕裂的塑料后面,那张脸若隐若现。蛋白质已经开始分解,腐烂在加剧,他额头发霉,面颊深陷,原本明亮的香蕉色变成了病恹恹的黄疸色。尽管如此,我还是一眼就认出了,这是贝塔最喜欢的那种不起眼的伪装色。

"你好像被卡住了。"我边说边凑近了仔细看。昨天晚上,"我"还是一个落入敌手的绿皮偶人时,折磨"我"的黄色偶人中有他吗?是这个家伙隔着剧院广场朝我发射石弹吗?他一定躲过了今天早上的突然袭击,在布兰恩的紫色武装人员发动攻势之前就逃上了楼,只是找不到其他出路,便想从垃圾管道逃走。

我脑海中出现了一个活蹦乱跳的黄色偶人贝塔,它手法娴熟,专挑我的绿皮偶人能感觉到剧痛的地方下手(有时复制得太逼真也不是好事)。回想起当时的事,我有点奇怪:为什么?他这么折磨"我"想达到什么目的?他问的问题,有一半毫无意义!

昨夜被囚禁时,一个深深的信念帮助"我"减轻了疼痛。"我"一遍遍地对自己说,没什么大不了的。确实没什么大不了的,不值一提。

可看到这个傀儡落得如此下场,我为什么生出了一丝怜悯?

"在这里躲了好久。"他对我说,"本来想来了解一下,为什么跟这边联系不上。"

"躲了多久?"我对了一下手表。从布兰恩率领紫色偶人发动进攻到现在,还不到半个小时。

"……可是发现,和其他地方一样,这里也被接管了!他们追赶我……我就钻进了这条管道……上面的入口封上了……我以为……"

"等一等!你说什么,'接管'?你指的是我们的袭击,就是刚才,对吗?"

那张脸衰变得很快,越来越松弛了。从他嘴里发出的声音越来越难听清,不太像是完整的单词,更像喉咙里挤出来的嘟噜嘟噜声。

"一开始我还以为……是你搞的鬼。毕竟,你追了我这么多年……但现在我明白了……你什么都不知道……跟从前一样……莫里斯斯斯斯……"

我站在垃圾箱上,闻着恶心的气味,可不是为了听他羞辱我,"好哇,不管是不是一无所获,反正我毁了你的这个据点。我还会去解决其他的……"

"太晚了!"黄家伙龇牙咧嘴地大笑起来,然后又一阵咳嗽,"它们已经被接管了……被……"

我又凑近了一些。傀偶的皮肤开裂溃烂,散发出一股腐败的恶臭,几乎令我窒息。他一定过期几个小时了,完全靠意志力才挺到现在。

"你是说'接管'? 被谁,另一伙盗版诈骗犯吗? 告诉我,是谁?"

它咧嘴一笑,这一下把脸彻底撕开,黄色的人造肌肉分崩离析,露出了行将瓦解的陶瓷头骨。

"去找阿尔法……告诉比撒列①,保护好艾梅特。"

"什么? 去找谁?"

"源头! 告诉丽……"

贝塔没能说出更多话,不知什么东西咔嚓一声折断了——我猜是他的一条腿——自鸣得意的话语不再出口,只剩骨头的脸上突然闪现出一丝恐惧。那一瞬间,在贝塔那浑浊的陶土眼球里,我似乎看到了灵魂驻波。

偶人呻吟着,从我眼前掉落……

……紧跟着是一片液浆飞溅,臭气熏天。我只能送给他一个无力的临终祝祷……

"别了。"

①出自《圣经·出埃及记》,户珥之孙,乌利之子。

然后我跳下垃圾箱，走回小巷。贝塔的妄想狂把戏玩过不止一次两次了，我现在最不该考虑的就是这个！反正我眼中的移植物已经记录下了这次短暂的谈话，我那些精通分析的黑色傀儡可以慢慢研究这番对话。

我需要集中注意力，及时判断什么才是当务之急。

所以我把这个小插曲抛到脑后。

以后再说吧，我心里想。

回到阿拉梅达大街，我决定不等布兰恩了。他还在清理那间地下室。有什么情况，就让他D-mail①给我好了。这次的工作已经结束，至少我参与的部分结束了。

我走向我的车，就在这时，一个女性声音在我身后响起。

"莫里斯先生？"

有那么一瞬间，我猜会不会是金妮·沃梅克本人匆匆忙忙赶来偶人城区向我道贺。哦，我知道，这怎么可能？

我回过头，看到一个浅黑色头发的女子。比那位头牌音乐大师个子高些，也没那么妖娆，脸盘有点瘦，嗓音稍微高一些。总的来说，她也是个美人，皮肤非常好，在真人中算得上万里挑一。

"是的，我就是。"我说。

她抽出一张卡片，上面覆盖着斑斑点点的不规则几何图形，不由分说地吸引了我左眼的光学传感器。但那些图案太复杂，太前卫了，我的图像处理系统已经过时，没办法分析。我愤愤地咬了一下门牙，把图像定格，保存，妮尔以后会处理这个问题的。

"有什么可以效劳的，小姐？"也许她是个新闻记者，或者是从事色情行业的。

"首先向您表示祝贺，今天早上这一仗打得很漂亮，让您的名

---

① 从现在的E-mail延伸出来的一种类似的通讯方式。

声更响亮了,莫里斯先生。"

"你已经花了我十五秒钟。"我下意识地回答。

"哦,我相信这点儿时间可不够。在这次行动之前,您的表现已经引起了我们的注意。可以多占用您一点儿时间吗?有人想见见您。"

她伸手一指,沿街不远处停着一辆加长的豪华房车,是看着就显得很昂贵的尤格车。

我考虑了一下。那位头牌还等着我打电话做最终报告,保证二手的沃梅克复制人不会再流入市场。不过,该死的,我是个人啊。再说,我觉得我已经向一个金妮做过报告了——就是那个乳白色的偶人,为什么非得接受两次盘问呢?完全没有道理嘛。现在这位"不规则图形"小姐给了我一个机会,正好让我有借口推托沃梅克那边。

于是我耸耸肩,"为什么不呢?"

她微笑着揽住我的胳膊,这个动作很有30年代的情调,不过我想知道,她到底打算干什么?有些新闻行业的家伙就喜欢盯着侦探,尤其是在引人注目的行动之后——不过记者一般开不起这种尤格车。

房车车门缓缓打开,车窗降低,我几乎没怎么低头就钻进了车里。车厢里有些暗,但空间很大,灯用的是生物荧光,内壁是纯原木的,人造肌肉坐垫很吸引人,软软的,有肉感,就像在说"欢迎来坐",水晶酒瓶和高脚酒杯在吧台里闪着光,一派高档、奢华之气。

一个灰色傀偶跷着二郎腿坐在后座上,一副唯我独尊的架势。

复制人也能摆出如此派头,还带着一个迷人的真人助理,让人感觉有些别扭,但还有更好的方法来炫耀财富吗?这位新主顾有着银色的头发,金属般的皮肤,棱角分明,颧骨高耸……哦,我看错了,不是灰色,而是一种白金色。

他看起来很眼熟。我拍了一张快照,想发送给妮尔,但这辆房车好像有屏蔽功能。白金傀儡偏笑了,他好像知道会发生什么事情似的。

复制人没有法律上的权利,但这并不能带给我多少安慰。没有法律权利又如何?他还是可以选择要不要雇用我,而且就在转念之间。我一边想,一边坐到对面的座位上,而"不规则图形"小姐则谨慎地坐在我们中间的活体垫子上。她打开车载冷柜,拿出一瓶丹麦杜柏啤酒,给我倒了一杯。标准的待客之道。我喜欢大白天喝酒的事儿人尽皆知,无须调查。

"莫里斯先生,我来介绍,这位是埃涅阿斯·高岭阁下。"

我尽量保持平静,不显得太过惊讶。怪不得看起来那么眼熟!高岭是寰球陶土集团的创始人之一,也是整个太平洋沿岸最富有的人之一。严格地讲,"阁下"是敬语——类似"先生"——只能用于自然人,即拥有投票权的真人本体。不过,要是这家伙想让他的傀儡也被冠以"阁下"的称号,或者什么"大人"……或者其他别的称呼,我绝不会表示反对。

"高岭阁下,见到您非常荣幸。有什么可以为您效劳的吗?"

闪耀着金属光泽的偶人还以一个淡淡的微笑,他一边点头,一边隔着车窗看着街道上的清洁工,他们正在清扫战场。

"你成功地把狡猾的对手逼入了绝境,莫里斯先生,祝贺你。不过我不太赞成这最后的行动。这种暴力行为有欠妥当,做得有些过火。"

难道这栋脏兮兮的泰勒大厦是高岭所有?一个亿万富翁派出了复制人,应该是去处理更重要的事务吧,难道只是为了亲自向一个私家侦探索要损坏赔偿金?

"我只执行调查任务。"我说,"强制执法行动是由转包协会执行的。"

那名年轻的女士解释道："转包协会想让公众看到,在偶人绑架和盗版行为的处理上,他们的表现一直很强硬……"

高岭的复制人举起一只手,打断了她的话。他手上的皮肤质地就像真人的血肉一样柔软,还有逼真的血管和肌腱。"我们要谈的不是暴力行为。我们需要讨论的是一起调查任务。"他轻轻地说。

我感到好奇。高岭的安全事务一定是由专门的保镖和顾问来处理的,雇用外人,说明出了一些不同寻常的事件。"这么说,您不是一时冲动到这儿看热闹的。"我指了一下外面凌乱的场地。

"当然不是。"年轻的助手回答,"我们以前就几次谈起过你。"

"有吗?"高岭的偶人眨眨眼睛,然后摇了摇他那颗闪闪发光的头颅,"管他呢。你有兴趣吗,莫里斯先生?"

"当然有。"

"很好。那么,你现在就可以加入了。"他又一次举起手,止住不必要的争论,"因为是你本人在这里,所以我会按最高咨询费付给你钱,时间到你决定接受或者拒绝这起案子为止。以下谈的都要经过'保密认证',可以吗?"

"可以。"

他和我的腰间便携电话都确认了关键词"保密认证"。它们会从记忆档案中抓取刚才谈话的最后几分钟,加上日期和时间戳记,形成一份合同。

高岭的房车开动了。

"我的车……"我开口道。

女子做了一个复杂的手势,五指飞快地互相敲击。紧接着,我的左眼里出现了一条简短的文字信息,是从我的沃尔沃发来的,询问我是否可以开启自动驾驶,跟随这辆尤格房车。只要我说可以,它就会紧跟在后面。

我叩了一下门牙，表示同意。高岭的助理真厉害，也许花高价雇一个大活人真的很值，我想知道她叫什么。

我又朝车前看了一眼，有色分隔玻璃上隐约透出司机的影子。这个仆人也是真人吗？好吧，有钱人就是和你我不一样。

现在仍是早晨的上班高峰时间，房车只能在庞然大物般的公交车之间缓慢穿行。长长的公交车里，傀儡乘客们挤得满满当当。一辆辆公交车慢慢腾腾，哼哼唧唧地摆动着长脖子，随着车流摇摇晃晃地前进，那模样似乎还像人类一样晃着头，相互之间窃窃私语。在高高的驾驶室里，复制人驾驶员有着开阔的视野，可以看见遭到损坏的泰勒大厦，他们甚至能看到高高的窗户和周围的街角——每个孩子都曾梦想，长大后成为一名公交车司机。

不久，我们离开了荒凉破败、点缀着花花绿绿偶人们的老城区——那些遗弃的建筑被即用即丢的种族接管了，而这个种族的存在目的或是努力工作，或是供真人消遣娱乐。跨过一条河后，房车开始加速，我的车跟在后面，被无形的控制光束牵引着。这里建筑风格变得更鲜明，也更现代，其居民的肤色也变得柔和了，从雪白色直至巧克力般的棕褐色，只有淡淡的天然色素沉积。无轨电车和大型公交车会给骑自行车的人和慢跑者让路，人们在学校里就学过——照顾好你的肉身，你只有这一个真身。

埃涅阿斯·高岭的复制人又开口了。

"我看过你昨晚的经历，真是九死一生，让人印象深刻。你是个足智多谋的人，莫里斯先生。"

"我是干这行的。"我耸耸肩，"能告诉我这一次的工作内容吗？"

又一个淡淡的微笑，"让丽图来说明吧。"他向真人助理示意了一下。

丽图,我记下这个名字。

"是一起绑架案,莫里斯先生。"黑发女孩说。她声音低沉,有些紧张。

"嗯,我明白。是的,夺回被侵占的财物也是我的专长。告诉我,那个偶人有没有安装定位器?就算对方切断了,我们也能定位出他在哪里……"

她摇摇头。

"您误会了,先生。这不是一起盗窃案,也不是人们所说的发生在大街上的偶人劫案,受害者是个真人。实际上,是我父亲。"

我眨着眼睛,愣了好一会儿。

"可是……"

"他不是一个普通的真人。"高岭插嘴,"尤希尔·马哈拉尔博士是一位天才科学家,是寰球陶土集团的创始人之一,也是人体复制领域大部分专利的持有人。更重要的是,他是我的好朋友。"

我第一次注意到,那只白金色的手居然在颤抖。真情流露?很难说。

"为什么不找警察呢?"我问,"针对真人的犯罪行为他们肯定会受理。绑匪威胁说一旦报警就杀掉马哈拉尔?我相信你知道,有很多种办法可以通知有关部门,而不会……"

"我们已经和州立甚至国家警察部门讨论过了,那些官僚起不到任何作用。"

我想了一会儿。

"好吧……我不知道我能不能做得更好。在这种情况下,警方可以审查每一位公众的记忆档案,也可以检查遍布全城的秘密摄像头。这么重大的案子,他们甚至可以使用DNA嗅探器。"

"只有拿到高级授权令才可以,莫里斯先生。但授权令是不会发出的。"

"为什么?"

"因为理由不够充分。"丽图回答,"警方说,在没有足够证据证明确实是犯罪的情况下,他们没法提交申请。"

我摇摇头,看来要调整观念了。我面前这位年轻女子肯定不只是埃涅阿斯·高岭的得力助理而已。她一定相当富有,掌握着不小的权力,可能是一位公司高管,在她那位卓越的父亲所创立的公司中工作——正是这家公司改变了当今人类的生活方式。

"请原谅,"我摇着头问,"我有点迷糊。警方说没有犯罪证据……可你说你父亲被绑架了?"

"那是我们的看法。但我们找不到目击证人,也没有人要求支付赎金。一位来自真人保护部的犯罪动机专家认为我父亲不过是离家出走,而且是出于自愿。他是一个有自由意志的成年人,他有这个权力。"

"他确实有权这么做。可要想逃得不留痕迹,在这个地球村消失得无影无踪,没有几个人能做得到。就算你躲过了所有的秘密镜头和监视器,也不可能摆脱周围人的视线。"

"我向您保证,莫里斯先生,我们检查了几千个人的记忆,还是没能追查到我父亲的踪影。"

"叫我艾伯特。"我纠正道。

她迟疑地眨了眨眼睛,脸上的表情很复杂,先是阴郁了一会儿,然后笑了一下,她笑的时候很漂亮。"艾伯特。"她改口,并非常优雅地略微点了点头。

我想知道,如果克拉拉也在场,会不会夸她很有吸引力?

房车开过剧院广场。昨晚的记忆让我脚趾抽痛……在地狱般的水下长途跋涉时,脚趾被螃蟹一点点啃食,那种感觉真不舒服。我看了一眼那间餐厅,当时有个偶人侍者吸引了人群的注意力,救了我一命。今天时间还早,餐厅还关着门。但我发誓,如果那位朋友还在那里上班,我会回来光顾这家店的。我欠他一个人情。

"好吧,我们可以核实一下,看看你父亲离家出走的可能性大不大。如果他是有计划要离开你们的视线,那么在他家里,或者他最后一次出现的地方,应该会有做准备工作时留下的痕迹。但愿现场没有弄乱。丽图,你上次见到你父亲是什么时候?"

"差不多一个月之前。"

我差点被呛到。一个月?就是有线索也不可能留到现在了。我板着张臭脸,强忍着才没有指责我的委托人。

"时间……够久的了。"

"不用说你也猜得到,我早就派出手下四处寻找,还动用了一些关系。"高岭的偶人解释道,"但是没多久,我们就认识到,在这种情况下,我们需要一位真正的专家。"

我点点头,算是收下了他的恭维话。但我还是有点担心,为什么他想,或者说需要拍我的马屁呢?有些人天生喜欢礼貌待人,但我觉得这家伙不一样,他的一言一行都是计算好的。有钱人的奉承是个危险的信号。

"我需要检查马哈拉尔博士的住所和办公室,另外请允许我拜访他的同事。如果线索和他的工作有关,我还需要知道他工作上的一切。"

高岭那张昂贵而逼真的脸看起来不太高兴,"这就要……牵涉一些很敏感的内容了,莫里斯先生。比如说一些很高端的技术,还有意义重大但内容不可外泄的研究进展。"

"如果你愿意的话,我可以签署一份保密合同。用我半年的收入作抵押怎么样?"

他考虑了几秒钟。复制人经常会得到授权,可以代表他们的真身发话——富翁用不着考虑偶人新陈代谢的成本,所以这种最昂贵的白金偶人可以像他们的真身一样思考。不过,我还是希望最终拍板的不是这个家伙，而想和真正的高岭阁下谈谈。

"有一个最理想的解决方案，"他建议，"就是你成为高岭的专用侦探。"

我心想，对我来说可不那么理想。在这些大人物中间，让人宣誓效忠是一种时尚，他们很喜欢玩君主和忠仆这种封建把戏。但我的个性不认同这个。"还有个更理想的解决方案，就是找一个靠名声吃饭的专业人士来作证。这个约束比任何所谓誓约都更有保证。"

我只是提出了一个反对意见——这是谈判的一部分，以便让我和高岭的本体平起平坐。不过让我惊讶的是，白金偶人坚定地点了点头。

"就这样吧，莫里斯先生。对了，我们到了。"

我转过头，看到房车正在接近一道高高的栅栏。栅栏用蓝色金属制造，闪烁着离子化的防护光圈。在这道戒备森严的大门后是大学校园般的园区，对面是三栋巨大的气泡状圆顶建筑，它们在阳光下如镜子般反射着光辉。中间的大楼高高耸立，足有二十层楼高。不用添加任何商标和公司标志，人人都知道，这幢标志性建筑正是寰球陶土集团的全球总部。

此外，暴露其身份的还有游行示威的人群。他们聚在大门外，冲着进进出出的车子高喊口号，挥舞标语——各种大大小小的抗议已经持续了三十年。除了老式标语，他们还用了全息投影机，把色彩斑斓的3D标语有针对性地打在车窗上（以及一些粗心者的脸上）。当然，高岭的豪华房车过滤掉了这些干扰，但我还是注意到了一些海报：

只有一位造物主！

天然肤色美丽!

人造"生命"是对宇宙万物的嘲弄!

当然,还有——

每个人:只有一个灵魂

这些抗议者都是真人。在他们当中的很多人诞生之前,这场旷日持久的斗争就已经在法庭和市场上双双败下阵来,但他们仍在坚持,不断谴责这项技术。在他们看来,这是对上帝特权的僭越——每天创造出数以百万计的人造生命,即用即弃,在他们眼中,这是不可饶恕的罪孽。

一开始,我只看到在大门右侧真人们此起彼伏地叫嚷。但我马上意识到,另外还有些人在跟他们较劲儿——就在大门左侧,有一群更年轻、打扮更新潮的人,他们大多举着更先进的投影机,没有张贴标语。这第二群人传达的是不同的信息:

结束对陶偶的奴役!

"人造人"是社会污点

寰球陶土是为"真人"统治阶级服务!

复制人也有人权!

所有能思考的生命都有灵魂

"一群疯子。"高岭低声说,朝第二群人看了一眼。他们当中还有不少肤色鲜亮的偶人。除了大家早已熟悉的真人运动之外,陶偶解放运动也在蓬勃发展。

两拨抗议人群相互鄙视,但在对寰球陶土集团的仇视上,他们却保持着高度一致。我想,如果他们知道集团董事长埃涅阿斯·高岭阁下本人正经过这里,会不会把彼此的敌意抛在一旁,合力向这边发起进攻?

好吧,不是"本人",但也差不多了。

他好像知道我在想什么,轻笑起来,"如果我在世界上只有这些敌人,那就好了。我也用不着这么谨慎了。这些卫道士只会制造噪音……有时也会寄来一两颗可怜的炸弹……不过他们的想法大多在我预料之中,很容易对付。真正给我们制造麻烦的是一些很'实际'的人。"

他指的究竟是什么人?陶偶技术打破了很多旧时代的基本生存法则,我一直很困惑为什么它没被扼杀在摇篮里。它的出现,不但瓦解了所有的工会,让数百万人砸了饭碗,而且引发了十几场战争。全靠几个世界一流的领导人积极斡旋,战火才没有大规模燃烧起来。

有些人说,这东西没有带来任何进步!呃,其实进步还是有的,只要你使用得当。

房车经过了安检设备的扫描,载我们穿过大门,把示威人群留在后面。几辆公交车也停在大门口,卸下陶偶工人。不过,来这里的大多数雇员还是有血有肉的真人,需要的话,他们会就地制造复制人。有些真人骑着自行车来,利用上班的路途锻炼身体,工作之前还能享受蒸汽和按摩。寰球陶土这种大企业给员工的待遇真是相当不错,宣誓效忠能得到不少好处。

房车继续向前开,离大门越来越远,一路经过戒备森严的装载码头,那里有船只运送冷冻箱和复制机之类的机器,还有成型的陶偶。大多数偶人是空白的,人们买了以后再注入记忆。房车经过时,我还看到了一些特殊型号的陶偶——硬邦邦的,装在半透明包装箱里,看起来模模糊糊。其中有些高得出奇,有的又瘦又长,有的外形更像传说中的野兽。不是所有人都愿意把记忆装进不合规格的躯壳里,不过据我所知,在追求时髦的人中间,这种型号越来越流行了。

房车驶向主楼的入口,这里显然专供大人物进出。仆从们穿着制服,皮肤也是同样的翡翠绿色。他们迎上来打开车门,我们下了车,头顶是人造乔木形成的华盖。半空中撒下芬芳的花瓣,缤纷如彩虹,柔和似细雨,花瓣尚未落地,便融解成香气四溢、色彩斑斓的蒸汽。

我四下张望,见不到我那辆沃尔沃的踪影,它一定是被拖到某个更平民化的停车场去了。毕竟,凹陷的挡泥板和这里的气氛格格不入。

"那么,现在该去哪儿?"我问高岭的白金色复制人,"我需要见见你的真身,好最后决定……"

那张脸毫无表情,打断了我的问话。

丽图解释说:"我以为你知道的。高岭阁下从不会亲自接见来访者。他用复制人管理所有业务。"

我听说过,高岭不是唯一一个选择隐居的富翁。这种人在安全的密室里隐居,由电子人或偶人代为处理世俗事物。不过大多数情况下,这只是一种做作的、虚伪的姿态,一种拒人于千里之外的手段,碰上重大事务时还是会例外的。比如说,一位卓有声望的科学家失踪了,这种事本来应让他破例。

我刚想这么说,却发现丽图的注意力转向了别处。她淡色的眼珠不再看我,而是越过我的右肩,两只眼睛就像映出了火光,下巴抖得厉害。与此同时,高岭的复制人也倒吸一口气。

我转过头去,就在这时,丽图开口了:"是爸爸的偶人!"

一个陶偶从花荫后闪出,向我们走来,他的肤色比高岭那优雅的白金色偶人灰暗得多。这个偶人看起来将近六十岁,身材修长,走起路来脚步虚弱无力,似乎刚刚经历了不少磨难。那张脸很消瘦,有棱有角,和丽图有几分相似,特别是在咧开嘴露出一个有气无力的微笑时。

他的纸质外衣有好几处撕成了条,身上还有一张闪闪发亮的寰球陶土集团的身份卡,上面写着"尤希尔·马哈拉尔"。

"我一直在等你。"他说。

丽图却没有冲进他的怀抱,只是向父亲的复制人打了个招呼。这说明在马哈拉尔家里,即便是私底下,真人和复制人之间也是泾渭分明。不过,当她一把抓过他的一只暗灰色的手时,连声音都在颤抖,"我们快担心死了。还好你平安无事。"

至少在过去的二十四小时里,他没出什么事。我静静地观察着,留意他撕破的衣服和开裂的人造皮肤。再过几小时,他就会消融了。他身上已有碎屑剥离下来,面部边缘也有些脱皮,也许是某种伪装的残留部分。他的声音听起来很温和,又带着些倦意。

"抱歉,让你担心了,孩子。"他对丽图说,然后转向高岭,"还有你,老朋友。我不是故意让你们两个担心的。"

"出什么事了,尤希尔?你去哪儿了?"

"我不得不暂时离开,去处理一些问题。琐罗亚斯德计划①……还有跟它相关的……"马哈拉尔的偶人摇了摇头,"总之,我感觉还好。这几天,事情解决得还算顺利。"

---

① 琐罗亚斯德(公元前628年~公元前551年),琐罗亚斯德教的创始人。在基督教诞生之前,琐罗亚斯德教是中东及中亚等地最具影响力的宗教,也是古代波斯帝国的国教,曾被称为"拜火教",在中国称为"祆教"。

高岭迫不及待地上前一步。

"你是说解决方案……"

丽图打断他："为什么你不跟我们联系？为什么不让我们知道……"

"我也想的，不过我惹了一堆麻烦，又信不过电话和网络。"马哈拉尔的偶人懊悔地轻声笑了笑，"我猜我确实有点偏执。所以我没打电话，而是派出这个复制人联系你们。我只是想告诉你们俩，一切进展很顺利。"

我退开几步。丽图和高岭在低声抱怨，但明显很高兴，也放下了心。这个时候我不想去打扰他们。当然了，我还是觉得心痛，一起很赚钱的案子刚到手就这么飞了。不过，大团圆的结局总不是什么坏事。

但我不知怎么还是心神不宁，因为我不敢确定这是不是真正的大团圆。只花了半个上午做了点咨询，就到手一张丰厚的支票，可我还是有种空落落的感觉。每次觉得工作没有真正完成的时候，这种感觉便会挥之不去。

3 | 冷冻箱里的东西

　　我把车停在小威尼斯运河河畔，掏出钥匙打开克拉拉的船屋，希望能在她家里找到她。

　　克拉拉很适合住在船上。每次看到很多人——甚至是穷人——非得兴致勃勃地盖起自己的房子，竭尽所能展示奢华和财富的时候，她都说，她还是更喜欢简约精致的住所。河水的潮汐涌动，船屋的摇摆起伏，都在时时提醒她世事无常——她觉得这样反而会更安心。

　　北侧这边的舱壁上还留着那些弹孔。透过弹孔，夏日阳光斑驳地照进船上的小客厅——克拉拉称之为"新天窗"。那天，小帕当着我们的面精神崩溃了，我和克拉拉费了好大工夫，才把他手中的枪夺下来。这是我第一次也是唯一一次见到这位朋友为自己的坏运气伤心。那天是他出院的日子，他仅剩的上半身坐在那辆亮闪闪的生命维持轮椅上。

　　后来我们开车把小帕送回了家。他道了歉，克拉拉说不用介意。就在那个时候，她发誓说不会修复这些弹孔。她很重视它们，说这是珍贵的"纪念"。

这下你明白了吧。每当感到泄气或失望的时候,我总是会到
这艘船上来。

只是这一次,克拉拉不在家。

不过,在厨房的柜台上,我发现了一张写给我的字条。

上面写着:

我去打仗了,不用等我。

我不满地嘟囔着。难道说,我那垂死的偶人昨晚搅了弗伦克
尔太太的晚餐聚会,这会儿让我遭报应了?对克拉拉来说,邻里关
系是很重要的。

然后我想起来了,哦,对了,去打仗。以前她就提到过几次,说
她所在的预备役部队接到通知,会去执行战斗任务。我想想,是跟
印度作战,还是跟印度尼西亚来着?

该死,这种任务最少也要一个星期,有时会更长。我真的很想
和她说说话,而不是担心她在哪里,在那些鸟不拉屎的地方做些什
么。

下面还有字:

请不要打扰我的偶人干活!

我有些功课要在明天做完。

我看了一眼她的小书房,门缝里透出灯光。就是说,克拉拉在
离开之前造了一个复制人,打算在家里完成一些课程。毫无疑问,
里面会有一个灰色或黑色的偶人,和我女朋友长得一模一样,身上
裹着一条睡袍——其实那是一块具有虚拟现实功能的方披巾。她

最近又选了几门主修课程,似乎是班图语和中国军事史,而这个偶人要加班加点完成她的功课——和整个大陆上一亿名终身制学生一样,她的兴趣总是不断改变,让我跟不上趟。

至于我,已经属于濒危物种了——我是替别人打工的。我的人生信条是:既然有了一技之长,干吗还待在学校里?这种一技之长不知什么时候就会落伍,没用,趁它还有市场价值的时候,干吗不用起来?

我轻轻一碰,磁力锁便无声无息地开了,我推开小书房的门。没错,她的字条上写着叫我"不要打扰",但有时候,我就是感觉不踏实。我不过是想确认一下,在这艘船上,凭我的身份认证(生物识别),是不是可以全权访问任何一处地方。

可以。没错,里面有一个灰色偶人,正在专心致志地学习。小书桌上堆满了论文和资料板。偶人只有两条大腿露在外面——材质是灰浆陶土,但外形确实匀称美观。她腰部以上都裹着全息交互式织物,随着她挥舞双手指指点点,织物不断地鼓胀,变形。她脸上戴着消声面纱,但含糊的说话声还是传了出来。

"……不,不!我才不想看那些外行拍的关于'沉闷战争'的商业片。我要的是真实事件的信息!不是历史书上写的那些,而是原始的任务报告,就像TARP那种生化犯罪的明确资料……是的,没错。在战争中,真实的人类遭受的真实的伤害……

"我知道审判记录有四十年历史了!那又怎么样?学会适应那种老式的数据协议……哦,这就是你的蠢借口……他们居然还管你叫人工智能?"

我不由得笑了。不管是不是复制人,她确实从骨子里像极了克拉拉——关键时刻冷静无比,跟别人相处时关心体贴。但克拉拉特别看不惯办事不麻利的生手,尤其是机器。就算告诉她,她没法像吓唬新兵蛋子那样威吓电脑软件,也是白费力气。

我很好奇——也有点儿不能理解——克拉拉为什么指派一个复制人去做家庭作业，却从不吸收傀儡的记忆？这样能帮她学到什么东西呢？好吧，我已经跟不上潮流了。(但她说，这正是我"讨人喜欢"的优点之一。)我很难想象，一个傀儡明明知道，在一天结束之后，它不可能和原身合而为一，它为什么还这么拼命呢？

呃，有时你不也是这么做的吗？我心里想。上周你不是还借给克拉拉一个黑色偶人帮她做功课吗？那个偶人她还没还给我，当然我并不介意。

只要我们享受到了学习的乐趣就好。

我还是决定不去打扰做作业的偶人。克拉拉喜欢专业人士，这个偶人一定也是聪明绝顶。她会全力以赴，刻苦钻研，直到短暂的生命走到尽头为止。性格使然，一心一意专注于手头的每一项工作，这才是我的克拉拉。

这艘船屋便是最好的注解。在这个时代，别人都会花费大量业余时间，精心布置他们的新家，或是把收藏品摆满大屋。可她这儿注重的却是效率，仿佛她随时准备扬帆远行，驶向另一处河岸，或是驶向另一个时代。

船上的工具很显眼，很多都显示出手工质感。比如一套全天候导航系统旁边挂着一根雕花桃心木手杖，还有一对令人畏惧，可自动瞄准的流星锤，它是用用陨石中的镍铁合金铸造的；男式和女式防护方巾挂在附近的衣架上；锃亮的钛金属锁甲起的是装饰作用，藏在它里面的才是真家伙——一套长毛绒斗篷，这是发射器，可以把你传送到虚拟空间中任何一处你想去的地方。

我们的情侣装方披巾也挂在船上——从我认识她以来，除了这套方披巾，她没送给过我任何别的东西。另外还有一对苏利德①

---

①一家法国公司，以制造硬质塑料材质的汽车模型而著称。

娃娃,是我们一起攀登德纳里峰①时的造型——她平直的棕色头发剪得整整齐齐,包着脸,像扣了顶头盔。克拉拉总是觉得自己的脸很长,不够可爱,其实我从来没这么觉得。要我说,她看起来很成熟,是个真正的女人,而我自己却太稚嫩了,看起来永远处于阴暗忧郁的青春期似的。也许正因为这个原因,我才会从事这种常人不愿接手的工作,而且干得很卖力,克拉拉的心态却自在得多,对一切都充满兴趣。

除这些之外,再没有什么乱七八糟的收藏品了。她的战斗偶人们参加过一百多场战斗,她所在的小队更是打过几场很有名的战争。他们在炮火中匍匐前进,在激光中冲锋陷阵,但她从不带任何战利品回来。

从一个层面上说,和我交往的是个大学学生妹;从另一个层面上说,她又是个大兵兼国际名流。但这又怎么样呢?现在这个时代,一个人过着几种互不相干的生活,大家都见惯不惊了。如果说人类真有什么了不起的才能的话,那就是他们永远可以迅速习惯"下一件大事",而且很快对它习以为常。在这方面,人类的能力几乎是无限的。

我继续看克拉拉留给我的字条。她用生物技术把指纹印做成了一个眨眼斜视的形状。指纹按在后面,指向后面的另一张纸:

如果你寂寞了,冷冻箱里还有一个我。

她的复制机银光闪闪,是最新的型号,占据了船上一间小房间的四分之一。冷冻箱是半透明的,覆着寒霜,里头隐隐能看到一个人形轮廓——克拉拉的形状和尺寸——应该已经复刻成型,只等

————————————

①即麦金利山,位于美国阿拉斯加州的德纳里国家公园,海拔近6200米,是北美第一高峰。

烤成陶偶了。

　　看着那个精致匀称的侧影,我觉得自己就像个当老公的,老婆出门之前把晚餐留在冰箱里,到时候拿出来热一热就可以吃了。考虑到克拉拉对婚姻的态度,这个想法有点奇怪。还有,克拉拉喜欢制造各有专长的偶人,这个乳白色偶人的长项肯定不是交谈或智力。

　　好吧,留给我什么,我就享用什么吧。

　　但不是现在。我接连处理了两起紧急事件,忙活了四十个小时,比起跟一个替代品亲热,我更需要好好睡一觉。可在开车回家的路上,一种说不清道不明的不安感啃噬着我。

　　"你查过剧院广场那家餐厅的侍者了吗?"我一边问妮尔,一边把沃尔沃停进小车库。我的家庭电脑用我很熟悉的女低音回答:"查过了。那家餐厅报告说,他们昨晚解除了一个侍者的劳动合同,因为他给顾客添了麻烦。从今天晚上起,他们会从另外的途径雇用几个更有经验的偶人。"

　　"该死。"这么说我连累了他。签到这种工作的劳动合同可不容易,这是高等餐厅,老板会要求员工举止整齐划一,服务尽善尽美。一模一样的侍者不会出什么意想不到的岔子,用同一个模子造出来的员工也不会为了小费跟客人起纠纷。

　　"他们能提供他的名字吗?"

　　"出于隐私保护,名字被屏蔽了,但我会搞定的。你还有别的案子,我们今天需要造几个复制人处理这些案子吗?"

　　妮尔的语气里带有一丝责备。我们的例行日程被彻底打乱了。平常这个时候,我已经造好了几个复制人,让他们出去跑跑腿,打探消息,本体则上床睡觉。睡眠会保护珍贵的脑细胞,用来处理那些非同寻常的案子。

　　我没有一头倒在床上,而是走向陶偶炉,躺好。妮尔解冻了几个空白的偶人以便重新轧制。它们滑进加温托盘的时候，我移开了视线。数以百万计的催化细胞那短暂而活跃的一生开始了，人造肌肉像面团一般蠕动起来，加上了颜色。如今的年轻人可能对这一切已经司空见惯，但大多数我这个年纪的人还是会感到一丝不安。那种感觉，就像目睹一具尸体复活。

"报告吧。"神经探针在我头上摆来摆去，我对妮尔说。

"首先，我整个上午都在替你挡着金妮·沃梅克。她急着想跟你通话。"

探针在我的头皮上舞动，把我的大脑驻波和存储器中的基态波作对比。我皱了皱眉。

."沃梅克的案子已经了结。我圆满地履行了合约。要是她想在费用问题上吹毛求疵的话……"

"那位头牌已经全额付清了费用，没有吹毛求疵。"

我诧异地眨眨眼，差点坐了起来。

"还真不像她。"

"也许沃梅克女士注意到你今天早上对她很粗鲁，之后还始终不接她的电话。从心理学的角度讲，那显得你很强硬。也许她担心激怒你的次数过多，你会永远不再为她服务了。"

妮尔的分析很有道理，我正觉得为那个头牌玩命工作有些不值得。我放松下来。探针的舞动更剧烈了，它们正在复制我的交感神经和副交感神经系统。

"什么服务？我说过她的案子已经了结。"

"她心里显然另有打算。她提出以最高标准付酬，外加百分之十，作为今天下午的保密咨询费。"

复制过程中最好不要考虑至关重要的问题，太多的随机电信号会冲击你的大脑……但我还是考虑了一下。

"好吧，玩点手段，让她觉得很难弄到我的服务。抬高价码，在最高标准上提高百分之三十,问她接不接受? 如果她同意,派一个灰色偶人过去。"

"在我们说话的时候,灰色偶人已经开始制造了。还需要准备一个黑色偶人吗?"

"嗯,有点儿贵啊,一个灰色的已经足够,但愿他能早点完成沃梅克的咨询,回家还能帮帮忙。"

"这个案子一个灰色偶人足够了。但我们还需要一个绿色的……"

妮尔突然停下。

"我接到一个电话,是紧急事务。对方叫丽图·莉萨贝莎·马哈拉尔。你认识她吗?"

我又一次差点忍不住坐起来。真要那样,整个复制过程就白费了。

"我今天上午见过她。"

"你没有告诉我。"

"先接通电话好吗,妮尔?"

墙上的屏幕亮了起来,高岭阁下那位年轻助理的小脸出现在屏幕中,是她本人。她情绪激动,面色绯红,完全不是我在一个小时之前见到的那张如释重负的脸。

"莫里斯先生……我是说艾伯特……"

她眨眨眼睛,发现我正仰面躺在陶偶炉里。在很多人眼里,复制过程属于个人隐私,就像每天早晨更衣一样。

"请原谅,马哈拉尔小姐,我现在没法坐起来。如果事情确实紧急,我可以取消复制过程,或者我一会儿再打给你……"

"不。很抱歉我打扰了你,我不知道你在……因为我……我收到一个可怕的消息。"

随便哪个人都能从她的表情上明白她的处境——伤心失望,

悲痛欲绝。我猜——

"是你父亲?"

她点点头,泪如泉涌。

"他们发现了他的尸体……"她停下了,再也说不下去了。

"是他的本体?"我问道,不由得浑身发抖,"不是我们见到的灰色偶人,而是你父亲……本人的尸体?"

丽图点点头。

"你能马上派一个'你'过来吗?让他来高岭的庄园。他们说这是一起事故,但我相信,我父亲是被人谋杀的!"

4 | 灰色偶人①

……星期二的一号偶人遭遇挫败……

运行静音评论模式。

实时记录。

如果这具身体是我本人，那么，当我录音的时候，经过的路人应该能看见我的嘴唇嚅动，或听到我的低语。对着麦克风讲话让人恼火，而且不方便，周围的人会听得一清二楚。所以，我所有的灰色偶人都被赋予了无声记录的功能，以及记下一切的本能。

而现在，我也是一个灰色的偶人。

真该死。

我从加温槽里起身，从架子上抓过一件纸质外衣，裹住刚刚成型的四肢——在催化酶的作用下，它们依旧滚烫。现在的我是一个仅能存活一日的复制人，一想起这个，我就有点儿火大，请千万不要见怪。

当然，这种经历我已经有上千次了。现代生活的一部分嘛，人

①此处原文为 gray matter，也指大脑的灰白质。

人都这样。可这还是很像从前父母递给我一张长长的清单，告诉我说今天不许贪玩，要把这些活儿都做完……跟父母要求不同的是，艾伯特·莫里斯的傀儡在工作期间被人干掉的概率尤其高，而他本人不去冒这个险。

反正死的都是傀儡，没人会在意，更没人感到痛惜。

呸，今天的情绪怎么这么糟糕？

也许是因为丽图的消息吧。它提醒我，真正的死亡一直都在周围萦绕。

咳，管它呢！没必要考虑那么多，生命本来就是平等的。这次你是蚱蜢，下一次你就是蚂蚁了。不同的是，现如今，在同一个时间段里，你可以既是蚱蜢也是蚂蚁。

我随随便便捡了套灰色的连衣裤穿上，这时，真正的"我"从扫描台的垫子上坐起身，他朝我这边看了一眼，我俩四目相对。

如果今晚我能回到这里，将记忆合而为一，我就能从两个不同的角度重温这个短暂的瞬间。这场面比凝视镜中的自己或是某种似曾相识之感更让人不自在，所以我们很少会这么做。有些人对此极其憎恶，他们根本不愿跟自己的偶人见面，宁愿通过屏幕对他们发号施令。另一些人却毫不在乎得过了头，甚至觉得自己的复制人可爱极了！真是什么样的人都有，据说这正是人类最了不起的地方。

我们毕竟是从一个模子里刻出来的，在我们目光接触的刹那，我的原身真人在想些什么，我知道得一清二楚。其实他有点嫉妒，他也想亲自去见一见漂亮的丽图·马哈拉尔，也许还想为她提供一些帮助，或者安慰。

忍了吧，艾伯特。这是我被创造出来的目的。毕竟，她需要的是偶人，一个灰色的高级偶人。

别担心，老板。你就等着晚些时候接收我的记忆吧。我的生命将由此得到延续,你也会记得每一个细节。一天的经历换一个"来生",这个交易很公道。

活儿比较多的日子,交通工具总是件麻烦事。我们只有一辆车,这当然属于真人的,以防他万一外出。本体的生命受到严格保护,不能淋雨,要远离可能带来意外的东西,比如说汹涌的车流,或者子弹。

这种安排真差劲,因为他明明会一直待在家里,披着浴巾,趿拉着绒毛拖鞋,一边在网上冲浪,一边"调查"案件。他的研究调查不用花力气,只要动动眼珠就行。那辆沃尔沃停在车库里,而我们这些偶人出门却只能坐公交,或者骑轻便摩托。

我们只有两台小摩托,今天却有三个偶人。所以我只好和另一个廉价的绿色偶人共享一台小黄蜂,他是去老城区执行任务的。

当然了,是我带着他。绿家伙坐在后座上,安静得像一块木头。摩托车噗噗叫着向约好的地点进发,丽图会派一辆车来接我。那儿有个小公园,紧挨着查韦斯大道,很阴凉,偶人可以在那儿待很久,不用担心被阳光晒化。

我停下小摩托,没让发动机熄火。我一下车,绿家伙便滑过来抓住了车把手,动作很娴熟,我们配合过好多次了。

他头也不回地离开了。如果绿家伙能平安回家的话,明天我就能知道他现在在想什么了。我看着他融进车流,超过一辆货车,心中不禁打鼓:喂喂,这么骑车会出事的,别把车撞坏了!骑车真应该再小心点儿才是。

我站在那里,等着寰球陶土集团的车子,一边闭上眼睛,感受着夏日里懒洋洋的暖风。灰色偶人需要敏锐的感官,所以现在我能闻到附近胡椒树的味道。孩子们穿着长裤,爬上粗壮的树枝,抠下干枯的树皮,大喊着让其他孩子也来玩。这里还有玫瑰和栀子花的味道,各种香味混杂在一起,吸进鼻腔黏膜内的海绵状传感器,让我几乎觉得自己真的活着。

不远处,十来个人蹲坐在那里,戴着宽宽的遮阳草帽,享受园艺的乐趣——在这个没什么工作可做的世界上,这又是一种消磨时光的办法。我选在这里碰头,这也是原因之一。这儿的园林俱乐部的人手艺不错,不像我家的邻居,压根儿不在乎什么花花草草。

我环顾四周,看看我会不会挡了别人的路。公园里大多是真人,当然了,孩子们都是真人。对于大多数人来说,只有在教一些需要死记硬背的知识时,才会为孩子造一个偶人——或者偶尔复制一个小孩送去见外祖母。有些父母连这种事情都不愿意做,他们害怕复制过程对孩子正在成长的大脑造成不良影响。但随着技术进步,这种保守想法将会慢慢消失。

(我听说,有些离异夫妇在探望孩子时,用的方法很新潮。妈妈会让爸爸带着孩子的偶人去动物园,却不让孩子接收这一段幸福的记忆,以泄私愤。这都是什么事儿呀?)

在公园里照顾孩子们的成人大多也是真人。为什么不呢?你可以烧制一个陶偶,派他去办公室上班,但在这里,抱抱孩子,逗他们玩,真人的作用是不可替代的。而且,让小孩出来玩,只派一个紫色或绿色的偶人跟着,会让你显得很没有爱心。当然,你可以从"保姆大师"那儿雇位女管家——那种做法不是没有爱心,而是社会地位的象征。不过,住在城市这边的人一般都负担不起。

……等一下……电话响了。我拿起手提电话,听到了妮尔的声音。她同时也接通了我的本体。

是小帕。透过小小的显示屏,我看到他坐在一张大号轮椅上,半瘫的脸环绕着传感器。他希望我能顺路去看他。可能是出什么事了,而且比较敏感,他不愿在公共电话线路里解释。

本体的回答很不耐烦，他已经连着两天没怎么睡觉了（可怜的家伙），肯定去不了，也没有力气再造一个复制人。

"我派出了三个偶人。"我听到我对小帕说，"如果时间允许的话，其中一个会顺路去看你。"

哈！小帕住在老城区，离泰勒大厦只有几个街区。他真该早点提出这个要求。

三个偶人？绿色的那个能力不足，肯定应付不了小帕。我想金妮·沃梅克不会让另一个灰色偶人早早脱身，剩下的便只有我了。我必须先去帮助并安慰小可怜丽图·马哈拉尔——还得忍受警察的怒目而视和喋喋不休，谁叫我是个"横插一脚进来的私家侦探"呢——然后再挤上臭烘烘的公交车去见帕尔，听他慷慨激昂地发表最新的阴谋论，直到我寿终正寝。真是太棒了！

啊，寰球陶土的车子来了。不是那辆豪华尤格车，但也是辆好车。司机是个模样傻傻的紫色偶人——只会集中精力开车，反应飞快，能把你平平安安送到目的地，却没法给你提供什么明智的建议和意见。

我上了车。

他开动了车子。

街道飞速后退。

我拿出一块便宜平板，点开一份报纸来读——《反社会者日报》。如果你想在这个圈子里立于不败之地，就要时刻关注最新社会动态。我本人看这些东西的时候，大脑总要打瞌睡。"我"很想看下去，可游离的驻波就是不遂愿，所以"我"为灰色偶人加了一个新功能，让他能够更加专注。

上大学的时候，要不是"我"派出这些偶人去图书馆用功，我到今天都别想毕业。

等一下。

我把视线从文字上移开，正好看到寰球陶土集团的三重穹顶从右侧闪过，转瞬即逝。我们是要去别的地方，我还以为……

哈，没错。丽图本来就没提过寰球陶土，她说的是"高岭的宅邸"。就是说，我会受邀拜访那位大人物的藏身之地！啦啦啦……真是太棒啦。

我低头继续看苏门答腊的复制人服刑事件，好像是说，他们正在采用让多个偶人同时服刑的方法，把二十年刑期变成了两年。他们说，这么做既可以节省资金，也能充分教育那些坏蛋。真的假的？

再抬起头来时，我们已经驶进了一片高档住宅区。高墙之后，大屋林立，条条漫长的停车甬道通向一幢幢豪宅。宅子占地一个比一个大，一个比一个壮观，守卫也一个比一个森严。我打开左眼的探测器，发现墙头布满了警卫装置：装饰性的兽头雕刻里暗藏可喷射催眠瓦斯，模拟雪貂蹲坐在树上，监视着每一个不速之客。当然了，它们绝不会骚扰真正的来访者。

高岭的庄园入口处没那么招摇，没有荷枪实弹的警卫。真正会咬人的狗是不露牙的。

我们径直驶入大门，然后上了一条弯弯曲曲的甬道。

草地和老树包围着一座雄伟的石城堡。城堡一侧还能看见几座不太显眼的小屋、花园和用树篱围起来的客房。花园让我很失望，没什么好看的。如果我也这么有钱，肯定会种些奇花异草。但我发现了一个建筑上的奇观——一座镜面般的圆形穹隆覆盖着整整一个侧翼的屋顶。那里就是大人物的隐居之处，大屋的其他部分则留给了仆人、访客和傀儡。显然，埃涅阿斯·高岭很重视他的隐居生活。

大屋前面只停着一辆白色医疗车。我原以为官方车辆都会到场,比如警方的侦察用车和法医实验车。这里没有谋杀现场的感觉,有点不太正常。

显然警方并不像丽图那样认为此案另有蹊跷,难怪她给我打了电话。

管家派出他自己的黄铜色复制人打开车门,另一个领我走进大屋。待遇真好,就像在提醒我不是真人一样。

我进来了,站在中庭的拱顶之下。优质木材做的墙板,炫目的装饰品——墙上挂着好多头盔、盾牌,还有各个时代的坚兵利器,克拉拉准会喜欢这些东西,我帮她拍下了几张照片。

谈话声让我停下了脚步。我被领进一间摆满书籍的大型藏书间,此时这里气氛阴郁,有了新用途:奢华的橡木长桌上摆着一具樱桃木棺材,棺盖开启,那被家人挚爱的人已经亡故,正在接受亲友吊唁。我看到大概十几个身影,但只有两个是真人——其中一具是尸体,另一个是他悲痛欲绝的女儿。

我应该到丽图身边去,毕竟是她叫我来的。不过在现场主持大局的是高岭的白金偶人。和我今天上午见到的是同一个吗?一定是的,他冲我点了下头,看来是认出我了,然后转向可视电话——我猜是要跟下属及顾问商量事情。出现在这里的每一个人都很忧伤,尤希尔·马哈拉尔是他们集团的重要人物,他的死亡肯定会让某些重大项目遇上大麻烦。

该死。发生了这种惨剧,我本以为高岭本人会现身,哪怕是从那座银色穹顶上下来一会儿也好呀。难道他真的成了一个不问世事的隐士?

尸体上方灯火通明,一个技术人员手拿仪器,在棺材上方比画了大半天。他停手之后,转向丽图·马哈拉尔。

"小姐,我已经再三检查过,结果还是一样,没有任何证据表明你父亲的死另有蹊跷。他体内没有发现毒素或致命的药物,身上也没有针孔或注射的痕迹，没有脏器受损的迹象。他驾车时睡着了，车冲下了公路高架桥，那也是他的遗体被发现的地方；而他体内的化学成分显示出过度疲劳的迹象，这两点可以相互验证，同时也符合警方的调查结论。他们检查了失事车辆，没有人在车上动过手脚，也没有任何证据表明有人进入或走近过他的车。如果这些结论让你不满意，我只能说很抱歉。意外失事，似乎是最合理的解释。"

丽图的脸冷得像块石头，面色像偶人一样苍白。她一言不发，这时，一个高个子的灰色偶人走过来，伸出手臂揽住了她。这是她父亲的复制人——几小时之前我还见过他一面——长着和那具尸体一模一样的脸。当然，人工手段还不能模仿真人皮肤的质感，后者的耐久度可以长达数十年之久。马哈拉尔的偶人凝视着他的真身，他知道，不久之后，死亡也将降临到自己身上。复制人只能把记忆传给创造他的本体，这就是模板效应。所以他现在就像一个无家可归的孤儿，没有真人的大脑可以接收他了。滴答作响的生命时钟和迅速消亡的人造细胞正在剥夺他的生命活力。

从某种程度上说，尤希尔·马哈拉尔现在还活着，能够计算自己弥留的时光。但最多还有几个小时，他的灰白色幽灵也将永远消失。

丽图似乎也意识到了这一点，她张开双臂拥住父亲的偶人，紧紧地抱着他……但没过多久，其实也就几秒钟以后，她松开了手臂，跟一个管家婆模样的绿色偶人走开了。也许那是位老保姆，或是她家族的一位友人。离开时，她目光游移，尽量不去看她的两位父亲—— 一位已死，另一位即将死去。

她没看到我。

我该怎么做，跟上去吗？

"让她一个人待一会儿吧。"一个声音说。

我转过身。马哈拉尔的偶人正站在我身边。

"不用担心,莫里斯先生。我女儿很坚强,半小时后就会好多了。我知道丽图想和你谈谈。"

我点点头,我就是为此而来的。此外,好奇心是我的动力,无论我是真人还是陶偶。

"她认为你是被谋杀的,博士。是这样吗?"

灰色偶人耸耸肩,样子有点懊悔,"今天上午我们第一次见面的时候,我的表现一定很古怪,可能有点像偏执狂。"

"你尽量不想表现出来,不过我觉得……"

"……一定有什么内幕?有烟的地方一定有火,对吗?"马哈拉尔的偶人点点头,摊开双手,"造这个复制人的时候,我已经不那么惊慌了。我当时觉得——现在也觉得——就像从一个魔咒中解脱了。"

"魔咒?"

"我一直幻想着科技失控的情形,莫里斯先生。当费米和奥本海默见到核试验场内升起的第一团蘑菇云时,他们也许产生过同样的恐惧。或者就像弗兰肯斯坦的诅咒,不是不报,时辰未到。如今,它带着复仇的恨意回来了。"

这些字眼会让我的原身打冷战。就连我这个灰色偶人,似乎胃里也抽动了几下。

"现在你没有这种感觉了?"

马哈拉尔笑了,"我不是已经说这是幻想了吗?人类并没有被原子弹和细菌武器毁灭。也许我们最好相信,人们会以常识来迎接未来的挑战。"

他在兜圈子,我心里想。

"那你能否解释一下,为什么你一开始要躲起来呢?你觉得有人在跟踪你吗?后来为什么又改变主意?也许你的本体在创造你之后旧病复发，重新陷入了恐慌。调查表明他睡不好觉，因为焦虑，甚至是恐慌。"

马哈拉尔的幽灵偶人沉吟半晌，我们四目相对——一个灰色偶人，看着另一个灰色偶人。他似乎正要回答，但埃涅阿斯·高岭阁下大步走来，那张白金打造的面庞一脸严肃。

"老朋友，"他对马哈拉尔的偶人说，"我知道你现在状态不好，但我们必须竭尽所能做些补救。你应该充分利用剩下的时间。"

"什么意思？"

"当然了，你要做一份报告，把你的工作成果传给后人。"

"哈，我明白了。往我脑子里注射一百万个微型生化电极，再用伽马射线对我来一番煎炒烹炸，做个深度断层扫描，然后用分子过滤器把我身上每一个人造神经元都筛一遍。我余下的时间就做这个？听起来不怎么舒服。"马哈拉尔停下来想了一会儿。想着即将面对的现实，他的下巴似乎在发抖。我很同情他。"不过你说得对，应该抢救信息。"偶人的不情愿是可以理解的，人人都痛恨那种折腾。但为了得到他脑中的信息，还有别的方法吗？能接收复制人全部记忆的只有原本的母版，真人。别人，或者计算机，都无法替代。如果母版失踪或者死亡，唯一能做的就是用物理手段过滤复制人的大脑，得到天然未加工的图像——傀儡脑中，只有这种数据计算机可以处理。

至于其他的——你尚处于活跃状态的驻波，有关自我的核心意识，也就是某些人称之为"灵魂"的东西——不过是无价值的静电信号罢了。

有一个古老的谜题：你眼中的颜色，到了别人眼中是一样的吗？你闻了一朵玫瑰花，我也闻了同一朵，你和我一样感到陶醉吗？

现在，我们知道了。

答案是"不"。

我们也许会用相似的词汇形容夕阳。我们的主观意识经常会趋于一致,甚至彼此相通,合作关联,直至形成复杂的文化。然而,一个人实际的感觉和感知永远是独一无二的,因为人脑不是电脑,神经元也不是晶体管。

所以心灵感应是不可能的。我们每个人都是独立的,永远不可能合而为一。

"我派一辆车送你去实验室。"高岭的偶人一边对马哈拉尔的偶人说,一边拍了拍对方的胳膊,就像两个真人在表达友情。

"在提取信息的过程中,我希望能在场。"我插了一句。

我的要求让高岭很不满意。他皱了皱眉,我发现他那只精雕细琢的手又抖了一下。

"会有一些十分敏感的公司机密,需要保密……"

"但还会有一些搜集到的情报,可以解释这个可怜人身上到底发生了什么。"我指了指马哈拉尔的原身,他正全身冰冷地躺在棺材里,而我现在受雇于他唯一的法定继承人。如果这次信息提取我不在场,那就是我的失职,丽图是可以起诉我的。从法律上讲,她还有权阻止任何人解剖她父亲的复制人。

高岭显然也想到了这些,于是点点头。

"也好。尤希尔,你愿意去实验室吗?只要你准备好了,我和莫里斯先生随时可以陪你出发。"马哈拉尔的偶人一时没有回答。他的意识似乎神游天外了,眼睛直勾勾地盯着大门。几分钟前,丽图就是从那里离开的。

"呃,什么?哦,好吧。就当是为了整个项目,还有我们的团队。"

他抓住高岭那只精致的手,用力而简短地握了一下,又冲我生硬地点了一下头。下次我们见面时,他的头就会被装在玻璃容器里接受提取了。

然后,马哈拉尔的幽灵走向巨大的中庭,朝前门走去。

我转过身,面对高岭。

"马哈拉尔博士提到他很害怕,以至于藏了起来,好像是说有人在追捕他。"

"他也说过不再害怕了。"高岭回答,"造这个偶人的时候,他已经摆脱了自己的妄想。"

"但随后他又旧病复发了……如果马哈拉尔觉得自己受到什么事情或者什么人的威胁,必须逃走,那就可以解释为什么会发生这起意外事故了。"我想了一下,"实际上,他的偶人从没否认过有人在追捕他。他只是说,他被造出来之后,似乎危险没那么可怕了。你能想到是什么理由……"

"为什么有人想伤害尤希尔?好吧,其实在我们的公司里到处都有危险。某些狂热分子认为寰球陶土集团是魔鬼的代言人。时不时有些疯子还想搞个什么'圣战'。"他嗤之以鼻,"幸亏这种家伙的狂热程度和实际能力成反比。"

"这只是从概率学上说,"我解释道,研究反社会行为毕竟是我的专长,"特例仍旧存在。在普遍受过高等教育的人群中,总能找出几个真正的聪明人——心狠手辣,聪明绝顶,他们有足够的能力实施报复行动……"

我的声音越来越小,终于停了下来。高岭在回答着什么,但我没有听。

有些不太正常。

我向左侧扫了一眼,那边是宽阔的中庭,之前有个人影刚刚经过——我眼角的余光捕捉到了一些东西,令我心中生疑。

会是什么呢?

宏丽的穹顶走廊看起来没有异样,依然挂满古代兵器,还有历史上著名战役的纪念品。但有些东西不太对劲儿。

好好想想。

我把注意力一分为二,不论作为真人还是复制人,我经常这么干。马哈拉尔的偶人是从这个方向走出去的,他穿过了中庭……从那里向右转,前面是正门,出去后便可到达寰球陶土集团总部。可他没有右转,我想他是转向了左侧。虽然只是扫了一眼,但我相信自己没弄错。

难道在最后一刻,他还想见见丽图?

不对。她和绿色偶人是从相反的方向离开藏书间的,那么马哈拉尔是要去哪儿?

从某种角度上说,这不关我的事,但现在不一样了。

大富翁还在解释为什么他不用担心狂热分子,听上去像背诵演讲稿,我不客气地打断他。

"抱歉,高岭阁下,有些事情需要马上核实。我会及时回来,然后跟你一起去实验室。"

他有些吃惊,或许还有些恼火,但我还是转身离开。我急急忙忙冲过大厅,廉价鞋子踏在大理石地板上吱吱作响。我又抓紧时间观赏了一下老式兵器和旗帜,难得有这个机会,不多看一些,克拉拉会杀了我。

到了中庭,我向右侧望去。管家和他的三个复制人抬起头,停止了交谈。(跟自己的复制人有什么好谈论的吗? 我的本人从没对自己的复制人说过什么话。)

"你见到马哈拉尔的偶人从这里经过吗?"

"是的,先生。他刚走。"

"往哪边去了?"

管家指向我身后,那边是豪宅的内室,"有什么我可以效劳的……"

我急急忙忙朝那个方向奔去。一种说不清道不明的冲动让我追了出来，而不是抓住这个机会继续询问高岭阁下。如果那是马哈拉尔本人，他绕这个圈子我不会起疑心，我会认为他是想上厕所，去方便一下——那再自然不过了。

但他不是真人，是个器具。偶人不是人类，他们没有膀胱，无此需要。他本应该去实验室，等待痛苦的审讯和死亡——不过，任何人都可能回避这种事，走上另一条路。

我大步跨过一段宽阔的楼梯，来到一间稍小的门厅，这里有很多衣帽间和壁橱。双层门后面，听得到杯盘相碰的脆响，夹杂着厨师的低语。灰色偶人可能就藏在这里，但我左眼的传感器感觉不到任何震动。那沉重的旋转门有好几分钟没被人碰过了。

我匆匆穿过厨房，突然闻到一股微弱的味道。真人很难注意到这种气味，甚至会完全忽略——这是一股临终分解前独有的汗味儿，生命到达终点的味道。

大多数人会把断气的偶人（或者残余的身体）装进密封的垃圾箱，堆在大街两旁，每周会有专人来清理。不过有些企业里的偶人消耗量很大，他们有自己的场地来压缩并处理偶人的遗体。就在那儿了，走过一段短短的、没有窗子的走廊，那扇门就在那儿，没有偶人会去那里两次。难道马哈拉尔会去那里？他宁愿死得干脆一些，也不想躺在大容器里忍受大脑被肢解的痛苦？可他不像是那种因为痛苦就选择自杀的人，或许另有隐情……他要拼死保守什么秘密吗？

我权衡了一下，转向左边。那是一个宽敞的大厅，大厅尽头是一座覆着玻璃的阳台，布置着枝条编织的家具，可以俯瞰草地和私人园林。

纱门正在关闭，发出咝咝的声音，气压式减震器大大减缓了大门的关闭速度。我当机立断，一个箭步从门缝里挤进去，跨进铺着镶花木地板的阳台。阳台左侧摆着一个大鸟笼,盖了纱帘,里面长满草木,传出咕咕叫声。高岭的养鸟嗜好是很出名的,他尤其喜欢基因改良的赛鸽。

不在这里。我转向右边,一段楼梯通向花园。某种预感催促我加快脚步。没错,有声音。是脚步声,就在前方不远处。

也许马哈拉尔的幽灵不想忍受提取图像的折磨,在生命的最后一两个小时里,他更愿意在蓝天下散步。这我能理解,但我毕竟受雇于他的继承人和法定所有人。不管怎么说,如果有人谋杀了他的原身,那么凶手就该付出代价。我需要藏在他那陶瓷头骨里的每一条线索。

一条石板路弯弯曲曲穿过宽阔的草坪,伸向种满古老乔木的树林。树木大多是美国梧桐和紫色樱桃。真正的大自然,真棒,只要你负担得起。

在那儿!我看到了一个移动的人影。偶人马哈拉尔,没错!他身形有些前倾,双肩高耸,脚步匆忙。之前只是预感,现在我可以确定了:这个傀偶一定有什么企图。

会是什么呢?这条小路沿着斜坡转个了弯儿,可以看到对面有一列小房子,沿小马路排得整整齐齐,还有配套的人行道和屋前草坪——一片古色古香的旧式城郊住宅区,占地四十英亩,被整个儿搬进了埃涅阿斯·高岭阁下的庄园东部。这里一定是他家仆的住所。你越是有钱,就越能为真人仆役提供更多好处,你得到的服务也就越多。

天哪,他实在太有钱了。

马哈拉尔不见了。我立刻回过神,他不会是到那边去了吧?那片房子可是藏人的好地方。

我四下张望,仔细寻找。

找到了!他半蹲在一道篱笆后,正想打开一座后花园的门。

最好不要惊动他。我没有直接冲过去,而是蹑手蹑脚钻进那片袖珍森林,在阴影的掩护下慢慢靠近。

周围只有几个人,一个橘色的园丁在草坪上割草,割草机轰轰作响。一个女人正往晾衣绳上挂洗好的衣物。陶偶时代之前,这种景象十分少见。那个时代的时间如此宝贵,人人都有做不完的工作。而现在,这样的好天气里,很多人宁愿自己干这种晾晒活儿,而不是把它交给陶偶。

妇女的皮肤被阳光晒得粉红——这是人类才有的色泽。嗯,好吧,她迎着微风,用夹子夹住湿衣服,也许她喜欢这种触感,所以才会打发她的偶人去做别的事。

别墅小区的尽头,一扇开着的窗子里传出轻柔的复古音乐,很不协调的是,在中间某栋房子里,两个大嗓门正在吵架,声音还越来越高。马哈拉尔就蹲在那所房子的后院门前,笨手笨脚地摸索着,良久才打开门闩。他钻进后门,铰链咔咔作响——我急忙跑过去,越过林木丛生的斜坡,避开眼前的树木。我跑得太快,刹不住脚步,差点一头撞在篱笆上。我的双腿热乎乎的,这是生化酶加速运转的结果,它把热量输进我的双腿,能量消耗足有平时的四倍。我会因此提前一点时间咽气,倒也没什么。就在这时,音乐声戛然而止。

马哈拉尔随手关上了门,所以我只好像他一样,把手伸进篱笆,全凭感觉去摸门闩。在这个时代,私闯民宅一般不是这种方式。通常情况下,我会先试试有没有警报器或其他类似的东西。不过这片别墅区坐落于高岭的超级警戒线之内,还有什么可担心的呢?再说我没时间考虑那么多了。

篱笆木料残破,发出刺鼻的气味,所谓门闩不过是个生锈的铁钩。我闪身进了后院,只见杂草之间零星有些狗屎……还有一个破旧的棒球和一只手套……几个半新不旧的玩具士兵倒在日光下,所有东西都很有旧式的居家味道。灰泥房子里,一男一女还在大声争吵。

"我受够这么一大帮人了。这回我得给你点颜色看看,混蛋!"

"关我屁事,我每个星期不也是忙得要死? 找别人去!"

"我早晚要离开这儿,这帮哭哭啼啼的小崽子快把我逼疯了……"

"我才快被你逼疯了……"

不明智的回嘴引出了一声惨叫。我透过窗子,见到一个主妇打扮的女人,有着橙红的头发、苍白的皮肤,正把一只罐子砸向一个畏畏缩缩的男人。他们看起来都是真人。人们很少让偶人参与家务纷争,只有真人才有激情投身于日复一日的"内战",每一次受伤都会招来又一场反击,不论这伤是真实的还是妄想出来的。

我发现了马哈拉尔的幽灵,他正蹑手蹑脚地从三个小男孩身边走过。他们大概在四到九岁之间,坐在破败门廊的阴影里躲避炎热的日光。纱门一开,打骂声和摔砸声更大了。我很惊讶,难道没有流动的法律顾问机器人注意到这里吗? 难道从没有人给这些孩子发过手册,教他们如何应对父母的不当行为吗? 马哈拉尔的偶人伸出一根手指按在嘴唇上,最大的孩子点了点头。他一定认识马哈拉尔,要不就是父母吵架的沉痛阴影已经压得他说不出话来了。灰色偶人匆匆溜过,穿过房门上了小马路。这是唯一的一条路。我跟了上去,学着马哈拉尔的手势,让男孩们保持沉默。

这一次,孩子们显得有些吃惊。第二大的孩子刚想说话,最大的孩子就一把抓住他的胳膊,双手朝相反的方向用力一拧,疼得他大哭起来。紧接着,三个男孩扭打在一起。门内门外打成两团。

灰色偶人继承了艾伯特的良心,所以我犹豫了一下,想着我是否应该把打架的小孩拉开……但我马上发现了一件事,很奇怪,但也让我安了心:离我最近的两个孩子竟然都是偶人! 虽然有着高加索人种的浅棕色皮肤,但皮肤的质感明显是人工的。为什么要让孩子的复制品忍受这样的夏日午后呢? 这段记忆一定不会让小孩子接收吧。

这看起来不太正常。做个备忘,以后再细想,但我好歹有了一个离开的借口。我跑上一条窄窄的行车通道,经过一辆不知什么人精心修复过的老式庞蒂亚克。为什么一个科学家的幽灵偶人会在生命的最后一刻偷偷溜过一间仆人的房子,沿途还看了一场小型的家庭肥皂剧? 想起自己的童年过得还算不错,我不由得心怀感激,注意力有些不集中。我加快脚步转过高高的篱笆围成的转角,却发现——

马哈拉尔!

灰色偶人站在我面前……微笑着……手中的武器对准了我,枪口闪着火光。

没时间细想了。我深吸一口气,俯下身子扑过去!

一声轰鸣充塞了我的整个宇宙。

接下来会发生什么,完全取决于他朝我开的这一枪装填的是什么弹药,致命还是非致命……

5 陶土集结地

……星期二的二号灰色偶人开始了艰难的一天……

真该死。

我从加温槽里起身……从架子上抓过一件纸质外衣,裹住刚刚成型的四肢——在催化酶的作用下,它们依旧滚烫。现在的我是一个仅能存活一日的复制人,一想起这个,我就火大。

当然,这种经历我有过上千次了。这就像接过一张长长的写满各种零星杂务的清单,去承受你的原身永远不用经历的风险。我这虚假的一生里充满了死亡的威胁,前途黑暗,却无人痛惜。

呸! 我怎么会有这种想法? 是因为丽图的消息吧? 它提醒我,真正的死亡一直都在周围萦绕。

咳,管他呢! 生活一直都是这样,和从前没什么分别。

有时你是一只蚱蜢。

有时是蚂蚁。

我看着一号灰色偶人出发去见马哈拉尔小姐。他骑着小黄蜂,后座上载着今天新造出来的绿家伙。

还有一辆小摩托车是留给我一个人用的,好像很公平。一号去见丽图，还要打探那位大人物的消息，而我得拜访现代映像的那个巫婆。好在，我可以自用一台交通工具。艾伯特本人转过身，头也不回地走下陶偶炉。是啊，他需要睡觉，让身体得到休息，保持健康，等着我们这些复制人今晚带回一些消息。我没觉得受到了冷落，没怎么觉得。如果你是个陶偶，最好能当一个灰色的，那样至少能享受到一些现世乐趣。

比如说飙车。突然加速超过几辆大卡车，让那些呆呆的、黄色条纹的司机吓一大跳。我的探测器会发出嗡嗡的警报提示音，提醒我警察就在附近，不要给真人们带去麻烦。有些偶人卖弄得更厉害，虽然每条大街都有监控，但只要每次违规行为控制在五分之下就没事。（这些规范个人行为的监控点形成了庞大的治安维持系统。）我曾在一天之内连续得到十一个四分，没拿到一张罚单。

我骑的这台土库曼小摩托没有小黄蜂那么大的马力，不过很灵巧，很耐用，也很便宜。我记下一条备忘，打算再订三台。不管怎么说，手头只有两台小摩托还是太冒险了。如果又像去年五月那样，我突然要集结一支小分队，那该怎么办？如果我需要一打红色或紫色的复制人处理紧急事务，那该怎么办，挤公共汽车？

妮尔忠实地记录下我的备忘，但只有等到真正的艾伯特醒来，她才能发出订单。所有购买行为都得由真人拍板，陶偶只能提出建议。

好吧，只要能及时赶回家，只要记忆能被接收，明天我就是艾伯特了。我猜不会有什么问题的。与头牌的会面可能不太愉快，但至少不会要人命。

红灯亮起，减速，刹车。我利用这段时间看了看西边不远处的剧院广场。孤注一掷的一跃，九死一生的逃亡，昨晚的鲜活记忆在大脑中闪现，依旧让人心惊，尽管经历那一切的不过是个绿皮偶人。

那个侍者，创造机会让我脱身的人，会是谁呢？

交通灯转换，出发！如果迟到了，头牌会不高兴的。

前面就是现代映像，一个很有趣的地方。这幢庞大的建筑没有窗子，它曾是座购物中心，但如今，购物既不是日常杂务——你可以让房子自己采购商品——也算不上娱乐活动。逛商场还不如亲自到树木成行的林荫路上散步呢，那里常年微风吹拂，温暖和煦。我们的父辈居然喜欢在暗无阳光的"洞穴"里购物，不管站在哪个角度，都很难想象，一座靠日光灯照明的墓穴并不适合现代人类。

现在的购物中心专供新兴的仆役阶层使用，也就是我们这些陶土人。

投币公交车和小摩托在大型停车场外呼啸而过，把刚刚成形的偶人送往整个城市。这里送走的可不是一般偶人，大多带有特定颜色。雪白的偶人供人尽情纵欲，黑色的只提供给智力非凡的人，很特别的猩红色没有痛觉……还有一种型号的偶人拥有倍加强烈的感官能力。这些复制人直到生命消亡也不会回到本体身边，而原身也从没想过要接收他们的记忆。

不过，大多数现代映像的顾客会把小摩托送回来，因为交了押金。

我把小土库曼停在编好号码的区域，那里是为我这种偶人预留的。偶人中介们来来回回地招揽顾客，以向他们背后的真人传递信息。灰色偶人享有优先权，所以当我走进拱廊时，更多色彩华丽的偶人让开道路。他们下意识地退开，好像面对的是一个真人。但也有一些白色偶人不愿让路，反而无礼地瞪着我。

好吧，对这些白色偶人能有什么指望？享乐跟自我有关，为了实现享乐功能，让他们以自我为中心是必要的。

整整四层的购物中心，如今都被现代映像占据。无数全息影像映出光芒，照亮了宏丽的天井。这座装饰着许多醒目商标的商业中心，充满了活力。一百多家锐意进取的大公司，每一家都渴望登上这座蚁山的顶点——进驻这座金字塔的顶端。而我，正走向那里。

最急迫，最有野心的生产商都在自动扶梯两侧安排了商品偶人，为顾客免费提供样品。

"跟我试试吧，将一段销魂的记忆带回家……"一个白皙的偶人在低声吟唱，她穿着半透明的礼服，身材劲爆，真人很难发育得这么好。"然后带我回家。明天，让您的本尊亲自享用我。"

明天，她就会化作垃圾桶里的泥浆——但我没这么说，礼貌，是我自少年时便养成的习惯。所以我说："谢谢，不必了。"其实，根本没必要在这种无人理会的生物身上浪费时间。

"今天过得很糟吗？"另外一位叫道，那是个外形很夸张的男性，那副造型简直是从漫画上走出来的，某些部位肌肉贲张，自然人绝不可能长成这样。"只要你能为原身带回一段独一无二的记忆，那么他准会接收你。跟我试试，你就会知道什么叫做美妙。"

或者知道什么叫做怪异——当然了，没必要说出来。不知道这东西的意识是来自妓女还是牛郎，这两类人，既具攻击性又具服从性，大概是对童年创伤的补偿吧。

这一次，我径直走过，一言未发。自动扶梯缓缓向上，驶向上面更高端的区域。

有些机构能让你经历第二种生活。他们会提供特制的空白傀儡，让你可以把自己的灵魂注入龇牙咧嘴的爬行动物身体里，也可以钻进一具海豚般的身体去体验深海潜水，还可以进入定做的某个器官，和其他人一起组成整副身体。想要瑞士军刀一样的双手吗？有时，我会在某个正规的高科技店铺买一些附件，为偶人们做强化,再派他们执行危险的任务。小帕的店子也在这里,他最近在试验一些更为怪异的复制人。他更喜欢把自己的灵魂注入那些傀儡,而不是把它留在已经支离破碎的自然人身体里。

下一位招揽生意的不是卖春的,她是我这种型号的灰色偶人,穿着保守的亚麻色纸制外衣,服装款式像极了电视里的医生。她迎面而来,修长的脖子上挂着内窥镜。

"对不起,先生,打扰一下。请问您尝试过审慎复制吗?"

我愣了一下,这个词很耳熟,"哦,对了。你是说保护我的真身免于疾病侵袭,偶人……"

"……可能会把疾病带回家,并在上传过程中传播疾病。是的,先生。您有没有考虑过回收复制人会有多危险?这一整天他们去过哪些地方?有没有接触过病毒或记忆毒素?"

她递来一本薄薄的小册子。突然间,我想起最近新闻里的一件事。那则报道更多为了搞笑,说有些人还以为我们仍旧生活在很久以前的"沉闷战争"中,生活中到处都是瘟疫、病毒。

"我很注意保持清洁。如果有什么问题,上传记忆时,我不会和原身接触。"

"感染记忆毒素不需要物理接触。"冒牌医生紧追不舍,"它们会在记忆上传过程中传播。"

我摇了摇头,"我还没听说过会发生这种事……"

"已经有十多个城市爆发疫情了,全世界都有。"专业风度消失了,她把小册子硬塞给我,"他们在隐瞒真相!"

他们?这么说,她是个阴谋论者。还大谈特谈什么记忆毒素,难道政府部门不为公众安全负责吗?还是说所有的政府工作人员都串通好了不让公众知道新疫情?这个时代有那么多聪明的民众,真相是隐瞒不住的。再说还有内部举报奖金呢,最忠心耿耿的官员都抵抗不住这种诱惑。

"这种猜测很有意思。"我边说边后退,"那公共网络上为什么没有……"

"毒素的设计者很聪明,各个城市的发病症状都不一样。公共论坛上,只能看到突发事件、谣言和小道消息,实际上……"

我又后退了几步,幸好自动扶梯稳住了我的身子。扶梯载我继续向上,借着这个由头,我露出一个歉意的微笑。"医生"在身后瞪了我一会儿,转身迎向下一位顾客。

也许过会儿我会让妮尔查一下有关"记忆疫情"的消息。在那之前,姑且把这件事当成现代映像提供的另一出消遣吧。

现在,我正经过一批真正有实力的公司。"无限剧本"会为你提供一位专业顾问,一个黑色偶人。他会全心全意创作一部剧本,既不超出你的预算,又能满足你最新奇的想象,还能提供道具和一整套演员阵容,从高雅的名著到你的阴暗梦境,想要的场景一网打尽。

"冒险代理"可以带上你的复制人——复刻完毕但还没有烘焙——到世界上某个偏远的角落。他们会在那里烧制好陶偶,给他一整天时间玩个痛快,然后将冷冻得恰到好处的头颅带给你。你就可以接收一切记忆。二十四小时奇遇记,随时待命。

还有些专业人士提供别的服务,都是在陶偶技术开发出来之前无法想象的。这些服务施加给任何一个活生生的人类都是违法行为,但可以用在偶人身上——当然,要支付的费用和税金高得吓人。

怪不得布兰恩督察恨透了这个地方。但把你的复制人转包出去,从事正当的工作,这很正常。劳务转包协会先是坚决反对,最后还是毫无办法,只得承认现实。如今,数百万人同时在不同的地方打工,做他们擅长的工作,从门童服务生到核反应堆维修员。只要价钱合适,你能在劳动市场里找到最顶级的人才。

　　至于娱乐行业的人才,他们跳出大银幕,走出电视机,脱离了香艳的爱情小说,让人可以亲身体验……据说网络诞生以后,发展最快的就是色情行业。现在也一样。只不过现在的偶人能走路,还能回答你的话,只有你想不到的,没有他们办不到的。

　　等一下,电话响了。我拿起电话,正好听到妮尔也为本体接通了线路。

　　小帕那半瘫的脸挤满了小小的显示屏,他的神奇轮椅控制着环绕周围的传感器。他想见我。

　　本体的回答很不耐烦,声音带着疲倦,他没力气再造一个复制人了。

　　"我派出去了三个偶人,"他对小帕说,"如果时间允许的话,其中一个会顺路去看看你。"

　　三个?绿色的那个能力不足,无法探望小帕。一号灰色偶人去见丽图·马哈拉尔和她被谋杀的父亲,如果可能的话,还得拜访并询问高岭阁下本人——这次机会很难得,等克拉拉打完仗回来,可以给她好好讲讲。

　　那就只剩下我了。如果沃梅克能早点放我离开,我还得去倾听小帕的怒吼,听他最新的阴谋论。真操蛋,我短暂的"一生"竟浪费在这种事上。

　　最高一层,楼顶的直升机坪为有钱人提供直达快速通道。商家在这里准备了上好的咖啡和精美的开胃甜点,就算灰色偶人到访也会受到招待。这里有一流的公司,可以雇用一流的演员,经过特别塑形后,他们能扮成历史上的任何一个人,演技足可乱真。只要偶人演员有一点儿不像他的原身,就会受到处罚,但只要不涉及欺诈,罚金也不算很多。制造商参与欺诈的事,时有发生。

有钱人还会来这里安排大型演出。有一次,有人趁克拉拉所在的步兵排没有轮值时雇下了他们,来这里上演《罗马艳情史》最后一场荒淫屠杀的血腥大戏。当时她把我藏在一面紫色帷幔后偷偷欣赏表演。那场演出栩栩如生,气势恢弘,在细节上还原了真实的历史,很有教益。拼杀场面质量极高,克拉拉傀儡的死法尤其逼真。

还好我对这种表演并不介意。

"还好你不介意。"她很赞赏。她部队中没有哪个成员愿意接收那场大屠杀的记忆,从这种意义上说,这些穿军装的年轻人还是值得引以为傲的。

距沃梅克办公室的门廊还有二十多米,一个披斗篷的人影吸引了我的注意力。那人站在阴影里向我招手。

"莫里斯先生,你能来真是太好了。"

走近一些,我认出了这个灰色偶人,是头牌的执行助理。她的脸色是一种很低调的灰色,和那身衣着很搭配。

"请随我来。"

她示意了一下,我跟在她身后……远离沃梅克的办公室。"这次会面的话题很敏感,最好换个地方谈。"她解释道,还递给我一件带兜帽的斗篷,和她身上那件差不多,"请穿上。"

如果我是真人,我会很担心。不久之前,我的表现让头牌不太满意,她不会是要好好报复我一顿吧?不过现在,有什么好怕的?我不过是个偶人。

我照她的吩咐穿上斗篷。

一台小小的内部电梯载着我们下楼,降到老购物中心的底层。电梯门开启,偶人领我径直走向一间门面房。这间门面看起来极为普通,窗子不透光,招牌上写着"复苏联合会"。我跟她走进去。房间里挂着闪闪发光的织物，随着精心调节的微风缓缓飘动。室内还种着一些植物，包括蕨类和无花果，所以空气很清新。不过，真正吸引眼球的是一张全息海报，上面是金妮和她最好的雇员——有男有女，每一位的复制人都能让那些厌倦了寻常性生活的人享受到极致。

等候室外还有几间小隔间，客户们可以在那儿向特别顾问做秘密咨询。总体说来，这里比沃梅克的办公室差多了，头牌一定不会在这里。

"请稍等。"助理偶人说着，示意我坐在一张直背木椅上。毫无疑问这是件珍贵的古董，但坐上去实在不怎么舒服。她离开后，我马上站了起来。我的傀儡随便在哪里靠一会儿就能放松，坐着休息纯属多余。

显然还得等一阵子，于是我取出阅读板，点开《反社会者日报》。自从丽图·马哈拉尔声称她的父亲被人谋杀，我便在考虑凶手有可能是什么人。（真想知道一号灰色偶人有了多少收获，我又能据此得出什么结论。）来到现代映像后，我便走神了，想的都是别的问题，真不应该。

新时代的清教徒们说对了吗？陶偶技术让我们的心肠变硬了吗？

这个地方，被克拉拉称为"灵魂之茧"。

"今天，人们沉浸于骄奢淫逸，感觉不到病痛和宿醉的折磨。"她上周这么说，"在新时代，色情行业也在壮大，不会因此坐牢，不再受谴责，甚至不用投入感情，剩下的只有交易。"

要"我"说，用不着愤世嫉俗。在很多方面，生活变得更美好了。人们越富有就越包容，没有人会在意你真正的皮肤是什么颜色。

不过，"我"的灰色偶人们彼此之间还是会有些许不同。现在这一个,就隐隐感觉到克拉拉可能说得不错。

什么在闪烁?我发现是阅读板上一条报道的题目在发光。当我沉浸在某些阴暗的想法中时,我的瞳孔会自动扫描一些有趣的信息。(谁说偶人没有潜意识?)

不朽冲动的升华:
回归通灵术?

哎呀!科学报纸上还有这种题目?平时我懒得看这种东西,不过似乎很有趣,让我瞧瞧……

"莫里斯先生?"

是那位助理,我还以为自己会被怠慢更长时间的。或许真有什么事让沃梅克很担心?

我抬起头,注意到助理的灰色偶人长着一对蓝眼睛。

"老板想见你。"

6 | 做个绿皮偶人不容易

……星期二的三号偶人发现了兄弟之间的差异……

我从加温槽中站起身,用纸质外衣裹住刚刚成型的四肢——在催化酶的作用下,它们依旧滚烫。我讨厌这种感觉。

不单因为我是个复制人,还因为我是个绿皮偶人。

真该死。

尽管有上千次这样的经历,我还是感觉自己像个挨罚的孩子,刚刚接过一张长长的清单,上面写着一大堆让人讨厌的活计。我被派出去累死累活,我的主人却连眼皮都不用抬。

虚假的人生,从一开始就充满了不祥之兆。

呸,为什么会有这种想法?本体创造我的时候肯定累坏了,所以驻波才会如此阴郁。更累一点的话,我没准儿会变成弗兰肯斯坦式的怪物……

算了,别管那么多了!今天我就是一只蚂蚁的命,而且是只绿色的。哲学问题还是留给更聪明的偶人去费神吧。

好吧,昨天晚上,上一个绿皮偶人潜入贝塔的老巢,历经苦难,得胜而归,带回了关键信息。他是复制人的骄傲,所以说嘛,绿家伙也能干大事！可我今天的任务不过是逛逛超市，洗洗马桶，修剪修剪草地，还有一堆别的琐事……

灰色偶人自带高档的实时记录器材，但我就郁闷了，只能用老式微缩磁带来储存记录。我也不知道自己为什么要费这个工夫。如果真人想知道我今天都做了什么，只要接收我的记忆就可以了。

一号灰色偶人载我一路飙向老城区，他突然一个急转弯，吓得我紧紧闭上双眼。这家伙差点让我俩都化做车下亡魂，还险些撞毁这最后一台小黄蜂，真是个疯子！

他在公园下了小摩托，等着寰球陶土派来的豪华房车。然后，他将见到漂亮的丽图小姐，还要和高岭阁下会面，如果可能的话，还得调查一起谋杀案。

再然后，也许今晚，真正的艾伯特会寂寞难耐。他会抛下我们，跑到冷藏室去解冻克拉拉。一阵没来由的嫉妒突然淹没了我。我有种冲动，想径直扑向克拉拉的船屋，亲自享用她。

当然，我是不会这么做的。克拉拉的偶人只要瞄我一眼，铁定马上拒绝。她才不会在一具粗糙的绿皮偶人身上浪费时间呢。再说了，那又有什么意义呢？等我上传了记忆，和艾伯特合二为一，就可以用真正的肉身好好享受了；等克拉拉从战场上归来，再和她本人缠绵一番。

还是老老实实办理日常杂务吧。我进了一家超市，买了些新鲜食品，水果、熟食等等，外加一两盘现成的精美大餐。最好能在本体打盹儿醒来之前赶回去。真希望我能喜欢今天的鲱鱼，那可是丹麦出产的。

我还顺便去了趟银行，把三级密码升一下级。每月一次的升级必须本体到场，用生化扫描证明你就是你。每周一次的升级可以由偶人代劳，毕竟还没有人能伪造他人的驻波。不管怎么说，

"大掠夺"已经过去好多年了。有些社会分析学家认为,网络犯罪将永远成为历史。

或许他们说得没错,但犯罪依然困扰着城里的人们。每次大选,它都是最重要的议题之一。这座城市的真人警察有将近一百名。如果尤希尔·马哈拉尔真是被谋杀的,那么在全国范围内,这就是今年第十二起杀人案,而夏天才刚过去一半。

短时期内,我用不着担心会没有工作。

哦,在我买东西的时候,电话响了。可怜的小帕又需要关照了。

艾伯特很不耐烦,"我派出去了三个偶人。如果时间允许的话,其中一个会顺路去看看你。"

三个偶人?

一号灰色偶人要忙于应付丽图·马哈拉尔和高岭阁下——那是个大案子,应该会大赚一笔;二号肯定会被金妮·沃梅克缠上一整天。我一定会被派去见小帕,听他喋喋不休地发表最新的阴谋论。敢不敢打个赌?

该死。为什么偏偏是我这个绿家伙?

我还要去修配厂拿修好的割草机。修理费八块五,还要给老油泵的清洗费。我把割草机绑在小黄蜂的后座上,结果摩托车没法保持平衡,在回家路上的一个转弯处差点翻车,还得了个五分的违章记录。真该死。

还好割草机又能正常工作了。(米奇,就是那个修理工,手艺真不错,这一次还是他本人亲自维修的。)没过多久,我已把草坪修剪得整整齐齐,比邻居们雇的橘色条纹园丁干得强多了。我在自己这一小块地方种了不少东西:玫瑰,胡萝卜,各种浆果。我喜欢种东西,就像克拉拉喜欢坐在船屋里,听着浪涛拍打船身。

接下来要对付洗碗池里的一大堆餐盘,然后清洗厕所。干脆趁这机会,把整栋该死的房子都打扫一遍算了。不过不能用吸尘器,真人主子还在打盹。我打了个哈欠。

有些时候,我会思考一些存在主义的问题。都是些最简单的事儿,绿色偶人能够把握的。比如说,今天晚上,我是否应该提出不要上传我的记忆呢?我是说,为什么一定要记住这平庸的一天呢?把傀儡们的记忆加在一起,艾伯特相当于已经"活"了将近一百年。在理论上,专业人士最多能"活"五个世纪。那么多毫无意义的事,为什么非得记住呢?

这个问题我自己想过很多次,但回想起来,几乎每次的结论都是"保存"。呵,好吧!只有选择"保存",偶人的经历才能成为本体记忆的一部分。但妮尔说,"我"已经有一百八十多个复制体选择了"遗忘"。当他们经历了苦难重重的一天,心情极度沮丧的时候,"遗忘"便是最好的选择。

见鬼,如果可以的话,某些日子我确实想亲手擦掉。我想,这是个古老的命题了。在今天,你至少拥有了选择的权力。

我在真人的显示器前停下脚步,看了看"我们"手头的工作——十几个常规调查事项,按优先级和进度表做出标示。大部分在网络上便可以追查下去——做些简单的询问,从公共资源中筛选一些数据,或者说服某些私人监控器的所有人分享影像资料,并威胁他,不干的话就要收到一张法庭传票,等等。有时,"我"还会放出自己的"黄蜂跟踪器"去跟踪城区里的嫌疑人。如果所有案件都事必躬亲,或者每次都派出复制人,那开销"我"可负担不起。

一半的案子是"我"的本行——盗版追缉。贝塔这种人总是层出不穷,幸运的是,这类罪犯大多是外行。另一种名叫"窃脸贼"的罪犯也一样。他们干的非法勾当是把复制人打扮成别人的偶人。

这类家伙大多是讨厌的小鬼,必须抓住他们,惩罚他们,教他们学会守规矩。

还有些案子是夫妻相互猜忌——自打婚礼进行曲响起,他们就雇了私家侦探盯紧自己的另一半儿。现代婚姻很复杂,有些夫妻互相允许对方拥有新伴侣,大多数人还是倾向于过去的一夫一妻制。但如今,什么才算一夫一妻?如果一个丈夫忙于工作,却放出一个偶人到外面花天酒地,这算是幻想,还是轻浮,或者确实是不忠呢?如果一个妻子租了个小白脸偶人以度过空虚的下午,这算是偷情,还是借助器具的自慰?

多数人相信,只有真实肉体的交融才能体会到真正的快乐。但陶偶也有其优势:不会怀孕,也不会传染疾病。再说你还可以跟他们讲道理,跟真人常常没办法讲。有些夫妇间划出了底线:偶人在外有了肉体关系后会不会接收记忆?没有记忆,等于没有发生;没有接收,等于没有犯规。

不过,如果你什么都不记得,那所做的一切还有什么意义?

真是复杂呀。妒忌这种东西在遥远的石器时代就有了,到了今天,它还是能把人们整得晕头转向。不过我关心的不是受伤的心灵,真正的症结在于,没有责任心,文明必然堕落。

我看了看屏幕,发现明天需要四个偶人。光是监视和跟踪就需要两个。冷藏室里储存的空白人偶足够了,不过摩托车的配给明显不足。我又发现,二号灰色偶人刚刚要求再订购几台小土库曼摩托车。我更喜欢小黄蜂,可惜绿皮偶人的意见没人在乎。

环视房间,居然还有这么多家务活儿。铅笔需要削尖,笔记应该整理……多得让人心烦。为了让真正的“我”充分利用宝贵的时间发挥创造力,这些杂务只能由我代劳了。

我真想长叹一声……可惜身体不具备这个功能。

让这一切统统见鬼去吧,老子要去海滩!

7 | 完美的价钱

……二号灰色偶人收到了一个无法拒绝的报价……

头牌有客人。

其中四个是女人,长得一模一样,一头粉红鬈发,一身暗淡的赤红色皮肤,看起来更像是赭红色。她们似乎十分紧张。其中一个直勾勾盯着放映屏幕,边点头边喃喃自语。一根肉质接线从她头上伸出,像探出一条蛞蝓①,接线另一端连着一个电子感应垫。

她在强行接入!她那颗陶土头脑直接链入网络,发送和接收信息。这是数字信号和模拟神经元之间的直接沟通——这个过程很危险,对大脑损伤极大,甚至能让人变成白痴。

剩下一个是个男的,他的真身一定非常高挑修长。自第一代陶偶出炉后,以几种单调的颜色区分功能的做法流传至今,这个偶人却不吃那一套,显然他更中意当今的流行趋势。

他全身都是彩色方格。

哎哟,我简直没法辨认他那张花里胡哨的脸。他的外衣不是纸质,而是奢侈的布料,衬衫和长裤的纹路也足可媲美他的皮肤。对一个偶人来说,这未免有些太浪费了。

---

①一种软体动物,俗称鼻涕虫,外形如无壳的蜗牛。

92

金妮·沃梅克从访客的环绕中款款走出。沃梅克本人的肤色几乎跟她那些供人淫乐的复制品同样白皙,只有那双闪着寒光的绿眸才透露出此人的内在本质:一个精悍的生意人,会毫不留情地打垮任何对手。她用一双凝脂玉手握住了我的粗糙大手。

"这么快就派来了一个灰色偶人,真是让我受宠若惊,莫里斯先生。我知道你很忙,也知道你的时间十分宝贵。"

换句话说,尽管"我"应该亲自登门,但她还是原谅"我"了。沃梅克的口气没有平时那么尖酸,让我感觉有点不对劲儿。

"在打掉盗版集团的行动中,你功不可没。希望我付给你的额外奖金足以表达我的谢意。"

奖金我连一个子儿都没见到,也许她把钱打入账户时我不在家。这是典型的沃梅克风格,做事总是出人意表。

"能为您效劳,我深感荣幸,大师。"我弯腰行礼,她也微微点了点头,一头曼妙的金发滑过赤裸的肩头。我们谁也没被这些表面功夫蒙蔽,具有讽刺意味的是,正是这一点才让我们对彼此有了些许敬意。

"差点忘了,请允许我介绍一下我的同事,风投人士曼纽尔·柯林斯,还有奎恩·艾琳。"

那个男的离我较近,我们握手致意。我发现他那一身花里胡哨下面不过是普通的灰色偶人,这一点倒和他那个"风投"一致——在饱食终日的有钱人当中,这个称呼越来越泛滥,其实他们没几个真正从事风险投资,大多数人什么都不从事。

四个赭红色女性偶人中,有一个向我走来,对我今天的到来表示感谢。但她脸上连一丝笑容都没有,也没同我握手。现如今呢,"奎恩"①这个名头的意义也变得模糊不清了。等一下再看我的猜测是否正确吧。

---

① 意为"王后"。

金妮请我落座,豪华的座椅契合人体曲线,坐着非常舒服。一个白底带条纹的偶人佣人——只有正常人的一半高——端来茶点和饮料。身为一个灰色偶人,我只尝出点心中混有扎伊尔松露粉,入口之后,颊齿留香。这份记忆算是送给艾伯特本人的礼物吧。对到访的复制人都如此慷慨,可见沃梅克喜欢炫耀她的财力。我猜这也是她的手段之一。

在我坐下的位置,只要一转头便能看到那个上传资料的赭红色傀儡,她的注意力全在那面屏幕上。屏幕上显示的是一个大房间,有很多红色偶人匆匆忙忙,你来我往——他们的相貌都来自同一个人的模板,只不过有一些是按比例缩小的,可能还不到正常人的三分之一。房间正中有个什么东西,至少十多个偶人围绕在周围,人影幢幢,很难看清到底是什么。房间里还有不少机械设备,有陶偶炉,也有生命维持系统。

“莫里斯先生,今天请你来,是想讨论一些技术和商业间谍方面的问题。”

我转头看着沃梅克。

“不是吧,大师?我擅长的是追踪——不论目标是真人还是陶偶——主要是追捕盗版贩子和……”

她抬起一只手打断我的话,“我们怀疑有人正在搞某种技术革新,会有非常重大的突破。它正在暗中形成垄断,对我们会造成巨大威胁,可能会让版权变得毫无意义。”

“我明白,听起来不够合法。”

“当然不会合法,但见不得光的技术大多非常危险。”

我思绪万千:就算是非法的,但为什么要告诉我?我一不是警察,二不是商业间谍。

“你怀疑是谁?”

“寰球陶土集团。”

我眨眨眼,几乎不敢相信自己的耳朵。

"可……正是他们开发了这一领域。"

"我当然知道,莫里斯先生。"她妩媚地笑了。

"他们开拓了一片广阔的市场,还捞走了大部分财富。"

"当然。实际上,寰球陶土一直从事着正当的商业活动,他们从销售陶偶炉起家,直到现在还在改良复制机。至于改良方面的技术细节,一段时间内自然会被看做商业机密,直到申请专利。但他们必须履行自己的法律责任:一旦出现会从根本上威胁我们的文化、经济甚至整个世界的重大革新,他们必须及时提出警告。"

"根本上威胁"? 这个词突然让我打了个激灵,可能关键就在这儿。不过,现在的首要问题是——这场谈话的对象不该是我。

"或许你说得对,大师。不过我只能对你说……"

一身彩色方格的男性偶人打断了我,他的体型又瘦又高,声音却异常低沉,"寰球陶土的闪亮圆顶并非密不透风。有些信息泄露出来,被我们查到了。他们在策划什么东西,可能会让陶偶的制造和使用出现重大改变。"

我的好奇心又占了上风,"哪种形式的改变?"

柯林斯做了个鬼脸,那张色彩斑斓的脸更扭曲了,"你可以猜猜,莫里斯先生。你觉得什么东西可以改变现在人们的生活方式呢?"

"我……能想到好几种可能,不过……"

"就请发挥一下想象力,举出一两个例子吧。"

我们四目相对。我真想知道,他到底想干什么?

有些人会复制富有想象力的灰色偶人,他们足以胜任创造性思考。这是他发难的原因吗? 测试在不用我本体的有机大脑的情况下迅速思考的能力? 如果是这样的话,我接受这个挑战。

"好吧……假设通过某种方法,人们可以吸收彼此的记忆,那用不着制造偶人了,也用不着接收不同形态的自己的记忆了。你可以和别人交换一天,一周,甚至一生的知识和经历。这就像心灵感应,人们之间可以更加直接地交流,这能彻底改变现有的一切……别人怎样观察我,我也可以怎样观察自己。这是一个由来已久的梦想……"

"……但很难成真。"暗红色的女性偶人插嘴道,"每个人的脑电波都是独一无二的,几乎没有规律可循,不知要比数字模型复杂多少倍。用真人制造复制人,他们的驻波频率一致,所以只有原身模板可以接收陶偶的记忆,陶偶也只能对自己的主人上传。"

当然,这是人所皆知的真理。我有点儿失望。不过,人类大同的梦想是不会消失的。

"请继续,"金妮·沃梅克呢喃着鼓励我,"再想想,艾伯特。"

"呃,好吧。长久以来,人们梦想着实现远距离复制,希望坐在家里就能把驻波复制给千里之外的空白偶人。直到现在,真人和傀偶还必须并排躺在一起,靠粗粗的低温缆线连接。如果带宽比不够高,中间会有干扰……"

"是啊,很多人都有这种抱怨。"金妮·沃梅克沉吟着说,"比如说,你要亲自处理澳大利亚的紧急事务,时间紧迫,你能做到的最快捷的方式就是马上造一个偶人,把他打包,塞进特快专递,用火箭送过去,还得希望抵达目的地后包裹不要弄坏。完事之后,把偶人的脑袋冷冻后寄回来。这一来一回,最快也要花上一整天。如果能在现场复刻偶人,只要能通过光缆把脑电波发送过去,注入偶人的身体,偶人逛一圈之后再把驻波上传发回来,那可真是再好不过了。"

"听起来更像远距离传送。你可以去任何地方了——甚至是月球——就在眨眼之间……前提是你得事先把空白偶人运到那里。不过这种方式真有必要吗?我们已经可以通过网络远程遥控机器人——"

奎恩·艾琳哈哈大笑。

"远程遥控？通过目镜，用远在天边的两只铁皮眼珠窥探外界？操纵一台叮当作响的机器，让它代步？就算模拟了视网膜成像和触觉反馈，那效率也无法和真人相提并论。再说，即便信号能达到光速，延迟也大得吓人！"

我有点讨厌这位"王后"和她的冷嘲热讽了。

"是这个吗？难道寰球陶土集团实现了远距离复制？那航空公司会恨死他们的，更别说残存的那些工会了。"

该死，真要这样，我也会很不满的。片刻之间便可置身千里之外，听起来或许不错。但这样各大城市就会失去它们的魅力，当地的专家和手工业者的饭碗也岌岌可危，各个城市会一夜之间充斥着一模一样的侍应生、门童和理发师等等。不论哪个专业，不管哪种职业，都有自己的顶级人才，他们的复制人会成倍增加，扩散到整个世界——其他人都会失业的！

（想象一下，纽约某位超级私家侦探来本市开设了办事处，他本人躺在遮阳伞下俯瞰中央公园，每天只要派出几个神通广大的灰色偶人，就能卷走大把钞票。我却只能靠救济金过活，用业余爱好来打发时间，或者回学校继续深造。天哪！）

显然，头牌女士不害怕这种竞争。

"如果出现了这种技术突破，"她满怀憧憬地说，"娱乐偶人会为我带来无限商机，还是全球性的。可惜，我们要讨论的不是这种东西，再想想。"

见鬼，这个臭女人！金妮·沃梅克很擅长用谜题吊人胃口。尽管我明白她的恶习，但还是忍不住想挑战一下。

不过，眼下还有个职业道德方面的问题。

"听我说，我觉得应该提醒你……"

"寿命。"风投人士柯林斯忽然开口。

"你说什么?"

"如果一个偶人,"他自顾自地打着手势,"他的寿命不止一天,会怎么样? 如果更长呢?"

等等,这可得好好想想,我从没考虑过这种可能性。

我小心翼翼地挑选措辞,"陶偶世界能存在的基石就是,傀儡从创造出来之后便自带能量……"

"胶质陶土培养基里有一些超级分子,可以储备能量。很好,继续。"

"所以没必要模仿生命的复杂性。进食系统、消化系统、循环系统、代谢系统、排泄系统,统统不要。本来,人体是生命进化十几亿年后才形成的,复制人技术还需要几百年才能赶上人体:精细的修复系统,活体的丰余性①和耐久性……"

"延长偶人的寿命,其实用不着这一套东西。"柯林斯答道,"只要给人造细胞中的超级分子'充能'就够了。只要可以充能,偶人就能支撑一天,再一天,不断生存下去。"

我不情愿地点点头。克拉拉说过,有些军用偶人体内充满了能量,一次可以支撑好几天。但那也是事先储备足够的能量,然后慢慢消耗。"充能"将是另一种解决之道。不得不说,确实是一种突破。

"一个偶人可以……多少次……?"

"你说充能的次数? 嗯,取决于磨损程度吧。你也知道,有些高价的空白偶人有些许自我修复能力,但毕竟损耗是在所难免的。不过,在短时间内,首先需要解决的问题是——如何让一个复制人的寿命超过一天?"

---

①生物学名词。指有机生物代谢时,同一物质可以通过不同的途径来合成或分解。

"这种手段有很大的缺陷。"赭红色的奎恩·艾琳小声嘀咕道，"一旦偶人的寿命延长，便很可能与他们的人类母版分道扬镳，不再与原身共享记忆。他们会越走越远，越来越关心自身的存活问题，而不是继续为创造出他们的'持续体'服务。"

我眨了眨眼。她的用词让我不太习惯。"持续体"？

我向左侧扫了一眼，她的姊妹偶人仍旧和一台远程终端连在一起，眼睛直盯着面前的屏幕。我又看了一眼屏幕，上面还是十多个即用即丢的劳力，清一色很罕见的深红色外形，他们围绕着一个浅色的大影子，看起来像一群工蜂。

啊，我知道这是谁了——"王后"艾琳。帕利跟我说过她，就是她让偶人进入了下一个发展阶段。能亲眼见到她让我激动不已。

"可能还有另一种后果。"柯林斯加了一句，"如果我们猜得不错，从前的社会关系都将不复存在。"

金妮·沃梅克最后总结道："我们想请你调查的就是这个，莫里斯先生。"

"你是说，做商业间谍？"我小心翼翼地问。

"不。"她摇摇头，"我们不会窃取任何技术，只是要证明它是否存在，这么做不会触犯任何法律。一旦证实，我们可以按照现有的法律条文起诉寰球陶土集团；若是虚惊一场，也没什么损失。"

我看着她，心想：不管从哪个角度说，这都太荒谬了。

"你的信任让我深感荣幸，大师。但我说过，商业间谍不过是我的兼职。你可以去找个真正的行家。"

"我们找不到比你更合适的人选。"

我敢打赌，她嘴上说不会触及法律，但只要我答应了，就等于是在玩火。真正的行家懂得分寸，不会跨过警戒线，而我只要犯上一个错误，就绝没有好果子吃。一旦被寰球陶土缠上，到下个冰河纪都别想解脱。

幸运的是，推掉她的委托也很简单。

"多谢你，大师。不过我还是不能接受这份工作，最主要的原因是可能涉及违约。在我们说话这会儿，我的另一个灰色偶人就在寰球陶土集团，讨论另一起案子。"

我本来预计沃梅克会失望，甚至发火，不料却在她的俏眼中发现了笑意。"我早就想到了。今天早上，泰勒大厦周围聚集了不少新闻机器人和电子眼，还记得吧？我亲眼见到丽图·马哈拉尔把你请上了寰球陶土的房车。巧合的是，我刚才又在公共新闻里听到了她父亲的死讯。这一切综合起来，那你的另一个灰色偶人正在高岭的庄园里谈些什么，一点儿都不难猜。"

在高岭的庄园？我记得一号灰色偶人是要去寰球陶土总部呀。明明是我的案子，可这些家伙知道得比我还多。

"莫里斯的偶人，我有一个办法，可以让你和你的本体在法律上不会造成违约。在当今时代，你完全可以让你的左手不知道右手要做什么。不知你明不明白我的意思？"

不幸的是，我明白。

我的来生完蛋了。

"确实很容易。"柯林斯阁下说，"我们要做的就是……"

他停下了，电话响了。是我的电话，一阵急促的铃声。

头牌很生气，这次是真的。妮尔知道我在与人会面，但如果我的家用电脑认为这通电话确实很重要，她也会叫醒真人主子。

我说了声抱歉，将手腕上的电话板凑近耳朵。

"喂？"

"艾伯特吗？我是丽图·马哈拉尔。我……我看不到你，你那儿没有显示屏吗？"

我等了一会儿，可是别的"我"都没有答话，于是我开口了。

"这部电话是便宜货。我只是个灰色偶人，丽图。再说，不是有一个灰色偶人已经去你那儿了吗……"

"你在哪儿?"她又问了一句。她的声音让我心中一颤,那里面充满了伤痛,还掺杂了无限的惊恐。

"埃涅阿斯还在车里等着呢,他已经不耐烦了。他在等你和……我父亲的偶人,可你们两个都不见了。"

"你说什么? 不见了? 他们怎么……"

我明白了——她以为我是那个灰色偶人。这是一场误会,本来几句话就能说清,但我不想把细节透露给金妮和她那些怪异的伙伴。我应该怎么说?

正在这时,另一个声音插了进来,还有点儿迷迷糊糊的。是我的本体,他刚从小睡中被唤醒。

"是丽图吗? 是我,艾伯特·莫里斯。你刚才说我的灰色偶人不见了,还有你父亲?"

我赶忙切断通话。当前我的第一要务是应对好眼前的委托人,尽管一两分钟之后,我可能再也不必为他们工作了。

一阵沉默。终于,沃梅克身体前倾,一头流溢的金发漫过赤裸的肩头,搭在她著名的低胸领口上。

"你还好吧,莫里斯先生? 关于我的委托,我们想听听你的看法。"

我深吸一口气。我知道,这会加快我的新陈代谢,缩短人造细胞的寿命,让消融的时间稍稍提前,甚至会让我今晚回不了家。家,就在那里,可以让我和本体合而为一,让他知晓我这一天的经历。我已经明白了沃梅克的计划,按照这个方法,我不必违约也能为她工作,而且完全合法。只要我——这个灰色的影子——为了更重要的本体的利益,舍弃一切对生存的渴望就行。

不,实际情况会更糟。如果我拒绝呢? 我可能会将这次会面的内容透露给高岭阁下,明知如此,她还会放我离开吗? 当然,我与所有委托人之间都签了保密协议,我也绝不会辜负他们的信任,但头牌生性多疑,她会冒这个险吗?在她看来,寰球陶土只消出点小钱,就能让我背信弃义。

出于安全考虑,她会毁掉我这个偶人,再把三倍的造价赔偿给艾伯特。

他也会收下这笔钱。谁会为一个偶人大动干戈呢?

沃梅克和她的伙伴们死盯着我,等待着我的答案。

在他们身后,我找到了一些安慰,它们鲜翠欲滴、生机勃勃——是盆栽植物。现代映像的头牌把它们随意摆放在会客厅里,让这里有一种家的感觉。

"我觉得……"

"什么?"

她露出了那个著名的媚态横生的笑容,却让我心头一寒。即使是陶土人的心,也感觉到了寒意。

我又深吸一口气。

"我觉得你的无花果有点枯萎了,你不打算给它多浇点水吗?"

8 | 陶土人的功绩

……星期二的绿皮偶人找到了信仰……

月光海滩是我最喜欢的地方之一。只要那里人不多,我就会陪着克拉拉去海滩,尤其是在我们手头的度假优惠券快要过期的时候。

当然了,那里只允许真人进入。所有最好的海滩都有这个规定。我还从来没有以一个绿皮偶人的身份进去过……除非"我"的某些复制人也曾像我今天一样溜了号,下定决心不再上传记忆,只要享受一天的快活。

我把小摩托停靠在公共停车位上,徒步走到海边看了一下,希望找到一块真人不算太多的场地。只有在人不多时,对陶偶的禁令才会放宽,像我这种带颜色的偶人才有机会进入海滩。

星期二是工作日。在我小时候,工作日和休息日还是有区别的。

我的运气不好。海滩上到处都是人,他们带来了毯子、遮阳伞,还有各种在海边玩的小玩意儿。我还见到了几个橘色的救生员,他们的颜色很扎眼,双手双脚都长着蹼,呼哧呼哧地拖着沉重的救生气垫四下巡视,看有没有发生意外。其他人都是正常人的肤色,有的晒黑了,像抹了一身巧克力;有的白晃晃的,像海边的细沙。

如果我钻进人群,肯定会比鹤群里的鸡还要醒目。

我向南边看去,不远处有一条呼啦啦飘动的标志带,隔出了海边的一块危险区域,俨然成了我们这些陶偶的停尸场。五颜六色的偶人躯体堆积成山,煞是显眼。那里海潮汹涌,礁岩密布,真人绝不会跑去冒险,连救生员都不敢。只有几个黄条纹的清洁工拿着长长的钩子,清理那些倒霉家伙。总之,人人都愿意亲身享受海滩游玩的大好时光。来这儿需要预约,很难订位的,谁会把这种机会留给复制人?

突然间,这一切规定让我厌恶到了极点:等候批准的申请名单,游客名额……为的只是在海边待一阵子。要知道,一个世纪以前,你想干什么就能干什么,想去哪儿就能去哪儿。

没错,只要你是个有钱的白人。心中一个细小的声音在提醒我,颜色依然是等级划分的标准。

在今天看来,过去的种族歧视简直太荒唐了。不过话又说回来,每个时代都有自己的问题。在"我"小时候,有段时间食品供应非常紧张,大人们为了争夺淡水还发动战争。如今我们却要忍受富足带来的苦恼。低下的就业率、救济金、各种靠财政补贴的业余爱好,还有对人生的倦怠……现在已经找不到古色古香的原始村落和土生土长的原住居民了。俯瞰整个地球,你会发现所有好点儿的地方都被九十亿观光客挤满了——还要再加上一百到两百亿个复制人。

"去吧,伙计。让他们瞧瞧你。"

这个声音打断了我郁郁不乐的闷想。我循声望去,见到另一个绿皮偶人站在小路旁边。他高举一块标语牌,上面写着几行醒目的大字,而从旁边经过的真人家庭都对他视而不见。

同情心不分肤色
看着我
我是活着的，我也有感情

那个偶人发现我在看他，便咧嘴笑了，他指着月光海滩的方向。

"到海滩去吧。"他大声对我说，"我敢说，你想吸引他们的注意力。行动吧，就在今天！"

最近这段时间，我发现这样的人越来越多了。这些煽动者让很多人感到困惑，对他们的反应也是各种各样：有人支持他们，也有人无视他们。我对他们的感觉很复杂，不知是厌恶多一些呢，还是疑问多一些。比如我很想知道，既然他身为偶人时不喜欢受到歧视，那他为什么还要造出偶人呢？

陶偶好比蜉蝣，朝生暮死，他真的会平等地看待他们吗？复制人随时都可以大批量生产——尤其是有钱人的偶人，我们应该把选票投给他们吗？

他为什么不一个人跑去海滩，反而要拉上我？在一群真人中间大声疾呼，拷问他们的良知——接下来，最大的可能是某个真人忍无可忍，会察看他的身份标签，让他的主人因为骚扰公民支付罚金；或者某个真人逼急了，会把他劈成碎片，然后缴出一笔赔偿费。

所以他才会站在一边高举标语牌，而没有真的跑到海滩上。今天上午，我在寰球陶土总部见到了一大群示威者，这家伙很可能跟他们是同类。这类人喜欢派出偶人，一天到晚不停地抗议。

这样的行为应该有个前提：呼吁和要求的内容并不荒唐。但这一点很难保证，今天的人们的空闲时间实在太多了。

该死，我突然很想知道，我干吗要来这里？今天刚被造出来时,我幻想着解冻克拉拉的可爱偶人,一亲她的芳泽。身为一个绿皮偶人,却还沉醉于哲学命题的深奥思考,制造出来是为了做日常杂务,我却抛开这一切,一个人跑到海滩上浪费时间。我连沙子的粗粝感和海水的味道都体会不到。

今天到底是哪儿出毛病了?

然后,一个古怪的想法出现了,不禁让我毛骨悚然。

我肯定是个瑕疵品!

当然了,勉勉强强能使用。还好,我还没到张开双臂,像鲍里斯·卡洛夫①一样哈哈怪笑的程度。之前我也听人说过,如果神经元疲惫不堪,造出的陶偶就可能出现这样那样的问题。可怜的艾伯特,他在制造我的时候肯定又在瞎想什么。

我是个出错的复制人,一个弗兰肯斯坦②怪物!

意识到这一点,我反而松了一口气。海滩失去了魅力,那个煽动者的喋喋不休更让我生厌。我找到自己的小摩托车,直接去了老城区。既然这具出问题的陶土身体没有耐心收拾家务,我还不如去见见小帕,听听他会说些什么。

如果想找个人分担,小帕最合适。

记录更新。一个小时后补录。

今天的运气确实很糟。既糟糕,又古怪。

去见帕利的路上,我莫名其妙地卷入了一场"都市狩猎"。

也许是因为我想的事太多,有些心不在焉,车速也太快,总之,我没注意警告信号。有群疯子带着能发出微波信号的头盔,又喊

---

①演员,在1931年版的电影《弗兰肯斯坦》中饰演科学怪人。

②英国作家玛丽的科幻小说《弗兰肯斯坦》里的主人公,一个疯狂的科学家。他用碎尸块拼接成一个"人",并用闪电将这个怪物激活。"弗兰肯斯坦"一词,常用于代指"人形怪物"或"脱离控制的创造物"等。

又叫,追赶着猎物穿过老城区的钢筋水泥森林。

其他偶人闪开了一条路。缓缓而行的大型公交车也停在路边,侧面放下了防护挡板。但我还是看到有些小巧的车子趁机加速,奔向宽阔处。不一会儿,几束微波信号传了过来,扫过我的外衣和瑟瑟发抖的人造肌肉。接触到真人的皮肤时,微波会发出信号,提醒猎人不要开枪。但这里是老城区,几乎找不到真人。这群家伙为了找乐子,把这里变成了战场……真是一群混蛋。

他们气势汹汹地出现在下一个转弯处,瞬间便冲过了路口。他们带着高科技传感器,手中提着武器。一个猎人号叫着,高高举起一支猎枪,犹如一颗出膛的炮弹,朝我的方向猛冲过来!

为什么是我?我心中一阵哀鸣,我招你惹你了?

枪手开火了,一阵火辣辣的热风掠过我的左耳。如果他瞄准的是我,那只能说他的枪法太臭了。

我急忙掉转车头,本想冲向另一路口,没想到一个瘦长的赤裸人影出现在我面前,我一个急刹车才没有撞到他!他全身亮黄色,胸口和后背上画着同心圆环的红色靶子,他摇摇晃晃地站在小黄蜂正前方,直勾勾,恶狠狠地盯着我,然后夺路而逃。

追逐他的猎人发出一阵欢呼——这群脑子进水的家伙就像打了鸡血,肾上腺素狂喷。乱枪齐发,子弹从我身边嗖嗖飞过。他们似乎并不在意击中路人闹出纠纷,反而兴奋地叫嚷着。也许我没必要去见小帕了,应该张开双臂迎接他们的枪子!牺牲一个脑子有问题的偶人,让艾伯特得到双倍赔偿。这笔交易很划算。

但想归想,我还是攥紧了车把手,猛加油门。小黄蜂突突轰鸣,像一匹脱缰的小马猛蹿出去。速度刚飙起来,不知什么东西撞到了前轮。摩托车和我的身体随之一震,紧接着,车子剧烈地晃动起来。

那个充当猎物的偶人速度飞快——像个疯子一样喘着粗气,

撒腿狂奔,灵活躲闪。我们错身而过时,他居然还有工夫瞟我一眼,这让我意识到了两件事情。

第一,在追赶他的猎人中,有一个人的脸和他一模一样。

第二,我敢肯定,他和那些猎人一样开心。

好吧,林子大了什么鸟都有。变态的鸟,无聊的鸟,层出不穷,我可没他们那种闲心。我控制住受损的小黄蜂,到了下一个街口,那群疯子已经跑远了。小黄蜂响了一阵,冒了会儿烟,然后彻底熄火。

我站在可怜的小摩托旁边,刚才那一下几乎让它报废了。就在这时,我的电话响了,一阵急促的铃声。

条件反射一般,我按了按左耳,接通了廉价的移植电话,听到了艾伯特一个分身的回答。

"喂?"

"艾伯特吗? 我是丽图·马哈拉尔。我……我看不到你,你那儿没有显示屏吗?"

我一边听着电话里的声音,一边检查小摩托车。不知什么黏糊糊的东西溅到了引擎上,让它短路了。我可不敢去碰那东西,没准儿偶人也能被它弄报废了。

"……我只是个灰色偶人,丽图。"有个声音回答,"再说,不是有一个灰色偶人已经去你那儿了吗……"

"埃涅阿斯还在车里等着呢,他已经不耐烦了。他在等你和……我父亲的偶人,可你们两个都不见了。"

我发现右腿的纸裤子上也沾了一大片那种黏黏的东西,赶忙把裤腿纸撕下来踢到一边,再找找身上还有没有。

"你说什么? 不见了? 他们怎么……"

"是丽图吗? 是我,艾伯特·莫里斯。你刚才说我的灰色偶人不见了,还有你父亲,是吗?"

直到这时,迟钝的传导神经才让我感到后背很疼。一定是出什么问题了。我借着小黄蜂的后视镜检查后背,这才发现后背左侧偏下的位置有一个洞,足有半个拳头大小……那个洞还在扩大!如果我是个真人,恐怕早就动弹不得甚至死掉了。伤成这样,就算是我,剩下的时间也不多了。

我认出这里是第四大街和第一大道的交会处……离小帕那里还是太远,步行的话时间根本不够。第一大道上有不少载重卡车和投币公交经过,也许我可以竖起绿色的大拇指拦截一辆车。但是应该去哪里拦呢?

我想起来了,朝夕大教堂就在尤帕斯大街,离这里只有两个街区远。我转身向东边跑去,这时,我的原身还在跟迷人的丽图·马哈拉尔通话。

"所以,大家最后一次见到我的灰色偶人,是他跟着你的父亲……"

"……出了大屋的后门。在那之后,再没有人见到或听说这两个偶人了……哦,不!埃涅阿斯进来了,他很生气。他正派人搜查整座庄园。"

"需要我过去帮忙吗?"

"我……我不知道。那个灰色偶人真的没向你汇报吗?"

我在第四大街上跌跌撞撞地跑着,后背的伤口越来越疼。伤口里有什么东西,正在里面啃食我的身体!我的意识还算清醒,遇到看起来像真人的家伙还知道闪到一边。其他人则纷纷让开,惊讶地看着我气喘如牛地奔跑着,跑向那个能提供帮助的地方。

一幢用深色石头修建的宏伟建筑出现在前方。那里曾是一座长老会教堂,但很久以前,所有真人信徒便离开了老城区,现在每天来往于这里的是新兴的仆役阶级——尽管人们都认为他们并没有值得拯救的灵魂。

从那时起,朝夕大教堂的用途就改变了。

教堂门外有一个蒙着玻璃的公告栏,上面装饰着色彩斑斓的玫瑰图案。公告栏上写着近期将要宣教的题目:文明的延续。下面还有一行歪歪扭扭的字:永生胜于记忆复制。

我跌跌撞撞地跑上通往正门的台阶,沿途见到了许许多多偶人,各种颜色的都有。他们懒洋洋地四处晃荡,有的在抽烟,有的在闲谈,看起来每一个都无事可做。他们大多身体残缺或者破了相,甚至缺胳膊少腿。我无暇顾及他们,一路冲进昏暗阴冷的前厅。

要找到管事的女人并不难,那是一个黑皮肤的真人,她坐在一只圆凳上,旁边有张桌子,上头堆满了纸张和医疗用品。她正在为一个绿皮偶人包扎手臂,那家伙的左侧身体都被烧焦了。在她头顶,我看到一个玫瑰形的标志在缓缓转动,像是曼陀罗,或者另外某种花瓣张得很开的鲜花。

"张开嘴,吸气。"她说着拿起一只喷雾器,朝偶人病人的脸上喷了一下。噗的一声,一团气味浓烈的雾气罩住了绿皮偶人的脸,他大口大口地吸着。

"这能麻痹你的痛觉中枢,但你还是要小心点儿,再磕着碰着可就……"

我打断她,"对不起,我是第一次来,不过……"

她跷起大拇指往左侧一指,"请排队,一会儿就到你了。"

我看到一条长长的队伍,受伤的偶人都在耐心排队。来到这里的傀儡不管受了多小的伤,他们的主人肯定都不会接收这段记忆了。但这些傀儡并不打算就此放弃,成为垃圾。灵魂深处的原始本能在高声呼唤,要求他们挣扎求生。在他们接受的驻波中,最古老的铁则就是坚持下去。所以他们来到了这里,我也一样。

伤势让我没法耐心等待。我转过身,固执地说:"女士,拜托了,请你先看看我的伤。"

她抬眼看了看,眼神疲惫,目光有些游离,她可能已经在这个临时性诊所里熬了个通宵。这位志愿护士正想一句话打发掉我,话到嘴边却突然止住。她眨巴了一下眼睛,猛地站起身。

"快来帮帮忙,快点儿! 这儿有一只陶土虫!"

接下来发生的事十分奇怪。有人惊慌失措,有人张口结舌,有人跑进跑出。在我的印象中,这种场景只有从前的战地医院里才能见到。我趴在一张脏兮兮的桌子上,吸了几口麻醉剂,迷迷糊糊中听到有人说话。他们正用未经消毒、临时凑合的工具鼓捣着我后背的伤口。

"是一只陶土虫! 看哪,见鬼,这狗东西还在动。"

"小心点儿,个头还不小。给你尖嘴钳。"

"整个儿夹住。在我们这个州,饲养陶土虫是非法的。要是能找到那个混蛋,我们这个月的房租就有着落了。"

"快抓住那小魔鬼,别让它咬到致命部位。嘿,它还想去咬神经中枢。"

"该死,哦,等等,让我来……抓住了!"

"伙计,瞧瞧这狗娘养的。要是真人被这东西咬上一口会怎么样?"

"你怎么知道它们没咬过? 在一些秘密实验室……"

"别疑神疑鬼的。内部举报法有规定……"

"闭嘴,把那鬼东西扔到罐子里,听到没有? 谁递给我一点儿石膏。还好他的神经中枢没被咬到,打块补丁就没事了。"

"也许吧。伤口够深的,还好这绿皮偶人很年轻。也许我们应该趁这机会测试一下动力。"

谈话声好像是从很远的地方传来的。麻醉剂很快便消除了疼痛感——偶人的设计上必须做到这一点，这不仅是为了人道，也是法律的要求。同时，这也解释了为什么很难找到免费的偶人诊所。这是我第一次进偶人诊所……至少在我保有的记忆中是第一次。很多人认为建立偶人诊所没意义，用不着浪费精力去救助复制人，反正他们几个小时后便会消融——这就跟大多数人觉得偶人解放运动毫无意义一样。

但我还是来了，挣扎着要活下去。能得到救助，我很高兴。

我之前说过，偶人的性格几乎全部来源于本体，几乎。也许，正是因为我在复制过程中出了毛病，我才跑到这里寻求帮助。我这个绿色偶人没继承到艾伯特那种能忍能扛的性格，至少没有完全继承。

手术时间比真人医院短得多。完全不必理会术后恢复的问题，也不用担心受到感染。当然，这儿的医生并没有玩忽职守，我很佩服这些志愿者。他们用的都是临时工具，是早已淘汰的过时货，可他们的工作却十分出色。

十分钟后，我便和其他五颜六色的病人一起，坐在老教堂的木制长凳上，被医生彻底遗忘了。我小口抿着一种甜甜的饮料，那里面混有解毒剂和止痛药。一个瘸腿的紫色偶人站在牧师的讲台上，她上方有一块手工雕刻的标语牌，上面写着"救救陶土人吧"。她用还剩下的一只手拿着一张纸，对我们宣讲：

"人类无权设定界限，也无权限定灵魂的定义。

"从前，人类就像一群孩子，只懂得童话和最简单的故事，并视之为真理。但是到如今，伟大的造物主允许我们捡起他的工具来设计蓝图。我们就像学徒，可以独立工作。出于某些原因，他允许我们掌握了最基本的自然法则，允许我们对他的作品修修补补。这一事实包含着如《启示录》般的力量。

"哦,学徒的身份,还有随之而来的能力,是一件让人陶醉的事。也许从长远来说,这确实是一件好事。

"但这并不意味着我们已经到了全知全能的地步。并非如此。

"很多宗教都认为,灵魂是不朽的,它存在于人类的内心深处——如果你是个复制人,它便只属于你的原身。复制出的傀儡就像台机器,或者说机器人。它的思想是一种投影,犹如白日梦,发送到临时的躯体中,以完成某些杂务。

"对于复制人来说,只有当他和本体团聚时,才算是拥有了来生……正如真人某天投入上帝的怀抱,才会拥有来生一样。于是,古老的教义回避了从陶土中制造智慧生命而导致的令人烦恼的道德问题!

"但是,当我们进行复制的时候,真的就没有灵魂的转移吗?当我们存在于这短暂的身体中时,难道我们不会感觉到激情和痛苦吗?难道天堂中就没有我们的位置吗?

"或许应该有。"

我恢复神志以后,那人一直唠唠叨叨讲个不停。我又一次看到了头顶的玫瑰图案——那是一扇彩色玻璃窗,刚刚完成一半。几个残疾傀儡正在玻璃窗的一角工作,加工那朵花的一片花瓣。那片花瓣看起来就像某种鱼类。

我时常想,来朝夕大教堂的那些人和抗议寰球陶土集团的那些自以为是的疯子是一伙的,好比在海滩上遇到的绿色偶人一样——都是所谓"为偶人争取权利"的激进分子。从宗教角度说,来朝夕大教堂的和抗议陶土集团的,其实是一类人,只不过后者属于保守派,认为复制人是对上帝的亵渎。

这些人呼吁的不是平等权利,只是要求怜悯和同情之心,顺便再拯救几个灵魂罢了,仅此而已。

好吧,也许他们是一群还算真诚的疯子。我会让妮尔为朝夕大教堂捐一笔钱,希望真正的艾伯特不会反对。

可以起身之后,我离开了大教堂,找到一个安静的地方录下这份记录。也许艾伯特和克拉拉会一起听听,想出些新点子。

对我这样的"弗兰肯斯坦怪物"来说,这样的永生已经够了。

该忙起来了。也许我是个不完美的复制品,但我跟原身的兴趣是一样的。有些事情,我希望能在自己消融之前查个水落石出。

9 | 沉睡的人醒来了

……艾伯特真身弄清了一件事:凡事只能靠自己……

即使是在过去,人们也经常怀疑自己究竟是不是真实的,现在更是如此。至少禅宗大师和那些倒懂不懂、爱故作深沉的大二学生很喜欢思考这种问题。

如今,这个想法总是在你忙于工作的间隙蹦出来。替人工作也好,打理生意也罢,你总会突然间走一下神:"今天早上我是从床上还是复制机上下来的?"你会不自觉地检查一下,抬起手看看皮肤的颜色,或是轻轻掐一下自己。

最糟糕的是做梦的时候。

偶人几乎不会睡觉,所以如果能确定自己是在做梦,也可以让人放下悬着的心。

不过噩梦总有自己的逻辑。你躺在床上会胡思乱想,担心自己不是真实的……似乎别人更像真正的自己。

丽图·马哈拉尔的第二通电话把我吵醒时,我的脑子还昏昏沉沉的。克拉拉会说这对我有好处,"只有跟不上时代的网络宅男才会不想见到白天的太阳。"

这是她某个同行的忠告。如今连战争都有日程表了,每个人都过着朝九晚五的稳定生活,但我的工作日程还是经常偏离既定轨道。好吧,已经整整睡了四小时,睡前还补充了一杯姜汁饮料——休息得足够了。再说,丽图带来的消息让我大吃一惊。

我摇摇晃晃地走进办公间,看了看偶人名册(监控器),看看我的复制人都在做什么。如果一号灰色偶人失踪了,面板上可能会有些线索,或许可以让另一个"我"去高岭的庄园。

我惊讶地看着光线浮动的面板,简直不敢相信自己的眼睛。三个偶人都亮着黄色指示灯,表示他们都处在"失去联系/无法接通"的状态!

"妮尔,这是怎么回事?"

"无法确定。一号灰色偶人在不到一小时之前失去联系,当时他位于埃涅阿斯·高岭阁下的庄园。"

"我已经知道了。"

"你一定不知道他们已经找到了灰色偶人的身份标签,在高岭贴身仆人的住地——那里禁止外人进入的。维克的律师想知道你的偶人跑到那里去做什么。"

"我他妈的怎么知道?"回想起来,今天从一开始就顺利过头了,"先不管这个。二号灰色偶人呢?"

"刚刚收到一段加密信息。二号进入了'不再返回,独立行事'模式。"

我吃惊得直眨巴眼睛。

"他要干什么?怎么不跟我商量?"

"你给了灰色偶人自由行动的权力,你不是经常这么做吗?"

"没错,可是为什么——"

"他接了一份周期短、报酬高的工作,需要暂时和金妮·沃梅克合作。为了避免与你手上的其他案子发生利益冲突,调查必须在保密条件下进行。"

"在保密条件下?"我摇摇头,"哦,你是说对'自己'也不能说。我不能接收他的记忆,连他做了什么都不可以知道。"

我的复制人接手机密调查不是第一次了。他们可以自行决定,让"我"本人大大受益。虽然客户会很满意,但我却什么都不知道,只是收到一大笔酬金。

"我"是出于什么样的考虑,才会决定接下这样的案子呢?很难想象"我"为什么会做出那样的牺牲。但我知道,以我的性格,这一切可能——极有可能——是被形势所迫。

不过这个消息还是让我有些不安,"二号还是得小心一些。"我小声地自言自语,"我信不过那个头牌。"

"那个偶人知道沃梅克很狡猾。要我重放他发回的信息吗?从声音判断,他很谨慎,甚至有些多疑。"

我应该听一下,然后让自己安心吗?我的灰色偶人一向表现不错。实际上,几年前我曾受邀参加一次研究活动,到会者都是能制造高保真度偶人的专家……不管怎么说,我现在只能耸耸肩,接受现实。如果你连自己的灰色偶人都信不过,那你还能相信谁?

"不用了。能不能告诉我绿家伙干吗去了?瞧家里乱成什么样子,盘子没人洗,垃圾没人倒,他人呢?"

妮尔在墙壁上的大屏幕中播放了一段电话留言,以作回答。那是一段简短的视频,我自己的脸出现在屏幕中,看起来更像石膏模型,那颜色让人想起了半死不活的叶绿素。

"嗨,'我'好吗?"那张脸笑得还挺开心。他身后的背景破破烂烂,显然是在老城区里。"我录了一份完整的报告,马上就传回去,这一小段视频是附送的。

"你听好了,艾伯特!今天上午你累得像死狗一样,那个时候本来不应该制造偶人。你平时一向很幸运,但这一次,你的复制人出了点儿问题。"

那张绿脸停了一会儿，好让我体会一下他的意思。他咧嘴笑了，满脸嘲讽，有一瞬间我觉得那副表情很眼熟，有些古怪。我自己能做出那种表情吗？不好说。

"作为一个变异的复制人感觉怎么样？我知道你很好奇，那就让我告诉你吧。感觉……相当怪异。就像……我还是我……但又不是我……两种感觉并存。明白不？

"你当然不明白。总之，问题的关键是我不会清洗你的盘子，也不会打扫你的屋子了。不过不用担心！你没必要报警，也不用找人'清理'我。我不会危害社会……我没疯到那个地步。我不过是对自身的存在问题产生了一些兴趣，就这样。

"如果有机会，我会在消融之前最后发一次报告。我欠你的，毕竟你是我的创造者。

"多谢你创造了我。后会有期。"

绿皮偶人眨眨眼，视频结束了。我瞪着空白的墙壁呆了好久，直到妮尔对我说话。

"据我所知，这是你的复制人第一次出问题。需要我为你预定一次常规健康检查吗？'生命保健'本周推出了打折服务。"

我摇摇头。

"你也听到了。我当时太累了，没别的。"

"那需要我发个声明，宣布放弃那个绿皮偶人的所有权吗？"

"然后让那群变态猎人去追杀他？那个倒霉蛋似乎不会对别人造成伤害。尽管我很想知道……"

上午我复制灰色偶人时，他们有没受到相同的影响呢？他们是用更加昂贵的陶土人偶制造的，扫描驻波的时间更长。现在我无法与他们通话，除了往好的方面想，我还能做点什么？

从绿皮偶人的报告中得不到什么更有价值的信息。月光海滩上的小插曲,偶人城区里为傀儡疗伤的老教堂。只有这两条有点意思,颇有戏剧性,别的就没什么了。

妮尔插话:"既然已经知道了偶人们的情况,就让我们进入正题吧,你手上还有几个案子。丽图·马哈拉尔也希望你能回个电话,讨论她父亲遇害一事。"

我点点头。确实,还有一大堆事情需要我亲自处理。

"解冻一个专业偶人。"我命令,"要黑色的,最高级的那种。我需要马上进行复制。"

"黑色偶人已经准备好了。"

冷冻箱嘶嘶作响,喷出一团油乎乎的雾气,一具空白陶土人偶滑进了加温槽。它的身体乌黑锃亮,闪着镜面般的光泽。黑色偶人的造价比灰色偶人还高,它们经过特殊处理,精力可以高度集中,能力也得到了加强,足以全天24小时持续高效工作——前提是你的原身也有那种品质。正因如此,黑色偶人比用来享受的白色偶人少见得多。黑色偶人高强度工作一整天后,吸收它的记忆会让人很有满足感,但更多的人还是愿意把精力投入到享乐上。

陶偶已准备就绪,驻波探针在我头顶上舞动起来。但我需要先冷静一会儿。和两个灰色偶人失去联系已经够糟了,我还让一个绿皮偶人出了问题?这是前所未有的失败,让我沮丧不已。我休息的时间充分吗?不会再出问题了吧?

我下了复制机,推开小屋的后门,踱进后花园。温暖的阳光洒在我脸上,植物的清香迎面而来,让心情舒畅了许多。我缓缓走到经常打坐的柠檬树下,俯身拾起一枚小柠檬,用小刀切下一片果肉,挤出一些果汁涂到手腕上。香气扑鼻,我闭上眼睛,让心平静。

不一会儿,我重拾自信,走回复制机。

我再次把头伸到驻波探针之下,发出信号,扫描开始。这一次要格外小心,时间也会很长,大概要十分钟吧。我尽量让自己放松,一动不动,等着探针轻轻扫过整个身体——这次不光要扫描大脑,还有心脏、肝脏和脊椎——复制我的驻波,再将记忆的模板注入身旁的陶土人偶中。这种感觉很熟悉,正如从前几百次的复制过程一样。每次我都能感觉到意识如潮汐般涌动——情感的涟漪,记忆的旋涡,这些清醒意识之下的暗流都被唤醒,化做苍茫辽阔的潜意识海,将我深深淹没。在人类将精神世界变成另一个技术学科的领域之前,威廉·詹姆士①便提出过"宗教体验"的概念,我现在的体验正是这个。

我思绪飘浮,很自然地又想到那个绿皮偶人……尤其是他在报告中提到的朝夕大教堂。显然,去那里的人绝非一群疯子,他们治疗受伤的偶人也不是出于一时冲动。他们令我感到惊奇。

如果一个偶人得不到"拯救"——永远也无法回到创造他的"主人"身边,记忆得不到延续——那他的灵魂会去哪里?这个问题似乎很抽象,似乎永远也得不到答案。可今天,至少有三个"我"需要直面这个难题。

同样,如果一个人的本体死了,又会发生什么?有些宗教人士相信,你生命中的所有支流将汇成一条终极大河,回归上帝的怀抱,你的复制人每天的记忆最终都将归于你本人。尽管有人私下花巨资做了研究,目前没有任何证据表明其他的高等生命形式能接收记忆。

这个结论令人不安。我暂时不去想它,任思绪信马由缰,等待复制工序完成。就在这时,妮尔提醒我,有个优先级更高的电话打进来了。

"是埃涅阿斯·高岭阁下。"家庭电脑对我说,"你现在没有可以接听电话的复制人,需要使用全息影像自动应答吗?"

_____
①美国哲学家、心理学家。

　　用简陋的仿真程序来接待这位大人物？我突然有种冲动：也许应该用录好的声音说一句，我不在家，有事请留言。

　　"接通电话，让我来。"我回答道。这是今天的第二次了。

　　图像在我面前出现，我见到了商业巨头那张熟悉的脸——两道浓眉，面容精致——他坐在整洁的办公室里，身后有一座装饰华美的喷泉雕塑，正喷出汩汩的涓流。我看到了他的肤色……是他本人？那是个苍白的北欧人形象，我惊讶得差点坐了起来。为了表示对他本人的尊重，就是中断整个扫描过程也是值得的。

　　但我马上捕捉到一束一闪即逝的光……他面颊的反光。若非专业人士，很难看穿他的伪装，但我意识到这仍是他的复制人，只不过足以乱真。只要不是以欺骗为目的，在家里使用什么颜色都随你便，这不算犯法。

　　于是我还是懒洋洋地躺着，让探针继续运转，复制我的灵魂，为复刻偶人作准备。

　　"莫里斯先生。"

　　"偶人高岭先生。"我回答道，明确表示我已经看穿了他那不够专业的伪装。他愣了一下，然后微微点了点头。毕竟，在这场谈话中，我才是尊贵的真人。

　　"你正在复制偶人，莫里斯先生。需要我一小时以后再打过来吗？"

　　和以前一样，我发现他的用词有些老套。你若是很有钱的话，也有资格拿腔拿调。

　　"这次是深层扫描，不过用不上一个小时。"我笑了笑，为配合探针调整了一下头的位置，"十分钟后我再打给你……"

　　"我只要一分钟。"偶人打断我的话，"我希望你能来为我工作，马上。酬金加倍。"他的表情很轻松，似乎相信我会直接蹦起来，毫不犹豫地接受他的条件。事情有点儿不对劲儿，因为在禁区内发现了失踪的灰色偶人的身份标签,他的律师刚刚还发来威胁信息,拒绝让我再派一个复制人去调查这起失踪案。这一前一后,是同一个高岭吗?

"这份工作和马哈拉尔博士的死有关吗?你也知道,我现在受雇于他的女儿丽图,再接下你的委托,恐怕会有利益冲突,除非你想签署保密协议。"

一旦签署"保密协议",就意味着我要制造更多灰色偶人,而他们永远不会再回来了。一想到这儿,再想想复制时的复杂感受,就让我有点儿不舒服。

高岭的偶人眨眨眼,又朝屏幕外看了一眼。也许他在接受原身——那位巨头隐士本人——的指示。我的好奇心又被点燃了。外界有很多关于这位商业巨头的风言风语,有些故事极其夸张,说他在自己的实验室里培育了罕见的基因病毒,结果被病毒感染后毁容,相貌变得十分恐怖。我把这次谈话一字不差地录了下来。等克拉拉从战场归来,她会详细研究一番。

这个肉色偶人轻描淡写地推翻了我的建议,"只是技术细节,不足为虑。这是同一个案子,但现在由我来为你的'独家服务'买单。可怜的丽图,她已经很不幸,就不必让她破费了。"

"独家服务"这个词听起来很像他早上玩过的"宣誓效忠"的把戏,换汤不换药。没错,我很需要钱,但人活一世,为的不光是钱。

"你和丽图商量过吗?"

肉色偶人又停了一下,朝屏幕外看了看。看来他只是接收了最近的记忆,对我没什么了解,所以需要指点。

"还没有,但我相信她会答应我的……"

"不管怎么说,她已经提前预付今天的酬金了。干吗不等一等,看我今天都能查到些什么呢?我们可以明天再交换意见,把所有事情都摆到桌面上谈,那样不是更公平吗?"

显然，高岭很不习惯有人对他说"不"。

"莫里斯先生，有些……事情，丽图还不知情。"

"嗯？你说的'事情'是和她父亲的死有关，还是和我的灰色偶人失踪有关？"

偶人皱了皱眉头，他意识到了自己犯的错误。只差一点，我就可以申请法庭传票起诉他——如果我想这么干的话。

"那就等到明天吧。"高岭点点头，图像消失了。我轻声笑了笑，然后闭上眼睛，长出一口气。终于可以安安静静地复制了。

没有了电话的打扰，我感觉自己又浸入到灵魂的湍流之中。情感扰动，记忆闪光，大多稍纵即逝、难以捉摸的思维浪花从黑暗的潜意识中激涌而出。有些浪花像是对过去的预想，有些则像是对未来的回忆。潮水渐渐平息，感知器的探针伸进了我的鼻孔，进行最后、最深入的复制工作——这一阶段又被称为"生命的呼吸"。

妮尔的声音响起。

"又接到一个电话，是莫拉凯·蒙特马林打来的。"

要是接了电话，复制过程就彻底白费了。我哼哼着回答妮尔，探针几乎快让我窒息了。

"现在没时间听小帕胡说八道。"

"但他坚持要——"

"我说了，不行！让智能应答软件回复他。总之，在我今晚完成工作之前，让他离我远点儿。"

也许我不该这么暴躁。如此极端的情绪或许会传染给黑色偶人。反正，可怜的小帕是不可能对我说什么了。

当然，我也确实没时间陪他发疯。有些时候，你必须集中精力做好手头的工作。

10 | 傀儡之家

……二号灰色偶人碰上了大乐子,比他希望的大得多……

"彩虹之家"是个复古的名字,也有一批与众不同的客人,它门外的霓虹灯闪烁着"真人止步"的字样。跨入"彩虹之家",你会感觉自己似乎走进了梦幻般的20世纪科幻电影,到处都是欢腾舞动、眉飞色舞的偶人。

当然了,真正让真人止步的不仅是门外的警告。这里舞池的地面急剧震颤,其旋律足以让真人的骨头产生共振;灯光系统射出一道道电弧,真人的大脑在频繁的闪光中会变得歇斯底里;一百根烟囱朝空气中喷出厚厚一层飞灰,吸进肺里会长出瘤块;房间中充满了臭气——偶人们为之陶醉——须经过滤才能排放到室外。

在偶人尚未诞生的年代,真人大多会挑星期六的晚上聚会。但如今,像"彩虹之家"这样的地方却夜夜笙歌,即使是在星期二的下午。偶人们可以随时来这里,代替他们的主人享受刺激的狂欢。他们在皮肤上涂满各种螺旋纹或云纹图案,把自己变成一件件工艺品。有些偶人的身体就像俗气的色情漫画人物,有的还装了吓人的配件,比如剃刀般锋利的爪子,滴着酸液的大嘴。

"需要头部保护吗?"柜台后的红色服务员递给我一个闪闪发

光的头箍。衣帽柜旁还立着几台冷冻机。这个头箍可以有效保护头部,确保这段疯狂的记忆保存完好,以备日后回味。

"不用了,谢谢。"我拒绝了她。是的,我承认以前来过这种地方。嘿,在如今这个年代,谁年轻时不会效仿暴君尼禄,过几天声色犬马的日子呢? 为什么不呢? 反正你所拥有的只是记忆,选择权在你自己手上。不管你的偶人做了什么,对你本人都没有害处,不是吗?

当然前提是,你不在乎别人的闲言碎语……

对大多数人来说,如此强烈的刺激是会上瘾的,这是真人无法体会的快乐。尤其是那些失业者,只需花几个小钱,他们就能摆脱无聊的现代生活。

"请稍等一下,莫里斯的偶人。我一会儿就来。"

门口处声音嘈杂,我看了一眼带路的红色女性偶人。在喧嚷的人群中,她的声音竟然异常清晰。原来墙壁上镶嵌着滤音器,她的话能直接传到我的耳畔。不过,既然她是这里的主人,这种技术倒也不足为奇。

"你说什么? 我在哪里等你?"

奎恩·艾琳的红色复制人指了一下,那个位置在舞池后面,靠近竞技台。我看到了一张空桌子,上面的指示灯闪烁着"预留"的字样。

"要等很久吗? 我的时间不多。"

为了创造者的利益,我变相宣判了自己的死刑。所以对我来说,这句话更加意味深长。但带路的偶人只是耸耸肩,转身穿过了人群,应该是向她的姐妹们报告说我已经就位了吧。

我的生命还仅仅剩下十八个小时,为什么要为我不喜欢的人卖命,做我无法理解的工作呢? 为什么不逃走呢? 大街就在几米开外。

但即使跑掉了，我又能去哪儿？艾伯特本人会逼我在剩下的几个小时里接受仲裁，免得因为我违约而被头牌起诉。再说我可能已经被人监视，成为瞄准镜中的靶子了。我看到很多赭红色的女性复制人匆匆走过，有的端着饮料，有的擦拭桌子，有的在清理偶人客人们身上脱落的碎皮，还有几个一直盯着我。如果我逃走，她们会察觉的。

我朝那张桌子走去，吃力地穿过噪音的海洋。震耳欲聋的响声像个死皮赖脸的情人那样紧搂着你，让你寸步难行。我不喜欢这种"音乐"，但跳舞的人显然爱得要命。他们狂乱地扭动身体，做出各种真人难以挑战的动作。整个舞池里碎渣飞溅，活像陶艺家的转盘。

记得有人说过——如果你的偶人回到家时还完完整整，说明他这一天过得并不开心。

一排排小隔间沿墙而建，很多人斜靠在那里，看着桌面上的全息影像——飞旋的抽象图案、转圈的脱衣舞女。不管你愿不愿意，这些东西都会充斥你的眼球。

我从人群外围绕过去，经过一处角落，这是几个滤音器交叉覆盖的区域，所以显得比较安静，有一种躲在棺材里的感觉，但还是能听到来自四面八方的只言片语。

"……当时感觉有个什么东西，像虫子似的往我腿上爬。我低头一看，那玩意儿长着乔茜的脸，还龇牙冲我笑！我一下傻了足有三秒钟。她送这个东西过来到底是什么意思？给我当宠物？还是为了向我道歉？你想象得出那一幕吗？"

"……委员会终于通过了我的论文，不过他们说论文的主题太变态了，有'性虐主义'倾向。神经病，我敢说那群老家伙里没有一个人看过萨德侯爵①的作品！"

"……呃……尝尝这个……他们是不是往苯酚里掺了水？"

我又迈了一步，刚跨出那个安静的角落，耳边便炸起一阵欢呼，声音似乎突然被拔高了。尖叫声是从竞技台那里传过来的。角斗士们在台上厮杀，围观的人也可以上台和他们一较高下。刚刚的胜利者站在台上，俯视着脚下的牺牲品。他扬起双臂，高举手中的武器——酷似死神的大镰刀——随着他手起刀落，液浆飞溅，洒向欢呼的观众。人们纷纷下注，有的通过电子账户交易，有的直接拿出污迹斑斑的钞票。那个角斗士一身艳俗的装饰性皮肤。看得出，他的身体是用公共陶偶炉制造的，只花了二十块钱。

胜利者得意地四下环顾，突然与我四目相对。他盯着我看了一眼，脸上笑容一僵——难道他认识我？可我不记得以前见过他那张假脸。他也只是愣了一下，马上转过身去，继续接受众人的欢呼。

如果是在古代部落社会，这样一场胜利也许会让他赢得酋长的宝座。如今嘛，好吧，至少可以让他享受一会儿虚假的骄傲。其实，一个真正的战士，比如说我的克拉拉，打倒他是小菜一碟。不过她有正经事要办，正在保卫国家呢。

我一坐到指定的位置上，"预留"的灯光就熄灭了。我想，不知克拉拉的战争进行得怎样了？我感觉有些失落，因为我再也见不到她了。当然了，"我"本人还是可以的，只要参战的一方打赢了……或者等到传统的周末休战期间，战争会自然结束。艾伯特本人必须好好待她，不然我做鬼也饶不了他，这个幸运的混蛋！

"您想喝点什么？"一个女侍者问。她是特制的型号，很像艾琳的复制人，不过更加撩人。她的手掌要大一号，这样托盘子时更方

①法国贵族、作家，擅长描写色情幻想，《索多玛120天》便是他最著名的作品。以他命名的萨德主义是性虐待的代名词。

便。

"一杯派普西德,加冰块。"灰色偶人本来不需要喝东西,但这里确实很热,再说喝一杯电解质饮料也不会少块肉。反正是沃梅克买单。

原来这个角落也有隔音效果。只要我往旁边挪一挪,就可以把头伸进相对安静的环境里,暂时远离嘈杂刺耳的音乐和竞技场中的尖叫,能听到的只有小隔间里喋喋不休的谈话。

"……这是什么烟,伊扎特黑巴克球?让我抽一口?"

"……听说了没?潘西·潘杜拉的店子关门了。健康卫生署的人在过滤器里发现了一种病毒。要是你的偶人被感染了,回到家里,那就热闹了!紧接着,你的原身就会待在精神病房里流口水……"

"……我爱死那对凸眼的样子了!它真能用来看东西吗?"

阵阵激情的呻吟声也传了过来。透过乌烟瘴气的空气,我见到有人三三两两地在小隔间里抱作一团。如果情人对你的身体构造不满意,你还可以租个更匹配的身体。

"静音。"我对桌子说。于是小隔间竖起了屏风,屏蔽了外界噪音,"有没有前线战事的新闻?"

"哪一场战事?"一个声音响起,一听就是电脑音,不是陶土人的声音。看来我还得提供细节。

"目前全球共有五场大战役,九十七场小规模军事冲突。"

啊?克拉拉本周是跟谁打仗来着?我真该更留意时政。如果这是一间体育酒吧,战事信息会在大屏幕上二十四小时滚动直播。

"呃,先查查离本市最近的战斗竞赛场。"

"杰西·海姆斯国际战斗竞赛场位于此处254公里外的东南方。本周,海姆斯竞赛场将作为东道主,为我们见证美国太平洋生态区(PEZ)和印度尼西亚再造林财团(IRC)的对决。这场战斗关系到南极冰山开采权……"

"就是它。PEZ 的情况怎么样?"

全息影像在桌子上展开,一片黑乎乎的山地被醒目的分界线隔开。分界线以外有一块长满棕榈树的绿洲,再往外的荒漠中是一片受保护的风景区;界线以内则是千疮百孔。为了保护其他地方,这里的大地母亲做出了牺牲。为了长远利益,人类圈下某些地方供人发泄消遣,就像"彩虹之家"一样。

"太平洋军在周一的首次战斗中取得了很大优势,以极低的人员损失占领了大片地盘。不过 IRC 的评论人士认为他们还会遇到很多不利因素,足以抵消目前的优势……"

火花在我面前闪过,视角转向接近地表的位置,我马上意识到这是导弹弹幕和激光打击交织而成的火力网。克拉拉就是处在这么一个环境中,那里有大量杀伤性武器,一旦流落到战斗区域之外,会给世界带来灾难性影响。是继续观察前线还是转回到边界上的绿洲,我正在左右为难,就在这时——有人突然掀开小隔间的屏风,挡住了一大半全息影像。

"原来真是你。"一个人站在我面前,他身材高大,皮肤上文着一条蛇,"真是得来全不费工夫。"

是那个角斗士。几分钟前他还站在竞技台上,高高在上,痛殴对手。他逼近了一些,紫红色的双手上裹着一层湿漉漉的陶土液浆,看上去像个冷酷的窑匠。

"你是怎么从河里爬上来的?"他问。

我立刻想起来了。昨天夜里,在剧院大道,就是这家伙挡住了我的路!只不过当时他是个真人,而我是个绿皮偶人,正拼命逃脱贝塔的追捕。

"河?"我装出一副无辜的样子,"我什么时候下河游泳了? 我认识你吗?"

格斗型偶人做不出复杂的表情,那张脸十分僵硬,但他还是能意识到我在装傻。他耸耸肩,看来不打算跟我斗嘴皮子了。

"你当然认识我!"他大吼道,"我看着你跳进河里的。我知道你到了家,上传了昨天的记忆,所以你应该明白我的意思!"

知道?他是怎么知道的?不过没关系。有句话说得好,没有不透风的墙。从长远来看,秘密都是藏不住的。

再逗他几句,看他有什么反应。

"一个复制人游过了一条河!天哪,完成这个壮举的人会成为大明星的!或许你也应该找个时间跳下去试试。"

这个建议收效不佳。

"我他妈还留着你的断手呢,烘干做成标本了。想要回去吗?"

当时他站在广场上,手里攥着我的断手,一脸呆若木鸡的表情,一想起这个我就忍不住想笑。那一天过得很糟糕,只有那一刻还算让我满意。

"你留着吧,送你做个纪念。"

他满脸怒气,"站起来!"

我没听他的话,反而打着哈欠伸了个懒腰,既是做个姿态,也是为了争取时间。勇气也要分场合,如果我这具躯体是格斗型,倒不介意给这小子几个嘴巴尝尝。如果换成真人艾伯特,他的生活中有那么多乐趣,才不肯冒这个险呢。一见这种疯子,他一准儿拔腿就跑,毫不脸红。但我的选择却比较模糊。我是个灰色偶人,还是个"孤儿",没人会接收我的记忆。剩下的这点时间,我还打算解开一些谜团呢。如此一来,最好某个管理人员能赶过来,把这家伙轰出去。哎呀,艾琳的那些红色偶人怎么一个都看不到?

"我说,你给我站起来!"这家伙低吼着,攥紧了拳头。

"可以挑选武器吗?"我突然问他。

他犹豫了一下。我这么问就等于下了战书,要按规矩来。事关荣誉,他就是想把我当场撕碎也不行了,周围有人看着呢。

"没问题。你先选。"他朝竞技台指了一下,坚持要我先上台。

要上台,我就得先走出小隔间。我的口袋里有些工具—— 一张小型切割卡和一只电子瞄准镜——但他不可能重犯昨晚那样的错误,让我靠近发动突然袭击。

带我来的人都死到哪里去了? 我不明白她们为什么这么不谨慎。激烈运动很可能会让我过早消融,倒在大街上。也许我应该先到小帕那里去,提醒艾伯特以后不要再给头牌卖命,要像躲瘟疫一样离她远点。

我们经过一张张桌子,很多桌子上都摆着明晃晃的砍刀,映出一张张花哨的脸。这些年轻人我一个都没见过,不过,朝我挑衅的家伙应该跟他们是一伙的。我往前走着,每迈一步将膝盖稍稍放低,步伐渐渐放慢,暗暗让生化酶加速运转,准备随时发动突然袭击。

如我所料,后面的家伙抬起一只肌肉发达的手臂,推了我一把。

"快点! 武器架子就在前……"

我不想冒险挑战他的反应能力。我没有假装跌倒,而是向旁一跃,跳到最近的桌子上。桌上有两个舞女的影像,正随着旋律妩媚地扭屁股。我突然出现在两个舞女中间,还踢翻了酒杯。

那小子大喊起来,但被我吓了一跳的客人叫声更大,掩盖了他的声音。有人伸手想揪住我,于是我再次跳开。

我从两个转圈的舞女中间跃出,从这张桌子蹦到另一张桌子上。这张桌子上的幻象是一柄布满锯齿的大镰刀,正被死神舞得如龙卷风般呼呼作响。太逼真了,我害怕被它切碎,不由得想往后退,但我的身体已经穿过了全息影像。破碎的酒杯在我脚下咯咯作响,更多的客人气得大喊起来。几只手抓住我的脚踝,我转身,抬脚，将那几个人踢飞出去。

周围强烈的灯光晃花了我的眼睛，我不知接下来该往哪边跳。旁边有一张桌子，上面的影像似乎是缓慢旋转的地球。我跳了过去……脚下固定得不稳的桌子不知被什么东西砸了一下，我起跳时没能借上力，一下子落到了下一张桌子的边儿上。我没踩稳，重重地摔了下来。周围全是椅子、破酒瓶，还有众人飞踹过来的大脚。

左侧身体被一通乱踢，我疼得叫出了声。是找我茬的对头，还是被惹火的客人？我已经顾不了那么多了，我一边像螃蟹一样横着躲避，一边把手伸进裤兜摸索切割卡。作为武器，这玩意儿的缺点就是只能近距离使用。实在太近了。

啊哈。我看到面前有几双靴子，数量还不少。那家伙叫来了同伙。他们弯下腰，从桌子下面看着我。这时——

我的手正好落在桌子的底座上。桌子是用三颗大螺丝钉钉在地板上的。

切断它们？为什么不呢？动手——

桌子晃了一下……倒了……

我一把抄起桌子。这回看谁更厉害?!

他们吓得赶紧退开。桌子本来算不上合适的武器，问题是它上面还有全息影像，看起来我挥舞的就不光是一张小小的鸡尾酒桌了！桌面上光影翻腾，足有两米多长，就像一条火蛇，一把流光溢彩的连枷。

尽管只是光影，他们还是退缩了。他们的灵魂中留着远古野人的深深烙印，熊熊"火炬"让他们不由自主地害怕。我挥着"火炬"转了几个圈，光影所及，人们纷纷退避，让开一块空地。围观人群中有人开始为我叫好助威。

我看到了那个混蛋。他的同伙都穿着嵌铁钉的黑马甲，好像是他们发明了这套行头似的,真可悲。

他们攥着拳头大呼小叫。不一会儿,理智占了上风,盖过了来自远古的恐惧心理。他们意识到这不过是冷光,不会对人造成伤害。四下围满了人,我该怎么办……

突然间,周围的声音都没了。雷鸣般的舞曲消失了,愤怒的喊叫也平息下来。我呼呼地喘着气,只听到一个声音。

"莫里斯的偶人,请你冷静一下……"

趁这个机会,我作势向那群小子扑去。他们往后一退,眼中喷着怒火,但他们已经没有机会了。

他们被推到一旁——又来了一群人,身材娇小但行动有力,手中提着警戒棒,清出了一条路。一群红色的女性偶人正在维持俱乐部的秩序。

也该来了!

为首的无赖回到竞技台,扭头又看了我一眼。他竟然恢复了平静,脸上还挂着满足而得意的笑容。震耳欲聋的"音乐"再次奏响。不一会儿,"彩虹之家"恢复了"正常"!

一个艾琳的复制人冲我晃了晃红润的手指,没有半点道歉的意思。

"莫里斯的偶人,请把桌子放下!"

这个时候,我很难听从她的指示。你知道,这是防御本能。

"拜托,娱乐结束了。你不想来吗?他们在'蜂房'等着你呢。"

火炬的幻象还在噼啪作响,我扔下这件临时武器。就这么完了?把我丢在这里,面对一群不可理喻的混蛋,连句抱歉都没有?

行了,别抱怨了,艾伯特。如果没有危险,那还算是人生吗?没必要斤斤计较。

她甩了一下深红色的头发,示意我跟上。我跟她来到俱乐部后方,掀开一张奢华的帷幕。厚重的帷幕在身后落下,四周顿时安静。我幸福地长出一口气。宁静,这感觉真是太棒了。我一时忘记了刚才的事,等等……我之前见过这个房间。

在现代映像公司的会议室时,艾琳的一个红色偶人曾在上传时紧盯着屏幕,屏幕上显示的就是这里。一群赫红色复制人,乱哄哄地围着一个苍白的人形,后者仰躺在十分高档的生命维持系统里。现在,离得这么近,看得更清楚:一个真人女性躺在那里,目光呆滞,面无表情,房间里大约三分之一的复制人都在忙着照顾她。她口中插着滴管,机械手臂按摩着她的四肢,那张脸虽然木讷松弛,但明显看得出,她正是在这里忙前忙后的每一个红色偶人的真身模板。她头发剃得精光,头上伸出无数根扭动的电缆,活像蛇发的美杜莎,连在大功率冷冻箱和陶偶炉上。

一个复制人新鲜出炉了,浑身热气腾腾地站在"烤炉"中。她无精打采地站了一会儿,活动活动手臂,直到有人递给她一套纸质工作服。她走出复制机,无须任何指示与命令,直接走向某个岗位。与此同时,另一个复制人从外面走进来,摇摇晃晃地,看来生命即将走向尽头。没有任何仪式,两个姐妹走到她身边,很自然地割下她的头,放进记忆接收器。

接收记忆的瞬间,真人那张苍白的脸抽搐了一下。报废的身体则直接被丢进了再循环系统。

曾有人预言说,我们的未来就是这个样子。我暗自想,一旦能造出无数复制人去执行各种差事,你的原身就只剩下一种功能——成为保存记忆并延续记忆的容器,成为神圣的囚徒,像蚁后一样。至于生命的活力和生活的滋味,自有那些忙碌的工蚁来体会。

我觉得这个场面有点恶心,可我的祖父母也是这么看待如今的复制人的。对他们来说,"傀儡"啊"偶人"啊,都是贬义词,但这些在我们眼里却已是稀松平常了。我有什么资格随意评论呢?也许以后的人们会很自然地接受这一切。

"欢迎你,莫里斯的偶人。"

我转过身。面前的艾琳的皮肤质地很像高质量的灰色偶人,但釉面还是标志性的赭红色。还有一个偶人站在她身边,正是我在现代映像见过的"风投人士"曼纽尔·柯林斯,他还是那一身很伤人眼睛的花格图案。

"你们就是这么'欢迎'我的?我真想问问,你们把我留在外面,到底想……"

柯林斯抬起一只手,"等一下再问问题吧。首先,我们带你去见见修理工。"

修理工?

我低头一看,情况有点糟。我的左侧身体裂了一道深深的口子!腿上的伤口很长,体液正汨汨流出。生化酶的活性正在失效,我却没有感觉到。

天哪,我快要报废了。

"你们有办法修理?"我的第一想法竟然是好奇。

"跟我来。"身边的艾琳说,"我们马上就能把你修好。"

马上?我有些迷惑,但还是跟了上去。对于偶人来说,这是个非常吓人的词①。

---

① 马上,原文为 in no time,被偶人理解成"没有时间"。

11 | 风中幽灵

······艾伯特本人的现代化办案手法······

三个复制体都指望不上。二号灰色偶人正处于自主模式,从法律上讲,他不能再和我有任何接触了。就算他想,头牌也不会答应的。绿皮偶人决定自行离开,还发回一条诡异的"独立宣言"。一号灰色偶人也没有任何消息,他和尤希尔·马哈拉尔的幽灵偶人在高岭的庄园里不翼而飞。寰球陶土集团的安保人员把整个庄园搜了个底朝天,也没找到两个失踪偶人的任何线索。至少目前还没有。

我也没指望他们能找到。用箱子偷运复制人实在太容易了。每天都有几百万个陶土人被包成木乃伊,塞进陶器包裹里,用卡车、快递,甚至气动管道送往全国各地。处理死掉的偶人更容易——把遗体扔进回收器就行了。没有了身份标签,只要把复制人化成泥浆,彼此之间便没有任何区别。

可我还得处理手头的案子,有个委托人愿意出最高价。丽图·马哈拉尔请我调查她父亲离奇死亡的原因。作为马哈拉尔博士的法定继承人,她有权提取和她父亲有关的一切资料,从信用卡账单到腕式手机通话记录,但马哈拉尔在寰球陶土工作期间的活动记录却另当别论。不过,当丽图向埃涅阿斯·高岭阁下提出请求时,那位商业大亨答应了,条件是她暂时不可以对外界宣称她父亲是被谋杀的。

我刚造好专业的黑色偶人,大亨便发出了正式许可。我的黑色偶人立即着手工作,戴上那块虚拟现实方披巾,放开手脚,登录全球数据库搜集资料。黑色偶人的逻辑性很强,也更加专注,这段时间完全可以代替我打理案子,让我能脱出身来,全力以赴处理最重要的工作:寻访尤希尔·马哈拉尔在最后几周待过的所有地方。

别相信网络软件推广人员吹嘘的什么全自动高档搜索程序。数据查询是一门艺术。或许我们确实生活在一个"透明"的社会里,但很多地方的玻璃窗上了霜,起了雾,想偷窥这些窗户,没有专业技巧是办不到的。

我首先激活一个数字"化身"—— 一个"软件化"的我——把它传到公共监控网络上。尽管在智能性和灵活性方面不如拥有驻波的生物,它仍然具备了我的一些专业知识,也具有坚韧的毅力,可以捕捉尤希尔在城市大街上被拍摄到的任何图像。丽图已向我提供了六十个可靠的参照点,都是他在各个时间段里最常去的地方。数字"化身"以这些时间和地点为坐标,放大图像,尽力跟踪那位科学家的身影,从一个记录点走到下一个记录点。慢慢地,一张地图会渐渐填满,详细指明他在临死之前几个月里都做过什么。

一般情况下,这样的搜索足够解决问题了。在公共监控网络下,很少有人能变成隐形人。

可马哈拉尔竟有隐形匿踪的本事。没错,在躲避监控这方面,他真是根老油条。"化身"的搜索地图上留下了许多空白点,其中有些空白时间段长达一个星期,甚至更长。

丽图愿意出大价钱,她又希望尽早出结果,所以我把赌注押到了私人监控镜头上，它们的数量比公共摄像机多得多。酒店安全监控设备、私宅窗外的电子眼、新闻摄像头、业余社会学家的摄像机，甚至天体爱好者和城里体育俱乐部的望远镜……就算尤希尔摆脱了公共监控网络，总会有别的摄像头在无意之中拍到他。可自从丽图拿到她父亲的版权，有权提取跟他相关的资料以后，连一桩偷窥他人的案件都没有。真是霉运连连啊。不过，我还是让"化身"尽可能扫描每一个监控器，哪怕是一点点蛛丝马迹都不能放过。

与此同时，我则把全部注意力放在他的死亡现场。

一出城，就像到了另一个世界。它是一片幅员辽阔的未开发地带，已经淡出了人们的视线，仿佛根本不存在似的……除非你亲自去一趟，用你自己的眼睛看一看。

成年人发问：如果森林里有一棵树倒了，却没有人在它附近，听到它倒下时的动静。那么，它发出声音了吗？

现在的孩子回答：说不准，让我检查一下现场的监控设备有没有收到声波和振动。

真可爱是吧？但事实却是，世界上大多数地方根本没有监控设备！在城外消失是非常容易的，不像在家里，会留下不少痕迹。

遗憾的是，马哈拉尔最后的日子就是在城外度过的，可能还待了好几天。

我决定从警方公布的车祸现场录像着手。他们提供了细节极其详细的全息影像，以马哈拉尔的失事车辆为圆心，方圆两百米的情况无不囊括其中。马哈拉尔开的是一辆大型雪福特[①]越野车，安装着奢侈的沼气引擎。车子跌到了谷底，车体严重变形，半个车身都烧焦了。每年这个时候，谷底的河水早已干涸，花岗岩巨石裸露

①作者在这里把雪佛兰和福特两大品牌合二为一了。

在外，但巨石的光滑程度表明，这里从前也曾有激流冲刷。

沙漠，我闷闷不乐地想，为什么偏偏发生在那该死的沙漠里？

河谷上方有一座横跨深谷的公路高架桥，马哈拉尔的车子就是从桥上掉下去的，金属护栏被撞得七扭八歪。我花了一段时间，由一个监控器转换到另一个，从各个角度观察事故现场。救援车辆来来往往，肌肉发达的偶人们想把车子从谷底拽上来，搬出博士的尸体。在这个过程中，有时还用上各种花里胡哨的工具，有时却只能运用最原始的肌肉力量。

失事地点前方不远处有个急转弯，刹车痕迹一路穿过了破损的栏杆……看起来驾驶员突然意识到危险，但已经太晚了。这些线索，加上马哈拉尔最后的验尸报告，似乎都印证了官方结论：他开车时打起了瞌睡。

如果他的车子有自动驾驶系统，惨剧就不会发生了。深更半夜，在漆黑的荒漠里，开着一辆没有任何安全保障的汽车——为什么？

好吧，我自己回答了自己的问题：自动驾驶系统容易被人定位，如果你担心被人跟踪，不开带有自动驾驶的车子是完全可以理解的。马哈拉尔的灰色偶人也说过，这位博士的最后几天一直徘徊在妄想症的边缘。这和整个故事都能对上。

我倒放影像，看着救援车一辆接一辆地向后倒退，直至消失，最后只剩下唯一一幅画面：第一位抵达事故现场的警长拍下的图像。我把时间再往后推，荒漠中的这个地点变得一团漆黑，最后完全消失，就好像从来不曾出现在世人眼中。它成了地图上的一个点，一个抽象的地标。尽管人们都知道，有一条生命在那里消逝了，但在那个时间，那个地点似乎根本不存在。

乡村地区的情况还好一些。农学家会用很多摄像机观察作物的生长情况。任何反常，比如陌生人到访，都会被镜头记录下来。

但问题是,就算是环境保护署(EPA),可能也只会在几公顷土地上安装一台监控器,它们的作用是监视是否有人非法倾倒垃圾。离这里最近的固定摄像头在五公里之外,那边有一块野生动物栖息地,安装监控设备是为了清点迁徙中的沙漠乌龟的数量。

有点难办,但我不会放弃。在地球轨道上,商业或私人间谍卫星足有一万多颗,还有更多的飞行器在平流层以上穿梭,充当电话通信和新闻资讯的中继站。在事故发生时,其中总会有一个正扫描到这个地区吧?希望它能拍摄到马哈拉尔的车前灯,顺便记录下汽车突然转向,打旋,以及一头扎进河谷的全过程。

我又检查了一遍……运气不够好。当天晚上,所有高分辨率镜头都对准了别处,到最需要它们的位置去了。曾有权威人士声称,再过几年,全球便尽在掌握,每个人都可以近距离观察整个世界。但时至今日,这仍是科幻小说中的情节。

我把最后的赌注押到了自己的小花招上,就是从探测局部地区气候的卫星中提取数据。这颗气象卫星没有真正的摄像机,它使用多普勒雷达观测西南地区的空气流动轨迹。

交通工具也会造成空气流动,在空旷的城外,效果尤其明显。很久以前,我便发现用这个方法可以追踪汽车。当然,这对周围环境的要求比较高,你的运气也得足够好。

经过特殊软件的处理,我提取了气象卫星的扫描数据——地点在事发现场附近,时间在车祸发生之前。我找到了那个地点的多普勒气象图,折腾了好一阵子,直到它变成近于一团乱麻的摇摆曲线。

一开始,它看上去像彩色的暴风雨云图。然后,我将干扰因素一一剔除。

找到了!

就像一阵迷你龙卷风,沿荒野公路的两侧向前推进—— 一条若有若无的痕迹,背景干扰很强的情况下很难看清。我从车祸发生的瞬间把时间慢慢前推,紧盯着那条幽灵般的轨迹。它就像一条隐身的蛇,沿着公路一路向南,忽而消失又忽而出现。从速度看,这正是一辆疾驶中的汽车。

或许能行,我想,只要马哈拉尔别突然改变路线,只要整晚的大气保持平静。

哪怕外界有一点点扰动,都会抹掉这个幽灵的足迹。

马哈拉尔驱车奔赴死亡之约。计算一下行车距离和所用时间之比,我敢说他当时的处境并不妙。这位寰球陶土集团的科学家当时准像热锅上的蚂蚁!在这条弯弯曲曲的公路上,他的时速竟然达到了一百二十公里,简直是找死!

难道有人跟踪他?有人在后面开车追他?气流扰动的轨迹并不规则,很难说是一辆车还是两辆车造成的。

我让妮尔尽量追踪这条轨迹,距离越远越好,时间越长越好。

"明白。"我的家庭电脑答道,她的声音越来越像真人了,"如果你不是很忙,可以先处理别的事情,都是在你刚才工作的时候累积起来的。你的朋友莫拉凯·蒙特马林打来好几个电话,每一次你都说挂掉。"

可怜的小帕,我感觉有点儿内疚,"我今晚就给他打电话,记得提醒我。"

"好的。我还通过气动管道接收到五个全新的空白偶人,寰球陶土集团送来的。"

"把它们收好。这种小事不用烦我了。"

妮尔沉默了。在一台显示器上,看得出她正全神贯注地盯着马哈拉尔的行车路线。于是我转过头,检查发送到城市监控网络的电子"化身"。

结果令人相当满意!

　　我得到了大量购物图像和治安摄像头的记录,这些信息和那张地图完全吻合,显示了尤希尔·马哈拉尔在最后几个月里——至少他在城里的时候——喜欢去的那些地方。我匆匆翻看一遍视频记录,跟着这位科学家从一个摄像头走到下一个摄像头……有时他会在时尚商业街购物,有时会拜访保健专家,取回新的口服保养液。在监控记录提供的坐标中,马哈拉尔平均每天会有两个小时出现在城里。毕竟,他的大部分时间花在工作上,在寰球陶土,或者待在家里。

　　除了这些,就是他在城外的秘密之旅了。把他城里城外的行踪联系起来,弄清他到底做了些什么——这就是我当前最重要的工作。

　　目前的进展让我很满意。以这个进度,等到城内地图的空白慢慢填满,我就可以给丽图一个交代了。

　　我脑子突然一阵剧痛,忙抬手按住右侧太阳穴。工作过于卖力的副作用就是头疼,真人的大脑无法长时间面对这么多全息影像。还有,我该去方便一下。

　　从厕所出来,我冲了杯饮料——它能缓解压力,放松脖子的肌肉,同时却没有内啡肽的副作用,不会麻痹我的大脑。我端着嘶嘶冒泡的杯子走回工作间……却发现有人坐在我的位置上!他和我一模一样,只是手指更修长,满脸不屑神情。我绝对做不出那种表情,更不希望自己露出那种表情。

　　他皮肤光滑,肤色如外太空一般深邃,灵活的双手跳舞似的在键盘上敲打着。

　　“你在干吗?”我问道。偶人应该在自己的小窝里待着。

　　“等你从厕所里出来,顺便收拾一下这个烂摊子。你的‘化身’以为自己找到了马哈拉尔在城里不为人知的踪迹。”

　　我看了一眼屏幕,“真的? 马哈拉尔不在家里和实验室时……

覆盖范围高达87%,不赖嘛。你呢,在这里做什么?"

他又露出一脸嘲讽的冷笑。

"哦,没什么。也许,只是发现了有些所谓的'踪迹'根本不是尤希尔·马哈拉尔博士留下的。"

我冷冷地看了偶人一眼,换回的是他更加鄙夷的神情。

"敢不敢打个赌,老板?我敢拿我的记忆下注,马哈拉尔把你给耍了。实际上,在很长时间里,他把所有人都玩弄于股掌之间。"

12 | 独立行动

······绿皮偶人如何寻求开悟······

出于礼貌，我等到瘸腿的紫色偶人讲完之后，才起身离开朝夕大教堂。她的声音一直在我脑中回荡，我也在思考她的讲道。可惜，在我穿过门廊走向大门时，一阵吵闹声冲散了我的思路。只见一个男子，肤色介于复制人的米黄和真人的棕褐之间，他一边大声嚷嚷，一边挥舞手中的标语牌，上面写着：

你们都没找准重点
下一步，正向我们走来……

愤怒的群众冲了上来，竭力要把闯入者推出去，但他们显然并不想伤害他——对方很可能是个真人。那人的肤色模棱两可，让人难以分辨，他还戴着太阳镜，披散着火红的长发和胡须，也不知到底是天生的还是染色的。单凭这副打扮，这人已触犯了至少半打与行为不检有关的法律条款。他简直是真人和偶人的杂交品种——也许他追求的正是这个效果。

"你们这群废物！"他大声喊道，教堂里拥出的十几个人要把他奋力推出侧门，"外观五颜六色，内在却跟真人一样平淡苍白！你们难道不知道革命是要流血的吗？不使用暴力，真人怎么可能让位给新生一代？他们不会放弃权力，除非把他们从地球表面抹掉！只有这样，我们才能进入新时代！"

目睹了这一幕，我不得不承认，纯粹的疯子真有激情啊，让人佩服不已。激情可以压倒一切常识和理智。我是说，那个家伙真的以为偶人能独立存在吗？如果没有出于母腹的自然人，偶人的模板又该从哪里来呢？这么简单的逻辑他怎么就看不明白？人类所能产生的无穷想法、无尽观念总是让我惊讶不已，尤其是在他们大量服用自以为是这种终极毒品之后！

我转身跨出正门，经过宽阔的石头台阶，走上大街，耳边仍能听到那个狂热分子的呼喊。

"做好准备吧！"狂人的口号充满激情，极具穿透力，我在远处也能听得清清楚楚。

"新时代属于被解放的偶人……做好准备！"

在拉托维纳迪姆露天餐厅，没人愿意谈论昨天晚上制造混乱的偶人服务生。

从洗碗工到领班，露天餐厅的很多工作人员都是签过合同的专业偶人。我赶到那里时，他们一言不发地忙前忙后，冲洗午餐的杯盘碗碟，为提前吃正餐的人们摆放刀叉。两个一模一样的黄绿色侍者正侍候着几个真人顾客，他们满面红光，脚边放着运动背包，看来是健身之后到这里喝一杯夏敦埃白葡萄酒，放松一下身体和头脑。

乐观主义者指出，总有一天，人类可以活上两百四十年。偶人只能存活二十四个小时。好吧，我不会愤愤不平。

我穿的是从自动售卖机里买来的廉价纸质工作服。在朝夕大教堂做过简单的手术之后,后背还在阵阵抽痛。我早就知道,这儿的经理不会把我放在眼里。这会儿他正瞪着铜褐色眼珠,透过一副单片眼镜检查艾伯特·莫里斯的调查执照复印件。如果我的主子已经宣布与我断绝关系,他马上就会知道的。

艾伯特会这么做吗?毕竟我说过不会再洗刷他的马桶了。我不会已经上了某些猎人俱乐部的黑名单吧?更糟的是,他还可能说我是"反社会危险分子"。那样的话,警方的清除者随时会像凶悍的猎鹰一样从天而降。

我的性命掌握在艾伯特手上。但我相信他不会那么狠心,不会发表声明,宣布放弃他第一具出问题的复制人。

经理摘下单片眼镜,把身份标签递还给我,"我已经告诉你的家庭电脑了,没什么可调查的。昨天只是发生了一些小意外,你不会感兴趣的。不过是洒了几瓶酒、打碎了一只酒杯,这不是什么重罪吧?作为赔偿,当时在场的所有客人都免单了,他们也表示不会追究。"

"您很慷慨,不过……"

"难道有人反悔?你到底想做什么?我们可以让在线评审团看一看录像。只要他们通情达理……"

"拜托,我跟那些客人没有一点儿关系。我只想见见那位服务生。"

"你别想敲诈他!我们为他买了保险,有效期直至他被解雇的那一刻。"

"就是说他被解雇了。他在这儿工作的时间长吗?"

"两年了。今天早上,他居然还好意思声称昨晚不是他的错,他的偶人根本没回家,一定是被人绑架了,昨晚是有人冒名顶替。诸如此类。"经理嗤之以鼻。我却感到一阵凉意,汗毛都要竖起来了。

"请把他的联系方式给我,我就不会再打扰您了。"

他怒目圆睁。怠慢一个绿皮偶人倒是没什么,但如果艾伯特本人亲自驾到呢?

"哦……好吧。"他发送了一条信息,然后轻蔑地哼了一声,转身扬长而去。

该死。他没有把名字写出来或说出来,只把信息发给了妮尔。我可以打电话问她,但她很可能会把电话转给艾伯特,结果准会搞得像离家出走的孩子重回老爸的怀抱一样。该死! 真该死! 我气呼呼地向出口走去。本来我还对这件事耿耿于怀,想在临死之前见见那个服务生。好吧,其实也没什么大不了的,有什么好担心的呢?

我在餐厅门口停下脚步,绿皮偶人的廉价感官系统努力调节,以适应外面的阳光。就在这时,有什么东西吸引了我的注意。看到了,是一只叮人的小虫。它在我面前飞来飞去,嗡嗡叫个不停。我挥了挥手,把那讨厌的小东西赶走,但不一会儿,它又飞回来了。

临死之前,偶人的身体会慢慢腐烂,容易招引蝇虫,更何况我背后还有一大片受创的人造肌肉。我举手一拍,虫子滚到了地上——然后又朝我猛扑过来,速度快得惊人!

我后退几步,倚在墙上,紧闭双眼。大片色彩在我眼前迸发开来,这感觉比疼痛还可怕! 一道道亮光在我面前晃个不停,汇聚成一个个图案,又组成一个个单词:

没有时间了
打车去菲尔法克斯公园
小帕

13 偶人开工

对真人来说,昏迷不醒只是一桩小麻烦。

对偶人来说,那简直就是死亡,而苏醒过来则像重生。

我在哪儿?

我四处张望,发现自己还躺在艾琳的"蜂房"里。隔着宽敞的房间,我看到一具苍白的身体,那是她的原身,"蜂后"奎恩。十多个红色的小型复制人在照顾她。真人大小的偶人则前后奔忙,做着别的工作。没有人说话,也没必要说话。

迷迷糊糊中,我想到了原子核与绕核运动的电子云。成群的复制人冲出蜂房执行各种使命,采集他人的知识和阅历酿成蜂蜜——以便积累更多智慧,再与其他偶人分享。在蜂房中央,真人本体的作用便是吸收信息并将信息重新分配,其他事情则全由复制人完成。

不得不说,艾琳给我留下了深刻印象。她的"自我"真够庞大的。

得了,艾伯特,集中精神。

我昏迷多久了? 感觉时间不长。"彩虹之家"那些愤怒的角斗士给我造成了很大伤害……而他们说可以帮我修好。

修好了吗？感觉不到疼痛，不过这说明不了什么。

胳膊和双手可以动了。我摸了摸体侧……还有大腿。

伤口不见了，取而代之的是一道长长的伤疤。伤疤之下的大部分身体组织是麻木的，毫无知觉。我把双腿曲起又伸开，觉得很满意。能在这么短时间里修复伤口并打上"补丁"，真不赖。

话又说回来，如果说有人掌握着这么先进的修理技术，这个人只可能是奎恩·艾琳。

我坐了起来，发现身上的衣物竟然是纺织品。

"感觉怎么样？"

说话的是艾琳的高级偶人，灰色的，身旁站着她的同事，一身花里胡哨的柯林斯。

"好得难以置信。现在几点了？"

"差不多两点半。"

"哦，没过多久。"

"我们的自动化修复技术世界领先。是我们自己开发的，和寰球陶土集团无关。"

"你们怀疑他们也有这种技术，却没有公开？"

"你应该明白，他们希望别人买进更多新的空白偶人。其实，修复破损的偶人更经济，更环保，更人道……"

"这和你们担心的事情有联系吗？这就是能延续偶人寿命的新突破？"

柯林斯点点头，"有联系。你不能指望寰球陶土公开这项技术，那会让他们的市场占有率大幅降低。不过法律有规定，一旦开发出新技术，他们必须申请专利并告知公众，否则这些东西就都归别人了。"

怪不得这个小团体急于行动。说起来，他们的行动真不算违法。如果他们能找到寰球陶土私藏或垄断技术的证据,就能得到一大笔告密费,数额可达专利费用的30%。只要成功,他们就富得流油了。我对这案子也渐渐产生了兴趣,可惜我剩下的时间只能按小时计算。和艾琳不一样,我已经不可能回家去见我的本体。谁叫我和他们之间订下了协议呢?

"提起寰球陶土……"我说。

"如果你准备好了,我们马上动身。"

我跳下手术台。一切感觉良好,只是伤口周围还有点儿麻木,不是很舒服。"我该带上什么工具?"

"我们有足够的工具和信息,可以帮助你潜入寰球陶土集团总部。"

"不是'潜入'。我答应帮你们调查,但要严格遵照法律程序。"

"原谅我用词不当。请随我来。"

身上不疼了,但走起路来还是一瘸一拐。我跟着艾琳和柯林斯,出了"彩虹之家"所在大楼的后门。一个土黄色的司机正等在寂静的小巷里,一言不发地守着一辆小货车的车门,车窗上安的都是单向玻璃。我停下脚步,上车之前,我还想弄明白一些事。

"你们没说清楚,具体想让我找些什么?"

"边走边说,我们只能讲个大概。最重要的一点是,你必须发挥高超的职业技能,自行判断你的目标。"

"我会尽全力。"然后我又补充了一句,为保险起见,这次我打开了内置的录音机,"在法律允许的范围之内。"

"那是当然,莫里斯的偶人。我们没打算让你做非法的勾当。"

那就好。我一边盘算,一边尽力想从他眼神里看出些什么。没用。陶土眼球可不是心灵的窗户。我们这些造物到底有没有"心灵"还是个未知数。

我钻进车子,发现了此行的第四位成员。她脸上挂着招牌式的微笑,既神秘莫测,又妩媚动人。她玉腿交叠,掩映在轻薄华贵的丝绸之下,闪着与生俱来的诱人光辉。

"你好啊,莫里斯先生。"妖娆性感的偶人轻声问候。

"你好,大师。"我答应着,心中充满了疑问。

为什么金妮·沃梅克要派个顶级珍珠型号偶人与我们同行?如果只是为了听取我的汇报,一个灰色偶人就足够了。再说她为什么要派个复制人来呢? 通过网络一样可以传递消息呀。

我这个灰色偶人具有良好的感知力,也有正常男性的反应。美色当前,我既有些春心浮动,又隐隐感到一丝不安——让男人拜倒在她裙下,是她的拿手好戏。

好在我为人还算正派,渐渐压住了自己的欲望(尤其是,我想起了忠实、自重的克拉拉)。当然,沃梅克也明白这一点,她知道这点小把戏不会把我迷倒。

那她为什么还来这里? 而且是个珍珠型,极度色情化的型号……难道说,这次任务可以让她纵欲淫乐?

我本来已经满腹疑窦,这下子,多疑症更提升到了一个全新的高度。

"出发吧。"她对司机说。我瞪着金妮,但她显然全不在意。说不定连我心里在盘算什么,她都一清二楚。

真希望能换个客户啊。

14 | 虚假的颜色

……真人艾伯特又上当了……

"你说什么?"我问道,"我看到的不是马哈拉尔?"

黑色偶人眨了眨眼睛,运指如飞地提取出一段段数据,屏幕上出现了一幅幅图像。这些图像是几星期以前留下的。尤希尔·马哈拉尔走在一条大街上,周围有很多行人和骑自行车的人。城里有好多这样的大街,街道两侧陈列着各种流行用品,你可以尽情浏览,试用这些样品,综合考虑之后再下单定做。偶人快递员会为你送货到家,比你到家的速度还快。

远远看去,马哈拉尔似乎很喜欢在购物橱窗前散步,每经过一家小店都会驻足停留一会儿。比起一般的街道,这里摄像头更多。妮尔驱动"化身"在各个摄像头之间游弋,从一个镜头钻进下一个镜头跟踪目标。屏幕一角,时间一点一点地跳动着。

"你刚刚有没有注意到什么异常现象?"黑色偶人问我。

"注意到什么?"我的脸有点抽搐。这家伙双眼一眨不眨地盯着我,让我颇有些难堪。看到"我自己"对我一脸鄙视,这感觉真怪异。

他卷起舌头发出哒的一声。屏幕暂停了,开始光栅扫描。马

152

哈拉尔被定格,放大。画面上,他挤在一小堆人中间,正在看一个街头表演者用烟雾制造形状各异的"雕塑"。那人撅起嘴唇喷云吐雾,雾气就像纤细的幽灵,变幻成一件件精美的艺术品。一个小孩子拍手叫好,烟雾雕塑受到震动,朝她的方向倒下来。没等雕塑倒塌变形,表演者又吹出了新的烟雾。

我的复制人简直和那位街头大师不相上下,他手法迅疾,从场地周围三台摄像机中调出图像组合在一起。马哈拉尔的脸被放大了,图像变得越来越清晰。寰球陶土的科学家面带微笑。一切似乎都很正常,但我突然发现了一个疑点。

"再放大一点儿。"我说道,心头突突直跳,"他的皮肤……上帝啊,他不是真人!"

"我也发现了。"妮尔补充道,"注意目标的额头。身份标签所在处的涡旋被他用化妆品遮住了。"

我颓然坐倒。我们面前的是一个偶人。

"唔,"黑色偶人说,"看来我们这位好博士犯下了行为不检罪。这种肤色是人类特有的褐色,准确地说,色调94X。复制人在公共场合使用这种皮肤显然触犯了刑律。"

不久以前,高岭与我通话时也要过类似的花招,但两者性质不一样。那时他在自己家里,勉强不算违法,再说他的伪装也没那么专业。马哈拉尔的情况则完全不同。一旦被人察觉,他会付出高昂罚金。可为了避开城市里的监控网,这位恐慌、多疑的博士却甘冒风险。

我看了一眼显示时间。十二分钟前,马哈拉尔最后一次经过高清监控摄像头,监测结果显示那时是他本人。在这段时间里,他和复制人掉了包,但具体是在哪一刻?这幅拼贴画里的间隙并不大。"倒回去,妮尔。显示14点30分6秒时的全景图像,覆盖面越大越好。"

大街上，马哈拉尔的形象快速后退，最后消失在一家出售高档男式外衣的服装店里。"化身"软件同这家商店的安保网络系统沟通了一会儿……对方拒绝分享任何图像，理由竟然是保护顾客的隐私。那个顽固的系统软硬不吃，我出示马哈拉尔的死亡证明和丽图的调查许可都无济于事。看来我需要亲自和商店经理本人谈谈。

"他在里面待了多久？"我问。

"两分钟多一点。"

只要事先藏好一个偶人，调包时间是足够了，但这么做仍然要冒很大风险。没有装备发现监控镜头的扫描器的话，无论在什么地方，你都无法保证自己没被盯着。连深埋地下的油桶里都有监视器，我亲眼见到过——但马哈拉尔却显然很有把握。

我得另外派出一个新的"化身"，回头去严密排查，看那个偶人是什么时候进入服装店的。他进去的时候一定化了妆，还在店里待了很久，有可能躲在衣帽架或什么东西后面。调包之后，马哈拉尔本人一定也等了一段时间，精心装扮一番后才离开。到那时，他的替身已经出现在他经常去的地方了。

同样的花招我也玩过，而且不止一次。

"没准儿店主和他是一伙的。"黑色偶人说，"偶人可以装箱运进店，马哈拉尔本人也可以用同样的方法离开。"

言之有理。我看看这成百上千张图像，叹了口气。

"别泄气。我这就回去干活，会搞定的。"他自信满满地对我说，"其他案子已经处理得差不多了。对了，你大概有兴趣看看我们在车祸现场的调查结果。"

他站起身，走回自己的小窝。我接收过很多产生于此处的快乐记忆。那个小窝虽然狭小逼仄，可当身为黑色偶人的时候，我觉得那里舒适异常，可以在里面尽情施展专业技能。很难用语言形容那种纯粹的快乐。望着复制人的背影,我突然觉得有点儿嫉妒……当然还有感激。感谢马哈拉尔和高岭,没有他们,就没有偶人科技。

黑色偶人说得没错,车祸现场的调查有了新进展。

屏幕上显示的是荒漠东南部一个小镇的大部分区域。在那种偏僻地方,实时图像跟沙漠里的饮水一样稀少。想找到一辆行驶中的汽车的痕迹,没有高超的本领别想办到。根据我的指示,妮尔一整晚都在追踪那道气流幽灵般的轨迹,结果追到这里。无论从距离还是时间上说,这儿离马哈拉尔的死亡都很远。虚线代表的气流朝墨西哥边境附近的一段山脉延伸,那里离国际交火竞赛区不远。我知道,一旦进入山区,那股微弱的气旋一定会消失在山谷间的乱流之中。

我没来由地感到一阵凉意。我知道这个地方。

"乌拉卡山。"我低声道。

妮尔问:"你说什么?"

我摇了摇头。

"打电话给丽图·马哈拉尔。"我命令妮尔,"我需要跟她谈谈。"

15 | 盗版

……弗兰肯斯坦的怪物明白他为什么不应该存在了……

幸运的是,我的付款权限没有被取消——艾伯特还没宣布跟我断绝关系——于是我在剧院广场雇了辆小型出租车去真人城区。这种小车只有一个陀螺式轮子加两个座位,灵活敏捷,可旅途却相当折磨人。司机那张嘴一路上就没闲过,来来回回都是战争竞赛的话题,让我不胜其烦。

显然,在沙漠中的战争区里,我方情况越来越不妙了,司机将其归罪于领导无方。为了证明他的观点,他还调出了全息视频球,把我裹在里面,让我看最近的战事要闻。我被困在后座上,只能任他摆布。只见炮火连天,激光纵横,甚至还有近身肉搏。这个狂热军迷把各项信息分门别类,排列得整整齐齐。

这几年来,艾伯特从克拉拉那里学到了不少东西,所以我明白,这位民间大师的观点并非没有道理。这家伙的驾照权限允许他同时派出十一个黄色的或黑白杂色的复制人驾驶出租车,其他复制人可能也快把乘客逼疯了吧。开车时喋喋不休,满意指数还能这么高,他是怎么做到的?

答案是速度够快,所以我给他的评价也是"满意"。不管怎么说,这一路算是我今天最轻松的时间了。我付过车钱,一头钻进菲尔法克斯公园的水泥迷宫。

我那位本尊大人不喜欢这个地方。这里看不到一草一木,到处是混凝土斜坡、螺旋梯或突兀的水泥板。过去,这里是真人小孩无忧无虑玩耍的地方,他们骑特技单车,溜旱冰,玩滑板,冒着摔断脖子的风险,感受极限运动的刺激。但现在孩子们被新时代的娱乐方式所吸引,渐渐离开,只留下一大片钢筋铁骨的围墙和高塔。远远看去,这里就像废弃的战场。有些设施足有三层楼高,若非拆除费用太高,早就被铲平了。

但帕利很喜欢这个地方。楼宇林立,阻隔了满天的电子眼的视线;建筑内部的钢筋形成一个个巨大的法拉第笼[1],屏蔽了无线电波;大楼表面被晒得滚烫,晃瞎了红外线成像仪的眼睛。在这里,他可以跟个孩子似的,坐着新式轮椅加大马力冲上斜坡,像玩滑板一样沿着U形坡道速降,让身上的输液管像信号旗般舞动不已。我估计,有些刺激只有肉体才能享受,哪怕是他那具残缺的肉体。

艾伯特对小帕有些纵容——部分原因是出于内疚。某天晚上,小帕被人伏击,半边身子烧伤,救援人员赶到时,他已奄奄一息。艾伯特认为自己当时可以劝阻他外出的。不过说实话,如果一个人刚刚嗑过药,红着眼睛硬要踏进显而易见的陷阱,你怎么劝阻他呢?我当陶土人时都不会这么莽撞,小帕却能拿自己的肉身横冲直撞!

我看到小帕正在"吓得喊妈妈"的阴影下等着我。那是这里最大的轮滑坡道——斜坡之陡峭让人看了都害怕。他不是一个人来的,身边还站着两个人。两个真人,互相警惕地瞪着,中间便是小

---

①由金属或良导体形成的笼子,其内部不受外部电场的影响。

帕,他坐在生物智能感应轮椅上。

在场只有我是偶人,这让我有些不自在。两人中身体健壮、金发白肤的那个瞟了我一眼,马上收回目光,好像我不存在似的。我的感觉更糟了。

另一个友善地笑了。他个子很高,有些消瘦,我好像在哪里见过他。

"喂,绿皮,你的灵魂怎么样了?"小帕举起一只粗壮的拳头冲我喊道。

我伸拳和他对碰了一下,"跟你的脚一样。可咱们还是照样过日子。"

"没错。喜欢我的短信马蜂吗? 很酷吧,嗯?"

"有点老套了。不过就是让我来一趟,值得费那工夫吗? 痛得要命。"

"想炒鸡蛋,总得打破蛋壳嘛。"对小帕来说,这就相当于道歉了,"怎么着,我听说你'离家出走'了?"

"是啊。所以我现在既是艾伯特,也不是艾伯特。这样的复制品对老艾可没什么好处。"

"不错嘛。没承想一向稳重的莫里斯会造个瑕疵品出来。不过也好,我最好的朋友,不管是不是真人,都是个怪物。"

"我算被你给带坏了。老艾有没有宣布和我断绝关系?"

"还没,他没那么绝情。不过他设置了提款限额,你最多只能从他那儿拿走200块钱,多了就不行啦。"

"这么多? 我连一只马桶都没帮他刷呢。他生气吗?"

"我怎么知道? 他挂了我的电话,忙别的事儿去了。他好像和另外两个灰色偶人也失去了联系。"

"是吗? 我还不知道呢……真够倒霉的。二号骑走的是小土库曼,那可是辆好摩托。"我想了想,怪不得艾伯特没把我的离家出走当回事呢，"和两个灰色偶人都失去联系，呃……是巧合，还是意外？"

帕利摸着脸上的伤疤。那道疤痕从他胡子拉茬的下巴一路延伸，直插进乱蓬蓬的黑发里。

"恐怕没那么简单，所以我才发了那条短信。"

金发白肤的大个子哼了一声，"你们有完没完？问问这出了毛病的玩意儿，看他记不记得我们？"

这玩意儿？我迎上那家伙的目光，但他把头扭开了。

小帕笑出了声，"这位是詹姆斯·加德里恩先生，他以为你会认得他。你认识他吗？"

我上上下下打量那人一番，"没有印象……对不起，尊敬的先生。"为表达"歉意"，我加了一句敬语。

两个陌生人嘟囔起来，似乎对这个结果很不满意。我急忙说道："没办法，艾伯特本人就记不住别人的脸，他上大学时认识的人都忘得差不多了。不知我们什么时候见过面。再说，我是个出问题的……"

"不超过二十个小时。"加德里恩打断我的话，他还是不愿正眼看我，"就在昨天晚上，你的灰色偶人敲开我的大门，亮出私家侦探证件，说有要紧事和我谈。吵闹声甚至惊醒了我隔壁的同事。虽然很不情愿，但我还是同意和他单独谈谈。谈话的时候，那该死的东西走来走去，嘴里嘟嘟囔囔的都是些我听不懂的话。最后我的助理得到消息，从隔壁过来帮我解了围。那个偶人还带着静电干扰器，我的记录仪没录下任何东西。"

"这么说，你没有这次谈话的记录？"

"没有。当时我很生气，把那该死的东西赶走了。"

"我……一点儿也想不起来，也就是说艾伯特本人也不会记得。至少今天上午十点以前他还不知道。那之前的所有偶人都没问题,只要偶人到家,他的全部记忆都会被接收……除了没能回来的倒霉蛋。"想到昨晚在河里的艰苦跋涉,我又打个冷战,"见鬼,我甚至不知道你说的谈话是在哪里发生的。"

"加德里恩先生是一家名叫'生命保卫者'的机构的负责人。"帕利解释。

我马上明白这家伙为什么会对我抱有敌意了。他这个组织的宗旨就是强烈反对陶偶技术。现如今,真人的生活空间内随处可见偶人的身影,陶土奴隶在数量上已经超过真人了,只有意志极其坚定的人才能坚持这种敌对立场。如果艾伯特的复制人真像他说的一样,表现得那么恶劣,肯定会大大激怒这家伙。

从加德里恩的表情中,我感觉他对我厌恶极深。我是个出问题的偶人,已经和本体脱离了关系,成为一个自由、自主的生命……尽管是个虚假的生命,没有任何权利,更没有任何未来。其他偶人至少还可以看做某个真人的延续或者附庸,而我呢?在他看来,我是对天赋人权的最大挑战。一个没有灵魂的东西,也敢自称为"我"?

我有百分之百的把握,这个人绝不会为朝夕大教堂捐一分钱。

"今天早上,我的经历和他差不多。"另一个陌生人说。这高个子看起来倒的确有些眼熟。

"我想起来了。"我自言自语,"没错……在月光海滩,我见到一个绿皮偶人,他的脸和你一模一样。"

他有些不自然地笑了笑。我相信他知道我和他的偶人示威者见过面。要么他接收了绿皮偶人的记忆,要么就是绿皮偶人往家里打了电话,说见到了跟早上的拜访者很相似的人。

"法希德·拉姆先生。"除了他的名字,小帕没再多说别的。

"'偶人之友'?"我猜道。在我知道的为复制人争取权利的组织中,"偶人之友"的名声最大。

"是'无限宽容'!"他皱了皱眉,纠正我道,"偶人之友的宗旨还不够彻底,他们不支持人造生命的彻底解放。而我们认为,短命的偶人和真人一样,都是有思想,有感觉的生命。"

对面的金发白人嗤之以鼻。尽管二者的哲学理念差了十万八千里,但眼下,他们的目的是一样的。

"你是说,莫里斯的复制人也跑去见你了……"

"……没错,大嚷了一阵子,然后就没影了。"帕利插嘴,"不过这一次,尽管有静电干扰,我们还是得到了一些清晰的图像。的确是你的偶人兄弟,或者说看上去是。"

他递给我一张照片。尽管有些模糊,但那个灰色偶人确实长着艾伯特的脸。

"外貌可以伪造,身份证明也一样,还用上静电干扰,说明他不想让你们记录……"

"我同意。"加德里恩说,"今天上午我打电话给莫里斯先生,想让他解释一下,他的家用电脑……"

"妮尔……"

"……声称这是不可能的。还说我们被骚扰时,你们手头没有可以自由行动的复制人。电脑甚至认为没必要叫醒艾伯特·莫里斯与我们对质。"

"为什么?"我问道。

"因为我们的组织都被你的原身拉进了黑名单,他把我们看做'怪人'。"拉姆冷笑一声,他的自尊心似乎受了伤害,"被他的家庭电脑拒绝之后,我登录艾伯特·莫里斯的公共网站,找到了他的一个朋友,一个愿意与我们对话的人。"

"就是我。"小帕说,"我愿意和怪人打交道,我喜欢他们。"

"这就叫臭味相投。"我小声嘀咕道,加德里恩则愤怒地瞪了我一眼。

"哦,没错。一下子接到两个举报,还是平日里相互鄙视的两个组织,我的下巴都快掉下来了。情况不妙,我赶紧找老艾,可他不搭理我。今天太忙了,让小帕靠边站。我只好看看有没有别人肯赏脸……结果找到了你。"

"我?可我已经说了,我什么都不知道。"

"我相信你。可你就没有别的想法?一点儿主意都没有?"

"干吗问我?我不过是个绿皮偶人,我的制造目的不是为了分析问题。"

"哦,但你不会就此认输拉倒吧?"帕利笑道。

我皱着眉头看着他。必须承认,他是对的。尽管生来就是个便宜货,但我没法拒绝这个挑战。

我转向加德里恩和拉姆。

"从你们提供的情况看,有这么几种可能。"我伸出一根手指,"第一,艾伯特在说谎,出于某种原因,故意骚扰你们两位所属的组织,把你们惹火,然后说不是他干的。"

"拜托。"帕利大摇其头,"我倒有可能这么干,可艾伯特的幽默感少得跟法官似的。"

不知为什么,这种人身攻击让我笑了。是啊,可怜的艾伯特。

"好吧,那么,另一种可能是有人陷害他。"

以前,判断某人是否犯罪,取决于他的不在场证明是否成立。如果你能证明案发时你不在现场,那就一定不是你干的。就这么简单。到了网络时代,不在场证明逐渐失去了效力。这是一个大案小案频发的时代。被大小劫匪偷盗抢夺的金钱高达数十亿。犯罪分子却往往躲在幕后,一边喝咖啡,一边看着电脑屏幕,通过网络下达命令,驱使自己的电子奴仆犯下一桩桩罪行。一时间,整个社会千疮百孔,几乎陷入瘫痪……直到新的定罪方式建立起来。大部分网络犯罪分子或被投入监狱,或长大成人,不再因为幼稚冲动犯罪,世界这才慢慢走向正轨。

如今,你的肉身在什么地方不关键。判断一个人是否有罪,取决于他有没有犯罪的机会和意图。有真正过硬的不在场证明,这种情况已经变得十分罕见了。

"你居然能提出这种想法,真有意思。"帕利说,"其实我也想到了。今天早晨,我目击了攻陷贝塔老窝的整个过程——顺便说一句,干得真漂亮。我还看到艾伯特邂逅了丽图·马哈拉尔……然后又听说她父亲死了。但最让我吃惊的还是那位头牌。"

"金妮·沃梅克?她怎么了?"

"呃,这么说吧,我知道艾的二号灰色偶人为什么回不去了。他要为头牌做秘密调查。"

我简直不敢相信。换作是我,绝不会和金妮订下那种合约。我对艾伯特还抱有一份忠心,毕竟他没在法律上剥夺我的生存权。而那个笨蛋居然……

"好吧,那两位女士都要求艾派出一个灰色偶人,然后两个灰色偶人都失去了消息。为什么?也许是巧合吧。还有,在神秘偶人骚扰两位先生几个小时以后,这两个灰色偶人才刚刚出炉。这中间有什么联系吗?"

"我也被搞糊涂了,所以给沃梅克打了电话。"

"我简直要嫉妒死你了。冰公主说了什么?"

"她说压根儿没见过莫里斯的偶人!至少在贝塔行动结束以后就没见过。她还说大侦探莫里斯的风格太过粗鲁,以后再也不会委托他了。除此以外……"

"咱们别扯太远好吗?"

詹姆斯·加德里恩显然很不喜欢谈论现代映像的头牌,她的做派跟他们的旧时代道德观相去太远。他不耐烦地挪动着身子,举止饱含恶意。他让我联想起那种喜欢把偶人大卸八块的家伙——

他们宁可赔上一大笔钱,也要体验亲手"剪除罪恶"的快感。

"行啊。"小帕高高兴兴地继续说道,"总而言之,我觉得应该查查这个二号灰色偶人的下落,看沃梅克是不是在说谎。做法就是查找公共监控网络,从中找到线索。"

"你?"想到帕利放出一个电子"化身",然后趴在屏幕前,从无数信息中筛选数据,我不由得笑出了声,"你还有这份耐心?"

他无奈地摇了摇头。

"没有。我已经跟不上时代了。不过我认识几个精通数字信号的高手,他们欠我的人情。我让他们侵入一大堆掌管交通的监控器,看着你的灰色偶人出了家门,一路开进现代映像公司。到那里以后,公共摄像头一直盯着他。我看到他停好小摩托,上了自动扶梯……但没有走进沃梅克的办公室。"

"没有?"

"他在半路遇见了头牌的助理——至少看起来是她的助理。那人穿着长袍,还蒙着头巾。他们一起下了两层楼,进了一间门市房……之后再也没出来。"

"这又如何? 也许金妮打算秘密会见他,不想让其他人见到。可能这次要讨论的事务特别敏感。"

"也许吧。但还存在一种可能性:别的什么人也打算利用艾伯特的灰色偶人,却想让外界认为雇用他的人是金妮。"

我认真考虑着这种可能。

"你是说今天早晨,有人冒充金妮给艾伯特打了电话,做好安排,让很多监控器拍到灰色偶人接近沃梅克的办公室……然后却……"我摇摇头,"需要伪造的证据太多了,难度也太大。先是冒充金妮打电话,然后还得制造一个冒牌助理。"

"还有假冒的艾伯特的偶人,在那之前派出去,骚扰这两位安分守己的好市民。"帕利朝加德里恩和拉姆扬了扬下巴。

大个子加德里恩哼了一声，"真是莫名其妙。一小时以前你就是这么说的，现在也一样，可我听着还是像一堆胡说八道。你知道，在场这些人里，有些人可只有一次人生。你最好尽快解释清楚。"

"我不是正在解释吗？"小帕回答，他有些生气，"说实话，这种逻辑推理是艾伯特的专长。你觉得呢，绿家伙？"

我挠挠头。这个动作完全是艾伯特本人的习惯，其实我的陶瓷脑袋上既没有毛囊，也没有寄生虫。

"好吧。这些哑谜，是针对不同观众而设置的。就说昨天晚上去找你们的偶人吧……他们根本没说半点有意义的东西，对吧？"

"没错，纯粹是胡言乱语。"

"但他们耍了点手段，让自己的胡言乱语没被记录下来。所以你无法证明他们的话毫无意义，对吧？"

"你这是什么意思？那些胡言乱语本来就没有任何意义！"

"有的。其意义在于，别人会以为你们密谋策划了什么。"

"密……密谋？"

"加德里恩先生，请站在局外人的角度想一下。他们见到一个灰色偶人进了你的房间，然后离开。来得匆忙，鬼鬼祟祟，待了一个多小时。外人会以为你们的谈话肯定有重大意义。安排这一切，目的就是在你们的组织和艾伯特·莫里斯之间建立起一种看似存在的联系。"

"然后我那里发生了同样的事。"拉姆道。

"还有现代映像公司。只不过这一次，灰色偶人是真的，会面却是假的。"小帕提示道，"会不会也是演给公众看的呢？"

"有一部分是吧。"我点点头，"但我敢打赌，在这出戏的这一幕里，最主要的观众还是灰色偶人自己。想想吧，这次会面以后，他进入了自主模式，对吧？他准是相信了那伙骗子，认定自己在为头牌工作。她那个人不那么讨人喜欢……"

加德里恩响亮地哼了一声。

"……但她确实是个能干的老板,在履行合约方面有很高的信誉,从不越法律雷池一步。灰色偶人或许不喜欢也不信任她,但接她的案子能拿到一大笔酬金,所以灰色偶人决定接受。"

"我就直说了吧。"法希德·拉姆道,"你认为有人假扮成沃梅克,就是为了欺骗你的灰色偶人,让他去调查……"

"调查一些内幕。如果是真正的艾伯特,绝不可能答应。"小帕解释道。

"……那么,早些时候在'无限宽容'演的戏……"

"……还有在'生命保卫者'……"加德里恩插了一嘴,"都是设计好的。这样一来,在外人眼里,我们也跟整起事件有关了。"他抱怨道,"我们被人耍得团团转,却还一无所知。"

"没错,是这样。"小帕看着我,"所以你知道该怎么做了,对吗,绿皮朋友?"

不幸的是,我不知道。

"听我说,我被造出来不是应付这种事的。我不是聪明的黑色偶人,也不是高级的灰色偶人。我所说的都是推测。"

拉姆挥挥手表示反对,"我看过你的简历,莫里斯先生。要说细致分析,你和你的偶人的声誉在业内数一数二。请说下去。"

我可以申辩,说我已经并非艾伯特了,但这种话说出来也毫无意义。

"那我就接着说了。我们手头没有更多的信息,"我说,"但如果我们的推理链能够成立,那就有如下推论。

"第一,不管这一切的幕后黑手是一个人还是一个组织,他一定掌握着尖端的偶人技术,能给傀偶安上一张他本来不该拥有的脸,这是非法行为。事涉非法,所以我们目前的处境有些危险。

"第二，很显然，不管他们要干什么，都要得到艾伯特的灰色偶人的自愿协助，而艾伯特本人是不会答应的。他们说服了灰色偶人，让他全力以赴——他们需要的是老艾所擅长的某些能力。这项任务还必须看似合法……最多是个擦边球，不能过于邪恶……否则灰色偶人是不会合作的。"

"很好，继续。"小帕说。

"第三，他们安排了几条退路，以应付此后的事态发展，涉及的都是有理由卷入的关联方。冒充头牌的电话，安排在现代映像公司的会面……"

"还有我们。"拉姆说道，他突然变得严肃起来，"大半夜的把我吵醒，就为了假装和我密谋了什么东西。可为什么选上我呢？还有，为什么要把加德里恩先生的组织也拖进来？我们的理念可是风马牛不相及呀。"

小帕哈哈大笑，笑声压过了金发加德里恩的怒吼，"这一手是最漂亮的！从表面上看，你们二位的组织绝不可能走到一起。你们完全是磁铁的两极。讽刺的是，这么一来，这个阴谋就更可信了。"

他们两个都瞪着他。小帕张开两只大手，让轮椅滚动起来。

"好好想想！你们是不是都恨着某些人？有没有你们都仇视的某个人、某个组织或者某个集团，这种仇恨深入骨髓，深到能让你们联起手来的地步？"

我看着陷入沉思的二人。他们已经习惯了将对方丑化为魔鬼，很难相信他们竟然也有共同的敌人。

我已经知道答案了。一阵寒意袭来，让我的陶瓷骨头也变得冰冷。但我不打算提醒他们，因为一两分钟以后，他们会想到的。

16 | 克隆体潜入

……星期二的二号灰色偶人大显身手……

实时记录。隐身的时候到了。做这一行,这是我最喜欢的部分。这证明了我的本事:尽管世界上到处都是窥探的眼睛,我仍然可以愚弄它。

"你要求的东西,我们准备好了。"

艾琳的红色复制人递给我一个鼓鼓囊囊的背包。我检查了一下里面的东西,都在。

"我提出的路线,你们派出摄像头探测器检查过吗?"

"按你的吩咐检查过了。监控缺失的地方都核实过了,和你判断的位置一样。当时的一切细节都记录下来了。"她又递给我一张清单。

"当时?是什么时候?"

"一个小时以前。当时我们正在修复你的伤口。"

"哦。"

一个小时,太长了,但是,当我看到地图上那些重重叠叠的发光图标——就像人眼圆锥细胞①一样密集的电子眼时,心里还是很

---

①视网膜上的一种感光细胞。

乐观的,虽然它们多得就像热带丛林里的虫子。干我这一行必须弄清楚监控的空白区域。今天这个活儿,最重要的就是在抵达寰球陶土总部之前尽可能隐藏行踪。这一路上,我需要好几个变换身份的地点,可以在那些监控盲区快速换装,同时又不会引起别人注意——那最好是有很多偶人进进出出的场所。

艾琳很相信她的探测器,它们能测到摄像机镜头的反光,从而发现摄像头的位置。但有些针孔摄像头会藏在墙缝里或树干上,连最好的军用扫描设备也无法一一排查。这片区域以前我清查过,但谁知道后来又安装了多少微型摄像头?还好大多数针孔摄像头的分辨率不会太高。只要精心化妆,还是可以蒙混过关的。

最近这段时间,艾伯特最喜欢使用这条路径,把它透露给金妮和她的团队让我有点不自在。不过,每条秘密路径的存在时间本来就是有限的。有那么多业余爱好者孜孜不倦地探查,每条路径最终都会被他们发现并反复使用,直至彻底暴露。透露这个秘密能让我从这份工作中大赚一笔,也算物有所值了。要是能多几天准备时间就好了,再有几个偶人和我协同,我会放心得多,各方面也稳妥得多。

别提心吊胆的了。我已经告诉金妮,这么仓促,我没法打包票。即使不成功,艾伯特也能拿到一半酬金。就算发生了最坏的情况,风险也是由金妮他们承担。

可行动失败的想法总是在我头脑里挥之不去。算了,尽人事而听天命吧。

车子在一座立交桥下放慢速度,前面是一辆一模一样的小货车。我们的车刚刚停下,那辆车便加速开走,行驶方向和速度与之前我们的车一致。我瞥了一眼前面货车的司机,发现那也是艾琳的复制人。至于我们这一辆,虽然外表破旧不堪,但最近才改装过,底盘可以变换,外壳也有变形功能。再次开动时,它会跟刚才大不一样。

我检查了立交桥的混凝土支撑墙，只发现了一个交通摄像头。它的镜头被鸟粪遮住了。货真价实的鸟粪，经得起事后调查。

到目前为止一切顺利，但我仍然不怎么开心，感觉做得还是不够专业，好像遗漏了什么似的。鸟粪之类小伎俩可以瞒过公共监控设备和偷窥狂的镜头——甚至包括寰球陶土租用的私人监视器，但要让真人警察上当受骗，这点本事还不够。小花招派用场有个前提：不触犯法律。

"在这里下车，等八分钟，然后跑到那片小树后面。"柯林斯阁下一边说，一边用布满彩色方格的手指指向一丛小树。那些树的叶片长得很像甘草。"从这里到那里之间的摄像头都被我们控制了，或者敲掉了。"

"你确定？"准备时间不够充分的话，就只好蛮干。但就算是蛮干，我还是希望自己来干，而不是假手他人。

他点点头。

"除非接下来几分钟里空中有哪只电子眼掉头回来，对准这一片。到了树后，你可以进行第一次'变身'。扔掉背包，只留下身上这套衣服。再出现时，你就是一个橘色的偶人清洁工了。稍后我们会放一条狗出去，把背包叼回来。"

"最后一点千万别忘了。如果我被追查到这里，只要树后的痕迹暴露，换车的把戏马上露馅。"

"所以你绝不能让人追查到这里来。"柯林斯说，"我们信得过你的本事。"

天哪。

"那个公交车站是关键。我会在那里再次换装，然后穿过偶人人群。我需要的东西都在指定的保管柜里吧？"

"你会发现另一个包，里面装着更换的衣物和染料。"柯林斯抬起手掌,止住我下一个问题,"知道,知道,染料是灰色的,但并非偶人专用染料,完全合法。我们甚至可以告诉警察:不关你的事。"

"最好是这样。"我回嘴道,"要是我怀疑自己做的事情会被判个高于6分的罪名,我就不干了。我才不管会不会违反协议。"

"放松点,莫里斯的偶人。"艾琳安慰我说,"法律方面没有问题。我们要注意的只有一点:别让寰球陶土把这次行动跟我们联系起来……"

"……或者产生怀疑。知道,知道。就算我们干的事不犯法,他们也有本事让我们过不安生。"

"莫里斯的偶人,采取这些防护措施,既是为了你,也是为了我们自己。今天的行动可以证实我们的怀疑,我们会进一步调查,拿出过硬的材料,拍到寰球陶土脸上,指控他们违反了技术公开法。你就放心吧,他们绝不会把我们的诉讼跟你联系起来。"

说得有理。当然,前提是我没有一踏进寰球陶土,便把这一切统统告诉埃涅阿斯·高岭。

没错,这么做的话,我违反了协议,还会害得艾伯特丢掉好些辛辛苦苦赚来的信用分。但凡事有失必有得。或许寰球陶土会给我小白鼠的待遇,在我身上从事偶人生命延续的实验。没准儿我的生命会多出12个小时,甚至更多。

喂喂,这些想法都是从哪里冒出来的?简直就像……呃,弗兰肯斯坦怪物……满脑子想的都是什么"我的自身价值啊"、"我的存在意义啊"之类的东西。

古怪!

话说回来,干吗要做这些白日梦呢? 这种事我是永远不会做的。

"出了公交车站以后,你会怎么办?"柯林斯阁下问。

"我会搭乘330路去沿河大街的寰球陶土总部,直达他们的员工大门,出示身份牌。但愿他们的智能保安系统跟你们期望的一样松懈。再说一遍，如果你们没有搞定保安系统，只要他们提出任何不好回答的问题，我扭头就走，绝不逗留。"

"明白。"红色偶人点头说，"我们可以打包票，他们会放你进去的。"

不知艾琳的团队用了什么手段，竟然知道丽图·马哈拉尔雇了艾伯特的一个灰色偶人，连他在数小时以前失踪都知道。但寰球陶土的警卫的确有可能误以为我是为丽图这个大股东效劳的，一挥手就放我通过。正门毕竟远离核心，这个计划或许会成功。那里每时每刻都有几百个真人和偶人进进出出。嘿，那儿甚至还有远道而来的观光客，排成长队，在导游的带领下参观陶偶工厂，看他们那些用完即弃的躯壳是怎么制造出来的。

但沃梅克和她的伙伴们想让我通过的不止正门——里面那些门禁一道比一道森严——他们希望我能层层深入，渗透寰球陶土总部，把里面的尖端科技看个清楚。与此同时还要完全不触犯法律，连会被人抓住马脚的谎都不撒一个。

（难道柯林斯事先在其他安保系统上也动了手脚，还是说他买通了警卫？看那副鬼鬼祟祟又自我感觉良好的模样，他应该是这方面的老手。还好我启动了默记功能，把所有谈话都录下来了。）

酬金他们的确预付了，一笔钱已经打进了艾伯特的账户。我只需花点工夫，继续做下去就行。只要混进大门，75%就到手了。

可我还是希望他们让我骑着小摩托驶进总部，别弄得这么夸张。这些业余分子。我的"余生"竟然奉献给了这等货色，用我的专业技能去做这种愚蠢的、半吊子的商业间谍活动。

不过，如果他们的怀疑是正确的，而我又帮他们证实了呢？

如果寰球陶土集团真的故意隐瞒陶偶技术的重大突破，这还真是个天大的新闻，艾伯特也会一举成名。与此同时，我也会给他制造一个死对头——全球最大的商业帝国。

17 │ 优雅地转为灰色

……艾伯特本人决定发起一场远征。一个旅伴，还有一副伪装……

丽图·马哈拉尔看起来不太情愿陪我匆匆忙忙踏上沙漠之旅。但她怎能拒绝？她母亲那辈人用过的几乎所有理由——从囊中羞涩到事务繁忙——放在今天都不适用了。

"这段路可不短啊，路况也不好。"她这样说着，明显想岔开话题，"也许会耽搁不少时间。如果我们走了一天以上，怎么回家呢？"

答案我早就准备好了。

"如果我们眼看就要到期死去，可以找个偶人超市，把头部冷冻起来。"

"你用偶人超市运送过头部吗？"屏幕里，那张瓜子脸上眉头紧蹙，"货运系统要好几天才能送到，而且根本不像广告里说的那么保鲜。"

"也不是非用货运不可。我打算再复制个灰色偶人，存在车里，时间紧张的话就解冻它。这样就能多点时间作调查，还能及时把脑袋装进冷冻箱。"

至少我是这么告诉丽图的。事实上，我有别的计划。不打算让她知道的计划——这与她无关。

"你确定这很重要?"她有些不高兴地甩了甩那头闪亮的黑发，问道。我心想，难道这位寰球陶土的大股东还会计较制作傀儡的开销不成?

"你自己判断吧，丽图。你说过你想查清你父亲的死，可你甚至没告诉我你家在边境上有栋小屋，正好离车祸现场一百公里。"

她呆了一下，"我确实应该告诉你的。但说实话，我觉得我爸好些年前就不去那地方了，那会儿我还没到十六岁。你认为它可能跟他的这次……意外有关?"

"根据我的经验，调查之前不能排除任何可能性。所以麻烦你尽量收集跟那处地产有关的一切资料。还有，复刻偶人之前，记得花点儿时间回想你在那间小屋渡过的孩提时代，免得你的灰色偶人出现记忆障碍。"

我经常要求客户在派出假人接受质询前努力思考某件事。出于某些原因，大多数人无法将驻波完整复刻。偶人试图调用较早的记忆时，往往会出现失忆现象，这叫"草率复制效应"。不过这种事情我自己从来没有遇到过，我的灰色偶人甚至能想起一些我自己都记不清的事儿，真不知道为什么。

再次迟疑片刻后，丽图飞快地点点头，表示同意。

"很好，如果你认为这很重要的话。"

"我觉得也许对破案有很大帮助。"

优雅纤长的指尖敲打着她屏幕前的桌子，"我现在正在环球陶土集团做一些文字工作……不过埃涅阿斯已经同意我无限期休假了。"

这些话对眼下的我没有丝毫帮助，至少没有实际意义上的帮助，但我突然明白过来。我真是太迟钝了:她父亲刚去世不久啊。

"是啊……噢……我知道你这段时间不好过。告诉我,他们找到……"我顿了顿,却找不到更合适的词语,"他们找到马哈拉尔博士的幽灵偶人了吗?"

"没有。"丽图的目光越过显示器,看上去有些发愁,又有些困惑,她丰满的双唇颤抖着,"到处都找不到那个偶人。埃涅阿斯很烦恼,他觉得你丢失的那个灰色偶人跟这起失踪有关系。"

反过来的可能性更大。我不禁想,尤希尔·马哈拉尔活着的时候花了很大精力,努力避开他人的视线。我的灰色偶人一定发现了马哈拉尔的幽灵偶人,追踪而去的"我"肯定不小心中了什么圈套。

我时常落进别人的圈套——因为轻视猎物。没有人是完美的,反正犯错不会造成永久伤害,懒散也就在所难免了。相比之下,过去那些侦探简直就像奇迹。他们只有一条命,却敢于直面并挫败那些冷酷无情的罪犯。现在的侦探可做不到。

一号灰色偶人此刻也许早就溶成了泥浆,被埃涅阿斯·高岭宅邸的草丛吸收了。而现在,马哈拉尔的魂灵可能在……做什么?打发他最后的一个小时,还是在哪儿藏起来了? 没准儿正跟沃梅克的某个替身鬼混呢。

更可能的是,在为他那个神秘兮兮的制造者做最后的工作。某些深奥,复杂,恐怕还是违法的事儿。想到这个,我不禁有些不寒而栗。

"我打算让另一个灰色偶人去庄园里协助搜查。"我提议。

"目前来说可能不是个好主意。"丽图迟疑着回答,"埃涅阿斯想让他自己的手下接管这件事。你我可以调查其他事情。说真的,这趟沙漠之旅说不定能查出点什么。我们什么时候动身?"

我点点头,惊诧于她语气的变化。

"那好,你在寰球陶土这边做个替身——"

"我想回家去做……还要收拾点东西。我的剪贴簿里也许还有些那间小屋的照片。"

"那再好不过。"

丽图轻启双唇,"你真的不能等到明天早上?"

其实,等待或许是明智的。不过,我有一种越来越强烈的紧迫感,一种冲动,想立即着手,实施丽图·马哈拉尔没必要知道的那部分计划。

"我六点钟动身去接你。然后,我们在夜里穿越沙漠,拂晓之前就能抵达台地地区。"

丽图耸耸肩,一副听天由命的样子。

"好吧。我的地址是——"

"别。"我摇摇头,"我们在你父亲家碰头。我打算好好调查一下那里,在我们起程之前。"

我必须尽快收拾行李。那辆沃尔沃的后备箱是特别订制的,可以扩充,足够装下三个真空包装的空白偶人,或者一个烘焙完毕的偶人,此外还有空间装些法医用具。我已经准备好了一具半成品灰色偶人,躯干部分已经成型。剩下的时间,我要变换一下造型。

我脱了衣服走进淋浴间,让妮尔把我变成灰色。

"先保护好你的眼睛。"她提醒道。

"噢,好的。"我从架子上拿下一个容器,取出一对深色的全遮盖式覆眼镜片。我有好些时候没这么做了,眼睛有点刺痛。

"准备。"

一阵麻刺的感觉自脚趾升起。

"分开双腿,抬起手臂。"妮尔说。

我照做了,感到她用共振激光扫过我的皮肤。随着亿万次超微型蛋白爆炸,毛发和死细胞被彻底烧毁,比任何剃须刀刮得更加干净。喷气装置吹走灰尘和秽物,然后喷洒一种特殊溶液,其液滴极其细微,达到了离子级别。它可以封闭毛孔,使其与空气隔绝,同时还能在这种状态下持续地养护毛孔。

接下来是涂绘,这种染料着色迅速,是我自己的秘密配方,数分钟后便告完成。现在,只要以偶人涂料作少许润色,我就拥有了一个高级傀儡的外表,除非在极近距离察看,否则别想区分真伪。装上护齿套有点儿不舒服,先等等再说。

让傀儡在公开场合伪装成真人是违法行为,我做的事却不算犯法,但这种做法非常不受推崇。如果有人在我扮成这副模样的时候开枪打死我,他只要支付少量罚金就能脱身,难怪没有多少人这么做。讽刺的是,这正是尤希尔·马哈拉尔这种有天赋的外行能够成功假扮的原因所在。当然,他是让偶人扮成真人,和我的做法正好相反。在研究马哈拉尔录像的过程中,我的专家型黑色偶人很幸运地发现了皮肤肌理的某几处差别,这种差别也是我必须格外留神的。我在更衣室里小心工作,仔细抹掉了这些瑕疵。

我得说,我和丽图已故的父亲之间还是有一点不同。

当他试图掩饰的时候,为的是隐瞒某些见不得光的秘密。我的借口则简单得多。

我是为了爱。

好了,差不多是时候了。我的黑色偶人说我不该一时冲动,亲自踏上这段旅途。

"你这是感情用事。克拉拉在冰箱里留了个乳白偶人。在她下周回来以前,他应该可以满足你的动物性冲动。"

"白色偶人和本人不是一回事。再说马哈拉尔的小屋正好在战场附近!这个机会不能错过。我要去看她,给她个惊喜。"

"那就送一个你自己的白色偶人过去好了，没必要亲自前往。"

我没有应声。黑色偶人是成心这么刻薄，他知道我和克拉拉不计较彼此和偶人、甚至偶尔和外人亲热。这种事算不了什么，逢场作戏而已。

再真实的替代品也无法代替真实，至少在我们看来是这样。

"这种做法的效率太低。"我把衣服塞进包里时，我那个逻辑分明的分身换了种说法。

"所以我才需要你们。"我反驳说，"效率高点！其他案子应该差不多了吧？"

"是的。"乌黑发亮的那个"我"点点头，"但等我过期以后——也就是不到十八小时以后——该怎么办？"

"当然是把你的脑袋冻在冷冻箱里。我复刻了另一个黑色偶人，外带一个灰色偶人和一个绿色偶人，说不定你用得上他们。"

我的黑色偶人叹了口气。和往常一样，他认为他的本体既幼稚又不负责任。

"这些新偶人无法得到我最近的记忆，这样下去会破坏持续性的。"

"那就让你的替代品提前一小时解冻，然后给他做个更新。"

"说起来简单，你知道这种做法的效率多低——"

"妮尔会帮你的忙，我会在星期三的黑色偶人过期之前赶回来。到时候我会读取他的记忆，还有冷冻箱里的你。"

"这会儿说得好听。心不在焉忘了冷冻箱里的脑袋，这种事你以前可是干过。还有，要是你披着这身愚蠢伪装的时候被干掉怎么办？"

一双色泽深沉如夜空的手伸了过来，捏了捏我伪造的灰白外皮。

"我会做好所有预防措施。"我避开那对黑沉沉的眸子，承诺道。对自己撒谎可不是件容易事,特别是跟自己面对面的时候。

"你最好真的能做到,"黑色偶人喃喃地说,"我可不擅长当幽灵。"

前往马哈拉尔家的路上,我关掉了沃尔沃过度灵敏的自动驾驶系统,只靠人工驾驶。穿梭于车流中可以消除我的紧张……转弯时几个绿色偶人高声叫骂。好吧,我本来可以开得更好些。都怪我的偶人伪装,它影响了我的潜意识。要不,就是战争报道的错。

"……战况逆转和严重伤亡迫使美国太平洋生态区(PEZ-USA)部队退入绝地,背靠科迪勒拉死亡山脉扎营。该地看似易守难攻,但赔率精算师认定他们此战必败,并已对战果开出了赔率。

"假如结果真如他们的预测,假如这座主权尚有争议的冰山真的落到印度尼西亚财团手中,比克森总统禁止开发西南生态毒性蓄水层的政策便会因为这场灾难遭受质疑。

"面对选民们对禁止开发问题的强烈反对,国会领导人已经发起了一项电子签名的征集活动,要求比克森开始和谈,在太平洋军全军覆没之前承认失败。

"但玻璃宫的一位发言傀儡排除了这种可能性,他坚持认为这场战争仍有胜利希望。

"'不是大败,就是全胜。'比克森的偶人说,'半座冰山和没有冰山根本就是一回事。'"

我咒骂着让广播停下,转而让妮尔把尤希尔·马哈拉尔的个人背景给我做个简略归纳。

尽管有整整十二小时的调查时间,可她还是没能挖出多少有关他童年生活的资料,只知道他在本世纪开始时来这里避难,以躲避南亚频频爆发的种族冲突。

远亲收养了这个羞涩的男孩。他埋头学习,对社交兴趣缺缺。之后,尤希尔·马哈拉尔成了崭露头角的科学家,他无视风行一时却注定短命的网络和纳米技术,将全部精力投入陶偶神经技术这块处女地。在杰弗蒂·阿诺纳斯破解了神秘的、比任何基因组更加复杂的灵魂驻波之后,马哈拉尔加入了一家新成立的公司,其首脑是当代最伟大的人物之一:埃涅阿斯·高岭。

他终身未娶。马哈拉尔与丽图母亲的基因融合以及后代抚养协议包括好几张复杂的责任关系图表,涉及一对同性恋配偶、一家不动产管理银行,还有一位没有后代的表亲。但早在丽图的母亲因直升机空难去世之前的几年,这些准父母便将他们的权利变现卖出了。当时丽图只有十二岁。

真惨。而现在,她老爹的日子也到头了。生活就是这么不公平,可怜的孩子。

强迫她同行让我有点儿内疚,但我总觉得她父亲那间"小木屋"里有些线索,而丽图的帮助至关重要。不过,如果她的灰色偶人觉得这趟旅途很痛苦,她本人完全可以把灰脑袋丢到一边,不接收这段记忆。没有记忆,也就没有不适。

我们的先祖遭受的苦难比我们沉重得多,可他们却没有这种选择。

停在门口的那辆纯黑色全地形通用型豪华轿车十分惹眼。我扫描了车牌发给妮尔,后者回答它属于寰球陶土集团。

看样子是高岭善心发作,借给了她一辆豪华轿车。但话说回来,你不是每天都会失去至交,你的助手也不是总会失去父亲。

我把我的破烂车停在亮闪闪的尤格车后,走向那座房子。这座松石绿屋只比平常人家稍大些,院子也不算宽敞。这里设置的太阳能嵌板能将每一道阳光都收纳起来,黑色嵌板用于提供光电能源,家居生活所需的其他零星能源则由绿色嵌板提供。闪烁微光的污水处理单元,其数量足以应付一个家庭所需,但目前只有几个藻类养殖系统处于开启状态。大部分单元看起来完全没投入使用。

这是一座单身住所,而且单身的人还经常长时间外出。

我向前走了十几步,穿过那片亟需修缮的装饰性树篱,在这些可怜的植物旁停下了脚步。反正来得早,真想掏出剪刀,修剪几根杂乱的枝条。

接着我发现大门半开着。

好吧,她应该知道我会来。可这样还是有些不妥,身为有执照的私家侦探、民间治安积极分子,我不能就这么走进去。根据法律,我必须通报身份。

"丽图?是我,艾伯特。"尽管化装成了偶人,但我并不像偶人那样遣词造句一板一眼。大多数人注意不到这种差别。

阳光透过活性元素制成的玻璃天窗,在地板中央形成斑驳光影,不断变幻着色彩,忽明忽暗。楼梯在我前方,要转折两次才能到达上一层。我向左瞥了一眼,发现了一间开放式的起居室,装潢是颇为守旧的赛伯朋克风。

微弱的谈笑声——很像沙沙的风声——自我右侧传来,就在那扇镶嵌磨砂玻璃的雕花木双开门后。那个房间里没光,但能辨认出一道影子,在门的另一边悄然挪动。

一阵低语……字句听不太真切,好像是"……贝蒂究竟会躲到哪儿呢……"

我惊恐得背脊发麻。我摸了摸门扇,玻璃粗糙冰冷。这种真切的感知提醒了我一件大事,一件最不该忘记的事:

你是真人,所以千万小心。

不祥的预兆在我脑海中嗡鸣。如果我是偶人，或许我会闯进房间，一探究竟。但作为多疑的穴居人的后裔，我只是推开那扇门，然后赶紧从门口退开。

我提高了声音，"丽图，你在吗？"

门里是尤希尔·马哈拉尔的家庭办公室，摆着一张书桌和一只书架，书架上放满了古老的纸质书籍和激光书卷。陈列柜的一个架子上放着奖状和勋章。剩下的地方放着稀奇古怪的纪念品，比如许多只安在底座上的手，它们的大小和色彩各不相同。有些手被剖开，露出内部的金属元件。这些都是古董，在它们所属的时代，偶人的肉体还离不开机械框架的支撑，当时那些走起路来咔嗒作响的复制人只是有钱人的高科技玩具。虽然粗糙，其功能却已经让人震惊不已。有了它们，那个时代的精英就能将人生一分为二，同时身处两地。

那时的偶人还被叫做"代理人"，拥有它们是身份的象征。埃涅阿斯·高岭之后，大众才得以享受陶偶技术。

这些陈列品相当了不起，但眼下我最关心的东西却位于房间中我看不见的那部分，它远离窗户，潜伏在阴影里。

"开灯。"我在门口试着说。但这栋房子的电脑用的是声控锁，无论陌生来客的要求多么彬彬有礼，它也置若罔闻，尤希尔才是这儿的主人。

我可以通过妮尔把命令发送过去，告诉它我与马哈拉尔的女儿兼继承人签署了调查合同。但信号交换和查验会花掉好几分钟，这段时间里我会一直心神不宁。

附近肯定有个旧式电灯开关，很容易就能碰到……可也会让我接近潜伏在黑暗中的那个东西，那东西手里握着我惊慌的大脑所能想象出来的一切可怕武器。

我是不是太多疑了？

“丽图,如果你在的话,请告诉我,我应该进去……还是在外面等着。”

房间里传来一种柔和的声音。不是呼吸声,而是又一阵沙沙声,让门外的我心生不安。听起来很像有什么武器在蓄积能量。

“是你吗,艾伯特的偶人?”

声音从我身后的楼梯上传来。是丽图,她在叫我。听上去不像在玩什么花招。

“对,是我。”我没有转身,“你……你还有别的客人?”

透过磨砂玻璃,我发现那东西又动了动。这次它的身子挺直了些,也许表明它打算放弃对我的攻击。我后退了几步,给它留出现身的空间。

同时给自己准备好了逃脱路线,以防万一。

“你说什么?”丽图在上面喊道,“我还以为你一个小时以后才会来呢。你能等等吗?”

一个身影跨过半掩的玻璃双开门。高大,清瘦……而且是灰色——逐渐逼近。

在那一瞬间,我觉得自己全明白了! 这栋房子里,一个鬼鬼祟祟的灰色偶人,除了那个幽灵还会有谁? 马哈拉尔的幽灵! 他不想把自己最后的时光花在实验室里,让人解剖大脑,提取记忆。到现在,他应该已经成了个蹒跚的鬼魂,全凭纯粹的意志支撑着,在消融之前燃烧最后的生命。

我已经准备好扑上去,质问他艾伯特的偶人出了什么事! 就是“我”早上派到这儿的那个——

紧接着,我吃惊地眨巴着眼睛。出现在我面前的不是马哈拉尔的幽灵,严格地说,甚至不是灰色偶人。

一片闪烁的白金色步入斑驳的阳光,眉间的傀儡印记像宝石般闪亮。

"高岭阁下。"我说。

"是我。"偶人点点头，用敌意掩饰着自己的不安，"你又是谁？在这栋房子里干什么？"

我吃惊地扬起眉。

"干什么？来做你雇用我做的工作呀，先生。"

这话不完全正确。我只想试探一下，看这个偶人是不是什么都不知道。那张富有光泽的面孔僵住了，表情很快从傲慢转为警惕。

"啊……对。艾伯特，很高兴再次见到你。"

尽管他极力掩饰（做得很蹩脚），但他显然跟我今早在泰勒大厦遇到的那个偶人不是同一个，而且没跟今天中午复刻黑色偶人时打电话给我的那个分身分享过记忆。这一个根本不记得我。

好吧，这也没什么特别的。说不定他是那之前几个小时复刻出来的。但如果是这样的话，他为什么要装作认识我？为什么不承认自己不知道？他大可向本体发送请求，找高岭本人更新一下信息。

别让大人物难堪，这是处世之道。给他们留点面子，让他们有台阶下。我指指尤希尔·马哈拉尔的家庭办公室，"找到什么有用的东西了吗？"

他的神情更警觉了，"你什么意思？"

"我的意思是，你来这里的目的和我一样，对吗？寻找线索。为了弄明白你的朋友为什么几周来不断出城，而且极力避开监控。尤其是他昨晚做了些什么，为什么开车穿过荒漠，又在高架公路上翻了车。"

没等他答话，丽图又喊起来。

"艾伯特？你在和谁讲话？"偶人高岭的黑眼睛和我的目光相对。遵照那句格言，我给了他个台阶。

"我来这儿的路上碰到一个全新的埃涅阿斯!"我朝楼上喊道,"我们一起进来的!"

白金偶人点点头,表示他欠了我个人情。估计他原本打算不声不响地离开,但我的借口也不错。

"噢,埃涅阿斯,我真希望你别这么不放心! 我没事,真的。"她的声音听起来有些恼火,"不过既然你来了,能请你带艾伯特参观一下吗?"

"当然,亲爱的,"偶人高岭瞥了一眼楼上,答道,"你忙你的。"

再次面对我的时候,他的不安和傲慢消失了,只剩下全然的镇定。

"我们刚才正谈到什么来着?"他问。

妈的! 我想。我还以为阔佬的偶人有多么高档,多么专注呢。

我大声提醒道:"线索,先生。"

"啊,对。线索。我也在找,但——"他左右摇了摇白金头颅,"或许像你这样的专业人士能做得更好。"

说得像模像样,其实他只猜到我是个侦探。为什么他不省点工夫,开口问问呢?

"你先请。"我礼貌地做了个手势,请他在我前面进入办公室。

他转过身,说出口令,灯光照亮了房间。马哈拉尔肯定给了他的老板声控权限。要不然就是——

我感到自己的头脑里产生妄想的那部分——一头疯狂却富有创造力的野兽——涌出一股模糊的怀疑。我视线不离那个偶人,注意不把后背暴露给他。我扫视着一只陈列柜,与此同时牙齿叩击,送出加密电码。

妮尔,验证一下这个偶人是不是高岭派来的,确定他的合法性。

我的左眼内部闪了闪,这是她向我表示收到了指令。但我虽然有本体的优先权,这番查验仍旧要花些时间,也给了我进一步思考这种可能性的机会。

马哈拉尔博士是复制技术的专家,在改头换面的技艺方面也颇有天赋,而且他那个人看上去对法律满不在乎。凭他在寰球陶土集团的权限,他能借到所有类型的模板……其中也许还包括埃涅阿斯·高岭的。

那么,这个白金偶人会不会是马哈拉尔的另一个幽灵,只不过伪装成那位大人物的模样?

但这说不通。马哈拉尔本人变成尸体已将近一天了,而这个白金偶人看上去还新崭崭的,它不可能是换了另一张面孔的丽图父亲的偶人。

好吧,人类大脑的胡思乱想经常没什么逻辑,我提醒自己,妄想更不需要任何根据。它就像一头朝着空气吠叫的野兽……可到头来,你常常会发现它没弄错。

查证这个白金偶人的身份有个最简单不过的办法。作为真人,我可以就这么转过身,要求他亮出身份标签,但这要以暴露我的身份为代价,我不打算这么干,反正妮尔很快就会回复。于是,我把注意力集中在马哈拉尔的家里。

这间办公室有新近被外来者闯入的迹象。桌子被挪动过,老旧的地毯上露出了桌脚的压痕,书本和陈列柜也都有人翻过,灰尘覆盖的房间里到处都有摸索的痕迹——大概是想寻找暗格什么的吧。

我只看了那些激光书卷一眼就明白了,它们几乎没动过。也就是说,高岭刚才肯定不是寻找什么失窃的数据或者资料。

那又是什么?

为什么他要亲自调查?他有的是手下,完全可以雇几个痕迹检查专家,甚至雇个下班的警察,再加上警察的偶人助手。

起初我觉得问题可能出在丽图身上。也许她和自己的老板闹别扭，不让高岭进入父亲家里。这能解释高岭今天的潜入了——在不惊动她的情况下翻箱倒柜，还表明他心里有鬼，必须把丽图蒙在鼓里。

可丽图刚才完全是一副无所谓的态度，任由我们自己四下打量。这与我想象中高岭和马哈拉尔的女儿之间的隔阂不符。至少，在表面上看不出有什么隔阂。

我看着那位大人物，发现他已恢复了那著名的、让人难以捉摸的镇定神态。他黑色的眸子紧盯着我，恐怕还在为我发现了他而恼火吧。可他似乎打算化不利为有利，尽可能地利用这种局面——雇用专家干活，由他监督。这种做法倒是更符合他的风格。

墙上有几幅照片，办公室和走廊的墙壁上都有。有一些是尤希尔和我不认识的人的合影。我用落伍却耐用的植入角膜拍下快照，交给妮尔辨识。但绝大多数照片拍摄的都是年轻时的丽图，她出现在各种场合：毕业礼、游泳比赛、马背上，诸如此类。

也许我应该把这儿彻底搜查一遍。如果有台不错的扫描仪，几分钟就能确定这里有没有名列国际危险品清单的东西。不过，无论马哈拉尔做了什么，他的手段恐怕都不会这么明显。

更管用的或许是来一次完整的断层扫描。我从一个房间踱到另一个，打开壁橱和碗柜，持续注视，直到形成完整的透视图。我把图片传给妮尔，再转向下一处。她连这些东西是什么颜色都不用管，通过各种突出空间和定位标记就能测算出房屋结构，误差不会超过半厘米。其中的计算原理非常简单，连乔治·华盛顿都知道。她的测算可以让我知道这里有没有密室或隔间。

看着我的工作，高岭一脸赞许。可话又说回来，如果他想找人干这种活儿的话，为什么不雇用整整一支搜查队，把这里查个底朝天？

也许事态比较敏感,他只能相信他自己的复制人。

如果是这样的话,我的出现肯定让他不舒服。在失事车辆中发现尤希尔·马哈拉尔的尸体以后,我就不再受雇于高岭,因为情况发生了变化。之前是重要员工可能遭到绑架,之后则只有死者的女儿没来由地怀疑这不是事故,而是谋杀。

我在脑子里记了一笔:得问问丽图,她父亲和这位寰球陶土老板的关系究竟怎么样?如果他的死真是谋杀,我能想象出好几种可以将这位大人物列入嫌疑犯名单的方案。

就说马哈拉尔的幽灵和我的灰色偶人几个小时前发生的事吧。也许他俩在高岭的宅邸里失踪全是他的安排?也许我的灰色偶人嗅出了什么真相?也许那个幽灵有充足的理由逃之夭夭?

一楼的扫描很快结束了。妮尔的初步分析没找到任何密室。至少没有比一片面包更大的密室。但她提出了某处异常。

有两张照片不见了。我来的时候,它们还挂在靠近楼梯底部的位置。我家的电脑告诉我它们不见了!现在在红外线下还能看到它们的痕迹,那儿的温度比周围的墙壁冷一些。

我转身寻找高岭……发现他从盥洗室里钻了出来。管道里传来潺潺的水流声,他从下水道冲走了什么东西!白金偶人看着我,一脸无辜。我低声咒骂了一句。

如果我是个专家型黑色偶人,有足够的现场勘查和分析能力,我肯定会在后脑勺上放一只眼睛(黑色偶人真的可以这么做),死死地盯住他。而现在,我已经拿他没办法了。质问高岭只会让他更提防我,而不能弄清那些照片的去向。

最好等等,我暗自决定。让他以为我没发现,以后再向丽图打听那两张照片。

我出门走向我的沃尔沃,打开后备箱,抱出一台附带震波感知装置的检测器。我把这台设备吃力地抬到台阶前,又把探测器安放到屋子周围。用不了多久,我就能知道地下有没有密室了——虽然有的可能性很小,但还是值得一试。

等待测算数据的间隙,我翻了翻屋子后头的垃圾回收器。金属、塑料、有机物和电子元件分门别类,还有陶土……但这里应该是空的才对,因为尤希尔·马哈拉尔人生最后的几周是在外面度过的。偶人回收箱里还有许多偶人废料,足够拼成一个完整的偶人了。

我打开盖板,只看到一具模糊的灰白躯体在空气的猛攻下渐渐萎靡,很快融为一摊泥浆。

嗅觉有时非常管用。根据这堆垃圾里飘出的气体,我能猜出不少东西。它死时离到期还有很长时间……而且,其死亡时间还不到一个钟头。我迅速伸出手,触碰其头骨原先所在之处,在那堆不断消融的物质中摸索着,最后找到一个小巧而坚硬的东西。身份标签。过一会儿,我会悄悄做一次快速扫描,看看能从中发现什么。当然,也可能只是某个邻居把多余的偶人丢进马哈拉尔的垃圾箱,以此逃避垃圾回收费。

我用湿巾擦干净手,从容地回去检查震波读数。不出所料,仪器显示没有密室存在。真不知道我干吗费这个劲儿?也许我灵魂中的浪漫主义始终期待着发现某个地下宝藏,期待着某种跳脱城市窠臼的可能,期待着终有一天能抛开追踪盗版侵权分子和侦察婚外情之类的破事——至少这是克拉拉的结论。在艾伯特·莫里斯的内心深处,埋藏着汤姆·索亚的灵魂。

一想到她,我的心跳就加快,还顺着这思路稍微分了会儿心。也许,在沙漠中工作一整天后,在丽图的偶人到期之后,我可以到战场那儿转转,给她个惊喜——

就在这时,我察觉到了变化,有东西不见了。某种存在,仿佛阴影般的存在,消失了。

是埃涅阿斯·高岭那个鬼鬼祟祟、沉默寡言的偶人。

我寻找那辆豪华轿车,却只看到了路边的空地。轿车也消失了。

也许那个傀儡想避开丽图的灰色偶人——脚步声响起,她正步下楼梯。可这说不通呀,不是吗?

根本说不通。

很快,丽图的灰色偶人从房子里走出来,提着个小提箱,在身后锁上门。"我好了。"她用一种不那么亲近,但也算不上不友好的语气说。我早些时候便察觉到了,她的本体和复制体的性格都有一种紧张感。戒备,提防,拒人于千里之外,但这偏偏让她更有魅力。

我赶紧收好震波检测器和其他设备,把它们丢进后备箱,放在陶偶炉上。我们在暮色中驶向东南,驶向谜团重重的沙漠。那里还没有被文明戴上温情脉脉的面具,那里赤裸裸地显露出生活的严苛。

18 | 变成橘色,你高兴吗?

……瑕疵品偶人的红色洗礼……①

帕利并非不会做偶人。事实上,他很有天赋,他对自我形象的变通能力让他能够造出几乎所有形状的傀儡,无论是四足动物、禽类还是蜈蚣。这种复刻非人形体的罕见能力原本能让他成为宇航员、海洋勘探者,甚至公交司机。但小帕的偶人受不了无所事事,比他本人还浮躁。一个侦探偶人应该保持耐心和专注,比如说长时间监视,他的副本却没这个本事。他们有极高的智能和丰富的想象力,什么事都可以被他们当成借口,用来把枯坐蹲守变成激烈行动。

所以他会在三年前的晚上以本体去赴一个背信弃义之人的约会——我猜这就是小帕对谨慎这个词的定义。

所以我们别无选择,只好拖着他的真身一起坐上拉姆的小货车。小帕的轮椅滑上后车厢,那位陶偶人权领袖则坐上驾驶位。然后,拉姆邪恶地咧嘴一笑,把副驾驶座②让给了我——这是对加

---

①这里原文为"Orange you glad?"是美国人常开的玩笑,Orange you 连读和 Aren't you 接近,同时 Orange(橘红色)又是瑕疵品偶人的颜色(绿色)加上红色形成的颜色。

②原文直译为"猎枪位"。在人们还用马车旅行的时候,赶车人身边的位置就称为"猎枪位"。坐在这个位置上的乘客有义务举起猎枪保护赶车人的安全。

德里恩赤裸裸的挑衅。后者发出一声兆示不祥的低哼。我可不想招惹这两个本来就是勉强凑到一起的盟友，于是把位置让给了那位守旧派的代表，外加毕恭毕敬的一鞠躬。反正我也更想跟小帕坐到后面去，挤在车壁和那只破破烂烂的陶偶炉之间。

落座的时候，我发现炉子是温的。有人烘焙过偶人。我没有嗅觉，闻不出是谁的偶人。

车子发动，汇入车流。有感光功能的蜡钢车身感受着我目光每一毫秒的动向，自动把我注视的那一小块车体从不透明转为透明，并且不断移动这面小窗，保持与我视野的完美契合。车外的人只能看到四个不断抖动的模糊圆圈，像几个哆哆嗦嗦发癫症的小号聚光灯。外面的人几乎看不到车内，可对我们来说，这辆小货车跟玻璃一样透明。

拉姆收到了一条导航光束，后者感应到了车里的四位乘客，发现其中三个是真人，于是给了我们优先通行的权限，加快了我们的速度。我们朝北方的高科技园区前进，因为我预感那里会有麻烦。真可笑，拉姆和加德里恩居然相信一个瑕疵品偶人的直觉。就好像我知道自己在说什么似的。

就在我检查帕利身上那些医疗设备时，四号导管淌出了流质，诊断指示灯也闪个不停。这台设备已经被他服用兴奋剂的癖好折腾疯了。早先在废弃的停车场里，他还跟我们炫耀呢。

"就像过去那样，嗯？"他眨眨眼睛对我说，"你，克拉拉，还有我，一起对抗恶势力。智慧、美貌和肌肉都齐了。"

"嗯，这些都是形容克拉拉的。我们俩算什么呢？"

他咯咯笑着，舒展着肌肉发达的前臂，"噢，我的肌肉也不赖嘛。不过我主要负责增添色彩。真可悲，当今世界最欠缺的就是色彩。"

"喂，我不是绿色的吗？"

"是啊，你这身绿色多漂亮啊，冈比①。但我想说的不是这个。"

我知道他真正想说的是，在充满激情的20世纪和21世纪早期，我们的祖辈所拥有的那种多姿多彩。那时人们每天的生活都危机四伏，而当代人却鲜少用宝贵的真身去涉险。当你拥有许多次价格低廉的生命的时候，反倒体会不到什么激情了。

至于我？我只剩差不多十六个小时了，实在不够施展抱负或者作长期规划。也许连这件事都做不完。

我转身看向加德里恩，后者正专心看着膝盖上的"世界之眼"页面。"那个灰色偶人留下什么线索了吗？"我问。

大块头男人阴沉着脸，"我动员了全体同仁去广而告之。我们开出高价悬赏相关图片，但一无所获。自从那个灰色偶人在现代映像公司出现之后，没人再见过他。"

"这是当然。"我说，"只要艾伯特愿意，他就能彻底失踪。"

加德里恩涨红了脸，"那就跟你的真身联系，让他召回那个偶人！"

这位真人至上主义者脾气暴躁，我可不想惹怒他，"先生，我们早先就说过，那个灰色偶人正在自主行动。他不会跟艾伯特本人联系，那么做是违反合约的。如果欺骗那个灰色偶人的是几个老手，他们会想方设法把他蒙在鼓里。"

"我打赌他们对那个灰色偶人做的第一件事是关闭他身份标签的召回功能。"帕利说。我补充道："他们还会在艾伯特的家里放个电子嗅探器。虽然妮尔早晚会发现，但到那时它已经物尽其用了。所以我们也不能直接和莫里斯联系。如果被密谋者发现，他们就会逃走或者改变计划。"

加德里恩低声说："我还是想不通。他们的计划究竟是什么？"

"给我们抹黑，"拉姆的语气流露出他一贯的乐观，"包括你和

---

① 20世纪80年代美国动画中的角色，为一陶土制成的绿色小人。

我的组织。他们想让我们看起来像是懦夫。"

"我敢打赌幕后黑手是寰球陶土集团。"拉姆继续道,"如果他们能让全世界相信我们都是恐怖分子,也许能弄到法令,禁止我们的游行和示威活动。再也不会有反对他们不道德手段的组织来公开揭露真相或者发表不利他们的网络言论了。"

"你的意思是说,他们在演一出苦肉计,然后把责任推给我们?"

"怎么不是呢?如果这场闹剧引发了公众的同情,那就更好了。说不定能帮他们摆脱反垄断法法案,倒退到'管制大解除'的时代。"

小帕又咯咯地笑开了。

"有什么好笑的?"加德里恩吼道。

"噢,只是觉得你们的话听上去真是清白无辜。这是在为采访作准备吗?"

"你这是什么意思?"拉姆问。

"我的意思是,我打赌你们这些所谓的非暴力抗议者也有自己的小花招,一些见不得光的小伎俩,把你们对寰球陶土公司的反感变成具体行动。道德家其实并不讨厌违法行为,只要它符合自己的心意就行。"

加德里恩不悦地皱了皱眉。拉姆说:"这不是一回事。"

"是吗?那就算了。我对你们的理论不感兴趣。只要告诉我你们的具体行动做到了哪一步就行。"

"我不明白——"

"因为你们和他们的水准差得太多了,先生们!"我插话道。对一个谦逊的绿色偶人来说,这声音有点儿大。但我听懂了小帕的言外之意,而且觉得他说得很有道理。"一群专业人士正联起手来,实施一个酝酿已久的计划。幕后主使究竟是寰球陶土公司还是他们的竞争对手,这并不重要。重要的是,无论他们在接下来的几个钟头里打算做什么,你们都会背上黑锅。"

"但如果你们能坦白些,我们也许能帮你们一把。"帕利提议,"别告诉我你们从没有过打击寰球陶土的计划。你们所做的应该不只是设想吧。就没干过什么能被人当做把柄的,能让你们获罪的事?"

两人对我和小帕怒目相向,然后再斜眼看着对方。我几乎能感觉到他们彼此之间的猜疑。他们内心深处激烈斗争,正在努力寻找脱身之道。

加德里恩先开口,或许是因为他更习惯于忏悔。

"我们……在挖一条隧道。"

拉姆注视着他的对手良久,"真的? 噢,真让人想不到啊!"

他眨了几下眼睛,然后耸耸肩,露出苦笑,"我们也有一条。"

寰球陶土集团总部的三座穹顶熠熠生辉,下午的太阳仿佛将大楼西翼点燃了一般。我情不自禁地联想成三颗固定在繁忙蚁丘上的巨大珍珠——因为那片草地之下是一座比地表建筑更加庞大的地下工厂。但因为有那身绿色外衣,这座工厂看上去更像是一座大学校园,宁静友善,四面围绕着看似无害的树篱。

对现今的普通市民来说,这座工厂就像个传奇,甚至可以和盗来天火的普罗米修斯媲美。它是带来财宝的丰饶角,而不是麻烦的源头——只不过并非所有人都这么认为。在大门之外,重重林木的彼端有一块宿营地。几年前埃涅阿斯·高岭把公司总部搬到这儿的时候,这块营地也在公开异议法案的庇护下同时诞生。所有抱有不满的反对派和激进团体都在这里占据了一席之地——所以这儿才有这么多帐篷和加长货车——以方便举行示威活动。

和寰球陶土的战斗他们早就打输了,为什么能一直坚持到现在？因为廉价的偶人技术让示威也变简单了……可惜绝大多数激进示威者头脑太过"清醒"，意识不到其中的讽刺意味。

人造人也是人

最大的那面旗帜上如此写道。它属于拉姆领导的，那个疯狂崇尚宽容博爱的组织。较小的那些标牌代表各激进小团体，其主旨一条比一条古怪。我是说，仅仅因为我是个绿色偶人，所以只好对加德里恩恭恭敬敬，这我当然不乐意。可我是个瑕疵品，所以才会有这种异端想法吧。对其他人来说，生命不就是轮回吗？有时是蚂蚱，有时是蚂蚁。我朝生暮死的一生已经快到头了，可我还是搞不懂这些人到底想要个什么样的社会。

但这些千奇百怪的抗议来自一个曾经拯救过这个世界的伟大传统。这种忍耐与包容的态度并非没有道理：它是许多个世纪的痛苦经历造成的。无论这些抗议者是不是脑子有病，他们都是站在道德高地上的。

不远处，另一个标牌上闪耀着几个硕大的字，表达出一个更加直白的要求：

专利共享！

"开源运动"要求寰球陶土将全部技术与所有商业机密公开化，让每一个喜欢在车库里自己动手的人都能用上最新的偶人技术和各式各样的变体傀偏，以形成热热闹闹的百家争鸣的局面。设想这样一个时代吧：你可以把自己的灵魂驻波复刻进身边的一切，你的车，你的面包机，你房间的墙壁。嘿，为什么不呢？对这些狂热者——那些热心，学历过剩又闲得无聊的人来说——自我和他人之间的一切界限都是虚伪的。只要走出一小步,你就能从同时身在数地变成无时无刻无处不在。

这些科技先锋主义者避开了另一个宿营地,那里住着宗旨截然不同的一群人。后者觉得就算没有这堆每天新鲜出炉的临时消耗品——足够把人口总数增加一倍到两倍——地球上的人也已经太多了。他们穿着盖亚教会的绿色长袍,希望减少人口总量,而不是让其成倍增长。偶人虽不用吃喝拉撒,但还是会消耗其他资源。

小帕愉快地咕哝着,轻轻推了推我的手臂,指了指。

一个身影正缓步走到那座庞大的宿营地边上,抗议那些抗议者!

“自负是病,过自己的日子去吧!”举着这幅标语的偶人有双毛茸茸的长臂,还有颗胡狼似的脑袋。也许那个偶人的外表也有某种讽刺意义,不过我看不懂。

有些人——大多数人——实在是闲得蛋疼,我想。

几年以前,这里曾充斥着一群更有实干精神,也更愤怒的抗议者。工会对大规模失业极其愤怒,于是在全球范围内掀起了一场反机械化运动。暴乱频发,工厂焚毁,傀儡工人被处以私刑,政府的地位岌岌可危……可没过多久,大家的激情退潮了。这种科技能让人们同时去做所有想做的事,谁压制得住它?

小货车驶进营地时,我瞥见了最后一条标语。举标语的是个笑容欢快的大胡子男人,可所有人似乎都在躲着他,连目光都不敢对上。那行龙飞凤舞的笔迹正是我一两个小时前看到的。

你们都没找准重点

下一步正向我们走来……

加德里恩的组织驻扎在营地一端,与其他所有团体之间隔着一条敌视的鸿沟。他没有每天派廉价的偶人来营地,他的追随者是一群真人,每个都是。

我们停车时,十来个男男女女从大拖车上探出头,车上还有一群聒噪的小孩子。他们的衣着色彩鲜艳却很廉价,显然是用低保福利金买的。

我以前也见过苦修者,但从没见过这么多,所以我禁不住地盯着他们瞧。他们就是那种拒绝自我复制的人,一次也不会。我感觉就像看着另一个时代的物种,无情的命运迫使他们过着穷苦的生活。问题是,现在这些家伙是故意选择这种生活方式的!

看到从小货车上下来的拉姆,人群中传来一阵恫吓的嘟囔声。但加德里恩只简单地摇摇头,他们便安静下来。他还叫来两个强壮的年轻人,吩咐他们把后车厢的小帕抬下来。其他人抬出陶偶柜的时候,我们跟他走进最大的那辆拖车。

“我还是不太确定该不该给你们看这个。”他抱怨说,“这可花了几年的工夫呢。”

小帕忍住呵欠,“慢慢来,我们有的是时间作决定。”

讽刺有时很有杀伤力。我经常觉得好奇的是,我这个朋友为什么能一直活到现在。

“也可能已经太迟了。反正我们什么都不知道。”拉姆说。

“最可能的情况是,对方不会在天黑前行动。”我答道,“如果计划是引爆一颗炸弹,他们会想方设法让视觉效果最大化,同时将对真人的伤害减到最小。”

“为什么?”

“杀死真人会犯众怒,”小帕说,“针对私人财产的犯罪则不同。真要搞出重大伤亡,他们的阴谋一定会被揭穿,手下也会来个窝里反。不,他们会等到第二次换班,只有偶人在工作的时候,这样场面既壮观,又不会真的犯什么罪。”

"这意味着还有行动时间，"小帕推断道，"前提是你能坦白一点，别再磨磨蹭蹭的。"

加德里恩仍然显得有些不安，"为什么不先问问拉姆？他也挖了条通道。"

"那一条我会用上的。"小帕点点头，"但拉姆先生的通道对艾伯特先生来说太小了……我是说瑕疵品先生。你的通道肯定要大点儿，对吗，加德里恩？你挖的肯定是人类的规格。"

大块头保守派耸了耸肩，终于放弃了。

"我们手工挖掘，花了好些年。"

"你们是怎么规避震波侦测器的？"我问。

"利用活性涂层。音波或者震波只要撞到涂层的一侧就会传导到另一侧。我们在挖掘面上放了台四极研磨器，噪音传不了几米就会被抵消。"

"聪明。"我说，"你们挖到什么程度了？"

加德里恩把目光转向别处，避开我的视线。他用低得几乎听不到的声音咕哝道："我们……两年前就挖通了。"

帕利捧腹大笑，"噢，原来如此！带着满腔热情，像鼹鼠一样挖洞接近可恶的敌人。可最后却什么都没做！怎么了？失去勇气了？"

如果眼神能杀人的话……但用在小帕身上完全是浪费表情。

"在如何行动才适当这方面……我们没能达成一致。"

我发现自己有点同情他。参与某个模糊的或者遥远的，惩罚恶势力的计划是一回事；而真正着手实践，启迪世人，取得公众支持，同时又要保证自己珍贵的真身远离牢狱，这就是另一回事了。在与基因技术的漫长斗争过程中，盖亚解放运动的成员们早已学会了这件事。

"你们也遇上了同样的问题吗？"我问拉姆。

陶偶人权组织领袖摇摇头，"我们的地道路线比较曲折，所以刚刚才挖通。再说我们的目标也不同。我们的目标是解放奴隶们，而不是破坏他们的诞生场所。"

小帕耸耸肩，"难怪这件事到现在才发生，原来你们刚刚挖通。你们的手下要么走漏了风声，要么就是有间谍，要么就是你们的挖掘行动终究还是被仪器探测到了——总之就是人家发现了。他们要利用你们的地道，让你们背黑锅。昨晚的那个谜——派出假的莫里斯偶人去见你们——只是为了锦上添花罢了。"

我没告诉他们，我的创造者艾伯特似乎也被盯上了。

压抑的静默持续着，直到拉姆开口，"我糊涂了。你们两个不是想用我们的通道进入公司，寻找那个失踪的灰色偶人吗？"

"是的。"

"可如果我们的敌人已经知道了通道的事，那会不会有陷阱在等着你们？"

小帕乐观的笑容是我所知的最有感染力的笑，他能真的让人相信他知道自己在做什么。"相信我，"他说着，摊开双掌，"有我在就没问题。"

十分钟后，他的偶人露出同样泰然自若的神情，而我盯着地上那个狭窄的孔洞，寻思着我短暂的余生在这种地方能坚持多久。

"别着急，瑕疵品老兄，"迷你傀儡尖声尖气地说，把小帕那种无忧无虑的语气模仿得活灵活现，"我打头阵。你只要跟在我油光光的屁股后头就行。"

这个傀儡样子像只大号雪貂，有拉长的近似人类的头部。但最奇怪的部分是它闪闪发光的毛皮，以及皮毛下那些到处游走的突起——就像感染了寄生虫一样。

"要是真有陷阱怎么办？"

"噢,是有这个可能。"小型帕利答道,"交给我好了。我什么都能对付!"

这话可是小帕的偶人说出来的,而据我所知,他的偶人在回家时几乎从来没法保持完整的人形。真希望在场的是小帕本人,那样我就能最后大骂他一通了。可他带着他的陶偶炉去了陶偶解放者们的营地,准备制造更多的自己,好通过那条曲折又别致的通道。陶偶人权分子的设计十分精巧,看上去就像无辜的小动物挖出来的,只是正好碰巧通往那座庞大的工厂。我猜上帝总是眷顾那些半疯不疯的家伙,让他们能随时随地保持好心情。帕利能开心地造出一打或是更多的偶人神风特攻队,他们中的每一个都急不可耐地想参加这个自杀式任务——对他们和他本人来说,这都有趣得很。

如果我的身体是为某种更体面的目的而造出来的话,此时此刻,我也许会头也不回地离开,把这地方抛在脑后,而去探寻自己的人生。

"得了,小冈比,"这只伪劣雪貂露齿而笑,"别这么怕我。反正你已经趟进这摊浑水里了。你都这个颜色了,还想去哪儿?"

我低头看了看我的手臂,已经染色了——和我的其他部分一样——染成了一种众所周知的"寰球橘色"。这是那家公司的内部涂色,很早以前就是埃涅阿斯·高岭的专利。如果这场闹剧搞砸了,侵权只是个小问题,完全不值一提。

好吧,至少我不再是绿色偶人了。

"冲啊!"小帕的小型偶人高喊着,"凡人终有一死,没人能永远活着!"

带着这句让人愉快的格言,小帕的偶人扭动身子,钻进洞。

是啊,我在脑子里答道,没人能永远活着,但多活几个小时总是好的。

我检查了绑在我的手腕、手肘、臀部、膝盖以及脚趾上的滚轮，然后以跪姿滑了进去。尽管没有回头，可我还是能感觉到詹姆斯·加德里恩的硕大身躯绷得紧紧的，居高临下地俯瞰着我，注视着我。

接下来发生的事真真切切地感动了我。进入这个可怕的通道几米之后，我听到那个超级狂信徒说了几句祝福之类的话。

也许他本来不想让我听到的。可除非我听错了，加德里恩还真是祈求他的神明与我同在。

这是我短暂的一生中听过的最动人的话语之一。

19 | 假人烘焙屋①

| ……二号灰色偶人顶着臭气,使局势得到了缓解……

　　星期二的下午眼看就要过去,偌大的工厂正准备交接班。入口和出口挤满了两足动物,相貌不同,全都是真人。

　　在过去,工厂数以千计的工人会随着一声口哨迈开步子,一半人已被八小时、十小时甚至十二小时的工作累得身心疲惫,他们开始朝家的方向前进;另一半人则会慢吞吞地走到机器前接班,将汗水、技艺和无法延长的人生转化为社会财富。

　　如今的流程温和了许多。几百个真人雇员,大多穿着工作服,一路聊着天离开工厂,走向摩托车或自行车;与此同时,另一群数量更多、色彩也更加丰富的偶人则乘坐大型巴士抵达,成群结队地朝厂里走去。

　　某些接近生命限期的偶人也会在这时离开工厂,返回家中,上传这一天的记忆。但大多数偶人都会留下来继续工作,直到被倒进垃圾桶的那一刻。他们就像一支亮橘色的工蜂大军,专心致志、毫无怨言地劳作,只为另一个自己能够享受丰厚的报酬和认股权。这件事如果好好想想,肯定会觉得很怪异。难怪我从没在工

----

①原文为Fakery's Bakery,是作者的文字游戏。

厂工作过。我的性格不合适，实在太不合适了。

连傀儡专用的入口也粉刷成了赏心悦目的颜色，我排队签到时还能听到悦耳的背景音乐。脚底传来微弱的震颤。在下方某处，在这片绿草茵茵的坡地之下，巨大的机器正在搅拌预先充好能量的陶土，将寰球陶土拥有专利的纤维材料——已经经过调谐，会随着灵魂复杂至极的韵律而震颤——布入其中，再经过揉捏和浇铸，做成一个能够站立，走动，像真人那样说话的偶人。

比如我。

我是不是应该觉得回了家？我如今这副躯壳仅仅几天前才在这里制造出来，然后送进艾伯特的冷冻箱。如果今天这场侦察行动真的能让我进入工厂，我还能认出我的生身母亲吗？

哦，得了吧，艾伯特。

我就是我，无论是灰色还是棕色，无论是蚱蜢还是蚂蚁。区别只在于我的行为举止在多大程度上需要礼貌。

以及……可消耗性方面的区别。从某种意义上说，当偶人时我更自由些，因为我能冒险。

而且我即将冒险。寰球陶土的保安真像头牌估计的那么松懈吗？

我简直有点希望她的估计是错的。如果我被挡下来——哪怕警卫只是问了几个刁钻的问题——我就可以转身离开！向金妮和她的伙计们道个歉，把我已经到手的一半酬劳汇到家里给妮尔，再把我剩下的生命用在……什么地方？合同禁止我上传记忆，甚至包括再见到真身，我猜我会找些别的法子来打发时间。比如出演戏剧，或者站在街角给孩子们变些戏法。我已经有好些时候没这么干过了。

又或许我会去看看小帕，弄清他今早为什么那么兴奋。

好吧，我承认。到目前为止我都很失望。我短暂的人生已经注定了。我肩负着一项任务,一个目的,要帮助我的委托人弄清寰球陶土集团是否正在违反信息披露法。看起来是个值得为之付出的目标,报酬也颇为可观。

接近入口的时候,我发现自己竟然紧张起来,希望能蒙混过关。

我真的这么想吗?这两个钟头很有趣——匆匆穿过门里门外的人群,弯腰挤过狭小的空间,飞快地涂好染料换好衣服,消失又出现,骗过无处不在的摄像头。事实上,这是今天最精彩的一段时光。施展你的长处——还有什么能比这更让你觉得自己像个真人?

好吧,轮到我了。来吧。

入口门房里值班的那个大块头黄色傀偶一脸倦意,估计不是装出来的。我猜就算是调谐成警卫专用的偶人,他也会觉得无聊吧。另一种可能性是他受了贿赂。沃梅克和柯林斯从没对我提过细节,所以我才会不安……

一道光线扫过我额头上的身份标签。守卫瞥了我一眼,又看看屏幕。他的嘴巴抽搐着张开了一点儿,无声地说了几个字。他是对喉咙里内嵌的次声波拾音器说的,我听不见。

门房的一个开口处吐出两样东西:一枚小小的访客徽章和一张纸。后者是一张标有绿色箭头的地图,指明我该去的地方。箭头很显眼,指向主管人员的套间,几小时前艾伯特·莫里斯的另一个复制人预约要去那儿。那个"我"人间蒸发了,但这与我无关。我关心的是另一件事。

我本能地低声谢过守卫——这种礼貌完全是不必要的,还会同时泄露我的教养和年龄——然后向着通向地下的电动扶梯走去。

如果寰球陶土集团的主机搞混了我们俩,把我误认为完全不

205

同的另一个我,这当然不能算我的过错。

通常,任务执行到这个阶段的时候,我都会尽力汇报。找一个公用电话插口——我注意到大厅那边就有一台——然后将我从早上起几乎一刻不停地录制的报告加密后发送出去,让妮尔知道我在哪儿,让艾伯特知道我做了哪些事情。

但合同禁止了这种行为。金妮·沃梅克甚至不希望我联系她,她不希望留下任何能追溯到现代映像公司和她那些奇怪朋友的线索。这导致的结果之一就是,我急于吐露内置录音机的内容而不可得,仿佛渴望坦白的忏悔者一般。

这次古怪任务有许多令人不舒服的特点,这只是其中之一。我乘上下行扶梯,进入闪烁穹顶遮蔽下的那座庞大蚁丘。该为下一阶段的任务烦恼了:寻找那位埃涅阿斯·高岭阁下非法隐匿重要技术成就的线索。

好吧,就算头牌和奎恩·艾琳的怀疑没错,寰球陶土集团解决了某个本时代困扰我们的难题,比如"如何在一米以外传输人类自我意识的灵魂驻波",这儿会有我这种门外汉也能发现的线索和征兆吗?比如在一个大房间里两头对峙的两根巨型天线?或者像树干那么粗的超传导太赫①级电缆,连接着人类本体和远处准备复刻的陶土块?又或许寰球陶土的首脑们已经将某项超级技术付诸实施了?还是他们已经把自己的替身弄得整个星球都是了?

沃梅克、艾琳和柯林斯猜想中的其他突破是什么?延长偶人生命?从偶人到偶人的复刻?这些只是现代的幻想故事罢了,但如果它们即将成真呢?

我的雇主想让我去寻找证据,但我的另一项职责也同样重要——不能违法。无论我在这儿四处晃悠时看到了什么,都该归因

---

①频率单位,等于百亿赫。

于寰球蹩脚的保安系统,我才不会为金妮和她的朋友们溜门撬锁呢。

否则,我会被吊销执照的。

该死。我整个下午都莫名地心烦意乱,就像身上发痒却挠不着。一般来说我遵从自己的直觉,但这项工作太过超乎常理:保密协议;禁止上传记忆;加上雇主又是那个头牌,尽管我早就发誓再也不给她干活了;还有"彩虹之家"的那段暴力插曲;现在又在刺探一家大公司,尽管前提是不违反法律,却仍旧让人提心吊胆。这些事中的任何一件都不怎么令人放心。

但奇怪的是,我毫不费力就驱走了所有不安。因为所有这些麻烦都在我意料之中,真正可怕的是介于已知和未知之间,闪烁不定的那些东西……

该下扶梯了。首先是地下。像大学校门一样亲切的入口用发光字母写着:研究区域。远处是另一个简陋的保安门房,我看见一群高档的灰色和黑色偶人——甚至还有几个拥有高等感官的纯白色偶人——正忙得团团转,而且看起来乐在其中。科学家和技术员一般都很热爱复制技术,它能让他们夜以继日地进行实验,就好像创造出一整个军团的自己,去抢掠大自然的仓库,夺走每一粒数据食粮,而你的本体大脑却休息充分,有精力运筹帷幄。

艾琳也说过,通过这里的保安审查应该不难。尤希尔·马哈拉尔是研究负责人,艾伯特的一个灰色偶人被雇来调查那个可怜人的死亡,所以那些家伙知道会有人来访。见鬼,就算他们把我赶走,我也可以在入口那里打量一番——

我这是在干什么?

见鬼,我没下扶梯!

我还在继续前进,任由自动扶梯带着我经过入口,把地下一层抛到身后,去往更深处!

我的计划不是这样……

但这么做也有道理，不是吗？我猜我知道是哪种无意识冲动让我没下扶梯的。研究部的后门应该会通到更深处的洞穴，以便进行大规模实验。科学家向来厌恶保安系统，因此后门比起正面应该不那么正规，也不那么警备森严。事实上，我敢打赌那儿根本就没有保安岗亭。还有，如果我在穿行工厂的途中"迷了路"，我的掩饰还能更可信些。

听上去不错。但这能解释我的腿刚才为什么彻底僵住，从而妨碍了我下扶梯吗？该死。如果灵魂复制没有把潜意识也一股脑儿复制过来的话，偶人技术准会比现在更方便，也更合理。

就在我琢磨这个问题时，扶梯带着我又经过了好几层。那个贴着"测试"字样的宽敞入口让我瞥见了地狱般的景象：鳞次栉比的实验室，新生的傀儡就在这里忍受痛苦的折磨，仿佛一个个虽然破旧却拥有意识的塑胶人体模型，对自己所受的伤害和轻慢全都心知肚明。但你无法把这些刻意而为的伤害称之为恶行。如今这个时代，无论你想做什么，都很容易找到志愿者。

是啊，多样化嘛，林子大了什么鸟儿都有。

我继续站在扶梯上，发现自己正揉着身侧。在"彩虹之家"的打斗给我留下了一条长长的疤痕。我不觉得疼，却老想揉揉它。这算不算陶偶潜意识？

艾伯特买的灰色偶人都经过精密调谐，能够在四处转悠的同时集中精力，随时随地记录，分析。此外，所有灰色偶人都会分担艾伯特那些稀奇古怪的潜意识，我分到的那部分会心慌意乱，然后设想种种不妙的前景，然后更加心慌意乱。回头想想，竟然会有人在艾琳的俱乐部找我麻烦，实在是怪事……碰巧还跟星期一的绿家伙——在他前去河底观光以前——在剧院广场撞见的是同一个人。

奎恩·艾琳也很奇怪。她想见我，她又有那么多闲置的分身，却让我独自等在那间暴力俱乐部，任由麻烦找上了我。

或许这正是她的计划？

我已经下到了工业区的第一层。巨大的不锈钢罐子散落在我身边，绵延直至远处，仿佛一群身体魁梧、闪闪发光的巨人。

空气中充斥着刺鼻的味道，那是浸透了缩氨酸的陶土气息。陶土只有一小部分来自新材料，其余的都是再生材料，每天通过那根超大号泥浆管道从整个城市的回收点送来。那些泥浆几个小时前还是独立的人形生物，能说会走，有未竟的抱负和诸多自身独有的愿望。现在他们的身体物质齐聚在此，在这些罐子里融合为一……这是最彻底的平等，最彻底的交融。

亮闪闪的粉末撒进翻涌的混合物，在复制体的细胞内部植入纳米融合点，也为这蜉蝣般的生命注入能量。与此同时，搅拌开始了。我四肢发抖，情不自禁地想象：熵值稳步注入我的细胞，然后飞快地消耗，直至耗尽它们从陶土槽中汲取的生命活力。

几个小时以后，这种消耗就将导致一种阵痛，一股回归的迫切渴望，就像成熟的大马哈鱼。在躯体加入那道永无休止的回收洪流以前上传记忆——这是偶人仅有的延续生命的机会。

但这次不会有上传，也不会有延续，我没有这种机会。

地板在我身侧掠过，我来到了更大也更吵的下一层。我先前看到的那些罐子——现在在我头顶上了——正把满是泡沫的液体注入嘶嘶作响，不断翻涌的巨大机械。遥控牵引机沿着天花板上的轨道转动巨大的线轴，送出大量的精细丝线，它们光辉绚烂，肉眼无法直视——那是灵魂素材的衍射光谱。或许这是科学所能创造的最接近灵魂的物质。

网丝和调制过的黏土在巨大的旋转压制器下融合，揉捏成糊状的一团，再挤出多余的流质，然后，又一团苍白的人形躯体就会出现在传送带上。传送过程中还会进行预染工序和功能内置。有些陶坯会按照客户的要求特别制作;另一些基础款式的陶坯有政府补贴,便宜得连穷人也用得起,却可以让他们的生活比祖辈所能想象的丰富得多。在整个地球上,还有类似的工厂将这些短命的躯体送到数十亿家庭的冷冻箱、复刻器和陶偶炉中,从而支撑起世界上半数人口的生活。

人人拥有之时,奇迹也就变得平凡了。

看着这条以每分钟上百具的速度出产空白偶人的庞大生产线,我忽然觉得荒谬极了。

艾琳和金妮要我在寰球陶土集团寻找不为人知的高新工业技术,但那不可能是她们派我来这儿的真正理由!

想想吧,艾伯特,寰球有竞争对手。泰特拉格兰有限公司、也门的麦吉拉-埃希玛兹公司、法布里克·柴姆公司,都拥有埃涅阿斯·高岭的专利产品使用权,直到协议过期为止。它们难道不比头牌和她那些朋友更关心秘而不宣的创新技术吗?它们的财力充足得多,所以能找到各种各样的方法……比如用高层职位吸引寰球的雇员。像柯林斯说的那种惊天动地的技术突破,寰球陶土集团怎么可能藏得住?

是啊,隐秘是滋生邪恶的温床。这也是驱策着艾伯特奋斗不已的动机。揭发恶行,寻求真相,没错。但我现在做的是这个吗?见鬼,在今天,内部举报法鼓励人们揭发阴谋,它能让人得到高额现金和巨大的声望。有它诱惑着你的手下,你还想策划什么真正的大阴谋?不,那么大的案子依然数不胜数,让艾伯特不至于失业。但真有人能像我的雇主所描述的那样,隐藏什么惊天大秘密吗?

真会有人花那份气力吗?

突然间,我明白他们为什么要说什么"不为人知的技术突破"

了。他们是想勾起我的自负！惊人的新技术，会让我觉得这是一项对我智力的挑战——全都是手段，目的是分散我的注意力。这个布局很花了一番心思，连他们可憎的言谈举止都是为这个目的服务的手段。种种恼人的小插曲联合起来，都是为了让我把挥之不去的不安归结为兴奋、紧张和个人好恶。

地板再次掠过我身旁，又一片厂区映入眼帘。粗看之下，它很像先前那条庞大的流水线，但各道工序明显精细得多。蓝色的警察陶坯软绵绵地落在传送带上，它们的利爪和扩音喇叭都已预装完毕。另一群特大号偶人也伴随着泡沫翻涌声蓦然现身，它们肌肉发达，皮肤坚如装甲，全身染成军用迷彩色，让我想起了正在远方荒漠参战的克拉拉。

我必须压下这种渴望。她跟你再也没关系了，小偶人。专心处理你自己的问题吧，比如找出头牌和她那些朋友雇你的目的。

显然不是为了进入寰球陶土集团，因为这个任务简单得如同让人打哈欠。（艾伯特真该好好劝劝埃涅阿斯·高岭，让他把这儿的保安系统来个更新换代！）沃梅克跟她的同伙根本用不着出三倍的价钱雇我这样的人跑到这儿瞎转悠。柯林斯和艾琳随便派谁都行，他们也完全可以自己出马！

不。在到达大门之前，我已经完成了最困难的部分：躲避厂外所有的公共监视器，变装十几次，巧妙掩盖我来时的踪迹，让任何人都没法借此找到我的雇主——这才是他们雇用我的目的所在。

或许，他们想做的是别的事，比他们让我做的重要得多。

我看了一眼最近的墙壁，发现了一个摄像头。是"吸收器"型，最廉价的那种。它每几秒快速扫描一次，把影像传输到自己的记忆体，直到储满为止。这东西每个月都得更换一次，我到这儿以前起码看到过几百个了。它们读取过我在入口留下的身份信息，也就是说，我这一路上都留下了记录。如果谁有闲心检查一下，他就会知道艾伯特·莫里斯的一个灰色偶人曾在厂子里四处闲逛。但只要我的行为合法,寰球陶土就没法抱怨什么。迄今为止,我所做的只不过是"迷了路",然后四下看了看。

但如果我做了些坏事会怎样呢?哪怕并不是有意的……

该死!这是什么?

一只小虫子——好像某种蚊虫——在我面前拍打着翅膀。它躲开了我的掌掴,直冲向我的脸。我这会儿不能让别的东西分散注意力,所以我加速爆发能量,在空中抓住了它,捏碎在掌心里。

我刚才想到哪儿了?我想知道金妮和其他人会不会有什么秘密计划,比如希望我在寰球陶土集团的时候做些别的什么事。扶梯带着我又下了一层,机器的轰鸣更加响亮。又一次,我揉起了腰间的伤痕……我蓦地想到,腰侧的肿胀也许不仅仅是因为伤疤。

没准儿彩虹之家的那个恶棍攻击我就是为这个?或许那不是巧合,全都是安排好的,为的是让我在接受"修复"时出现一段空白期,而事实上——

又一只该死的虫子在我面前鼓翼,紧接着不要命似的朝我的面孔俯冲而来!

又一次能量爆发,它随即在我手掌中化为齑粉。我不能让这些害虫分我的心。我需要验证这些疯狂的猜测。

我跳下扶梯,在承载着各类工业偶人的传送带旁慢跑着。体形细长的擦窗工,四肢极长的摘果工,皮肤光滑的水中农夫,体格粗壮的助手,全都是为那些由于灵活性或费用方面的原因不适合大规模机械化的工作定制的。欠缺了驱使身体的人类灵魂,它们就像洋娃娃那样了无生气。也许我要找的东西就在前方不远处,在那里,这些特别定制的空白偶人会被裹入蚕茧一般的陶胶质外壳,以便装运。

找到了!寰球的一个橘色工人站在运送装置旁,看着一个满是闪光标记的可视面板。质量控制,他宽阔的后背上印着这样的字样。我大步向他走去,露出友好的微笑,同时拍死又一只恼人的蚊虫。

"你好啊!"

"有什么可以帮忙的吗,先生?"他困惑地问。很少有戴着寰球徽章的灰色偶人下到这儿来。

"恐怕我迷路了。这儿是研究部门吗?"

他笑出了声,"老兄,你确实迷路了! 只需沿着来路回去就——"

"你瞧,你这儿有台一流的诊断终端,"我假装漫不经心地打断他,"能借我稍微用一下吗?"

技术员的困惑变成了警惕,"这是工作用的。"

"拜托。除了电力又不费别的什么。"

他人造的眉毛微微蹙起,"我需要用它来随时检测瑕疵品。"

"多久才有一个?"我挥手赶走一只顽固的飞虫,发现它们完全没去打扰那个橘色的家伙。

"也许每小时一个,但——"

"只要一分钟就好,拜托了。到了楼上,我会为你说几句好话。"

这话的意思:我是贵宾级来客,礼貌待我,我会给你的表现档案加分。撒这种谎真有些可耻。

"好吧……"他下了决心,"用过8型检测器吗? 我来操作比较好,你就站在那儿。你想查什么?"

我走到那面荧光屏边,掀起束腰外衣,露出那道长长的伤痕。他瞪大了眼睛。

"噢,好家伙。"技术员的表情变成了好奇,开始准备扫描。就在这时,又有两只该死的虫子转移了我的注意力。

真该死,为什么它们总在骚扰我?

它们的动作异乎寻常地协调,在同一瞬间俯冲而来,同时扑向我的双眼。我用右手挡住了一只,另一只却虚晃一招,突然转向,迅速飞向我的耳朵!

该死,好疼!它钻进去了!

"稍等几秒钟,"橘色家伙拨弄着键盘,"我已经习惯检查有瑕疵的空白偶人了。我得先对付你的灵魂场的干扰。"

我用力拍向耳朵……但耳中突然炸响的声音阻止了我,它隆隆轰鸣,仿佛苏醒的神灵。

"嘿,艾伯特,镇定点儿。是我,小帕。"

"小……小帕?"

我震惊地垂下手。如果我说出声来,那只虫子能听到吗?"可这是——"

"你惹上大麻烦了,偶人伙计,但我已经知道了你的方位。我正带着你的一个绿色伙伴往那边去。我们会帮你解决问题的。"

"什么问题?"我问,"你知道这是怎么回事吗?"

"我长话短说。总之,你什么也别做!"

技术员抬头看了我一眼。

"你刚才说了什么吗?我快准备好了。"

"我正准备来个诊断扫描,"我对自己耳朵里的窃听器说话,"就在这儿,和装配——"

"别那么做!"小帕大吼,"只要你作安全扫描,他们埋在你体内的东西就有可能爆炸。"

"可我已经做过一次扫描了,就在主入口处那里——"

"那也许第二次扫描才是启动信号。"

突然间明白了,一切都说得通了。如果金妮和艾琳真在我身体里植入了什么致命装置,延时引爆能让破坏最大化。无论是在我体内装入计时器，还是设定为在我通过第二道扫描的时候引爆……比方说在上面几层，进入研究区域的时候。我几分钟前差点就这么干了。

"停！"我大喊出声——就在那技术员拉下开关的一刹那。

……一切……发生得好快……

……能量爆发……加快行动速度……高速流逝的生命换来的是迅速思考的机会。

我猛地躲向一旁，想避开扫描光束，却已经太迟了。我感受到了扫描的刺痛，腰间的肿胀起了反应。我随时可能爆炸。

"嘿，你说得对！"那个技师说，"那里面确实有些什么，可——你要去哪儿？"

我已经拔足飞奔，尽管不知该跑向何处。

它不是一颗简单的炸弹，否则我已经变成燃烧着的无数碎片了。但我身体里确实有某种东西在搅动，我一点也不喜欢这种感觉。

小帕的虫子在我耳朵里翻腾。

"去装运码头！"它喊道，"我们在那儿碰面！"

在包装空白偶人的大型机器的前方，我瞥见卡车前灯的光芒穿过渐暗的夜色。我在脑中勾勒着仿佛蚁丘般的寰球总部，心想：也许我只要到外面去，就能挫败头牌的计划？如果爆炸发生在厂外，破坏力会小得多。

但它并不是炸弹。我感到身体热得发烫。扫描引发了复杂的化学反应。那块肌体组织也许正按照程序生产转基因纳米寄生虫或者破坏型朊病毒。

小帕在我的耳朵里大喊让我左转，我照做了。

我能感觉到墙壁上的摄像头，它们懒懒地通过镜头记录着。

没时间停下来喊冤了，比如"我什么都不知道"之类的，只有实际行动才能替艾伯特·莫里斯辩白。为了不让他锒铛入狱，我调动起所有能量，高速爆发。

前方就是装运码头。裹着胶囊的空白偶人嗖的一声滑进真空管，送向远方的客户。巨大的铲车傀儡发出声声轰鸣，把较大的偶人装上卡车。

"这边！"

呼喊声在我的耳中和整个装运码头回荡。我看到了另一个版本的自己，他染着寰球的橘色，肩头坐着只雪貂似的生物。两个偶人都受了伤。不久前发生过搏斗，他们身上还冒着烟。

"见到你太好了！"四条腿的迷你小帕大喊，"我们是一路打进来的，冲过几个该死的——嘿！"

没时间停下来交流信息了。我跑了过去，飞快地瞥了眼另一个我，认出他是今早的那个绿色偶人。看样子"我"找到了比洗马桶更值得做的事。运气不错，绿家伙。

内脏的翻涌程度已接近巅峰，我粗糙的偶人器官开始了狂乱的化学反应。某种可怕之物就要爆发了。我需要找个够大的东西，把爆炸关在里面。

跳进包装机？不，胶囊顶不住。

于是我选择了附近的那个铲车傀儡，它消耗着大量汽油，喷出阵阵尾烟，将硕大的货箱装上卡车。它恐龙似的脑袋转动着，模仿着复刻它的那个人。

"我能为你做点儿什么？"低沉的声音响起，直到我钻进它的腿下，"嘿，伙计，你在——"

在那条尾巴下面，恶心的排气口正喷出富含辛烷的浓烟，仿佛那具努力工作的陶土身躯肠胃气胀，一阵阵大放臭屁。我压下厌恶，双臂插进那具人造肌体的开口，强迫括约肌分开，以便……

……以便爬进去。

铲车傀儡低吼起来。我很同情他，但依旧紧抓不放，任由他又跳又晃，企图把我从那个我从未见过的最可憎的地方甩出去。

我是说，据我所知，这是最可憎的地方。艾伯特的另一些偶人也许遭遇过更不堪的境况，比如那些再也回不去的偶人……但我对此持怀疑态度。

我向更深处蠕动，但愿我内置的记录器能保存下来。也许这样的牺牲能让艾伯特免受罪责。他最好别接收这些记忆，否则准会惨遭永久性精神创伤。

可怜的铲车傀儡翻滚着，一波波恶臭气体企图把我喷出去。但我用力抓住身边的东西，强撑着。伴随着剧痛，扭动的幅度到达了顶峰，我的右脚也应声脱落！

我没法责怪他，但这只会让我钻向更深处，同时屏住呼吸与恶臭对抗。我用上了最后的紧急能量，钻进令人作呕的泄殖腔，努力爬向它的中央。

与此同时，我的身体正从内部逐渐消融。腹部埋藏的烈性物质即将引爆，我即将成为某种可怕的化学反应的原料。

够深了吗？这个巨大的陶土身躯能挡住那鬼玩意儿的爆炸吗？

唉，瞧我这一天过得……

20 | 太多的真相

……艾伯特本人明白,他再也回不了家了……

郊外。

天哪,这儿真够荒凉的。

离开丽图·马哈拉尔的家以后,我们沿着东边那条出城的高架路前进了半个钟头,随后便被导航光束抓住了。它接管了沃尔沃,控制着引擎,带我们转上一条"最有效率"的路线,在拥挤的车流中缓慢行进。自行车手们从我们身边飞速掠过。他们拥有更高的优先权,因为墨守成规的电脑更青睐真人的肌肉,而非汽车里的区区偶人。

道路远方、下方,郊区的房屋不时掠过,建筑风格五花八门,各不相同——从姜饼城堡到20世纪的恶俗样式。风格的多样化有助于转移人们的注意力,而不去关注持续两个世代,居高不下的失业率。当地人和他们的偶人苦力把精力都投入到这种事上了,发疯似的建造这些大得过分的"展品",其主题往往涉及民族特色——这座村镇颇以那些许久以前迁徙来此,加入这锅文化杂烩汤的移民为荣。

有些人会将这条"十号天路"绵延百余公里的带状碳质高架路

比做《这世界真小》①的简化版本。全球化永远不会终结人类的文化差异,但它把种族特色变成了一种嗜好。在只有才华出众者才能找到像样工作的当今,它成了另一种体现自身价值的方法。嘿,人人都知道这是没事找事,但至少它比其他选择强,比如百无聊赖,比如贫困,再比如真人之间的战争。

当最终穿过城市周围的绿地,投入自然,置身于干燥而又真实的乡村空气里时,我感到一阵轻松。丽图的灰色偶人一路上寡言少语,她复刻时的心情一定不好。这也难怪,她父亲还尸骨未寒呢。而且说到底,这趟旅行不是她提出来的。

为寻找话题,我向她打听埃涅阿斯·高岭阁下的事。

二十六年前,丽图的父亲加入寰球陶土集团。那个时候,她就认识这位商业巨头了。当时她还是个小孩子,却经常见到那位大人物,直到埃涅阿斯开始隐居为止。他是第一个不再以真身示人的上流人士,连他的好友也有十年没见过他本人了。不过大多数人都不介意。这有什么关系呢?那位大人物仍然遵守承诺,出席社交聚会,甚至会打打高尔夫。他那些白金偶人精致得就像真人一样。

丽图肯定也通过她在寰球的关系得到了高质量的空白偶人。尽管光线昏暗,我还是能看出她的灰色偶人极其逼真,皮肤纹理也十分细致。哦,这也是我的要求,请她派来最好的假人以协助我的调查。

"我不确定你说的照片是哪张。"我询问她父亲家里丢失的照片时(就是高岭的偶人从墙上偷走的那几张),她答道。丽图耸耸肩,"你明白的。有些东西太熟悉了,反而难以察觉。"

"但我还是想麻烦你回想一下。"

---

①迪斯尼乐园中的展区之一。游客乘坐游艇观光,途中会有超过300个声控人偶身穿世界各国儿童的服饰进行表演。

她合上眼皮，盖住她那双蔚蓝的偶人眸子。"我想……那儿应该有一张埃涅阿斯年轻时和家人的合影。还有一张拍的是他和我父亲站在他们的第一个非人型陶坯前的情景……就是那种长臂的摘果偶人，如果我没记错的话。"丽图摇摇头，"抱歉。我的真身也许知道得多些。你可以让你的本体去问她。"

"也许吧。"我点点头。没必要承认坐在她旁边的就是艾伯特·莫里斯的原身。"你能不能告诉我，高岭和你父亲近来相处得怎样，特别是尤希尔失踪前那段时间？"

"相处得怎样？他们一向是最融洽的朋友跟合伙人。埃涅阿斯很纵容我父亲，不计较他特立独行的举止和时不时的消失，还特许他不用像其他员工那样每年做两次测谎。"

"每年两次？肯定很烦人吧。"

丽图耸耸肩，"这是现代效忠制度的一部分。通常只会问：'你有没有藏着什么可能危害公司的大秘密？'这是基本的安全措施，不会闹得人心惶惶。再说大家都要做，公司所有阶层的员工一视同仁。"

"所有阶层？"

"好吧，"丽图的灰色偶人答得有些踌躇，"我不记得有人坚持让埃涅阿斯本人来做测谎。"

"不敢？"

"是礼貌！他是个好雇主。如果埃涅阿斯不想亲身与其他人会晤，寰球这个大家庭里，谁会逼着他拿出理由来呢？"

是啊，谁会这么做？我沉思着。没有谁……除非是某个好奇心太过旺盛的家伙。比如我就是这种性格，跟我的职业正相称。像我这样的家伙根本不适合这个新世界的效忠誓言，也没办法进入所谓的"公司大家庭"。

在那之后，我们陷入了沉默，但我不在乎。我很需要一个关机的借口……也就是装作进入休眠状态。轿车会自动驶往她父亲的小屋所在的台地。在这几个小时内，我的有机身体可以好好睡一觉。

幸运的是，丽图自己给我提供了理由，"我打算让这具偶人在坐车的时候做些网上调查。你介意吗？"

她膝上放着一台"方披巾"移动工作站，看样子显然非常高档，配有一块不透明的头巾，可以盖住头部、双肩和双臂。

"请吧。"我说，"除了方披巾的功能以外，你还需要私密屏蔽吗？"

她点点头，报以一个和我初遇时同样迷人的微笑，"希望你不会介意。"

有些人觉得对偶人讲礼貌根本是浪费时间，我向来不理解这种人。当我是陶偶的时候——或者假装陶偶的时候——他人的礼貌总是让我心存感激。另外，她的要求正好合我的心意。

"不介意。我会把屏蔽罩设置为持续六小时。到时候我们应该离小屋不远了，天也该亮了。"

"谢谢你……艾伯特。"她的笑容更加明艳动人，我脸红了。我不想让她察觉我的窘态，所以没有过多客套，只是友好地点点头，然后按下我们座位中间的私密屏蔽按钮，放下头顶的纳米纤维板，拉起一片黑色的帘幕。它迅速固化为真正的屏障，将车内的两名乘客分隔开来。我盯着它看了一会儿，一时间忘记了自己不顾后果亲自踏上旅程的真正原因。然后，我想起来了。

克拉拉。噢，没错。

我从手提箱里拿出一只颈枕垫在脑后。有了它，我就能睡上几个小时的安稳觉了。

这是最理想的情形，偶人丽图永远不会知道我在睡觉。

突如其来的呼叫把我从梦中生生拽了出来。那是一场货真价实的噩梦：我看到一支黑色躯体组成的大军，正在月球表面奋力行进——那儿太过荒凉，无法支撑任何生命的存在。而我就像一棵将死的树，植根在那里。金属身影从四面八方逼近，挥舞着鲜血淋漓的利爪，我却无法移动分毫。

我的一部分身体因恐惧而瑟缩，沉浸在幻象中，另一部分自我却保持着超然旁观的态度（做梦时经常发生这种情形）。这部分自我依稀认出了这个场景，这出自我七岁时看过的某部吓得我目瞪口呆的科幻全息影片。我和姐姐年纪还小的时候，她对我做过几件残酷的事，其中之一就是在某天半夜，完全不理会"青少年不宜"的警告标签，把这部可怕的片子放给我看。

我醒了过来。REM睡眠①突然中断让我一时有点分不清东南西北。我不清楚自己是谁，又为何来此。

"怎——？"我坐起身，心脏狂跳，颈枕也掉了下去。

我的目光扫向左方，看到月光下的荒漠景色从车旁掠过，而沃尔沃在一条两车道的公路上缓缓巡行，周围不见其他车辆的影子。浑身是刺的约书亚树投下怪诞的阴影，铺设在这片干燥的土地上。这里是响尾蛇、蝎子，或许再加上几只善于忍耐的乌龟的领地。在我右侧，私密屏蔽罩好端端的，阻隔着光线与声音。运气不错，它没让丽图看到我不够体面，完全不像偶人的苏醒。

"噢？你醒了？"

那个低沉的声音从车子的控制面板上传来。一个面孔长得像我，但全身乌黑光亮的小矮人盯着我看，表情近乎于轻蔑。

"呃，醒了。"我揉揉眼睛，"几点了？"

"二十三点四十六分。"

---

①即快速眼动睡眠，其间能记录到快速眼动。REM期几乎完全被生动的梦境所占据，并伴有脉搏、呼吸、肌张力和脑血流等方面的生理变化。

才不过三个半小时就弄醒了我。这事最好很重要。

"出什么事了?"我用发干的嗓子嘶声问。

"紧急事件。"

在黑色复制人身后,我看到了家里的工作室。所有的显示屏都亮着,有几个转到了新闻频道。

"在寰球陶土集团发生了一起意外,看起来像是工业破坏。有人引爆了一颗朊病毒催化炸弹。"

"一颗……什么?"

"由一大批有机复制器所组成的炸弹,其作用是传播及散布该病毒,能够摧毁周围所有的合成灵魂网丝。"

我吃惊地眨眨眼睛,活像个白痴。

"为什么有人会——"

"目前最关键的不是原因,"我的黑色偶人一如既往地尖声打断我的话,"看情形,当时我们有两个复制体正在寰球总部。我破解了一份警方的加密通讯,发现他俩被描述为'形迹可疑'。警方眼下正在安排授权手续,准备过来查没我们的资料。"

真让人难以置信。

"有两个? 两个我们的偶人?"

"再加上几个小帕的。"

"小……小帕? 可是……我甚至没跟他说过……肯定是出什么差错了。"

"或许吧,但我有种不好的预感。无论出于逻辑分析还是直觉,我都觉得我们被算计了。我建议你放下手边的事,马上回家。"

惊骇又困惑的我只能答应下来。这比尤希尔·马哈拉尔的旧屋重要多了,我此行的另一个目的就更不必提了。

"我这就掉头,"我把手伸向控制面板,"我会以最快速度到家,大约——"

那黑玉偶人突然抬起一只富有光泽的手，示意我住口。

"我收到了'城市警卫'的消息——是实时警报。有未经授权的爆破物质，在东方五公里处……"

一阵骇人的停顿，然后——

"有枚导弹发射了，频谱与'复仇六号'型吻合。他们正在追踪……"

那双黑色的眸子和我相对。

"它的目标是这里，预计十秒后到达。"

我连话都说不连贯了："但……但是……"

乌木色的手指极其镇定地在键盘上飞舞，"我会把所有资料放到十二号外部存储区去。你专心保住自己的性命就好，然后再来查清是谁干的，把那杂种——"

突然间，我的黑色镜像就像一面早已满是裂璺的镜子那样，碎成几百万块闪烁的破片，在我面前飞舞盘旋。然后，它们接二连三地闪烁着消失，只剩下稍稍翕动的空气。

沃尔沃以硅制材料特有的沉闷语气说起话来。

"你曾要求告知所有发生在你住处周边区域并达到优先等级5的新闻事件。我收到了一条紧急等级9的最新消息，发生在你的街区，并以你的住址为中心。"

我多羡慕我的祖先们啊，在那个科技的蒙昧时代，消息来得极慢，还得经由新闻记者或者官僚才能传播，他们有时能把得知坏消息的时间延后几个小时甚至几天。说真的，我不想看到那一幕。我很不情愿地吐出那几个字："给我看看。"

一连串全息影像骤然出现，播放着半打公共摄像机和飘浮式私人摄像机拍下的即时新闻。它们就像秃鹫那样，追踪着每一起非常事件，再把这些猎物卖给网络。眼下最吸引人的新奇事件是一场大火。一栋屋子——我的屋子——正熊熊燃烧，高热让火焰变成了漏斗状,舔舐着因疏忽而飞得太近的摄像机。

　　震惊的我下意识地忙碌起来,花最高价买下那些晃得厉害的复合影像,最后从黑暗和火焰中找到了一个清晰的画面。

　　"见鬼,"我低声道,我恨透了这件事的罪魁祸首,"他们连我的花园也烧了。"

　　我关掉车子的自动导航系统,掉头向城里开去。如果只超速三十公里,应该可以用"公共需要"的借口免缴罚金。你知道,我得赶回去帮助当局清理烂摊子。这种忠诚之举应该能让别人认真聆听我的辩白。

　　可是,辩白什么? 我还是不太清楚在寰球陶土集团发生了什么。

　　两个我的复制人……还有几个帕利的。究竟是哪些? 应该包括在高岭的宅邸里失踪的那个,还有接受了非公开委托后和我切断联络的那个灰色偶人,对吗? 无论那份工作的内容是什么,他的进展显然很不顺利。

　　消息是从寰球总部泄露出来的。有颗朊病毒炸弹爆炸了,初步报道的情况还算乐观。公司员工都在议论这超乎寻常的好运气:一位勇敢的铲车偶人在最后一刻一屁股坐在阴谋破坏者身上,用他巨大的傀儡身躯压制了爆炸,限制了病毒的散播,所以受到影响的区域很小。

　　太棒了,我想,但这些跟我有什么关系?

　　帕利没有接听电话,也没有通过只有我们才知道的那个资讯同步盒传递消息给我。我在周二制造的那四个偶人没有一个回应我发出的十万火急的召唤信号。我能依靠的只有一个偶人——那个忠心耿耿的黑色偶人,他一直坚守岗位,直到地狱降临到他的头顶,将他的陶土身躯锤成飞溅的陶屑。

　　我看了一眼那面将我和乘客位分隔开来的私密屏蔽罩。要不要解除屏蔽，把这事告诉丽图的灰色偶人？当然，作为寰球的高层人物，她肯定已经得知公司那边出了些差错。也许她想彻底集中注意力，所以排除了一切新闻之类的干扰因素？

　　也许她已经知道了，但还是宁愿维持着屏蔽。谣言在网上四散流传，已经把我说成了破坏寰球陶土集团的重大嫌疑犯。我考虑着该不该从我这一侧消除私密屏蔽，尝试向她解释。在警察到来之前，尽力向她证明我的无辜……

　　紧接着，两道刺目的亮光映入眼帘，是车子的前灯。我不情愿地把发疯似的车子稍稍减缓了些速度……然后又减缓了些。对面的车灯让我觉得有点不对劲。灯光在路上的位置很古怪，也许是前面的公路稍微有点拐向了右边……

　　可公路看起来没有拐弯啊。我向右偏了偏，本能地准备从右方经过那辆车，没想到路面却在我的左侧！我轻踩刹车，又减缓了些车速，打算看看导航电脑。

　　那辆车近在咫尺！

　　我本以为能靠右避开那辆车，却差点一头撞了上去。还好我瞬间明白了状况：那个白痴正在我这一侧的路肩上开着车，远光灯径直照向驶来的车！我在最后关头向左急转，总算回到了路面上，和那个蠢货几乎擦肩而过！

　　转向让车子打起转来，轮胎嘎吱作响，青烟直冒。我眼前天旋地转。我还有时间懊悔：以前真该认真遵守交通规则。难怪无论我和克拉拉一起去哪儿，她都坚持自己开车。美妙而热情的克拉拉……现在，我连个能够抚慰她的幽灵偶人都没有。

　　我以为自己会像尤希尔·马哈拉尔那样坠落，丧生……可车子终于不打转了。沃尔沃四平八稳地停在这条两车道公路的中央，两只车灯照向那个几乎引发车祸的白痴。

一个黑影从那辆车上走下来,强光中辨不清他的模样。我正准备下车,打算跟那家伙好好聊聊,却看到他手里拿着个又长又重的东西。我用手挡住强光,只见他正把那个管状的大家伙抬向肩膀。

"靠!"我咒骂着,猛地换挡,再狠狠踩下油门。本能要求我猛打方向盘,发疯似的逃离他手里那不知道是何物的武器。幸好我的头脑还算清醒,没有这么做。

克拉拉很早以前向我解释过,这是一条最基本的军事原则。

有时候,你唯一的希望就是破口大骂,冲向前方,然后期望一切顺利。

我的攻击战术显然让袭击者大吃一惊。他连忙退后,紧贴自己车子的引擎盖,一面努力稳住准星。我咆哮着,右脚一踩到底,沃尔沃的引擎发出使用紧急动力时的轰鸣。

在那短短的一瞬间,在汇聚的两对前灯光芒的照耀下,我同时明白了好些事情。

我的上帝啊,那是埃涅阿斯·高岭!

而且——他会在我撞上他之前开火!

还有——不管他拿的是什么武器,我都可以把他那具混蛋陶土身躯撞成碎片。

但这算不上什么慰藉。高岭的枪喷射出一束可怕的闪电,强光包裹了我的车子。痛楚接踵而来。

透过那阵令人目眩的闪光,我看到这个白金偶人举起双臂,发出临终前的绝望惨叫。

第二部

"您从陶土中抟制了我，求您让我能重归尘土。"

——《圣经·旧约·约伯记》

21 | 表里不一的复制[①]

> ……星期三，星期二诞生的一号灰色偶人抗议生命的不公……

我醒来时，首先意识到的并不是自己被局促地关在一根管子里，毕竟我遭到伏击、掉进陷阱、被人狠揍以及塞进箱子里的次数多到我记不清了。不，我首先想到的是我不应该睡着。毕竟我只是个偶人，体内的催化酶每时每刻都在流逝，我没有时间可以浪费在睡眠上。

然后，记忆席卷而来——

我当时正在一片为埃涅阿斯·高岭的仆人建造的偏僻的老式住宅区，沿着参差不齐的篱笆匆匆前进。我跨过了一辆自行车，心里想：马哈拉尔的幽灵这么匆匆忙忙的要去哪儿？为什么这位发明家最后的傀偶决定逃跑，而不是帮助查清主人遇害的真相？

我快步绕过篱笆，却找到了——偶人马哈拉尔！那个灰色偶人就站在那儿，微笑着，举起手里那把武器，喷口闪出火光……

这段回忆令人不安。更糟的是，我有种古怪的印象，觉得在那

[①]这里仍然是作者的文字游戏，Duplicity（二重性，这里指表里不一）和Duplicate（复制品，在本文中指复制人）词根相同。

以后流逝的时间绝不是只有一点点，而是足足几个小时，超出了我能承受的限度。

幸好我定购的偶人去除了恐惧情绪，否则照我现在的状况——被人关在狭小的圆筒里，身体还浸泡着黏稠油腻的生命维持液——我早该吓晕过去了。好了，艾伯特……偶人艾伯特……别再捶打墙壁了。你是绝对没法靠蛮力逃出去的。专心思考！

匆忙追赶马哈拉尔的幽灵时，我绕过高高的树篱，却发现我的猎物转过身来，用喷枪对准了我的脸。我急忙俯身，希望自己的反应能快过他陈旧的身体。

看来没能成功。

我昏过去多久了？我向我的身份标签询问时间，得到的却只有一阵剧烈的痛楚。肯定有人把它从我的额头上扯下来了。我伸手拨弄伤口，摸到的是个隐隐作痛的窟窿。

在法令比较严格的国家，除去身份标签的同时也会杀死偶人。在美国太平洋生态区，这项古老的预防措施已被人淡忘，身份标签里有的只不过是廉价的异频雷达收发机和数据芯片，没有它我也能活。但如果我的本体想找回他丢失的财产，就得下一番大工夫才行——所以那些坏家伙会挖出我的身份标签。

他们是不是把我其余的植入设备也取走了？我不清楚自动记录器是否还在运行。据我所知，这番无声的讲述也许根本没有意义，我的话语会像思想一样消失于虚无之中，但我还是会不由自主地叙述下去，直到这个可悲的陶土大脑溶解为止。

等等。大部分生命维持箱都配有一扇小窗，以便主人察看自己的资产。我的眼前只有光溜溜的金属，但某处隐隐有光照过来。

在我身后。我用双手按住内壁，慢慢旋转……找到了。透过厚厚的玻璃,我看到一个房间,像极了疯狂科学家的实验室。

我所在的不是唯一的贮藏容器,几打类似的容器随意倚靠在粗糙的石头墙壁上。我看到更远处有几个贮存空白偶人的冷冻箱、几台复刻机,还有一座制造新偶人的烘焙炉。所有设备都带着同样的标志:寰球。每个字母上都围着一个小圈。无论在世界的哪个地方,它都是品质的保证。它代表着真品。货真价实,如假包换。

也许我在那闪闪发亮的寰球陶土集团总部?可那些光秃秃的石头墙壁似乎在对我说"不"。高频超导电缆随意垂在杂乱的工作台上,厚厚的灰尘意味着没有保洁服务公司定期派条纹色偶人来这儿清理,无论"这儿"是哪儿。

要我猜的话,我会说忠诚的马哈拉尔博士生前挪用过公司用品,而且为数不少。

正常的陶偶制造设备以外,还有几台样子颇为陌生的机器,做工粗糙,像是某种样机。一排高压水箱和喷嘴嘶鸣着喷出彩色雾气,几秒后声音达到顶点,然后陷入沉寂。

一块水平放置的金属板随即掀开,大量蒸汽从一具赤裸的身躯散发出来。它躺在某个有软垫的平台上,脸上还带着偶人刚诞生时特有的那种好奇而又迟钝的神情。它的相貌和尤希尔·马哈拉尔很像,也就是我在高岭的宅邸看到的那具尸体,只不过它没有头发,身体是铁灰色的,泛着微微的红光。

随着一阵突如其来的震颤喘息,它开始了呼吸,吸进了含有催化细胞的空气。它的眼皮猛然睁开,眸子纯黑,没有瞳孔。它们转了过来,仿佛感觉到我的目光。

它们的眼神中带着些许冷漠,一种掺杂着痛苦的寒意——假如真能从偶人的眼中读出些什么的话。

马哈拉尔的傀偏坐直身子,踩上地面朝我走来,他步履蹒跚。

之前我见过那种摇摇晃晃的步子,当时我觉得是最近的伤势造成的,但这是另一个复制人。肯定没错,这个偶人是全新的。那种蹒跚的步子肯定有些别的含义,或许是种习惯。

新偶人?怎么可能是新偶人?马哈拉尔已经死了!没有用来复制的样板,也没有可以复刻到陶土里的灵魂。除非他留下了一些复刻过的备份偶人,贮存在冷冻箱里。但那个偶人走出的机器完全不像我见过的任何冷冻设备或者陶偶炉。

没等他说话,我已经想到了:我目睹的是一场科技奇迹吗?某个重大突破?琐罗亚斯德计划?

仍旧赤裸身子的马哈拉尔偶人透过容器的小窗窥视着我,仿佛在观察一件价值不菲的藏品。

"你的状况似乎很好。"声音穿过小小的隔板,在滑腻的液体中震颤,"我希望你过得还算惬意,艾伯特。"

我该怎么回答?我无助地耸了耸肩。

"那儿有个传声筒,"灰色傀儡解释说,"在窗户下面。"

我低头摸索,找到了它。是根软管,配有能扣在口鼻上的面具。戴上的同时,它便开始了运作。先用水冲洗我的喉咙,然后送入空气,引得我一阵咳嗽。不过,能再次呼吸还是让我轻松了不少。究竟过去多久了?

这也意味着我体内的生物酶又开始倒计时了。

"这么说……"我又咳嗽起来,"这么说……上一个灰色偶人从冷冻箱里拿了个备用品出来,在过期以前把我的身份告诉了你。真有闲工夫。"

马哈拉尔的复制品笑了。

"我不需要被告知什么,我就是那个灰色偶人。就是星期二早上和你的本体说话的那个,也是中午站在我自己尸体旁边的那个,还是星期二下午向你开枪的那个'幽灵'。"

这怎么可能？然后我想起了那台外表奇特的机器，又看了看那仿佛婴儿的微红皮肤下闪烁的斑点……我想我明白了。

"偶人复原技术。这就是一切的起因？"短暂的停顿之后，我补充道，"寰球陶土集团想隐瞒你的发现，好保持销量。"马哈拉尔的微笑僵住了。

"差不多吧，如果只是这样就好了。这项发现会造成经济动荡，但还不至于超出社会的承受能力。"

我苦思冥想，试图领会他的言外之意。

比经济崩溃更严重？

"那……偶人在不断获得新记忆，直到无法承载以前能撑多久？"

马哈拉尔点了点头。

"取决于最初复刻你的那个人。不过你的思考方向没错。只要有足够的时间，一个傀儡的灵魂场会开始变化，变成某种新的东西。"

"一个全新的人，"我喃喃道，"肯定有很多人担心这个。"偶人马哈拉尔注视着我，好像在评估我的反应。但他为什么要评估我？

我思忖着目前的处境，心中却只有平静。

"你在生命维持液里放了些东西。镇静剂？"

"为了缓和你的情绪。我们还有事要做，我和你。如果你情绪不稳定，对我们没什么好处。你激动起来总是喜欢出人意表。"

哈，克拉拉说过几乎一模一样的话。她的意见我可以听，但这个小丑也想教训我吗？就算服用了镇静剂，我还是想什么时候激动就什么时候激动。

"你这么说，好像我们以前合作过似的。"

"噢，是的，可你不记得了。我们第一次见面是在很久以前，不是在这间实验室。那么多次……那些记忆都被我处理掉了。"

对于这种话,除了瞪着他以外,我还能有什么反应?这意味着我不是第一个被马哈拉尔绑架的艾伯特·莫里斯的偶人。他肯定诱骗了好几个复制人——就是这几年神秘失踪的那些——用完以后丢进垃圾箱……

……他用他们做了什么?马哈拉尔不像个变态家伙。

我只能猜测,"实验。你抓走我的偶人,然后拿他们做了实验。为什么?为什么选择我?"

马哈拉尔双眸如镜。我可以看到自己灰色脸孔的倒影。

"原因有很多,其中之一是你的职业。你经常弄丢高品质的偶人,而且不太在乎。只要你的任务进展得够顺利——坏人束手就缚,客户乖乖付账——你把不时的损失当做工作的一部分。你甚至不会找保险公司索赔。"

"可——"

"当然还有别的原因。"

听他说话的方式,好像知道我会问什么,好像之前已经重复了无数次,他已经厌倦了——这让我不寒而栗。

沉默继续着。他在等待吗?他在考验我?根据眼前这些东西,我能分析出什么?

偶人刚烘焙完毕的那种红晕慢慢褪去。他站在我面前,一副标准的灰色偶人模样。看起来就像个八成新的偶人……并非全新,皮肤下的斑点有些没有消失。他用的那种恢复生命活力的方法肯定不够好,不够完美。就像一个刚刚做完面部拉皮的老影星,皮肤之下是无法抹去的疲惫。

"这个法子……肯定有极限。让细胞恢复活力的次数肯定有个限度。"

他点点头。

"仅仅通过延长肉体寿命来寻求救赎本来就是个错误。就算在人类的灵魂只有唯一归宿的古时候，人们也都清楚这一点。

"就连他们都知道——能够达成不朽的并非肉体，而是灵魂。"

这听起来像是预言，我敢说，他这番话同时包括了科技和哲学两方面的含意。"灵魂……你的意思是从一个身体换到另一个。"我眨了眨眼睛，"从偶人换到本体以外的另一具身体？"

这不难理解。"也就是说，你达成了另一个突破，某个比延长偶人的使用期限更大的突破。"

"说下去。"他说。

我不情不愿地说出那些话。

"你……打算不靠真正的你，永远存续下去。"

一抹微笑在那张灰白而严肃的脸上蔓延开来，表示对我的猜测很满意，就像老师看着自己最欣赏的学生那样。尽管他的傀儡笑声让人不寒而栗。

"所谓的事实，不过是观点而已。观点不同，事实也就不同。

"事实是，我才是真正的尤希尔·马哈拉尔。"

22 | 哑剧里的台词

……又一次,星期二的绿色偶人得到了新颜色……

勉强逃出乱作一团的寰球陶土集团后,我终于找到了记录报告的机会。

逃亡途中还对着老式自动记录仪讲话,感觉像在浪费宝贵的时间。对艾伯特那些特制的侦探灰色偶人来说,这种事再简单没有了。他们都配备了精巧的默读记录仪,天生就有股冲动,描述他们所见所思的一切,实时录制!可我呢,就算染过好几次色,我也只是个实用型的绿色偶人,是个廉价的消耗品。如果非得把我不幸的经历全部记录下来的话,我就只好多费一番工夫了。

还有一个重要的问题,这报告给谁看?

我的制造者艾伯特本人肯定没办法看,他都死透了。警察也不行,他们一见到我就会把我解剖掉。我那些灰色兄弟也一样。见鬼,光想想就够让我害怕的了。

所以何必费那个工夫呢?谁会在乎?

我也许只是个瑕疵品,可我忍不住想象着克拉拉的样子,她正在远方的沙漠作战,却不知爱人已被导弹炸得粉碎。她应当得到现代方式的慰问,由死者的幽灵—— 也就是我,告知一切,因为我是他剩下的唯一一个偶人,虽然我并不是真的很喜欢艾伯特·莫里斯。

就这样吧,亲爱的克拉拉。来自幽灵的叙述会帮助你跨过悲伤的第一道坎儿。可怜的艾伯特是有不少缺点,但至少他爱你。而且他还有一项未竟的使命。

事发当时我在场,我是指针对寰球陶土集团的那次"袭击"。我就站在不到三十码外的工厂车间里,惊讶地看着二号灰色偶人跑过去,他眼看就要爆炸,满身斑点,被肚子里翻江倒海的那种可怕东西弄得褪色了。他飞快地经过我身边,只是匆匆看了我一眼,也可能是看了看我肩上小帕的雪貂陶偶。我们冒着生命危险潜入进来救他,却连一句感谢的话也没捞着!

他不顾我的叫喊,发疯似的四下乱找,终于找到了那个他一直在找的,不会伤害任何人的葬身之所。

好吧,那个可怜的铲车偶人除外。他怎么也不明白陌生人为什么要钻进他的排泄口里去,但让他吃惊的事才刚刚开始。庞大的陶偶工人发出一声大吼,膨胀到原先的好几倍大,就像越吹越大的气球……就像那些朝拇指吹气吹得太用力的卡通人物。我还以为那个倒霉的铲车偶人会爆炸呢,那样的话我们就都完了。我肯定是完了,还有工厂里的每个人,整个寰球陶土集团。也许包括城市里的每个偶人?

(想象一下所有本体都必须亲力亲为的情形吧!当然,他们知道该怎么做。但人人都习惯了分身数地,同时过着几种生活。如果一次只能过一种生活,他们会发疯的。)

我们很幸运,不幸的铲车偶人在最后一刻停止了膨胀。他就像一只受惊的河豚,瞪着眼睛,仿佛在思考:合同里可没写这一条。然后他的灵魂之火熄灭了。陶土的身躯颤抖着逐渐僵硬,最后不再动弹。

天哪,真够惨的。

接下来,混乱和喧闹的警笛声揉成了一团,生产用的机器纷纷关闭。陶偶工人丢下了日常工作,庞大的工厂里挤满了抢险队员。我算见识了什么叫奋不顾身。如果他们不是可消耗的复制人的话,那可真勇敢。尽管如此,靠近那具肿胀的尸体依旧需要勇气。躯体的裂缝中不断涌出雾气,任何偶人只要挨上一点,就会痛苦地倒在地上,扭成一团。

好在大部分病毒都留在了铲车偶人那颤抖着的巨大身躯里。等它的身躯瘫软下来,从内部开始分解的时候,紫色条纹的清洁偶人已经拖着长长的水管赶来,在周围喷洒抗朊病毒泡沫。

随后赶到的是公司的办公人员。还是没有真人,但有很多大忙人科学家身穿白大褂的灰色偶人,然后是亮蓝色的警用偶人,还有浅金色的公共安全代理人。终于,寰球的首脑,埃涅阿斯·高岭阁下的一个白金复制体大步来到现场,询问情况。

"好了,"帕利的雪貂偶人在我肩上说,"赶紧跑吧。你现在是橘色的没错,可那个大个子还是有可能认出你的脸。"

没错,可我还是希望待在这儿,看看能做什么,比如帮艾伯特洗清罪名。说到底,这世界上还有什么事更值得我做?把十个小时都浪费在聆听加德里恩和拉姆让人头皮发痒的牢骚,直到时间用尽,融化消失为止吗?

泡沫还在不断流动,翻涌,嘶嘶作响,流过工厂的地面。复刻后的生存本能可与真品媲美,我也和其他旁观者一样,开始逐渐后退。"好吧,"我叹口气,"我们离开这儿吧。"

我转过身——却只看到面前站着几个身穿配有蓝色条带的淡橘色制服的、肌肉发达的保安,他们身上比真人大三圈的人造肌肉不祥地绷紧着。

"请跟我们走。"其中一个威严地大声说,同时结结实实地攥住我的手臂。我起先还以为这是个好兆头呢。

我指的是那个"请"字。

我们被塞进一辆全封闭卡车,四壁全是金属,无论怎么看也不会变透明。陶土帕利觉得这种待遇太粗暴了。

"在切碎我们的大脑以前,他们至少该让我们看看风景吧,"有张小帕脸的雪貂抱怨着,一面用他的独特方法去讨好守卫们,"喂,前面的! 要不要找个人去咨询一下律师? 你们想等我以偶人绑架的罪名把你们整个公司告倒,让你们担负法律责任吗? 你不记得前几天偶人埃迪森状告休斯的那起案子了? 偶人已经不能用'我只是在服从命令'作借口了。别忘记内部举报法。如果你弃暗投明,帮我起诉你的老板,包你赚到花不完的钞票!"

好样的小帕,无论换成什么身体,他都这么口齿伶俐。但他说破天来也不管用。争论我们是否在完全合法的情况下"遭到逮捕"没有意义。作为一件财产——以及工业破坏的嫌疑参与者——我们没法用我们的权益遭到侵害为由说服任何寰球雇员去揭发公司的内幕。

至少司机没关掉我这边扶手上的娱乐视屏,所以我请求他为我播些新闻。我面前的空间立即被全息影像网络的气泡状画面填满了,大部分都和寰球的这场"失败的狂热恐怖主义袭击"有关。这些新闻都没什么料。不久以后,另一条新闻便占据了新闻榜的头条位置,把其他全息影像挤到一旁。

北部地区房屋损毁
导弹袭击!

起初我没认出那片熊熊燃烧的地狱之火,但新闻播报者很快补上了被那颗来源未知的导弹攻击的地址。

"啊呀,"帕利在我耳边小声说,"真糟糕,艾伯特。"

那是我家。或者说在这漫长而充满遗憾的一天到来之前,我这具躯体进行记忆复刻的地方。见鬼,他们甚至把花园也烧了,我目睹着火焰吞噬那栋屋子以及内部的一切,心想。

从某种意义上来说,这未必全是坏事。网上最流行的谣言已经把艾伯特称为寰球袭击案的主要嫌疑人了。假如他还活着的话,日子恐怕会很不好过。可怜的家伙,如果他一直扮演十字军骑士,继续用那种老掉牙的浪漫主义的法子去对抗邪恶的话,这种事是免不了的。他迟早会惹恼某个有权有势的大人物,然后惹上真正的麻烦。

还没等我想明白自己惹上了怎样的麻烦,货车已停了下来。后门开启,小帕破破烂烂的貂形偶人做好了起跳准备,但守卫们警惕又灵活,其中一个紧紧攥住了陶土帕利的脖子,另一个用手肘抵住了我,动作斯文,却带着足够的力道,向我们昭示:反抗是多么徒劳。

我们大步走到石头公寓无灯的侧门廊处,沿着鲜艳的菊花丛后的阶梯向下走去。要是我有只功能正常的鼻子,我肯定会为了闻闻花香而挣扎一番。哦,我是说真的。

楼梯底部有扇开着的门,门口是个类似休息室的地方,十来个人在桌椅边休息,抽烟,聊天,痛饮酒水。我起初还以为他们是真人,因为每个人都穿着耐用的布制衣物,肤色是人类特有的棕色,但专业人士才能看出,那是染料的杰作。他们的面孔吐露了秘密——那是种逆来顺受的倦怠神情,看起来很眼熟。他们是一群偶人,在一整天的冗长工作结束后,耐心地等待着大限来临。

其中两人坐在昂贵的显示屏前,和电脑生成的人工智能虚拟人（面孔和他们很相似）聊着天。其中一个矮小得像个小孩，穿着磨破的丹宁裤，他说的话我一个字也没听清。但那个穿着不太合身的家庭主妇装束，发色微红的丰满女人说话很大声，我被守卫拖着经过时偷听到了不少。

"……随着离婚时间的接近，很多变化也即将发生，"她对屏幕上的面孔说，"由于潜在的动机，我的角色也会更加复杂。如果没法在记忆连贯性方面有所改善的话，我至少希望本体的不幸事件列表的资料能更丰富些，因为我每天都不得不从零做起。幸运的是，状况已经混乱到不需要保持前后一致的程度，对象甚至想都想不到……"

她的声音极具专家气质，可就是没一个字对我有用。很显然，并非只有艾伯特·莫里斯才会替性情古怪的亿万富翁做些莫名其妙的工作。

这几名魁梧的护送者把我们带到"休息室/等待室"远处的一扇房门前。一束可见光扫描过他们蓝色条纹的前额，门扇随即开启，露出一个宽广的房间——支撑着头顶这栋宅邸的一排排立柱将房间分成几个部分。我们快速走过这片混凝土森林，四面不时能瞥见形形色色的实验室。在我左边，不出所料地放着制作偶人的设备，有冷冻柜、复刻设施、陶偶炉之类的东西，还有些我不认得。我的右边放着跟人类生物学和药物相关的设备，加上那些最新型的脑部扫描仪/分析器，几乎算得上一个迷你真人医院了。至少我猜是最新型的。艾伯特是个——或者说曾经是个——爱好者，喜欢阅读有关罪犯大脑病理学的分析文章。作为一个瑕疵品，我对于这种狂热真的无法理解。

守卫们护送我们去了另一个等候区域，来到一扇紧闭的门外。透过狭小的窗子，我看到一个孤单的身影正紧张地踱步，厉声质问着某个视野范围之外的人。质问者的皮肤富有光泽，由昂贵的合成肌腱组成，几乎和真人一般。用得起那种身体的人寥寥无几，更别提大量使用了。这是我一小时之内看到的第二个高品质高岭偶人。他注视着附近的墙壁，气泡显示屏在墙上浮动，随着他扫过的目光而弹出，扩大，展示着不同时区发生的事件。

我注意到其中几个气泡屏显示着寰球的工厂的状况，看样子抢险队还在忙碌，但没有先前那么手忙脚乱，显然已成功控制住了朊病毒的扩散。我敢打赌，在黄昏前，工厂中离爆炸发生处较远的区域就能恢复运作。

另一个气泡屏俯瞰着某栋小屋闷燃的废墟。那是艾伯特的家，恐怕也是他的葬身之地。唉。

"请别靠近那儿。"护送者的口气温和，却暗示着下次警告不会这么彬彬有礼。我离开窗边，来到躺在一旁的医用轮床的单薄床垫上的陶土帕利身旁。小帕的雪貂陶偶正舔舐着几道伤口，那是在我们进入寰球陶土集团时的短暂战斗中留下的。

正如小帕本人所料，狂热的抗议组织费尽辛苦挖掘的隧道——拉姆和加德里恩的那两条——早就被人发现了。我们一钻出隧道，几个比陶偶更加警惕，寿命也更长的机械守卫便猛扑过来。但陶偶们更加灵活机变。更何况机器守卫们从未面对过一整支迷你小帕突击队！我跟上去的时候，战斗已经接近尾声，只有一个小陶土帕利站在陶偶战友的碎片与机械守卫消融的碎块之间。他的光折射软毛正在闷燃，身上携带的战斗甲虫也损耗大半。但敌人的哨兵已经解决，前路被清理干净，让我们有机会赶在我的灰色偶人兄弟被骗犯案之前找到他。

结果是，我们的警告还是到得太迟。不过那个灰色偶人似乎自己琢磨出了什么，他在最后时刻钻进铲车偶人肚子里的行为既勇敢又机智。至少，我希望官方能这么看，如果他们有机会了解全部真相的话。

在地下休息室里没待多久，小帕的小傀儡就抱怨起来。

"嘿！谁能帮我做个陶偶诊疗？有人注意到我受伤了吗？来个漂亮护士怎么样？要不就来罐填泥料，再来把泥灰刀？"

一个守卫瞪着他，然后对着手腕上的麦克风低语了几句。很快便来了个实用型橘黄复制人，身上甚至没有能显出本体性别的特征，他朝陶土帕利的伤口喷了些药。我也在隧道附近的一两次小冲突中受过些烧伤，可你看到我抱怨了吗？

时间一分一秒地消失，许多分钟过去了。我意识到现在肯定已经是星期三了。好极了，也许我昨天真该在海滩那边度过。

我们等待时，一个信使偶人匆匆走下宅邸的楼梯，他的长腿稳稳地迈着步子，他抬着一只小型泰富隆箱。陶土帕利皱了皱他湿漉漉的鼻子，嫌恶地打了个喷嚏。"不管他那盒子里是什么，都用五十种不同的方法消过毒。"他评论道，"闻起来就像把酒精、苯、细菌，还有他们在寰球用的那种泡沫全混在一起。"

信使敲了敲门，然后走进去。我听到白金偶人高岭咬牙切齿地说："总算来了！"这时我们已坐了很久的冷板凳，随着流逝的时间不断迈向腐朽的那一刻。那护士给陶土帕利修补完没多久，我的小朋友就唧唧喳喳地提出了另一项要求："喂，兄弟，给我弄本书来怎么样？我还得在这儿待上很久，对吧？我的本体最近加入了一个读书俱乐部，他想在下次聚会以前靠偶人赶上进度。我们坐在这儿的时间足够看个几章啦。"

这家伙的神经是什么做的?! 就算他真能读几页吧，可他以为小帕本人会接收他的任何记忆吗？好吧，他肯定会的，但前提是我们俩能离开这地方。

令我吃惊的是，那守卫耸耸肩，走到一个橱柜旁，抽出一块磨损不堪的上网板，丢到轮床上的陶土帕利身边。很快，小傀儡便用爪子找到了某个在线小说索引，从中搜寻着一本最近的畅销书。

那本书讲述了一只体型特别巨大的航海陶偶,它的能量电池数十年才会耗尽……它是一只陶偶怪物,身体里复刻了某个半疯学者的受难灵魂,而这位学者被迫去追寻自己可怕的复制体,跟随它跨越七大洋,看着它摧毁船只,又用话语谴责自己锲而不舍的主人。最近这段时间,类似的故事和电影一窝蜂似的涌现,描述的都是偶人与本体之间的冲突。我听说这本书的文笔很出色,还有大量附庸风雅的对自我存在进行的探究。不过,艾伯特·莫里斯向来对高尚文学不感兴趣。

事实上,小帕也不可能钟爱这种东西。读书俱乐部,我的老天爷啊!他肯定有什么盘算。

"来吧,"一名守卫似乎收到了某处传来的隐秘信号,"有人想见你们。"

"真是太荣幸了。"小帕不无讽刺地回答,语气还像以往那样自信满满。他丢下上网板,跳到我肩上,而我则大步走进刚刚打开的那间会议室的门。

一个板着面孔的偶人高岭等待着我们。"坐。"他命令道。我一屁股坐进他指的那张椅子——对我这廉价的屁股来说太过奢侈了些。"我很忙。"那位权贵的复制人声明,"我只给你十分钟时间辩解,扼要点儿。"

没有恐吓,也没有劝诱,也没有警告我们别撒谎。会有精密的神经网络程序聆听我们的话,我几乎可以肯定。尽管这样的系统并不智能(无论从这个词的哪方面意义来说),但要骗过它们还是需要集中精力加上运气。艾伯特有这样的本事,我想这意味着我也有,但我却根本没有试试看的想法。

毕竟,真相已经足够有趣了。就在这时,帕利抢先开口。

"我想我们可以说,一切都是从星期一开始的,就是那天,两个不同的狂热集团跑到我那儿,抱怨我的这位朋友,"他朝我挥了挥貂爪，"在很晚的时候滋扰……"

他唧唧喳喳地陈述着整个故事，包括我们怀疑有人阴谋陷害那些倒霉的狂热者——拉姆和加德里恩，以及艾伯特本人，打算把今晚在寰球发生的破坏事件归咎于他们。

我没法谴责陶土帕利选择合作并坦白一切的行为。调查越快走上正轨越好，这也是为了洗清艾伯特的罪名，无论现在还有没有意义。（我注意到这只小雪貂巧妙地对他本体的名字略过不提，小帕本人暂时还是安全的。）

可我的陶土大脑却依旧满是疑虑。高岭自己也并非没有嫌疑。的确，我无法想象一个亿万富翁会破坏自己的公司。但在度过了这样的一天以后，再怎么错综复杂的阴谋在我看来也不足为奇了。星期二的一号灰色偶人不就是在这儿，在高岭的宅邸里神秘消失的吗？总而言之，高岭有能力——无论是就技术还是资金而言——策划出如此华丽而又邪恶的阴谋。

我头脑里最先想到的就是：为什么一个警察也没来？这番审讯应该交给专业人士来进行才对。

这意味着高岭隐瞒了什么，甚至不惜冒着违反法律的风险。

如果今晚有哪怕一个真人因为袭击而受伤，我心想，高岭就会因此惹上真正的麻烦。的确，我在寰球看到的受害者只有几个偶人……但我无法继续想下去了，未完的思绪就这么梗在了半途中，让我很不满意。

"哎呀，哎呀。"在小帕的雪貂陶偶说完这番关于夜半访客、宗教狂热分子、公民权益示威者与秘密通道的惊人言论以后，我们的白金东道主开了口。这位大人物摇摇头，"真是个好故事。"

"多谢！"陶土帕利喘着粗气，摇摆着他最下面的那对肢体作为回应。我气得差点儿给他一拳。

"在通常情况下，我肯定会认为你的故事荒谬至极。连篇的拙劣幻想和显而易见的精神错乱。"偶人高岭顿了顿,"但从另一方面来说,这和我不久前得知的消息正好吻合。"

他向耐心站在房间一角的信使打了个手势,后者走了过来。这个黄色傀儡把戴着一次性手套的手伸进盒子里,拿出一个小小的圆筒——是那种最小也最简陋的音频存储媒介,再把它放进会议桌上的某台播放设备。随即传来的那个声音和我们的祖父母辈所称的"人声"有很大的不同,它更像是种起伏又模糊的咕噜声。当那信使把播放器调到更高速度时,咕噜声随即变为颤抖的哀鸣。可我非常熟悉这种语言,每个字都听得再清楚不过。

我从加温槽里起身……从架子上抓过一件纸质外衣……现在的我是一个仅能存活一日的复制人,一想起这个,我就火大。

呸!我怎么会有这种想法?是因为丽图的消息吧?它提醒我,真正的死亡一直都在周围萦绕。

……有时你是一只蚱蜢。

有时候是蚂蚁。

除了熟悉的节奏和语句,我还听出了些什么。不,我的脑海中有种挥之不去的重复感。录下这段话的那个人在我诞生前几分钟开始了他可笑的一生。我们俩都在星期二早上成型,脑子里想着相似的语句,只不过我没有灰色偶人那些神奇的功能。以粗糙原料制造的我很快跨过了某条陌生的界限,意识到自己是个瑕疵品,艾伯特·莫里斯制造的第一个瑕疵品。

而这位记录者显然比较循规蹈矩。艾伯特的又一个灰色忠仆,非常敬业;一位真正的专家,聪明得足以洞悉普通恶棍那些常见的阴谋伎俩。

但也是因为墨守成规,才会落入某些真正狡猾的家伙设下的恶毒陷阱。

> ……我正在现代映像公司，两旁是各种精美的设施，为人们提供陶偶技术出现前无人可以想象的服务……
> 等等。
> 等一下，电话响了。我拿起电话，正好听到妮尔为本体接通了线路。小帕希望我去见他……

"听到了吗?"我肩上的迷你搜索型傀儡讯诮道，"我本来想警告你来着，艾伯特!"

"我说过很多次了，我不是艾伯特。"我粗声道。

我们听着那场至关重要的会面的超高速回放，心情都变得烦躁起来。

> 头牌的执行助理……她示意我不要走进沃梅克的办公室。
> "这次会面的话题很敏感……"

我们全神贯注地听着，那些"客户"——其中一个还自称是头牌本人——解释说，他们需要一个不会留下行迹的私人侦探以偷偷摸摸但却合法的方式去寰球窥探一番，寻找关于某种隐秘技术的线索。正是那种会勾起艾伯特的虚荣和好奇心的委托! 我发现他这些新雇主最狡猾的地方在于，他们全都努力在不同方面表现得恼人或者令人厌恶。他们了解我的本体，了解他会矫枉过正，不让反感影响自己的决定。他会不屈不挠，以纯粹的固执忍受常人难忍的痛苦。(这就是所谓的"职业精神"吧。)

他们这是在把他当猴耍。

不久以后，艾伯特的偶人就在"彩虹之家"遭遇危险，和几个碰巧出现的傀儡角斗士对决，并勉强幸存下来。这次遭遇让他迫切地需要修理——恰好奎恩·艾琳蜂房的工蜂能提供这种服务。那个灰色偶人念诵时用的是现在时态，让你很想站起来对他大吼，叫他醒悟过来，看清自己被利用的事实！

好吧，事后聪明人容易做。（我能在相同的境遇下识破这些吗？）

但他们双方都犯了错误。敌人那边——不管幕后主使人是谁——没有发现藏在灰色艾伯特喉部的高密度灵魂纤维里的秘密实时录音设备。甚至在他人事不省，而他们以"修复"为借口埋下那颗恶毒的朊病毒炸弹时也没能发觉。他们肯定搜寻过更加复杂的通讯设施和追踪装置，但那个小小的录音媒介不使用能源，只需要轻微的喉部收缩就能以极小的比特率进行音频录制。这种录音存储设备虽然老式，却几乎无法觉察……所以艾伯特才总是把它安装在自己的灰色偶人里。

难怪高岭的信使万分小心地不去触碰那个小圆筒！尽管已经消过毒，但它毕竟是从寰球工厂地板上的那摊朊病毒污染过的恶心泥浆里拿出来的——倒霉的铲车傀儡和送了命的私家侦探此时已经融合为一。圆筒也许还携带着少许催化分子，对我们这种缺乏真正免疫系统的陶偶来说是致命的毒药。

但它毕竟是在融化的遗骸中闪闪发光的珍贵线索，是至关重要的证据，也许足以替我的制造者辩白。

那高岭为什么要给我们播放，为我和陶土帕利，却没放给警方听？

那个尖细的声音很快带我们来到灰色偶人这一天最精彩的部分：巧妙地躲开无所不在的城区监控器，骗过覆盖现代化城区每个角落的、数量庞大的公用和私人摄像头。他玩得很愉快。随后，他掩藏了自己来时的路线，进入了寰球陶土公司。

吐出两样东西：一枚小小的访客徽章和一张纸……我乘上下行扶梯，进入闪烁穹顶遮蔽下的那座庞大蚁丘，寻找那位埃涅阿斯·高岭阁下非法隐匿重要技术的线索……

好吧，就算头牌和奎恩·艾琳的怀疑没错，寰球陶土集团解决了某个本时代困扰我们的难题，比如"如何在一米以外传输人类自我意识的灵魂驻波"，这儿会有我这种门外汉也能发现的线索和征兆吗？……又或许寰球陶土的首脑们已经将某项超级技术付诸实施了？还是他们已经把自己的替身弄得整个星球都是了？

我和陶土帕利对视了一眼。"哇哦。"小傀儡嘟囔了一声。

这就是他们说的"突破"吗？远程制偶技术会让我们经过多年动荡才得以习惯的生活再度不安定起来。

我们都转身看向偶人高岭。他看起来没什么反应，但几分钟前第一次听到这些话的时候呢，这个白金偶人的肤色会因为愤怒和恐慌而涨红吗？

……正把满是泡沫的液体注入嘶嘶作响，不断翻涌的巨大机械。遥控牵引机沿着天花板上的轨道转动巨大的线轴，送出大量的精细丝线，它们光辉绚烂，肉眼无法直视——那是灵魂素材的衍射光谱……

……像柯林斯说的那种惊天动地的技术突破，寰球陶土集团怎么可能藏得住？

是啊，隐秘是滋生邪恶的温床。这也是驱策着艾伯特奋斗不已的动机。揭发恶行，寻求真相，没错。但我现在在做的是这个吗？

"总算明白过来了。"听到灰色偶人问出了正确的问题，我嘀咕道。说实话，他早就起了疑心。但这反而让这份录音更加令人恼怒——尽管疑虑重重，他还是没有回头的意思。

也许那个灰色偶人有缺陷，跟我一样，是一个筋疲力尽的本体制造的劣质复制人。艾伯特自己也状态不佳，他的一举一动同样被专业罪犯操纵着。也许我们本来就没有翻盘的机会。

一只小虫……躲开了我的掌掴，直冲向我的脸。我加速爆发能量，在空中抓住了它，捏碎在掌心里。

小小帕的爪子嵌进了我的人造皮肤。

"该死的，艾伯特。我在那些虫子身上花了很多钱。"那双貂眼怒气冲冲，好像灰色偶人的执拗是我的错一样。我本想把他拨下我的肩头，但录音已经快放到最可怕的高潮部分了。

一切都说得通了……延时引爆能让破坏最大化。无论是在我体内装入计时器，还是设定为在我通过第二道扫描的时候引爆……

"停！"我大喊出声——

从那时开始，叙述变成了焦急、飞快的呻吟，比先前更加难辨，像在飞奔中说出的字眼，又像是在努力集中精神，好应付某个九死一生的任务。

努力拯救除了自己那渺小生命之外的许多条性命。

我看到了另一个版本的自己……肩头坐着只雪貂似的生物……看样子"我"找到了比洗马桶更值得做的事。运气不错，绿家伙……

这让我有点儿羞愧,因为我先前对他有过种种嘲笑。我就不能更努力些去救他吗? 如果我们成功的话,或许艾伯特本人也能活下来?

懊悔似乎没什么意义,因为我自己的大限也很快就要到了。高岭为什么要给我们放这段录音? 为了嘲笑我们的失败?

可怜的铲车傀儡翻滚着……我没法责怪他,但这只会让我钻向更深处,同时屏住呼吸与恶臭对抗……我的身体正从内部逐渐消融……

够深了吗? 这个巨大的陶土身躯能挡住那鬼玩意儿的爆炸吗?

一声刺耳的尖叫,叙述画下了句号。

陶土帕利和我再次转身,看着偶人埃涅阿斯·高岭那几与人类无异的冷淡面孔。后者注视着我们,一只手微微颤抖。最后,他用一种比正常的中年偶人更加疲惫的低沉语调开了口:"好了,你们愿不愿意把干这些勾当的混账挖出来?"

小帕的偶人和我交换了一个茫然而惊讶的眼神。

"你的意思是,"我问,"你的意思是,你想雇用我们?"

说真的,高岭凭什么觉得我们能用剩下的十个小时(或是更少)的时间来达成这个目标?

23 | 上过釉的屁股

……艾伯特发现，实时的"实"，真是太"实"了……

沙漠比全息电影里描绘的更加明亮。有人说这样炽烈的阳光甚至能穿透颅骨，影响松果体——在古代传说中，它被描述为深藏体内，与灵魂相连的"第三只眼"。据说灼热的光辉能揭示隐藏的真相，或是让你精神错乱，自以为能在一片荒芜中找到宇宙的真理。难怪荒漠是狂热的苦修士探求神灵真颜的传统住所。

我并不介意碰上一位苦修士，就在此时此地。

我想跟他借下电话。

这东西还能用吗？过去的两个小时，我都在摆弄那个小小的、肌肉驱动的录音设备，测试它能否复述昨晚发生的事。首先我得从撞毁的沃尔沃的后备箱里那个灰色傀儡的身体里把它挖出来。真是件可怕的活儿，不过反正偶人连同车里的所有电子设备都已经损坏了——这是白金高岭用奇怪的武器向我们开火的后果。

这台默读录音设备不需要电力——这也是我把它们装进灰色偶人的原因之一。它能将显微级的声纹刻在中性密度的白云石介质上。我没法像陶偶那样以超高语速说话。不过只要我把这个小东西嵌在下巴的皮肤那儿，它就能收集周遭的声音，比如说话声。肌肉稍加收缩就能为它供给能源。丽图会觉得那只是紧张造成的抽搐，毕竟我们刚刚经历了那种事。

她离开了我们的岩洞——其实就是道能够遮风挡雨的岩石裂口——去我们找到的小池塘喝水。在这个鬼地方，连陶偶也需要水，除非你想被太阳烤成陶瓷餐具，这也给了我去池边的借口。毕竟我是个真人，我的身体留有亚当的印记，只不过用化装和衣服掩盖着。

为什么要继续伪装成人造物呢？这是善意。丽图的偶人没机会回去上传记忆，何况她的本体多半不想接收。另一方面，我有很大概率可以离开这儿。等夜幕降临，然后借着月色西行到达路边，也许能找到一栋房子，或者生态组织的网络摄像头。只要有一件可以用来呼救的东西就行，如今的文明体系庞大到了绝不会错过这种信息的地步。一具健康的有机躯体拥有出色的忍耐力——只要你别做什么蠢事。

如果能弄到电话就好了？我该不该用它呢？眼下我的敌人（高岭阁下？），肯定觉得我死了。那枚导弹袭击我家以后，我肯定死得不能再死了，我所有的偶人也一样。他花了很大力气去抹除让艾伯特·莫里斯存活下去的所有可能性，我的现身只会再次吸引他。

我首先需要的是信息，以及计划。

最好也别接近警方，等我能证明自己是受人陷害再说吧。一点额外的麻烦没什么大不了的，比如横穿荒漠，同时避开四面八方的摄像头。只要能让我在无人察觉的情况下进入市内，一切也就值得了。

我真的能做到吗？噢，我受过上千次伤，从焚烧到窒息再到身首分离，每一次都足以葬送我祖辈中的任何一位。我数不清自己死了多少次。不过,现代人从来不会用本体去经历这些事! 真人的身体是用来锻炼的,不是用来受苦的。

我那20世纪的强壮祖父有一次把身体——他唯一的生命所在——系在一根橡皮筋带上,然后跳下桥梁。他在原始的牙医诊所里经受过难以置信的痛苦。他每天沿公路前进时不靠导航激光,全副生命都维系在那些不时从他身边呼啸而过的陌生司机靠不住的驾驶技术上,那些司机驾驶的车子粗陋不已,里面还装满了爆炸性液体。

对于眼前的挑战,祖父多半只会耸耸肩,然后从荒漠峡谷一路走回城市,毫无怨言。可现在的我呢? 如果有颗小石子钻进我的鞋里,我恐怕都会哭。但我还是决意一试。就在今晚,在丽图的傀偶前往所有傀偶的最终归宿以后。

直到那时为止,我都会陪着她。

她回来了,所以我不能再独自叙述了。接下来记录的内容都将是对话中的一部分。

"艾伯特,你回来了。你从那辆车里抢救出来什么没有?"

"不太多。一切都毁了,我的取证用具、收音机,还有定位器……我估计没人知道我们在这儿。"

"你知道我们是怎么到这儿来的吗?"

"偶人高岭的那件武器摧毁了所有电子元件,恐怕本来还会瘫痪所有复刻过的陶偶。但这只是我的猜想,没有根据。"

"那我们为什么还能到处走呢?"

"那辆旧沃尔沃上的金属成分比如今的大多数车都要多,我们比后备箱里那个可怜的灰色偶人拥有更好的遮蔽。况且我还驾车直冲向高岭,影响了他的准头。也许就是这些原因,我们才仅仅只是昏了过去。"

"可后来呢？我们是怎么跑到这个满是仙人掌和灌木丛的山谷底下的？公路在哪儿？"

"问得好。这次我在残骸里发现了一些我们先前没注意到的东西，车门旁的一摊泥水。"

"泥水？"

"傀儡的泥浆。我猜是想谋杀我们的人留下的。"

"我……还是不敢相信那是埃涅阿斯。他为什么想要我们的命？"

"我也很好奇。但这才是有趣之处，丽图。那摊泥水看上去很小——只有正常的一半！"

"一半……一定是你把他撞成两段。但残迹怎么会留在那儿？"

"要我猜，也许是被撞碎的高岭挣扎着爬上了我的车，钩在我半开的车窗上。车里面的我们晕过去了。引擎还在运转，但门和窗都自动锁住了。他没法挤进车里空手解决我们。于是——"

"于是他把手伸进来，抓住了辅助操纵杆……也就是油门和转向杆……他的半个身体悬在车外，驾驶车子离开路面，穿过荒漠。

"他给我们找了这么一个有遮蔽的地方——免得我们被人发现然后获救——某个位于炎热地区中央，偶人无法在白昼徒步穿越的地方。就算我们还能醒来，也会身处陷阱，无法逃离。这样一来，偶人高岭的任务就完成了，他便落到车门边化作泥水，终结了自己的苦难。"

"但他打算怎么阻止我们黄昏后离开呢？噢，对，限期。你是星期二的什么时候复刻出来的，艾伯特？"

"呃……我想我应该比你早些，高岭确有理由认为我们活不过今晚。他在你家里见过我们两个，记得吗？"

"你确定向我们开枪的是埃涅阿斯的复制人？"

"这重要吗？"

"或许吧。也许那个陶偶只是伪装成他的样子。"

"有可能。但符合人体结构的白金偶人太昂贵,也太难秘密制造了。这么说吧,丽图,如果你有能正常使用的电话,你会第一个打给高岭吗?"

"我……我想不会。不过,如果我们知道为什么——"

"我敢打赌,昨天发生的事和所有这些怪事都有关系。你父亲的'意外'遇害现场就在离这儿不远的地方。他的幽灵在高岭庄园和我的一个灰色偶人一起消失了。高岭也许觉得马哈拉尔的幽灵和我的灰色偶人联手了。"

"联手做什么?"

"然后,寰球发生了袭击事件。丑闻频道说,我的另一个偶人不知怎么也卷进去了。听起来像有人阴谋陷害我。"

"也就是说每件事都和你有关?你会不会有点太自我主义了?"

"我的房子被炸毁了,我已经没什么可'自我'的了,丽图。"

"噢,没错。你的本体,你的真……我忘了。"

"别介意。"

"我怎能不介意?你现在是个幽灵了。真糟糕,是我把你卷进这一切的。"

"你并不知情——"

"可我还是希望自己能做点儿什么。"

"忘了它吧。不管怎么说,困在沙漠里是没法解开谜团的。"

"你还在操心这个,艾伯特?它比你的生命已经结束还重要吗?我能感觉到你的沮丧……可你想的却仅仅是解决另一个谜题。"

"哦,我是个侦探啊,了解真相是——"

"即便到了现在,它也是你的原动力?"

"尤其是现在。"

"我……很羡慕你。"

"羡慕我？你的本体还活着呢，看起来她没什么危险。高岭似乎更在乎——"

"不，艾伯特。我羡慕的是你的热情，是你的专注和决心。我羡慕很久了。"

"我不知道——"

"是真的。接近死亡，已经成了幽灵，却完全不知原因，你肯定难过极了。"

"'完全'这个词太绝对了，我还有希望。"

"你又来了，艾伯特！就算成了死人，却还是这么乐观。但愿某架飞机或卫星会注意到你用撕碎的椅套在沙土上排出的SOS字样，至少能给下一位侦探留下些线索。"

"差不多吧。"

"太阳快落山了，周围却一架直升机也没有，这些你都觉得无所谓？"

"我想这是我的性格缺陷。"

"多棒的缺陷啊，真希望我也有。"

"你会活下去的，丽图。"

"是啊，到明天，丽图·马哈拉尔还活着，而艾伯特·莫里斯却不复存在。我知道我应该说得更婉转些——"

"没关系的。"

"我能告诉你一些事情吗，艾伯特？一个秘密？"

"噢，丽图，和我推心置腹也许不是最好的选择——"

"事实是——我总是和偶人处得不好，我的偶人行事时总是违背我的初衷。我原本不想做出这个偶人的。"

"抱歉。"

"现在我们都在沙漠里等死,尽管我们两个之中只有……"

"除了即将到来的消亡,我们能不能讨论些别的事情,丽图?"

"对不起,艾伯特,我总是不由自主地转到这个残酷的话题上来。你想聊什么?"

"聊聊你父亲死前的工作。"

"艾伯特……合同规定你不能询问这类问题的。"

"那是以前。"

"我明白了。反正你也没法再告诉别人了,对吧? 好吧。多年以来埃涅阿斯·高岭一直强迫父亲去研究灵魂科技领域最困难的课题之一,异源复刻。"

"那是什么?"

"把一个傀儡的灵魂驻波——他的回忆以及经历——转入其本体以外其他容器。"

"你是说把一天的记忆灌入另一个人的身体里?"

"别笑。这是有例可循的。找来一百对同卵双胞胎,其中五对左右可以通过互换偶人来交换一部分记忆。大部分双胞胎只会出现严重的头痛和方向障碍症状,但有些居然可以完全接受记忆! 运用偶人媒介来分享毕生的记忆以后,这些双胞胎就在真正意义上拥有了两具有机躯体,两段真实的人生。"

"我听说过,我还以为那纯属偶然。"

"没人想把这事公开化,这有可能会瓦解……"

"你父亲尝试在非双胞胎身上实现这一点,在那些没有血缘关系的人身上? 天哪。"

"别太惊讶。这个想法自从有偶人的那一天就有了,它也是无数烂小说和烂电影的灵感来源。"

"太多了,爱好者和工作室的作品都有。我可没凑这个热闹。"

"那是因为你有自己的工作要做,一份真正的工作。但有些人除了艺术以外一无所有。"

"呃,丽图? 这究竟和——"

"耐心点。你看过那个叫做《怪胎》的超体感电影没有? 它是几年前的一部杰作。"

"有人强迫我看了大半部分。"

"还记得那些坏人到处劫持权威科学家和高官的偶人——"

"因为他们掌握了将记忆上传到计算机的方法。对惊险推理题材而言,这个概念相当出色,假如真能办到的话。一面是晶体管,一面是神经元,没人能证明这两个世界是格格不入的,对不对?"

"贝维索夫和列沃证明了灵魂和其他物质一样可以复制。"

"你父亲以前是贝维索夫的学生对吧?"

"他们也是最早在高岭的陶偶研究室里把灵魂驻波复刻进偶人体内的研究团队。没错,《怪胎》里的那个噱头很不现实,哪怕是佛罗里达那样大的计算机都没法容纳一个人的灵魂。"

"我可不认为每个异体接收的故事都跟计算机有关。"

"的确。在某些剧集里,反派会绑架偶人,然后把他的记忆塞进某个志愿者体内以榨取机密。有时传输进去的人格反而会占据主导! 这个可怕的概念确实能吸引不少观众捧场。但认真地说,如果我们找到了交换记忆的方法,进而抹去了所有人类灵魂之间的分界线,又会发生什么?"

(给自己的备忘录:*看着说话的丽图,我意识到,她说的话题很轻松,可她话语的节奏却显示出了极度的紧张。作为一个灰色偶人,她显得格外逼真。看来这个话题和她有很大的联系*。)

要是这时候我的分析设备有几样在手边就好了!

"噢,丽图。如果人们能够交换记忆,男人和女人在彼此眼中就不再是未解之谜了。我们可以洞悉对立的性别。"

"嗯。但这么一来也有弊端。想想紧张的两性关系带给我们的好处……噢！”

“怎么了？”

“艾伯特，快看地平线！”

“嗯，日落了。真美。”

“身在荒漠，我都忘记了一天的这个时候有多特别了。”

“那种橘色的光有些是从生态毒区那边照过来的。我猜我们最好开始习惯喝发出放射光的水……嘿，你冷吗？我们可以靠走路取暖，现在上路已经很安全了。”

“有什么意义？你是昨天日落前制造的，还记得吗？趁你还剩点寿命的时候，最好还是安静待着吧。除非你能想出些更有意义的事情。”

“呃……”

“我们靠近些取暖吧。”

“好吧。好些了吗？嗯……你似乎想说，那些烂电影都跟你父亲最后的研究项目有某种关系。”

“从某种意义而言，没错。全息故事的剧情总是围绕着滥用科技打转。但父亲必须考虑周全，因为异体接收会引发严重的伦理问题。然而——”

“然而什么？”

“出于某些原因，我觉得我父亲对这个课题了解得很多，比他承认的还多。”

“说下去，丽图。”

“你确定你想听下去，哪怕你的大限正一分一秒地接近？这是我害怕制造偶人的另一个原因。滴答作响的钟表声……最终消亡前，咱们还是找些乐子比较好。”

“乐子，好吧。你打算怎么消磨余下的时光，丽图？”

“我……呃……你对‘陶爱’怎么看？”

"你说什么？"

"黏土游戏……揉捏陶土……你非要我说得那么直白吗，艾伯特？"

"噢……偶人性爱。丽图，你真让我吃惊。"

"因为我太主动了？有失淑女形象？我们没时间矜持，艾伯特。还是说你有什么独身信条要守？"

"不，可——"

"我认识的大多数男人——还有很多女人——从小就开始订阅《花花偶人》或者《陶侣月刊》，每周都会收到一个平装包裹，里面装着个复刻过的'专家型'偶人。即使在他们长大以后——"

"丽图，我有固定的女朋友。"

"我知道，我看过你的档案。她是个士兵，很出色。你们发誓要为彼此守贞？"

"克拉拉并不古板，我们遵守着为彼此保留真身的原则——"

"真甜蜜，也真古板。可你没有回答我的问题。"

"偶人性爱……啊，好吧。这主要取决于你是否接收记忆。"

"我们俩似乎都没那个机会了。"

"我明白你的意思。"

"我们再来谈谈乐子。我是说，如果世界还有一个小时就要毁灭了，誓言还有什么意义呢——"

"好吧！我认输，来吧。"

"……"

"……"

"噢，天哪。"

"……怎么？"

"艾伯特，你在你的灰色偶人身上花费太多了！"

"你也一样。"

"寰球的雇员可以用内部价格得到超强化触感处理服务……
真好……"

"是啊。让我们——"

"嗯,等等,我身下有块石头……在这儿,好了。现在你可以靠
上来了。放松,艾伯特。"

"好吧。这也太……"

"……太真实了,简直就像……"

"……就像……啊……阿嚏!"

"怎么了? 你刚刚……打了喷嚏?!"

"我还以为是你打的……我是说灰尘……"

"是你! 你是真人,该死! 我看出来了!"

"丽图,听我解释——"

"滚,你这混蛋。"

"我会走的。可……你脖子上蹭下来的那块染料是什么?"

"闭嘴。"

"你的隐形眼镜也掉了。我早就觉得你的皮肤触感好过头
了,你也是真人!"

"我还觉得你已经死了呢……一个即将消亡的幽灵……我本
来还想抚慰你的。"

"是我在抚慰你! 你刚才不是一直说自己需要找些乐子吗?"

"我刚才说的是给你找乐子,白痴。"

"听起来好像说的是你自己。"

"别狡辩。"

"嘿! 你觉得如果我知道了我还会碰你吗? 我说过,克拉拉和
我——"

"见鬼去吧。"

"为什么? 我们都撒了谎,不是吗? 如果你把你伪装的理由告

诉我,我就把我的告诉你。公平吧?"

"下地狱去吧!"

"导弹袭击我家房子时我不在家,你不觉得欣慰吗? 莫非你宁愿我死掉?"

"当然不,只是——"

"我几小时前就可以走了。我待在这儿为了——"

"占我的便宜!"

"丽图,我们俩都以为——唉,我们究竟在争什么?"

"说得对!"

"……"

"……"

"什么?"

"……什么?"

"你刚才在嘟囔什么吗?"

"没有! 那是……"

"是什么?"

"我只是说刚才那时候……真棒。"

"是啊……的确。噢,你又在笑什么?"

"我只是在想象我们完事以后躺在这儿,自以为'抚慰'了对方,感到满心快乐……然后等待对方开始消融。我们等啊等啊……"

"呵……这笑话不错。但如果我们花了太久才明白过来,那可就糟了。"

"是啊。不过,艾伯特……"

"什么,丽图?"

"你能活下来,我真的很高兴。"

"谢谢了,这话听起来真贴心。"

"那现在呢?"

"现在?我想我们还是出发吧。从车上拿个塑胶水壶,到水池边灌满水,然后往西走。"

"回城里去?你确定你想去的不是东南方?"

"东南方?"

"去我父亲的小屋。"

"乌拉卡山地。我不知道该不该去,丽图。我家出了大麻烦。"

"你在解决麻烦以前得先弄清楚很多事。那小屋是私人产业,网络自带防护功能。你可以派出些嗅探软件,在现身对抗埃涅阿斯之前弄清楚状况……或许能明白谁是真正的幕后黑手。"

"我明白你的意思了。我们能步行到那儿吗?"

"只有一个办法能弄清楚。"

"哦……"

"再说我们会经过战场附近,这就是你亲自前来而没用偶人的原因吧?"

"我这么容易看穿吗,丽图?"

"我是个很现实……而且很喜欢嫉妒的人。谁在热恋可逃不过我的眼睛。"

"呃,克拉拉和我……我们都很羞涩,不太会对彼此承诺什么。不过——"

"那好吧,我们去见见你的大兵姑娘吧。天色暗下来了,不过月亮也出来了,还好我的左眼装有光线增幅器。"

"我也是。"

"我们慢慢走过去就行。我们的祖先很久以前就成功穿越过这片荒漠,他们能做到的事,我们也能做到,对吗?"

"既然你都这么说了,丽图,我更没问题。以我的经验,只要下定决心,什么都不难。"

陶土精神病

……幸存的周二灰色陶偶令人印象深刻……

我从没想过当疯狂科学家的实验小白鼠这么有意思。

从我体内的蛋白质开始流失并引发"洄游反应",已经过去差不多十小时了……紧迫感让陶偶或游或跑或飞回家中,跨越一切阻碍,只为将这短暂一生的记忆传入真人大脑的浩瀚汪洋。但那种恼人的感觉很快就逐渐淡去,在肉体和精神的双重折磨下,工厂为我的人造肉身嵌入的所有傀儡本能都消耗殆尽。

"你会习惯复原处理的。"马哈拉尔解释道。这时我已经接受了蒸汽、热风和射线的连番折磨,躯体和四肢肿胀不堪,还像刚刚钻出陶偶炉时那样全身发抖。

"只有最开始几次会痛。"他说。

"能有几次?我是说在——"

"在无可避免的损耗使得复原全无作用以前吗?黏土远远不如血肉耐久,这台样机最多能够进行三十次复原。我在寰球的老团队也许已经做过改良了——只要埃涅阿斯没有停止那个计划。"

三十次复原,我思索着。

把偶人的正常寿命提高三十倍。对于现代人数万天丰富多彩的生活而言,这确实微不足道。但现在,我的陶土身躯内充盈着生命活力,我说出了心里话:"我很感谢你,如果这不是你继续囚禁我的手段的话。"

"噢,得了吧。只要活下去就有希望。想想吧——三十天时间,哪怕你计划出逃,时间也足够了!"

"或许吧。你说我以前来过这儿。你绑架了我,还拿我做实验。那些艾伯特有逃出去的吗?"

"事实上,有三个巧妙地逃了出去。一个刚出门就被我的狗儿们拦住了;另一个在穿越荒漠的途中融化了;还有一个甚至成功找到了电话! 但那可怜的偶人已经失踪一周,艾伯特早就注销了他的信用账户。我的机械猎手在他通过免费网络发出消息之前抓住了他。"

"我以后会记得把账户有效期多延长些时间。"

"你总是这么乐观!"马哈拉尔大笑,"我告诉你这些是为了让你明白,逃亡根本是白费力气。早先发现的那些安全漏洞早就被我修复了。"

"看来我只好想些纯粹原创的点子了。"

"我知道你的打算,艾伯特。我研究你好些年了。"

"是吗? 那我为什么还会在这儿,尤希尔的偶人? 和我有关的某些东西让你心痒痒的。你想得到那东西,对不对?"

他看着困在他的石制墓穴实验室里动弹不得的我。我敢发誓,他那双傀儡眼睛中闪动着某种介于贪婪与恐惧之间的情绪。"我快要成功了,"他说,"很快。"

"最好快点",我答道,"即使有复原技术,也无法让你在没有真人躯体的情况下永远存在下去。钥匙在我手里,不是吗? 我知道的某些秘密可以解答你的问题。但我的最终消亡也只是时间问题。

"所以你是在和时间赛跑。

"还有埃涅阿斯·高岭。星期二那天早上，他简直等不及想把你送去实验室解剖了。为什么？他会不会怀疑你偷窃了设备，建造了自己的秘密实验室，以此来逃脱死亡？"

马哈拉尔脸上的紧张变成了傲慢。

"你还是和以前一样聪明，艾伯特，"他回答说，"但你出色的猜测总会遗漏某些东西。就算我把真相摆在你面前，你也看不到全貌。"

当别人这么对你说话的时候，你该怎么回答？如果那人声称知道你接下来会做什么，而且比你本人更清楚，你又该如何作答？就因为他记得许多类似的场面，可你却完全想不起那些紧张对峙了？

无言以对的我陷入了沉默。复原给了我更多时间，所以我决定等待。

他拉动一个开关，生命维持液很快排干，容器也随即打开。趁我的身体仍在颤抖，催化等级正在逐渐恢复的时候，他用动力镣铐锁住了我的手腕和脚踝。他用控制器强迫我像牵线木偶那样躺在一台像是加强型复刻装置的机器上。我瞥见那仪器的一角有一双腿，染着明艳的深红色。是一具空白偶人，有点小。

"你想用我制造复制人？"我问，"我可警告你，尤希尔的偶人——"

"叫我尤希尔。我告诉过你，现在的我就是马哈拉尔本人。"

"噢……是啊，尤希尔的偶人。很明显你想尝试用偶人来复刻偶人。不然的话，等三十次复原以后，你还有什么办法活下去？不过坦白讲，这算得上解决之道吗？二次复制肯定会在灵魂里留下些瑕疵，而且一次不如一次，缺陷会越来越严重。等换到第三个身体的时候，你光是能走能说话就该庆幸了。"

"一般人都这么说。"

"一般人？听着，我接的委托有一半都是逮捕侵权犯——那些家伙绑架影星和交际花之流的陶偶，并打算卖个好价钱的。如果顾客要求不高，强行复刻造出些情趣娃娃还是可以的，但这没法解决你的问题，尤希尔。"

"咱们走着瞧吧。现在请你试着放松下来，好好配合。"

"凭什么？要是我一直反抗，你就很难做出好的复制品了。我可以让你更头大。"

"的确。可你得想清楚，复制品越是完美，便越能继承你的才能、魄力以及你对我的轻视！"马哈拉尔咯咯笑起来，"高质量的复制品会在你击败我的企图中充当你的盟友。"

我思忖片刻。

"你抓来的其他那些艾伯特……他们肯定都这么试过。"

"对。只有等复制品不堪使用的时候，我才会再去抓一个艾伯特来。然后是下一个，直到你选择合作为止。到那时我们才能有真正的进展。"

"听起来你对何谓'进展'的概念和我完全不同。"

"或许吧。又或许你没体会到我的计划将带来的长期利益，虽然我已经解释过很多遍了。反正你现在面对的问题非常现实，艾伯特。你被铐住了，只凭自己几乎什么都做不了。但如果有两个艾伯特的话，则能办到很多事，这你无法否认。"

"见鬼去吧。"

他耸耸肩，"我给你点考虑的时间，艾伯特。我还有很多空白偶人可以用来实验。"

马哈拉尔的灰色偶人离开了，留下我独自思索。我感到灰心丧气。很明显，他和其他那些"我"有过同样的对话，通过经验知道了什么论据最有效。

唉，要是我这些年来多用点心思去追踪自己走失的偶人兄弟就好了！我单纯地以为干这一行无法避免高损耗率。只要每个案子进展顺利，些许折损似乎是值得的。而且这跟克拉拉相比算不了什么——为了太平洋生态区和祖国，她把自己的复制人一个接一个送上残酷的战场，他们归来时保持完好的可能性十分渺茫。尽管如此，我还是发誓将来会更关心自己的偶人兄弟。

只要我能逃离这里。

只要我还有机会。

噢，好吧。我最终还是认同了马哈拉尔的理论。专心复刻可以确保我的偶人兄弟们诞生之初就对所有疯狂科学家满怀厌恶。

事实证明，我想得没错。

虽然结果也没什么不同。

好吧，郑重声明，这不是我第一次进行偶人对偶人的复刻。

得了吧，大家都试过这种事。大多数人对成品不太满意：它就像一幅拙劣的讽刺画。光是看着都让人不舒服，就像看着自己喝多了酒，嗑多了药，又或者重伤不治的模样。回溯大学时代，有些家伙喜欢制造瑕疵品来取乐，但我一直不理解乐趣何在。

部分原因是，我二次复制的偶人从未表现出明显的劣化迹象。它不会颤抖，没有明显的记忆缺失，也不会蹒跚胡言令人发噱。多无聊啊！我还不如直接复制呢，那样感觉还舒服些。总之，何必去侵犯寰球的合法权益呢？他们会没收你的陶偶炉的。

我早就知道自己在复制陶偶方面的才能。只有少部分人拥有这种天赋，我年轻时甚至还参与过某个研究项目。可那又如何？这不会让我多么与众不同。你再擅长偶人对偶人的复制，又有什么意义？

再说这种行为让我感觉很怪，它和接收记忆完全不同。我，作为陶偶,却要躺在复刻仪的"本体"这一侧,任由灵魂过滤器用更适合扫描神经元的探针去探查我的陶偶身体。四头探针会比往常更难捕捉到灵魂驻波,它必须格外谨慎地抚过体内弹奏灵魂之音的每一根琴弦,放大每一个音符,只为在近旁的另一张乐器上奏响同样洪亮的乐章。

真有趣。这次我的的确确感到了某些东西,就像一声来自新偶人的回应——尽管它现在仍是加温槽里一摊了无生气的泥块。那种常令我们的祖辈感到离奇的似曾相识感——现在我们称之为"驻波中的涟漪"——蜂拥而入我的身体,就像一股冰冷的气息,一阵鬼魅般飘忽的风,又像某种藏在内心深处的自我认知——但我一点也不喜欢。

这是实验的一部分吗?马哈拉尔计划的一部分?

"两个世纪前,威廉·詹姆斯杜撰了'意识之流'这个词汇。"马哈拉尔拨弄着仪表,兴奋地解释道,"詹姆斯指的是我们通过某种幻觉来认知自我的方式。那是一种有关生命存续的幻觉:以为自己是一条河流,从源头流向大海。

"就连陶偶技术也未曾改变这种浪漫的幻想。它不过给那条河添了几条支流,最终都会回归同一个灵魂,回归每个人傲慢地称之为'我'的实体。

"但一条河本身什么也不是!它无形无影,是一片海市蜃楼,一团混合着分子和力矩,变化无穷的个体。就连古代的神秘学者都知道,如果你在同一地点两次踏入河水,浸没你的将是完全不同的另一条'河'。因为在那条河流的上游,不同的时间和地点有不同的大象撒过尿。"

"你让哲学变得通俗易懂了。"我嘀咕着,继续无助地躺在那儿,聆听他的独白。

"谢了。实际上,这句比喻是你想出来的,是另一个艾伯特·莫里斯的傀儡在几年前说的。这也证明了我的观点,亲爱的朋友。灵魂驻波并不只是延续记忆的载体而已。肯定没错!它一定和更高(或者更低)层次的存在有所关联。"

我知道他在耍什么把戏。马哈拉尔是想让我分心,让我无法用愤怒来妨碍复刻过程。可他的语气似乎带着几分真诚,他真的很在乎自己那堆狗屁不通的理论。

但话说回来,那种怪异的感受让我确实希望自己能分分心,不去注意那异常响亮的回声。我不顾脑袋还夹在过滤探针之间的事实,迎上马哈拉尔的目光。

"你指的是上帝,对吗?"

"呃……对。可以这么说。"

"这可真太奇怪了,教授。你的一生都在侵占宗教的地盘,让所有人都能复制灵魂场,就像拍一张不值钱的照片。教会的老古董最恨的人恐怕就是你了。"

"我说的不是宗教。"他用尖锐的语调回答,"我和其他人所做的一切只是长期战役中的一小部分。我们所做的不过是拂开迷信带来的混沌阴霾,迎来更多的光明。伽利略和哥白尼为了还天文学以自由,曾与宣称凡人无权探究宇宙奥秘的神职人员对抗。接着有了牛顿、玻耳兹曼和爱因斯坦,他们解放了物理学。宗教曾宣称生命对任何人来说都太过神秘,除了造物主自己——直到有一天,我们解析了基因组,开始在实验室里创造全新的物种。到了今天,大部分新生儿都能得到某种程度的基因优化——受孕前后皆可——而且没人表示反对。"

"为什么要反对呢?"我一时有些不解,"等等。让我猜猜。你正准备从历史潮流说到人类的意识——"

"没错,还有灵魂,它是宗教在20世纪的最后一道防线。让科学去解释自然法则吧!让科学家们从恒星解释到夸克粒子,再从地理学解释到生物学！那又怎样？那些法则仅仅只是配方和舞台背景，是造物主很早之前就编造出来的，因为他更关心灵魂！这就是他们的借口。

"直到杰弗蒂·阿诺纳斯找到了灵魂不断震颤的本源，并加以测度以后——"

"有些人仍对她的用词心怀不满。"我指出，"他们声称在驻波之外，还有真正的灵魂。它无法触及——"

"——也无以言说，没错。他们说它是人类永远无法企及的存在，永远不会受到什么力学定律的束缚。"马哈拉尔笑声高亢，"他们向来这样，且战且退。每次科学取得进步，新的堡垒就会建立……树起全新的防线，决心让剩余的领土保持永远的圣洁、神秘与模糊不清，让它们免受不敬神明者的亵渎，直到下一次科学进步为止。"

"你似乎急着想带来这样的进步，可你又为什么要讨论宗教——"

"不是宗教，我的朋友。我们说的是和上帝交流。"

"呃，其中的不同——"

"——已经很明显了吧！我每次都得费一番工夫跟你解释。"

"噢……抱歉。"

"没关系，我已经习惯你难以根治的迟钝了，罕见的天赋并不总是和智力相伴相随。"

我感觉到灵魂驻波中传来"嗡"的一声，声波在我和新傀儡之间以最大幅度震颤着。有一件事可以肯定，新偶人对这家伙的恨意肯定和我一样深。

"继续，"我低语道，"讲讲你和上帝。"

可是他闭口不言。

某个小铃铛发出"叮"的一声,紧接着,我感到灵魂过滤器那只极具侵略性的大手松开了。最后一根触须滑出了我的鼻腔。突然间,我委顿无力的陶土脑袋里又只剩下我一个了。

新偶人滑入陶偶炉,开始快速烘焙,机器顿时轰鸣起来。没过多久,我看到他站起身来,摇摇晃晃地迈出了第一步。

他是深红色的,像特克萨卡纳城的泥土的颜色。而且小小的,像个孩子,看起来还很羸弱,便于马哈拉尔操控。尽管如此,不等余温和浮肿消退,高挑的马哈拉尔灰色偶人幽灵就小心翼翼地给他的双腕戴上了动力镣铐。

如此谨慎!"我"先前肯定给他造成了很多麻烦,这让我感到些许欣慰。

"我们很快就会回来,"偶人尤希尔对我说,"我想用这个新偶人进行一系列测试,然后再看看记忆接收的时候有多顺利。"

"噢,我都等不及了。"

通常来说,我会避免和我制造的新复制人四目相对。这让我感觉不舒服,而且这么做没有任何意义。但这次,在体验了复刻期间那些怪诞的感觉以后,我仿佛不由自主地望向那个小偶人的双眼。偶人的眼睛不是灵魂之窗?也许吧,但我望向他的黑色双眸时,却感到了某种强烈的情绪。是一种亲切感。用不着等到接收他的记忆,我也能明白那具深红躯壳里的想法。

见机行事,我无声地说。

我的另一个自我答以短促的颔首。然后,在镣铐的驱使下,他转过身,跟着我们的主人去往这个邪恶巢穴的另一部分。

于是我就这么躺在那儿,等待着,忧心忡忡,很想知道他准备以怎样的手段来对付我。

我开始觉得这三十天将会非常漫长。我必须找到方法尽快解决这事,无论上帝是不是尤希尔·马哈拉尔的好兄弟。

不过,就算机会自己送上门,我也应当格外小心。假如他把电话忘在很容易弄到的地方,我该不该叫警察?有时候,作为受害人,只需致电求助,然后坐等那些专业的蓝皮救援者赶到就行了。这很简单。

但现在不行。

我绞尽脑汁也想不出马哈拉尔犯了哪桩重罪,至少就我所知没有。长期、连续的偷窃设备、偶人绑架、侵权行为,以及未经许可的实验,现在最多也就判个民事赔偿,外加自动罚款。自从"管制大解除"以来,警察就不太理会这种类型的罪犯了。

不像我,我专抓这类坏蛋!

我在意的是,那些少得可怜的罚金根本弥补不了这些事中的任何一件。

真人的世界自有其规则,我也有我的规则。

偶人对偶人,我要让那个疯狂的恶棍付出代价。

25 | 充满激情的陶土

······瑕疵品重返一个他从未去过的地方······

埃涅阿斯·高岭阁下打算雇我当侦探,这彻底超出了我的意料!

"好了,你们愿不愿意把干这些勾当的混账挖出来?"

他说着,朝附近那堆全息屏幕摆了摆手,示意我们去看。大部分屏幕上播放的都是寰球陶土集团遭受破坏的现场,画面里挤满了五颜六色的修复陶偶,就像一窝忙碌的蚂蚁,正努力恢复这座庞大工厂的营利运作。

其他气泡屏则俯瞰着某栋郊区住宅的闷燃废墟。

亿万富翁的提议让我张口结舌,可帕利的雪貂偶人却满口应承。

"当然,我们能帮你摆平这件事儿,但我们要求的报酬是艾伯特平时开价的四倍。再加上额外开销······其中包括一栋新房子,以取代刚刚被炸毁的那栋。"

干吗不顺便帮艾伯特要个新肉身呢?我不无讽刺地想。小帕有时很让人吃惊,他会纠缠于细枝末节,却对大局不管不顾,比如他就忘记艾伯特·莫里斯已经不存在了。所以,谁还能合法接下这个案子呢? 我的合法权限并不比一台会说话的烤面包机更多。

高岭倒是处变不惊,"这些要求我都接受,但有个条件:根据处理的结果来决定如何支付报酬。而且事实必须证明莫里斯先生真的是无辜的,就像这段录音所暗示的那样。"

"暗示的那样!"陶土帕利大叫,"你已经听完了整个故事。那个可怜的家伙上当了! 他被蒙蔽,被欺诈,被栽赃,哄骗,愚弄,设计,陷害,诈骗……"

"小帕。"我想打断他。

"……瞒骗、误导、耍弄了! 这个头脑简单的傻瓜,受人利用的工具、笨蛋、呆瓜、蠢……"

"或许吧,"高岭用手势打断他,"但又或许是艾伯特本人事先伪造的。他提前录制了这段录音,以便充当不在场证明。"

"这是能查出来的。"我指出,"就算这东西埋在灰色偶人的喉咙里,也能录下周围的城市噪音,人们的交谈声,邻街卡车的引擎声。这些声响很模糊,但经过仔细解析之后,完全能和附近公共摄像头拍下的实际事件联系起来。"

"好吧。"高岭点点头,算是承认,"就算没有提前录制吧。但仍旧可能是伪造的。那个灰色偶人完全可以在做出一切的同时复述这些话,并且假装自己并非同谋。假装头脑简单——"

"——单纯、老实、愚蠢——"

"闭嘴,小帕! 我觉得——"我摇摇头,"——我觉得这些事已经跟我们没关系了。你干吗不把这份录音交给警察?"

偶人高岭撇了撇他逼真而极富表现力的双唇,"我的律师说,这事只能算擦到民事和刑事犯罪之间的那条边儿。"

我惊讶地说:"这可是重大的工业破坏行为——"

"没有一个人类受害者。"

"没有一个……你他妈把那个叫做什么?"

　　我伸出手指戳了戳其中一个显示屏,露出我那栋可怜屋子的俯视图像。我是说艾伯特的屋子。作为对我热切关注的回应,那气泡屏膨胀起来,将其他屏幕挤到一旁,并且放大了图像。我们的视角转向几个来自暴力犯罪科的黑色调查用特制偶人。我们能看到,他们正在探查事发现场。这些顶级专家正在搜索人体残骸,当然了,还有导弹的残骸。

　　"到目前为止,这起惨案和寰球的事件之间尚无明确联系。"

　　高岭说话时那种出奇严肃的神情让我盯着他看了好几秒。

　　"无论你的律师有多优秀,你最多只能靠这套说辞逍遥几个小时。等警察找到我的尸体……我是说艾伯特的尸体……录取完目击者的口供,再调用寰球内部的录像信息以后,你的保险公司就只好跟当局合作了。警察会知道,朊病毒袭击事件以后,你在那堆满是泡沫的烂摊子里找到了一个很小但很重要的证据。如果你假装自己什么也没找到,你手下的某个雇员就会——"

　　"——就会为了内部举报奖金去告我的密。拜托,我不是傻子,我不会把这份记录瞒着警察,至少不会瞒太久。不过,暂时的拖延还是有用的。"

　　"怎么个有用法?"

　　"我明白了!"小帕的迷你偶人叫了起来,其语气表明,他开心着呢,雪貂脸上的笑意浓得化不开,"你想让阴谋策划者以为自己成功了。只要他们对那个灰色偶人的小录音器一无所知,他们就会觉得自己是安全的。这就给了我们找到他们的时间!"

　　"时间?"我质问道,"什么时间? 你们都疯了吗? 我可是差不多二十个小时前造出来的! 我的时间快用完了,剩下的时间恐怕连吃顿饭洗个澡都不够。就算我愿意,你又凭什么觉得我能在这种条件下查清案子?"

　　听到这里,埃涅阿斯·高岭笑了。

"噢,我也许可以重新设置你的时间。"

过了不到半小时,我从这位大人物的地下实验室里那台特大号仪器里走出。那台嘶嘶作响、雾气腾腾的装置对着我捶打、电击、喷沫、揉搓,直到我全身酸痛……就像上次克拉拉让我用真身只穿内衣学做军队健身操那样。我潮湿的陶土皮肤迸发出新生的活力,仿佛在嘶嘶作响。如果几分钟后我还没有爆炸或融化的话,这个世界就交给我来拯救好了。

"你这个小小的发明会带来很多改变。"同样容光焕发的小帕坐在一旁评论。

偶人高岭答道:"它也有弊端,比如开销过高,所以没法商业化。总共只有这么两台原型机,而且……效果并不总是令人满意。"

"他现在才想到告诉我?"我喃喃道,"不,请别理会刚才那句话。乞丐没有选择权。感谢你延长了我所谓的生命。"

我低下头,看到了高岭免费附送的变色服务。这是一天之内的第三次了。现在的我拥有一副高质量灰色偶人的外表。不错不错。谁说一生天注定?瑕疵品也有好人生。

"你打算先去哪儿?"白金亿万富豪问,明显是在催促我们上路。尽管我并不是艾伯特·莫里斯,我还是试着想象我的制造者——那个专业私家侦探——这时会作何选择。

"奎恩·艾琳那儿。"我做出决定,"走吧,小帕。我们去'彩虹之家'。"

高岭从公司车库里借了一辆看上去很耐用的小轿车给我们,不用说,车上装着用来追踪我们行动的异频雷达收发机,还有个窃听器。陶土帕利必须答应不把记忆上传给小帕本人,甚至不能和他联络。事实上,我们都被要求不得把我们在地下实验室里的经历告知其他任何人。

不管这些要求是否完全合法，我相信高岭有法子确保我们遵守，否则他根本不会放我们走。也许这次轮到我带炸弹了。就在我的躯体在那台实验型复原机里恢复活力的时候，有没有什么小东西嵌进去？我没办法马上检查出来……也没理由这么做，毕竟我跟他有着同样的目的。

我们都想查明真相，不是吗？这是我们共同的兴趣所在，不是吗？我和高岭。可我对这一点当真有把握？

同一个问题不断在我脑海中浮现。为什么是我？

为什么他要雇一个私人侦探粗制滥造的绿色瑕疵品？何况高岭本来就看不惯我的本体的所作所为，就算艾伯特那个灰色偶人没有参与阴谋，只是个蒙在鼓里的替罪羊——就像小帕用五花八门的词汇形容的那样。

不管是哪种情况，那位大人物都不该如此信任我。

可话说回来，他又能相信谁呢？高岭提到《内部举报法》的时候并没有开玩笑。这项法律颁布以后，很快变成了员工提早退休的捷径——只要吐露一点老板的机密就行。随着一场又一场白领诈骗案的破产，内部举报奖金日渐庞大，因为罚金的半数都会添加到新的奖金中，引诱着那些更受信任的助理、部下以及左右手泄露天机。让所有人吃惊的是，一个塞满摄像头的世界比以暴制暴的手段更能令社会安定。许多帮派和秘密结社仅仅因为试图强迫叛离者闭嘴，便自取灭亡。

在这种"囚徒困境"般的情形下，每一个追求名声和财富，成为公众英雄的告密者，都意味着一桩阴谋的破产。有那么一段时期，阴谋者似乎已经走投无路了，任何超过三人的犯罪计划似乎从一开始就注定会失败。

然后，陶偶技术出现了。

到今天,你又可以拥有一群无情的帮凶了,因为他们全是你!当然最好还是找几个值得信赖的盟友来分担复刻这种麻烦事,他们或许有你所缺乏的技能。但你还是应该控制真人成员的数量。三四个,最多五个。再多的话,某个你所信任的副手就有很大的可能背叛你。足够庞大的赏金可以抵消任何内疚感。

高岭也许有几千真人雇员,他们每天都会帮他制造几万个吃苦耐劳的偶人,但他不会要求其中一些人去打法律的擦边球,就像我和帕利正要去做的那样。这位大人物的选择面其实很小。要么派出他的替身们"亲自"出马,要么雇一些本事对路的人。这些人应当有行走法律边缘的意愿,并且有守诺的名声,还得有充分的动机去迅速拨开迷雾,查明真相。

听过那个倒霉灰色偶人的录音以后,高岭肯定觉得我无论从哪方面看都是最合适的人选。我当然不会再提自己是瑕疵品,免得让事态复杂化——说不定他会把我丢进最近的垃圾箱里!

等待司机把我们借用的轿车开过来的期间,我继续拿各种问题缠着高岭不放。

"如果我知道那些家伙为什么想破坏你的工厂,事情会好办些。"

"'为什么'正是你要弄清楚的事。"他一板一眼地回答。

"拜托,阁下,了解动机是抓捕恶人所必须的。你的竞争对手会不会因为技术使用费的事而心生怨愤?他们是不是嫉妒你的生产效率?他们是不是想抓住一切可能的机会摧毁寰球?"

高岭发出短促的尖笑,"所有公开企业都被严密监视着。恐怖主义行动太过冒险,跟那些自命清高的家伙风格不符。他们靠律师就能让我比现在烦恼得多,何必用什么炸弹?"

"好吧,那你认为谁能不顾一切到动用炸弹的地步?"

"你是说除了那些在我门前咆哮的可悲狂热者以外?"白金偶

人耸耸肩,"我向来懒得计算敌人的数量,莫里斯先生。事实上,要不是有些紧要的研究项目迫使我留在这儿,以便随时进行偶人复刻,我甚至想马上退休,回我在乡间的某处宅子去。"他叹口气,"如果你非要从我这儿得到点意见,我只好猜测这场可怕的破坏行动一定是某些变态分子的杰作。"

"呃……变态?"我惊讶地眨了好几下眼睛,"你以前用过这个词,但我没有按字面意义理解。"

"噢,我的确是指字面意思。仇视我的并不仅仅是宗教疯子和恋物癖,这点想必你已经知道了吧?我也许加快了偶人纪元的来临,但我也一直在反对滥用这项技术。从公司成立开始,总有些顾客有些恶心想法,恶心得让我吃惊。"

"噢,改革者对前景的看法免不了有些理想化——"

"你觉得我是那种草包空想家吗?"高岭语气尖锐地说,"我明白任何新生事物都会被滥用,特别是在和大众分享以后。所有信息载体,从印刷品到电影再到互联网,几乎甫一问世就会沦为色情读物的主要传播途径。当某些怪胎开始把偶人用做性行为时,性幻想、不忠和自慰之间的分野也随之模糊起来。"

"你肯定不觉得吃惊。"

"一丁点儿也不。人人都能看出,偶人技术能彻底消灭人们担心了几十年的'一夜情'风险。那种摇摆不定的天性深深根植于我们的动物本能之中。见鬼,早在贝维索夫和列沃成功复刻出第一道灵魂驻波之前,活动人偶做爱的事就有了。看到偶人交换俱乐部遍地开花,我一点也不惊讶,至少这是人类会做的事。

"可接下来,'改装'运动开始了,一波又一波所谓的革新、强化、'残缺美'……"

"哦……对。你曾努力制止人们改造你卖给他们的空白偶人,不过后来无疾而终了。"

高岭耸耸肩表示承认,"我想那些变态肯定还记得我是怎么对付他们的,每一年我都会对陶偶纯化政策进行财政资助。"

"你是说陶偶蠢化吧。"陶土帕利嘀咕道,"你真的希望所有偶人出厂时,情感能力都经过抑制吗?"

"抵制的只是那些能够促生暴力或敌意行为的情感。"

"但那样的话,成为傀儡的乐趣就少了一半!你得做些出格的事,释放出压抑在内心的魔鬼——"

"压抑的存在是有理由的,"高岭愤怒地答道,陶土帕利显然很清楚怎么刺激他,"社会学、心理学,还有进化论方面的理由。每一年,人类学家都会发现令人不安的趋势。人们的心肠越来越硬,逐渐接受了那些骇人听闻的暴力行为——"

"——发生在极其有限的时间和地点。就像幻想你绝对不会亲手去做的那些事,没有确凿证据表明这些幻想会转化为真人的行为——"

"——却会成为人类自残行为的替代品——"

"——能够直接体验体形更大或更小,身体残缺或者性别相反的感觉——"

"——这会带来痛苦——"

"——为的是亲身感受——"

"——会降低感官能力——"

"——却能感同身受——"

"够了!"我大吼。亿万富翁的白金傀儡风度尽失地跟一个来自偶人城区的雪貂陶偶比嗓门,这种事看一小会儿还挺有意思的。不过,彻底缺乏自保意识的小帕很快就会让人厌烦,全凭着对方的涵养我们才能活到现在。

"这么说,你认为他们这次袭击也许是为了报复你支持陶偶纯净政策?"我问。

偶人高岭耸耸肩,"去年在波斯-印度联盟通过了。这样一来,参与国增加到了二十六个。下个月阿根廷也会进行投票。败类们恐怕要担惊受怕了,他们的偶人比本体更冷静也更优秀的时代即将来临——"

"——你的意思是无性也无趣——"

"——但有助于提高而非降低人类的品质。"高岭替他说完,对陶土帕利皱皱眉,示意讨论结束。这回我的小朋友很识相,又或许是因为车子已经到了门廊前。开车的是个面无表情的黄色偶人,仅有的个性就是在帮我打开车门时哼唱小曲儿。随后他匆忙跑开,搭那辆返回总部的小型巴士去了。

我调整好驾驶座。白金高岭给了我一台号码加密的移动电话,这是特别紧急状况下使用的。他还要求我每过三小时就给他的高优先级信息交换匣发送口述报告,以便记录概要。

我正要关上车门,小帕的小型雪貂陶偶从我身上跳到了高岭肩头!陶土帕利绕着高岭的脖子转了一圈,后者瑟缩了一下。"质地好得难以置信,"小小的偶人轻声说,"太逼真了。我怀疑……"

他似乎想给高岭一个热吻,事先毫无征兆,陶土帕利打了个旋儿,富有光泽的尖牙陷进了领口上方闪亮的脖颈!

透过陶土浆液,两道伤口浮现出来。

"这是干什么?"痛苦和愤怒让高岭挥拳打去,陶土帕利轻松闪开,接着穿过开着的车窗跳入我怀中。他舔舔着下巴上亮闪闪的血块,嫌恶地吐了口唾沫。

"陶土!呸。好吧,他确实不是真人,不过总得检查一下,弄不好是他自己装成假人的。"

这就是平时的小帕,主人的缺陷在他身上体现得淋漓尽致。我匆匆赶去安慰我们的雇主。

"我很抱歉,先生。呃……小帕总喜欢刨根问底。而且你得承认，这具身体实在非常逼真。"

偶人高岭仍旧怒气冲冲，"假如我是真人伪装的呢？我会被那个鬼玩意儿弄成残废！此外，我是否选择以本体会面根本就他妈不关你们的事！我真想——"

他突然停下来，深吸一口气。破口在几秒钟后便停止流血，转为坚硬的陶瓷伤口——这对偶人来说根本是小事一桩。

"滚吧。除非你们发现了什么有意思的情报，否则别再来烦我了。"

小帕愉快地答道："多谢你的款待！替我问候你的本体——"

我发动车子，打断了陶土帕利的油嘴滑舌。穿过前门，进入车流之时，我狠狠瞪了我的同伴一眼。

"怎么？"雪貂朝我露齿而笑，"别跟我说你看着那个逼真的傀儡却不好奇！关于他有很多谣言，据说这些年来，没人见过他的真身。"

"好奇是一回事，小帕……"

"好奇是一回事？嘿，眼下，这可是我干下去的唯一理由。明白我的意思吗？"

唉，我明白。即使我的生命已经延长——寿命是我昨天从陶偶炉里走出时所预期的两倍——一天也只是一天而已，无论是作为瑕疵品还是幽灵。

我能用这点时间做到什么？也许可以伸张一下正义。或是找到谋杀艾伯特的那些恶棍，来个以血还血。这些都是令人满足的成就，但你没法把它们带进回收箱里。

另一方面，好奇心却是永恒的，无限期的。人生中总有糟糕事，无论你诞生于子宫还是陶偶炉。无论发生什么，也无论你的命运有多悲惨，好奇心都能支撑你活下去。

"话说回来，艾伯特。你看到那瘦子被咬时的表情了吗？"

"见鬼,没错,我看到了!你这小——"我摇摇头。高岭那张自负的面孔仍然浮现在我的脑海。面对突如其来的侮辱,他的表情实在——太搞笑了。

我忍不住捧腹大笑。在笑声的影响下,我把小车一个急转,闯了黄灯,也导致寰球的开销上多了一笔4级违规罚款。愉悦与复原带来的兴奋感——它仍旧洋溢在我的陶土身躯里——混合在一起,让我比从前——比只有几小时寿命的时候——更有活着的感觉!

"好吧,"最后我说,努力把精力集中在开车上。我们身处真人街区,周围也许会有小孩子,现在可不能马虎大意。"来吧,小帕。让我们去看看艾琳那儿怎么样了。"

我们看到的是死亡。

"彩虹之家"的入口附近挤着一大群人。各种色彩斑斓的偶人——全都为娱乐或是格斗表演进行过特制和个人改装——在混乱中四处走动,低声交谈。以刺眼的频率闪烁着的明亮布条封锁了他们最爱的住所,向铺设在他们陶土身躯内部的傀儡纤维发送着"禁止接近"的信息。

一个女性模样的红色偶人站在入口处。她戴着深色眼镜。我和陶土帕利接近时,她正耐心解释。

"……我再说一次,很抱歉,但你们不能进去。这个俱乐部很快就会更换管理者。在此之前,你们只能另找地方寻欢。"

我上下打量了她一番。夸张的曲线似乎宣告着她的性感侍应身份,可暗藏在指甲下方的尖针又意味着她在顾客闹事时完全可以行使保镖的职能。这肯定是艾琳手下的工蜂之一——也就是灰色艾伯特的复述记录里提到的量产式偶人。她和那些描述基本吻合,除了看起来有些憔悴和疲倦,她的生命活力显然维持不了多久了。

有些顾客扬长而去,希望找到另一家还在营业的夜店,一个能给他们提供同样多消遣的地方。我能看出他们匆匆行色中的沮丧,特别是装有多刺肢体、用来搏斗或进行夸张的性表演的那些偶人。这种偶人通常是瘾君子制造的,那些"体验成瘾"的家伙需要定时接收强烈的新记忆,内容越夸张越暴力越好。如果这些偶人没能达成目标,他们的本体就不会接收记忆。他们通过记忆接收而得到存续的机会,取决于能否在其他地方找到刺激体验。

更多的客人还在陆续到达,他们心有不甘地四下游荡,或尝试和红色保镖争论。她会站在门口直到自己融化吗?根据艾伯特的那个倒霉灰色偶人的证言,我认为艾琳是非常看重接受记忆这回事的。

"我们绕到后门试试,"陶土帕利坐在我肩上建议,"根据那个灰色偶人的记录,蜂巢的蜂后就在那边。"

蜂巢的蜂后,我当然知道这回事,可这话还是让我起了鸡皮疙瘩。蜂房和蜂后,天哪。有人说,按照陶偶技术固有的法则,我们最终都会走上这条路。

到那时可就有趣了。

"好,"我对我的小伙伴说,"咱们绕过去看看吧。"

26 | 胶片上的灵魂

…… 艾伯特本人找到了心灵的绿洲……

在这片荒漠中穿行了艰苦漫长的一夜和一整个早晨以后，丽图和我都已疲惫不堪，皮肤上也全是皱褶。

我们的灰色偶人皮肤只是伪装，你也许会觉得它不光是"起皱"这么简单。幸运的是，这种顶级品牌的化妆品并未堵塞我们的毛孔。它们没有阻挡汗水流出，而是真真正正地减少了流汗，更让刮过的每阵风的冷却效果最大化。尘土和盐晶也都能排出。事实上，据说这种材料比真皮更凉爽也更干净。

这很不错，但前提是得有充足的饮水。离开撞毁的沃尔沃所在的峡谷，向着南方长途跋涉的途中，我们两次遭遇了饮水问题。每次都是身处旷野中央，便携水壶眼看就要见底，周围却毫无文明的迹象。我不禁怀疑：这个计划恐怕没有想象中那么好。

尽管看起来苍凉孤寂，今天的沙漠却跟我们的先祖面对的沙漠有所不同。每当我们缺水的时候，总是能找到点儿什么。我们经过一个散落着废弃的违建小屋的地区。那些屋子的历史超过一个世纪，粗糙的水泥墙上盖着生锈的金属屋顶。其中一栋还有古老的绒布地毯，厚厚的积灰让大批无需光照的生物繁荣生长。已

被堵塞的排水管道从小屋通向一座蓄水池,我们把水壶灌满了满
是浮渣的雨水,尽管看起来令人反胃,但我们还是欣喜不已。还有
一次,丽图在某个弃置矿井里找到了一摊积水。我不大喜欢喝那
些浸过矿物质的水,但当今的医学设备应该足以消除所有毒素
——如果我们能够尽快返回文明社会的话。

所以,尽管我们的跋涉算得上冒险——经常有极度不适的体
验——但并不会出现生死攸关的情况。有好几次,我们看到了机
械化气象站的反光,或是生态组织的褐色小屋,所以我们完全可以
求助,只是我们有充足的理由不这么做。但有了这些选择,旅途也
就变得可以忍受了。

事实上,跋涉途中,我和丽图发现彼此都有多余的精力来打发
时间,于是我们继续先前的话题,谈起了我们近来看过的舞台剧及
超体感电影,比如那个长盛不衰的经典桥段—— 一个复制体声称
自己才是"真的",指控他人冒名顶替了自己。如果说这种剧品位
不高的话,我们也都看过《殷红如我》。那部纪录片讲述了一个患
有皮肤病,肤色并非棕色的人。对大多数人而言,这种外表意味着
假人,所以她无论到哪儿都会被当成假人对待。偶尔被人当成"私
人财产",这种事我们都能忍受,毕竟最后总有转机,不是吗?但那
位女主人公根本没机会过上真人市民和陶偶主人的生活。这个故
事让我想起了小帕,他困在那张生命维持椅上,唯有通过偶人才能
体验世界。当今社会也并非总是公平的。

我也因此明白了为什么丽图没有派出灰色偶人,而是亲自踏
上这段旅途。原来她也有生理缺陷。她没办法制造出值得信赖的
替身,她们总是出差错。

好吧,有些人连陶偶炉都不能用,只好忍受只有一次单线式人
生的种种不便。心胸狭窄的人把他们叫做"无魂者",认为他们无
法进行复制是因为不具备真正的灵魂驻波。这种可遗传的缺陷会

让人们很难找到工作和伴侣。的确,如今最为残酷的极刑就是切断犯人的贝维索夫神经键,让他无法进行复刻,将他永远禁锢在一个躯体里。

还有数千万人只能创造粗糙劣质、智力低下的假人,这些假人能够胜任修剪草坪和粉刷围墙的工作——但最多也就这样了。

丽图的问题不太一样。她复刻的偶人极其精巧也非常聪明,但大多是瑕疵品,和主人格格不入。"我十来岁的时候,造出的陶偶常常对我不满,甚至憎恨我!她们非但不愿帮我实现目标,反而会加以阻挠,或是让我落入尴尬的境地。

"近几年,我才达到了某种平衡。如今,我的傀儡中大概有一半能够按照我的愿望行事。其余那些会自行出走,大多对人无害。但我还是会为所有陶偶安装高强度异频雷达身份标签,以确保他们遵纪守法。"

这番尴尬的自白到来时,我们已步行了几个钟头,疲惫已将她的谨慎消磨殆尽。我同情地咕哝了一声,没有勇气告诉她,我从来没造出过瑕疵品。(直到昨天的绿色偶人发来那个奇怪的消息为止——可我还是不太相信他真的成了个瑕疵品。)

至于丽图的问题,我那些精神病学读物有种解释:尤希尔·马哈拉尔的女儿有非常严重的心理缺陷,这种缺陷待在本体里时还能保持无害,而在制造偶人的过程中,缺陷便会无情地放大。压抑自我憎恨感的典型病例,我心想。可我随即责怪起自己来:不该仅凭如此微薄的证据就任意评判一个人。

这解释了她为什么会在周二晚上以真身前来。帮助我调查她父亲的荒漠小屋显然是件很重要的事,要确保这事不出问题,她必须效仿古人,亲自出马。

我们对话的很大一部分——包括这番自白——都被我耳后皮下植入的微型转录器记录了下来。我感觉不太好,可又找不到关闭它的法子。也许等有机会,我可以把这部分删掉。

杰西·赫尔姆斯国际军事竞赛场。

从远处望去,它像一座相当典型的沙漠军事基地:绿洲里散落着随风摇曳的棕榈树、网球场和度假用游泳池。战时驻兵的军营是斯巴达式的:林荫遮蔽下的帐篷式小屋呈淡色调,藏身于电子模拟站、训练竞技场和禅思花园近旁。磨砺尚武精神所需的一切都应有尽有。

那些兀立于主入口旁,直插云端的旅馆,则和用于坚忍训练的竞赛场形成了鲜明对比。它们服务的对象是记者和每次大型战斗都会亲自到场观摩的军事爱好者。电网把采访记者和四处乱窜的摄影爱好者阻挡在外,内部的士兵才得以不受干扰,专心致志地砥砺身心,以迎接战斗。

绿洲远方,在一座满是车辙的土丘之下,坐落着基地的地下核心。守在屏幕前关注每一场冲突的,数以百万计的军迷们从未见过这座综合设施。这里有特殊武器的生产设备,还有特别定制的傀偶压制机,足以满足现代军队的需要。几公里外的另一座土丘基地配有接待设施,每年都会有数支军队来访,在山丘之后进行为期数周的苦战。

"看起来战争好像没结束。"丽图评论道。我们正轮流用手持式望远镜窥视——它是我从撞坏的沃尔沃上抢救出来的少数几件财物之一。就算站在约五公里之外,我也可以断言:太平洋生态区和印度尼西亚之间的仇恨在持续升温。旅馆的泊车位已经满了,远处南方的天空中有浮游摄像机和中继卫星。

噢,在远处嗡鸣着的一大群窥视者的下方,在那座花岗岩绝壁之后,某些事件正在发生。零星的轰鸣像愤怒的雷霆一样,自峭壁处满溢而出。有好几次,嘹亮的鸣响令我和丽图周围的空气都悸动起来。与轰鸣声结伴而来的是一阵阵刺眼的光芒,转瞬即逝的影子也在这片烈日灼烤的土地上翩翩起舞。

在悬崖那一边,某种异常可怕之物正在现身。一股炽热的死亡旋涡,比我们蛮荒原始的祖先所能想象的更加狂暴,也更加无情……可你却很难在我们这个拥挤的世界里找到害怕这幕情景的人。

"那么,"我的同伴问,"我们该怎么去见你的士兵女友,就这么走到大门口然后广播找人吗?"

我摇摇头。真要这么容易就好了,在我们徒步穿越荒漠的艰难旅途中,我一直在苦苦思索对策。

"我不觉得引人注目是个好主意。"

"说得对。就我上次听说的消息来看,你好像是一起重要案件的嫌疑人。"

"而且死了。"

"是啊,而且死了。你去扫描视网膜做身份认证时多半会引发一场骚动。那好吧,你希望我去是吗? 我可以去租个房间。咱们先弄掉这些伪装再说。"她指了指覆在我们体表的灰白假皮,许多个小时的风吹日晒后,它们已经磨损得很厉害了。"你去呼叫你朋友时,我可以洗个热水澡。"

我摇摇头,"随你的便,丽图。但我觉得你不该除去伪装。即便警察不会追捕你,还有埃涅阿斯·高岭。"

"如果在公路上对我们开枪的人真是埃涅阿斯的话。眼见未必为实,艾伯特。"

"唔。你用性命打赌那不是他吗? 毫无疑问,高岭和你父亲曾联手策划过一个大计划,非常令人不安的计划。所有迹象都证明他们已经决裂了。也许就是这件事导致了你父亲的死,而且地点就在我们遭到伏击的同一条公路上……"

　　丽图举起一只手,"你说服我了。在让别人知道我们还活着之前,我们需要一个加密网络端口来查明现在的状况。"

　　"要做这种事,克拉拉恰好是最合适的人选。"我又举起望远镜,"前提是我们能顺利走完这几公里,并成功地引起她的注意。"

　　"你有什么计划吗?"

　　我指了指左方:远离基地主入口的地方,电网前有一片破败的宿营地,就在那些浮华旅馆的另一头。许多色彩斑斓的身影正在形态各异的帐篷、移动房屋和临时舞台之间走来走去,给人的感觉就像一场无政府主义者的狂欢。

　　"走吧,那就是我们该去的地方。"

27 | 天堂的碎片

……绿皮明白了，有些事比死更可怕……

肩上骑着小帕的迷你雪貂偶人，我们一起离开彩虹之家被封锁的正门，绕向后方，寻找另一个入口。高大的保安围栏封住了货运通道，但它拦不住我。大门开着一条缝，肯定是哪辆大货车驶入的时候留下的。我们挤了过去，大摇大摆地走到那辆车旁上下打量。

最终选项公司

全息广告显示着这几个字，外加一位亲切地招手示意的天使。车顶有个硕大的碟形天线，看起来像订制品，装饰华丽，比普通的卫星数据接收器大得多。侧身经过之际，我的皮肤微微发麻，有点像不久前复原时那种痒酥酥的感觉。

"里面的能量不小啊。"陶土帕利评论道，他弓起背，毛发根根竖立。

"你听说过这公司吗？"我问。经过那辆车以后，我的麻刺感才渐渐消失。

"听过,听过好些次。"陶土帕利的声音低沉简练。

粗大的冷冻绝缘电缆蜿蜒于货车和这栋建筑的后门之间,门内回响着俗里俗气的音乐。我小心翼翼地跨过电缆,来到一个大洞穴般的房间里,只见几十个身披斗篷的身影正随着挽歌似的旋律轻轻摇摆。

"他们在干吗?"小帕不怀好意地问,"拍摄《文森特·普莱斯剧场》的下一集?"

我想起了这里曾经发生的事。就在昨天,这些人成功愚弄了艾伯特最好的灰色偶人之一,在他体内植入了一颗极可怕的炸弹。既然他们能骗过他,像我这种不幸的瑕疵品就更该多加小心了。在外表的染色伪装之下,我仍旧是个卑微的绿皮偶人。

适应了这里的光线以后,我发现所有披裹长袍的身躯都呈现出同样的暗红色调,和挡在"彩虹之家"正门前的那个偶人一模一样。唯一的例外是躺在中央高台上的身影。那人的外表异常苍白,起初我还以为那是个白色偶人。

我猜错了。仰躺在那儿的是个真人。一丛丛黏附式电极之间是一撮撮稀疏的灰发,沉重而虚弱的躯体大半被红色丝绒遮掩着。现如今,大多数人都会想方设法让原生躯体匀称健康,同时努力把皮肤晒成棕色,免得被误认为娱乐傀儡。但有些人不然,他们与生俱来的身体只有一个用途——记忆的容器,将今天的偶人的经历转入第二天的偶人体内。很明显,艾琳就是这种潮人,而且站在潮流最前端。难怪她会开设这种专门提供时髦服务的商业中心!

四周回荡的挽歌让我明白了,艾琳也许曾经丰富多彩的生命即将走到尽头。被单遮盖下,她的胸口不均匀地起伏着。导管滴落药液,旁边的新陈代谢显示器轻声鸣响,节奏忽快忽慢,飘忽不定。

我没看到陶偶炉,这里也没有成排等候的空白偶人。这么说,她并没像某些知道自己即将死去的人那样忙着制造幽灵,留下一大群无主复制人处理自己的身后事务……或者做那些你生前从来不敢做的事。艾琳的复制人大多看上去寿数将尽——灰色艾伯特被"修复"的时候,这些偶人恐怕都在现场。

或许就在那时,或者随后不久,艾琳便停止了自我复制?真要这样的话,这个巧合还真是耐人寻味。

我看到一个艾琳站在远离哀悼仪式的地方,和一个紫色偶人聊着天,后者硕大的双眼和新潮的弯曲鸟喙都和猎鹰颇为相似。

"荷露斯。"陶土帕利低声说。

"贺拉斯?"

"荷露斯!"他指着那个来访者满是铭文与精美刺绣图案的亮色外袍,"掌管死亡和冥府的埃及神。要我说,这一套可真够假的。"

没错,我心想。最终选择,专为已死或者濒死者提供协助的无数机构之一。无论哪个行当,只要有需求,总有上百万个无聊无业的家伙抢着干。

鹰脸人正在解释一本华丽小册子上的内容,我慢慢凑近了些。

"……还有个更流行的选项,全身冷冻贮藏!我这儿的设备能为你主人的原生身体注入经过合理搭配,用科学手段调整过剂量的安定剂,然后降温,再把她送到雷德兰兹的贮存设施。那儿有独立深层地热供能系统,其装甲足以抵御彗星直接冲撞以外的任何攻击!你们的主人只需要复刻一份让渡——"

"我们对冷冻贮藏没兴趣。"红色傀儡代表整个蜂巢答道,"经过冷冻的人类大脑无法维持驻波,这是经过多次验证的事实。它会彻底消失,再也不会回来。"

"但记忆依然存在,储存在将近一千万亿个神经元和细胞里……"

"记忆和驻波不一样。再说大部分记忆只有原始驻波那些机能正常的复制品才能使用。"

"好吧,偶人也可以冷冻。如果把一个偶人和本体的头颅一同贮藏起来,等将来有一天,科技足够发达了,就能通过某种组合——"

"拜托,"红色艾琳打断他的话,"我们对科幻小说没兴趣。找其他人出高价做你的小白鼠吧。我们只想要一次简单的服务,这才是我们致电贵公司的原因。

"我们选择天线。"

"天线。"紫色的鹰脸偶人点点头,"根据法律要求,我必须告诉你这项技术尚未经过验证,也没有已确定的成功先例,尽管很多人声称共振探测技术……"

"我们有理由相信你们过去的客户之所以失败,原因在于注意力不够集中,缺乏强烈的求生欲望。这些条件我们全都具备。你们只要按照你们的广告,做好自己的工作就行。"

荷露斯挺直身子。

"那就天线吧。我还需要一份让渡证明。请让你的本体在这上面进行生命复刻。"

他从袍子里抽出一个沉甸甸的长方形板子,撕掉薄薄的塑胶包装,一团浓稠湿润的雾气随即冒出。红色偶人小心地双手托着板边接过,尽量不去碰触它潮湿的表面。

"我几分钟后就回来,还有些准备工作要做。"荷露斯转身穿过那群身穿闪闪发光的袍子的偶人,朝他的货车走去。

我和陶土帕利看着那位红色特使从她的众多姐妹身边走过,后者纷纷让开道路,不需要任何手势和话语。她来到那张高台旁,将平板高举在仰躺着的苍白躯体上方。原生的、苍白皮肤的艾琳举起一只手,然后是另一只。我突然意识到,她是清醒的。

两个偶人缓缓地从两边走来,压住她的身体。

那块板越降越低,接近那张灰黄的面孔,直到她温暖的呼吸在平板表面凝成了水滴。她深吸一口气,然后红色偶人快速有力地压下陶泥板,让它裹住艾琳本人的头部……就这样按了几秒钟,直到一张近乎完美的面具成型。唯一的缺陷是它大张着嘴,这是本体条件反射式的喘息造成的。

不到一次呼吸的时间,那块陶土便在我们眼前变化起来,飞快地泛过几次色彩斑斓的涟漪。这些色彩中,有些是灵魂科技到来之前的黑暗纪元里,古代隐者们致力寻找而寻不得的异色。尤其是面具的唇部,仿佛跃动着微弱的闪电。

凝固的面具很快便被取下,艾琳本人全身发抖,但毫发无损。

“我最烦这种事了,”陶土帕利小声说,“该死的律师。”

“签名可以伪造,小帕,指纹、加密暗语和视网膜扫描也一样。但灵魂印记却是唯一的。”

现在,艾琳和“最终选项”签署了具有法律效力的合同,用她原生生命的最后时刻买到了某些服务,某些她觉得无比珍贵的东西。因为“管制大解除”的缘故,政府管不着你和那些声称可以照看你的灵魂的人之间的事务,尤其是在这种最后关头。你最终的去向,完全是你自己的选择。

可惜的是,倒霉的艾伯特根本没机会做这种选择。我敢打赌,他的遭遇多少和艾琳有关。

陶土帕利掉过头,在我肩头绷紧了身子。我及时转身,发现一个身影接近了我。那是另一个红色偶人,和她那些同伴一样衣衫不整,但依然让人畏惧。“莫里斯先生,”她轻轻颔首,“是你吗?还是另一个?需要我自我介绍一下吗?”

“都不是。”我答道,全不在乎如此含糊的回答会不会把她弄糊涂，"我认识你，艾琳。但我不是昨晚你炸掉的那个。"

她无所谓地耸耸肩，答道："一看到你，我就禁不住生出了希望。"

"希望？希望什么？"

"希望新闻报道多少有些不实，希望你还是昨天离开这儿的那个偶人。"

"你想说什么？你很清楚那个灰色偶人的遭遇。你杀了他。在寰球陶土集团把他炸死了！只不过，他最后的英勇让你的炸弹没有把那地方彻底毁掉。"

"我们的炸弹，"红色偶人点头承认，"也许别人会这么想的。但说实话，我们还以为植入的是一台侦察设备，用于感知和评估寰球研发部尚在实验阶段的灵魂场——"

"噢，真能编啊。"陶土帕利评价道。

"不，是真的！寰球遭到破坏性袭击的新闻让我们大吃一惊。我们这才知道自己完全被利用，被出卖了。"

"是啊，请接着编。"

她没理睬小帕的讽刺，点点头，"噢，我会告诉你们的。我们立刻意识到，某个盟友设下了圈套，让我们为这次恶毒袭击做替罪羊。这只是他们的多重自保手段之一，为的是让真正的恶人免受惩罚。你的灰色偶人瞒天过海的手段非常高明，掩饰了行迹，抹去了他和雇主之间的所有直接关联。但即使这样，这种恶性犯罪也不会草草结案，寰球陶土集团将不惜代价找到罪犯。这样一来，几次推导之后，最终的罪责就会落到我们头上。"

"莫里斯的偶人，你是来向我们宣布噩耗的吗？"

"噢，我也许是来宣布噩耗的，但我不是莫里斯。"我的声音压得很低，她没有听见。

"看见你，我们有些吃惊。"红色偶人承认，"我们本以为会看到

寰球的保安或警察。也许他们马上就到？没关系,反正我们不会
继续活在世上了。趁还能选择的时候,我们会尽快赴死。"

我还是不太相信。

"你声称和那枚朊病毒炸弹无关,那袭击艾伯特本人并杀死他
又怎么说?"

"这还不明显吗?"她反问,"在利用完我们以后,这些事件背后
的策划者——看来也是我们共同的敌人——必须隐藏自己的身
份,这意味着不留活口。他杀你的时间只比杀我早一点。用不
了多久,你和我就都不复存在了。

"我是说,在现实世界里不复存在。"她补充道。

我看了一眼高台,它已经渐渐接近了货车。嘶嘶作响的冷冻
绝缘电缆正和群集于艾琳本人头颅附近的脑波探针进行连接。"你
们正在用某种稀奇古怪的方式自杀。这么一来,你们就没法作为
完整的个体在法庭上作证了。但你们真的想这样做吗? 获益者只
有一个:你们的前同伙,也就是出卖你们的那个人。你们难道不想
帮忙抓住他,制裁他吗?"

"为什么? 复仇没有意义,我们反正都快死了……剩下的时间
只有几星期。我们孤注一掷,参与了他的计划,希望能借此逃避命
运。我们相信了他,下了注,然后赌输了。但至少我们还有权选择
自己的死法。"

陶土帕利大吼道:"复仇也许对你们没有意义,但艾伯特是我
朋友。我要把做出这档子事的杂种揪出来!"

"我们会祝你好运的。"红色偶人叹口气,"不过那个恶棍在逃
脱制裁方面堪称大师。"

"就是莫里斯那个灰色偶人见到的柯林斯?"

她点点头,"其实你早就跟他打过交道,只不过那时他用的是
另一个名字。"

我心里一沉，猜测道："贝塔。"

"没错。多说一句，你突袭了他在泰勒大厦的据点，让他很不痛快。他为此付出了不小的代价。不过，利用艾伯特·莫里斯的计划早就有了，他酝酿了很长时间。"

"这个计划还有另一层：利用你。"

"我承认。我们把这次合作看做工业间谍行为，想抢在新鲜出炉的偶人技术通过烦琐的执照许可申请之前，拿到第一手盗版。"

"新鲜出炉的陶偶技术，你的意思是远程陶偶制造技术？"他们就是用这个谎话让灰色偶人上了钩。

"拜托，对这个感兴趣的只有头牌沃梅克。但这只是为了转移视线才提出来的。至于我们真正想找什么，我猜你已经知道了。"

"傀偶复原技术，"陶土帕利道，"让他们延长生命的法子。我能猜出为什么。你的本体的记忆已经存满了，或者说快存满了。"

"存满了？"我问。

"她接收了太多记忆，艾伯特。艾琳复刻的次数太多，又从制造的每一个偶人那里接收了所有垃圾记忆，她储存的记忆已经达到了上限。"他问那个红色偶人，"告诉我，你的主观生命已经持续多少个世纪了，有没有一千年？"

"这重要吗？"

"或许吧，在科学上很有意义。"我答道，"你的错误能让其他人引以为戒。"但我知道，任何利他主义的呼吁都毫无作用。无论年纪多大，这个人是不会被自身利益之外的任何事打动的。"你听说了一些关于复原技术的传言，认为只要偶人的寿命延长——"

"——你的本体就能推迟大限的到来，是不是？"陶土帕利抢着问道，"这样一来，贝塔的参与也就合乎逻辑了，他一直在出售高档娱乐偶人的廉价盗版。复原技术让他可以为偷来的模板延寿，也许甚至还能从贩售转型为租赁，这可是大钱！"

"他正是这么和我们解释的。偷窃这项技术，贝塔似乎是最合适的帮手。我……我们依然无法理解他想从这次破坏寰球的行动中得到什么好处。"

"噢，他没有成功！"陶土帕利突然叫道，"这得归功于艾伯特，他最终还是用智慧挫败了贝塔。"

我很想嗤之以鼻，那个灰色偶人的智慧恐怕没能挫败任何人，但我忍住了。"无论贝塔的理由是什么，我敢肯定他不会就此罢休。"

艾琳点点头，"也许吧。但这很快就与我们无关了。"

我的目光越过她的肩头，看到准备工作已接近尾声。冰冷的雾气笼罩了高台，粗大的高敏感度探针聚集在艾琳本人满是灰发的头颅上。她的呼吸很困难，但双目仍然有神。她的喉咙里发出细微的响声，不知是不是有话要说，不知她还有没有能力开口讲话。毕竟很久以来，她一直在用本体以外的眼、耳、手和口去和世界交流。

荷露斯回来了，换了件崭新的蓝色袍子，带有圆形曼荼罗图案。他抱怨脑波探针太过密集。红色艾琳偶人们在周围排成了整齐的队列，形状像花朵的花瓣。所有偶人都戴着标准的电极网帽。

"好哇，"陶土帕利说，"她们准备同时把记忆回传给她！每次这么做我都会头痛。"

"她肯定经常这样。"我回答，然后转身想找先前说话的那个红色偶人来确认。可她不在旁边，连声招呼也没打就重新回到其他红色偶人中间。我追过去，一把抓住她的手臂，"等一下。我还有问题要问你。"

"我也有工作要做，"她简洁地说，"快点问。"

"金妮·沃梅克跟这场阴谋有关吗？还是说有人伪装成她的样子？"

红色偶人笑了。

"噢，我们的时代太奇妙了，不是吗？我没法肯定地答复你，莫里斯先生，除非能做一次系统化的灵魂解析。我只能说，它的外表和举止都酷似头牌。现在我真得走了——"

"嘿，这是你欠我的！"我恳求道，"至少告诉我如何找到贝塔。"

她大笑起来，"你肯定是在开玩笑吧。再见了，莫里斯先生。"

红色偶人转身想走，可我再次抓住她的手臂。她转过身来，瞪了我一眼，血红的指尖突然伸出尖针，闪烁着液体的光泽——那东西肯定比昏迷油的效果强很多。在她身后，某种仪式正达到高潮。荷露斯在胡言乱语，说什么每个灵魂都必须在最后将记忆上传到真实本源，也就是远在宇宙深处的众魂之源，诸如此类的胡话。

我突然灵光一现，"瞧，你们在寻找一种永生不死的办法，不是吗，艾琳？你们盗取寰球最新复原技术的计划搞砸了，警察很快就要来了。所以你们打算尝试别的方法：用微型植入物炸飞你们这儿的灵魂驻波，嘭的一声，升天！有机脑死亡时的神经电流剧增还能让动力倍增。同时使用你所有的偶人，跟固体燃料火箭似的，帮助你的灵魂发射升空。我说得对吗？"

"差不多吧。"她说着，紧张地频频回头，看向挂在高台旁的最后那只电极网帽，"宇宙中回荡着最纯粹、最天然的旋律，莫里斯先生。天文学家发现了亚光谱和灵魂驻波之间的相似性，只是较为粗糙，尚未成型，就像新造出的傀偶身躯。成功将脑波注入其中的第一个精神体能够——"

"能够将力量放大到无法想象的地步，变成神明！嗯，我听过这个说法。"

陶土帕利好奇地蹦下我的肩头，蹦蹦跳跳地前进，一面大叫着："我想看我想看！"

我加快语速："听我说，艾琳，那些旧宗教全都信誓旦旦地说，有德行者的报偿将是升入天国。你们肯定觉得他们是一派胡言，真正能实现这一点的是科技。很好。但如果你们弄错了呢？你有没有想过，搞宗教的那些老家伙的话多少也有可取之处？如果你们背负着某种因果报应或是原罪，就像翅膀上的累赘——"

"你想让我们疑神疑鬼。"她不屑地说。

"可是你——站在我面前的这具偶人——已经开始疑神疑鬼了！"我说，"也许你不该让这些想法影响蜂房的纯净。你可以留下来，帮助我，补偿你从前犯下的过失，减轻些许罪责。就当是帮助蜂房的其他成员好了，留下来，偿还——"

我的话中有什么东西，让她猛地爆发了。

"不！"

她尖声骂了一句，爪子朝我狠狠地一挥，然后转身走向高台……然后突然停住。那些躺卧的红色躯体中间，有一只小小的、雪貂似的身影。陶土帕利两排闪亮的牙齿间咬着一只电极网帽——最后的一个。帽子上的电缆已被扯断了。

这个红色偶人绝望地尖叫起来，其中蕴涵的意味让我震惊不已。

我曾以为"蜂房"的成员只拥有最低等的自我意识，就像蚂蚁或是工蜂。但艾琳完全不是这样！每一个她都无比渴望存续下去。极度强烈的自我意识是艾琳的力量之源，也是她的灭亡之因。这番骚动让荷露斯大为恼火。另外几个红色偶人也睁开了眼睛。

"好了。"我劝着那个站在那里全身发抖的偶人。她眼睁睁看着陶土帕利把网帽咬成碎片，深色的双眸中满是疯狂的怒火。

"帮我找到贝塔，"我恳求道，"他当受到报应……"

她大叫着转过身——我被迫向后急退，以避开她闪亮爪子的又一次挥击——然后她再次转身,跑向屋外。她跨过电缆,飞快地钻进远处的通道。我们听到了一阵阵砰然巨响。

"搞什么鬼?"荷露斯大吼道,"喂,你在干吗? 快从我的车上下来!"

这个紫色偶人紧追而去,留下仍在运转的机器,而尖厉的呜呜声也同时响起,眼看就要达到某种顶点。我靠近了点儿,既是为了看看外面发生了什么,也是为了观察艾琳本人……那个躺在高台上,渴望以合适的方式死去,好让自己的驻波在天国自由飞翔的人类女人。

那个红色偶人是怎么说的来着?

宇宙中回荡着纯粹的旋律……和灵魂驻波相似……就像新造出的傀偶身躯……成功将脑波注入其中的第一个精神体——

噢,天哪。

我一步步靠近高台。在外面,不顾一切的红色偶人已经爬上了货车顶! 荷露斯紧追不舍,袍子随风飞舞,很没风度地露出光溜溜的大腿。与此同时,在艾琳本体头部周围的那堆火花飞溅的探针中间,强烈的能量涌动起来。

"莫里斯先生——"

那声音只能用嘶哑来形容,在尖厉的电子音下依稀可辨。我努力不触碰任何东西,慢慢朝那个垂死的女人弯下腰去。她苍白的皮肤污渍斑斑,满是脓疱留下的凹痕。那一刻,我真庆幸自己没有嗅觉。

"艾伯特——"

她不是我会喜欢的那种人。但我想,她遭受的痛苦是货真价实的,而她也确实值得同情。

"我能为你做点什么吗?"我问话的同时也在思索,这机器究竟什么时候会把这些压抑已久的力量释放出来。站在这儿也许不太安全。

"我……听到了……你的话……"

"什么？你是说因果报应什么的？你瞧，我不是牧师，我怎么可能知道——"

"不……你说得对……"她喘息着说出这几个词，"在酒吧后面……拧下酮①帽……抓住那个混……混……"

她的眼皮剧烈跳动起来。

"我们还是快跑吧，好伙计。"陶土帕利催促道。他早已站到了门边，阳光照在他背上。我快步离开台子走到他那里，转头回望，恰好看到一股微弱的闪电迸发。艾琳的身体抽搐起来，周围群集的红色偶人也在同一瞬间开始颤抖。看来没剩多少时间了。

我们退到通道里，抬头望着货车顶上的另一番骚动。艾琳的最后一个偶人——也是即将成为孤家寡人的那个——攥住了天线，不住呜咽着，声音清晰可闻。就在这时，荷露斯抓住了她的一只脚踝，他的另一只手紧抓着货架，试图借力把她拉下来。

"放手！"他怒吼道，"你会毁了它的！你知道我存了多久的钱才买到特许经营权——"

我快步走开，陶土帕利跳到我的肩膀上，拉开我们和……即将发生的事件之间的距离。

彩虹之家后面的房间里发出雷鸣般的巨响，就像鼓声……或者上百万只甲状腺肿大的巨型牛蛙。好吧，我这个比喻可能不大贴切，但任何在本世纪出生的人都能听出放大多倍后的灵魂驻波那低沉的韵律。

艾琳也许真的能够……几秒钟内便见分晓。

她最后的偶人在货车顶上哀号，奋力抗拒荷露斯的拉扯，想把脑袋伸到天线前方。

---

①有机化合物的一类。

"别丢下我!"她哀求道,"别丢下我一个人!"

陶土帕利冷冷地说:"我可不觉得工蜂应该如此看重自身的存在。"

"我也觉得很好奇,"我答道,"没准儿用蜂巢来比喻根本就不对。想形容她的生活方式,最合适的词儿就是'完全自我'。她从不肯放弃哪怕是极小部分的自己。我猜这是一种瘾,就像——"

小帕的偶人打断了我的话:"要来了!"

我们沿着巷子后退,直到围栏贴住我的后背。我瞪大眼睛,看着一束锐利的光涌出彩虹之家的后门,也就是艾琳和她的偶人所在的那个房间。

光芒骤涨。我本能地抬手挡住眼睛。

货车顶上的扭打以荷露斯大叫着跌落而告终。与此同时,有什么沿着那些超导电缆奔涌而至。最后的红色偶人尖叫着,不顾一切地抱紧了天线。天线嘎吱作响,闪烁的电流包裹了货车。这团火花飞溅的光芒盖住了她和那只碟形天线……而她的全部重量压在了那具仪器上,让它发出呻吟——

一道可见的强光射来,烧穿了那具陶土躯体,后者颤抖几下,很快开始硬化、碎裂,倒在脆弱的天线上,压倒了它。砰砰几声,金属底座上的螺丝接连扯脱。我和小帕——还有可怜的、号叫不已的荷露斯——看着天线转动起来……然后向货车的另一侧翻倒下去。

无声而炫目的光波向外蔓延开去,如同刺眼的涟漪,泼溅到了我和帕利身上,令寒意蹿上我的背脊。我耳边传来砰然巨响,静电的弧光接踵而至,将卡车的后门吹上了天,再把里面的各式设备撒落到街道上。

传输完成了,但目标并非高高的太空,而是小巷里满是沙砾的地表。

荷露斯瘫坐在地,发出绝望的呻吟,直到一切沉寂。

"要知道,冈比①,"等我们从这幕奇观带来的震惊中回过神来,我的雪貂模样的小伙伴在我肩上低声说,"要知道,这座城市是建造在富含纯陶土的地层上的。这也是埃涅阿斯·高岭很久以前将他的第一座偶人技术实验室建在这里的原因之一。所以也就不难想象——"

"闭嘴,小帕。"我可不想知道他刚才想到了什么乱七八糟的念头。毕竟,烟雾正在消散,我也没看到任何着火的迹象。没人会阻止我们回到彩虹之家。

"来吧,"我揉揉下巴,觉得耳朵下面有点痛,"我们去看看艾琳给我们留下了什么礼物。"

"嗯?你在说什么?"

我也不清楚。她刚才说的是"酮帽",还是"痛改前非"②什么的?

总之,我努力不让自己看不起艾琳。尽管她做过那些坏事,可我总觉得不应该恨她,尤其是在我们慢慢走进房间,从高台上烧焦的残骸以及仰躺在周围的众多阴燃人形旁边经过的那一刻。

我以前从未见过有人死得如此彻底。

---

①上世纪80年代美国动画中的角色,为一陶土制成的绿色小人。

②"酮帽"原文为 ketone cap,"痛改前非"原文为 atonement,二者读音相近。

28 | 中国综合征①

> ……小红偶人知道了很多东西,比他想知道的多得多……

尤希尔·马哈拉尔——或者说他的灰色幽灵——似乎很以私人收藏为傲:头一件是一大堆罕见的楔形文字石板和印章,来自古美索不达米亚地区。在那块泥泞的土地上,早在四千多年前就诞生了文字。

"这就是最古老的魔法,效果可靠,而且能重复使用。"他举着个形状和颜色都很像小圆面包的东西,那东西表面全是横七竖八的楔形浅沟,"人类终于能够达到某种程度上的永恒——只需在湿陶土上划出印痕,记下自己的话语、思想和故事就行。语言的永恒性能跨越时间和空间,在你的本体灰飞烟灭以后很久都能继续存在。"

我也许不是什么天才,但我明白他的话中之意,因为他本人恰好证明了何谓超脱死亡的生命存续。在尤希尔·马哈拉本体的生命之火于沙漠公路下的孤寂阴沟旁熄灭之后,这团黏土制造的灵

---

① 美国上世纪六七十年代出现的用语,原指核熔毁事故。当时的专家认为熔毁会带来极大的破坏,甚至烧穿地壳,到达地球另一端的中国。此处的含意有所变化,详见后文。

魂印记复合体却在代替他侃侃而谈。难怪他会觉得自己跟这些小石板有某种亲缘关系。

马哈拉尔的私人收藏还包括古代人手工制作的陶器样品，比如几个大型双耳细颈瓶（这是两千年前沉没的一艘罗马双排桨船上用来装葡萄酒的容器），最近才被专门用于深海探索的陶偶在地中海底部找到。在同一个展览柜里，放着一套稀有的蓝色瓷器，它们曾经装载在非洲之角①附近的一艘飞剪船②上，准备送去装点某些富有商人的餐桌。

在我这位东道主看来，更珍贵的是几个拳头大小的人物雕像，其年代比古罗马和古巴比伦都要久远。那个时代早在城镇和书写诞生之前，我们的祖先那时还是无家可归的狩猎民族。尤希尔的灰色偶人对我炫耀着他钟爱的这十多个"维纳斯"雕像，其制造材料是新石器时代的泥土，她们无一例外有着丰乳肥臀，从大腿到双脚逐渐变细。他带着溢于言表的骄傲告诉我，他是在哪里找到这些小雕像的，它们又有多少年的历史。这些雕像大都面孔模糊，看上去神秘莫测，难以言说而又不可思议。还有，女性特征极其突出。

"回到20世纪晚期，某些后现代主义教派就是围绕着这些雕像建立的。"他说着，扯了扯我脖子后的铁链，领我来到另一个展示柜前。

"受这些小雕像的启发，几个推崇女权主义的神秘学家发展出了一套颇为有趣的理论——对大地母亲盖娅的信仰先于全世界一切信仰体系。这种盛行于新石器时代的信仰有其尊崇的女神，其最为突出的美德就是丰产与母性。人类的这一信仰体系一直持续到耶和华、宙斯或湿婆的粗鲁追随者将盖娅的温柔统治一举推翻

①指非洲的东南部半岛，包括索马里和埃塞俄比亚等。

②19世纪的一种快速帆船。

为止。大量涌现的可恶科技——冶金、农业及书写——激发人们信仰那些男神，动摇与颠覆了田园母神的平和统治。

"以这个悲惨的剧变为始，随之而来的便是史上记载的每一宗罪恶和灾难。"

马哈拉尔的幽灵爱不释手地把玩着一只维纳斯雕像，咯咯笑道："噢，这个关于女神的理论相当惊人，而且很有想象力。不过，这些小雕像为什么出现在这么多石器时代的遗址里，还有个简单得多的解释。

"人类的所有文明都会花费可观的精力，用夸张的形式表现丰满的女性身体……比如情色艺术，或者说黄色读物。我觉得我们完全可以假设，穴居人时代和现代一样，也存在着一大批失意的男性。他们肯定也用我们所熟悉的方式'敬拜'着这些小小的维纳斯雕像。比起盖娅崇拜论，这个解释有点低级，不过依旧符合人性。

"这么久以后的今天，区别无非是陶土制造的性偶像比从前更逼真，也更令人满意了。

"但却造成了一个麻烦。"

我戴着枷锁，披着小号的躯体，被迫听着这些胡言乱语，不禁思索起来：他会不会是故意用言行冒犯我，以此来评估我的反应？我是说，伟大的马哈拉尔教授为什么要在乎我的想法？我只是个正常偶人四分之一大小的橘红色廉价傀儡，是用他星期二在高岭宅邸俘房的灰色偶人复刻出来的。他指望我这样的偶人有什么机智的谈吐吗？

好吧，我倒没觉得自己智力不足。从陶土炉里出来以后，我马上检视了自己，没发现任何明显的记忆断层。我没法只靠大脑来演算微积分方程式……但艾伯特自己也只有多年前的某几个星期有这个本事——当时他需要通过大学的微积分考试。在三个黑色偶人的辛勤努力下,他总算通过了。测验一结束,他就洗掉了那段回忆,好腾出几千亿个神经元的空间来存放更有意义的记忆。

看到了吗?我甚至还会讽刺呢。

好吧,说起偶人对偶人的复刻,我显然很出色,比我以为的更棒——尤希尔·马哈拉尔肯定早就知道这些了。也许早在我参加那个大学暑期研究项目的时候就知道了。我的成绩真的如此超常吗?他是不是从那时起就开始绑架我的复制人来用于研究了?

这个想法让我觉得不舒服,甚至更糟——我感觉自己被亵渎了。嘿,他真是个混蛋。

他声称有理由这么做。可每个疯子不都是这么说的吗?

"我最棒的宝物。"尤希尔说着,把我带到另一件展品前,"这是三年前中国领导人赠送给我的,以此嘉奖我在西安的表现。"

我面前是一个严丝合缝的玻璃盒子,里面是个等身大小的雕像,一个昂首挺胸、直视前方、随时准备行动的士兵。雕工极为细致,就连固定皮甲用的铆钉也都一一刻画出来。他有髭须、山羊胡和高高的颧骨,还有明显的亚洲人面容。整个雕像都以赤陶制成。

我当然知道西安,简直无法想象这些雕像会落入一个普通人手里——如果它们的数量没有足够多的话。在一个多世纪中挖掘出的六座坟墓里,发现了数千个这种雕像,全都根据第一个皇帝"秦"手下士兵的形象雕成。"秦"征服了东方所有的土地。正是他修建了长城,并用自己的名字给当时的中国命名。[1]

"你知道我最近在那里的进展。"尤希尔的偶人说。这不是提问,而是陈述事实。没什么好奇怪的,他和其他的艾伯特说过话,给他们看过同样的展品。

他为什么要这么做?我很好奇。他明知道记忆会就此消失,下次绑架另一个我,强迫我当实验品时又得重复说明。他为什么

---

①这一段对秦始皇的描述不甚准确。

要解释这些？

莫非这也是他测试的一部分？

"我读过一两件你在西安的事，在杂志上。"我谨慎地说，"你声称自己在某些陶制的雕像里找到了灵魂的痕迹。"

"差不多吧。"想起自己的发现在全世界所引发的轰动，偶人尤希尔的微笑中带着显而易见的自豪，"有人声称证据不够明显，但我认为已经足以证明原始复刻技术的存在了。至于是如何做到的，我们还不能肯定。或许只是碰巧，又或许是某位古代天才的杰作。只有这样才能解释当时一些惊人的政治事件，以及同时代的人对秦格外敬畏的原因。

"由于我的发现，中国领导人才决定在明年开放秦的陵墓！沉睡千年的谜团就要大白于天下了。"

"嗯，"我脱口而出，"太糟糕了，你没法到场见证。"

"也许不能，也许我能。艾伯特，你的一句话里居然有这么多矛盾之处，真有趣啊。"

"呃，我说了什么？"

"你说'太糟糕'，这个词暗示了你的价值取向。而你用的那个'你'，指的是刚刚俘虏了你的那个人，也就是我，对吗？"

"呃……是的。"

"然后你说'到场'以及'见证'。噢，你这话可真是意味深长啊。"

"我看不出——"

"我们生活在一个特殊的时代。"马哈拉尔的偶人解释，"宗教和哲学都变成了实验科学，受制于工程师们的操作，奇迹也变成了注册产品，瓶装出售还打折。在河边磨制矛头的古人的直系后代不仅能创造生命，更是在重新定义这个世界！可是——"

说到这里他停下了，我只好试图套出他的话。

"可是什么?"

马哈拉尔的灰白面孔扭曲起来,"可是还有阻碍! 灵魂科学上有太多难解而又似乎没希望解开的问题,这都是由于灵魂驻波那难以形容的复杂性。

"没有任何一台电脑可以模拟它,艾伯特。只有极短和极粗的超导电缆能够传输这位神秘莫测的君王,但那也只允许你把它复刻到附近的一个准备齐全的特制陶土容器里。这本身已经很惊人了! 考虑到其中的困难,这个过程能够成功让我惊讶不已。

"许多当代最杰出的思想家都建议我们应该像接受天赐礼物一样心怀感激地接受它,不要深究,就像接受智慧、音乐和欢笑那样。"

他摇摇头,从鼻子发出一声轻蔑的哼声。

"当然了,普通大众对此一无所知。他们生来任性妄为,从不会只满足于一两次奇迹,也不会放弃这种无比丰富的生活。一点儿也不肯! 他们理所当然地接受,然后要求更多。

"让远距离复刻傀偏成为可能,让我们在整个太阳系间随意传送! 再给我们心灵感应的能力,让我们能够吸收其他人的记忆! 别管那些元数学等式怎么说。我们要更多! 我们要更强大!

"他们是对的,他们直觉地感受到了真理。"

"你说的真理是什么,博士?"我问他。

"真理就是,人类即将变得非常强大! 只是方式和任何人所想象的都有所不同。"

说完这句含义模糊的话,马哈拉尔小心翼翼地把最后几件他珍爱的藏品放回去:刻着楔形文字的石板和陶器碎片,年代久远的双耳细颈瓶和中国的陶瓷餐具,谜样的(带有色情意味的)维纳斯雕像,还有雪花瓷制作的古德累斯顿城小雕像,写有希伯来语、梵语以及中世纪炼金学的难解图表的羊皮纸。最后,他向赤土色的英勇兵士深情地点头致意。马哈拉尔显然从这些宝贝中得到了不少安慰，好像它们能证明他的工作源于某个历史悠久的传统似的。

然后，他拉住绕在我脖子上的铁链，强迫我跌跌撞撞地跟着他，就像跟在无情巨人身后的孩童。我们回到那台嘶嘶作响又火花四溅的机器所在的房间，这里连空气都让人皮肤发麻。我有种直觉，眼前的某些效果恐怕是特意用来炫耀的。尤希尔在戏剧表演方面颇具天赋。不同于某些"疯狂科学家"，他清楚地知道自己的身份，而且非常喜爱自己扮演的角色。

半透明的隔音片将房间分隔开来。我发现远处的那张桌子——也就是一个小时前"我"躺着的地方——仍旧余温未消。绑在旁边平台上的是一具比我高不少的灰色躯体。那是另一个存活了好几天的我。正是他为如今做叙述的这具躯体提供了模板。

可怜的灰色伙计，独自留在这儿焦虑担忧，徒劳地拟定计划。而我，至少还有个可以打发时间的对手。

"你是怎么藏住所有这些东西的？"我指了指周围问。如此庞杂的物件，还有那些昂贵的小玩意儿，这些东西很难运送到隐蔽的地下巢穴（无论它在哪儿）。那些有关CIA和外星人解剖的烂电影里总有这么一个秘密基地，就算那些基地也很难把什么都隐藏起来。在今日世界，仅凭一个人办到这一点，同时还得避开无所不在的公共监视摄像头，这只能证明我落到了一个真正的天才手中——瞧这话说的，好像我先前不知道似的。

而且是个明显出于某些原因对我充满憎恨的天才！他冷酷无情地对待我这具躯壳，时而沉默，时而唠叨，就像他内心深处有某种东西在驱策他，让他按捺不住想让我大吃一惊的冲动。我发现他有一种自卑情结，表现得很明显……我暗自寻思，不知这番诊断对我能有什么好处。

大部分时间里，我不断寻找可能的逃脱方法，同时心里清楚：

艾伯特每一个曾被关押在此的身躯都做过完全相同的尝试。他们的努力已经让马哈拉尔变得小心过了头,让他有意把我复刻得如此虚弱,甚至无法挣脱这副纸镣铐。

他让我坐在一把椅子上,上方是一台很像巨型显微镜的机器。他给我拷上脚镣,然后将巨大的透镜对准我小小的橘红色头颅。

"我有充足的资源可以利用。"马哈拉尔回答了我的问题,但这答案对我毫无帮助。他摆弄刻度盘,又对着电脑的声控装置嘟囔了几句,似乎他更关注眼前的工作,而不是我。

这个人在担忧——是那种渐渐加深的不安,我说出的任何事都可能惹恼他。

"好吧,我们先划掉传送和心电感应。就算这样,你还是做出了惊人的技术突破,博士。比如说,你可以延长偶人的人造生命。哇。想象一下,假如所有的傀偶都能存活一周甚至两周……我敢打赌,这会大大削减寰球陶土集团的利润。这就是你和埃涅阿斯·高岭不和的原因吗?"

我的话令他眼露凶光。他灰白的双唇抿成一条线,一言不发。

"得了吧,博士,承认好了。你作为幽灵去高岭家检查自己尸体时,我就感觉到了你们假惺惺的寒暄之下的紧张关系。那位大人物似乎巴不得亲手拿起你的人造大脑,把它切成碎块。为什么? 为了得到更多信息?"我指了指这个堆满用诡秘手段偷来的机器的房间,"或者他只想让你闭嘴?"

马哈拉尔的痛苦表情证明我猜中了。

"是不是这样? 是埃涅阿斯·高岭杀了你的真身吗?"

警察没在尤希尔·马哈拉尔本体身亡的沙漠车祸现场发现任何犯罪活动的迹象。但在寻找线索的过程中,他们能运用的只有当今的科学技术,埃涅阿斯·高岭却拥有明日的科技。

"你的思路一如既往地狭窄,莫里斯先生,和可怜的埃涅阿斯一样。"

"哦?那就请解释一下吧,教授,从我们为什么在这儿说起。'好吧,因为我能制造了不起的复制人。'可这怎么能帮助你解开灵魂科技中的那些不解之谜呢?"

他翻翻白眼,耸耸肩——一种伪装出来的轻蔑。马哈拉尔不仅羡慕我的能力。他是真的害怕我!所以他一定要夸大我们之间的智力差距,并将我的人格贬低到最底层。

其他那些我注意到了吗?他们肯定同样注意到了!

"你不会明白的。"他嘀咕了一句,回头做他的准备工作去了。我听到高功率设备发出巨大的噼啪声,和坐在透镜下的我一起开始升温。

"我敢肯定,你对你抓来的其他艾伯特也说过这话。但告诉我吧,你有没有——哪怕只有一次——试着解释?也许你可以提议跟我合作,而不是勉强我接受实验的折磨?毕竟,科学并不意味着孤独。无论你想独立工作的理由是什么——"

"都不关别人的事。这么做比解释一切更有效率。"马哈拉尔转过头,疲惫地看着我,"你又想挑起道德辩论,想说用这种方式对待其他有思考能力的生物是多么错误。其实,你对自己的偶人从未表现出这样的关心!你从没费心去调查这些年来为什么会有这么多偶人失踪。"

"可……我是个私家侦探。工作本身就会让我涉足陷阱,承担风险。我必须把他们看作——"

"——用完即可丢弃的自己。对你来说,损失他们并不比我们的祖辈浪费一日光阴时的遗憾更甚。好吧,那是你的权利。但话说回来,如果我利用了这一点,你也别叫我怪物。"

他的话让我迟疑了一下,"我叫过你怪物吗?"

他冷脸道："好几次。"

我仔细想了一会儿，"哦，那我猜，你的这道……工序……恐怕会很痛，相当痛。"

"恐怕不止这个，抱歉。但也有好消息，我有理由认为这次会进展得更顺利些。"

"因为你改进了手段？"

"差不多吧，条件也不同了。我认为你的驻波比从前更具延续性……也更灵活……毕竟它已经不再维系于本体的存在了。"

我不太喜欢听到这句话的感觉。

"你说'不再维系'是什么意思？"

马哈拉尔皱了皱眉，但我敢断定这副表情是为了掩饰他的某种喜悦。也许他甚至意识不到，自己告诉我这个消息时有多开心。

"我的意思是你已经死了，莫里斯先生。你的原生躯体已在上周二晚上化为乌有，一次导弹袭击摧毁了你的家。"

"一次……什么？"

"没错，我可怜的小人造人。和我一样，你现在——用他们的话说——已经是个幽灵了。"

29 | 假货的赝品

……冈比和小帕四处打探……

彩虹之家的内部空旷得令人畏惧。

几台全息装置仍在放映，扭曲的影像照亮了舞池和竞技台。但没了陶土朋克风的强劲背景音乐，这些摇曳的躯体显得相当可怜。这个地方本该有拥挤的人群——几百具色彩斑斓的身体摩肩接踵，他们嗑多了药，格外敏感，如有像少年人浮躁的心境。

"真想知道谁会接手彩虹之家。"陶土帕利思索着，"你觉得艾琳会不会有继承人？或者遗嘱什么的？这地方会拍卖吗？"

"怎么？你在考虑当酒馆老板？"

"这想法确实很有吸引力，"他从我的肩膀跳到吧台上，台面是一块涂有厚厚油漆的宽阔柚木，"但我的性格也许不太适合。"

"你是指忍耐、专注，还有老练吧。"我四下转了转，评论道。酒吧里有一排排耀眼的软管、龙头、瓶子和贩售机，供应麻醉剂、欣快剂、兴奋剂、提平剂、加速剂、减缓剂、上升剂、下降剂、水平剂、近视剂、生斑剂、狂热剂、歇斯底里剂——

"一针见血，艾伯特。让他们都见鬼去吧。"

"好一个虚无主义者。"我嘟哝着，目光扫过一排排多得让人眼

319

花缭乱的混合剂的标签。这次搜索恐怕没那么简单。陶土身躯有各种滥用方式,数量之多让人震惊。说起家用陶偶改装工具的成绩,恐怕连陶偶技术的发明者也会讶异不已。你可以给偶人做些微调,让他面对酒精、丙酮、电流、磁场、音波或雷达波的刺激时产生极其显著的反应。换句话说,你可以用无数种足以杀死你的真身的方式敲打、拨动或者扰乱灵魂驻波,再在忙碌的一天结束后,接受这段鲜活的记忆。

难怪会存在"体验瘾君子"。相比之下,从前那些可怜人注射的鸦片-生物碱混合物简直像是维生素。

"虚无主义者?你竟敢这么叫我?伙计,站在这儿尽心竭力帮助你的是谁啊?"

"你把蹲在那儿东拉西扯叫做'帮助'?帮帮忙,去吧台后面瞧瞧好吗?"

他的回答是一声懒洋洋的抱怨,但还是跳到吧台那边的地上,检查标签时直哼哼,还大声抱怨"你又欠了我一次"之类的话。当然了,我不会被他骗倒。我这位朋友对"发掘世上的怪诞之事"相当上瘾。上个钟头发生了那些事件以后,他显得前所未有地快活。

我想起了困在生命维持椅上的小帕,不禁希望他能回去上传这些记忆。看到老荷露斯逃出"最终选项"货车时摔得四脚朝天的模样,他肯定会开心得要命。今后,小帕或许会向克拉拉描述我们这几小时的倒霉经历,帮她暂时摆脱悲伤……

不,我得尽量摆脱对她的思念。无论如何,克拉拉会记得艾伯特的好。对我来说,这就是不朽了,比我听过的任何形式的不朽都强得多,当然比这个绿色瑕疵品更能持久。

话说回来,谁想永远活下去?

存放在吧台后面的五花八门的货品让我惊叹不已。艾琳肯定在政界也有些影响力,否则绝不可能弄到环境影响许可证。这儿的有毒物质比从前的特拉华州还多。

"找到了!"陶土帕利翻了个筋斗来强调他的欢欣。我匆忙赶去他所在的吧台另一端,那儿竖立着一排长长的木头拉杆,很像真人酒馆里供应生啤酒的装置。其中一根拉杆上写着名称:酮鸡尾酒。

"可惜她说的不是'酮鸡'这个词儿。"

"你确定她用的是'帽'这个字?"

"非常确定。"我晃晃那根拉杆,对加压储藏的内容兴趣缺缺。此处贩售的大多数奇特混合剂,都是我廉价的绿色身体——即使人工染上了橘色和灰色——无法消受的。

"那个盖子——"陶土帕利开口了。

"我知道,我正在确认。"拉杆配有装饰性的粗柄头。我朝一侧拧了拧,又换了个方向。它松动了一点点,然后就没有任何反应了,不管我多用力拧也没有。

我正准备放弃,可随即想到,也许我得朝不同的方向接连转动,像转魔方一样。

我试着把扭、拉、推的动作组合起来,盖子开始松动,印证了我的推测。它沿着套管上一条复杂的凹槽逐渐旋开。这是一种物理存储设备,就像艾伯特总是给灰色偶人安装的机械式记录器那样,比任何电子设备都要安全。艾琳显然清楚,这个数字资料的时代太过浮躁,很难藏住任何真正的秘密,所谓加密保护措施只是个不好笑的笑话。如果你真有东西想避免他人窥探的话,就用手写吧,然后藏进箱子里。

我只希望这东西不需要什么身份验证,也不需要解除什么自爆装置。艾琳在遗言中告诉我这个贮藏处的时候,我还以为这是临死前的悔悟之举,或者说要为她的因果业报做点儿补救。但另一种解释也说得通——这是个圈套,为了报复我们阻挠她最后一个红色偶人的行为。

如果我能流汗，恐怕我已经开始流了。

"你最好后退几步，小帕。"我劝他说。

"已经好了，伙计。"我听到他的声音从吧台的最远处传来，至少离我有十几米远，"还有，放心吧，我支持你。"

这种鼓励方式几乎让我笑出了声，几乎。

我屏住呼吸，做完最后几次扭动和旋转……

……黄铜套管终于被旋下，露出空心的内部。有东西塞在里头。我松了口气，拿起套管，在吧台上敲了敲。

一只胶卷掉了出来。胶片表面用回形针夹着一张纸标签，上面写着"贝塔"。

"酷啊！"陶土小帕叫着跳上吧台，双爪灵活地撬着其他拉杆上的装饰性铜盖，"我打赌她还藏着其他东西。也许艾琳有另一个谋生手段：敲诈政客！她做的买卖可是给性变态者提供服务，说不定有好些道德败坏的主顾还占着你我的选票呢！"

"好吧好吧，继续做梦吧。"说得好像他关心过政治似的，"小心点儿。"我劝道。既然他要捣鼓那些有毒药剂配给机，我就该躲远些了。继续警告也是白费力气，所以我把他留在那儿，由着他把自己短暂的生命置于危险之中。

"我去艾琳的办公室等你。"我说。

来时，我们曾路过那间办公室。那是个看起来相当复杂的数据中心，监视着这座建筑的每一个角落。我从监视器上看到仍在到处寻找隐秘储物的陶土帕利勉强躲过一团喷出的水汽，不禁笑出了声。这儿也有可怜的灰色艾伯特在记录中提到过的那种连接线路——让偶人能够和电脑直接连接的插入式元件。据我所知，这么做几乎没有任何好处，比不上能虚拟现实的方披巾。

幸运的是，这间办公室里也有用常规手段访问网络的控制台。其中几台的电源没关，这也显示出艾琳离开时有多么匆忙。也许我用不着去对付什么密码了，做黑客可是件麻烦事儿。

我需要的只是个简单的全息胶片阅读器。这卷胶卷里会有能够解释那场袭击的线索吗？甚至能找到我的本体被谋杀的线索？

刚刚启动阅读器，第一幅全息相片便出现在我面前的空中。这就是"柯林斯阁下"的模样吧。周二那个倒霉的灰色偶人对他的看法没错，格子外衣罩在格子皮肤上……真是恶趣味！

而且这让人觉得他很邪恶。有些人靠没有特色的外表来隐藏自己，让人转头就忘，而极度令人不适、厌恶的外表也能起到同样的作用。不过光看这幅肖像还是解决不了任何真正的问题。

艾琳声称"柯林斯阁下"就是贝塔黑帮的首脑，那个恶名昭彰的偶人绑架者。真是这样吗？

我回想起上次和贝塔的一个正快速消融的黄色偶人碰面的情形，当时他身在泰勒大厦旁边的垃圾管道里，语无伦次地说了些意义模糊的话，提到了背叛和某个叫"艾梅特"的人。可艾伯特当时既疲倦又烦躁，生怕这是贝塔的又一个恶毒陷阱。

坐在艾琳的办公室里，我几乎看不出那个黄色偶人和面前这具全息影像有什么相似之处。他的脸有点方方的，看起来十分阴险，而且满是刺眼的交错条纹。在艾琳的这份机密档案里存有好几打影像，带有日期标记，这两个密谋者每次的会面地点都是停在偏远处的豪华车的后车厢。有时还会出现第三方，那人看起来就像金妮·沃梅克的白色廉价版。根据记录，柯林斯惯于使用静电干扰器来阻止精密光学摄影记录设备的运行。这些快照是用古老的化学感光乳剂拍摄出来的，这也是艾琳提防自己盟友的最好方法了。

但还不够好。艾琳试过用公共摄像网络追踪柯林斯吗？我心想。第一步应该是去豪华轿车租赁公司追寻他的踪迹——这似乎很简单。

噢,艾伯特准会爱死这番挑战的!他会从这些时间和地点着手,竭尽所能去追踪那个花格柯林斯偶人,渴望发现对手用了怎样的手段去掩盖踪迹,不放过他们的半点疏漏。

我坐在艾琳遗弃的办公室里,觉得自己完全可以尝试一下。但我真想这么做吗?只因为我继承了艾伯特的记忆,还有一部分本领?这并不意味着我就是他!总之,导弹破坏的不仅是艾伯特的屋子。还有妮尔,她装有各式专门程序,能帮助莫里斯在庞大的都市中追踪人类或是偶人。

有时候,我真希望PEZ①的公民对懒散和自由的热爱能够少些,其他地方的人都得忍受更高标准的管制和监督。欧洲生产的每个偶人都装有真正的异频雷达收发机,而不是什么可怜巴巴的身份标签。工厂会为偶人注册,从启动到融解的全过程都有卫星监控。漏洞依然存在,不过一个侦探知道该从何处着手。

我转动那卷胶片,一张张翻看全息相片,看着艾琳和她的同谋们会面,讨论那次工业间谍活动如何才能绕过法律不受惩罚。但她的盟友还有别的计划:利用艾琳,利用她的资源,再欺骗艾伯特·莫里斯,利用他的能力。还有那些狂信徒,加德里恩和拉姆,让他们在开始阶段承担罪责。

那两个人我见过,每个一流的调查员都会很快产生疑问,因为他们的能力不足以破坏寰球陶土集团。再说动机,加德里恩可能有摧毁寰球的动机,可拉姆要的是"解放奴隶",而不是杀死他们。聪明的警察会看出他们是替死鬼,在他人设计之下背了黑锅。等到这第一重保护失败,贝塔还安排了艾琳来承担责任。

昨晚的新闻传开时,她什么都明白了。几小时内就会有人上门。噢,她可以留下来,帮助调查员抽丝剥茧。但贝塔太了解她

①美国太平洋生态区。

了。她不会报仇，只会靠最终选项公司做最后的挣扎，以达到"不朽"。

那好吧，我来替她……以及艾伯特。就由我来清理残局吧。

我这一辈子好像总是逃不脱打扫厕所的命。

说实话，艾琳做得还是不错的：她用微型摄像机近距离拍下了贝塔的样子——如果那真是他的话。也许我的瑕疵品大脑看待事物的方式不太寻常，反正我更感兴趣的是查验面孔，而不是在公共摄像机画面里寻觅踪迹。

好吧，我想，第一个问题是："柯林斯大人"是否真是贝塔，那个臭名昭著的偶人绑架犯和版权窃贼？艾琳的红色偶人似乎对此很肯定。也许他们有过长期的利益合作关系。我可以轻松想象出这样一幅画面：实用主义的金妮·沃梅克决定不再对抗贝塔，而是加入他那一方。反正他们所做的生意很相似，都是在满足他人的变态欲望。

我把读取器连接到了艾琳的电脑，电脑很快回应我的要求，打开了标准影像增强程序。我用程序放大了柯林斯的面部图像。"这回可没那么有趣了。"我嘟囔道。

很明显，最初五次会见艾琳时，柯林斯每次使用的偶人都采用了完全不同的花格图案。但在最后的三次会面中，他皮肤上的图案却是一样的。其中哪部分别有意味呢，我心想，是早先的那几次变化，还是后来他根本懒得更换皮肤图案的事实？

我没办法对这些交错的条纹进行数学结构分析，以确定其复杂的纹路中是否嵌入了某种密码。把隐晦的线索直接摆在皮肤上，挑衅对手来进行解译——这的确很像贝塔的风格。高岭阁下倒是有办法进行这种分析，而且从理论上说，目前我仍是在为他工作。只需说出一句命令，我就能在几秒之内把这份证据发送给那位大人物。

但我没这么做。"放大。"我说，然后选定了位置——最近一张"柯林斯大人"左颊的花格皮肤。

我想念妮尔，尤其是她随时供艾伯特取用的那些奇妙的自动化工具。通过网络弄到几个廉价的替代品以后，我对陶土表面做了一番细致的评估，得出的结论是：做工很细致，陶偶炉烘焙的温度适中，肌理柔软，质量很高。贝塔真舍得在偶人身上花钱。

该死，这些我早就知道了，既不重要也不算新鲜。我并不是艾伯特·莫里斯，凭什么觉得自己能胜任私人侦探这个角色？

在放弃之前，我决定用这些程序重新检查一遍艾琳拍下的与柯林斯在豪华轿车后车厢里首次会面的影像。也许是出于直觉？

我盯着屏幕，眨眨眼睛，说话也不连贯了："这是……？"

花格的纹理完全不同了！粗糙多了。这次的特征是难以计数的小小突起，就像排列成行的鸡皮疙瘩，每一厘米至少有上千排突起。我这才明白，那是像素发射体。它们仿佛一件有智慧的织物，会随着指令变换色彩。这些东西充斥在这个灰色偶人的皮肤里，构成了花格图案；有些发射体变暗，另一些变苍白，组合之下便造成了斑纹交错的幻觉。

原来如此。就算我调用公共摄像机记录，去追踪柯林斯的行迹——比方说租车公司好了——我也会跟丢的。到了某个时间点，他就会在精心调查过的摄像机盲点处突然消失在人群中。如果回看更早的记录，我根本不会看到花格外表的人出现，因为他改换颜色只需一瞬间！我敢打赌，柯林斯的皮肤下甚至内植了充气式假肌，用来迅速改换面部轮廓。艾伯特改头换面时必须染色，涂抹油泥和化妆品，但柯林斯完全用不着这一套。

噢，老艾伯特还一直以为自己神出鬼没，不留痕迹。可柯林斯——或者说贝塔——甩开他好几条街呢！我真为可怜的艾伯特哭笑不得。他总把自己想象成夏洛克，而把贝塔看做莫里亚蒂。他们根本不是一个水准线上的。

　　这一切都令人印象深刻。但贝塔又为何不再使用迅速变色的把戏，而是换用那些昂贵但不够隐秘的偶人？为什么他决定雇用艾伯特·莫里斯的灰色偶人，用掩人耳目的老套手段袭击寰球，却没有亲自出马？我又确认了一遍所有的影像。没错，最后三张柯林斯的照片不太一样。你甚至能从他的面部表情看出来——第一张的笑容很自然，可后两张就显然是装出来的了。

　　如果这些会面是在彩虹之家进行的就好了！艾琳可以进行完整的全息影像雷达扫描，记录下声音模式、说话节奏、常用手势……当某个人复制陶土偶人时，所有微小的习惯也会随之刻录下来。这些线索几乎像灵魂驻波本身那样独一无二。艾琳或沃梅克注意到什么不同没有？她们真的对这些变化毫无察觉吗？

　　那个在泰勒大厦旁的垃圾管道里融化的黄色偶人……他所宣称的不正是某种灾难即将降临到贝塔身上吗？而且他说的并不是布兰恩和我突袭大厦的那件事。

　　我注意到有个监控器显示着彩虹之家大厅的景象。小帕的小傀儡开起了派对：伴着舞池音响系统播放的曲调引吭高歌，同时探寻着所有可能的储藏场所，其结果就是吧台不同位置的各种金属零件相继损坏。到目前为止，似乎只有少许有害的液体流到了地板上。但以这种速度，他肯定能在自己的大限到来之前彻底毁了那儿。

　　小小的人造雪貂敲开酒吧里另一段装饰性的圆筒，朝内部窥视，一面哼着很久以前（无疑在我们出生之前）虚无主义者推崇备至的一首朗朗上口的歌。他扭着屁股，仰天长啸："生活是个柠檬，我想要回我的钞票！"

　　嘿，我同意。过去二十四小时里，我一直有这种感觉。但即使我得到了这所谓生活的退款,又能把钱存进哪个户头呢?

我打开桌子上的一个开关,对那边喊道:"小帕,你那边怎样了?"

乐曲自动静音,他旋转一周,咧嘴笑了,"我很好,冈比老伙计! 我又找到了几个秘密金库。"他举起一个全息照片软管,和我发现的那个很像,"我的预感是对的! 艾琳真给自己准备了几个地方议会的高官,充当勒索对象。"

"有什么猛料吗?"

"没,大都是本地官员。我还以为能找到总统或者首席治安官的把柄呢。最后一张照片上只有一群小孩。家庭生活照,不是什么儿童色情图片。"陶土帕利耸耸肩,"你那边呢? 找到什么有用的没?"

有用的? 我正要回答"没有",另一个奇怪的预感在我突变的驻波中引起了偏振。我对着艾琳的电脑飞快地眨了几下眼睛,向它发出指令,调出两张柯林斯-贝塔的影像,一张前期,另一张后期。我在两张照片上来回扫视,"我不太确定,但我觉得……"

左边照片上的是变色龙贝塔,灰色傀儡的肌肤上嵌有无数像素发射体,能够调整色彩,组合成那种扎眼的花格图案,又能瞬间变换成一种截然不同的式样。而右边的另一张脸,表面看起来和左边很像。但放大近看之下,你会发现那种格子的图案是简单地画在普通灰色偶人皮肤上的……

等等,我心想。我突然注意到,那张比较新的照片上,柯林斯傀偶的左脸颊附近有些磨损的痕迹。这没什么不寻常的,陶土很容易刮坏,而且没法自我修复。一天下来,你的身体有时会像月球表面那样坑坑洼洼。但那些小小的磨痕在闪光。放大以后,我发现他灰白皮肤的几处涂层脱落了,露出下方截然不同的色调,带有金属的质感,但更加明亮。和银色不太像,更像经过抛光后的昂贵材料,比如人造白金。

又或者,也许,是个白金偶人。

"喂?"陶土帕利朝我大喊,"你觉得什么?"

我不想再说什么了。谁知道埃涅阿斯·高岭阁下好心地为我延寿时,在我身体里植入了哪种窃听设备?见鬼,我还是不清楚他派我出来"寻找真相"的潜在动机。

我小心翼翼地寻找着合适的措辞:"或许我和你现在该离开这儿了,小帕。"

"哦,去哪儿?"

我想了想,我们需要一份特别的助力。那种我一直不知其存在、直到昨天我出生几个小时后才了解的助力。

30 | 猿猴的模拟

……真人艾伯特找到了同情者……

幸运的是,军事竞赛场的入口有很多车辆进进出出,种类从大型补给货车到三层旅游巴士,再到小型公车和摩托车,应有尽有。

派偶人到离城市这么远的地方毫无意义。他们只有匆匆扫视一番的时间,然后就得掉头返回。真正的狂热爱好者——还有新闻记者——宁愿亲身前来,所以这里才会有成排的豪华真人旅馆、娱乐中心,还有大门旁的赌场。站在这些建筑的高处能把下方的战场看得更清楚。到了晚上,音乐家们会演奏即兴改编的曲目,为悬崖那边传来的闪光和轰鸣伴奏。

正如我说过的,这是一所相当典型的军事基地。把全家人都带来吧!

还有最后几公里路时,我们招手拦下一辆摇摇晃晃的车子,它有十二个轮子,呼哧直响的引擎散发出非法转化汽油的浓烈气味。司机是个大块头,肤色深褐,头发油腻,嘟囔着招呼我们上了车。

"我不去旅馆那儿,"他说,"我在候补者营地那边就得转弯。"

"我们也正要去那儿,先生。"我浅浅地鞠了一躬说,因为他是个真人，而我却得装作自己不是。那司机上下打量了我们一番。

"你不像那种有志当兵的人。你用的是哪种模板，战略家？"

我点点头，大块头狂笑起来，"未来的将军却在沙漠里迷了路！"不过，他的嘲笑声中并无恶意。

但我面临着另一个问题。就在我走进那辆大货车时，一道细小的光线在我的左眼闪烁。在将近两天的时间里，我的植入物第一次收到了有用的载波，正向我请求应答许可。只要轻叩三下牙齿，我就能弄清我的家究竟为什么会烧毁，而那些水平低下的调查者又为何会把我和寰球陶土集团被袭案联系起来。最重要的是，我在片刻间就能和克拉拉开始对话！

但那小小的闪光也可能意味着危险。在被动状态下，植入物不会泄露我的位置。但它开启的那个瞬间，其他人就会知道我仍然活着……以及在哪儿能找到我。

我和丽图安稳地坐在后座上，听司机喋喋不休讲着战争的事，说战况经过了好几次惊人的逆转，精彩的较量吸引了全球范围内的观众注意。他很快离开主干道，转上一条凹凸不平的小径，朝我先前看到的那个乱糟糟的营地驶去。

在这个时代，战争只是体育运动的一种，又有无数人梦想着借此脱颖而出，所以所谓"候补者营地"的样子也就可想而知了。在烟雾和飞尘中，你很快就能闻到众多高功率便携式陶偶炉里沸腾陶土的辛辣气息，军事狂们在周围忙碌，一面大声炫耀各自偶人的特殊改装。每次有陶偶炉开启，人群就会聚集起来，只为观察和品评又一只新生的怪物。换了在城里，这些偶人身上稀奇古怪的装备准会让你被捕入狱或者交上一大笔罚金。石像鬼、食人魔，还有利维坦①，身长尖刺，口有獠牙，又或生就利爪，眼神凶狠，或是口中滴落着有腐蚀性的毒液……但驱使他们的自我和灵魂却来自某个

①记载于《圣经·约伯记》中的一种海生怪物。

军迷宅男或宅女。这些偶人还在场上摆出种种自负的姿态,希望得到围栏那边的专业人士的"赏识",进而能在光荣的战场上赢得梦寐以求的一席之地。

把车挪进宿营地一头的停车场时,我们的司机更健谈了:"……但这回我不太看好,何况PEZ在周一的开局也烂得很。这场仗显然很快就要结束了。再见吧冰山,欢迎来到定量供水时代!说实话,我挺佩服印度尼西亚人的,他们居然能设计出那种狡猾的小型杀手傀儡。他们肯定把我们的第一波部队打得溃不成军了。好在不久后我们就在默斯塔高地做出了反击!你能想象得到吗?"

"哇。"我敷衍地答道,一心只想等他关掉发动机以后立刻下车。

"是啊,哇。总之,我突然意识到,我有个最适合对付那些印尼小偶人的战斗模板!所以经过慎重考虑以后,我决定站出来展示自己。只要运气不太坏,我很快就会出现在竞技场上,今晚就能跟军团签约了!"

"噢,我们会祝你好运的。"我摆弄着门把手,低声道。

看上去他对我的兴趣缺乏很失望,"我还以为你俩是军队的侦察兵呢,但我猜错了,是吗?"

"侦察兵?"丽图明显糊涂了,"军队干吗把侦察兵派到军事竞赛场外面去?"

"好了,下车吧。"司机说着,拉下控制杆,车门打开,将我们暴露在炎热的午后日光下。

"多谢你载我们一程。"我跳到地上,迅速转向南方,从一群温尼贝戈族印第安人身边经过,他们一家家聚在条纹顶篷的下面,在一个播放最新战况的大型全息屏幕旁吃着烧烤。如果我是个真正的军事爱好者的话,就会停下脚步,确认双方的比分,再看看目前的赔率如何。但我真正关注的只有克拉拉参与的战事。

营地另一侧有座活动房屋,屋前有个折叠式售货摊,出售各种各样的货物,从手织小地毯到神奇清洗配方再到漏斗形蛋糕。一群群改装卡车爱好者在他们钟爱的卡车下挥汗如雨,准备参加附近举办的越野赛。还有那些真实生活里经常能看到的怪人——身体穿孔的家伙,暴露爱好者,以及全身裹着不透明匿名方披巾四处走动的人。但这些全都无关紧要,与这场离奇节庆的真正目的相比根本微不足道。

丽图追上来,抓住了我的手臂,试图跟上我匆忙的步伐。"侦察兵?"她又问了一遍。

"他说的是寻找人才的侦察兵,星探,马哈拉尔小姐。"我挥挥手臂,比画着整个混乱的宿营地,"充满野心和渴望的人聚集在这里,在草草搭就的竞技场上展示他们自制的战斗偶人,希望博得专家的青睐。如果军队的人发现某个他们喜欢的偶人,就会把设计者召去围栏那边,也许还会签约。"

"哈。这事儿经常有吗?"

"根据官方说法,从来没有。"我四处扫视,同时答道,"记得吗,外行人用偶人进行暴力对抗早就被视为不良行为了。这事儿跟吸毒一样,要付限制税,还会遭到谴责。还记得他们是怎么呼吁在校园内抵制这种行为的吗?"

"但好像一点效果也没有。"她嘟哝说。

"半点儿也没。这是个自由的国度,大家想做什么就做什么。但军队绝不会以官方身份鼓励这种倾向。"

"如果是非官方呢?"她挑了挑眉毛。

我们经过一座拱廊,巡回演艺团在那里提供形形色色的娱乐游戏,大部分娱乐设施采用复古的机械式驱动,为的是在保证人身安全的前提下给予惊险刺激的体验。隔壁是一座长长的帐篷,内部是为生化迷设置的摊位,用来展示自行培育的生命体——相当于从前的家养牛或家养猪评选大赛。周围充斥着纷乱的低语、大笑和刺耳的哭声，色彩让人眼花缭乱，气氛也各不相同，但那股熟悉的马戏团气味自始至终挥之不去。

"非官方?"我接过丽图的话，"他们当然会关注。这个世界上一半的创意都来自业余爱好者。开放资源加上新鲜陶土——有了这两样，爱好者就能大显身手了。军队不会蠢到忽略这一点的。"

"我一直在想，你打算怎么从这儿进到基地里去。"她朝展览会和喧闹的巡回演艺团、越野车赛比画了一下，"现在我知道了。你在寻找那些侦察兵!"

我们离电围栏很近，近得能感觉到电流在脊背上流动。侦察兵一定就在附近……在这个杂乱无章的集会场的核心。正是为了那些人，才会存在着这么一个杂耍场子。

我看到了我的目标，他就在那个脏兮兮的大帐篷的另一头(还有头流口水的大象挡在门口)。帐外等待的真人们排成了长队，等着轮到自己入场。但我关心的不是里面的表演，哪怕是暴力或者多人色情表演。丽图也压下好奇心，跟上我的脚步。我加快步子，小心翼翼地从那座喧嚣不已的帆布帐篷边走过。

那顶肮脏帐篷的另一边立着一座纺锤形拉张式建筑，由中央的高塔、倾斜的钢索和水平放置的厚木板搭建而成。正面看台上挤着数百名观众，每次他们起身欢呼或者坐下同声抱怨时，蛛网状的拉索就会微微摇晃。他们宽大的臀部、包裹在柔软织物里的身体都表明这些全是真人，手臂和脖颈也都被沙漠的阳光晒成了时髦的棕色。

欢呼和抱怨声中还有另外一些声音——号叫与痛苦的咆哮——回荡在竞技场正中。挑衅的辱骂声从设计成适合撕咬而非交谈的口中吐出，伴随着激烈的碰撞和流血。

有人会觉得我们堕落了。这些假人的争战、格斗意味着我们已成为罗马帝国，也背负上了它不祥的命运。放荡、混乱，然后注定灭亡。

但和罗马不同，这一切不是上位者强加给我们的。无论什么政府都会鼓吹节制的好处。不，它来自于底层，是摆脱了旧日约束的人类野心和欲望的表现。

我们真的堕落了吗？或者，这只是一个无法避免的中间阶段？

如果那些"牺牲品"出于自愿，也不会受到永久的伤害，还能算是野蛮吗？

我不知道。谁知道呢？

竞技场的主入口有一块"只准真人进入"的标志和一名机警的看守——某人的宠物猴子，蹲在凳子上，手拿的喷雾瓶里装着对真人无害的溶剂。我和丽图完全可以毫发无伤地溜进去，但我们的伪装很可能被识破，而我暂时还用得上这副外表。所以我们从旁边经过，去那些趴在看台下方、透过许多只真人的脚窥视竞技场的假人观众中寻找空位。这些偶人有很多都是战斗型的，有着华丽的蹄和爪，全身披甲，等待着上场竞技的那一刻。

这里臭得要命。口水、呼气，还有偶人们兴奋的新陈代谢系统产生的浓郁的彩色废气。每轮可笑的屠杀开始以前，真人们会交流彼此的赌注和意见，在这里这些竞争对手也会彼此交换善意的嘲笑。但也有例外。这儿有个家伙正透过架在他的霸王龙鼻子上的特大号眼镜看着一块廉价的网络浏览板。喇叭叫他出场时，这头人造恐龙把打开的浏览板扔到一旁，却小心地用两只指爪捏住眼镜，放在正面看台上的某个真人脚边。后者一言不发地拾起来，放进口袋。

好吧，有些人总是能充分利用自己的时间，不管他们使用的是怎样的身体。

克拉拉对我提过这个地方，但我从前离开城市前往她的连队探望时，从没有到过这里。她不认为业余设计者在电网围栏旁展示自己的"创新"作品是种明智之举。

"大多数造物都是基于传说中的怪兽和大家害怕的东西，华而不实。"她说，"也许拿来拍恐怖电影挺好，但一丁点也不适合格斗。敌人用粒子束武器瞄准你脑袋的时候，再骇人的眼神也毫无用处。"

这才是我的好姑娘，总是那么睿智。但愿我能在"艾伯特遭恐怖分子导弹袭击丧命家中"的消息传到她的耳中之前和她取得联系。希望她这段时间无暇分心去看什么新闻。我最不希望看到的，就是让她在为军队和国家效命时还为我担忧或是悲伤。

"噢，天哪，"丽图看着竞技场中那团怒吼与厮杀的旋涡，感叹道，"怎么都想不到，这里可以如此——"她停下了，一时找不到合适的词语来表达。

我也在看。但我看的不是争斗，而是周围的动态。我在寻找某个特定的人。我的目标没有尖牙利爪，但也不是真人。专业军人的真身有比观看业余者的表现更有价值。

"没想到可以如此什么？"我漫不经心地找着话题。竞技场另一边有些巨大的铲车型偶人，他们的工作是将战败者闷燃的身体弄走。不，不可能是他们，这些偶人花费太高了。我觉得应该是某种更小巧也更实惠的型号。

"如此刺激！我以前总是对这种东西敬而远之。可你知道，如果我是里面那些战斗型偶人的复刻者，我打赌我会兴奋得要命。"

"嗯，不错……除非怪物版的你转身把你撕成两半。"我评论道。丽图脸色发白，但我没有停止搜寻。我寻找的那个人肯定处在方便观看、又让聚集在此的狂热者们注意不到的地方。假如他们没派人来呢？我有些担心。也许军方的人用的只是某种隐藏式摄像机——

就在这时,我发现了那个人。我很确定。那个小小的身影,步履蹒跚地在竞技场边缘游荡,拨弄着每一个倒下的斗士,用一根细小的探针读取他们每个人的身份标签。他看上去像只猩猩,或者长臂猿。城里到处都能看到类似的家伙,几乎成了城市背景的一部分。

当然了,我想,收税员。

"来吧。"我对丽图说。她很想留下看完那场搏斗呢,我不得不拽了她一把。我发誓,我当时急得甚至想把她扔在那儿算了。幸运的是,就在这时,某个格斗偶人给了对手致命一击,令它沉重的身体砰然倒地,整个露天竞技场都为之颤动。围观的爱好者们欢呼起来。

"我们走吧!"我叫道。

这次她跟了上来。

我在竞技场后面叫住那只"猿猴"时,他嘟囔一声,吐了口唾沫。他当时正坐在一根木柱顶端,懒洋洋地看着下一场赛事。

"走开。"他用一种比真黑猩猩清晰些的嗓音咕哝道。

我自然不是第一个识破他伪装的人。他肯定被那些跑过来想当面说服他的爱好者烦透了。

"我需要和442连的一名成员对话。"我说。

"当然当然。默斯塔山脊的那场突袭以后,他们肯定都成了你的偶像。不过很抱歉,战争结束前不能要签名,伙计。"

"我不是来追星的。这是一份紧急的私人消息,她会想听的,相信我!"

黑猩猩又呸了一声,棕色的唾沫里带着些许砷的色泽,"我凭什么相信你?"

我很恼火,但仍努力保持语气平静。

"因为如果克拉拉·冈萨雷斯军士发现你不让我去见她,她就会去找你的本体,给你留下一段你绝对无法摆脱的回忆。"

那只猿猴对我眨眨眼,"听起来你好像认识克拉拉。你是谁?"

这是个机会,同时是一次冒险。但我有别的选择吗?

我告诉了他……于是那对深色的眼睛盯住我,"这么说,你是那个倒霉侦探艾伯特的幽灵,一路前来就是为了和她说一句再见。你真够倒霉的,老兄!被导弹烧成灰肯定很痛。我想象不出亲身感受的滋味。"

"呃,没错。我还以为能在克拉拉知道这事以前找到她呢。"

人造黑猩猩嗤了一声,摇了摇头,"真要这样就好了,伙计。你把你剩下的时间都浪费在路上了,克拉拉一听到这个消息就离开了!"

这回轮到我目瞪口呆了。

"她……擅离职守吗,在战争期间?"

"不止这样,她抢了架政府的直升机,直接飞去城里了。我得告诉你,我们部队的指挥官给这事吓得不轻!"

"真是难以置信。"我的双腿软绵绵的,心跳也开始加速。

"是啊,够讽刺的。抛下一切赶往城里,却跟匆忙赶来安慰她的幽灵擦身而过。"

这位观察者或侦察兵跳下他栖身的立柱,落到我身边的地上,向我伸出一只手,"我是戈登·陈,第117后勤连的下士。我想我们见过一次,你去年来看季后赛的时候。"

我脑海里浮现出了那个有着二分之一东方血统,身材高大,姿态优雅,笑容迷人的形象……也许是我见过的最不像猿猴的家伙,但他却从容地使用着这具躯体。"嗯,"我心不在焉地答道,"乌兹别克斯坦的那场半决赛后的聚会上。我们讨论了园艺话题。"

"啊哈,这么说真的是你。"他笑的时候露出一口可怕的陶土牙齿，"释迦牟尼啊！我一直想知道做幽灵是什么感觉。是不是很古怪？"他摇摇头，"忘了这个问题吧。我能为你做些什么吗，艾伯特？尽管开口。"

他还真的能为我做点事情，但我想等几秒钟再说，或是几分钟，我得先把这些事消化了。和克拉拉擦肩而过让我很失落，但最重要的还是这个事实带来的震惊。

我早就知道她在乎我。我们是知己，在床上也相处融洽。我们能让对方会心一笑。

可她却会做出如此疯狂的举动！抛弃一切，跑去调查我房子的灰烬，希望着也祈祷着我当时不在家……天哪，她真的很爱我！

过去的两天，我发现自己成了犯罪嫌疑人，成了暗杀目标。我中了埋伏，幸免于难，然后忍受了一段艰难的沙漠远足，面对的却是更令人失望的挫折。但尽管如此，我突然发现自己竟然感到相当……呃……愉快。

如果我能从敌人的打击中生存下来，也没有成为尸体或是进监狱，我一定得和她聊聊。重新考虑一下从前不愿结为……

就在这时，背景中激烈的搏斗声变成了响亮的嘶鸣，继之以沉闷的拍打声。看得入迷的真人们同时站了起来，大声咆哮，震得蛛网般的看台抖动起来。竞技场的上空，一个满是尖刺的圆形物体划出高高的弧线，一路滴落着鲜血。

"小心碎块！"陈下士大喊着，以猿猴的敏捷向后跳去。我和丽图赶紧跟上，刚刚躲开，而那颗长着尖牙、怒目而视的头颅就在仅仅几米外落下，滚到我脚边，停了下来。

偶人的快速融解机制很快生效，烟和泥浆从那颗脑袋的双耳中流出，沾染了潮湿的沙地。头颅的主人如果还想接收完整的记忆，最好赶快把它捡起来。那些倒钩、长角和针刺也许是某个爱好者最喜欢的自制风格，但我可不想弯腰去碰这个长满獠牙的玩意儿！

即使经历了如此可怕的事，那颗头颅也还维持着意识。他鳄鱼般的双目眨了几秒，眼神中的失望多于悲伤。他的下颚在动，想说些什么。我不太明智地弯腰靠近他。

"哇……"那颗头颅小声说道，凶狠的眼睛里仍有微弱的光芒，"太仓……促……了！"

黑猩猩喷了喷鼻子，听上去没有半分敬重。

我后退了几步，转身面向克拉拉的战友，问道："你刚才的话，意思是说——希望帮我们做些事？"

"是啊，为什么不呢？"猿偶人耸耸肩，"克拉拉的朋友就是我的朋友。"

31 | 傀儡的疯狂

……小红偶人准备一显身手了……

我瞪着尤希尔·马哈拉尔的灰色幽灵,一点点消化自己听到的消息。

"一次……导弹袭击?"

"是啊。你的家几乎一点儿不剩——还有你的本体——留下的只有一个冒着青烟的弹坑。所以你和我剩下的出路是相同的,也就是成功完成我的实验。"

不用说,我的第一反应是强烈的恐惧和忧虑。我这具廉价的红色身体尽管小巧,情感能力却一应俱全。可我曾多次面对死神,迄今为止一直能够转败为胜。所以,为什么要就此放弃呢?马哈拉尔也许是在虚张声势,试探我的反应。

我保持着茫然的神情,又把话题扭转回去,以试探他的反应。

"生命的延续,教授,这就是你在研究的课题。就算新技术能为陶偶补充生命活力,你的陶土身体也支持不了多久。你想模拟我在复制方面的能力,好不断地把灵魂从一个偶人复刻到下一个。既然原生大脑不能使用,这也就是你唯一的选择了。"

他点点头,"说下去。"

"但有些事让你困扰——无论我是如何制造出如此优秀的复制人的,这种技巧都没法轻易照搬过去。"

"说得对,莫里斯。我相信这跟你这些年来对待失踪偶人的散漫态度有关。即使到了现在,你还抱着这种态度。瞧瞧你,听说自己本体被毁时多轻松啊! 其他人恐怕得发疯。"

我一点儿也不觉得轻松。事实上,我火大得很! 但目前有比瞪大眼珠冲他狂吼更重要的事。其他那些被俘的"我"恐怕也都曾判断出了他的心理和精神问题。他们都决定伪装出懒洋洋的态度,表现得无动于衷,好套马哈拉尔的口风。

我应该效仿他们吗? 还是来点新鲜的,让他大吃一惊呢?

但在被镣铐紧锁的此刻,我找不到任何能让他大吃一惊的方法,还是静观其变吧。

"你知道的,"马哈拉尔又说起了他的研究项目,"动物的反应定式仍旧深植在我们人类内心……也就是说,拼尽全力去延续肉体的存在。我们继承的生存本能在进化过程中扮演着重要的角色,它同时也是一只锚,将灵魂驻波驻扎在体内。所以能够制造出真正的一流偶人——没有情感缺失和记忆沟壑——的人类才会如此稀少。一般人会抑制自己,不让完全的自我流入陶土身躯。"

"嗯,巧妙的比喻,"我说,"只是有上百万个例外。实际上,很多人对待自己傀儡的态度比我粗心得多——应该说比过去的我——体验狂人,格斗士,批量制造用完即弃的商用偶人,还有情愿跳到火车前面去救一只猫的蓝色警用偶人。最后还有那些虚无主义者……"

这个词儿让尤希尔瑟缩了一下,他脸上掠过短暂的痛苦神情,一种极其私密的痛苦。我把几个看似毫不相关的线索拼接在一起,突然间发现了什么。

"你的女儿。"我凭着直觉猜道。

他点点头，动作有点像抽搐，"在某种意义上，丽图也许是个虚无主义者。她的偶人总是……难以捉摸，不够忠诚。她们不在乎她。从另一方面来说，我……认为，她也不在乎她们。"

我可以轻易从他的灰色面孔上看出负疚感。一条值得追踪的线索，也是条新线索，因为其他那些被俘的"我"应该都没见过丽图。我该不该想个法子利用这点微薄的人际关系呢？只要我能迫使尤希尔把我当人来看待……

但马哈拉尔只是摇了摇头，表情严肃起来，"我只能说，你的能力是没法用简单或者单独的某个特点来解释的，艾伯特。事实上，我认为它是一种罕见的复合能力，另一个受自身复杂生命牵绊的个体恐怕无法复制你的这种能力。主观视角很早以前就被看做一根无法切断的铁链，一只让灵魂动弹不得的锚。"

"我不明白——"

"这不是你的错。所有人都以为自己的主观看法比其他任何人的都重要，甚至比所谓现实更重要。主观视角就像一座大剧院，我们每个人都是自己剧中的英雄，这就是空想和偏执能在证据和逻辑面前立于不败之地的原因。

"噢，莫里斯，在我们忙着进化成自然界最自高自大的物种时，主观的固执很有好处，它让人类掌控了这颗星球……也让我们好几次险些自取灭亡。"

我突然想起，初次见到这家伙——马哈拉尔的灰色幽灵——是星期二，地点在寰球。就在不久后，他的原身被人发现死在一辆撞毁的车子里。那个早上，偶人尤希尔还以惊人的措辞形容过他的本体，把尤希尔本人描述得像个准偏执狂，总在清醒与黑暗的幻想之间徘徊。不久后，他讲述了那场梦魇——"科技失控的情形……当费米和奥本海默见到核试验场内升起的第一团蘑菇云时……"

当时我把这些话轻易地抛在脑后。它们引人遐思,但也太过耸人听闻了些。我思索起来。也许父亲和女儿有着同样的潜在倾向,只不过表现形式不同? 也许他们的复制人同样靠不住? 多讽刺啊,现代偶人科技的创始人之一竟然制造不出可以信赖的傀偶!

我开始推算尤希尔·马哈拉尔究竟何时实现这种观念上的重大突破的。上星期? 周一? 就在他死前几个小时,在他以为自己安全独处时? 逐渐滋生的猜疑让我毛骨悚然,背脊发凉。

与此同时,那个灰色傀偶还在滔滔不绝:"不,回想那个优胜劣汰、物竞天择的时代,自我主义的价值是无法否认的。只是如今它也助长了社会疏离感,更重要的是,它限制了我们能够认知的真实波函数的范围,或是使之坍缩,具象化,这样其他人才可以分享和查验——"

马哈拉尔停顿了一下,"但这些已经超出你的理解力了。"

"我想你说得对,博士。"我思索了一会儿,"我不久前看过一篇通俗科技文章……你刚才说的是观察者效应,对吗?"

"对!"他踏前一步,狂热得暂时忘记了轻蔑,"多年前,我和贝维索夫有过一番争论,争论内容是,最新发现的灵魂驻波究竟证明了量子力学,还是说是一种完全独立的现象,只是碰巧符合相似的动力学原理而已。和那个年代的大多数科学家一样,贝维索夫不喜欢把'灵魂'这个词跟任何物理学可以量度或可以验证的事情联系起来。确切地说,他相信古老的哥本哈根量子学说的某种变体,也就是说,宇宙中发生的每一件事都会引出浩如烟海且相互影响的可能性。这些不明确的可能性只会在观察者本人在场的情况下产生实质的影响。"

"换句话说,也就是你之前所说的'主观视角'。"

"又说对了。必须有人有意识地察觉某个实验或事件的影响,才能造成波函数的坍缩,让它成为事实。"

"唔，"我听得很费力，但努力不表现出来，"你的意思是，就像那只装在盒子里的猫，在同一时刻既死又生，直到他们打开盖子为止。"

"非常好，艾伯特！是的。就像'薛定谔的猫'生死未卜，宇宙中所有抉择状态都是不确定的，直到某个智慧生物的观测将之具体化。假使那个生物远在许多光年以外，注视着天空，偶然察觉了一颗新星的存在，如此一来，他就可以说自己和所有观测到它的观察者一起创造了那颗星。没错，主观和客观之间存在着复杂的联系，而且程度超出任何人的想象！"

"我懂了，博士。就是说，意识决定形态。可是……这又跟灵魂驻波有关……怎么可能？"

马哈拉尔激动得忘记了愤怒，"很久以前，一位知名的物理学家罗杰·彭罗斯曾经提出：意识起源于不确定的量子现象，并影响人类脑细胞里的每一个微小器官。有些人相信，这就是那个古老的梦想——创造出真正的电脑人工智能—— 一直未能实现的原因之一。即使是最为复杂的数字化系统，其确定性逻辑也极其有限，难以模拟更无法复制那深藏在人类体内，被我们称之为灵魂场的超复数系统的反馈回路……"

如听天书，但我还是希望马哈拉尔继续说下去。一部分原因是他有可能揭示某些有用的事实，而且这还能拖延时间。无论他接下来打算用那些疯狂科学家的机器对我做些什么，能拖些时间总是好的。我已经知道接下来会很痛了。

也许还不止，恐怕会痛到让我发火。

我真的很讨厌这种状况。

"……所以，每次人类的灵魂驻波被复制，都会在复制体和原始模板间保留一种深层次的持续连接。用那个古老的量子力学术语来说，叫做'纠缠'。这种纠缠是正常人无法察觉的。傀儡在本体附近时不会产生任何实际的信息交换，但这种联系依然存在，依附于复制体的驻波。"

"这就是你所说的'锚'？"终于，我发现了些许联系。

"是的。彭罗斯所说的细胞器官的确存在于脑细胞之中，只不过并非量子态，而是以看似相似却截然不同的灵魂波的形式纠缠在一起。制造陶偶时，我们会把这些难以计数的状态放大，再将结合起来的波形压制进附近的某个母体。但即使那个新母体——全新的傀儡——起身离开，它作为观察者的状态仍会和本体继续纠缠在一起。"

"即使那个傀儡再也没法回来上传？"

"上传就意味着取回记忆，莫里斯。我所说的是比记忆更深层次的东西。我说的是一个概念，也就是说，每个人都是独立自主、能够改变宇宙的观察者——他们用观测的行为创造了宇宙。"

我又听糊涂了，"你是说，我们中的每个人——"

"——我们中的一些人显然比其他人更具备这种本领。"马哈拉尔狠狠地说，我敢说他的怒气又回来了。我现在才明白，这种恨意来源于妒忌。"你的性格让你比一般人更容易接受这个世界的不确定本质，所以你的偶人才会拥有各自独立的观察者状态——

"——以及完整的灵魂驻波。"我替他说完，勉强保持在这场对话中的参与感。

"没错。就本质来说，这显然跟自我中心、虚无主义、超脱物外……或者聪明才智都没什么关系。也许你，只是比大多数人更加自信吧。"

他耸耸肩，"尽管如此，你的才华还是受到了制约，限制，严格的约束。你拥有制造优秀复制人的才能，尽管你的能力远不止于此。当需要你继续向前，踏入全新的领域之时，你还是会像其他人一样，被那只锚束缚双脚。

"不到一个星期前,我在偶然间发现了答案。要实现我的最终目的,有个异常简单,却颇为粗暴的转变方法。讽刺的是,我们的先祖早已把这种转变和灵魂的释放联系在了一起。"

说到这里他停下了。

我猜得到,这并不难。

"你说的是死亡。"

马哈拉尔的笑容更灿烂了,也更加热切,更加居高临下,而且可恨得要命。

"很好,艾伯特!古人的二元论信仰里关于灵魂会在人类死后脱离身体的看法是对的,只是实际的情况远远超出了他们的想象——"

就在马哈拉尔高谈阔论时,我明白了自己应该如何行动。我应该忍耐,表现得沉默克制,继续套他的口风。还有些问题没有问,还有些事没弄明白。但是……

但是我控制不住了。怒气涌起,以惊人的力量接管了我小小的身躯,我用力拉扯着镣铐。

"是你发射的导弹!你杀了我,你个狗娘养的,就为了你那套该死的理论!你这个丧心病狂的禽兽。只要我得到自由——"

尤希尔哈哈大笑。

"啊。果然,尽管你的头脑清醒过那么一会儿,可还是不出意料地开骂了。你真是个墨守成规到无可救药的人,莫里斯。我会好好利用这一点的。"

说着,马哈拉尔转过身,继续做他的准备工作——对着语音控制器低声下令,又飞快按动开关。而我怒气冲冲地躺着,感受着憎恨他带来的些微满足,又意识到这种反应完全如他所料。

当然,还有隐藏在我内心深处的好奇。我想知道,他接下来打算把我怎么办。

32 | 多多小心

……瑕疵品离开彩虹之家,藏进披巾下面……

我们扔下了埃涅阿斯·高岭阁下赠予我们的那辆寰球陶土集团的车,因为我觉得里面肯定装了窃听器。

那位商界大亨还准备了些什么? 我在大门紧闭的彩虹之家外面拦下一辆人力车,脑子里反复出现这个念头。我跳上座位,让司机把我们带到第四大街。

"要快!"我的小貂儿伙伴催促道。他喘着粗气,急不可耐地想要离开。陶土帕利的一个小包里,装着他在奎恩·艾琳专门藏匿秘密的吧台后面找到的宝贝。我想他已经打算好了,要把这份材料"物归原主",换取一笔"归还拾物奖金"。这么做不用担心被说成敲诈勒索。

司机耸了耸肩,取下额头上的遮光眼镜,戴到眼前。这一举动露出了一对小小的恶魔之角,多半是某种植入式罗盘兼定位器,而且廉价到能配备给用完即弃的偶人。

"稍等,先生们!"他吼道,用双手抓住车把,粗壮的长腿用力几蹬便上了路面,活像一头肌肉特别发达的山羊。等时速超过三十公里以后,他碰了碰一个开关,启动定速巡航马达,那双闪光的陶制蹄子向上一缩,离开了地面。

"您有明确的目的地吧?"长得像潘神的司机转头问我,"还是说像您这样有身份的灰色偶人只是来观光的?为了弄点儿记忆?也许你愿意浏览我们这座美丽的城市一番?"

我花了好几秒钟,才想起我在高岭家里染了色,成了一名高等的灰色"特使"偶人。司机以为我来自外地,正带着我的陶土宠物旅游观光。

"我知道所有的历史名胜和秘密景点。长廊市场街里全是你在东边绝对看不到的走私货,还有法律不敢触及,摄像头也监视不到的窄街小巷。只要付一小笔奢侈税,再签个弃权声明就可以。只要走进去,哦,无政府主义者的天堂!"

"往第四大街去就好,"我回答,"快到的时候我会告诉你的。"我心里的确有个明确的目的地,但我不打算大声说出来,至少现在不行。我们很可能正受着监视,来源包括体内和外界。

他咕哝一声表示接受,然后调整了墨镜,一根手指按在舵柄上,懒洋洋地驾驶着。与此同时,我取出一只翻盖式电话——它是我在身体恢复青春活力不久后得到的。

"你要打电话给谁?"陶土帕利问。

"你觉得呢?当然是我们的雇主。"自动拨号盘上只有一个号码。

"可我以为……那我们刚才为什么要弃车……"

他的黑色小眼睛闪动着。我能看出小帕那颗多疑的小脑袋正在高速运转。"那好吧。替我向埃涅阿斯问好。"他说。

作为一个廉价的绿色偶人——曾被染成橘色,后来又成了灰色——我没法用眼神示意什么,只能无视他。手机发出老式传呼机的声音,请求某位高岭答复。随便哪个亮闪闪的傀儡就行……甚至可能是那位亿万富翁隐士在高雅宅邸的层层防菌玻璃后面发着抖的真身。让我失望的是,回应的只是个电脑程序,要求我选择"留言或等待",用的似乎是高岭自己的声音。

我等。身为陶偶,等待是意料之中的事。尽管寿命短如蜉蝣,急躁却是那些有真实寿命的人才有的情绪。

与此同时,偶人城区的无尽污秽和斑斓色彩从我们身边掠过。这里的建筑缺乏保养和照管,大都显得老旧,挂着"查没"的标示,禁止真人进入。可我们周围拥挤的人群却对那些摇摇欲坠的房屋视而不见,这些偶人生来就是为了从事一天的辛勤劳作,外貌却比他们无趣的制造者更惹眼。五颜六色的工蚁维系着文明的进步,他们有的忙碌进出于附近的工厂,有的背负着沉重的货物,有的步履匆匆,赶去出席机密会谈或者递送紧急订单。

交通堵塞了一会儿,我们不得不从一个露天建筑工地旁边绕过。工地门口挂着宽宽的全息指示牌:

全城偶人气动管道运输项目:
你们的税款没有浪费

闪闪发光的显示器显示着逐渐接近的完工日期。到了那时,陶偶和其他货物可以通过真空管道迅速寄往城市的每个角落,送达任何地址,和自我定向的网络数据包一样全自动,而且成本近乎为零。小型巴士和巨型恐龙式货车的司机都抱怨说,这个项目完成的部分已经让他们的利润大幅缩水。破坏活动此起彼伏,工期一再停滞,让人联想起了勒德分子的时代①。最近的一次爆炸甚至造成附近一栋建筑崩塌,砸碎了四百多具傀儡,溅出的碎片飞过三个街区,还伤到了一名真人,让他缝了六针——真是令人震惊。

———————————

①19世纪初,英国手工业工人因为害怕机械化抢去自己的饭碗,采取了捣毁机器的行动。这场工业破坏的发起人名叫内德·勒德,于是后人将他们称之为勒德分子,引申义为"反对机械化和自动化的人"。

　　尽管存在如此激烈的反抗,寰球陶土集团和其他偶人制造者仍在努力游说,希望在所有城市都安装管道,让顾客迅速接收到上百万具空白偶人,最大程度地节约大家复刻的时间。偶人花在运输途中或是冷藏柜里的时间越短,客户就越觉得他们的钱花得值,也就会订购更多的空白偶人。

　　在那块标牌下方,最低级的艾普西隆偶人正埋头工作,把一篮篮泥土拖上自己满是绿色斑纹的背脊,其他偶人运送着一段段能够承受高压的陶制管道,前往地底深处。艾普西隆们甚至没有复刻上完整的人格——没有灵魂填充,也没有洄游本能。他们有的只是最简单的本能,一刻不停地劳作,直到进入回收箱。

　　我眯起眼睛看着这一幕,仿佛瞥见了一个比弗里茨·朗的《大都会》①更可怕的科幻噩梦——奴隶及其子嗣为身在远方的主人劳作,直到生命不出预料地早早耗尽,无人为其哀悼。可等我换个角度再看,却又觉得一切如此美妙!整个世界的自由公民纷纷派出自己的一小部分——可消耗的部分——轮流承担必要的苦差,让每个人都能把生命花在游玩和学习上。

　　哪个才是真的呢?

　　还是说它们都是真的?

　　我应该在意这种事吗?

　　我自己的想法让我惊讶。

　　难道偶人的生命持续到第二天,大脑就会发生这样的变化?我思索着。难道活力再生的过程会让偶人变得喜欢空想和哲学思辨?还是说,我在艾琳店里的所见所闻触发了这些念头?

　　或者说只是因为我是个瑕疵品?

　　快点,高岭。快他妈接我的电话!

　　事实上,他的拖延让我有了些许期待。也许埃涅阿斯根本不

―――――――――――

　　①1927年的一部科幻题材电影,影响深远。

在乎我和陶土帕利，也许忙得顾不上我们。

哦，但"忙"的意思已经跟过去不一样了。有钱人可以随心所欲地复制出各种精致的偶人，替他们忙碌。所以肯定有别的理由。

我们离开气动管道施工现场已经一个街区了，司机突然转向，同时破口大骂，我抓紧座位以防碰撞。并非交通状况出了问题。不，那个司机是在为远在天边的——与他的工作完全无关的——某件事发火。

"蠢货！"他叫道，"你们就想不到他们会埋伏在那座山附近吗？那群印尼人起码从五个不同的方向瞄准了那儿。白痴。PEZ干脆认输算了。居然把毫无掩护的整支部队就这么派到了战场上。我们还是换批人重新来过的好！"

他的遮光镜边缘突然有道微光闪过。这么说，那副墨镜同时也是显示屏。

但我还是不希望被某个分心看比赛的苦力卷进车祸。再莫名其妙地转一次弯，我就找他主人索赔——

以谁的名义？判来的钱又该给谁？可怜的艾伯特在佐治亚州有个妹妹，但她拥有五项专利，不缺钱。然后我想起来了，艾伯特剩下的所有财产应该都会留给克拉拉——既没被警察没收，也没被高岭索赔的那些。这取决于能否找到其他该为寰球陶土集团袭击案负责的人。

我心里有怀疑对象，但我得找到更多证据才行。

"嘿，军迷！"陶土帕利对司机吼道，后者刚刚躲开几个路人，又险些被一辆八条腿的巨大货车碾得粉碎，嘴里仍在咒骂不休。"忘了比分吧，专心看路！"

司机扭头对我的朋友咕哝了些什么，小帕吼回去，弓起顾长的身子，伸展利爪，仿佛随时会扑上去似的。我正想合上电话，从中调停，耳边却突然传来嗡嗡的人声。

"哦,是你啊。我还在想你几时才会向我报到呢。"商业大亨的低语声传来。我不知道那是哪个高岭,反正我假设他就是派给我们工作的那个白金偶人。"你在艾琳那儿发现了什么?"

他没为让我等待道歉。好吧,谁让人家是亿万富翁呢。

"艾琳真的死了,"我回答说,"她用了那种'灵魂天线'的服务,带着她的所有偶人去了一个叫做'涅槃球'或者'瓦尔哈拉地带'之类的地方。"

"我知道。警察刚刚赶到那儿,我正看着那一幕呢。难以置信。神经病! 你明白我的意思吧,莫里斯? 这个世界上到处是变态,陶偶技术只会让情况更糟。我有时真希望我们从来没有——"

他顿了顿,然后继续说道:"好吧,不提这个了。你觉得艾琳选择这个时候结束一切,是不是因为她的阴谋破产了? 因为他们没能成功破坏我的工厂?"

在伪装困惑的无辜者这点上,高岭做得很出色。我决定陪他演下去。

"艾琳是又一个被欺骗的人,先生。她以为自己雇艾伯特的灰色偶人是去做不太合法的工业间谍活动。"

"你是说那通'寻找远程偶人制造技术'的鬼话?"

我回头看了一眼气动管道的建造工地——耗费巨资的项目,如果远程陶偶制造技术成真,它就会在很大程度上失去意义。

"反正听起来很真实,足以蒙骗艾伯特·莫里斯的灰色偶人。为什么就不能连她也骗呢? 总之,今天早上艾琳就意识到,自己要为这场朊病毒袭击担负罪责,所以她决定用自己的方式结束生命。"

"就算是这样吧。"高岭哼了一声,"你找到任何跟幕后主使有关的线索了吗?"

"噢,她的两个搭档,其一是个花格偶人,自称柯林斯阁下;另一个说自己是头牌金妮·沃梅克的复制人。"

"就他们俩？这些我们在灰色偶人的录音里就听过了。"

我不想再说什么了，但高岭仍是我的客户……至少在我确认某些事以前都是。无论从法律还是道义上，我都无法对他撒谎。

"柯林斯阁下是伪装的身份，艾琳认为他很可能就是贝塔。"

"你是说那个偶人绑匪兼造假者？你有什么证据吗？"高岭的声音变得有点兴奋，"这也许正是我需要的东西。这样一来，我就能向警方施压，让他们把那个混蛋看做真正的公共威胁，而不仅仅是陶偶贸易领域的祸害。我们也许可以彻底摆脱他这个麻烦！"

我回答得很小心。

"我也有类似的想法。我追踪贝塔已经三年了，与他多次交过手。"

"嗯，我想起来了。你在星期一刚刚逃脱，马上就在星期二早上突袭了他在泰勒大厦的据点。你们俩确实处得不太好。"

"对，事实上——"

我的目的地就在前方。我得尽量让高岭保持好心情，免得他太过细究我接下来几分钟的行动。现在正是关键时刻。

"所以我正在往泰勒大厦那边去。"

往那边去，确切地说，这不算撒谎。如果他在追踪我的话，会发现我们目前的行进路线和我说的恰好吻合。

"去找更多线索吗？很好！"高岭说。我听到背景里传来刻意压低的人声，在要求那个白金偶人注意听他说话，"等你发现更多证据的时候再呼叫我吧。"他告诉我，然后毫不客套地直接中断了联络。

我宽慰地发现，时间刚刚好。

"就在这儿停！"我告诉司机，后者仍旧漫不经心地开着车，大半注意力都放在战事消息以及和小帕斗嘴上，让人心惊肉跳。这种家伙是怎么保住出租车执照的？我思索着，抛了个银币给他，跳出车外。幸运的是，陶土帕利一直坐在我肩上，没有跟司机打起来。不过，再等会儿就不一定了。

朝夕教堂，前方的标牌上闪烁着这几个字。我沿着花岗岩石阶冲了上去，从四下转悠的可怜偶人身边经过——受伤的，损坏的，再不然就是被抛弃的，全都无望回家上传记忆了。他们大多数显得磨损不堪，接近消融。但我比他们老得多！我是唯一拥有周二那场布道的直接记忆且仍旧存在的陶偶。当然，我并不是来参加礼拜的。

几个憔悴的复制人排成短短的队伍，等待着紧急修复服务，为首是个瘦长的紫色偶人，他的半只左臂被扯断了。幸运的是，当班的仍是同一位黑头发志愿者，她为这些绝望无助且饱受欺压的偶人提供援助。不知是什么心理上的原因让她愿意献出真人的宝贵时间，去救助这些生命所剩无几，根本不值得拯救的偶人，反正对我是件大好事。我由衷地感到高兴。

"哎呀！"看到那个志愿者护士时，陶土帕利压下了一声不安的尖叫，"那是艾丽克西。"

"什么？你认识她？"

小帕的迷你偶人用低到不能再低的声音回答："嗯……我们约会过一段时间。她该不会认出我来吧，你觉得呢？"

我不禁在头脑里对比了一下两个形象。一个是真人小帕——帅气，灰头发，肩膀宽阔，只不过彻底失去了下半身，靠维生椅继续着生命；另一个是我肩膀上这只轻灵、露齿而笑的小雪貂。二者的外貌几乎毫无共同之处，但真正重要的却并非外貌，而是回忆、性格，还有灵魂。

"也许不会吧，"我经过等候的陶偶，向队列前方走去，"如果你能闭上嘴的话。"

　　我大步走向艾丽克西的手术台，几个受伤的偶人抱怨起来。不太干净的台子周围堆着一桶桶廉价的偶人泥浆、陶偶填泥料和陶土团。她注视着我——而我第一次注意到，她专心致志的样子是那么美。她起先坚持要我排队等候，但等我掀起衬衫、转身展示我背上填塞的长长伤口时，她愣住了。

　　"还记得你的手艺吗，医生？你在对付那只啃咬我的陶土虫时干得真不赖。我记得你的某个同事说，我已经撑不过一天了。你应该也记得。"

　　她眨了眨眼，"我记得你。但……但那是星期二——"

　　艾丽克西顿了顿，睁大了眼睛。但她明智地闭上了嘴，努力消化其中深意。

　　真聪明。她为什么肯跟小帕约会？

　　我放下衬衫，问道："能不能找个地方，我们单独聊聊？"

　　她激动地点点头，做了个手势，示意我们跟她上楼。

　　艾丽克西检查期间，小帕一反常态地缄口不语。她很快就发现了高岭的追踪器——是他在貌似善意地为我们延寿时装进去的。

　　她还找到了炸弹。

　　幸好发现了，我心想。我们的雇主满以为我们会在泰勒大厦向他报告。如果发现我们挣脱了束缚，他肯定会坐立不安，说不定还会进一步做点什么。

　　"这是哪个混蛋干的好事？"艾丽克西咒骂道，小心地把炸弹放进一个看上去破破烂烂的滤毒罐里。在某些特定情况下，法律允许偶人携带由无线电控制的自毁装置，但这种事哪怕在PEZ军里都很罕见。不用说，艾丽克西所属的团体坚决反对这种行为。我忍着没告诉她，我们的炸弹乃是由大奴隶主高岭阁下亲手安装的。如果她知道了,也许会立刻上线,告诉这个激进主义团体里的所有人。

这可不行,至少现在不行。

陶土小帕也需要少许修复。她给他修整的时候,我的目光望向这座大教堂的彩色玻璃窗。古老的基督教符号换成了某种圆形图案,形状像一朵花,花瓣由里向外逐渐变细,到尽头的尖端时忽地燃起垂直的火苗。起初我还以为那形象是一条尾巴向外的鱼。鱼……意思是鱼目混珠?然后我才意识到,那些是方头的鲸鱼,抹香鲸。鲸鱼们把宽大的额头聚拢在一起,进行某种鲸鱼之间的交流。

这象征着什么?鲸群——悠长的生命,却濒临绝种——看起来似乎和偶人恰恰相反,后者总是迅速凋零,但第二天就会以更庞大的数量再次涌现,因为人类的创造力和欲望在为他们的繁荣不断添砖加瓦。

这让我想起了"最终选项"公司那个技师:祭司衣服上的曼荼罗徽记,就是他主持了奎恩·艾琳登神的尝试。尽管细节上有明显不同,但两个团体关注的都是同样的问题,那就是如何在灵魂复刻和宗教冲动之间达成妥协。这方面我当然没资格下什么判断。

好吧,我喜欢这些家伙。也许我还欠他们几个人情,只是不好意思说出口而已。

艾丽克西结束了检查,宣布我们的身体"干净"了。我忽然有种自由自在的感觉。从我、小帕、拉姆和加德里恩在那个古老公园的阴影里会面,又被卷进这些乱七八糟的事儿以后,我第一次有了这种感觉。

"总算可以给家里打电话了!"陶土帕利兴高采烈地说,完全忘记了他保持沉默的誓言,"我已经等不及要告诉自己我看到什么了!这次上传肯定很带劲。"

艾丽克西歪着头,眯起眼,好像从小帕的语言风格中发现了什么。我不能给她时间继续想下去。

"我和小……我的小伙伴和我都需要安全的网络接入端口,"我说,"可以给我们两件能用的方披巾吗?"

片刻迟疑过后,她点点头,指了指一个衣架。上面挂着两件式样古怪的黑色外衣。"最近才清洗过,没有窃听器。"

"太好了,谢谢。"我走向衣架。

"话说在前头,"她补充道,"我供职于"多多小心"组织,所以用我们的接入端口时别想要花样,或者做什么非法勾当。"

"好的,女士。"

艾丽克西皱了皱眉,"我要回去帮助其他病人了,我能相信你们不会碰这里的其他东西吗?"

陶土帕利兴奋地点点头。"我们不会忘恩负义的。"我保证道。

"唔。也许你可以跟我解释一下,在你应该变成泥浆的时刻过去那么久以后,还能到处走动是种什么感觉。"

"等有时间吧,我会的。"

她带着半信半疑的表情离开了。等她的脚步消失在楼下,我质询地看了陶土帕利一眼。"好吧,"他轻快地耸耸肩,答道,"也许我确实不配跟她在一起。咱们要继续讨论这个吗?高岭可不会被愚弄太久。"

我的小伙伴跳到桌子上,我帮他钻进方披巾,用兜帽盖住他,调整了一下,让披巾贴合他奇特的身体轮廓。我把另一件方披巾套在头上,让黑色的织物盖过我的手臂,垂过我的腰际。

在方披巾之下——

突然间,我身处另一个宇宙。非常棒的虚拟实境,数据和幻象以斑斓的色彩和景深混合起来。织物下的传感器感应着我的手臂和指尖,以及每一次呼吸,对我虚拟的喉咙发出的每一声低语做出反应。几句低声的命令过后，不到数秒，我面前出现了三个鲜活的球体世界。

第一个球体屏幕逐渐放大。一栋闷燃的废墟，我的家……艾伯特的家……曾经的家。免费的关联软件从周围的网络中冒出，请求我的允许，想帮我获取这可悲事件的相关信息。其中有几个信誉还不错，所以我提交了一些参数。最低级别的信息不会花费一分钱，也不可能被人追踪。没人能从数以百万计的网络偷窥者中认出我来。我查询的都是重大新闻事件，应该不会引起任何注意，除非我决定进一步追查下去。

第二个屏幕把"寰球陶土集团袭击未遂事件"的相关信息来了个去芜存菁。我想要一份警察官方的摘要，主要是想知道艾伯特还在不在疑犯列表上。这样的事件总会引发各种各样的阴谋论和民间传闻，为此兴奋的包括举报者俱乐部的成员、"相关责任"理论的爱好者、独居的偏执狂，还有那些自发形成的，坚决拥护"如果—那么"和"是的—可是"这两大理论的势力。匿名造谣是最古老的表达质疑的方式。艾伯特本人来处理会好很多，能找个他的黑色偶人来就更好了。

我？我只是个绿皮，还是个瑕疵品。但我是唯一剩下的。

两个气泡状屏幕的边缘涌动着，嘶嘶泛出代表关联信息的泡沫。这时，更为危险的第三个屏幕也准备就绪了。

那个以防万一的备用存储器，艾伯特的备份资料就存放在里面，以防他家里的计算机出什么问题。

假如妮尔侦测到了即将到来的导弹……就算只在命中前几秒钟。根据程序，她会把尽量多的数据塞进远处的备用存储器里。这份记录也许能告诉我，我的制造者死前那几分钟在做什么——甚至是思考什么。

这是一份可观的财富，但获取的过程也许会很危险。发射那枚导弹的人肯定一直监视着那栋屋子,以确保命中的那一刻艾伯特身在家中。但这种监视细致到什么程度?仅仅是简单地用迷你摄像机巡视屋外,记录下艾伯特的出入情况吗?也许他们成功渗透了他的私密保护装置,比如派出一台微型间谍机飞进他的屋子?这种事时有发生。科技总在不断进化,摄像机也越来越小。只有傻瓜才相信能永远保住秘密。

那个人很可能已经知晓了一切,包括备用存储器的地点。或许会有潜伏软件等候在那里,准备揪住任何想要获取信息的人。借来的方披巾没法为我掩饰太久。

但我还有什么办法?唯有的另一个选择就是直奔小帕家,跟他一起喝个烂醉,直到我这段人工延长的虚假生命最终结束。

噢,勇敢点吧!我用颤抖的指尖输入文字,在方披巾的掩盖下低声念出几句话,希望艾伯特不会因为发现自己造出了第一个瑕疵品就更改密码。

几乎在同一瞬间,我发现自己正看着一个和妮尔极其相似的仿制品。

专家们总说,真正的数字化智能系统现在不存在,将来也不会出现。我猜他们暂时还是对的。这是又一个20世纪科幻小说里从未成真的"失败梦想",类似的还有坐着飞碟的外星人。但模拟技术还是有了巨大进展,一个花费不多的动画程序,就能唬住大多数人……至少能骗到一两次图灵奖吧。

她的脸是以我在大学短暂交往过的一位助理教授为模板制作的,性感,但不会太过撩人,其内在含意是摒弃幻想,专注高效。这个电脑化身没有质询或进一步查验密码,而是扫描了我的面部,又朝埋藏在我前额的身份标签伸出一根短距探针。

一般来说,这样已经足够。但这次不同。

"不一致。你看似周二的绿皮偶人,但染色为灰色,而且此时应已分解。除非给出可信解释,否则拒绝接入备用存储器。"

我点点头,"说得有理。以下是我的解释:简单地说,寰球陶土集团的研究员发现了延长偶人寿命的法子,所以我才能跟你说话。这项突破似乎引发了埃涅阿斯·高岭阁下和尤希尔·马哈拉尔博士之间的某种冲突。这很可能和马哈拉尔的遇害有关,还有艾伯特·莫里斯的遇害。"

那张动画面孔扭曲了一下,这是表示怀疑的夸张手法。我不得不提醒自己,这并不是我记得的那个妮尔。只是个幻影,是贮藏在庞大数据空间某个角落的备份,只有有限的处理能力。

"根据周二的黑色偶人在爆炸前储存的其他信息判断,你对寿命差异的解释是可信的。然而,在我给你许可前,你必须解决另一个不一致的问题。"

"什么不一致?"

妮尔的幻影能够逼真地模仿她那种表示异议的皱眉表情,这个细节我以前从未留意到。我犯傻的时候,她的神态总是这样。

"没有可信的证据可以证明艾伯特·莫里斯遇害了。"

如果我是真人,恐怕早就哭笑不得,语无伦次了。"没有可信的……你还要什么确凿证据? 难道有人用导弹把你炸成碎片算不上谋杀?"

我必须提醒自己,和我说话的并不是真人或者陶偶,甚至不是最高级的人工智能。这是一个以备用存储器软件制造的幻影,按这个标准,这位"妮尔"看上去已经很不错了。但它要么是受了损坏,要么就是碰到了语意方面的障碍。

"导弹袭击与当前的不一致问题——即艾伯特·莫里斯的推定遇害——没有关联。"那张脸答道。

我瞪大眼睛,重复着那个令人沮丧的词语。

"没……没有关联?"

问题看来很严重。该死，我也许没法接入备用存储器了。"实施……谋杀的武器怎么可能和谋杀案没有关系？"

"真人艾伯特·莫里斯只失踪了超过一天。网络或者公共监视系统中没有他的踪迹，而且——"

"噢，当然没有——"

"他的消失倒是预料之中的，和他家被毁没有任何直接联系。"

真棒。我仔细琢磨着这句话。预料之中？和被毁没有联系？

我仿佛不由自主地把目光移向另一个气泡显示屏，上面展示着我在悬铃木大街住所的俯瞰画面。好几只盘旋的窥视眼和新闻摄像头贡献了高质量影像，提供了生动的俯视视角，还能随着我的目光放大，让我看到焦黑的木材和倒塌的石墙。残存的烟囱直指天际，像一根挑衅的指头。后门廊的锻铁栏杆因为高热蜷曲成了螺旋状，卷向已化为焦炭的玫瑰棚架。

警方的闪光条带挡开了好奇的看客，包括想进去弄点儿纪念品的真人和陶偶。我看到有好几队黑色专家正在警戒线内，拿着扫描器和取样器，俯身寻找证据。这片残砖断瓦中还有另外几个身影在走动。

我跟存储器的幻影说话的时候，先前委托的关联软件也在忙着收集有关导弹袭击的消息，在显示屏周围列满了摘要和流程图。我用手指碰了一下关于肇事武器的报告——确切型号未知，但显然非常精密，身躯小巧却能造成巨大的损害。这也解释了它是如何偷偷运进偶人城区并设置完成却无人发觉。更惊人的是，它的发射轨迹十分杂乱，导弹四处乱窜，尾焰一路烧毁了五座半废弃的屋子。这些手段有效地掩饰了它的初始发射地点，抹去了所有和设置者有关的蛛丝马迹。更糟糕的是，当地缺乏监控，警察很难推算时间。他们也许永远也没法确定设置导弹的人是谁。

我敬畏地思索着，谁能弄到这样的武器？又为什么会把它用在一个微不足道的私家侦探身上？

我的第一个问题已经有了答案。哦,警察对此缄口不语,但数以千计闲得无聊的业余分析家和退休专家可不在乎什么职业化的审慎。仔细研究可用的信息之后,他们达成了共识——

——它肯定是军方配备。而且不是我们的国家队在国际军事竞赛场的诸多观众面前,用于军事表演的那种普通货。不用说,国家总是把最好的装备藏匿起来,以防万一。这枚导弹肯定就是那种被放在架子上,并且希望永远不会用到的厉害玩意儿。

难怪案发现场会有这么多黑色偶人爬来爬去。比起可怜的艾伯特,他们恐怕更在意那件武器。

还有其他信息。气泡屏的边缘不断冒出各种意见:

据说这个叫莫里斯的还跟寰球陶土集团的袭击未遂案有关,就在周二。显然他们是在报复他……

报复？在一两个钟头之内？荒谬！这枚导弹经过仔细隐藏,以防追踪,架设它至少需要几天甚至几周……

没错！莫里斯显然是被陷害的！那颗导弹就是为了把他烧成灰,免得他去证明……

应该是吧。可这事儿还是挺可疑的,为什么他们找不到尸体呢？……

什么尸体？早就汽化了……

被炸成碎片儿……

噢,是吗？那么那些器官碎块都去哪儿了？……

那儿有大量的DNA痕迹,全都符合莫里斯的资料……

没错,痕迹！见鬼,就算你趁我不在时炸飞了我的房子,也能找到一些碎屑:皮肤细胞、头屑、毛发。拿起你床上的枕头,它重量的十分之一都是你在几千夜的睡眠中头上飘下的那种东西组成的……

呃，真恶心！

……所以，在他住的房子里发现了他的DNA，这毫无意义。要确认死亡，就要拿出点有特别意义的器官组织来！即使他已经是一摊肉泥，你还能找到一点骨头、血液、肠细胞……

我大为震惊。一部分原因是，这些情况我早该想到了！就算我只是个绿色的瑕疵品，可毕竟还保有艾伯特的记忆，还有他受过的那些训练。

这意味着什么？

也许再有一两秒钟，我就能得出那个再明显不过的结论。但我的注意力突然被一个独自穿行在闷燃废墟里，用一根木棍戳着灰烬的身影吸引住了。那个纤细身影的某些特点吸引了我，球体视屏也随之放大了画面。

她穿着略呈灰色的粗棉工作服，头发蜷在帽子下面。初看上去像是个高档偶人，特别是她那张脸还被泥灰弄成了灰白色。但当一个黑色偶人给她让路时，我意识到，她一定是个真人。

摄像画面又放大了些，一个小小的标签出现在她旁边：

受害者的指定继承人

以这具躯体的廉价程度而言，我表现出的情绪可以说强烈得出乎意料。

“克拉拉。”我喃喃念叨着，看着屏幕清晰映出的她的脸孔。她那副阴沉的表情里混合了悲伤和愤怒，还有极度的困惑。

“最终密码通过。”一个声音说——妮尔的幻象对我刚才说的几个字做出了反应。

“允许接入备用存储器。”

我看向右边。妮尔的计算机影像不见了，取而代之的是一张摊开的清单。妮尔的虚拟声音继续说道：“相关事务一，你在周二的十三点四十五分以目前这具傀偶形体提出请求，要求追踪一名被拉托维纳迪姆餐厅解雇的侍者。尽管目前的条件有限，我还是完成了追踪。那个侍者的名字和履历如下。他还提出了一项声明，放弃追究这起事件的任何责任。

侍者？我很奇怪。餐厅？噢。我完全忘记了。这件事现在已经没有意义了。

“爆炸之前，仍有其他项目等待处理。”妮尔的影像继续说道，“尚未回复的莫拉凯·蒙特马林的来电和留言，还有布兰恩督察、金妮·沃梅克、托马斯·法克斯……”

这是一张长长的名单，而且很有讽刺意味。如果艾伯特听了小帕的电话，就会知道后者是要警告他周二的第二个灰色偶人被卷进了一桩阴谋——欺骗他去袭击寰球的阴谋——而我则很可能不会在这儿。我也许会作为自由的瑕疵品度过短暂的余生，切断和艾伯特的联系，在街角和孩子们玩闹，或者试着去找那个蠢侍者。直到我的身体土崩瓦解为止。

“我也可以重播你的本体最后打的那通电话。通话对象是丽图·马哈拉尔，目的是安排一次旅行，前往她父亲在荒漠里的小屋。”

什么？一起旅行？

我颤抖了一下。和丽图·马哈拉尔结伴旅行……去荒漠？突然间，我看到了一丝微光，看到了真相的轮廓。艾伯特很可能伪装成偶人，亲自前去！

真是这样的话，会不会是他怀疑自己的房子已经被杀手盯上了？这样说来，他的计划效果甚佳。显然，他愚弄了所有人，让他们都以为他的真人还在家中。我得努力理清这个惊人的想法。说不定还存在漏洞……但艾伯特很可能根本没死！

好消息，不是吗？这下子我可算解脱了，不用背起沉重的负担，去揭开真相。凭我对艾伯特的了解，他肯定正和整整一打忠诚的复制人追踪坏蛋的足迹，带着冷酷的决心，要为他被化为灰烬的花园复仇。

但……这个念头同时带来了某种失落感。有那么一会儿，我真的觉得自己很重要，就好像我微不足道的存在突然间事关重大了似的。正义仿佛正等待着我去伸张，只看我何去何从。

可现在？

好了，我的职责清楚了——是汇报。描述我所知的一切，尽我所能提供援助。

只是再也没有那种孤身奋战的浪漫感了。

我看着克拉拉在废墟里戳戳碰碰。比起参战，她显然更关心艾伯特的命运。于是我也确定了自己该做什么。艾伯特很可能还活着，可他根本不愿费力跟她联络，连自己安然无恙的消息也不告诉她！

也许他宁愿陪在那个漂亮的女继承人丽图·马哈拉尔身边。

混蛋。

有时候，真的要站在局外人的角度才能够看清自己。要是能成为另一个人就更好了。

好吧，这就是我迄今为止的经历，我的故事说完了。我会提交一份副本放在备用存储器里……说不定会有哪位艾伯特愿意听呢。

我会给丽图·马哈拉尔小姐发一条简短的消息。她是艾伯特的最后一位雇主,就在那次导弹袭击前不久雇用了他,所以我猜她有资格知道:我认为高岭已经变成了一个丧心病狂的谋杀犯。

但我做这件事其实是为了克拉拉。正是因为她,我在这块方披巾下又站了十分钟,飞速地以第一人称念诵着我这两天来看到和做过的一切,一直讲到此时此刻。尽管小帕的偶人在旁边不断恳求,提醒我每一秒钟都会让我们更加危险。这危险或许来自高岭,或许来自某个未知的敌人,甚至更糟。

管他呢。我的报告也许根本没用,毕竟我所发现的只是这个拼图里的几块碎片,远远不足以解决这个案子。

也许我只是把其他人——某个优秀得多的"我"——已经做完的工作重新做了一遍而已。

该死,我甚至不知道自己接下来该去哪儿……虽然我有一些想法。

不过,克拉拉,我可以告诉你一件事。

只要我有一丁点儿灵魂存续,我就会记得你。在回收箱最终将我收回之前,我的生命都还有可以为之奋斗的某件事……以及某个人。

33 | 难以磨灭的印象

哇。

这地方太神奇了。

我真该切换成实时录音,描述我现在看到的一切。

但这样做有意义吗?再说这个植入式录音器还是从死去的傀儡身上借来的,也许它根本没法正常运作。

可除了尝试,我还有什么办法?有机会目睹这场奇观的人可不多,而且这以后,他们头脑里的这段记忆还会被清除掉。

整个军队在我面前立正,根据位阶和职能分成班、排、连和团。成排的刚毅身影绵延直至远方,在昏暗的灯光中投下长长的影子。他们非生亦非死,无声地站在这个位于地下深处、干燥冰冷、长达数公里的洞窟里。每个士兵都被密封在一层薄薄的凝胶保鲜包装中,等待着那个也许永远不会到来的命令——打开照明,开启附近的陶偶炉,从沉睡中唤醒整整一个军团的陶偶士兵。

陈下士说,军队里有一句格言——打开,烘焙,入役……以及保家卫国。

当然,并不是完全出乎意料。始终有这种流言,说那些介于角

368

斗士和娱乐演员之间的部队只是冰山一角而已,国家真正的军事力量藏在某个秘密地点——或者不止一个——处于休眠状态但随时候命。将军和参谋们很清楚,如果真正的战争再次爆发,现有的二十个预备营——包括克拉拉所属的部队——是远远不够的。

话是没错,但亲眼看着这一幕却……

"来吧,"陈的猩猩偶人说着,向我们打了个手势,示意我们跟上,"沿着这条路走,前面就是我告诉你们的安全数据端口。"

从我们走进那条通往地底深处巨大军事设施的通道开始,丽图就用清洁毛巾不停擦着脸,想除去残留的灰色伪装。而现在,她用无力的手捏着那条毛巾,瞪着数不清的傀儡士兵的队列,看着那些薄薄的、紧贴身体的包裹物。

"太惊人了。我大致明白为什么会在地表基地下面建造这样的设施,在这儿训练的士兵肯定会多复刻一些复制品作为库存兵力。但我还是不太理解,"她朝这支军团摆了摆手,"你们为什么需要这么多?"

陈耸耸肩,给我们当起了导游。

"因为对手制造的可能更多。"他用那双弓形的猩猩腿迈步走向我们,"想想吧,小姐。挖坑不花钱,制造一整支预复刻偶人部队的成本也不高。不用在食物和训练上多花费什么,也不用支付保险金或退休金,只需要一点点保养费用。根据我们掌握的情报,起码有一打国家在这么干,其中还有些跟我们很不友好。印尼人把他们的武装力量藏在爪哇岛的一个大洞穴里,韩国、危地马拉把大军藏在地下。说到底,谁能抵抗这种诱惑呢? 想象一下,拥有一支随时可用的庞大部队,而且机动性极强,几小时就能送往全世界任何地方,每个士兵都准备就绪,技巧和经验相当于身经百战的老兵。"

"真他妈可怕。"我答道。

陈赞同地点点头,"所以我们一定得拥有同样的东西——整整一个军团的守军,几小时之内就能凭空出现。从某种程度上说,这是在和敌人比赛谁制造的陶偶更多。"

"我是说这种局势真可怕,这种愚蠢的军备竞赛——"

"就叫它陶偶威慑好了。其他人会明白,如果企图先发制人,他会伤得很惨。这一招在我们祖先的那个核武器时代就很有效,要不我们就没法站在这儿说话了。"

"噢,我觉得这点子烂透了。"丽图这样评价。

"我同意,小姐。但在各国政客能达成一致——搞个现场核查之类——之前,我们有什么办法?"

轮到我提问了。

"还有保密问题呢?在现在这个时代,这种事怎么可能不泄露出去?《内部举报法》……"

"……目的是为了鼓励举报,没错。但法律是针对犯罪行为的。你不觉得军队的这些做法都是严格遵守法律的吗?军队从没有否认自己拥有预备部队。这算不上什么罪恶,也不违法——没有真人因此受到任何伤害,所以不会有什么'举报者'奖金。就算有人揭发这个地方,又有什么好处呢?他能得到的只有这辈子都还不清的罚款,用作把我们的偶人军团转移到新场所的开销。"

陈看看丽图,再看看我。

"顺便说一下,这一点对你们也适用,以防你们突然冒出什么自以为正义的念头。我们不介意坊间流言。如果你们愿意,尽管传播流言,添油加醋地告诉朋友。只要别把图片或者详细地址放到网上就好,要不你们就得背上一屁股债,每月的薪水都得送给军队,直到你们去世。"

他说这话时,我正好用我左眼里的植入物拍下了一个画面。仅作私人用途。我在心里给自己开脱。

也许我应该把它删掉。

"好了,"陈还在说,"咱们去那个安全端口吧。"

丽图和我还没从下士刚才那句隐含深意的威胁中回过神来,沉默地跟着他,从一排排现代土耳其禁卫军面前走过。他们沉寂得如同雕像,大多数身躯都染着纹路模糊的迷彩色。走近细看,你会发现这些战斗傀儡是多么庞大!几乎相当于普通偶人的一倍半,增加的部分大都是额外的能量电池,用来增强力量和耐久力,并为强化传感器提供所需的动力。

大多数躯体都四肢粗壮,膀阔腰圆,但我仍在努力寻找克拉拉的脸庞。他们肯定也要求她充当偶人的模板,将她的记忆和战斗精神注入上百具,甚至上千具复制人的身躯。我有些恼火,因为她根本没跟我提过……至少没说过有这么大规模!

我们前进时,丽图仍然追问不已。

"在我看来,除了敌对国家,这种安排还有一个危险。对执掌大权的人来说,这支军队同样是巨大的诱惑。假如军队——或者总统,甚至是首席保安官——哪天觉得民主统治实在过于麻烦,会出现什么情况?想象一下,上百万个全副武装的战斗傀儡像愤怒的蚂蚁一样拥出地面,发起政变,占领每一座城市——"

"几年前不就有一部剧情完全相同的恐怖电影吗?我记得特效很棒,还有很多很酷的动作场面。成群的陶制怪兽,迈着僵硬的脚步,大喊大叫,摧毁眼前一切……当然,除了那个主角。它们不知为啥总也打不中他!"

陈大笑着,长臂朝我们身边的军队摆了摆,"不过说真的,这类故事太牵强了。这里每一个偶人都是持有执照的真人预备役军人严格遵照规章复刻的,他们拥有我们的记忆和价值观。如果每个小兵都是用我或者克拉拉这种碰巧觉得民主制度还不错的家伙复刻出来,要发动政变恐怕相当困难。

"还有,它们还装有加密的自毁装置,而密码则分发给了——"陈停了口,摇摇头,"不,别管什么安全措施了,用逻辑思考一下就行了。"

"这话怎么说,下士?"

陈拍了拍旁边一个战争傀儡塑封的腰部,"考虑一下限期的事儿,小姐。就算额外添加过能源,这样的战斗偶人也无法维持超过五天,最多就一星期。我很怀疑你有办法夺下城市然后继续占据它。一小撮同谋没法复刻出足够的偶人。至于大规模的团体,这个时代,怎么可能保守这样的秘密?

"不,这支军队的目的是为了抵消敌人突然袭击带来的恐慌。在那之后,就得靠人民来保卫他们自己和他们的文明了。只有他们的灵魂和纯粹的勇气才能对抗逐渐蔓延的战火。"

陈耸了耸肩,"在我爷爷的时代,还有爷爷的爷爷的时代,这才是正道。"

丽图还没想好如何回答,而我尽量保持沉默。陈转过身,带我们从一排又一排队列整齐的军人身边走过。这座宽广大厅里的沉默守卫们深深震撼了我们,让我们渐渐忘了计算那密密麻麻的行伍。

丽图在这儿非常不自在。这里既压抑又陌生,和我们穿越荒漠时那种轻松气氛大不相同。她的烦闷也许有一部分来自她在制造偶人方面的问题。她从来无法预料自己复刻的偶人将会如何。有时候一切正常,钻出陶偶炉的偶人很像她,和她有同样的想法,会做她指定的工作,然后在一天结束时返回,上传记忆。其他的复制人则会神秘地消失,只会发回含义不明、语气轻蔑的讯息。

"被某个了解我们做过或想过的一切私密之事的人嘲笑,你知道那种感觉吗?"

"那你干吗还要复刻呢?"在我们穿过荒野的长途跋涉中,我问道。

"你不明白?我在寰球陶土集团工作啊!我是在偶人生意圈里长大的。再说如今想做什么都离不开复制人。所以我只能每天早上复刻几个陶偶,然后祈祷一切顺利。

"但只要是重要的委托,或是什么不能出错的事儿,我都会尽可能亲自完成。"

就像这次去她父亲的小屋——以及附近的死亡地点探查一样,当我邀请丽图时,她决定为此投入真人的一天时间。那个卑鄙的"高岭"在公路上伏击了我们,让我们绕了好几天的弯路。困在远离城镇的地方,没有联络手段,只能缓慢地靠近我们的目的地,这些事一定让她非常沮丧……

我自己也是同样的感觉。我跋山涉水前来,却发现克拉拉已经不辞而别,赶去翻找我屋子的废墟,而我却被困在这个不毛之地。该死,真希望我们能快点到达陈所说的安全端口。我得想办法联系上——

终于!

陶土军人的队列终于到了尽头。我们离开了那支寂静的大军,却得在更浓重的阴影下穿行——那是一排排高耸的自动陶偶炉,目前闲置着,但时刻准备点火,烘焙一群群新鲜解封的陶偶士兵,激活他们的活力储存细胞,让整支军队秉承自我牺牲的精神,为荣耀而战。

公司商标在我们头顶隐现,骄傲地刻在这些机械巨兽的身躯上,分别由圆环圈住的"寰"和"球"两个字分外显眼。但丽图的表现不是骄傲,而是紧张,只顾揉搓她的双肩和手臂,东张西望。她的下颌绷得很紧,仿佛走这一趟是对意志力的磨炼。

陈带我们穿过一扇拉门,进到另一个巨大的房间里。这儿有着无数盔甲,悬挂在天花板的挂钩上。到处是超轻材质"头盔加甲壳"式的组合盔甲,随时准备套在刚刚出炉的陶土身躯上。我们小心地在狭窄过道中前行,肩膀摩擦着金属制服和护腿,又从一套套耐火连身工作服中挤过,令它们如同鬼魅般飘荡起来。

我不禁觉得自己是如此渺小,仿佛我们是几个小孩子,正蹑手蹑脚穿过巨人们的衣帽间。这房间甚至比刚才的傀儡军队还吓人,也许是因为这里没有灵魂。这间军械库里的一切像齿轮一般毫无情感。空荡荡的制服让我想起了机器人:不可理喻,而且不受任何东西——比如良心——的束缚。

好在我们的速度很快。几分钟后,我们来到了另一边。能离开那儿真好!

刚离开"衣帽间"没多久,陈示意我跟他到某个露台的栏杆那边去。"艾伯特,你得看看这个!如果你受过克拉拉的影响,肯定会觉得很有意思。"

我来到栏杆边,发现从露台上可以俯瞰第三条极其漫长的走廊,就在我们下方稍远处,储存着一些我从没见识过的武器。从轻型武器到火焰喷射器,再到单兵螺旋/扑翼机,全都整整齐齐地堆叠起来,或者存放在架子上——活像一座贩售毁灭的百货商场,一座战争博物馆。

陈摇摇头,显然对这些东西充满渴望。

"他们坚持要把最棒的家伙都封存在那儿,说是以防万一。真希望在上头打常规赛的时候能用上这些装备,比如对付这周跟我们对阵的印尼人。那些混蛋很厉害,要是能——"

偶人下士突然停了口,把他的猿猴脑袋扭向一侧。

"你刚刚听到什么了吗?"

有那么一瞬间,我还以为他在开玩笑。这么诡异的地方倒是挺适合闹鬼的。

只不过……没错，我现在听到了。一阵微弱的交谈声。

我扫视下方，最后在远处的一排架子中间瞥见了几个来回走动的身影。几个是乌黑的，另几个则是钢灰色，带着仪器和笔记板，注视着成排放置的杀人器具。

陈低声咒骂：“该死！他们肯定是在稽核！为什么偏偏现在搞？”

“我想我猜得出原因。”

那双猩猩的黑眼睛盯着我，而后豁然开朗。

“那颗导弹！炸了你的本体和你家的那颗。之前我还以为是自制的玩意儿，都市朋克和罪犯在自家地下室里制造的东西。但上头肯定怀疑是从这儿偷出去的。该死，我早该想到！”

我能说什么？我早就想到了这个可能性，但我不希望吓到正在帮助我的陈。

“军队里怎么会有人希望我死呢？我承认，克拉拉有几次威胁说要折断我的胳膊……”

玩笑没什么回应，陈的猩猩偶人坐立不安。

“我们得马上离开这儿。就现在！”

“可你答应过要带我们——”

“那是因为我以为这里没有人！而且我没想到这事儿还牵扯到军队装备。我可不能带着你们直接闯进那群死板的军规执行者中间！”陈抓住我的手臂，“我们得马上和马哈拉尔小姐——”

我们转过身，瞪大了眼睛。陈的话只说了一半便说不下去了。

丽图原先就在我们身后。

现在不见了。她留下了痕迹：长长的一排仍在晃动的连体工作服，就像大海中逐渐淡去的小小浪花，被她唤醒的那些护甲和头盔仍在礼貌地点着头，鞠着躬。

34 │ **真相**

│ ……小红偶人受人摆布……

天才的想法很难看穿。

一般来说,这没什么好担心的。因为在大多数时候,真正的才华总是与高尚的人品相伴——我们这些庸人只能指望这一点了。但指望程度之深,大大超出了我们的想象。真实世界中,可没有戏剧里那么多的狂热艺术家、精神病将军、胃病作家、躁狂症政治家、贪得无厌的企业大亨以及疯狂科学家。

让我们提心吊胆的天才人物只是极少数例外。这些例外人物个性鲜明、充满戏剧性、有点疯狂,外加不止一点点危险。正是这些人造成了大众对天才的浪漫印象:你必须暴戾蛮横才能成为天才,度量狭小才会被人铭记,傲慢自大方能赢得重视。

尤希尔·马哈拉尔小时候一定看了很多烂电影,而且囫囵吞枣地接受了这套陈词滥调。他独自待在他的秘密要塞里,不对任何人负责,甚至包括他的本体。他的存在仿佛完全为了夸张地扮演疯狂科学家的角色。更糟糕的是,他觉得关于我的某些事能解开那个谜——如何让他得到永恒的生命。

我被困在他的实验室里,手脚被铐住,动弹不得,心底开始涌起那种众所周知的冲动——洄游本能。这是绝大多数高档傀儡在漫长的一天行将结束时都会听到的召唤，就是那种催促着你，要你赶回家中进行上传的冲动。而现在，这种冲动被这台奇怪的机器放大了许多倍。

必要时，我可以把它抛诸脑后，但这次的反应异常强烈。这是一种难以抗拒的渴求，让我撕扯着身上的束缚，毫不在乎紧绷的四肢受到的伤害。百万年的本能让我努力保护我身上披的这具躯体，但呼唤更加强大。它告诉我：身体不比廉价的纸衣服重要多少，有价值的只有记忆……

不，不是记忆，不止如此。那是……

我不会科学家的那些术语。如今我的心里只有渴望，渴望回归，回到我本体的头脑里去。

根据偶人尤希尔的说法，那个大脑已经不再存在。就在刚才，他告诉我，艾伯特·莫里斯的真身——由我母亲在一万两千天前带到这个世间的身体——在周二被炸成了碎片。连同我的房子和花园，连同我的成绩单和小童子军制服，连同我的体育奖杯和我准备抽时间写完的硕士论文……还有我解决的逾百件案子的纪念品——我揭露了许多恶棍的真面目，还把其中最可恶的那些送进了医院或者监狱。

连同我左肩上的子弹形伤疤。克拉拉做爱时总是抓着那里，有时还会加上几排很快就会从我富有弹性的真实肌肤上褪去的牙印。但那些真实的肌肤也已不再。至少他是这么告诉我的。

我没法知道马哈拉尔说的是不是实话。但他有什么必要对一个毫无抵抗能力的囚犯说谎呢？

该死。那花园可花了我不少心血，甜杏下周就该熟透了。

很好，这法子还是有点用的。我靠内心的这些废话分散了自己的注意力，这也是种反击的法子。但在极度放大的归巢反应将我撕成两半之前，我还能撑多久？

更糟的是，傀儡马哈拉尔也在说话。一面操作一面絮絮叨叨个没完。也许他这么做是为了消除焦虑，或是有意让我神经紧张。

"……所以你应该明白，这一切早在杰弗蒂·阿诺纳斯发现驻波的十年前就开始了。两个叫做纽伯格和达奎利的家伙想追踪人类神经功能的变化，于是运用了世纪之交时那种原始的成像机器。他们最感兴趣的是人类在冥想和祈祷的时候，位于后脑上部的定位区域的变化。

"他们发现，有些宗教专家——从佛教徒到福音派教徒——似乎知道如何压抑那个神经区域的活动。该区域的作用是将感官数据编织在一起，创造出一种感觉，让你知道自我在何处结束，世界的其他部分从哪里开始。

"这些宗教大师所做的其实是消除他们对自我与世界之间的界限的认知感。其效果便是'世界一家人'，或者说'宇宙大一统'，同时伴随着内啡肽和其他引起快乐情绪的化学成分的分泌——这也让他们渴望着不断回归这种状态。

"换句话说，祈祷和冥想会导致一种物理化学反应，让他们沉溺于神圣以及与上帝同在的想象！

"同一时期，还有其他研究者也在探索着意识的基础，或者说我们想象中的自我存在之处。欧美人倾向于认为该场所位于人的双眼之后，就像一个雏形的自我，透过双眼窥视着外界。落后地方的部族却有着截然不同的看法。他们认为真正的自我居住在胸中，接近跳动的心脏。实验人员发现，他们可以说服个体改变自己的场所认知感，也就是改变自我或者灵魂的所在。受过训练以后，你甚至可以想象它在你的体外，依附在近旁的某个东西上……甚至依附在某个陶土制成的玩偶上！"

演说期间，这位教授时不时地停下来，对我微笑。

"想想看,这是多么令人兴奋,艾伯特!起先,这些线索看似没有任何联系。但这些勇敢的梦想家很快就明白了,他们发现的是一块巨大拼图里的几块碎片。它通往另一个和宇宙同样浩瀚的世界……也拥有同样众多的可能性。"

我束手无策地看着他又拨弄了一番仪表盘。我头顶的那台机器发出表示准备完成的低吟,然后让我这颗小小的橘红色脑袋再次颤抖起来。为了不让他称心如意,我勉强咽下一声呻吟。为了分心,我不断地进行内心独白……尽管我没有配备录音器,那些话语又缺乏意义,在我想到的那一刻就化作了熵值。

跑题了。我不断告诉自己,想想我平时的习惯动作,然后不停照做!这是很久以前,某个幸存者(他忍受的酷刑远比马哈拉尔能做的可怕得多)给那些无法反抗的囚犯的忠告。这个建议帮助我——

又一阵冲击贯穿了我的头骨!我的背在痉挛中弓了起来。我扭动着身子,回归的需要把我折磨得痛苦不堪。

可回哪儿去?怎么回去?还有,他为什么要对我这么做?

突然间,透过那面隔开尤希尔实验室的玻璃,我看到了某样东西,对面是艾伯特的灰色偶人。马哈拉尔周一在高岭宅邸抓获的那个。他被带到这儿,经过复苏充能,然后作为模板,制造了我。

我的身体每次扭动时,灰色偶人也有相同的反应!

难道说,马哈拉尔在同时对我们俩做同样的事?可我并没看到有什么大型机器对着那个灰色偶人。

这意味着另一种可能。那个偶人不知怎么竟能和我感同身受!我们一定是……呃!

刚才那一下很痛。我的牙齿咬得太用力了,假如我是真人的话,没准会咬断一颗牙。

我得说话,抢在下次冲击到来之前。

"远——远——远——"

"什么,艾伯特?你是不是想说点儿什么?"

尤希尔的偶人在我头顶俯视,表示着虚伪的同情,"来吧,艾伯特。你可以的!"

"远——嗤……远程!你——你正在——进——"

"远程复刻?"抓我的人咯咯笑了,"你每次猜的都一样。不,老朋友。没那么平凡,我想达成的目标比它远大多了。两段人造量子态灵魂,相关但有空间分隔,我在让它们进行相位同步,探究你们的'观察者联合共用轨迹'的深层次纠缠。你听懂我的意思了吗?"

我下颌打着战。

"观——观——观察者——"

"我们先前讨论过这个。也就是说,每个人都会以观察者的身份来创造宇宙,将庞大的可能性坍缩并且……噢,算了,我们这么说吧,所有灵魂驻波的复制品都和最初的版本保持着纠缠。就连你的也一样,艾伯特,虽然你相当放纵自己的偶人。

"我想利用的就是这种关联!讽刺的是,这就需要切断和原身的联系,而唯一切断它的方法……就是除掉最初的模板。"

"你——你杀了——"

"杀了艾伯特·莫里斯的本体,用一颗偷来的导弹?当然。我们不是早就说过了吗?"

"你自己,你杀了你自己!"

这一次,我面前的那个灰色傀儡瑟缩了一下。

"嗯,呃……算是吧。不过这事没这么简单,相信我。我有我的理由。"

"理……理由?"

"我必须尽快行动,抢在我完全弄清我要做什么之前。尽管如此,我在沙漠的公路上加速行驶,差点就从我手里逃脱了。"

谈话变得艰难起来……甚至连一个字也挤不出来……除了抽搐到来的时候。机器无情地打击着我,拨动着我的驻波的琴弦,让它发出尖锐的嗡嗡声……让我大叫着想要逃离……想要赶回去上传——回到那个不复存在的家中。

呃!太糟了。到底还能有多糟?

好了,想想吧!假设真正的我不在了,那么,在隔壁房间的灰色偶人呢?我能把这个灵魂还给他么?可我们之间没有互相连接的上传设备,他对我来说恐怕就像在月球上那么遥远。

除非……

……除非马哈拉尔也期待着某种事情的发生。某种——呃!——超乎常规的事。

他会不会……会不会和我猜测的一样,想要我发送某种东西……某些我的本质……到房间的那一边,穿过那道玻璃墙,送到灰色偶人的身体里,却不用任何低温电缆或者普通的上传设备连接我们?

开口发问之前,我已经感到另一股猛烈的冲击正在积聚力量,蓄势待发。

该死,这一次会很痛……

五里雾中①

> ……周二的灰色偶人感受到了冲动……

该死。那是什么？

刚刚我是不是觉得一股什么东西吹拂着我，比如一股热风？

多半是我想象出来的。我被捆在一张桌子上，无法动弹，被最为可怕的东西折磨着。

那就是思考。

自从马哈拉尔强迫我复刻了那个小小的橘红色复制人，然后留下我一个人发愁开始，我一直在努力琢磨着某个巧妙的逃离计划，以前被俘的艾伯特们从没试过的计划。或者退而求其次，设法联系我的本体，警告他尤希尔的这场科技恐怖秀。

嗯，我知道，空想而已。但无论拟订计划多么无用，总能帮我打发时间吧。

可现在，我的心中突然涌起阵阵怪异的焦虑。脑中闪过一幅幅画面，短暂得难以追忆，仿佛梦境的片断。每当我试图拼凑起它们时，脑海中想到的却只有漫长的一排沉默的身影……就像复活

①原文为 Glazed and Confused，Glaze 一语双关，可以指陶器的上釉，也可以指思维或目光的呆滞。

节岛上的石雕,或是巨大棋盘上的棋子。

　　每隔几分钟,就会出现另一股狂野而骇人的需求。它要我逃离这个囚笼,要我回家。逃离现在这个令人窒息的躯体,回到真正重要的那个身体里去,那个以近乎不朽的血肉铸成的躯体。

　　就在这时,仿佛有个恶毒的造谣者在我耳边低语道:可供回归的那个我已经不复存在了。

36 | 偶人街蓝调

……绿皮信步闲游……

偶人城区,鬼地方!

我和陶土小帕离开朝夕教堂,沿第四大街匆忙前进,从吼声连连、呼哧直响的大型巴士偶人身旁经过。这些巴士载着廉价的工厂劳力,夜以继日地奔走。锚钩卡车和巨型恐龙货车哼哼着,为了投递货物互相推搡,信使偶人则用他们瘦长的双腿奋力奔跑,从矮胖的艾普西隆偶人低垂的脑袋上跨过,后者则不假思索地朝地下矿坑走去。恼人的小魔鬼偶人到处奔忙,打扫一切残片碎屑,以保持街道一尘不染。在这些易耗品偶人中间,还有昂首阔步的高贵的灰色偶人、白色偶人和黑色偶人,带着最为贵重的货物—— 一天结束之时,真人们或许愿意接收的记忆。

偶人城区是现代生活的一部分,可为什么这次它让我感觉如此陌生?是因为两天高龄让我学会了如何当一个瑕疵品吗?

我们经过了泰勒大厦,就是在那里,周二的那次突袭让可怜的艾伯特陷入了困境。我肩上的雪貂偶人给我指了一条"近路"。我们很快便离开了商业区和它熙熙攘攘的工厂及办公场所,直奔南边的小巷区域。这里充斥着残破的建筑、无端的念头和短命如蜉蜉的憧憬。

这里的偶人执行的大多是一些和工商业没什么关系的任务。

一块闪烁着的招牌上写着"电子内脏"！染着花哨颜色的小贩们站在门外，招呼过路的人们进去"体验人生"。透过损毁的墙壁，我发现这座从前的摩天大厦被改造成了一台巨大的娱乐设施……一条疯狂回旋、没有保险带或其他防护措施的过山车轨道。它的另一项特色就是许多顾客都带着枪——为了和其他坐着过山车擦肩而过的乘客互相射击。多有趣啊。

接下来是一排泥人窑子和陶偶妓院，各种各样的偶人透过挂着鲜艳帘布的窗户频送秋波。这是专为没钱定制梦中情人（送货上门）的人提供的服务。

接下来那条布满煤灰的战斗小巷和我十岁时来这里见过的似乎是同一条，仍旧以闪光条带标着"前方危险"的字样，还有廉价武器租赁亭，专门面向那些忘记自带武器的人。"免费头颅回收。"一块闪光的广告牌宣布——说得好像这地方胆敢为这种传统服务项目收取费用似的。"把帮派械斗搬上舞台！"另一块招牌吼道，"大派对，即享折扣！"

很平常的偶人生活，让我回想起了自己年少轻狂时干的好事。

让我恼火的还有另一个原因：我的皮肤开始剥落了。当我在高岭宅邸得到复苏治疗，获得又一天生命的时候，这层灰色外衣看起来是那么优雅，那么高贵。可现在，它却成了一层廉价喷漆，只要开始剥脱，就会整个儿一同脱落，连同橘红色的下一层一起。我揉了揉发痒的地方，发现自己正在迅速恢复最初的色调——实用性的绿色，这适合修整草坪，清理厕所，不适合扮演侦探。

"从这儿左转，下一个十字路口右转。"陶土帕利催促说，他的爪子扣紧了我的肩，"当心卡普莱家族。"

"当心什么？"

　　没过几分钟，我就明白了他的意思。绕过一个转角后，我吃惊地停住脚步，瞪着那条耗费大量资金整改的街道。整个街区都一丝不苟地按照文艺复兴时期意大利城市的模样重建，从鹅卵石路面直到大广场上面对罗马式教堂的华丽喷泉。广场两端耸立着两座装饰奢华、酷似要塞的宅邸，宅邸的阳台上悬挂着两个对立豪门的旗帜。五颜六色的小混混或者倚在露台上冲下方的行人大喊大叫，或是大摇大摆地在街上巡逻，不时掀起女人的衣裙。丰满的女人提着她们华丽的丝质长裙，从高声叫卖的商贩身边走过。

　　对偶人城区而言，这似乎太过奢侈了。如果附近的偶人战争失控，战火蔓延到这里，这一切便可能毁于一旦。但我很快就意识到，这里的风险正是这种奢华存在的理由，也是偶人居住在此的原因。

　　喷泉旁爆发出一阵叫喊。一个身穿红白条纹衣物的人推搡了另一个皮肤和衣着都是波尔卡圆点图案的人。这两种花纹显然是两个世仇家族的制服。细剑呼啸着交锋，声音像刺耳的铃声，围观者纷纷以莎士比亚戏剧的腔调欢呼、下注。

　　啊。我想了想，随即恍然大悟。这里肯定有个罗密欧。我猜那个俱乐部的所有成员大概都会轮流扮演这个角色，也可能这只是资深成员的特权。又或者他们每天都会拍卖这个出彩的角色，把拍卖所得用做这儿的开支。

　　这些狂热的戏剧爱好者，没有工作又受够了谨言慎行，只好每天早早起床，一大早便派出偶人，然后在家度过烦躁无聊的一天，饥渴地期待着这一天结束时偶人带回的戏剧化记忆——无论是悲剧还是喜剧。本体能够合法体验的一切，都无法和这里鲜活生动的另一段人生相提并论。

　　我当初居然还觉得艾琳古怪！

　　冷静点儿，艾伯特。我心里有个声音斥责道。你有份工作，也

拥有很多别的东西。真实世界对你是有意义的,其他人可没这么幸运。

是吗? 我内心的另一个声音答道。闭嘴吧,蠢货。我不是艾伯特。

我们穿过附近的一座鲜花装饰的柱廊,几个波尔卡圆点偶人的注意力从那场决斗转向我和小帕。他们目露凶光,手按剑柄。

这一定是卡普莱家族。我反应过来,赶紧友好地鞠了一躬,然后匆匆前行,避免和他们眼神接触。

谢谢啦,小帕。好一条"捷径"。

我很快便明白了,整个偶人城区都是为了模仿而存在的。通过模拟真人的世界,这片废弃的建筑群得以重获新生。下一个街区的主题是蛮荒的美国西部,染着各种色调的枪手在此徜徉。另一片街区则以某部科幻小说为背景,充斥着玻璃和金属,我们匆匆而过,没时间弄清到底是本什么小说。

数字化虚拟现实可以制造出更加丰富、千奇百怪的场景,在方披巾的隐私保护下生动地展现在你面前,但虚拟实境毕竟不可能多么真实。这里却完全不同。难怪电子世界主要还是为了那些过时的电脑爱好者存在的。

接下来的区域是最为庞大也最为恐怖的。

它跨越了整整六个街区,两端都装有巨大的全息影像屏幕,营造出广阔无边的城市风景。这是一幕残酷的风景,具有一种让人不寒而栗的熟悉感。我的父母经常向我描述这个世界——地狱过渡期。在我出生时,偶人数量激增,开始显露其价值,随之出现的是充分的社会保障。此前那个恐惧、战争和定量配给的时代结束了,但直到今天,那地狱般的时期留下的精神创伤仍旧折磨着人类。

为什么? 看着这个巨型仿制品,我思索着。为什么会有人花

费如此高昂的代价,试图重建我们好不容易才逃离的地狱？就连这儿的空气似乎也弥漫着某种辛辣得灼痛眼球的东西。"烟雾",我想这应该就是它的名字。真够真实的。

"我们快到了,"小帕催促道,"左边的第三栋赤砂石屋子。到了那儿上楼。"

我照着他的指示,两级两级地踏上那幢年久失修的公寓的砖制台阶。门厅的特色是,有水滴到一个桶里,加上剥落的旧式壁纸,显得格外写实。我敢说,如果我的感官齐全,肯定能闻到尿臊味。

爬了三层,没看到半个人影。但我听到了紧闭的门后的声响:愤怒、渴望、躁动,或是暴力的声音,甚至有孩子们的叫喊。都是为了模拟现实而由电脑生成的,我想,为了让顾客觉得这地方挤满了人。可为什么会有人想体验这样的生活,哪怕只是一时兴起？

我的伙伴指着一条昏暗的走廊,"几个月前我租下了一套公寓,当成安全屋。我们以后见面最好也在这里,别去我本体的家了。反正这儿还近些。"

他指给我一扇门,上面有"2-B"字样的贴花。我敲了敲。

"进来!"一个熟悉的声音叫道。

球形把手在我手中转动——昂贵的机械制动合金元件,为了发出可信的嘎吱声还进行过奢侈的锈蚀处理。铰链也一样。我推开门,进到那间古老的"寒酸单身汉"风格的房间。

里面站着几个人,偏偏没有我想找的那个。小帕的生命维持轮椅收起了其余的轮子,只用两轮挟着风声冲过来。人为制造的贫困氛围中,这件现代科技的产物显得格格不入。

"冈比！我还以为你完蛋了——直到一小时前收到你的消息。这次冒险太了不起了！一路杀进寰球陶土集团,还有朊病毒袭击！你真的看到莫里斯的灰色偶人钻进铲车偶人的屁眼里了？"

他大笑不止,"还有和埃涅阿斯·高岭的对峙。我简直等不及想接收艾琳店里那些好玩的事情了!"

小帕向貂形偶人伸出粗壮的手,但小貂儿避开了,从我的脖子绕到另一边肩膀。"等会儿再说。"我的小型伙伴尖声道,"首先,加德里恩为什么在这儿? 还有,那些家伙是谁?"

我也认出了那个憎恨陶偶的原教旨主义者。他出现在偶人城区,相当于教皇出现在炼狱。这个可怜的家伙肯定正在抓狂,这一切都明明白白写在他那张真人的脸上。

加德里恩对面站着个绿色偶人,只可能是那位狂热的解放运动者,拉姆。这具廉价陶土躯壳和他的原身只有些微相似,但点头时的姿势却颇为眼熟。

"这么说你成功逃出寰球了,莫里斯的偶人! 蒙特马林先生催我们赶来这儿见面时我还不相信呢。我非常希望了解你是如何延长寿命的。对备受压迫的偶人来说,这可是真正的福音!"

"见到你我也很高兴,"我答道,"我会在合适的时间解释的。但首先,他是谁?"

我指着小帕的第三位客人。一个染成淡紫色的傀儡,某种棕褐色螺旋条纹从头顶开始环绕他的全身。那个偶人选择的面孔很陌生,但他的笑容有种令人不安的熟悉感。

"我们又见面了,莫里斯。"螺旋纹路的复制人的说话节奏触动了我的回忆,"如果我们的轨迹继续交错,我真要怀疑你在跟踪我了。"

"嗯,没错。也向你问好,贝塔。"我对这家伙的痛恨有多少,想问他的问题也就有多少。

"我想我们该谈谈埃涅阿斯·高岭了。"

37 背叛偶人

……艾伯特弄伤了一根手指……

我放弃了实时默读的尝试。这个小小的下颚驱动录音器用起来实在太累人了,极不适合我的真人躯体!再说,丽图把我们遗弃在巨大的地下基地里,消失在庞大、沉默的偶人军队中以后,要忙的事情实在太多了。

一开始,我和陈下士只能面面相觑。她去了哪儿?为什么抛下我们,尤其是在这么个古怪的洞穴里?

陈进退两难。周围到处都是稽查员,也许正在调查是谁偷了那颗"杀死"了我的导弹。他很想拽着我溜出这个地方。可另一方面,偶人下士不能扔下丽图·马哈拉尔不管,让一个平民—— 一个真人——在无人照看的情况下四处游荡。

"你有没有什么能追踪身体残留热量的设备?"我低声问道,指了指整齐地悬挂在墙上、绵延到无限远处的战斗装甲,"或是什么能提取新陈代谢产物的东西?"

我这位猿形伙伴对我怒目而视。

"如果我说有,你就有内幕可以曝出去了。"

"我?噢,是啊。"这支偶人军队的用途是保护我们不受其他偶人军队的伤害。他们不太可能承认自己拥有能够追踪真人的装备。按理说只有警察才能拥有这种设备,还必须处在妥善保管之下。

我耸耸肩,"看样子只好让丽图就这么到处转悠了。如果她迷了路,肯定会用那些大型机器中的一部唤醒某个兵士,跟他问路。我有没有说过她为寰球陶土集团工作?"

陈大吼:"真该死!好吧,跟我来。"

他转过身,那双弓形腿匆匆迈开大步,朝衣帽间的另一端走去。

这些配有头盔的连体服几乎全都大得过头,是为我们先前在大厅里见过的那些躯体定制的。陈下士怎么可能找到合体的衣服?我很快就得到了答案。最后的几排放着各式各样的衣物,尺码齐全,甚至还有为肢体、附肢数量众多者准备的衣物。很明显,有些特制战斗偶人是我们在电视上——甚至大联盟战事中——从未见过的。

"这些有绿色和琥珀色条纹的衣服是侦察兵用的,"他解释说,"拥有自适应伪装和完整的感官能力,包括一些能满足我们目前的跟踪需要的……唔……我是说寻找和帮助马哈拉尔小姐。"

陈对这种事相当紧张。他的眼珠飞快转动着,我能猜到他现在在想什么。如果丽图像我这样继续维持着她的伪装,也许情况会简单些。但伪装让她的皮肤痒得受不了,只好擦掉。

"真人能用这个吗?"我问道,手指拨弄着旁边一件制式护甲的袖子。

"真人——噢,我明白你的意思了。如果丽图钻进了这套衣服并且密封得当,她就不会留下任何可供追踪的生体痕迹了。没错,我应该先检查检查。"

陈抓过一件侦察兵套装——它比一般的短小些,只能勉强裹住他的猿猴身躯——开始对付拉链。我站在后面,伸着手,做出想帮忙的样子……

……然后用左臂环住他的肩,再用右臂紧紧地箍住他的头,用力下压。

我有两项优势:发达的真人肌肉,且能出其不意。在他的军人身体做出反应,抵消我的优势之前,我有多长时间,几微秒?

"怎——"他放下衣服,抓住我的手臂,大喊一声,试图借力转身。

陈也许是个行家,但我对谋杀和背叛也略知一二。再说他这副身躯绝对算不上高级品。就在脖子折断的同时,他猛拉我的拇指,引起一阵剧烈的疼痛。

"啊!"我大叫着放了手,摇晃着那根受伤的手指。

偶人滑出我的手臂,落到地上。他仰躺在地,动弹不得,但仍旧能看到我咒骂连连,手舞足蹈,不停吮吸拇指的样子。

我从他的眼睛里看到了恍然大悟。

陈知道了我是真人,也知道他弄伤了我。

意识之光开始黯淡的时候,偶人的嘴动了动,想说出一个词,却没法发出声音。

"抱歉。"他做着口形。

然后,原本活跃的驻波开始趋于平缓。我几乎能感觉到它的离去。

我的下一步显而易见。我仍旧需要陈早先答应给我的安全网络接口,而他刚才已经把安全抵达那里的方法告诉了我:只要穿上"侦察员"套装就可以。它的传感器能帮我发现、避开那些稽查员。幸运的话,我也许还能发现丽图的踪迹。

说真的,她的失踪不是我最关心的事。解决了拉链的问题,确保空气供应以后，我弯下腰，捡起脚边的那具陶土身躯——可怜的偶人陈。按常理，我应该把他塞进冷库，将这一天至关重要的记忆保存下来。但我要做的只是把这块正在分解的陶土放到某个隐秘的地方，最好是某个毫无特色的回收箱。

让真正的陈下士接收今天的记忆没有任何好处。这么做还可以帮他抹掉卷入此事的事实呢。在我的能力范围内，这是对他最大的帮助了。

好吧，也许这么说有些强词夺理，但我解决他是有理由的。只要他穿上侦察员的衣服，他就会开始搜索真人……也就会发现站在他正前方的这一个，那我就麻烦了。这可不行。

我想他在最后时刻也明白了。

附近没有回收箱，于是我撬出了他的身份标签，把剩下的部分塞进一只垃圾桶。

如果能摆脱这堆破事儿的话，我会想办法补偿他的。将来的某天，我会坚持请他吃顿饭。尽管他永远都不会知道原因。

我只花几分钟就适应了这件侦察兵套装，把它设定成根据附近的光线等级自动调节伪装功能。感光外皮像乌贼或章鱼似的泛起涟漪，紧贴我的体表——肯定是在做模糊化处理。算不上真正的隐形，但比军迷商店出售的任何商品的效果都好得多。

甚至在管制大解除以后，军方还是能用我们的税款来开发这些酷得不得了的玩意儿。

把侦察兵制服上的传感器设置到最灵敏状态以后，我向着陈发现稽查员的地点走去。也许我可以窃听一会儿，查清他们为什么怀疑那场针对我的暗杀行动中动用了偷来的军事设备。更重要的是，那个安全网络接入口肯定就在武器大厅的某处。

我还希望能找到一部零食贩售机。真人偶尔也会下来这儿的吧！当个真人是不错，不过也有缺点。就像现在，感谢侦察兵制服上的阻音装置。如果没有它，我那抱怨不停的胃足以吵醒在隔壁长眠的士兵！

高科技。

38 | 我,陶罐①

> ……穿越时空的相会——红色、灰白,还有其他……

就像一个——或是好几个——满溢的容器那样,我被塞得满满当当。

我唯一的愿望? 清空所有这些容器!

重聚的冲动……重组的冲动……融合为一的冲动,压倒了我。

可是,是哪个我?

什么样的我?

什么原因、什么时间、什么地点的我?

时间、地点、人物,众所周知的新闻要素,把当记者的折磨得苦不堪言。

人物都是我,相同而又不同。其中一个我知道的事,另一个我却毫不知情。

其中之一见过两千年前的失事船只留下的陶土罐,用两万年前的河泥捏制的母神雕像。还有远古时代,人类刚有了刻画想法的时候,用手掌按出的楔形符号……

---

① 此处运用了《圣经》中的句式。

其中之一见过所有这些事物；另一个我却苦恼着，想知道这些印象从何而来——并非来自记忆，而是鲜活真实的经历。

我知道马哈拉尔在做什么了。我怎么能不知道呢？

但我仍不明白这番折磨的目的。他疯了吗？是否所有偶人变成幽灵以后——失去了灵魂可以停泊的港湾，开始随波逐流——都会面对同样的命运？

还是说，他在探索一种能令驻波震颤的新方法？可能性太多了。

我觉得自己不像一个演员，更像是整个剧团，整个舞台。

整个广场。

我知道了！这跟我们熟悉的接收记忆时的感觉完全不同。不是像灵魂驻波复制品回溯源头，和本体融合那样，被动地吸收记忆。两道驻波似乎各自独立，分呈灰白与红色，但彼此干扰，互相增强，朝着归于一致的未来前进……

偶人尤希尔的声音在背景里嗡嗡个没完，就像糟糕的导游、令人嫌恶的讲师。他告诉我，反复地告诉我，有了观察者，宇宙才得以存在。噢，每次洄游本能蠢蠢欲动，催促我"回到"那个存在已久的自我体内，他便会极尽奚落与嘲讽之能事。

"回答我一个谜题，莫里斯。"折磨我的那个人提出了要求，"如果你哪里都不在，又该怎么同时分处两地？"

第三部

最初的陶土捏就了最终的人形，
最后的收成播下那最初的种子。
创世的黎明所写就的字句，
便将在终末的垂幕中念诵。

——［波斯］奥马尔·哈雅姆《鲁拜集》
英译　爱德华·菲茨杰拉德

39 | 几个老朋友

······绿皮的逃亡······

棕褐色螺纹的傀儡说了几件私密往事，以此证明他确是贝塔。这些事只有交手双方的他和艾伯特·莫里斯知道，战斗、阴谋、羞辱，还有我堪堪逃出他掌握——或者反过来——的种种不为人知的细节。

"听上去，你们俩像在玩一场永不结束的陶偶角色扮演游戏。"拉姆说。

"傻透了。"保守派的加德里恩说。

"也许吧，"贝塔的偶人答道，"但这是一场赌上了巨额金钱的游戏。我必须拓展业务，原因之一是我需要留出足够的现金，万一这位艾伯特最终抓住我的本体，我好用这笔钱来偿还不断累积的罚款。"

"别为你绑架偶人的所谓'事业'指责艾伯特。"我哼了一声，"我可以用我拥有的一切打赌，你现在惹上的麻烦大多了，比侵权这种民事犯罪严重得多。你招惹上了新的敌人，对吗？比我这个私家侦探危险得多的新敌人。"

贝塔没有否认，点点头，"几个月前，我就觉得不对劲了。我的买卖接二连三地被某个人盯上。他会突然插手,用朊病毒炸弹屠杀我的复制人,还有我偷来的模板。有时候,他还会把我的生意接管几天,然后烧光一切,毁掉证据。”

“啊,这就能解释在泰勒大厦发生的一些事了。”我说道,“星期一的时候,你扣下了我侦察用的绿色偶人——至少我当时认为是你。但俘获我的人比以前恶毒得多,甚至有些疯狂。他们竟然对我用上了酷刑——”

“那不是我。”贝塔郑重其事地保证道。

“唔,好吧,我勉强逃脱了。星期二早上,我带着布兰恩督察和他的武装偶人突袭了那个据点,一切顺利。可不久后,我再次回到那座大楼附近,碰巧遇到了一个正在分解的黄色偶人。他说他是你,又含含糊糊地说某个对手的‘接管’。”

“对做了这一切的那个人,你有什么头绪吗?”

“起初我怀疑是你,莫里斯。不过我很快明白了,那是个真有本事的——”贝塔看了我一眼,但我没中他的计,镇定自若,那个偶人只好笑着继续说下去,“能够跟踪我,找到我那些秘密复制中心的人,而且无论什么预防措施都没有用。我铤而走险,用了最隐匿的手段,将紧急备用傀偶存放在秘密便携式陶偶炉里,设定为一段时间之后解冻。”

“你就是那些事先复刻的复制人之一?”拉姆问,“你的记忆是多久以前的? 还记不记得你是什么时候制造的?”

贝塔的偶人做了个鬼脸,“超过两周之前! 如果不是艾伯特的消息触发了唤醒程序,我也许还在那个小壁橱里休眠呢。醒来以后,我马上接触了这位蒙特马林先生,他和蔼地邀请我参加这次会面。”螺纹偶人指指小帕。

我坐了起来,“你说的‘艾伯特的消息——’”

在场的另一个真人,詹姆斯·加德里恩,跺了跺脚,“等等! 我们还是先确认一些事情为好。这个贝塔，恶名昭著的黑社会人物，的确曾与'蜂后'艾琳以及金妮·沃梅克密谋——"

"我们还没确认——"

加德里恩瞪了我一眼。我想起自己的身份，低声说了句抱歉，然后住口。

"所以，"他继续说道，"我们曾以为贝塔、艾琳和沃梅克真的打算用某种算不上违法的手段去袭击寰球，想暴露某些秘而不宣的技术。即使那是真的，我也不相信他们是为大众利益着想。更大的可能是勒索！整个计划就是为了敲诈埃涅阿斯·高岭，弄一笔封口费。"

贝塔耸耸肩算是承认。"有钱拿也不错。我们同时还想要最新的偶人延寿技术。艾琳是因为原生身体的记忆空间即将耗尽，需要减少接收记忆的频率。我和沃梅克则看到了延长偶人生命所能带来的商业价值——延长她的合法偶人和我的非法盗版偶人的生命。"贝塔笑了，"我们的结盟是暂时的，出于利益。"

"这不重要。"加德里恩说，"但为了完成你的间谍任务，你居然打算雇用你的宿敌，侦探艾伯特·莫里斯。这不会太冒险吗？"

贝塔点点头，"所以我才会假装自己是那个什么柯林斯阁下。再说，为什么不雇艾伯特呢？这任务就像是为他量身定做的。"

"结果那个敌人先抓到了你。他取代了你，然后改变了计划的目标。你是不是指望我们相信这一点？"

附近一张桌子上传来变尖了的小帕的叫声，来自那个小小的貂形偶人，陶土帕利，他操纵着一台全息幻灯机。"我现在就播放我们在艾琳家找到的那卷胶片。准备好向他们展示你的发现了吗，冈比？"

我点点头。影像自幻灯机涌出，展示了一系列豪华轿车内部的秘密会议，与会者是艾琳和她的同谋们。我把自己放大"柯林斯阁下"的花格图案后的发现告诉了其他人。

我用的尊称让贝塔露齿而笑，我接着说："用微型像素发射器瞬间改变皮肤的图案，真是个好把戏——这解释了你为什么能多次从我手中溜走。很明显，你的敌人并不了解这种技术。又或许他根本不在乎。他接管以后，仅仅复制了你最后那次的图案，然后便大摇大摆赴约去了。艾琳则毫无察觉。

"以后的事就简单多了。这个敌人改变了你的计划。你们三个原本打算在灰色艾伯特体内植入谍报装置，却被他换成了一颗炸弹，目标也从工业间谍活动变成了恶意破坏。是这样吗？"

贝塔的傀偶耸了耸肩。"我的记忆已经是两周前的了，所以没法确证最近的事情……我只能说，我的担心应验了。我的敌人恐怕已经全盘接管了我的生意，"他气愤地拍了拍手，"要是我知道那个人是谁就好了！"

看到贝塔的痛苦而心生快慰，这有错吗？好些年来，艾伯特一直被同样的痛苦煎熬着——他不知道这个头号劲敌究竟是谁。

"好吧，我倒不是说自己有多高明，贝塔。但我找到了一条你需要的线索……"

我刚一点头，陶土小帕就切换到最后一张影像，展示出随后那位有着一成不变花格皮肤的"柯林斯阁下"。图像放大……继续放大，我们都看到，表面的伪装剥落之处露出一种完全不同的色彩，像金属一样微微发光，比钢铁更加明亮。拉姆的绿色傀偶走近了些，一面摩挲着下巴，好像他有副络腮胡可以挠似的，"天，看起来就像……"

他在意识形态方面的死对头加德里恩替他说完："看起来像是人造或者天然白金。嘿，你可别告诉我们那是埃涅阿斯·高岭……"他张大嘴巴，"可为什么一个商界巨头竟会弄脏他的手，跟这么个社会渣滓掺和到一起？"

加德里恩轻蔑地指了指贝塔,后者生气地站了起来。

"更重要的是,"小帕抓了抓他长了两天的真胡子,补充道,"他破坏自己的工厂能得到什么好处?"

"保险诈骗?"拉姆猜测,"同时把过时的存货一笔勾销?"

"不,"加德里恩紧咬牙关,"他想同时除掉所有的对手。"

我点点头,"想想我们这些人各自干的好事。首先,你们两伙人挖掘了通往寰球集团内部的愚蠢地道——"我对着拉姆和加德里尔比画了一下,"同时给你们自己掘下了陷阱,成了最好不过的替罪羊。更别提还有人派出几个偶人,化装成携带炸弹的那个人的模样,和你们在前一晚会面。就算你们能逃避监禁和罚款,还是会蒙受巨大的羞辱。名誉扫地以后,你们看上去跟傻子没两样。"

"哈,真棒。"拉姆咕哝了一声。加德里恩则对我怒目而视。

"接下来高岭还得摆脱艾伯特。"小帕说,"这就是你被炸死的原因吗,老伙计?免得让你洗脱自己的嫌疑?手段太粗糙了吧!首先,多少偶人被屠杀也比不上一桩命案更让警方关注。"

这一点我同意。

"这部分确实不太合理。可怜的艾伯特其实没怎么招惹他呀。

"但其他情况和我们的猜测完全对得上。一听到破坏性袭击的消息,奎恩·艾琳就意识到事情乱套了。她以自己的方式安排了一场逃脱,留下她的同谋,也就是柯林斯阁下和金妮·沃梅克作为最后的替死鬼。"

"艾琳还留下了证据,指认柯林斯就是贝塔。"陶土帕利补充说。

"没错。线索本该至此终结。一个恶名昭彰的偶人绑匪,一个著名的性变态者,结成了一个邪恶的联盟,最后带来了可怕的事变。这是个精心设计的阴谋,把高岭憎恨——或是仅仅看不顺眼——的所有人物一网打尽。"

贝塔的螺纹傀儡点点头，"如果不是艾琳录下的那些影像，如果没有你出色的侦探能力，这个计划原本会成功的。你真是聪明得让我惊讶，莫里斯。"

我只能摇摇头，"运气好而已。"

小帕继续翻动，审视那些全息影像，"这点儿证据可不太够。更别说你们想控告的人还是个亿万富翁。"

"我们不需要多有力的证据，"陶土小帕冲着自己的本体吼道，"只要有充足理由展开调查就行了。这样一来，我们就能调动寰球内部的监视网络。内部举报奖也会帮我们的忙。让警方接手，传唤高岭本人——"

就在这时。

有什么东西穿过我的身体，感觉就像一股叹息般的暖风，催促我转身聆听。

我照做了，随即听到了一个奇怪的声音……轻轻刮擦着门的声音。

然后门爆炸了。

因为早有预料，我才能勉强躲开那块飞向我头部的碎木头。紧接着，第一个武装入侵者冲进烟雾中，举枪开火。

我切换到紧急模式，扑向瞪大眼睛尖叫着的詹姆斯·加德里恩，用身体帮他掩护，和他一起滚倒在地板上。混战中总会出现些意外，闯进来的那个人肯定没料到偶人城区会有真人出现，毕竟这儿的规则是"射击任何会动的东西"。惊慌之中，加德里恩用力朝我踢来一脚，好像我是袭击者似的！因此我花了至少四秒钟才把这个笨蛋藏到一张躺椅下。

激烈的战斗开始了。

入侵者身上都有十字条纹，这是帮派的标志。如果我没记错

的话,这些应该都是蜡制战士。很可能只是几个小毛孩儿,路过这
儿进来找些乐子——只不过时间上太过巧合了。我站起身,看到
几个攻击者已经倒在门边,全都是被小帕那快到不可思议的反应
——以及他手里那把火力强劲的霰弹枪——撂倒的,散布面极大
的高速弹丸仍在朝毁坏的房门处倾泻。

他不是一个人。小帕的貂形偶人站在他的右肩上,用迷你手
枪射击,显然早已忘了彼此的意见不合。贝塔也没闲着,这个螺纹
皮肤偶人抽出一只细长的吹箭筒,配有最多四十枚吹箭的弹药
匣。他每吹出一口气,都会射出一根自动瞄准的智能箭,朝某个敌
人的陶制眼珠飞去,箭杆内部还藏着少许烈性酶炸药。

陶土躯体在粉碎的房门边越堆越高,但更多的攻击者不断拥
入,爬过或跳过他们倒下的战友,一路不停开火。台灯和吊灯碎了
一地。

"冈比,接着!"

小帕将那把霰弹枪丢给我,同时从轮椅的某个凹槽里又掏出
另一把。我也加入了战斗。我们并肩作战,及时挡住敌人的又一
次冲锋。

又一阵喧闹让我转回身。公寓窗边有东西在动。又一群入侵
者,挤在摇摇欲坠的防火梯上,准备破窗而入。

"拉姆!"我冲那位陶偶解放运动者派来与会的廉价绿皮偶人
叫道,"守着窗户!"

拉姆摊开双手,"我没有武器!"

"快去!"我大叫一声,矮身扑向大门,同时再开一枪,身边多了
几具冒烟的躯体。我从一只还在抽搐的手中抽出武器,抛向那个
绿偶人,希望他能接住并且知道该怎么做。"贝塔,帮帮拉姆!"我大
喊着又冲上前去。

我靠在已经没了门的门框旁边的墙上,突然发现在这个位置

开火能够覆盖半边走廊,一下解决一整排等着冲进来的恶心家伙。在霰弹枪的火力下,他们就像喷水管面前的偶人娃娃一样瘫软下去。当然了,这也让另一半袭击者知道了我的准确位置。

一阵重击声告诉我,有人把什么东西砸在我倚靠的这部分墙壁的另一面上。我迅速后退,只比爆炸快了两秒钟。这一家伙让室内满是碎片,更在墙上打开了一个四米宽的新开口。

窗户也在同时被炸飞了。碎玻璃飞溅得到处都是。我听到枪声从那个方向传来,只能指望拉姆抵挡住他们了。

又一波敌人拥入房间,而我凭借有利位置伏击,消灭了其中的半数左右。这个比例相当惊人——如果他们在乎伤亡人数的话。但答案显然是"不",对方仍在不惜代价地继续冲锋。陶土帕利的小型手枪已经打空了,没时间再拿一把,于是迷你偶人纵身一跃,扑向某个敌人的喉咙,后者在惊讶中做出反应,连连后退,撞在几个同伙身上。陶土帕利神风特攻队般的袭击把对方拖了珍贵的几秒钟,我则趁机从身后解决了他们。另一个结果同样不出所料:可怜的陶土帕利被砸成了碎片。

我大为光火,但我的愤怒没法跟小帕相比。

"该死,我还想要那些记忆哪!"他大吼着,丢开霰弹枪,从轮椅凹槽里掏出另一把武器。我瞥了一眼,顿时毛骨悚然。那是一把汽化枪。

即使是身经百战的帮派成员也惊慌失措地俯下身,寻找掩体。其中一个动作太慢,装着不稳定晶体的枪膛里一声爆响,射出一道调谐过的微波,在他的身体——以及他身后的墙壁——上面开了个透明窟窿。

又有两个家伙赶来增援,一看到小帕,他们转身想逃……却只和另一块墙面落得个一同汽化的下场。

"小心后面!"我高喊着站起身,用我那把相形之下与玩具无异的霰弹枪朝窗户开火。拉姆倒霉的绿色偶人已被新出现的入侵者践踏在脚下，贝塔没了踪影。这倒是没什么好奇怪的。

小帕转过椅子，装好弹药，朝着敌人的援军射去又一发瓦解一切的微波射线。敌人瞬间汽化，外加窗框和一部分蔓延到外面的火焰。

让我欣慰的是，尽管他现在目标明显，却没有人还击。

他们知道他是真人，不想让警察插手这事。他们顶多抢走小帕的枪，再丢块帆布蒙住他。也许还会强迫他嗅入遗忘气体，以擦除他最后一小时左右的记忆。

不用说，这也意味着所有敌人的目标都变成了我。子弹四下乱飞，愈发逼近，直到小帕把另一枚晶体装进弹夹，抬起射线管，准备再次开火。蜡制战士们四散奔逃，寻找着掩护，也给了我喘息的时间。

小帕和我目光交会，把我从身为傀儡必须保护真人的职责中解脱出来。帮派成员倒是严格遵守游戏规则。"我不会有事的。"他大叫着，一把抓过全息投影仪旁的胶卷，抛给我，"走！"

我对我的朋友飞快地点了点头，滚向一侧，连滚带爬地起身，然后冲过房间，在厨房的案台处稍稍矮身。一团弹丸撕开木制门板，又在锅盘间反弹了几次。谢天谢地，这儿还有家具。

"来啊，杂种们！"小帕给他那把不怎么合法的武器再次上好了弹药，叫道，"可怜虫，无赖们，开枪啊！"

他的声音里有低低的呜咽——这种伤感连他最好的朋友也很少听到。是啊，我的心底有个同情的声音，希望小帕最终会以他所希望的方式死去。一声轰鸣，毫无痛苦。

他们渐渐逼近。小帕的超大号武器所用的那种拳头大小的弹药显然即将告罄，我自己的武器也只能坚持几个回合了。我听到几个散兵游勇正从三个方向接近。太糟糕了。

然后,我身后的墙突然在一股热风中蒸发,化为水汽。

"冈比,快跑!"小帕喊道。

我钻了过去,脚步沉重地从惊讶的隔壁租户面前走过。假装出来的一家人纷纷目瞪口呆地看着我,缩在沙发后面,角落里有部廉价电视机正大声播放着卡西乌斯和亨利秀的主题曲。

很幸运,他们都是偶人,所以我毫无愧疚冲过他们身旁。这番打扰导致的罚金肯定不多。仅仅是损坏,不会有什么处罚。

何况他们能罚谁的款呢?

40 捏出来的朋友们

这个由"人工智能"和电脑生成图像组成的电子世界还是有点格调的,雅致古老。

好吧,我这一代人都瞧不起传统黑客和网络极客,他们之中的很多人仍然固守着"数字超越一切"的空虚信仰,徒劳地梦想着什么超智能机器,比真实更真实的虚拟世界。这已经成了笑柄。

更糟的是,它还成了一种嗜好。

好吧,我承认,我爱死这玩意儿了。在古老的网页间逡巡,寻找隐藏的信息宝藏。切换不同的视角,建立小小的个人形象,投身浩如烟海的数据库。超过一个世纪的无数字节层层叠叠,厚重无比,你派出的软件使者非得配备上鹤嘴锄和盔顶灯才行。你几乎每次都得详细说明自己想寻找的讯息,才能找到些真正有用的东西。

但勇气和坚定依然能够带来财富。比如现在,我就有了大发现:尤希尔·马哈拉尔收取高额的费用,为军队充当顾问。

这很合理。他是享誉全球的灵魂学专家,以想法的独创性而闻名。很自然,军队——也许还有来自玻璃宫的总统团队——都会为了了解未来而咨询马哈拉尔,查明潜在的敌人手中可能掌握着哪种新科技,以便防患于未然。当他们把这支庞大的战斗偶人后备军隐藏在杰西·赫尔姆斯军事竞赛场地下的时候,他也充当了首席顾问和设计者。

这一切都是我通过安全数据端口得知的——就是在丽图还没消失,而我也还没有迫于无奈解决陈的偶人的时候,那个猿猴似的小偶人带我们去的那个。如今的我无人陪伴,凄凉寂寥,但孤独也让我能够专心致志,不被打扰。

我意识到,他们几乎给了马哈拉尔全权委托。我在一块绝对安全、政府专供的方披巾下晃了晃双手。几个球体视屏放大或缩小,回应着我扫过的目光。一个视屏上显示着本区域的表面地图,描绘了军队基地和其中的训练、休息、日光浴以及复刻设施,外加附近那些为军迷开设的四星级酒店。往西南方稍远,越过一处绝壁,战场就坐落在那里。代表国家的军队会为荣誉以及"不流血解决争端"的目的彼此厮杀。在这个月面般坑洼不平的区域内,一小片沙漠为体育运动英勇献身,以使地球的其他角落免于战火。

我循着地下这片迷宫般的通道和洞穴,朝相反的方向前进。这是一座为候补大军建造的秘密要塞,只有一部分是公开标示的。其他区域在地图上只有模糊的轮廓,覆有阴影,表示保密级别更高,需要密码和身份验证。这些我全都没有,但我并不在乎。我对国家安全之类的事向来没什么兴趣。真正让我在意的是,这个网状人造洞穴似乎向着东方延伸了好一段,超出了正规军事区域的范畴,深埋在国家和私人领地之下。

我明白了,它通往乌拉卡山,也就是那个星期二的晚上,我和丽图原本的目的地。

是巧合吗?我怀疑多年前,尤希尔·马哈拉尔有意把他的"度假小屋"选在了这儿。

肉体的痛苦让我掀开了方披巾,切换成旧式显示屏,以便在工作的同时饮水进食。很幸运,这个洞穴同时也是国家领导层的招待处,专门为政府高官留置,以防紧急情况出现。充足的食物和其他补给品就存放在旁边的架子上。乍看之下,罐头和包装箱似乎无人染指,但后面却少了好几个,似乎有人曾掠夺过这个贮藏室,又小心翼翼地把东西挪到前排以掩饰痕迹。我吃了两天以来的第一顿饱饭,外加一大杯冒着泡沫的美酒。税金花得总算值得,真是帮了大忙。可我还是希望自己的皮肤是黑色而非有机体人类的棕色,黑色版本的我专注力要强多了。

"把尤希尔·马哈拉尔的山间小屋的位置重叠上去。"我发出指令。

小屋的地点立刻闪现在荧幕上,某条蜿蜒的通道尽头出现了一个闪光的琥珀色斑点。如果我要求放大画面,电脑就会调用附近的俯瞰摄像头,显示出房屋和车道,甚至详细列出附近植物的种类及叶绿素反射率图表。那间小屋就在这座地底偶人基地的东侧延伸段,和我目前的位置之间只隔着一条椭圆形的高原地带。

我再也不相信什么巧合了。

"那么,你想到了什么,艾伯特?"我低声对自己说,"马哈拉尔会每天绕过那什么狗屁山地,只为从前门进来吗?不,这可不像那位教授的风格。来来往往不留痕迹,这才是尤希尔博士!就算走后门进来,他也得冒被人发觉的危险才能洗劫政府的食品室,或者拿走他那不为人知的计划所需要的东西……不管那是什么计划。见鬼,只要他从地表过来,军迷们那些到处游荡的工蜂窥视偶人说不定会发现他。"

不。我无声地继续道,如果马哈拉尔教授曾经潜入这座基地,他肯定希望一路上无人察觉。

我反复用手指戳着那只显示着地图的球形视屏,命令道:"来吧,找出我所指的分区中的微震数据。用舒尔曼–渡边层析图像关联技术筛选出连接着目前位置和该地点,且地图上没有标明的地下通路。"

我劫持的这个军用情报程序的性能相当不错。但它此时却迟疑起来,不知是不能还是不愿:

"质询的区域最后一次地震调查数据为8年前。当时您指出的区域尚无地下通路。此后,该区域的系统化测震受到限制,以防止未经授权者的渗入。无法侦测到任何通向内部的通路。"

好吧。这处秘密基地建立时没有经过山地的隐藏通路,以后也没有局外人试图闯入的迹象。难道我找错地方了吗?

"等一下。有没有从基地内部向外挖掘的行动?"

我不得不数次改变问话的方式,强迫电脑重新检查周围岩层的微震测定和声波振动的安全系统记录。

"这座基地的周边区域有没有超过正常水准的地震活动?"

"没有任何超过正常水准百分之十五且无法解释的地震活动。"

该死。看来这不是个好主意。真糟糕,我还以为自己找对了方向呢。

我几乎都要放弃了……却随即决定顺着这条线索再进一步:"给我看看能够合理解释的高等级地震活动的发生地点。"

这张地下设施及其周边地区的地图上突然布满了许许多多重叠交错的彩色波段,显示了最近几年来峰值水平的音波和地震干扰情况。"那儿。"我指了指。那个位于周边的区域在我面前放大,泛出一阵阵红色和橘色的涟漪。附件部分是一份通告,印有图章和日期。它解释说,为了进行地下水质量采样,一次钻孔作业正在进行。

但我在跟基地的环境防护办公室进行核对以后,发现根本没有这些样本的数据！此外，存疑的该区域恰恰最接近乌拉卡山。

果然。

"原来如此，丽图。你爸爸入侵了这个军事安全系统，为异常的地震数据伪造了一份许可。他弄到了必须的所有掩护，然后就能想怎么挖就怎么挖了。真厉害！

"当然了，这还是意味着必须由内向外挖掘，而不是由外向内。马哈拉尔是怎样把挖掘隧道要用的工具偷偷带进来的？"

不，肯定还有个更好的解释。能够更加轻松达成目标的方法。

我很想查查这座基地的存货总清单，看看是否有人从傀儡库中偷走了些未经加工的空白军用偶人，用做开掘时的劳力。但陈在军械库发现了不少稽查员，他们现在应该正在使用库存系统以清点账目。如果我在同一时刻窥视数据库的资料，哪怕通过这个安全端口，他们恐怕也会有所察觉。

还是亲自走一趟吧。看看那条路能通向哪儿。

我正想退出系统，却犹豫起来，双眼扫视着这些飘浮在桌面的色彩鲜艳的视屏球。作为回应，它们热切地继续膨胀，显得更加艳丽。再次接触到这广阔的世界，我感到它吸引着我，呼唤着我，用种种机遇诱惑着我——

要我去联系克拉拉，让她知道我还活着。

去接入妮尔的紧急存储器。

去联系布兰恩督察，弄清贝塔一案的新状况。

去查看警方和保险公司有关寰球陶土集团袭击未遂案的相关报告，查明我是否仍是"头号嫌犯"。

去和小帕取得联系，让他派来一整支最擅长偷鸡摸狗的偶人大军和我协同。我是个脆弱的真人，正准备朝危险地带进发，我需要偶人的帮助。

起初，要求陈的黑猩猩偶人帮我找个安全端口时，所有这些我都想做,而且还不止这些。现在,我却踌躇起来。

联系克拉拉也许只会让她被我的行动牵连,甚至毁了她的军人生涯。

妮尔的存储器?里面还有什么我不知道的信息吗?我所有的偶人都消失了,最后那个——一个尖酸刻薄的黑色偶人——在星期二的午夜被炸成了陶土碎片。没有其他人知道该如何接入储存器,进行确认完全是浪费时间。更糟的是,这也许会惊动我的对手。

至于寰球的那次袭击,舆论指责的对象似乎发生了变化。公共新闻正在报道一场突袭,正巧是由劳务转包协会的布兰恩率领。他们动用武力,闯进了偶人城区一间刚刚歇业的怪癖爱好者酒吧——彩虹之家。一个有关阴谋、出卖和献祭自杀的恐怖故事迅速传开。一幅让人毛骨悚然的影像显示着某个焚化的女人,她那些烤得又干又脆的偶人围绕在旁,就像某个维京人君王在一队祭品奴隶的护送下前往瓦尔哈拉圣殿那样。

另一幅画面是现代映像公司的头牌金妮·沃梅克,她拍打着在她优雅的头颅边嗡鸣着飞来飞去的窥视摄像头,否认自己和这项阴谋有任何牵连,还大叫道:"我是被陷害的!"

我不禁笑出了声……

……直到我想起了其中含义。我不是唯一一个上当受骗的人,替罪羊也并非只有我一个。到处都有人名声扫地,从宗教疯子到偶人解放活动家,再到头牌这样的性变态服务承包商。但偏偏没有人提到那三个最让我提心吊胆的名字。

贝塔。高岭。马哈拉尔。

白金傀偶在荒漠公路上突然现身袭击我的场面仍旧历历在目,仿佛烙在我的记忆里。因为我知道了一些事情?又或许是我即将查明一些事情——也许和高岭的前任搭档兼友人,如今却与他不和的那个人有关。我莫名地卷入了两个疯狂天才之间无所不用其极的争斗。尽管马哈拉尔已经死了，但今时今日，死亡代表不了什么。事实上，我甚至能感觉到马哈拉尔的魔掌从死后的世界伸展过来，维持着战事的白热化。这也让那位商界巨头开始孤注一掷。

更重要的是，我面前这些设备就是马哈拉尔协助设计的。以丽图的父亲在欺诈方面的才能来看，他多半会设下许多陷阱，对付那些粗心大意的人。尤其是当你在一个地方停留太久的时候。

还是当个会动的目标比较好。尽管我很想继续留在这儿研究新闻，在网上查探消息，但我真的应该走了。

我把这件政府专供的方披巾折好，塞进腰带里，然后沿着我在地图上看到的走廊向东前进。这条通道应该在距离此处大约一百五十米处到达一间大型储藏室，它的后面应该是坚硬的岩石。

它不仅是间储藏室。

的确，这儿有置物架，机器的零部件和工具在上面堆积如山，还有装着几百个空白偶人的冷库，这些偶人尚未烘焙也未曾复刻，是高官的备用品——如果他们真到这儿避难的话。

肉眼看去，一切都显得光明正大。

但我的双眼不是肉眼。我穿的侦察兵制服有许多宝贝：红外扫描器、纹路探测器和多普勒仪，能够显示出吹过此地的空气盘旋的方式。我不是使用这些仪器的专家，但多少总能摆弄摆弄。我一边搜索，一边学习用法。话说回来，该看哪面墙壁简直一目了然。

异常震动就是从附近某处传来的。

我不指望找到什么开凿工程的明显迹象，但这里真的无可挑剔。一排排上了锁的橱柜遮住了我怀疑的那面墙壁，看上去后面除了普通的岩石之外别无其他。

应该从哪个橱柜试起呢？我沉思着。即使我选得没错，又该怎么穿过去？另一边又会有怎样的防御措施呢？

从设备读数上看，不同橱柜之间并没有太大差别。地下的空气没有冷气流，是从另一个方向渗透过来的。没有泄露秘密的热源迹象。

马哈拉尔肯定会确保那些做日常安全巡视的人看不到任何可疑的东西。就算他再自大，也不会以为自己能和 PEZ 以及整个美利坚合众国为敌吧？难怪他会刻苦地磨炼自己在藏匿方面的技巧。

我用手指摸了摸侦察员制服上附带的武器，一把能够调节威力的激光枪，无论对机械师还是狙击手来说，它都是称手的工具。切断橱柜的锁应该没问题……再切开每个橱柜背后的木板，直到找到隐藏的通路——或是我发现自己的想法仍有瑕疵为止。

如果有传感器和诡雷怎么办？我能找到一条通道，同时不惊动潜藏在乌拉卡山那边的那个人吗？

瞧瞧你思考和行动的方式，好像一直假设马哈拉尔还活着似的！

就算有通路，恐怕也因无人使用而积满了灰尘，因为那位教授周一返回的路上就车毁人亡了。他残留的傀儡们也会在不久后消失，留下一座寂静的圣殿，不会有人保卫它的秘密。

听上去合乎逻辑。但你确定要拿自己的生命赌一把？

即使在马哈拉尔死后，高岭的态度依旧十分积极，几乎事必躬亲。要是那个亿万富翁已经到了那儿，正等待在通道的另一边呢？

就在我站着思量下一步行动时，另一个念头冒了出来，是克拉拉曾经给我的一句忠告："不能确定的时候，别像蠢电影里面的弱智英雄那样思考。"

以身犯险是用滥了的电影桥段之一，被整整八个世代的无脑制片人和导演虔诚地沿用下来。另一个老套桥段是：故事中的英雄总是认定当权者是邪恶的，或者无能的，或者受人误导。主角根本不会考虑求援，便让剧情一直推进下去。

我在这样的设想下行动了两天。警察还追捕过我！官方说法是"关键证人"，但我显然被人陷害了，要为寰球陶土集团的破坏性袭击事件承担罪责。更不用说还有人想炸死我这个事实了。

而且是两次！

但事态已经起了变化。警方和军方肯定正为我家遭到导弹袭击而坐立不安。他们中那些足够正直而且精明强干的人肯定已经明白，这起事件的表面之下暗潮汹涌。如果我告诉他们，马哈拉尔曾经侵入基地的军用系统，滥用他们的信任，为自己开辟了一条后路，后果会怎样？也许可以让我洗清罪名。甚至还有可能得到内部举报奖金！

再假设我致电给我的律师，让她安排我和这座基地的指挥官会面，外加一位真人保护部的委员和一位持有执照的公证人，以确保没有人会隐藏证据……如果能和盘托出，我会轻松很多。说出我目前所知的整个故事，知无不言言无不尽。让专家们接手一切吧。

可这种想法让我很不舒服。这么做不对头！

我的怒气和荷尔蒙仍旧高涨。过去几天里，全凭它们，我才能支撑下来。愤怒是一种持久而强烈的毒品，只有真人的身体才能完全体会。

我和贝塔的对抗。我和高岭的对抗。我和马哈拉尔的对抗。这些恶棍，所有这些恶棍，每一个都有绝妙的作恶手段。仅仅是由于他们对我的憎恨，我才变成了英雄，变成了能和他们匹敌的对手。

其中的讽刺让我清醒下来。

也让我决定了自己该做什么。

"英雄就是能把事情办成的人,艾伯特。"克拉拉说过,"必要的时候才勇敢,它只是凭智慧无法取胜时的最后倚仗。"

好吧,好吧。我想着,只觉得谦卑冲刷着我的身体,也让我大大松了口气。

人要知道自己的极限在哪儿,而我已经远离了自己的极限。

该死,我甚至无法和贝塔抗衡!更别提高岭和马哈拉尔了。

好了,做个好公民的时间到了。该行动就行动。

我为无法避免的漫长质询做好了准备,伸手去摸我借来的带有通讯功能的方披巾,正要转身——

——却惊讶地后退几步,看着一个高大的身影朝我步步逼近,慢慢走出阴影!

那个超大号的类人身躯从附近角落的一台自动陶偶炉里钻出来,双臂前伸,迈着沉重的步子向我走来。

侦察兵制服的宽大面甲闪烁着威胁讯号,用闪烁的光圈和不断抖动的符号(训练有素的士兵也许会明白其含义)标示出那个傀儡的轮廓。但这些耀眼的数据洪流却只是让我完全坠入五里雾中。我掀开脸上的面甲——

—— 一股气味扑面而来。是刚刚烘焙的陶土,带点酸味。如果我没有依赖什么军用装备,全靠自己的感官的话,那股刺鼻的气息也许早就让我察觉不妙了。

"站住!"我拨开纠缠在激光手枪皮套上的方披巾,警告道。好歹弄开了方披巾,我拔出激光枪,发疯似的寻找保险开关。受伤的拇指沾上了汗水,制服的手套也干扰着我的动作。

"别再靠近了。不然我开枪了!"

傀儡蹒跚前行，发出低低的呻吟。肯定有什么事情弄错了——也许是复刻出了错，也可能是烘焙得太快。不管是什么原因，它都不肯放慢步子，或者停下来做什么理性的对话！

我面临抉择。

试着闪避，或者开枪。只来得及做一样。

保险开关响了一声。那把手枪突然间充满了能量。我做出了抉择。

一道灼热的光束撕扯着傀儡的身体，切断了一条手臂，也击伤了躯干。

它报以一声咆哮，朝我扑来。我只来得及抬起一只手臂，沉重的身躯就撞上了我。

我选错了。

41 | 哦,不,手手先生①!

······橘红与灰色的混合······

"你知道吗,艾伯特,最初的生命或许也是由陶土制成的。"

尤希尔那该死的幽灵不打算闭嘴。他那台撕扯灵魂的机器带来的痛苦越来越强烈,可他还在胡侃个没完。我真想掐住这个灰色幽灵的咽喉,终结他超自然的存在,把他送去跟几天前被他背叛和摧毁的主人相伴。

他希望的就是这个——我的愤怒!是为了给我一个焦点。在一切都灰飞烟灭的时候,痛楚就会成为我生命的中心。

"大约一百年前,有个苏格兰人提出了这个概念,艾伯特,相当有趣。

"那时候,生物学家们达成了共识,认为地球几乎在冷却到出现液态海洋的同时就出现了大量的有机复合体。但接下来发生了什么?这些漂流的氨基酸又是如何组合起来,变成能够自我复制的优秀个体的?包含了DNA和繁殖机制的细胞可不会凭空出

---

①"手手先生"是美国1975年起播放的深夜娱乐节目《周六夜现场》中的一部黏土动画片《比尔先生秀》里的角色,比尔先生的敌人,其形象就是真人的双手。"哦,不,手手先生!"是比尔先生的著名台词。

现！肯定有些东西在提供助力！

"那东西也许就是横跨整个海底的陶土海床，其形态多种多样，能够最大限度地保护生长中的分子簇，同时也为最早的有机体提供了模板，并且安排其中几种走上高等之路。"

马哈拉尔的灰色幽灵沾沾自喜地拍了拍胸口。

"只有到了现在，这条进化之路才终于完整了，我们终于恢复了自己最初的形态！不再是有机体，而是以大地母亲的无机血肉捏成的生物！你不觉得这很有趣吗？"

我真正感兴趣的事是离开这里。何况那台机器时不时地发送出一股强烈的冲动，驱使我去对抗束缚，奋力抬起我的双手，捏住偶人尤希尔的脖子。我要把他不死的身躯碾碎成粉，让他全身上下没有两颗相连的原子！

从附近的某处……很近的某处……传来了洪亮的回音。

我同意，兄弟。

那声音并非臆造的。我听得出，它来自那个小小的橘红傀儡，就是马哈拉尔几小时前用我作模板复刻的偶人。现在，他的思想正涌入我的头脑，膨胀然后消退，和我合二为一。这一定是偶人尤希尔这场复杂实验的一部分，而他似乎对这个结果十分满意。既然纽带已经建立，下一阶段就该是记忆测试了。我究竟能把"我"从未听过的事情记得多清楚？

他的手一挥，顿时，上百个影像气泡悬浮在我眼前，描述内容从月球表面到最近的一场曲棍球比赛。我的目光不由自主地扫视这些图案，无意中将视线集中在几张熟悉的画面上。那些气泡闪烁着，而我认出了上面的内容……

……一个希腊陶壶，伯里克利时代的酒壶……

……一具丰满的旧石器时代的女神雕像……

……一具和真人大小相同的赤陶制中国古代士兵，由中国领导人赠给尤希尔,表示对他在西安的工作的谢意……

我不只认出了这些画面,更想起了在马哈拉尔的私人博物馆里的亲眼所见。不知以什么方式,"小红"给了我这些记忆,不靠脑部探针,也没有粗大的低温线缆!我们彼此来来回回地读取着记忆,尽管我们相隔二十米远,还隔着一堵厚厚的玻璃墙。

这么说,他想要的并不是偶人与偶人之间的复制。他不是在为寰球陶土集团研究生产工艺。马哈拉尔是想实现另一项突破,重要得多的突破!

灰色幽灵兴奋地评论着记忆测试的结果,比给我讲陶土进化的时候还要兴奋。我努力对他的滔滔不绝充耳不闻。摒除烦恼和愤怒!他显然希望我专注于仇恨,因为仇恨是一种很容易塑造和操控的情感,而它又足够纯粹,甚至可能突破单个容器的限制——比如身躯。

我必须忍耐,虽然不去憎恨真的很难。每隔几分钟,他那令人憎恶的机器都会刮擦我人造的体表,折磨我虚假的身躯,激起我的洄游本能——归家的渴望。它催促我回归,回到我的原生身体里——在周二的午夜时分,他用一颗导弹摧毁的那具原生身体。

他就是这么告诉"小红"的。他说是他杀了我。为了让这次试验见效,他除掉了我的有机身体这只"锚",希望以此迫使我的两个复制体选择在彼此间洄游。

我懂了。他的目的是让一束灵魂驻波在开放空间里来回反射。好吧,算是一种创举,就像让巨大的量子态波束占据整个房间一样。可这是为什么?目的又是什么?

他肯定得不了诺贝尔奖。只要他是以自杀和谋杀行为来达成目的,他就不可能获得任何奖项。他真的疯狂到以为自己可以永远保守这个秘密吗?秘密在现今就像雪花——极其少见,而且难以长久维持。

他的目的肯定不是这个。还有,他的计划很快就要部分实现了。

我感受到了"小红"——另一半的我——的附和。那台巨大机器每次震颤,我们都觉得互相间又近了一些,越来越像是一个重新结合起来的个体。但是——

——但是,还有些别的东西。在我们身体之外的东西。在同一时刻既熟悉又陌生的东西。我不断地感觉到某种类似回声的东西……又仿佛水潭中闪烁的倒影。这也是偶人尤希尔计划的一部分吗?

也许不是。

但愿不是。

"很好,艾伯特。"那个疯狂的灰色偶人看了看几个读数,低声哼起了歌,"在观察者状态下,你的数据棒极了,老伙计!"

他微微躬下身子,试图对上我的目光。

"这个实验我做过无数次了,艾伯特。我试图在两个近乎完全相同的偶人之间创造出某种能够自行维持的灵魂共鸣。我自己的复制人从来没有成功过——你知道的,我的自我有缺陷。这恐怕是遗传。天才往往如此。"

"你居然会这样贬低你自己。"我答道。但尤希尔没有理会我的讥讽,继续说了下去。

"不,我的偶人自我是没法成功的。我首先需要的是某个能干净利落地复制的人,所以我从多年前就开始抓捕你的偶人了。很不容易,特别是刚开始的时候。我搞砸了好几次,不得不毁掉你的灰色偶人,而不是放他们离开。你迫使我学会了隐匿行踪的全套技巧,艾伯特。后来,终于有一天,我们总算可以真正着手工作了。

"我们的进展还不错,不是吗?"

他拍了拍我的脸,这令我加倍努力才压下郁积许久的怒气。

"当然,你不记得了,艾伯特。但在我手里,你探索过精神方面的未知领域。我们也许注定会一起创造历史,我们两个。

"可紧接着,我们就遭遇了障碍!我给你讲过观察者效应,还记得吗?你的原身不断地间接影响你的灵魂场,把你困在真实的界域里。每次我试图把交感共鸣提升到一个新的水平,都会受到你的干扰。最后我才明白解决这个问题的必要条件。

"我必须除去艾伯特·莫里斯的本体!"偶人尤希尔悲伤地摇摇头。

"可我发现我不能这么做。不仅是因为我的有机大脑里有太多的阻碍——良心、同情、道德原则——还有担心被捕的懦弱。太令人沮丧了!我因此憎恨我自己!这就是我,有解决问题的方法和合适的工具,万事俱备,却缺乏意愿!"

"我……对你的困扰表示深切的同情。"

"谢谢。但这还不是最糟的。不久以后,我的搭档和朋友——埃涅阿斯·高岭,开始对我施压。他想要实验结果,为此不惜威胁。这让我原本就有的妄想症和悲观倾向更加严重。

"我开始做梦了,莫里斯。梦见我这番困境中的出路,梦见死亡和重生。这些梦让我既恐惧又兴奋!我很想知道——我的潜意识想告诉我什么?

"然后,就在上周日,我突然明白了这些梦的含义。我是在复刻一具新偶人的时候想到的……就是这一具,艾伯特。"偶人尤希尔又拍起了胸膛,"在某个瞬间,我看到了完整的景象,看到了光辉的前景,也知道这件事非做不可。"

透过紧咬的牙关,我努力回以咆哮。

"尤希尔本人也看到了。就在同一时刻,我敢打赌。"

灰色偶人笑了起来。

"噢,这是当然的,艾伯特。他肯定被吓着了,因为从那以后,他就跟这个复制体保持着距离,甚至包括我们一起在这座实验室里工作的时候。很快,他找了个借口去了那座小屋。但我知道他在想什么。我怎么可能不知道呢?

"我能感觉到,我的制造者正准备逃跑。"

在我和"小红"之间痛苦颤动的驻波之中,有段代表惊讶的弦外之音。虽然我/我们猜测到了类似的事……但听到本人的证实还是觉得不可思议。

可怜的、注定将死的尤希尔本人! 眼看着亲手缔造之物为你带来死亡,这倒不算什么。说到底,这可是人类历史悠久的传统了,就像俄狄浦斯和他的父亲、弗兰肯斯坦男爵和他的怪物、威廉·亨利·盖茨和Windows'09①。

但知道杀死你的凶手将会是你自己,这就不是一回事了——一个分享了全部记忆,知晓你每个动机,并且几乎彻底认同你的所有观点的人。就连驻波震颤的方式都完全相同!

但是,某些在陶土中诞生的东西永远无法完全在血肉之躯中体现。某种残忍到令我无法想象的东西。

"你……你真的疯了……"我喘息着,"你需要……治疗。"

作为回答,那个灰色幽灵只是简单地点点头,动作几乎算得上和蔼。

"啊哈。确实如此,至少以社会的标准来看是这样。但最后的结果也许能够证明,我采取的极端措施是合情合理的。

"我会告诉你的,艾伯特。如果我的实验失败了,我会自首,然后接受强制治疗。听起来公平吗?"他大笑起来,"不过现在,我们还是先假设我知道自己在做什么吧,你说呢?"

①即比尔·盖茨的正式全名,比尔是其昵称。windows2009从未真正发布过,windows以年份作代表的版本就此结束。

没等我做出回答,那台折磨灵魂的机器传来一阵尤为强烈的冲击,令我抽搐起来,疼得弯下了腰。

尽管经历了这么多折磨,我的心底仍旧保持着冷静和谨慎。我能看到,尤希尔的偶人正忙着准备他这场伟大实验的下一阶段。首先,他推开那道将实验室分隔开来的玻璃隔墙,用一个以铁索悬挂在天花板上的平台代替了它。他小心翼翼地把平台移到中央,也就是我与另一个我——"小红"——的正中间。它前后摇晃着,像个钟摆,将房间一分为二。

几秒钟后,最后一次冲击的余波渐渐消退,我脑海里最想问的那个问题脱口而出。

"你……到底想……实现什么?"

等他把晃晃悠悠的平台放到满意的位置之后,这个叛变的傀偶才再次把脸转向我,带着一副若有所思的表情,声音几乎有些诚挚。甚至还带着迷惑。

"我想实现什么,艾伯特?哎呀,我的目的太明显了。为了实现我毕生的目标。

"我的目标是发明完美的复制机器。"

42 | 偶人退化

……绿皮逃脱,同时有所发现……

我冲上屋顶的时候,薄暮正缓缓降临,一群糖果花纹的"蜡人战士"在后头紧追不舍,叫嚣着要把我炸成陶片儿。我转向出口,把为数不多的霰弹枪弹丸中的一发用在了楼梯间里,解决了最近的追兵外加七级木头阶梯、三英尺长的栏杆以及一大块很有年头的灰泥。剩下的偶人纷纷后退,跑得比兔子还快。

我屏住呼吸,发现这里是个完美的防守地点。不过对方似乎有充足的增援,成功包抄我只是个时间问题。

而时间正是我所缺少的。盟友和弹药也一样。更别提我那飞快流逝的生命活力离用尽最多只有几个小时了。

我已经老到不适合做这种事了。我沉思着,觉得自己就像几天前从烤箱里拿出的旧面包一样不新鲜。那些五颜六色的无赖偶人还在下面,我能听到他们快步跑动的声音。还有低语声,他们正急切地讨论着,怎样才能抓住我。

为什么是我?

这已经远远超出普通帮派火并的范畴了。花费高昂代价,只为消灭一个已故私家侦探的廉价实用型绿皮偶人——我无法设想其原因所在。

除非高岭厌烦我了，因为我没能完成他的委托。

回想起来确实很诡异。袭击者出现时，陶土帕利——可怜的小家伙——正好提到要把传票拍到埃涅阿斯脸上，强迫那位隐居的亿万富翁公开他的账簿和监控记录，甚至要求他本人到场。难道这些话就把那位隐士逼得不择手段，非要大打出手了？

也许高岭派来这些暴徒，不是想抓我，而是为了找回那些照片。

我的口袋里放着一卷奎恩·艾琳拍下的照片，在她和"柯林斯阁下"会面时。她认为这个同谋就是贝塔，但我们却发现了那副巧妙伪装之下的白金皮肤。小帕丢来这卷照片，我不假思索，一把接过。保存证据，这是侦探的本能反应。可假如我当时丢下了这些照片，那些蜡人战士也许就不会追来了！

陶土帕利才应该拿着这些照片逃走！他们永远也别想抓到那只灵巧的小雪貂。只不过逃走不符合我那位小朋友的天性。结果就是，小帕再也没法得到那段记忆了。

真糟。我们也许只是一对消耗品，但陶土帕利和我相处得委实不错。

我灰心丧气地踢了踢门。肯定有一条逃离屋顶的路！

我侧耳细听下一次袭击的动静，同时稍稍离开屋顶边缘，转身望着降临在偶人城区的暮色……也许这是我在这个世界看到的最后的景色了。在西面和北面，真人们此时会坐在露台和长廊上，喝着冰镇饮料，看着落日，等待着他们的另一半自我——那些清早便出外工作，带着本体的承诺，准备以一天的辛劳换取记忆存续的偶人。

很公平。只是，哪里有我能够回去的家呢？

楼梯间的抱怨声渐渐高涨成争执。很好。我和小帕的那场大屠杀之后,他们的指挥结构也许完全打乱了。或者这只是个诡计,他们正准备侧翼包抄呢。

我冒险跑到某道栏杆旁,低头看着那架锈迹斑斑的防火梯。没有人在那儿,至少现在没有。

屋顶另一边是座摇摇晃晃的棚屋,大部分由金属丝网制成。小小的灰白色鸟儿在里面咕咕叫着。是个鸽子笼。棚屋的另一边有两个人影,一个大人和一个孩子,正一起做着修理围栏的工作。他们的穿着很破旧,挺适合这片贫民区,但他们的肤色却是逼真的暗褐色调……近乎棕色。也许是迅速黯淡下来的暮色造成的错觉。为防万一,我还是匆匆退开了。如果他们是真人的话,我会给他们带来不必要的麻烦。

回到楼梯间,我正好撞见两个红粉相间的偶人,他们正试图攀着用电击抓钩联到天花板上的绳索,通过打坏的阶梯。我刚一出现,他们立刻朝我开枪,但摇晃的绳索让他们失去了准头。于是我把他们轰成碎片,看着他们扭动翻腾,从六楼摔到最底下的中庭。

只剩一发子弹了。我想着,摸了摸我的霰弹枪。我还想到,这片精心设计的贫民窟并没有实现设计者希望的百分之百复原。即使在过去最混乱的日子里,只要枪战持续得够久,警察终究还是会出现的。但此时此地,没有人会来。

噢,你还有机会,冈比。你可以给布兰恩督察打个电话。让他派一队劳务转包协会的武装偶人来接你。可你太像小帕了。他没法拒绝任何打斗,而你总是喜欢用智谋击败邪恶势力。可能的话,还要全靠你一个人。

即使你连半点头绪也没有。

还真是这样!可我之前一直没有察觉。意识到这一点的那一刻,我一下子不发愁了。尽管发生了那么多事,我却感到某种奇特的……愉悦。

噢,没有什么比面对强敌环伺的感觉更美妙的了,也没有什么比这更能让你相信自己的重要性。或许正因为这个缘故,失败者中间才如此流行阴谋论。但这一次不是虚妄的幻想。强大的埃涅阿斯·高岭显然不惜花费重金,也要得到我这颗小小的陶瓷绿脑袋。

噢,尽管来吧!嘿,什么桥段也比不上一夫当关的戏码。

或许……我想着,尽管这个念头让我羞于承认。或许我确实是艾伯特·莫里斯。

只有一件事影响了我高涨的情绪。不是我很快就会在激烈的战斗中迎来终结的事实,那个我能接受。

不是的,而是过去几小时里不时发作的那种短暂而怪异的头痛……起先微弱得几乎注意不到,随后又会更加猛烈地复发,像一阵热风般盘旋大约一分钟,让我产生了无法解释的幽闭恐惧和无助感。然后,头痛消失,不留一丝痕迹。也许这是偶人生命延长后的副作用。我不知道这段平添的寿命结束后会发生什么。不管怎么说,延长一天总比融成泥浆有趣多了。

谢啦,埃涅阿斯。

一阵微弱的咔嗒声引起了我的注意。我转向东边,越过栏杆张望,看到一打蜡人正沿那边的防火梯悄悄地爬上来。只是锈蚀的金属梯子不断嘎吱作响,破坏了这次行动的隐秘性。那架梯子看上去特别不牢靠,一不小心就会整个松脱,让他们在下方的巷子里摔个粉碎。

要不要帮他们"不小心"一下?我思索着。只需一发霰弹,就能卸下砖墙上的几颗螺丝,引发连锁反应,也许能让那架破梯子完全崩落。

也许不能。我决定暂时保留我的最后一发子弹,至少保留一两分钟。

　　我又匆忙赶往屋顶南边,发现另一群偶人正在奋力攀爬。这群偶人选择了比较困难的方式:手指和脚趾装着尖刺,戳入脆弱的灰泥中,费力地一点点向上爬。他们的重视让我受宠若惊,我渴望着回报这份好意。

　　屋顶旁围着一堵矮墙,看上去相当破旧,摇摇欲坠。于是我推了一把……感受着厚重的墙壁倒下,心中掠过一阵满足。超过一米的砖墙倒了下去,下方传来一声令人满意的尖叫。我跑了过去,又推又踢,把墙壁的更多部分倾泻在攀爬者头上,然后转身匆忙跑回楼梯间。

　　我挥了挥霰弹枪,半打身影顿时俯身找掩护。又赢得了一分钟的缓刑,我心想。我飞快转身,冲到东面的防火梯去察看。

　　那队人更接近屋顶了,近到令我别无选择。我举枪选择了一个目标,把最后那发弹药用在能将效果最大化的地方。

　　两个傀偶战士尖叫起来,锈蚀的金属框架呻吟着,挤脱了一颗螺丝……然后是另一颗。

　　但防火梯没有松脱。该死,这些老古董还真结实。

　　没有时间了。我该怎么办?想法子把艾琳的照片藏起来?等解决我以后,他们一定会找遍每一平方厘米……

　　我突然想到了那个鸽子笼。也许我可以把这卷照片绑到一只鸟的腿上,然后放飞它,只要它能在暴徒们离开之后回来——

　　子弹突然击中一旁的屋顶。我发现有颗头颅和双臂出现在西边的栏杆上。我躲在楼梯出口后面,避开危险,却只看到东缘出现了更多只不断摸索的手。

　　只有一个选择了。趁还能动,跑到房顶边缘去!某些过路人也许会看到摔下来的我。幸运的话,他们会拿到那卷照片,或许还有我的脑袋,打算以此换取酬金。凭我的身份标签找到艾伯特……或者克拉拉……

这个希望渺茫得要命,却是我仅有的希望。一米开外的楼梯间也开始响起嘈杂的人声。子弹几乎从四面八方射来,侵蚀着我狭小的藏身之处,锐利的裂片不断拍打着我的身体。

我舒展双腿,准备冲向屋顶边缘——

——却被一阵新的响声制止了。

那是引擎发出的阵阵轰鸣。

一直对我开枪的一个战斗偶人转过身去,瞪大眼睛,一声大叫后突然失手坠落。

另一个形体占据了他原先的位置。小巧,光滑,却动力强大—— 一辆蓝白相间的小型车辆,车身三处装有俯冲引擎,车首处的商标用字母轻快地拼出"哈雷"这个词。

这辆外形匀称的飞空摩托转了过来,驾驶室的罩子打开,露出一个漫不经心挥手致意的身影,那身米黄色螺纹图案就像旋转的螺旋桨。

贝塔,我心想。

我这位往昔的宿敌咧嘴笑了笑,让出驾驶位后面的小小空间,"哦,莫里斯,要来吗?"

不管你信不信,我当时确实考虑了片刻——人行道会不会是更好的归宿?

然后,我避开毫不间断的弹雨,艰难地跑了几步,跳进我那位老对手为我准备的避难所。

43 | 偶人绑架

……真人艾伯特被带走……

想象一下菲伊·雷①徒劳地在金刚的巨掌中挣扎的样子——这就是我被那个巨型傀儡用仅剩的手臂拖出地下储藏区域时的感觉。我放弃了毫无意义的挣扎，努力镇定下来……放缓我怦然跳动的心脏，冷却我血管里沸腾的荷尔蒙。这相当不容易。

原始人身处陷阱的时候绝不会想，在此陷入绝境的真的是我吗？但我总会这么想。如果答案是"不"，我就能以英雄般的沉着去面对死亡。但如果答案是肯定的，恐惧就会倍增！此时此刻，我仿佛尝到了胆汁的苦涩滋味。克拉拉已经看过我被烧毁的房子和花园，我一点儿也不希望她第二次为我哀悼。

"你……要带我去哪儿？"我屏住呼吸问。怪物的回答是一阵低沉的哼哼。他很臭，就像复刻前或者复刻时有什么部位腐败了似的。

他带我离开那面摆着成排储存柜的墙壁，穿过巨大的贮藏室，经过堆着无数工具和设备的架子。这里储藏的东西可真多啊。如果，我是说如果——如果有好几打重要人物想在地表发生核子/生

①女演员，代表作《金刚》。

化/网络/陶土灾难时在地下避难,而且是永久性避难,这些东西没准儿真有机会派上用场。我们接近贮藏室出口的房门时,一阵击鼓似的声音从门外的大厅传来。俘虏我的偶人停下了脚步。

他听着,我也听着。听起来像行军的步伐。

看样子,这个怪物偶人并不只会哼哼,脑子里多少还是有点内容的。他想了想,下了决心,走向另一侧,赶在陶土兵士大步走来之前躲进了阴影。

他们排成纵队,一个接一个走进门来,身披军用迷彩色,还泛着刚出炉的红光。这些傀偶——大个儿傀偶——已经穿戴整齐,准备作战。

有人启动了某支预备部队?也许是为了找我?不知其中有没有克拉拉的偶人?我涌起了一种大叫着挥手的冲动。

但我已经看出她不在其中。

你得学会寻找迹象……某个特别的姿态,臀部摆动的样子。我能在战场上的运动摄像机拍下的颤抖画面里,在一堆泥塑身躯、穿着剑龙式防火铠甲的士兵中认出克拉拉。外在的装束并不重要,无论穿什么我都能认出她来,估计是因为她走路的方式有种特点。

不,她不在这群人里。这些偶人士兵的步伐都差不多,昂首阔步,和她一样充满活力,只是更加傲慢,也许还有一点点凶恶。我确实有种熟悉的感觉,但又说不清具体是什么。

我没有喊叫。那队三十人左右的战斗傀偶经过我身旁,朝那间贮藏室的深处前进,走向那只怪物劫持我的地方。我突然想到,难道说这怪物其实是想帮助我?

我很快就听到了撕裂金属的声音!我的抓捕者走出阴影,距离很合适,刚好可以看到墙边的橱柜被毁的场面!战斗偶人们攻击橱柜,撕掉柜门,翻弄着里面的东西,寻找着……寻找着……

……直到某个偶人大喊出声。一只壁橱的背面嘶嘶作响地裂了开来,暴露出一个原本应该是石墙的孔洞。

我就知道!

我现在的情绪很复杂。这个发现意味着我仍然是个相当不错的私人侦探,但这也意味着我是个白痴,因为我没有趁早报告给当局! 现在……

现在?

我正思索的时候,那个大块头傀儡把我夹在手臂下,一路离开贮藏室,走进了大厅。

嗡嗡嗡嗡嗡——嗖——!

在身后,我听到了激光枪和相位微波枪开火的声音! 低沉险恶的嗡鸣声之后,紧接着便是短促的砰响和岩石破碎声……还有温热潮湿的黏土砸在墙壁上的啪嗒声。那些战斗偶人肯定是在孔洞里遭遇到了什么。守军,而且兵力很强。

*你原本打算就这么冲过去呢,白痴。*我责备着自己。

要是那时候我选择通话报告就好了! 但方披巾已经没了。那个大怪物正带着我走上相反的方向,沿着长长的走道,循着刚出炉的偶人散发出的清新气味走去。

我们进了一个有豪华冷藏箱和陶偶炉的房间——是精英人物使用的型号,配备了最高品质的驻波探针。还有更多给大人物用的物资,假如他们真会藏到这儿来的话——那个时候,我们肯定已经在遥远的地表上挂掉了。好几个冷库的盖子都开着,高速陶偶炉嘶鸣着,为刚刚完成的大量烘焙做冷却——很可能就是我刚刚看到的那些士兵,正在乌拉卡山下面的孔洞里战斗的那些。

真人在哪儿? 负责复刻的那个人呢? 这显然不是军方的手笔。我努力四下寻找复制机。

我们绕过了一个转角。我被夹在那条巨大的手臂下面，从这里望出去，只能瞥见模糊的影子。有个身影四仰八叉地躺在复制机的本体那一边，另一个身影弯着腰，手拿着某种给人以不祥之感的机器。

抓着我的那个巨大傀儡大吼一声，冲了过去！

那个站着的身影转过身，伸手去拿武器。还没等他把枪握到手中，我们三个就撞成了一团。

"我的"傀儡需要用它仅有的手臂和那个四肢粗壮的偶人士兵战斗，所以我滚到一旁，尽我所能地飞快爬开，然后站起身，揉搓着擦伤的肋骨。战斗已经爆发，那两个巨大的陶偶举起沉重的拳头，你来我往，不时发出骇人的咆哮！真人优先。我想着，记起了我在学校上过的那些课。我冲向那个仰躺在平台上的身影……却发现那竟是丽图·马哈拉尔！她躺在那儿，仍有知觉——必须这样，复制才能正常进行——但我用力拉扯紧紧捆住她的皮带时，她却呆呆地发愣。

"艾……"她总算缓过来了，"艾……伯特！"

"这是哪个杂种干的？"我咒骂着。非自愿复制——灵魂窃取，相当于特别恶劣的强暴。一解开皮带，我就把她拉下平台，拖到远处的角落里，尽可能远离那两个战斗的巨人。她吃力地跟着我，头靠在我的肩上，啜泣着，温暖的皮肤颤抖个不停。

"我在这儿呢，一切都会好起来的。"我保证，可我也不知道这样的承诺能否实现。我审视着可能离开房间的路线，而"我的"独臂巨兽正和一只大型傀儡战斗，就是那只把丽图绑起来，打算对她——

我看了一眼地上，那个偶人掉了一件工具。不是拷问器具，是一种医用喷雾器，里面盛着某种紫色的混合剂。我思索着……也许我被外表欺骗了。如果他只是个医生，想要帮助丽图呢？

那把落在地上的激光枪在巨人们的咆哮和厮打中被踢来踢去。我应该想法子捡起那把武器吗？在那些沉重的躯体中间，这可不是件容易的事。就算我成功地把它弄到手了，我又该向哪一个偶人开枪呢？

丽图仍在我怀中颤抖，就在这时，两声噼啪终结了我的迟疑。两个奋力对抗的战斗傀儡突然身体剧颤，然后再也不动了。

"哦，我要……"

我花了一阵子才让可怜的、衣衫凌乱的丽图平静下来，带她朝那两具已经在地板上闷燃起来的躯体走了几步。我小心翼翼地接近，不顾她把我拉回去的企图，直到我能清楚地看见躺在复刻器另一边地板上的他们。

俘虏我的那个傀儡——只有一条手臂的那个——躺在另一个傀儡身上，显然已经生气全无。

下面的那个，就是原本站在丽图身边、准备注射药品或毒品的那个偶人，脖子弯折成了骇人的角度，但生命的火花尚存。他双目闪烁，直盯着我的眼睛，似乎在召唤着我。

我不顾理智的判断——还有丽图的疯狂拉扯——步步接近。

他的一只眼睛眨了眨。

"嘿……莫里斯，"他发出一种独特的刺耳嗓音，"你……真的……必须停手……不然就会……和我……一样下场。"

一阵恶寒沿着我的脊骨升起。

"贝塔？布拉格的大贤拉瓦啊①！你在这儿干什么？"

他轻笑起来，笑声恶毒而狂妄。我太熟悉这种笑声了。

"噢，莫里斯……你怎么会……这么蠢。"我这名对手突然咳嗽起来，飞溅的唾液带着死亡的色泽，"为什么不问问她……我在这儿干什么？"

----

①拉瓦是犹太教法典中第一个制造出傀儡的人。

那双闪烁的眼睛望向丽图。

我盯着尤希尔·马哈拉尔的女儿,后者呻吟着回答:"我？我怎么会知道这头怪物的事儿！"

偶人贝塔又咳了起来。这一次,他说出的每一个词都仿佛夹杂着死神的低语。

"是啊,为什么呢……贝蒂……"他眼中的光芒忽地消失。

我猜,很久以前,看着大敌死去确实能让人得到些许满足。至少有种尘埃落定的感觉。但我和贝塔都对彼此做过这样的事儿——在对方的臂弯里喘息着说出遗言——次数多到让现在的我只剩下沮丧了。

"见鬼！"我踢了踢上面那个独臂傀儡,那个自始至终都是为了搭救我和丽图的哑巴偶人,"你为什么要杀了他？我还有问题要问！"

我转身走向丽图,她还在颤抖着,显然没办法回应我的质问。

就在这时,附近的一台自动陶偶炉嗡的一声恢复了运作,发出低沉的噪音。

就我所知,没有人发出指令。

我不喜欢这种声音。

44 │ 偶人与钟摆

> ……灰色和橘红结合为一……

回音……体外传来的怪异回音……不断变强，每隔几分钟重复一次。每当那台巨大机器启动"共鸣"模式，我/我们都会得到一些既奇异又熟悉的暗示，同时产生的还有古怪的宽慰，伴随着怪异的恐惧。

哦，天……我们/我已经开始习惯融为一体。双生状态……两个躯体共用一个头脑——灰色和小红——来来往往，不断地复制彼此。两颗仿真大脑，联系它们的不只是普通的灵魂模板，还有同样活跃的驻波，在我们之间的空间中回荡。

摇摆的周期让我觉得有些熟悉……和我们的周期性灵魂爆发有关。我敢打赌，这绝非巧合。

同感。我感觉到"小红"的赞同声在我的灰色头颅里响起，却觉得就像和脑海中的自己对话那样，没有丝毫分别。

真不可思议。

"你说你想制造完美的复制机器。"我提示着偶人马哈拉尔，试图让他开口说话。就连他恼人的讲座也比心慌意乱的等待要好。

又或许我只是在拖延时间。

他放下准备工作,抬头望向我。他很忙,但还没有忙到不顾他人的地步。

"我把它叫做'通神机'。"他的话里带着明显的得意。

"……什么?"

"通——神——机,"他解释说,"是'通过精神强化和自我意识折射达成的神明级增幅机'的缩写。你喜欢这个名字吗?"

"喜欢?我——"

我正想回答,却感到新一道增幅波朝我袭来,引发了另一阵痉挛。我奋力将它压抑下去。过程很痛,充斥着那种奇怪的回音,但幸好为时很短。实际上,我已经有点儿习惯这种冲击了。

我开始注意到,其中还蕴涵着痛苦之外的东西,某种怪异的音乐。

那波冲击消退以后,我又能回答偶人马哈拉尔的问题了。

"我……我恨它。你……你究竟为什么给它起了个这么烂的名字?"

刺杀了自己的制造者——还有我的制造者——的傀偶对我的挑衅回以大笑,"噢,我承认,这个名字来自我的一些怪念头。你看,我想制造某种平行面,用的是——"

"——激光。我不傻,马哈拉尔。"

他显然很吃惊,哆嗦了一下。

"你还想到了什么,艾伯特?"

"我们两个……我们两个莫里斯的偶人……灰色偶人和红色偶人……就像在激光两端的两面镜子,对吗?至于那个重要的东西……也就是你准备增幅的那东西……就在我们之间。"

"非常好!看来你没有逃学。"

"小菜一碟而已。"我说,"还有,别觉得高我一等。如果你想要我充当工具，把你塑造成神明，那就放尊重点儿。"偶人尤希尔的眼睛睁大了片刻，然后点点头。

"我完全没想到这一层。那就这样吧，让我不以高人一等的态度解释给你听。

"这一切都跟杰弗蒂·阿诺纳斯在神经元和分子——心灵和肉体——之间的相位空间发现的灵魂驻波有关。贝维索夫研究并发现了将这种所谓的'灵魂精髓'嵌入陶土的方法，也证明了古代闪族人曾经知晓这个失落之秘。之后，我和贝维索夫将这种精髓通过埃涅阿斯·高岭的陶偶自动机器进行了复刻，其成果震惊了所有人，也改变了世界。"

"是吗？可这又跟——"

"我正要说呢。尽管灵魂驻波和其他所有物质一样，由'场'和'原子'支撑，但却比我们身体的其他部分全部加起来还要重要。我们的记忆和反应能力，我们的本能和欲望，就如同大海展现给我们的只有表面的微波荡漾，下面的水流却复杂而汹涌。"

我感到又一阵冲击接近了。我看向悬挂的平台，发现它在机器放射增幅波的间隔中每次来回摆动的次数恰好都是二十三次。

"听起来真的非常美妙。"我告诉偶人尤希尔，"但这次试验呢？你用两个我充当镜子，让灵魂驻波来回反弹。因为我是个优秀的复制者，所以——"

下一次冲击袭来，异常凶狠！我低哼一声，绷紧了身子。然后，突然间，又一阵回声传来……

……我骤然发现自己正在想象月光照耀下的黑色平原和峡谷——它们在我脚下绵延起伏，覆盖着它们的光与影，像是从猫眼石发出的，而我仿佛是只飞在空中的动物。

然后，一切都消失了。

我试图抓住头脑里的想法，把和偶人尤希尔的对话当做一只

"锚"……我是说,在我得知真正的锚,也就是艾伯特·莫里斯的原身死去以后。

"你看,你用我的驻波……因为我是个非常优秀的复制者。而你却烂到不行。对不对,尤希尔?"

"很无礼,不过很正确。你看到了,从根本上说,这是个核算学的问题——"

"什么?"

"核算学,物理学家和灵魂学家用的方法。合计、安排或是计算同种粒子的不同搭配。也能处理别的事情!从袋子里抓出一把弹珠……如果它们全都一模一样,怎么区分单个个体?有多少种不同的方法来区分它们?如果每颗弹珠都各有独特之处的话,统计结果就完全不同了!一道刻痕,一处刮擦,一张标签……"

"你他妈究竟在说什么——"

"到了量子级别,这种区别尤为重要。粒子可以用两种方法计数,费密子和玻色子。质子和电子被归为费密子,根据比熵理论更加基本的不相容原理,它们会被迫互相远离。它们看起来完全相同,又来自同样的源头,可我们却必须对它们分别计算,用特定的最低额量子把它们分隔开来。

"但玻色子喜欢混合、重叠、同化、结合,同步前进——比如激光产生的、经过增幅而且保持连贯的光波。光子就是玻色子,它们无论如何都会保持一致!因为喜欢和彼此相似,它们会结合,叠加——"

"说重点,行吗?"我大喊,不然他恐怕要说上一整晚了。

尤希尔的幽灵对我皱皱眉。

"重点?无论复制的傀儡与原身再怎么相似,总会有些东西作祟,让灵魂复制体无法和真正的灵魂完全相同……或者说不会被算作波色子。这意味着它永远没法像激光里的光线那样结合与增殖。但我找到了办法,从那一天起,一切都不同了!我有了绝佳的复制者和一个具备充分延展性的自我——"

"这么说它就像激光，而你在拿我们俩充当你的镜子。可你扮演的又是什么角色？"

他咧嘴笑了。

"你们会提供纯净的载体波形，莫里斯，因为你很擅长这个。但我们增幅的将是我的灵魂。"

听到这里，我注意到了他的表情——噢，没错，他是个自大狂，不辨是非，偏执，而且极度自欺。最严重的患者在每天早餐前会有十七种截然不同的信仰……等到中午，他们还能把那些自相矛盾的概念巧妙地编排在一起！

"你那个蠢名字里的'神明级'又是什么意思？"我问他，但并没有太期待他的答案，"这样不够科学吧，甚至还有点神秘主义？"

"别这么无礼，艾伯特。这当然是一种隐喻。目前我们还没有语言可以描述我即将达成的这项成就。它超越现今的一切语言，正如哈姆雷特的独白之于黑猩猩。"

"是啊是啊。照我的印象，这种所谓的'超越'会带来新时代的谣言早就有了。比如灵魂投影机，还有将人们直接上传到天堂的狂热计划。你居然告诉我，这些疯话里面蕴涵着真相？"

"是的，但我会运用真正的科技，而非一相情愿的空想。当你自己的驻波变成浓缩玻色子时——"偶人尤希尔停了口，扬起头，仿佛听到了什么奇怪的声音。然后他又摇摇头，似乎想继续狂热地描述他的野心，说他即将成为某种全新的存在——某种比凡人更强大也更优秀的存在。他张开嘴——

—— 一阵噪音穿透了地下房间的墙壁，清晰可辨。某种遥远的隆隆声，就在那堵石墙之后。

某块仪表盘上的警示灯突然亮起，有些发出红光，另一些闪烁着黄褐色的光。"闯入者，"电子合成音宣告，"通道内出现闯入者……"

一只影像球凭空出现,随着我们对它的关注而逐渐膨胀。我们看到,一群模糊的身影正在黑暗粗糙的石廊中穿行。突然间,闪光从地面的岩层后倾泻而出,将一个身影切为两半,但队伍里剩下的人迅速做出反应,举起武器开火,将隐藏的机械哨兵炸得粉碎。道路很快再度通畅,他们也继续稳步进军。

"预计四十八分钟内到达目前地点……"

马哈拉尔的灰色幽灵摇了摇头。

"我还以为能更久些呢,但这也足够了。"

他匆匆离开,放弃了谈话,回去做他的准备工作。准备用我——

——用我们! 小红偶人强调道。

——用我们来加强他的灵魂,将它增幅到极其强大的程度。典型的自大狂综合征。疯狂科学家综合征。

我沉思着。真能成功吗? 这个死去教授的幽灵真能成功改变自己,让他不再需要原生头脑或者跟这个世界的实际联系吗? 他会不会强大到觉得在这个小小星球上的生活是那么琐碎无聊? 可以想象,变得如此伟大的马哈拉尔只会选择离开,在群星中进行宇宙级别的冒险。在我看来这挺不错,只要他能滚蛋,别再打扰这个世界就行。

但我有种不自在的感觉,也许偶人尤希尔对"神化"的看法比我狭隘得多。我认识的很多人都不会喜欢那种样子的他。

噢,而且这个过程也许会让他的……通神机……的"镜子"消耗殆尽。无论结果如何,我都不觉得我/我们(灰色/红色)会心甘情愿地充当尤希尔达成极乐永生的垫脚石。

"要知道——"我想转移他的注意力。

又一阵冲击袭来。

45 沙漠之偶①

……绿皮搭车寻找备用偶人……

星期二的孩子充满魅力

星期三的孩子满心悲哀

星期四的孩子前路漫漫

还有……

还有什么？我思索着。在我充满变故的漫长一生——整整两天还多——之后,接下来还会发生什么?

从我躯体的衰退速度来看,没法再发生什么了。我能感觉到熟悉的傀儡衰老迹象悄然现身,外加隐隐约约的洄游本能,就是那种促使我回家上传记忆的冲动。通过返回唯一真实的有机大脑来规避就此湮灭的命运,继续生存下去。

这个大脑也许仍然存在！假设艾伯特·莫里斯还活着,我也成功在分解前找到了他。他会接纳我吗?

假设他还活着的话?

就在贝塔驾驶着他灵活的小哈雷在夜色中穿行时,这种可能

---

①此处原文为 Desert Rox,与二战将军隆美尔的外号"沙漠之狐"(Desert Fox)相近。

性似乎变高了！这是我根据自己在贝塔的驾驶位后面看到的网络报道而得出的结论。

"肯定没错，"某个业余推论行家声称，"他们在那栋烧毁的房子里找不到符合整个身体的原生质残留物！

"再看看警方的行动吧。军火稽查员仍然挤得到处都是，但真人保护部的人却没有了！这意味着那儿没有人被杀。"

我应该高兴才是。但如果艾伯特真的没死，他恐怕已经控制了一支由他本人组成的大军，动用那些高档灰色偶人和黑色偶人去追捕那个摧毁了我的……我们的……他的花园的恶棍。他又怎么会欢迎一个拒绝清理草坪的迷途绿皮呢？

问得好——只是在我找到他之前毫无意义！导弹袭击的时候艾伯特在哪儿？现在他又在哪儿？

贝塔转过头，以免话声被引擎声盖过，他提议道："看看有些侦探爱好者在周二的街头摄像数据里发现的画面吧。"他偏了偏脑袋，视屏球随即显示出了位于悬铃木大街的那栋房子——在它烧毁以前。我把下颌抵在高岭的驾驶座上，看到柔和的夜色降临之前，车库大门打开，那辆沃尔沃驶了出来。

"他离开了！那为什么人人都以为导弹袭击时他还留在那……噢，我明白了。"

那辆车开上悬铃木大街时，有台摄像机拍下了司机的清晰画面。是艾伯特·莫里斯的一个灰色偶人，平滑而有光泽，一个完美的傀儡。这也暗示着艾伯特本人肯定还待在房子里。

贝塔却有不同的看法。"外表并不说明什么，你的本体的伪装技巧几乎和我一样高明。"这可是伪装大师给予的高度赞誉，"问题是他去了哪儿。我出高价雇了个顶级的自由偷窥者，她通过'天路大道'上的不同摄像机拍下的影像追踪那辆车，直到无监控路段为止。"偶人贝塔透过挡风玻璃，朝下方那条纤细的沙漠小径挥了挥手。月光映照出苍白孤寂的色调,这个世界和塞满陶偶的城区截然相反,也跟郊区里那些安逸无业的真人以种类繁多的爱好来打发时间的情景大为不同。在此执掌大权的是大自然……它只听从环境保护部的建议和许可。

"艾伯特走这条路是要去哪儿?"我大声问。在那个星期二的中午,我们的记忆是相同的,之后肯定发生了什么。

"你不知道吗?"

"噢……在我被制造出来以后,丽图·马哈拉尔打电话来,说她父亲在一次车祸中身亡。或许我的下一步行动是去调查事发现场。"

"我们来看看好了。"贝塔拨弄着控制器。图像泛起涟漪,随即拉远视角,显示出一片高架桥下的多石荒地。警察和救援车包围着一堆扭曲弯折的金属。"你说得对,"贝塔说,"离这儿不远,可还是……不对劲。艾伯特开过了好一段距离,到了南边五十公里的地方。"

"向南的话,除非……"

我突然懂了,是军事竞赛场,他打算去见克拉拉。

贝塔问:"你说了什么吗?"

"没。"

艾伯特的情事和我无关,再说我今天已经见过在屋子残骸里翻找的克拉拉了。所以他们肯定还没联系过。没错,确实很可疑。

在沉默中前进了一会儿以后,我向贝塔要一块方披巾。他从仪表盘旁的杂物箱里抽出一块简约型的递给我。我在狭小的空间里扭动身子,把这块全息荧光织物盖在头上,花了少许时间迅速复述了一份报告,把上次录音以后发生的事归纳了一遍,完全不在乎贝塔有没有偷听。反正他知道我和陶土帕利在离开朝夕教堂以后发生的所有事情。

"你打算把这份报告发给谁?"我取下方披巾时,他若无其事地问道。一只袖珍键盘在一旁闪着光,随时可以输入任何网址,如警察局局长的信箱,《时代报》的举报者专版,或是土卫六上的那些傀儡太空员的邮件队列——那些偶人轮流出外探索一到两天的时间,分解后由储藏室里的下一批偶人接替他们的工作。

我问过自己同样的问题。如果我将加密资料送去艾伯特的备用储存器,很难保证贝塔不会在里面加上寄生程序。

那克拉拉呢? 小帕呢?

就算那些蜡人战士没伤害我的朋友,他的情况恐怕也很不妙——要么因为失去陶土帕利的记忆而勃然大怒,要么被他们强迫吸了遗忘气体以后人事不省。无论哪种情形,小帕不知道何谓谨慎。

然后,我想到了某个合适的人选……顺带还能羞辱一下贝塔。"劳务转包协会的布兰恩督察。"我告诉那台发送器,并用一只眼睛观察同伴的反应。贝塔却只是笑了笑,把我的报告发送出去。

"包括那卷照片的副本,"他建议道,"艾琳的那些照片。"

"这会连累你……"

"被控D级别的工业间谍活动,微不足道的民事案件,但寰球的破坏未遂案可是大案子,完全有可能伤害到真人! 那些照片证明高岭……"

"我们还不知道那是不是他。他为什么要破坏自己的工厂?"

"为了保险金? 注销资本设备的借口? 想让所有的敌人背黑锅——加德里恩、沃梅克、拉姆,还有我。"

我一直在想高岭的事。研究部门有什么他想毁掉的东西? 某个他没法用正规手段要求中止的项目……所以需要它们被某种不可控的外力摧毁?

或者某种他不想与外界分享的技术?

　　我亲眼目睹了某项突破性技术——傀儡的复苏技术，它给了我额外的、充满变故的一天。假如我信守诺言，把胶卷给了埃涅阿斯，我的奖赏会是继续延长生命吗？我欣喜地发现，自己完全没受到这种前景的诱惑。这是与生俱来的习惯……只要你还是陶土身躯，就得把自己看做消耗品。

　　可为什么要隐瞒这种全新的充能技术呢？为了让人们继续大量购买空白偶人吗？

　　没那个必要。陶偶炉、冷库和复刻机才是巨额利润所在。一两代人之后，最适合陶偶制造的黏土层就可能消耗殆尽。如果寰球公布这项发明，它能得到多得多的利润……通过制造和贩售复苏机赚上几十亿。总之，就算高岭真的消灭了研究部门的每一个偶人，最多几个月之内，这项突破性进展的消息还是会泄露出去。

　　也就是说，他肯定有别的理由，一个我还没发现的理由。

　　“这卷照片能够证明我的清白——还有你的。”贝塔劝说，“我这儿有个扫描器，只要把它放进去就可以发送了。”他指着控制板上的一个插槽。

　　“不行，”我警惕起来，“现在不行。”

　　“可几秒之内布莱恩就能得到一份副本，然后……”

　　“待会儿再说。”我感到那阵诡异的头痛再次袭来，短暂却令人晕头转向，伴随着恶心的幽闭恐惧感——仿佛我根本不在这儿，而是在另外某个狭窄封闭的地方。也许是延寿带来的副作用。“快到了没？”

　　“那辆沃尔沃最后的痕迹就在这附近，”贝塔指着荒漠中一条蜿蜒的小路，“接下来就没有目击者了。下一台公路摄像机里没有它的影像。我在附近绕了很久，寻找痕迹，但艾伯特关闭了雷达收发机，真是个调皮鬼。而且，如果他是真人的话，额头上就不会有身份标签。我已经不知如何是好了。”

"除非——"

"什么?"

"——除非他出发时在后备箱里放了个备用偶人。"

"备用偶人?"贝塔陷入了沉思,"虽然还没经过烘焙,但如果我们能发送近似的编码,身份标签就会做出反应。很好,让我先读取一下你的身份标签来比对……"

贝塔摸索了一番,找出一只便携式扫描器。这很合理——如果艾伯特真的带了一个备用品,多半跟我有同样的出厂批号,编码也相似,除非他改换过频率。不过他多半懒得做这种事。

"好主意。"但我躲开了扫描器,"但麻烦别玩了。你已经读取过我的编码,我跳上来的时候就感觉到了。"

贝塔露出他的招牌式笑容,"没错。你蛮警惕的嘛,莫里斯。"

我不是莫里斯。我这样想。这番抗辩在周二还显得理直气壮,现在却只让我厌倦。

"让我们看看能不能找到那个备用偶人。"贝塔嘀咕着,回头摆弄他的仪表去了。飞空摩托在他的命令下疾冲向前。

看来当个版权剽窃者还是很有赚头的。就算贝塔的盗版帝国被敌人摧毁,他的备用财产也足够给一个紧急备份偶人配备时髦的座驾。

"成了,"几分钟后,贝塔说,"回声是从……该死!那辆车往东去了,去了那片不毛之地。为什么艾伯特会驾着一辆沃尔沃玩越野?"

我耸了耸肩,全无头绪。信号越来越强烈。这种远程定位在城市里几乎是不可能的:周围有太多身份标签。但在这里,仪表指针坚定地指着前方。

"小心,这儿是丘陵地带。"我劝道。这道低地峡谷甚至连月光也照不到。贝塔把全权交给了机器,让电脑和软件去做它们最擅长的事:以极度的精确执行简单的程序。一分钟后,在一声咆哮、一阵剧烈的颠簸,以及一阵逐渐减弱的引擎叹息声中,我们停在了狭窄的峡谷里,哈雷的前灯照射着一辆陆行轿车破破烂烂的残骸。它不像马哈拉尔的车撞得那么惨,但明显遭到了暗算。

这是怎么回事?难道说艾伯特终究还是死了?

我等着贝塔打开顶盖先行走出。他举着扫描器四下转悠了一圈,确认周围没有真人的尸体。这么说艾伯特离开了这儿,或是被带走了。很好,我可不喜欢埋葬我自己的制造者。

"所有电子仪器,无论多小,全都损坏了。是某种脉冲武器干的,"贝塔评论道,"我估计大概是在两天前。"

"而且,在此期间没人看到过这辆车。"我抬头想看看这道峡谷到底有多窄。

"这就是那个备用偶人。"撞毁汽车的后备箱呻吟着打开,露出一台小小的移动式陶偶炉和已经裂开的气胶陶衣。傀偶的躯体没有经过加热活化,所以并未融解,而是瘫软在那儿,仿佛一具受了腐蚀的陶土雕像,在沙漠的酷热中噼啪开裂。一个潜在的生命——一个潜在的艾伯特——再也没有机会站起来,去揶揄存在本身的值得讽刺之处了。

借助飞空摩托前灯的照明,我看到那个偶人的喉咙下方有个深深的窟窿。小型默读记录器。我给每个灰色偶人都配备了一个,以便实时描述调查过程。有人把它挖了出来。只有艾伯特知道它在哪里。

贝塔用手电仔细检查了乘客座的每一寸地方,"那个女人又能去哪儿呢?有什么人接走了他们吗?她会不会是想找……"

"女人?车上有过乘客?"

轻蔑取代了贝塔语气中的兴奋,"你总是慢上两拍,莫里斯。你觉得我惹上这么多麻烦,只为了找你丢失的主人?"

我飞快思考着，"马哈拉尔的女儿。她雇了艾伯特去调查她父亲那起事故……艾伯特一定是和她一起去调查事故地点。要不然就是……"

"说下去。"

"要不然就是马哈拉尔死前所在的某个地方，某个丽图知道的地方。"

贝塔点点头，"我不明白的是，莫里斯为什么亲自前去，而且还乔装打扮。他那时知道自己的房子已经成为目标了吗?"

根据艾伯特制造我时的感受，我大致能推导出一个结论：孤独，疲累，思念着克拉拉，而她所属的部队就在离这里不远处作战。

"你对那场暗杀怎么看?"我换了个话题问他。

"我? 啊，没什么。"

你知道些什么! 我真想这么说。你也许不了解整件事情，但你有怀疑的方向。

是时候谨慎地试探一下了。"星期二那天，在帮助布兰恩袭击你在泰勒大厦的据点以后，我在小巷的垃圾通道边看到了一只正在分解的黄色偶人。他像你一样言之凿凿，声称那个大敌接管了一切。然后他脱口说出希望我去比撒列那儿……保护一个叫做艾梅特的人……或者艾米特。你能解释一下他的话吗?"

"如果他真的求你帮忙，莫里斯，那个黄色偶人肯定绝望得很厉害。"

啊，这才是我所熟悉的、傲慢无礼的贝塔。但我只是想拖延时间好确认一下情况，免得出什么乱子。

"我当时没精力多想，可这些字眼听起来很熟悉。然后我想起来了，这些是最初的傀儡传说：16世纪的时候，布拉格的罗维拉比用陶土创造出了一个强大的生物，以保护该城的犹太人免受迫害。

"艾梅特是个神圣的词汇，要同时写在那生物的额头和它的嘴里。在希伯来语里，它的意思是'真理'，但它也能指代源头或是源泉——一切事物的唯一起源。

"我也上过学，你知道，"贝塔忍住呵欠，"比撒列是另一个制造出傀儡的祭司。那又如何？"

"那么，告诉我为什么你会如此热切地追寻尤希尔·马哈拉尔的女儿。"

他眨了眨眼睛，"我自有理由。"

"毫无疑问。起初我认为你是想抓住她，用作你盗版偶人生意的模板。但她并不是沃梅克那种万人迷，没有固定的客户群。丽图很漂亮，但她身体的特点对偶人技术来说算不了什么。真正使得某个人有别于他人的，是性格，独一无二的驻波。"我摇摇头，"不，你追踪丽图是为了寻找源头——她的父亲，为了弄清究竟是什么秘密吓得尤希尔·马哈拉尔潜心研习欺骗的技艺。它是如此可怖，致使他在星期一深夜出逃，穿越荒漠，可追赶着他的那个东西最后还是杀死了他。"

回应我的是沉默，我追问道："你卷入的到底是什么游戏？你是怎么在马哈拉尔和埃涅阿斯·高岭之间——"

贝塔的傀儡抬起头，大笑起来，"你只是在试探我。你半点线索都没有。"

"噢？那么请你解释一下吧，莫里亚蒂大师！告诉我又能有什么损失？"

他盯了我好一会儿。

"我们来做个交易。你发送那些照片，我就给你讲个故事。"

"艾琳的照片？从彩虹之家拿来的那些？"

"你知道我说的是什么照片。把它们交给布兰恩督察。根据你刚才发送的报告，他会知道你是怎么弄到它的。交给他，让他验证。然后我们再谈。"

轮到我犹豫了。他把我从屋顶上救了下来，目的是帮他追踪艾伯特本人的踪迹……还有丽图·马哈拉尔……以及她父亲的秘密藏身处。

现在，除了发送那些照片以外，我对他已经没用了。

"你希望由我发送这些照片……是为了取得信任？"

"你确实值得信任，莫里斯，而且程度超出你的想象。尽管你被人笨手笨脚地陷害了一番，但高层人士里没有一个觉得你可能是破坏者。你在彩虹之家找到的那些照片能够确证你的清白——"

"还有你的！"

"那又怎样？照片能指证高岭。但如果是我来发送，好吧，谁会相信一个恶名昭彰的偶人绑匪呢？他们会说这些是仿制的。"

这就解释了贝塔为何不直接从我手里夺走胶卷。但他的耐心正在减少，"我了解你，莫里斯。你以为留着它能让我有所顾忌。别把它太当回事，这事对我来说不是最重要的。"

我无可奈何，"这么说，为了让他们相信高岭破坏了自己工厂，我得借出我的名誉，你却只会告诉我几条琐碎无用，而且会随着我这具身体的分解而消失的信息。这可算不上什么公平交易。"

"能有得听就不错了，至少你臭名昭著的好奇心会得到满足。"

有一个对你了如指掌的对手，这可真是件麻烦事儿。

他一直紧盯着我，他年轻强壮的手臂轻易就能够着我。

"不用你发送什么消息。"贝塔站在那辆哈雷打开的座舱边，揭开那个读取-扫描器的插槽，好让我把那卷胶片放进去，一面提醒我，"只要传送，验证，就这么简单。"

他输入了布兰恩在转包协会总部的收件箱。旁边的屏幕上显示：验证寄件人ID。然后一个数字闪动起来：6。

我快到几乎不假思索地按下回答：4。

屏幕回复了8……而我按下了3。

就这样飞快地来回了二十多次，感觉就像随机数一样。当然了，它并不是随机数，而是一种难以破解或是伪造的加密措施，是根据艾伯特本人的灵魂驻波设计的，是一种可以多次使用的密码。每一组交换的数字各不相同，而且独一无二，又和发送者的性格有着高度联系——

——也许就算我是个瑕疵品也没关系！更别提我过分紧张的精神状态了：心惊肉跳，而且疑神疑鬼。屏幕上闪出"通过"字样，让我大吃一惊的是，居然一点儿也不比平时更慢。贝塔的螺纹偶人咕哝着表示满意。

"很好，现在离驾驶舱远点儿。"

我看到了那把小小的枪。他的一根手指转了下来，掉转过来，变成小小的枪口，瞄准了我，示意我退后。"我很愿意像刚才保证的那样，待在这儿聊聊，"只剩九根指头的傀儡说，"但我已经在你身上浪费了太多时间了。"

"你有什么特定的目的地吗？"

他继续用他的小枪指着我，爬上那辆飞空摩托，"我发现了两行足迹，都通向南方。我想我应该知道他们去了哪儿。你只会拖慢我的脚步。"

"这么说你不打算解释一下马哈拉尔和高岭的事情？"

"要是再跟你多说一点儿，我就得向你开枪了。也许会有人路过这里，援救你，但只要我开枪，你连这点渺茫的机会也没有。照目前看来，你还是和往常一样毫无头绪，所以，我会让你在安宁中消融分解。"

"你真太好了。我欠你一个大人情。"

贝塔的笑容表示他听懂了我的讽刺，"虽然没什么意义，但我还是要告诉你，想杀你本体的人不是我，莫里斯，我猜也不是高岭。事实上，我很希望你的真人能在即将发生的事件中活下来。"

即将发生的事件。之所以吐露这一点，目的只是打击我，让我灰心丧气。但我保持着沉默，不打算让他称心如意。现在只有行动才有说服力。

"再见了，莫里斯。"偶人贝塔说着，关闭了玻璃罩，启动引擎，抬起车头准备升空。我后退几步，竭力思考。

我的选择是什么？

比较谨慎的选择是等下去，点燃沃尔沃油箱里的汽油，希望能在我消融以前引起他人的注意。

但这样做，我会失去他的踪迹，失去我活下去的理由。

飞空摩托在狭小的山谷里掀起一阵尘土的巨浪。偶人贝塔对我得意扬扬地摆摆手，然后扭过他的螺纹脑袋，埋首于起飞的操作中。

我等的就是这个。在那个瞬间，哈雷车掉过头去，开始放出高热蒸汽，准备爬升，而我跑向前方，跳了起来。

当然了，很痛。我早知道会很痛。

46 | 精神振作①
……真人艾伯特开始脚踏实地……

我的选择并不多,只能返回储藏室,回到那个黑糊糊的洞口——刚才那支小小的陶土军队正是闯进那个洞口,冲进了一条死亡隧道。

丽图还在我的臂弯里颤抖。我的宿敌违背她的意愿,强迫她躺上复刻机——但侵犯事件已经过去,她正逐渐恢复冷静。我想向丽图询问,弄清楚为什么贝塔(如果它真的是那个恶名昭彰的偶人绑匪的复制体的话)会在这个理应是秘密军事基地的地下避难所抓住她。

还没等我开口,附近成排的快速烘焙陶偶炉中响起一连串尖厉的声响,更多的战斗偶人出现了。它们的身体泛着红光,那是刚刚激活了酶催化剂的关系。这些特制型号的陶偶花的是纳税人的钱,原本用来复刻像克拉拉那样的士兵的灵魂,现在却被某个臭名昭著的罪犯出于某种我想不明白的原因挟持了。

如果只有一两个,我还可以解决。就算是战斗傀儡,刚从活化

---

①原文为 All Fired Up,另一个意思是"全部开始加热",指下文的陶偶烘焙。

456

烤箱里滑出的那一刻也是毫无抵抗能力的。但只需看一眼那些高大的烘焙机器，就知道他们的数量实在太多了。足足十多个偶人已经开始用颤抖的双腿站起身来。粗如树干的双腿……足以砸碎小轿车的双臂……用不了多久，他们的目光就会集中在我和丽图身上。我可不想留在这儿，弄清他们的意图何在。

更多铃音响起，来自更远处的高大陶偶炉，宣布着又一批陶偶的诞生。铃音四起，融汇为一片悠扬起伏的命运呼唤之声。铃声中似乎夹杂着一个微弱、促狭的声音：别问陶偶炉为谁而鸣。[①]

该离开了。

"我们走吧。"我催促丽图。她点点头，和我一样迫切地想要离开。

我们只能逃向唯一可能的方向，回到储藏室。不到半小时前，那个高大、沉默而神秘的傀儡就是在那儿抓住了我，救了我一命——尽管当时我还不知道他的动机。动身之前，我看了一眼救命恩人正在融化的躯体，想知道他究竟是谁，怎么知道我在那个时刻需要帮助。

然后，我们从那些阴沉可怖、为了作战特制和加强的身躯旁走过。赤陶身躯转身怒视着我们，笨拙地伸出手，但不够均匀的缩氨酸活化减缓了他们的行动。谢天谢地。我带着丽图逃离他们的行伍，退往那个摆满架子的走廊，一路寻找着某件足够厉害的武器，以扭转我们之间数量的差距。哪怕只能找到部电话能联络上基地保安人员，我都知足了！

但我没看到什么有用的东西，只有大堆大堆的冷冻脱水食品——它们储藏在这里，好在世界末日到来的那一天喂饱某个政府精英。这些家伙，拿着纳税人的钱，所做的唯一工作就是躲过各种

---

①这里改写了海明威的小说《丧钟为谁而鸣》中的经典台词"别问丧钟为谁而鸣"。

各样的世界末日。

这里看起来也不是什么合适的藏身之所。一个排的假人士兵尾随我们进了储藏室,一路上嘟嘟囔囔,队形混乱。快速复刻,我得出了结论。贝塔不需要质量,只要速度和庞大的数目。

疑问纠缠着我,呐喊着说,这一切都不合理。那个救了我的傀儡,贝塔的突然出现,他在这里以难以解释的理由创造出两群战斗偶人,对丽图的绑架和强行复刻——这一切肯定意味着什么!

但时间不容许我一一整理,只够进行一系列迅速的决定,比如从哪儿逃走。而现实是残酷的:我们只有一个选择。

丽图对那条通道的入口很是畏惧。"它通向哪儿?"她问道。

"我想它会穿过乌拉卡山的底部,通往你父亲的小屋。"

她睁大眼睛,站定了脚步,拒绝挪动。我的视线越过她的肩头,看向后面那些缓缓逼近的假人士兵。他们仍在五十米开外,但越来越近了。

"丽图——"焦虑不断增长,但我还是强忍着不去拉她的手臂。她今天遭受的暴力已经超出了任何人能够承受的极限。

最后,她的双眼恢复了神采,注视着我。她咬紧牙关,点了点头。

"好吧,艾伯特。我准备好了。"

丽图握住我伸出的手,我们一同闯进那条冰冷坚硬的隧道。

47 | 陶土本能

就像一个巨大的罐子,而且还在不断膨胀——这个灵魂的容量太惊人了。

它简直深不见底,足以吸收一束、一群、一整个广场的驻波,聚集成一段重叠频率的共鸣合唱,不断结合,向顶点进发。

我们不再只有两个:从高岭庄园绑架的艾伯特·莫里斯的灰色偶人,加上在记忆实验中看过马哈拉尔私人博物馆的、用复制品复制的小红偶人。灰白和红色联结在一起,在那个疯狂科学家恐怖而惊人的"通神机"里充当两面镜子。现在有了更多,更多更多。

也不再局限于一颗头颅,或是两颗——我们/我向彼此之间的空旷地带扩张着,用无法抗拒、复杂难明的旋律——那首不断增长的"我"之歌——填满这了无生气的虚空。

向顶点迈进之歌。

噢,没错,正如尤希尔那个疯狂幽灵的预言,某种增幅正在出现。灵魂旋律的增殖达到了我从未想象过的程度。也许这意味着某个极端利己主义者将要迈向崇高的涅槃境界——通过在完美和声中回荡共鸣的无数虚拟复制体得来的自我,正结合在一起,准备突破重重阻力,以达到全新层次的灵魂具象化。

我总是把这种概念看做形而上学的胡说八道,认为它只是古老的浪漫超验主义幻想的又一个版本,类似于UFO幻觉,还有"奇异"的海市蜃楼。它们只适合那些总是渴望超脱凡俗尘世的人,那种人会把这些体验当成前往世界彼端之国的大门。

但现在看来,本时代的创始者之一,传奇般的马哈拉尔教授找到了一个方法……然而,这方法中蕴涵的某些东西却令他在恐惧中发了疯。

这就是偶人尤希尔需要艾伯特·莫里斯的灵魂的原因吗?为了把它当做原材料?因为傀儡技术完全不会令我恐惧?因为自我复制对艾伯特来说很自然,就像从衣橱里拿出舒服的衣服穿上那样。该死,我甚至已经不太在乎这台残忍的机器给我带来的痛苦了——它只是在标准的四头探针的基础上做了些巧妙的修改而已。这台创造机器很快就会催生出我的驻波的无数个重叠副本,然后集合成完美的谐和体,就像激光里的光线,像玻色子那样汇集起来,而不像独立好斗的费密子……

管他意味着什么。我能感觉到,整个过程已经开始了。实际上,我还感受到一股强烈的诱惑,它要我停止思考,随波逐流……沉浸在这份单纯之中……沉浸在绚烂的自我之中。记忆和理由仿佛都变成了障碍,会玷污驻波,干扰它不断增殖,填充那个持续膨胀的容器的过程。

而我就是容器……

幸运的是,在那些机器驱动的强劲能量根据既定程序击打和拉抻着我/我们的间歇,我们得以喘息,与现实相关的想法也留存下来……甚至清晰到了怪异的程度。举例来说,此时我能察觉到偶人尤希尔在我身边忙碌,能用听觉和视觉以外的方式感受着他的存在,他强烈的欲望,还有因毕生目标即将实现而不断增长的兴奋和自信。

最重要的是,我感觉到了偶人尤希尔强大的集中力,这项天赋往往与自大和疯狂相伴……石墙不断被远处的爆炸震动——傀儡士兵正在披荆斩棘,更加接近这座深藏的巢穴——可他却对洞穴天花板上落下的尘灰之雨不管不顾。

他们离得还是很远,我没法仔细解译他们的灵魂和声。他们会是我吗?想象一下,艾伯特本人率领着一支他自己组成的大军……也或许是一整群小帕那棒极了也坏透了的特制陶偶……正在通道里杀出一条血路,赶来救援——这一幕确实引人入胜。

但这不可能。我已经死了,尤希尔的偶人说他杀死了我。真正的、有机体的艾伯特·莫里斯已经死了,所以他没法用"锚"将我的量子灵魂观察者状态限制在物质世界里——天晓得这话是什么意思。

马哈拉尔的幽灵还在忙碌地准备着,微调那个在我的红色和灰色偶人的头颅——也就是镜子——之间缓慢地来来回回的巨大钟摆,每次经过都会带起一阵灵魂涟漪。涟漪拨弄琴弦,发出最为低沉的声音,如同摩西在西奈山上听到的声音[1]……

我不知道用术语该怎么说,但很容易想象尤希尔踏上那座摇摆的高台时会发生什么。那些涟漪会接管。他打算把我提纯增幅后的存在用做载波,以此升华他自己的灵魂精髓。我将被消耗,像一次性火箭那样被挥霍、耗尽、抛弃,只为了将那个珍贵的探测器扔进宇宙的黑暗深渊。只不过我将携带的货物是马哈拉尔的灵魂图谱……而发射的目的地则是某种类似神性的存在。

从某种乖张的角度看,一切都说得通。只有一件事令人迷惑。

现在的我不是应该已经丧失了本体感吗?偶人尤希尔曾预言

---

①《圣经》典故,摩西听从上帝召唤前往西奈山,听到了上帝授予的十条诫命,即"摩西十诫"。

我的自我意识将被增幅的纯粹狂喜所压倒,从而去除所有艾伯特·莫里斯个人的困惑和欲望,只留下艾伯特在复制方面的才华,再加以提纯、扩张和取幂,成为最为纯粹的助推火箭。

这真的会发生吗?自我意识削减?这……感觉并非如此。是的,我能感觉到那台通神机正试图达成这一点。但我的立足点依然稳固,艾伯特的记忆还完好无损!

此外,我/我们一直听到的那些回音又是怎么回事?像是从外部传来的、音乐般的共鸣回声?尤希尔完全没提到这件事……而我也不打算提起。

首先是因为,他把我当做了一段密码,一头负重的畜生,在复制方面富有才华,却不值得尊重。

但还有另外一个原因。

我……我们……开始……享受这一切了。

48 | 陶土死敌①

……星期二的瑕疵品再次接受烘烤……

据说陶偶技术传到日本的时候，引发的动乱比西方小得多。日本人似乎早就预料到了。他们毫无困难地接受了复制灵魂的概念，就像美国接受互联网，将其视为民族"言论自由"的重要载体一样。根据日本的传说，只要你在无生命的东西上加上一双眼睛，它就会活过来，无论它是小船、房屋还是机器人，甚至是在电视广告里贩售糕点的那个蓬松松的面包超人。

要将灵魂赋予某样东西，眼睛是最重要的一环。

我紧贴着贝塔的飞空摩托底部，一面想着这些，一面遮住自己的脸，以免受到不断在烈火与寒冰之间变换的可怕狂风的侵袭。保护好眼睛，我告诉自己，同时死命地抓住纤细的握柄，双脚紧紧抵住摩托的降落橇。保护眼睛和大脑。而且永远不要后悔选择了这种死法。

水平飞行期间，我最主要的问题是寒风，它吞噬着每一个暴露在外的触媒细胞的温度。但和这辆哈雷转弯或是旋转时给我带来

---

①原文为 Mortar Enemies，与死敌（Mortal Enemies）的词形与发音相近。

的痛苦相比,它又成了小菜一碟。那些推力喷管会毫无预警地转动,让一束束平行的火焰擦过我的身体。我能做的只是摇动我的头,望向狭窄机身的另一侧,努力蠕动身子避开,一再提醒自己,为什么要选择置身于这种境地……在刚才,它似乎是个相当不错的主意。

另一个选择:待在失事的沃尔沃旁边,发出某种求援信号,然后傻呆呆地等待救援。如果我是真人,没有逐渐逼近、随时可能到来的大限,那么做也许还有意义。但我的逻辑是偶人的逻辑。当贝塔起飞时,我只感到了某种比我仅剩的生命更加重要的义务。

不能失去线索。

我现在明白了,贝塔是我弄清这一周来一系列怪诞事件的关键——从我溜进泰勒大厦的地下室,发现他的剽窃复制设备,以及他从沃梅克那里偷来的模板开始。但那个据点早就被他的某个敌人接管了,那个敌人也许就是埃涅阿斯·高岭。至少贝塔是这么说的。埃涅阿斯则讲述了一个完全不同的故事,把自己说成某些变态阴谋家的受害者。然后是尤希尔·马哈拉尔在周二早上诉说的那些黑暗、偏执的想法,那个时候,他的本体已经死去。

谁说的才是真相? 我能够确定的就是,这三个才能超卓却罔顾道德的人——他们都比可怜的艾伯特·莫里斯聪明多了——正进行着某种不择手段而且不为人知的三方争斗。而最令我惊讶的却是,整件事都不为人知。

现如今,你需要权力、金钱和真正的机智,才能让某件事避开公众的瞩目——他们如炬的目光本该驱逐所有20世纪的黑暗糟粕,比如勾结恶势力的大人物,疯狂的科学家,以及才华横溢的犯罪大师。但这三个真人互相争斗的同时却沆瀣一气,不让媒体、政府和公众得知他们的冲突。难怪倒霉的艾伯特不是对手!

也因此,除了不计代价跟踪他们之外,我别无选择。贝塔的飞空摩托和下面的沙漠保持着四十来米的高度,飞快地在夜空中穿行。这个过程让我明白了一件事:必须付出的代价之一就是我的这具躯体。那些火炬般的喷射口每次调整航线时都会转动,对我的身体烘烤一番,特别是这具身体最突出的那部分:我可怜的陶土屁股。我能感觉到胶状和仿制的有机成分在高热下发出嘶嘶和砰砰声,有时声音甚至大得能盖过狂风的喧闹,它们渐渐地由柔软的有生陶土变成坚硬的陶瓷餐具。

我补充一下,虽然身为一个廉价实用型绿皮偶人,但我还是痛得要命!我努力想象我们的目的地,以此分散注意力。大概就是在前往那个目的地的路上,艾伯特本人和丽图·马哈拉尔乘坐的沃尔沃遭到了伏击。某个神秘的荒漠隐匿处,应该就是她父亲从寰球陶土集团失踪数周时的藏身之处吧?贝塔显然知道该去哪儿——这让我很好奇。

他想追踪丽图。但如果不是为了找到尤希尔的隐藏地点,又是为了什么?她对贝塔还会有什么别的用处吗?

我努力集中精神,但在你的屁股每隔一两分钟就会被高热火焰烧灼一番时,这种努力的难度相当大。我发现自己一再想起可怜的陶土小帕,我的貂形小伙伴。没等小帕接收我们共度的漫长一天的记忆,陶土小帕就粉碎了。那是我唯一能被人记住的机会,我忧郁地想。照这种速度来看,贝塔着陆的时候,我准会变成一堆雕像的碎片。

为了安慰自己,我试着想象克拉拉的面孔——但这只是平添痛苦。她本该参加的战事肯定已接近白热化了,我心想,随后又估算起杰西·赫尔姆斯军事竞赛场和我之间的距离。贝塔肯定不会往那边去。但这种巧合仍然让我觉得很好奇……艾伯特的房子被毁时,克拉拉擅离职守,但愿她不会因此惹上太多麻烦。军方也许会理解的,毕竟我们指定了彼此作为遗属抚恤金的发放对象。

如果艾伯特真的还活着,他们还有机会幸福地团聚……

就在哈雷飞速地穿过星星也无法照亮的黑夜之际,发生了另一件事。我的灵魂驻波一直不太安定,颤动得异常剧烈,或上下或内外地颤动,有时甚至是以无可名状的奇怪方向——上个世代的列沃和其他科学家在探索最新的未知领域或者说"最终疆域"的时候,才刚刚开始描绘独一无二的灵魂维度的蓝图。起初,这种骚动短暂得无法觉察。但随着这场可怕旅程的进行,这种周期性的震颤逐渐加强。巅峰时的自负和低谷时的自我否定不断交替,让我时而眼高于天,时而自惭形秽。它的影响依旧短暂,但却清晰到令人生畏的地步。当它消退之后,我很想知道——

接下来又会是什么?像禅学那样超脱物外?

感觉和宇宙结合为一?

还是说,我会听到上帝威严的声音?

每一种文化都拥有威廉·詹姆斯所说的"宗教体验的变种"。当某人的灵魂驻波拨动某根特定琴弦的时候就会出现这种情况。琴弦通常位于颅顶纽带——也就是布洛卡区①,或是右颞叶②。当然,在陶土身躯里也可以得到相似的感受——灵魂仍然是灵魂——只是这种感觉永远无法像真实肉体那样令人信服。

还是说如果陶偶的生命延长了整整一天就会不同了?这会不会就是埃涅阿斯·高岭破坏自己研究部门的原因,因为延长偶人生命的新技术有副作用?也许它会导致傀儡的皈依,最终在数十亿人造人类之间点燃信仰复兴的火花?也许偶人们不用再每晚回家上传记忆,下一步就是放弃他们的本体,踏上他们自己的救赎之路?

多么怪诞的想法!也许,这是我数次探访那些友好又不切实

---

① 大脑区域之一,主管语言信息的处理和话语的产生。
② 大脑的一部分,负责处理听觉信息,也与记忆和情感有关。

际的朝夕教徒的后果；也许它是这种被活生生灼烤着半边身体的痛苦引起的！

可我还是无法摆脱那种不断增长的印象：有什么东西在这场跨越天空的痛苦旅程中陪伴着我，跟随在我身边或是体内，在我烫得要命的下半身和被寒风吹得僵硬的面孔之间。不时有隐约的回声传来，似乎在敦促我挺住……

狂风的势头减弱了一些，让我得以看到高原和峡谷崎岖不平的地面，还有月影下的险峻地势。哈雷车逐渐下降，苍白的灯光让破碎的地貌带上了某种不对称的美感。一座座山谷面对着我，仿佛大张的嘴巴，渴望将我囫囵吞下。

喷口咆哮着，转向垂直方向，将我包裹在悸动的火焰之中。我被迫松开一只手，用手臂遮住双眼。我只剩两脚一手抵住起落橇，承受着我的全部重量，而我的手指和脚趾都在逐渐被烤熟、硬化，变成易碎的陶瓷。

至于噪声，早就可以忍受了——我猜是因为我再也听不到任何声音了。撑住，内心的声音告诉我。也许那是艾伯特·莫里斯身体里那些从不懂得放弃的顽固部分，为此我要赞美老艾伯特一番，那个顽固的混蛋。

再坚持一会儿——

颤动的余波让我抖得像个泥娃娃。某个部位突然噼啪一声！我倔强的手终于松脱，而我落了下去……

（到了重返大地的时刻了？）

……好在坠落的距离比我想象的短很多，大约半米左右吧。烤焦的屁股撞上多岩的沙漠表面时，我几乎感受不到任何冲击。

引擎噼啪一声熄火，灼热和噪声渐渐消失，我模糊地意识到——我们着陆了。

尝试了好几次，我才成功挪动了一条手臂，受损的感官也渐渐恢复了些许功能。一开始，我能看见的只有着陆时掀起的尘灰之云，然后才是某根起落橇的模糊轮廓。我费了很大的力气转过头。我的脖子仿佛包覆了一层抗拒任何动作的硬皮，我费了九牛二虎之力，它才逐渐开裂，做出让步。

啊，他在那儿……

我看到一双腿离开了飞空摩托。毫无疑问，是那个全身覆盖着螺纹图案的偶人。贝塔踏上一条泥土小路，大摇大摆地朝上坡走去。

我走路的样子也曾是如此。就在昨天，我还年轻的时候。

现在，遭受了炙烤和磨损，又接近大限的我，只能庆幸自己还能用一条半胳膊爬行，同时为那辆飞空摩托有充足的离地间隙而心存感激。

离开滚烫的机身以后，我奋力想要起身，然后评估自己的损伤。

换句话说，我试图坐起。几块仿真肌肉起了反应，却没办法正常弯曲。我伸出那只完好的手，轻轻拍打我光滑的背脊和臀部。丁当有声。

好吧，好吧。跃过灼热的喷射口，抓住正要离开的飞空摩托，这本来就是种堂吉诃德式的送死行为。但我做到了！我还在场上。差不多吧。

贝塔已经出了我的视线，消失在各式各样的黑色阴影中。但现在我至少能大概判断出他的目的地——一个低矮、四四方方、依偎在沙漠台地一侧的轮廓。在星光下，它看上去只是一座单层中型建筑——也许是座度假小屋，或是被人抛弃已久的棚屋。

我靠着慢慢冷却下来的哈雷车休息了一会儿，感到那种周期性的骚动再次袭来。只不过这次，它没有鼓吹锲而不舍……它在询问……仿佛在无声地追问着我为什么来到此地。

你问倒我了，我回应着那种模糊的感觉。等我弄清楚以后，你会是第一个知道的人。

49 | 看门恶偶^①

······真人艾伯特进退两难······

我和丽图陷入了困境：被两队朝同一方向行进的战斗偶人夹在了中间。前方是第一支武装分遣队，正一路攻克顽固的防卫力量，艰难前进；而第二队偶人士兵援军紧跟在后，准备等前方部队兵力耗尽时投入战斗。在这骇人而潮湿的隧道里，丽图和我夹在稳步行进的两队偶人之间，只好万事小心。凭着仅有的那几个装在光秃石墙上、黯淡无光的灯泡，我们才免于在黑暗中磕磕绊绊地前进。

"好吧，至少还有一件事令人满意。"我自嘲地说着，尽力让我的同伴打起精神，"我们离目的地近了。"

丽图似乎并不觉得好笑，也没有为我们终于接近周二晚上的目的地而兴奋。那天晚上，我们的目的地是她在儿时经常和父亲前往度假，一住就是几周的山间小屋。这趟旅途花去的时间比我们预期的要长不少，路途的曲折和带来的创伤都超出了我们的预料。

---

①原文为 Ditbull at the Gate，与看门恶犬（Pitbull at the Gate）相近。pitbull 是种血统古老的斗犬。

我不断寻找某处小洞或是裂隙，只要能不被追兵驱赶到前方激烈的战场上就行。前面不断传来爆炸和叮叮当当的跳弹声，那是第一队战斗傀偶正在对抗顽强的敌人。尤希尔·马哈拉尔的这条秘密通道建得曲折蜿蜒，可尽管如此，我们仍旧完全找不到躲避和隐藏的安全场所。

我愿意用任何东西换一台再普通不过的电话！我不断尝试用我的植入元件呼叫基地保安部，但视线中看不到任何公共线路，而我颅骨里的微型收发机又无法穿透岩石。在横贯乌拉卡山的隧道里走了这么久，我们恐怕已经在军事区之外了。

你活该，我想。你几百年前就该打电话求助了。但你没有，你非要做个独来独往的侦探。自作聪明的家伙。

丽图似乎不大想给我提出其他建议，但我还是努力维持着交谈，在匆忙赶路的同时压低声音跟她说话。

"我最不明白的是，贝塔没有陈那样的人的帮助，他是怎么潜入这个戒严区域的？又怎么知道我们在这儿？"

丽图似乎很惊恐。遭受了那样残忍的对待以后，她一直介于倦怠和流泪之间。这让我在开口前迟疑了片刻："你知道贝塔想对你做什么吗？"

我能看出她眼中的矛盾——想坦白的心愿与"决不能说出口"的习惯性恐惧正在交锋。最后开口的时候，她的声音迟疑不决，还夹杂了些许恼怒。

"贝塔想对我做什么？你想问的就是这个吗，艾伯特？说到底，你觉得雄性生物还能对雌性做些什么？"

她的问题让我惊愕。答案在一个世纪以前也许再明显不过，但性已经不像我们的爷爷辈那时那么重要了。怎么会呢？和任何从石器时代就继承下来的传统欲望一样——比如对盐或者高脂肪快餐的渴望，在如今这个时代，性冲动的问题实在太容易解决了。

那么,如果不是性交,她又是什么意思?"丽图,我们没时间猜谜了。"

即使在黑暗里,我也能看出那道精心建造的护墙坍塌的样子。她的嘴角在动——介于颤抖和讽刺的笑容之间。丽图想吐露真相,又必须以她自己的方法表达,以维持最低限度的自尊。

"艾伯特,你知道蝶蛹里会发生什么吗?"

"蝶……你是说茧? 毛毛虫会在里面——"

"——变成蝴蝶。人们把它想象成一种简单的变化:比如说,毛毛虫的腿会变成蝴蝶的腿。看起来很合逻辑,不是吗? 毛毛虫的头和脑也和蝴蝶大致相同吧? 他们说它延续了记忆和存在。蜕变被看作改变外部特征的表面变化,而内里的实体——"

"丽图,这和贝塔做的事情有什么关系吗?"我真的看不出任何关联。那个恶名昭彰的偶人绑架犯的营利途径是提供那些最受欢迎者的廉价复制体——当然是侵权的——比如金妮·沃梅克那样的名人。但谁会为购买寰球陶土集团的一位高层人士的非法复制人付钱呢? 莫非贝塔从中看出了什么商机?

丽图没有理会我的话。

"人们以为那条毛毛虫变成了一只蝴蝶,不是那样的! 在编织了蝶蛹包裹自己以后,毛毛虫就融解了! 整个生物会融化成富含营养的液体,只为滋养一个小小的胚胎,令它逐渐长成另一种生物,一种完全不同的生物!"

我紧张地回过头,通过脚步声估测着追兵的距离,"丽图,我不明白你想——"

"毛毛虫和蝴蝶共享了同样的染色体,艾伯特。但它们的基因是各自独立的。它们需要着彼此,就像男人需要女人……为了繁殖。除此之外——"

丽图停下了脚步,因为我突然不动了,我的双脚无法前行,眼睛一眨不眨地瞪着她。她这番揭示就像一颗炸弹，终于在我的脑海里爆裂开来。

不，别误会。在平时，我是能冷静对待新生概念的。但此时此刻，她的话语和其中的含意令我惊恐不已，让我想不顾一切地把它们抛到脑后。

"丽图，你……该不会是说……"

"……它们是成对的生物。毛毛虫和蝴蝶彼此需要，但不是出于共同的欲望或者价值观，更不是爱。"

我已经听得到第二队战斗傀儡从后方迫近的声音了。有了丽图的暗示，我已经隐隐约约地知道了他们是什么来头，所以这声音显得更加骇人。可在问出另一个问题之前，我还是没法挪动步子。我看着丽图的双眼。在昏暗的灯光中，一切都灰蒙蒙的。

"那么，你是哪一个？"我问。

她笑了，苦涩的声音在通道的墙壁间回荡。

"噢，我是蝴蝶，艾伯特！你看不出来吗？我就是在阳光下拍动双翼，无忧无虑，天真无邪地繁殖的那个。

"但那是过去的事了。直到上个月我开始察觉真相为止。"

我的嘴巴发干，但还是接着问道："贝塔？"

她短暂、嘶哑的笑声中透着紧张。丽图扬头示意行军的脚步声传来的方向。

"他？噢，贝塔工作得很努力，这一点我承认。在我们这一对儿中，他是那个充满欲望的。还有野心，还有贪婪的胃口。

"还有，"她补充道，"他有记忆。"

50 | 穿过幻影，悄然无声

......镜子里的通神机......

我应该觉得荣幸，这真是天才级别的玩意儿。

它存在于增幅后的驻波之中，而我现在是它的一部分，填充着那个远比普通偶人的躯体大许多的空间。它脉动着和悸动着的能量强大到我从未想象过的地步。

尤希尔·马哈拉尔肯定知道自己已经站在了这个既美好又可怖的划时代突破的边缘。那种可怖影响了他。纯粹的恐惧、改变世界的强大诱惑力，二者的冲突打破了脆弱的均衡，让他陷入疯狂。

这种疯狂在他的幽灵身上表露无遗，那台拉抻灵魂的机器更让这种疯狂变得肆无忌惮，所以他才会毫无顾忌地迫使我/我们充当载波，成为经过精细调节的媒介，好将尤希尔的灵魂运送到奥林匹斯圣山......

......远处枪声的回响不时从附近的某处地下通道传来，每时每刻都在逼近。

"你知道的，莫里斯，人们能对各种奇迹习以为常。因为喷气机和汽车,20世纪的人类习惯了快节奏的生活。我们的祖父母可以通过互联网弄到任何读物。而我们习惯了平行的生活,习惯了能在同时身处数地的便利。整整两代科学家为傀儡科技殚精竭虑,做了无数微不足道的改进,却永远没法超越埃涅阿斯·高岭那种功能极其有限的陶土玩偶。

"太平庸了! 人们收到了一份出色的礼物,却缺乏意愿和眼光去看清它的全貌!"

啊,没错,蔑视大众,这是自大狂综合征的有趣特征之一。最好别搭理他。他认为我的大部分已经被通神机发出的那股经过增幅的庞大波形包含进去了——他打算用这个经过放大的精神场来利用艾伯特·莫里斯在复制方面的天赋,同时删除令艾伯特与众不同的自我意识。

他的计划有些地方出了差错。肯定没错,因为我还在这儿。我被包裹,切片,然后通过镜子复制出上万份……事实上,我的自我似乎比任何时候都多! 我被电流搔动着,驱赶着。在十多种维度中震颤,又被我从未注意过的无数种物体影响着,就像数量极多的云母结晶片,闪闪烁烁,漂浮在岩石的海洋之中。

它的确是海,许多个纪元之前,岩浆曾在此流淌。山脉也是一种波。我感觉到它们仍在流动,尽管因为冷却和凝结减缓了速度,但每一座山脉都不是静止的。

我甚至开始将我的感官延伸到这座山峰彼端,朝着远方如同鬼火的闪烁光点伸展出去,似乎只需再拉近些许距离就能将它看清。它的样子就像纤细的烟……又仿佛会在我的触碰下颤抖的萤火虫……

我词穷了。我感受到的是其他人吗? 这座地下实验室之外的其他灵魂?

这种感觉艰涩而恐怖。

个体存在的苍凉孤寂。

对他人发自内心的疏离感。

以及宇宙本身。

"只有真人的时代多有趣啊，"尤希尔说着，继续修改仪器的设置，让它的同步性更趋完美，"想象一下没有偶人时的娱乐产业吧。人们想在自己希望的时间看到自己希望看到的东西。这种需求让模拟录像带应运而生，比更适合承担这项工作的数码科技早了三十年。这种荒谬、笨拙的解决手段使用的是磁头和充满噪音的旋转部件，但录像机依然售出了上百万台，人们因此能够复制和播放他们想要的任何东西。

"听起来就像我们当代的陶偶制造技术，对吧，莫里斯？一种粗陋、华而不实的产业，每天都会将数十亿台简陋的傀儡模拟装置运送到全世界。多么简陋！可人们还会买，而且心甘情愿，因为这样一来，他们就能在自己希望的时间出现在自己希望的地点。

"一个难以置信的、浮华的工业时代，无数资源和金钱就这么无谓地消耗了。我的好朋友埃涅阿斯·高岭却指望它能永远维持下去。

"但它很快就会结束了，不是吗，莫里斯？因为决定性的突破终于准备就绪，就像数字化最终压倒了模拟录像，就像喷气式飞机战胜了马匹。在我们今夜所做的这些以后，一切都不再是从前的样子了。"

钟摆摇动着，有节奏地将我/我们增幅过的驻波割裂开来，每一次扫过都会发出复杂的和声。不久，偶人尤希尔就会爬上去，而他可怕的灵魂也将吸引所有储存起来的能量，再加以驯服，驾驭着通神机的光芒,化身为神。

要是他的成败只取决于我,我倒是很乐于帮助他。我是消耗品——傀儡们都明白。虽然我对马哈拉尔的骄矜厌恶不已,但这番实验所能实现的科学奇迹却让我的牺牲看起来几乎合情合理。在某种程度上,我知道他是对的。人类的斑斑劣迹早有记载,他们永远不知道什么叫节制,总是为了极其微小、几乎不值一提的个人欲望而消耗大量资源。

还有更加重要的东西在等待着我们。我越来越清晰地感受到它,正如那只被通神机增幅过的钟摆。马哈拉尔的眼光——无论他被精神疾病折磨得多么疯狂——认识到了它,他的才智也足以找到那扇暗藏的大门。

是啊,他犯了某种错误。我的自我意识没有像他计划的那样消失。反而似乎随着流逝的每一分钟而增长,扩张,其方式也不再痛苦,而是某种更接近狂喜的感受。

我的心里第一次涌起这样的想法……这也许不是什么坏事。事实上——

事实上,我在思索。当通神机达到功率全满的那一刻,谁更适合探索它的奇妙之处? 是它的发明者,对理论了如指掌的那个人吗?

还是存在于这不断增长的驻波内部的那个人? 那个拥有复制天赋,使得这一切成为可能的人? 那个——这样说吧——为它而生的人?

嘿,从理论出发的人总是会高估自己。不管怎么说,当我们/我增幅放大,成长进而蔓延的时候,我开始感受到马哈拉尔所知的一切,就像被轻风吹拂下的一摞索引卡片,飞扬在四周,触手可及——

谁说他就该是骑手,而我就该是战马的?

为什么不能反过来?

51 | 撞上天花板

| ……绿皮的坠落……

半边身体脱落或者破损的时候,行动变得十分困难。

受到碾压、烧灼和破坏的我,凭着仅剩部分机能的一条腿,拖着身体爬上飞空摩托的机身,靠在座舱旁,倾斜身子,摸索着我能摸到的每一个按钮。我本想打开无线电,发送遇险呼救信号。但在一阵令人鼓舞的杂音和哔哔声后,设备突然闪动起来:我不知怎么,竟然启动了自动驾驶系统!

"紧急逃脱程序启动。"一个响亮到足以穿透我烧焦的耳朵的声音宣布道。我的躯体感受到一阵震颤,引擎发动了。"顶盖关闭中。准备上升。"

那场把我带来这儿的噩梦之旅仍令我茫然和困惑,因此我花了几秒钟才明白——或者说注意到正在降下的气泡型玻璃罩。我努力抽回脑袋,但左臂却因这片刻的犹豫卡在了里面。

该死!我倒是已经习惯了痛苦,但看着透明的舱盖努力合拢的感觉仍然非常可怕。出于某些原因,它根本感觉不到我的手臂。是故障吗?或是贝塔把程序设定成紧急逃走时不去在意微不足道的偶人肢体?喷射口已开始吹动地面的沙粒,我能做的只有

477

让受困的左手不断按着按钮,希望能关闭发动机。

我的努力反而让哈雷车变得歇斯底里了!它昂起头,颤抖着,每一次抽动都撕扯着我的手臂,让我痛楚难当,而玻璃罩还在试图关闭。为什么这台白痴机器感觉不到车上没人!也许贝塔以前把它当做无人驾驶的信使,专门搬运物体:比如切下的傀儡头颅。

左臂残留的一丁点儿感觉让我明白,地面正在远去。我又飞起来了!

我几近折断的手按下更多的按钮和开关,如果换做有机体的胳膊,神经和血液循环系统早就被夹断了。而偶人的手臂只要还连着一点点,我就能继续挥霍所剩无多的生命活力。我的胳膊狂乱地晃动着,寻找着可以扭动或者拉动的东西,直到顶盖如同断头台般的重压最终得逞为止。

我身体的重量接管了剩下的事。我向下看去——

——高度大约是十五到二十米,下方几乎正好是马哈拉尔小屋的屋顶。

垂直坠落的时候,我疯狂地扭动身子,努力让我无用的右腿首先撞上屋顶的木瓦。

你有没有过那种透过反转的望远镜看着自己一生的感觉?撞击到来时的一切都仿佛发生在一团迟滞的雾气里,声音和冲击力仿佛远在天边,发生在别的什么人身上。甚至时间也延迟了似的。我敢发誓,白蚁蛀蚀的屋顶在我穿过的同时就分解了,我在棉絮般的一团团木片、烟尘、昆虫和其他残骸的包裹中坠向地板。

我用背部着地,听到一声可怕的砰响。其他感官却表示异议。就触感而言,就像是被肥皂泡那样的表面张力弹开了,几乎毫无震动。当然,这是种错觉,因为我可以断定,我的身体上又有些部件脱落了。

我仰面朝天,看向那块参差不齐的圆形天空——边缘是仍在崩裂的屋顶。灰尘的阴霾很快散去,我瞥见贝塔可怜的飞空摩托几乎正悬在头顶高处,闪着比星星更加耀眼的光芒。那部损毁的摩托喷出壮观的火焰,奋力调整平衡,然后费力地转向,扬长而去。从射手座的位置以及小屋的朝向判断,它应该是向西去了。不错的选择,如果你打算求助……或是想被毁灭的话。

说到毁灭,我发现自己已经别无选择,只能勾销艾伯特·莫里斯枝繁叶茂的生命树上的这根枝丫了。疲劳这个词已无法描述我现在的感受,我仅剩的身体几乎什么感觉也没有了。

不再有"洄游冲动"了。只有一摊泥浆的塞壬之歌……回收箱在呼唤着我,要我回到伟大的陶土循环之中,我的身体原料也许能在较为幸运的偶人那里发挥更好的作用。

但他们一辈子看过和做过的事不可能比我更多。我想着,找到了些许安慰。过去的这两天还是很有趣的,我没留下什么遗憾。

只是克拉拉永远没法听到完整的故事了……

是啊。我同意,这可太糟了。

……*而那些坏蛋将会获胜。*

哦,老天。这烦人的内心独白非得把最后这句话说完吗?想勾起我的内疚?如果可以的话,我会把它扔出去!闭上嘴,让我死吧,我抱怨道。

你打算就这么躺在这儿,让他们逍遥法外?

鬼扯。我才不会听一个廉价傀偶灵魂深处的胡话呢,何况他诞生时就是个瑕疵品……后来又成了幽灵……而且马上就会变成一具融化的尸体。

谁是尸体?你在说你自己吧。

尽管我努力不理会那个低语,但还是发生了些令人惊奇的事情。我的右手和手臂在动。它们慢慢抬起,直到五根颤抖的指头出现在我那只好眼睛的视野里。然后我的左腿也抽搐起来。并非我有意操控,而是对复刻进体内的、有着百万年历史的习惯做出反应。它们开始协作,笨拙地变换着我的重心,然后努力让我翻过身来。

好吧。也许我还派得上用场。

就像我说过的,艾伯特总是那么固执、倔强、坚定。我想,在周二早上他制造我、将灵魂注入这具无生命的偶人、希望它动起来的时候,这些可喜的品质也传到了我的身上……

于是,我用一只手臂和勉强能动的腿拖着我剩余的身躯,爬过损坏的家具和西部主题的破烂地毯,穿过一扇因门锁粉碎而敞开的门,跟随着刚刚留下的足迹,越过一段长长的、满是灰尘的走廊——一条看起来通向山脉内部的走廊。追踪贝塔。

在我因为太过顽固而无法死去的现在,我还能做什么呢?

52 | 原身们

线索一直存在。对我来说也许难以捉摸,但某些聪明人肯定几百年前就明白了。

贝塔——这个名字暗示着"二号",或第二版。丽图的中间名是"莉萨贝莎"。而在神话中,马哈拉尔——这是在她出生之前,她父亲给自己冠上的名字——是中世纪晚期最伟大的傀儡制造者的头衔……而另一个授予此类人士的光荣称号是"贝塔列尔"或者说"贝扎列尔"。

还有很多很多。这些提示简单到让你感叹的地步,既为你自身的愚蠢,也为其内容的幼稚。

可我偏偏没能明白。理由?也许因为我本质上是个守旧派。可爱含蓄的丽图和浮夸张扬的贝塔之间的性别差异本该没法骗过我这样精通世故的人——我这辈子见过的稀奇古怪的偶人实在太多了。可事实证明我确实是个保守的老古董。该死,对任何私人侦探来说,毫无根据的假设都意味着毁灭。

我拼命地回想自己多年前学过的"多重人格障碍"(MPD)的内容。

MPD不是二选一。多数人时不时地也会有潜在自我相互重叠的体验,面对两难的抉择时会讨论和争辩——进行想象中的内心对话,直到冲突解决为止。它们不会留下任何持久的痕迹,也不会扰乱个体唯一性的幻象。相反的极端是精神分裂患者,他们固执、坚定,甚至会建立起多个永久存在的人格,拥有截然不同的价值观、说话方式和名字,为了掌控身体而互相争斗。

陶偶技术到来之前,真正人尽皆知的例子相当稀少——那几个著名的案例和电影里的夸张手法当然另当别论。这是因为单独一具躯体和大脑没有足够的容量!由于头颅只有一颗,通常是占主导地位的正面人格负责执掌大权。其他潜藏人格——也许是精神创伤或神经受损的产物——只有能力打几场带着怨恨或以破坏为目标的游击战。

陶偶制造改变了一切。虽然MPD仍旧非常少见,但我还是见识过,这是复刻过程出现意外的结果。某些在本体中沉睡或被压抑的特质会在复制中爆发,完全体现在偶人的躯体里。

但从没有像丽图/贝塔这样一体两面的极端情况出现!从表面上看,其本体是位精明强干的专业人士,却不知为何始终对自己的第二自我毫无察觉,即使它劫持了她几乎所有的偶人。

作为犯罪学专家,我在精神诊断方面并不内行。我猜想可能跟杨-皮敏特尔症有某种联系。可能是斯梅西-福克斯莱特纳病的变体,或是罕见而危险的"道德正交综合征"的变种。太吓人了!这几种疾病都和最可怕的天才之间有着显著联系。他们擅长自欺欺人,能够为任何犯罪行为开脱,将它们抽离道德范畴。

历史表明,这些精神疾病一部分是可以遗传的,会由一代传到下一代。这就能解释我为何从一开始就完全不是对手了。

丽图用她的毛毛虫寓言转弯抹角地揭露真相以后的几秒钟,

这些想法在我脑海中飞掠而过。我想发呆,想瞪着她,想在令人沮丧的真相面前茫然地眨巴眼睛,语无伦次地发问——也就是说,想做出人们面对极度惊诧时的传统反应。但我没有时间,只能继续匆忙赶路。整整一个排的贝塔正在前方厮杀,外加紧跟在我们身后的那队贝塔援军——我们还有什么选择?

我终于明白了,为什么贝塔的两群偶人一直没来打扰我们,给我们留出足够的空间。丽图——他们的本体和制造者——正被安全地困在他们希望的地方,有必要制造更多偶人的时候可以随时取用。在那之前,他们没有继续骚扰她的理由,反倒会义无反顾地保护她肉体的安全。

我竭力想理清眼前的状况。

丽图一直有着摧毁贝塔的力量,只要远离复制机就行!如果这只蝴蝶拒绝孵卵,就不会再有毛毛虫出现了。

为避免这种情形,妄想狂贝塔肯定在全城冷冻储存了许多备份偶人。我在周二突袭泰勒大厦之后就见过其中之一,它提到了某人"正在接管我的生意……"。会不会是那些备用偶人的其中之一跟踪我们到了这儿,强迫丽图进行复刻?

可我们周二晚上出发以后,丽图自始至终都没有警告过我!

好吧,她的确一度提起她的偶人"不可靠",说它们大部分都失踪了,原因不明。甚至少数那些忠诚履行了职责的偶人,带回家的记忆都只有一部分,这是因为——我现在明白了——那些丢失的经历都被最初的贝塔掠夺和窃取,藏在了她的头脑中。在丽图从贝塔那里得知真相之前,她一定觉得偶人制造是种极度缺乏效率而且糟糕的技术。

既然如此,我思索着,为什么还要制造偶人?

合理化借口。人们在为自己坚持的蠢事找借口时总是才华横溢的。也许她担心的是现代人对那些无法制造陶偶者的偏见——

他们会恶毒地暗示那种人根本没有灵魂可以复制。

或许她继续复刻是因为寰球陶土集团的高层人士必须不断派出复制品，即使尝试四五次才会有一个听她的话。反正她负担得起这些开销。

也许她需要拼命假装自己和旁人并无不同。

我还猜到了一个原因：自身的冲动。这种内部的压力只有通过一种方法才能获得满足，那就是躺在灵魂探针之间，感受它们的触摸和揉捏，将她的灵魂驻波导入湿润的陶土。这就像一种瘾，与之相伴的则是所有瘾君子的那种对成瘾的盲目否认。

难怪她花了许多年才敢大声承认自己的问题。

我一度好奇贝塔是如何跟踪我们穿越荒漠，又跟着我们穿过一道道安全哨站，来到这座深埋地下的国家级安全堡垒的。现在我恍然大悟。他根本没做过那种事！贝塔就这么静静地潜伏在丽图身体里，不断对她施压，直到她承受不住。那时她便从我和陈下士身边逃开，赶往我们先前看到的巨大自动陶偶炉边。就像上瘾者屈服于恶习那样，她一面憎恶着自己，一面躺下，在漂浮的四头探针间寻找慰藉，屈服于自己更加强势也更加坚定的另一半——那个铤而走险的盗贼大师，那个目空一切、敢于挑战世上任何当权者的人。

难怪我一直没法找出贝塔的真实身份！噢，我用黑色偶人的躯体花费了无数个钟头，费心劳力地记录和解译贝塔的言论和其他怪癖，又在网络上搜寻用过类似的修辞、句法甚至发音重读方式的人——只要时间充足，这番艰苦的工作足以让勤劳的侦探追踪到最为狡诈的罪犯。

但所有的努力在此都是白费。因为这位反派有个完美的藏身之处，而丽图的说话风格和音调与贝塔毫无相似之处。

终于，我的宿敌，我的莫里亚蒂教授，和我一起在黑暗的长廊中穿行,身体因恐惧而颤抖,黑色的双眸中流露出羞愧。这种不为人知的人格切换究竟持续了多久,丽图才开始怀疑,进而意识到身为罪犯的另一半自己?

那就是她一开始决定雇用我的原因吗,为了将贝塔的死对头保护起来? 一开始,她的主要目的恐怕不是找出她失踪的父亲。但尤希尔·马哈拉尔在公路上横死之后就不同了。

个中原因肯定不只这些。

我摇摇头,发现自己很难在情绪亢奋时集中精神。因为此时此刻,我的怒意已经完全沸腾了!

我们星期二晚上出发时,丽图就对自己的状况一清二楚,她知道潜在的巨大危险。可她为什么不提醒我呢? 我们在荒漠和地下共度的那些时日,她一次也没提过她心中不断增加的压力。她带着那一整窝魔鬼的卵,随时都在找机会孵化。

该死的自我中心,利己主义——

也许是我态度中的某些东西蔓延到了我们之间的狭小空间里,又或许是我们残酷的真实处境撕碎了丽图的幻想。不管出于什么原因,几分钟的沉默行进后,我这位伙伴终于开口了。

"我……我很抱歉,艾伯特。"她轻声说。

我能从她的脸上看出,她经历了一番痛苦才鼓起勇气,说出这句简单的致歉。但我不想这么轻易放过她。因为我们都知道,为了生存下去,贝塔会做什么——而且他非做不可。

也许丽图最后能认识到自己状况的严重性,然后前往医疗机构,与世隔绝。而贝塔的秘密备份偶人会渐渐到达限期,她们的记忆会渐渐变得无用、过时。在专家的治疗下,她的第二重人格也许会被召唤出来,接受审判:要么证明自己的清白,要么面对严厉的惩罚。

即使丽图否认上瘾,拒绝寻求帮助,我也会通知她的雇主和她的私人医师。总之,无论是否接受治疗,贝塔作为犯罪大师的生涯都完蛋了。声名狼藉将让丽图·莉萨贝莎·马哈拉尔常年受到"世界之眼"的监视……监控爱好者不会让她的偶人离开自己的视线,永远不会。

为避免这种状况,贝塔就不能让我们中的任何一个逃走。他一定要找到一个囚禁丽图的方法,让她作为奴隶,永远进行这种诡异的繁衍循环。一想起这种自我强暴行为,我就禁不住毛骨悚然——好像我自己的安危还不够我担心似的。

我的老对手贝塔没理由让我继续活下去了。

我努力拼合碎片,思索着:贝塔肯定就是想用那颗袭击我家的导弹杀死我的人。因为他意识到我正对他紧追不舍……

……但那说不通!周二那天,埃涅阿斯·高岭的复制体之一不是曾在马哈拉尔的家里四下查探吗?他偷偷摸摸地寻找着什么,又生怕被丽图的灰色偶人发现。

而我和丽图驾车穿越沙漠时,向我们开枪的也是高岭。

他一定聪明到发现了丽图和贝塔之间的联系,甚至比她发现得更早。

他就是"接管"贝塔那些生意的人吗?

我记起了和丽图以及她的老板在豪华尤格车上的初次见面。他们似乎真心想雇用我,希望我找到失踪的马哈拉尔教授。在表象之下,他们肯定各自想着利用我的专业技能,来帮助他们控制贝塔人格……说不定还会进一步利用这一人格……

但这一切都被星期二的那个晚上改变了。某件事吓倒了埃涅阿斯。是那次针对寰球陶土集团的朊病毒袭击吗?或是别的什么跟丽图的父亲有关的事。

也许这能解释他为什么会派出白金偶人在公路上袭击我们。我和丽图都扮成了灰色偶人。高岭也许以为我和贝塔结了盟,我们正要去见——

我的思绪肆意扩张，捕捉着来自四面八方的线索。但就在这些纠缠的想法拼凑出新的画面之前，我突然注意到某件更为紧迫的事。它让我有了一线希望：也许我们终于时来运转了。

左边出现了一条岔路，一条可能的出路。

这条更加狭窄的通道和我们一路走来的方向相反，它转了个急弯。在我看来，它似乎通往我们刚刚离开的军事基地的另一部分。除了隐藏财宝和任意取用国家的秘密高科技发明之外，马哈拉尔教授挖掘的这条隧道似乎还有别的目标。

这条新路线看起来比之前那条更湿也更窄，但它给我提供了一个渺茫的机会，所以我毫不犹豫地接受了。我抓住丽图的手臂，让她跟在我身后。

她没有抱怨，只是裹紧了身上的毯子，听凭我摆布。难怪丽图会被她自己虚构出来的形象吓倒，我想。真是奇怪，更好斗、也更坚强的那部分她被压抑，只在制造陶偶时才会现身。她肯定有个不同寻常的童年。

前进开始困难起来。这条通道崎岖狭窄得多，我们大部分时间都得弯腰才能通过。隧道的地面没有经过修整，似乎建造者根本不期望这段路能用上多久。照明灯越来越少，大部分似乎都在最近的打斗中被击碎了。机械守卫的碎片到处都是，和新近融解的偶人泥水混合在一起——陶土和金属的仆人们在这条狭窄的巷道里进行过一场短暂而激烈的交火。

这儿有幸存者吗？更重要的是，他们的内置设定会避免伤害血肉之躯吗？还是说，守法已经不重要了？

我失去了时间和距离感。（不用说，我的植入元件在这里没法运作）。但我和丽图匆忙前进时，某种希望也在逐渐增长。我们肯定是在接近那座基地——无论尤希尔派遣诸多偶人掘出的这条通道通向基地的哪个部位。一旦进入基地，我不会再浪费时间，我要立刻打电话给——

突然，我被阴影里的什么东西绊了一下，跌跌撞撞地从那个软绵绵的障碍物旁边走过。那具躯体呻吟着对我伸出粗壮的手臂，但我成功跳到了一旁。那个仰躺着的战斗偶人无法追赶我，他的身体已被炸飞一大半了。

这是个好消息。

坏消息是：现在我和丽图站在那个残废战斗偶人的两边，他转过那颗正在闷燃的残缺头颅，看着我们，对我们说："想罢手了，莫里斯……斯……斯……斯？"

对一个只剩半边儿脸的家伙来说，这个语无伦次的刺耳声音还算清晰。伤势这么重，大多数偶人都会直接瓦解了，驻波像雷雨下的棉花糖那样被冲刷得无影无踪。但这种角斗士型偶人是很结实的。

"你不会想走那条路的。"他向着我先前前进的方向点点头。

"为什么？"我问，"防御设施太强了吗，贝塔？没法杀过去？"

残缺的身躯耸了耸肩，"不，我们成功了。可尤希尔已经得到了那东西。他守在实验室里。光是想到他打算做什么，我就忍不住发抖……"

"老天！你在说什么啊？马哈拉尔已经死了！"

他发出一阵干笑，"你真的这么想？"

我吐了口唾沫，想摆脱那种突如其来的恶心感，"法医检查得很彻底。尤希尔·马哈拉尔在他的车里遇难。而且到了现在，他的任何幽灵应该都……"

"他的幽灵们还在四处游荡，莫里斯。阿尔法从没对你提起过，对吗？"

阿尔法。当然,这是贝塔对丽图的昵称。在黯淡的光线中看去,她面色憔悴,地上的那具躯体似乎让她无比厌恶:因为他的伤势和轻浮的态度,最重要的还是镜像效应——看着你所鄙弃的自身投影而产生的厌恶感。

"他在说什么?"我问。但丽图只是后退了两步,摇摇头。

支离破碎的傀儡笑起来,"说啊,告诉他!告诉莫里斯,琐罗亚斯德计划和它对现状的多层面影响。比如为偶人充能的全新手段,让它们能维持几星期,甚至几个月——"

"但那会……"

"——或是研究用偶人复刻偶人的更好办法。当然,这是我最感兴趣的问题,可以让我的盗版生意大赚一笔。我需要丽图的日常工作无法接触到的细节,那些在寰球的管理层发生的事情。出于某些原因,她拒绝去研究部,无论我怎样劝说。所以我策划了一个绝妙的工业间谍计划……利用你,莫里斯。

"只是它显然失败了。我似乎冒犯了某个大人物,某个有办法追踪我,并且——"

"大人物?你是说高岭?"

他耸耸肩,"还能有谁?尤希尔带着所有的研究记录和原型机失踪,已经让他很不安了。也许埃涅阿斯就在那时决定了要清洗内部,抹掉琐罗亚斯德计划……并且趁此机会一举消灭他所有的敌人。

"但这些只是我的猜测。几周以来,我今天才第一次有机会再次复刻。最近这些事情,我只知道丽图看到和听到的。如果我有时间,我会想办法试探,埃涅阿斯表现得如此惊慌,原因何在?我会尽力证实我的猜测,说不定还要筹划一次复仇。

"可现在——"

残缺的傀儡剧烈地颤抖了几下。曾能以假乱真的陶土皮肤破裂开来,迅速显示出岁月侵袭的痕迹。偶人贝塔挣扎着,一字一句地说:"现在……有非常……更重要……的事……要应对。"

我摇摇头。

"你是说尤希尔的幽灵正打算做点什么——"

"——你必须阻止他!"陶土士兵用完好的那只手臂抓向丽图,"你继续说……告诉莫里斯……那是什么。告诉他……你的父亲要做什么。

"告诉他!"

丽图的双眼中现出狂乱的神情。她朝我们来时的方向退了两步,更接近乌拉卡山和尤希尔·马哈拉尔的隐藏庇护所。她的瞳孔放大了,我几乎看不见她的眼白,

"等等!贝塔是想吓唬你……把你赶到其他贝塔那儿去。这一个没什么可怕的,你看!"我踢了一脚,那条手臂脱落下来,在地上摔了个粉碎。

"到这边来,"我劝她,伸出手,想拉她跨过这个正在分解的战斗偶人,"我们可以逃——"

"逃吧!"贝塔的偶人逐渐朽烂,只剩下半边脸和半个身子,但仍有足够的意志力爆发出一阵嘶哑的大笑,"只……只……只要去……这……这……这条通道的尽头……莫里斯……斯……斯……斯……你就能逃出……去了!"

傀儡最后的笑声成了压垮丽图的最后一根稻草。她发出一声惊恐与自我厌恶的呻吟,急转过身,跑向我们的来路,跑向那条主通道。我怎么呼喊都没有用。

你没办法跟恐慌的人讲理,但我并没有责备她的意思。

不久后,不出所料,我听到了和追兵迎面相遇的丽图绝望的叫喊声。更多的贝塔,不比我脚下的这个更亲切,而且完好无损。

我现在没法帮她。我唯一的机会就是转身逃跑,留下身旁的

这个贝塔慢慢液化。他最后的大笑声吓坏了丽图,也吓到了我,迫使我尽快离开。

看得出,这里进行过一场真正的战斗。尤希尔·马哈拉尔设置的机器和她女儿多重人格之一的化身制造的陶土偶人展开了艰苦卓绝的对抗。他们争夺的那件宝物一定事关重大!我匆忙前进,只听到遥远的鼓点般的脚步声正从后方迫近。

最后,这条崎岖的通道突然到了尽头。前方有堵金属墙壁,向左右两边延伸,目的显然是为了挡住入侵者。这道屏障本该是有效的,如果基地的守卫能听到挖掘机逼近的声音的话。他们设置了各种专属设备和戒备监控程序。只不过某个聪明得多的人成功入侵了防御系统,愚弄了这座秘密要塞的机械卫兵,让它们对喧闹的挖掘声充耳不闻。

我看到一块高科技钢铁面板上挖开了一条参差不齐的缝隙,小心地避开了所有内嵌的探测器。又一条里应外合的证据,计划的实施者肯定了解基地的内情。而且这些都是在短时间内做到的。一旦惊动基地保安设施,追踪到犯人用不了多少时间。那个小偷只有一点点时间来实行他的计划,无论那计划是什么。

靠近墙的裂隙之后——我发现它是个一厘米宽的开口——我用左眼的植入物搜索,看门后还有没有残留的机械守卫,但我看到的只有它们的碎片。我急着想打电话给基地保安,但视野中没有任何连线。我必须走进去,并祈祷……

然后我看到了那个标志:

生体危害
对有机生命体极度危险

这个被金属板覆盖的房间原本只有一个入口。我看到它就在对面——一扇沉重的气闸,闸门上是重叠的硕大铁栓。同样壮观的还有一打笨重的冷藏柜,每一个都配有三重锁和带状封条,任何擅自开启的行为都会一目了然。

但有人已经擅自开启了它:他小心翼翼地绕过两个储藏单元的警报线路,切割出新的开口以避开那些锁。冷凝液透过缝隙散发出来,加热泵正努力与它抗衡。但这种寒冷无法和我看到盗窃者在地上留下的碎屑时心里流过的寒意相比——丢弃的金属托盘和撕裂的塑封物,上面都有那个骇人的"生体危害"标志。我还没反应过来,植入元件就放大了影像,让我可以看清某些撕碎的标签,上面写着"风媒沙林吉尼亚与斐地庇第斯亚①:改良品种"之类的名字。

克拉拉和我提过沙林吉尼亚,一种曾在"泄露战争"中投入测试的有机体瘟疫,极其恶毒。斐迪庇第斯亚则是十年前流出的它的较为温和的版本,造成了西南生态毒性蓄水层污染。想到这种"改良品种"的破坏力,我不禁颤抖起来。

按照正式条约,这些储藏品应该早就被销毁了。

不用说,网络上一直有人编造出有关各种邪恶阴谋的可怕传闻。他们声称像这样的保管库必然存在,抛弃武器根本不符合人类的天性。

我站在那儿,两脚分别踏在金属墙壁的缺口内外,凝视着这座举报者的天堂,寻思着把这一切捅到网上会得到的高额举报奖金……同时为军队能在这个时代隐瞒住这样的秘密而震惊。我是说,如果我没吓得大脑麻木的话,肯定会考虑类似的事。我还注意到,地板上飞溅着闪闪发光的银色碎片……那是罪犯在匆忙掠夺中掉到地上摔碎的小玻璃瓶。

---

①传说中马拉松的缔造者、跑回雅典报捷的士兵就叫斐地庇第斯,与此处拼写非常相近。

屏住呼吸已来不及了。

我究竟站在那里,茫然地盯着死神的闪亮霜花看了多久?我答不上来。将我从迷茫中唤醒的是一个声音——鼓点似的脚步声,宣示着更加熟悉也更加实际的威胁,我的大脑能够判断的威胁。

"噢,莫里斯。你来了。"贝塔的声音把我推下了恐惧的深渊,"现在你明白真正重要的是什么了。所以何不做个乖乖的小侦探,离开这儿呢?"从我身后的阴影里,走出半打贝塔在后备武器库里劫持的那种壮硕的战斗型偶人,他们弓着身子,在低矮的通道里向我逼近。

他们越来越近,我感觉到某些珍贵的东西开始消失——促使人们行动起来的意志力。我不知道你怎么看,但对我来说,这种力量的意义胜过微不足道的生命,甚至是本体的生命。

我连蹦带跳地冲进储藏室,向另一头的房门跑去。"不!"最近的那个贝塔大喊,"让我来!你不知道你在做什么。你的体热会引发——"

我用力转动着那只大转盘,它控制着封闭闸门的八个大号金属栓。从里面拧它应该不需要密码也不需要开锁,对吧?我感觉它移动了一点点……

但战斗偶人们的速度很快。轮盘刚转了三十度,他们已经来到近前,撬开我的手,弄疼了我受伤的拇指。一个特大号贝塔把我夹在一条手臂下——我真的憎恶这种感觉。他把我从巨型舱口拖开时,我扭动踢打着,疯狂地甩胳膊,直到我们经过冷藏柜冰凉的表面,我的手拂过散发冷光的带子。我猛地抓住它,用力拉动,最后扯了下来。

有成果了!突然间,周围的灯光由柔和的白光转为警示的红色,尖锐的鸣叫声回响在四面八方。

"撕断了。"一个贝塔低声说。

"无论如何我们都要带他走。"抓住我的那个贝塔答道,又弯下腰,重新钻进那条狭窄的通道里,像拖着一块肉那样拖着我。不久,我们开始疾行,增强过的陶土肌肉驱动着他的双腿,也贴近我的皮肤,传来令人不适的热度,在离开那间冷藏室以后感觉尤甚。我所能做的只是看着离我的脸只有几英寸的石墙化作飞掠而过的模糊影子,我的方向感渐渐迷失,就像发高烧……

我已经被某种快速生效的瘟疫感染了吗?更可能的是被绝望和不停浮现的幻想放大了的晕动病①。但谁又说得清呢?

我回到了那条主通道,发现自己置身于另一群战斗傀儡中间。搬运我的贝塔转向左边,匆忙赶往尤希尔·马哈拉尔隐秘的大本营——至少我觉得是这样。我看到丽图也在其中,被他们严密保护着。她双目无神,在她复刻出来的这些造物中显得格外孤独——这些巨大、可怕的泥偶是她所憎恶的那部分自我复制出来的。

响亮的炮火声比以前更近了,但好像在渐渐稀疏。这股援军显然正要赶去清除尤希尔的最后一道防线。

还没等我们到达那道防线,另一阵喧闹声从后方传来——远处的惊讶叫声,接着是尖厉的爆炸声。我看到身边的贝塔们短暂地交换了一番意见,语气慌张。有几个转过身,面对新出现的威胁摆出射击姿势,其余的贝塔则押着我和丽图继续前进。

我们这支小小的特遣部队显然被包围了。敌人出现在后方,而前方的敌人尚未溃退。

太好了,我想着。发烧——或者说沮丧——压倒了我。

最好别让旅游网知道这个可爱的地方,否则世界上每个有受虐倾向的游客都想来这儿走一遭。

---

① 又称运动病,指乘坐车辆、飞机、轮船等交通工具时,体内耳前庭平衡感受器受到过度运动刺激,前庭器官产生过量生物电,影响神经中枢而出现的出冷汗、恶心、呕吐、头晕等症状。

53 | 灵魂之境

……灰色偶人和红色偶人联起手,去探索一道彩虹……

谁说骑手非得是尤希尔不可?

他疯狂的幽灵还在滔滔不绝,用自负的口气让自己相信掌控大局的人仍然是他,但我已经不再聆听。可怜的偶人尤希尔还是没有发现他的计划中有个多么可怕的错误。

通神机增强了我,让我不再是他从高岭宅邸抓来的那个微不足道的偶人侦探。数不尽的玻色子复制体结合起来,仿佛大浪里的水滴——这就是他预想的我的样子,一道简单的、消除了所有"我"的载波。

但我还在这儿!窥视着全新的维度,并飞快地学习着。

举例来说,我一直在研究早先注意到的那些"回声"。它们来自另外一些人。我看着他们在无法估测的距离外不安地闪烁着。

这边的一个仿佛一团火焰,带着苦涩的气息,让我想起了愤怒;那边那个仿佛摇曳的火光,带着酸酸的懊悔之色。它们的共同之处是痛苦的孤立感——仿佛一座孤单的哨亭,遭到遗弃,与世隔绝,成了在荒原上燃烧的孤独火花。

无意之中,我发现了一个数以百万计的人群——是附近的某个大都会?但孤独感仍旧是这个群体最主要的特征。都市中似乎总是人潮涌动,熙熙攘攘的血肉与陶土身躯,配备着衣物、工具,来去匆匆。但将他们层层剥离,直至核心,你会发现那几百万灵魂其实加起来什么也不是,仿佛随风飘散的草叶,拼命地在草地上呼唤彼此。

不,还不如青草。想象一下,零星的海藻散布在贫瘠的海岸边,只能接触到那块广阔、空旷的陆地最荒芜的边沿。用严格的眼光看待人类现状,结论就是如此。但我却觉得无比兴奋,因为我能触碰到它们!

我心底的某个角落依旧能感觉到继续默读和描述的冲动。我知道,这些视觉和声音的比喻会误导他人。尤希尔说得对,新的观念需要新的词汇来表达。在这个位面①里,空间和邻接拥有不同的特质。爱、恨和沉迷能让两道灵魂火光暂时接近。这样两道火光聚集在一起,有时会点燃新的火花,燃烧起新的希望。婚姻。我将一个熟悉的名词赋予这种现象,还有子女。

这样的合作未必能持久也未必幸福,但其间总有愉悦的温馨和芳香。

"灵魂伴侣"这个词有了新的意义。有多少年轻人期待找到那个特别的另一半,正好和自己互补,成为完美的一体?这种浪漫的想法看似愚蠢,完全不现实。但细看这片陌生的风景时,我却能看到图案和纹理似乎相互契合的人们,暗示着完美和谐的结合——如果他们能遇见彼此的话。

多么好的商机啊,如果某个富有魄力的企业家能运用这样的科技,提供全新改良的约会服务……

---

①指独立的宇宙。

……但尤希尔·马哈拉尔在设计这扇观察更深层次的现实世界的窗户时，却抱着更加深远的目的。这个目的的实现会让某些灵魂火光摇曳、消退。在所谓的真实世界，我们有专门的名字称呼这种现象：死亡。

几堆衰弱的余烬仍以不容置疑的勇气闷燃着，而其他那些却只会冒出我称之为绝望的烟雾。到了最后时刻，还有些灵魂带着狂喜，飞快地前往他处。

这儿就有一个！一片濒临熄灭的火光穿越了那片庄严广袤的区域，就像一只蒲公英的种子，在瞬间爆发出灿烂的火花……

……随后跌落在干枯的平原上，渐渐熄灭，只留下一处满是尘灰的印迹。数量庞大的灼痕出现在大地的四面八方，多到我数不过来的地步。其中大部分给我感觉都很陈旧。

这样的景象一再发生。垂死的灵魂重复着徒劳的努力，前仆后继。既然毫无意义，他们为何还要费这个力气？莫非他们觉得有值得努力的目标，不管实现它的可能性是多么渺茫？

一定有些什么东西……我能感觉到。正是由于这种东西，宗教才具有了吸引力。这是一种潜在的、可能的发展阶段。这个阶段超越卵和幼童，超越幼体和青年，也超越成年期的女人或者男人。这个阶段意味着延续和增殖，在广阔、全新的疆域里无穷无尽地繁殖。而现在，在我看来，这一阶段不再只是一种可能，而是再明显不过的事实！

那么，是什么令他们踌躇不前呢，信仰的缺失，神明的裁决？

都不是。那些老借口缺乏说服力。将世界能否得到拯救建立在造物主反复无常的兴致和对赞美的渴望之上，其逻辑何在？寄望于那些会随着文化不同而变化的祷文/咒语？它们既自相矛盾又不够科学。

想想吧，艾伯特。回想所有那些危及人类生命的灾难，从我们蒙昧的起源开始。疾病会偷去你的所爱；饥荒扫荡了你的部族；无知又辞藻匮乏的你甚至无法分享你努力学会的那一点点东西；你的双手笨拙到令人沮丧，双脚也迟钝缓慢；还有那个诅咒，让你只能同时身在一处，却要面对做不完的事情！萨满和祭司的指引解决不了这些问题，总是居高临下的神秘主义者或者降尊纡贵的僧侣们也办不到。

只有科技。它能让一切变得更美好！科技的发展时而停滞，时而爆发，而且不断被滥用，但只有它，才能让我们找到前后一致、可靠的、绝不反复无常的答案。科技给出的答案会造福达官贵人，也会造福平民百姓。它是全人类的福祉所在。

那么，为什么不用科技解开那个最为古老的难解之谜呢——关于灵魂的永恒？

我承认，我开始明白驱使着尤希尔·马哈拉尔的究竟是什么了。上帝啊，我掌握了他的梦想。

流逝的每个瞬间，我都会了解更多。具体的事实和抽象的理论蜂拥而至，让我忘记了仍在一旁毫无戒心地工作，想赶在袭击者到来前完成一切的偶人尤希尔。他的知识——他的终身事业——涌入我的思维，自然而然却又不太连贯。比如说，我能迅速地从美学层面理解"通神机"之美，但对构成它内在核心的那些公式的理解却来得慢了一步。这种不对称的理解速度正是我迟迟没有插手的原因之一。目前还没有插手。

看过所有那些脆弱的微光之后，我想我知道阻碍他们脚步的是什么——是对失去个性的本能畏惧！畏惧自身的存在被抹消，畏惧迷失。人们彼此靠近然后又彼此疏远，仿佛疯狂的舞步，既害怕太过孤独又担心太过亲密。

我还清楚地记得那样的舞步，但恐惧已然不在。它已经在马哈拉尔的机器施以的酷刑中燃烧殆尽。化身千万以后,我不再惧怕分享驻波这件事情了。

我是不是仿佛菩萨,涅槃重生,然后以慈悲之心救助无知的世人? 我感受到的同情就是插手的欲望吗?

我渴望伸出手,去拥抱所有那些惊慌失措的火光,唤醒它们,鼓励它们,解放它们,为它们黯淡的火苗添加燃料,迫使它们认知周围的荒芜苍茫。

这不是那种谦卑的同情。和菩萨不同,我心里满溢着要为我和我的全体蒙昧同胞实现某件事的野心。

比较真诚的那部分我把它叫做"自负"。

是吗? 这种真诚能帮助我做成这件事吗?

可以肯定的是,我会成为一个比偶人尤希尔更好的神。

贫瘠海岸边的海藻。 渐渐地,我明白了这个隐喻。因为我们似乎正是第一种笨拙地爬出大海,在烈日之下开拓荒凉陆地的生物。

附近的灵魂之境仿佛全新的领域,召唤着我,比外太空的贫瘠行星和银河系拥有更多的可能性。科学和宗教都暗示着这儿有着巨大的可能性,如果我们能够将之实现的话!

我能让它实现! 我带着不断增长的兴奋想着。但首先得弄清几件事……

那个马哈拉尔教授在几周前就明白的真相——现在我懂了。他的幽灵还用量子力学打比方,努力向我解释。我一直不理解,但现在我明白了——

躯体就是"锚"。

人类的肉身与头脑是进化的经典范例,有了这副躯壳,才有可能进化出自我意识和灵魂驻波——这一切奇迹都来自躯体,但它也被动物本能和需求拖累着。比如个体性,也就是你我对独处的渴望,就像鱼儿需要被水环绕一样。

为了爬上陆地,永远离开海洋,我们必须抛弃累赘的肉身!

这个事实一定吓着了马哈拉尔教授,也引发了他的本体和复制体,人类和傀儡,原生人和复制人,主人和偶人之间的隔阂。尤希尔本人发现,他研究的必然后果就是被他自己谋杀。也许在某种抽象意义上,他认同这一点。但躯体会自我保护,用恐慌的荷尔蒙淹没他的大脑,让他盲目地冲入荒漠,徒劳地逃亡。

不用说,艾伯特本人也必须随他赴死。骑手和镜子都必须"起锚"。成神的又一个小小代价。我现在明白了。

但我突然又看透了另一件事。

只是切断两具躯体的连接还不够。

更多的灵魂必须被切断联系,为了喂饱饥饿的通神机。

更多的杀戮……极大规模的杀戮。

影像汹涌而来……这些都是偶人尤希尔推到他思绪角落里的事。我看到一个符号—— 一株有着血红镰刀状草叶的三叶草,还有几个字:风媒传染。然后是一闪而过的导弹……一排排匀称、高效的武器,偷窃而来,装配完成,随时准备向城区发射。而它发射的时刻已经近了。

我需要知道更多!

无论偶人尤希尔计划了什么,他都可以为自己辩护:进化不可能没有痛苦或损失。许多鱼死去,只为了少数能够站起来。这代价也许值得……

……但前提是,这样的进化能够实现!

尤希尔太过粗心大意了。实验已经偏离了计划轨道,否则为什么我会感到自己的力量和野心不断高涨，而我的完美复制体也持续增殖，就像火山下的岩浆那样积聚着能量？我才是那个准备好驾驭这道巨大驻波的人……这是偶人尤希尔从未预料到的。

如果他犯下了一个错误，也许就会犯下其他错误。我最好尽快确认一下。

他真的不应该屠杀这么多无辜者。

至少得在我确定有足够的成功把握之后。

54 | 一块砖头

> ……冈比派上了几分用场……

我缓慢地爬行,追随着灰尘上留下的那道脚印;以纯粹的顽固忍受着炽烈的痛苦,继续前进;用那只完好的胳膊和一条只剩一半机能的腿,拖着这具濒死的累赘躯体……我不禁在想,这是我的报应吗?

我的目的是追踪贝塔,在这具躯体融化前抓住那个混蛋偶人,阻止他的邪恶计划——不管那是什么。但如果事实证明我的要求太高了呢?好吧,我也许能给他添点儿麻烦,至少往他脚踝咬上一口。

没错,这算不上什么完美计划。但我的其他动机——比如让我撑过这多灾多难的两天的好奇心——已经不堪使用了。我不再关心那三个大人物——贝塔、高岭,还有马哈拉尔之间的秘密纠葛。他们都坚信自己摆脱了我这个廉价的绿色偶人。要是我不给他们点惊喜,那才可惜呢!

总之,这就是我从这栋陈旧度假小屋的主体缓缓爬进山中时的想法。我追踪着贝塔的足迹,爬过岩洞中崎岖的路面……肯定是因为这座天然的石灰石洞穴,马哈拉尔才把小屋直接建在洞穴入口,再利用洞穴建起秘密的科学基地。

灯泡光在一根根钟乳石上投下长长的影子,让它们缀满露珠的侧面闪闪发光。水珠闪耀着滴落。如果我的耳朵功能正常,肯定能听到水滴落进下方浑浊的水池时那种有节奏的悦耳叮咚声。爬过岩石地面时,我感到了腹部传来的低低震颤,让我追随着贝塔那条微微向下倾斜的足迹时更加紧张……但我想,总比往上爬要容易些。

很快,我从一堵用人类的双手开凿、磨平的墙壁旁经过。我的那只好眼睛瞥见了岩石表面蚀刻出的人形。岩石壁画,是古早以前,将这个洞穴视为神圣的力量之地(多半是为了恳求大自然施恩,或祈求奇迹)的土著们刻下的。有着棍状四肢的人类形体朝着轮廓潦草的野兽挥舞长枪——原始人的梦想是多么朴实啊,却和我们今天的追求同样野心勃勃。

请赐我强壮与胜利,墙上的咒语如是恳求。

这也是我的祈祷,阿门。

之后的一百米没有什么值得注意的事。我已经习惯了用一条胳膊和一条不太管用的腿拖着身体前进,残疾渐渐变成了正常状态。然后,我困惑地眨着眼,发现自己面临着一个抉择:前方的路分了岔。

左边:壁橱似的狭小空间里放着一台嗡嗡作响的机器。很常见,就是那种包含了冷藏、复刻和烘焙功能的一体机,随时待命的自动化机器。

前边:一条明亮的斜坡通向下方,通向山腹。震颤就是从那儿传来的。那也是贝塔的足迹通行的方向,是所有大事的焦点。那里很可能就是博士的秘密实验室。

至于通向右边的第三条路,我不会费劲尝试。它通向上方。仅有的两个选项让我左右为难。我应该继续追踪贝塔,还是干点别的?

自动陶偶炉召唤着我,它的指示灯闪着绿光,表明一切准备就绪。跟连滚带爬地追赶贝塔相比,陶偶炉至少离我近得多。把这具接近限期的破烂身体换成新的身躯——这想法多诱人啊!

唉,我都没法担保自己一定能用一条胳膊和一条瘸腿爬上复刻平台,更别提按下正确的控制键,开始进行傀儡制造了。

不利情况之二:人人都知道,复制体进行复制是很难保证质量的。的确,艾伯特曾是——或者现在也是——出色的复制者。但用我做模板来复制偶人?我充其量是个廉价的瑕疵品,现在还几乎身体全毁。除了没有头脑,只能蹒跚而行的偶人以外,我还能造出什么来?话说回来,光是爬到感知平台上的努力,很可能都会让我这具身体彻底完蛋。

而另一边是笔直的下坡路,通往一切秘密的中心……

不是那边。

我缩了下身子。那个来自体外的该死声音再次响起,是那种令人困惑的絮语。

你可以试试走右边。

向上。

这也许很重要。

怒火几乎压倒了我。这是我这可悲存在的最后时刻,我可不想在这个时候变成个愤怒的泼妇!

噢,但也许你需要。

令我吃惊的是,我觉得这番话的某些部分听起来很可信。

我无法解释是什么使我做出这种有违一切理性的决定:放弃两个已知的选择,把仅余的生命用于最后的艰难攀爬。

归根结底一句话:为什么不呢?

我转过头,不去看那台诱人的自动陶偶炉……还有贝塔可恶的足迹。我开始拖着自己,爬上那道天然的阶梯。

55 | 一场家庭纷争

……真人艾伯特对自己单纯的成长环境心怀感激……

我和丽图被困在乌拉卡山下那个可怕的通道之中,一队敌人从后方追来,而另一群挡住了前方的去路。我们只能在狭窄的通道里蜷缩身子,听着炮火的回声从前后两方传来。

贝塔的手下似乎快要损耗殆尽了,他只派了一个受伤的偶人来监视我们。就看守两个吓得魂不附体的有机人类而言,受伤的偶人已经绰绰有余。

"我真该趁有机会时多造些自己的。"那个巨型傀儡抱怨。

丽图的身子颤抖了一下。她脑海中的另一人格用那种比上瘾更强烈的冲动迫使她复刻了这么多陶偶,她早就疲惫不堪了。光是想到复制就会加深她对自己的厌恶感。我担心丽图会突然跃起,冲进战斗区域,将身躯挡在枪火之间,以终结自己的痛苦。

我没有别的办法帮她——我还得让自个儿镇定下来呢——只能试探着问她一些问题。

"你是什么时候意识到贝塔的存在的?"

她一开始像没听到似的,咬着嘴唇,双眼紧张地直视前方。我重复了一遍。最后,丽图虽然没有回头,但回答了我的问题。

"我还是孩子的时候就知道自己有缺陷。内心的冲突使我会说出和做出违背自己意愿，随后就会后悔的事情，破坏我和他人的关系，还有……"丽图摇摇头，"我猜想很多处于青春期的少年都有同样的烦恼。但当我开始复刻时，这种情形加重了很多。我的偶人要么走失，要么只带回一些残缺的记忆。你能想象这种感觉是多么失落，多么委屈吗？我生来就和偶人制造脱不开关系，我比寰球开发部的大多数人都了解偶人！我不断告诉自己，这一定是机器上的故障，用明年的新型号就会好起来的。"

她转身看向我。

"这肯定是'否认[①]'症状吧。"别开玩笑了。这就像在说大海很潮湿一样。"你有没有寻求过治疗？"

她垂下忧虑的目光，"你觉得我需要治疗吗？"

我勉强才压下一阵条件反射式的惊恐笑声。她心里的压抑肯定沉重得难以想象。

"我是什么时候开始意识到的？"几秒钟后，丽图接着说下去，"几星期前，我无意中听到我父亲和埃涅阿斯激烈的争论，关于是否公开一些新的技术突破，比如偶人寿命的延长技术。埃涅阿斯说技术还不够完善，又抱怨尤希尔的研究目标太过缥缈，比如非同源复刻……"

丽图终于开始倾诉她的故事，我则更加认真地聆听。我很有兴趣，真的，问题是这条隧道是如此闷热，令人窒息……我不禁想，我的汗水是不是某种瘟疫的先兆，是在我去那间细菌武器库时染上的？病毒是否已传遍了我的肉体？

我不能考虑这个！和丽图一样，我没有别的办法，只能靠对话分散注意力。

"唔……和埃涅阿斯的那些争论，能解释你父亲为什么藏起来

[①]一种精神疾病，表现为拒绝承认那些会令自己痛苦的念头。

吗?"

"我想可以……他们总是像兄弟一样争吵,从埃涅阿斯买下贝维索夫–马哈拉尔的技术来制造他的活动偶人时就开始了。他们最后总是能冷静下来,然后理清状况。"

"但这次不同,"我提醒丽图,"高岭——"

"——他指控尤希尔偷窃文件和设备!我得说埃涅阿斯非常激动,但他尽量克制住了怒火,就好像父亲掌握着某种强大力量似的。那力量甚至让寰球陶土集团的负责人都不敢插手,无论他多么愤怒。"

"胁迫吗?"我猜测道,"我们在周二晚上见面时,高岭的偶人在你父亲的房子里到处窥探。也许他在干掉了尤希尔以后想销毁证据——"

"不,"丽图摇摇头,"他上次离开前,我听到父亲告诉他:'我是你唯一的希望,所以如果你没勇气帮我,就别挡我的路。'我承认这话听起来很吓人,但算不上胁迫。无论如何我都不相信埃涅阿斯会杀害任何人。"

"你别忘了,那天夜里,在荒漠的公路上,向我们开枪的正是高岭的偶人。"

恰恰在这时候,几声响亮的轰鸣从殿后的贝塔和那些无名敌人的交火之处传来。丽图的双眸里重又燃起惧色……然后,她再一次将恐惧抛在脑后。她用自己的方式展现着真正的勇气。

"我……也想过这点。埃涅阿斯担心的不只我父亲,你知道的,还有越来越令他困扰的……贝塔。"丽图厌恶地吐出那个词,"埃涅阿斯在保险和安全方面花费巨资,试图阻止贝塔接近寰球的技术和资源。我猜一定是由于这个原因,他才发现了真相——我的另一半自我。"她以下颌示意旁边的那个看守偶人。

"恼羞成怒的埃涅阿斯意识到,贝塔知道我所知的有关公司的一切。他无法起诉也无法在不伤害我的前提下复仇……因为他一直把丽图·马哈拉尔当做女儿对待。但他也没法向我倾诉烦恼——这等于提醒贝塔,所以他只好把我瞒在鼓里。"

"更糟的是,"我补充道,"高岭还担心贝塔和尤希尔·马哈拉尔结盟。"

丽图点点头,"就是这个念头把埃涅阿斯逼疯的。"

"他的偶人在公路上向我们开枪,因为他以为你当时是贝塔。"我推测说,"你把自己伪装成了偶人。我还一直以为他的目标是我!但当时已经有人向我的住处发射了导弹,而且还——"

一颗子弹从旁擦过,射穿了天花板,也打断了我的话。丽图缩了缩身子。她已经是第四次或第五次试图蜷缩在我身边了。在周围这番喧闹中,互相拥抱本该是最自然的事。但我退了几步,保持着距离,因为我或许携带着某种可怕的病毒。

我决定把谈话继续下去。我偏过头,注视进她的双眸。

"那你父亲呢?"我问她,"就是他在这儿做的事让高岭害怕吗?为什么要从政府偷窃偶人和武器呢?还有细菌武器,老天爷啊!"

"丽图,他都死了好几天了,这里到底在发生什么事?"

我强烈的语气让她畏缩了。丽图双手抱紧自己的头,声音变得嘶哑起来。

"我什么都不知道!"

另一个人插嘴了。

"让她一个人静静,莫里斯。你纠缠的对象错了,你不该问那部分我。"

发话的是那个负责看守我们的受伤傀儡,我们刚才就躲在他身后,当他是块大石头,而他也一直沉默不语。现在,那张下颚方正的脸垂下来,注视着我,几乎面无表情,可我还是能感受到我这位多年宿敌的轻蔑。我恨透了这家伙。

贝塔的声音低沉沙哑，但语气依旧恶毒："你怀疑得没错，我和尤希尔的确有个约定。他源源不断地向我提供直接从研究部弄来的特制空白偶人，拥有各种了不起的特色，比如可以随着命令改变色彩、图案的像素皮肤。"

"你在开玩笑吧。"

"不。尤希尔只管把这些东西搬进丽图的补给冷库，而我在她心里施压，确保她不会仔细检查自己的空白偶人。我们联起手来，让其中几个偶人看似完全照她的要求做事，将她的担心和猜疑降到最低程度。这对我的计划大有帮助，进展一直很顺利……直到不久以前。"

"马哈拉尔得到的回报是什么？"

"我教会了他隐匿行踪的技艺：如何躲闪，如何迂回行进，规避'世界之眼'。我和黑社会的关系也起了很大作用。我们之间的互动变成了一种父亲和儿子的娱乐消遣。"偶人向丽图挤挤眼睛，后者颤抖着转过头去。贝塔转脸对我露出会意的微笑。

"我猜爸爸一直想要个男孩儿。"他说。

兄弟阋墙令人厌恶，毁灭性的自我憎恨也一样。而"他们"的情况介于这两者之间。

"我必须承认，"贝塔继续说，"过去这几周，她的确惹出了不少乱子。自从发现我的存在之后，她停止了复刻，杀死了每个接近她，想要上传记忆的贝塔。我的延迟激活偶人都快用完了！"

"我在屋后的垃圾桶里发现的那个正在分解的偶人——"

"砰！"贝塔用手指做出枪的样子指向我，"丽图干掉了它。她还拿走了爸爸的伪装工具，把自己打扮成灰色偶人，希望这番伪装能让她和你一同前往南方……"贝塔摇摇头，"好吧，我必须承认，她的坚定让我吃了一惊。我只能在体内稍稍加以干预。你真是好样的,阿尔法!"

"太感人了。"我替丽图答道。她已经愤怒得说不出话来。"这么说,你父亲最喜欢你,所以你才要一路杀向你的好老爸的藏身处吗?"

没等贝塔回答,我脑子里某根弦突然接上了。

"实验室没有停止运作。剩下的机器哨兵还在防守它,现在里面还有人,打算用偷来的细菌武器执行某个可怕的计划。那个人就是杀死尤希尔的凶手吗? 你打算为你父亲报仇?"

贝塔顿了顿,承认道:"以某种方式来说,是的,莫里斯。隐藏的真相反正就要显现了,你会明白的。"他向丽图点头示意,"我们和父亲的共同点比你想象的还要多。"

丽图眨巴着眼睛,第一次看向那个偶人,"你的意思是——"

"我的意思是,他所拥有的那种天赋,单单一个人是永远无法控制的,也不是区区一颗人类大脑可以包容的。尤希尔的内在人格没有你我这么明显差别,但——"

我发出一声恍然大悟的咕哝。我想起了和丽图在荒漠旅程中讨论过的那些糟糕的电影。有多少电影讲述了同一个古老的噩梦——对于被你自己的造物,被自己的黑暗面所征服的恐惧? 在丽图身上,科技将她内心的梦魇变成了活物,将仅仅是令人厌恶的性格放大为一个实实在在的特大号罪犯。

如果释放出梦魇的人本身是个杰出天才,可怕的程度又会增加多少?

"那马哈拉尔——"

没等我说完,一阵尖厉的哨声响彻走廊。贝塔愉快地咕哝道:"就是现在!"巨大的战斗偶人护住左腰的严重伤势,笨拙地站起身,让我和丽图跟上,"前方清理干净了。"

丽图颤抖起来,那个偶人安慰道:"把它想象成全家团圆吧。让我们去看看父亲变成了什么样。"

56 │ 无所不能

……绿皮小兵努力起身……

简陋的阶梯没有照明,所以我没办法判断从一级台阶迈向下一级要花多久。我拖着仅有的一只完好手臂和一条勉强能活动的腿,身体一路上慢慢分崩离析。向上的路似乎漫漫无尽,我只能靠自己的身体有节奏的撞击来计算。我数了一百四十下。也就是说,我有过一百四十次机会可以投入黑暗,永远沉睡。终于,包裹着我的一片漆黑逐渐散去。

微弱的光自楼梯处泻下,仿佛流质,给了我一点鼓舞。这种时刻看到一线曙光,恐怕没人能不涌起希望吧。

天确实亮了,这一点很快便得到证实,光线透过这个小房间远端的粗糙开口照射进来。房间几乎被一台硕大的机器占满了。爬近以后,我看到一个漏斗似的东西朝着狭窄的窗户,斜斜地摆放在轨道上。它的框架很简陋,装着整整一打管状物,管子上还有类似背鳍和尾鳍的东西,似乎是为了让这东西在空气和水中都能同样遨游自如。

我完好的那只眼睛,瞥见了它光滑的前段上仿佛由弯刀组成的不祥符号。

导弹，我想着，奋力和大限将至的疲惫对抗，架设在自动发射系统上的导弹。

还有……我发现一排指示灯纷纷亮起……

那台机器已经启动了。

57 | 电路里的玻色子

……成为艾梅特的重要性……

随着力量渐增,知识潮涌而来。这几个月来,离那个伟大的目标越来越近,可怜的尤希尔·马哈拉尔越来越担惊受怕。这也难怪,他孤身一人,站在数千年来最为睿智的人们所建起的人类知识高塔之上——这些人中的每一个都曾不顾一切,以自己的方式对抗愚昧的黑暗。即使这黑暗是那么深重,个人的奋斗是那么无望。

起初,奋斗的进展是那么缓慢,而且错误远比进步更多。毕竟,原始人类既没有火也没有电,又缺乏生物化学和灵魂科学知识,他们能参透什么秘密? 最早的智者们意识到,生命不止是牙齿和爪子,于是专注于一项很早便出现的天赋——语言能力:说服的语言,想象的语言,富有魔力的语言,传播爱与道德进步的语言,祈祷的语言。可以称之为魔咒,也可以叫它信仰。他们将自己的希望——或是妄想——寄托在语言之上。他们认为,只要能保持绝对虔诚,选择合适的咒语,外加纯净的思想和品行,那么,光凭语言便能成就一切。

迟些时候的后继者发现了数学之美,认为它才是关键。从毕达哥拉斯到钻研数字命理学的卡巴拉再到优美的超弦理论,数学就像上帝的语言，上帝用它来书写造物计划的密码。能优雅地区分疏离的费密子和亲密的玻色子的量子力学也是如此。它们是根基，是华美的真实。

但这还不够。因为我们向往的繁星仍旧远在天边，无法触及。数学和物理学只能测量这巨大的鸿沟，却无法跨过。

自负的数字化领域也一样。计算机短暂地勾起了我们的希望，暗示着软件模型也许能够超越真实。狂热者们承诺它会实现大脑的开发和心灵感应，甚至给人们带来超脱凡俗之力。但电子技术没能实现真正的突破，它变成了另一种有用的工具。

回想我们祖母的年代，生物学是科学之母。破解基因组、蛋白质组，解开生物的谜团，实现可持续发展，这些东西至关重要，相当于原始人发现火的妙用，现代人废除了全面战争。

可那个核心问题的答案又在哪里？

宗教做出过承诺，却总是言辞含糊，不断更改着最后期限。不要越界。他们告诉伽利略，然后是哈顿①、达尔文、冯·诺依曼②和克里克③，但他们总是带着无上的尊严在最新的科技发展前撤退，然后在知识的模糊边缘处画下又一道神圣不可侵犯的界线。

自此开始便是上帝的领域，只有信仰才能引领我们。尽管你也许能够看穿事物和时间的秘密，让生命进入试管，甚至能够让地球被复制体挤满，但人类永远无法涉足不朽灵魂的国度。

而现在，我们跨过了那条界线，我和尤希尔。我们拥有的并非美德，而是技术，利用了人类一万年来在对抗黑暗蒙昧的痛苦奋斗中收获的每一份知识。

---

①即詹姆斯·哈顿，苏格兰地质学家、医生、博物学家和化学家，被称为近代地质学之父。

②美籍匈牙利人，数学家、化学家，现代计算机理论之父。

③弗朗西斯·克里克，英国生物学家、物理学家及神经科学家，DNA分子结构的发现者。

但在我们起程冒险之前，还有一件事需要决定。

我们之中，谁将是马儿……谁又将是骑手？

噢，还有个问题。

如果需要用一场可怕的罪行作为开端，那这个行为会不会从一开始就是错误的？

偶人尤希尔把钟摆拉到一旁，准备爬上去，将自己的最后一具偶人身躯投入两面镜子之间的"通神机"。他不再紧张地絮语哲学和玄学，这个可怜的灰色偶人仿佛失去了语言能力。我能感觉到他驻波里代表恐惧的低沉鼓声，那种恐惧正是尤希尔本人在星期一的感受：他看到一切都失去了控制，而自己也将因为傲慢而付出终极代价。

紧张的局势更加深了这种恐惧——最后一个机器守卫也在通道里的军队面前倒下……

……而偶人尤希尔看着仪表，终于意识到自己的宝贵计划出了差错。"通神机"的读数和他料想的不同。也许他最后会怀疑我仍然存在，没有被冲刷殆尽，而是驾驭着这股滔天巨浪，而且每分每秒都在变强！

偶人尤希尔把钟摆的轨道设置成划过"通神机"正中央。我突然意识到——这会很痛。事实上，它恐怕比我在有机身体里体验过的所有事更痛，比那次用偶人制造偶人还要痛。

我知道它会怎么运行……偶人尤希尔的内在火焰会点燃通神机那强大的能量，每次摆动都留下他自己的印迹，就像用刻了字的圆筒在柔软的陶土上一遍遍滚动一样。尽管他的计划出了差错——我迟迟不去——但他也许仍能成功接管大局，将我驱逐出去！

或者，我们会抹消彼此，只留下一团自给自足的、狂野的灵魂精髓，无需引导便冲出此处，就像一场吞噬万物的风暴，一团精神力的龙卷风……

我还以为什么事都吓不倒我了呢。我错了。

现在我的唯一愿望就是回去，回到那遍布焦痕却又美丽无比的灵魂之境，再看看那些无人染指的地域。它们比任何尚未探索的陆地都更广袤，比宇宙更具希望，可到目前为止却只有数十亿个微小的海藻散布在海岸边，对自己潜在的命运懵然不知。

而其中一团毫无戒心的海藻——大约几百万个——将面临特别的命运，成为最后的祭品，就像为巴比伦君王殉葬的仆从。它们这些配角的任务就是死去，献出自己的灵魂能量，将潜力投入"通神机"，把驻波推上全新的高度。

古代人称之为"死灵术"，从死亡本身提取魔法力量。无论怎样称呼，这都是一种可怕的罪恶……

……如此可怕，几乎让我畏缩。它们将像我早先看见的那些逐渐熄灭的余烬一样：濒死的人类灵魂在最后时刻飞离身体，然后渐渐熄灭，落下，在那片贫瘠的原野上留下灰烬的印迹。但他们的牺牲是值得的，不是吗？

打量过这片灵魂的大陆，沉醉于它蕴藏的丰富可能性之后，我又何必为海岸边那几个海藻的命运烦扰呢？

只不过——

只不过那些微弱的火光之一让我有点儿烦扰，就像鞋里的一粒砂，马鞍上的一粒石子。灵魂之境的距离不是以米，而是以联系的紧密程度来计算的。这片火花近得足以引起我的注意，像影子跟着身体一样。我回过身，打量这恼人的家伙，却发现它竟然是……

……是我！

或者说,它是那个活生生的、能够呼吸的艾伯特·莫里斯,是我极大增幅过的灵魂驻波的本源。我能感觉到在物理空间里他也在悄悄靠近,心里充斥着那种古老的、有机体的恐惧,还有决心以及同情。他很紧张,但一如既往地固执,而且离我如此之近。

怎么会这样?偶人尤希尔声称自己用一枚偷来的导弹杀掉了莫里斯!本体的死去本该让锚消失,让灵魂获得自由。新闻报道说房子和花园皆付之一炬,可他却活了下来。

这一定就是我的人格拒绝消失的原因!驻波不断以某种方式从本源进行复刻,直到它能够自给自足为止。

太棒了。我很庆幸自己还在。可然后呢?艾伯特的到来会干扰这一切吗?当那决定性的飞升时刻来临,他这只锚会把"通神机"限制在"现实"里吗?

尤希尔的幽灵已经将他自己捆牢了。敌方的偶人士兵冲进了最后一道房门,他不能再耽搁了。他鼓起勇气,高声发令,准备让钟摆开始摆动。

"启动最后阶段!"他向控制电脑大喊,"飞弹发射!"

好吧。准备战斗的同时,我也感到自己安心了。不管这个城市发生了什么,都不是我的错。这场大规模的谋杀并非出自我手,其业报亦与我无干。

我和其他人一样,都是受害者,不是吗?

我会让他们的牺牲值回票价的。

58 | 陶土之光

……绿皮渐渐明白了一些事情……

星光黯淡,从简陋的窗外照进房间,闪闪烁烁,像那台几乎占满房间的黑色机器仪表盘上的指示灯光。那台机器苏醒时,我感到一阵不祥的震颤透过地面传来,而非通过已报废的耳朵听到。弹仓上密集排列着许多小小的物体,每个都带有那种深红的新月组成的标志。我用不着再靠近都能认出它的自动发射系统。见鬼,这可不好。

的确不好。

也许你应该阻止它。

我不需要叮嘱,我需要的是告诉我该怎么做。我怎么才能阻止它!

几个按钮闪着红光,高度大约和一个站着的男人肩部齐平。它们中的某个或许可以切断这台机器和远程控制器的联系。但怎么才能够到它们? 武器系统的侧面经过军事水准的抛光,没有握柄,没法让一个趴在地上的独臂偶人借力起身,这甚至比爬上楼下那台自动陶偶炉还困难。

"我……不能……"我从喉咙里挤出沙哑的声音,"太远了。"

那就想办法。

我四下张望,没看到合适的架子或是可以爬上去的椅子。没有便捷的工具,连一块可以投掷的石块也没有。至于那件埃涅阿斯·高岭送给我的廉价衣物,陪伴了我半辈子以后,如今已经报销了大半,碎成了无用的布条。

目标指令接受。机器上跳出一排可怕的字眼。轨道计算中。接下来是一串数字。尽管昏昏沉沉,我还是认出了那些表示距离和方向的数据。

某个疯子要向城市开火!

我猜是贝塔。准是为了接管这台设备,他才谋杀了马哈拉尔教授。为什么?我猜是因为他的偶人绑架计划全都濒于破产。我的老对手一定以为,发生如此重大的灾难之后,当局肯定有比追捕盗版窃贼更重要的事情可做。

我沮丧地仰躺在地上。理论上是清楚了,但我知道这毫无意义。重要的是阻止他。我愿意为此放弃一切。当然了,包括我这悲惨的生命。我已经为此交出了我的左臂,还能怎样……

一声大吼从我破碎的口中传出。有些事情,只有想到以后,你才会觉得原来如此明显。

我还是有件合适工具的,只要我动作够快的话。

这事儿可不简单……但又有什么是简单的呢?

59 | 神圣的流感

用偷来的战斗傀儡组建的贝塔大军终于突防成功。我和丽图被驱赶着，踏过最后那群机器守卫的残骸，贝塔手下的十多个经验丰富的老兵则匆忙回头，赶去援助殿后部队。面对那支从基地赶来的势力，他们能支撑多久？

不会太久。我觉得很快就会发生什么事。

最好快点。我也许没有太多时间了。

烟气从一扇装甲门——门上炸穿了一个大洞——的边缘渗出。我们走进尤希尔·马哈拉尔这座深藏在地下的巢穴，新近熔化的金属仍旧散发出阵阵热浪。我和丽图发现自己站在一道能纵览这幕怪异景象的护栏边，眼前是一个放满各式设备的洞穴，其中大部分都带着熟悉的寰球标志。

这些就是高岭声称的马哈拉尔偷走的陶偶和电子设备。他究竟想干什么，我思索着。不用说，肯定是埃涅阿斯禁止他在公司研发部门进行的某种研究。

我的头脑里有些不祥的字眼掠过："弗兰肯斯坦的诅咒"，随之而来的是蘑菇云的画面，伴随着巨大的轰鸣。

到处都是形如触须的巨大线圈,伸向被捆缚于房间两端、双臂摊开、面对彼此的两具人形躯体。其中一个偶人是暗红色的,另一个是我经常会用的特制型灰色偶人。他们周围是各式各样的上传仪器。我想不出这么多高功率连接设备是干吗用的。

那两个偶人之间,某种巨大的发条装置正让一个大钟摆不断晃动。见鬼,还有个偶人坐在钟摆上面来来回回,像个荡秋千的孩子!

而他正在声嘶力竭地尖叫。

这些是我的肉眼看到的奇景。更有趣的是,那些肉眼本来不该看到的东西。

首先,我是否已经死于某种可怕的热病了?经过那条该死的通道之后,来到明亮的实验室凉爽的空气里,我感觉好多了。糟糕的是,到了这时,恶心之感翻涌上来,就像从前不得不用真人在太空中冒生命危险的时代,宇航员描述的那种内脏搅动的感觉。肠子收缩成一团,绞缠得紧紧的,我强忍住才没有发出惨叫。

就是它,我想。某种快速生效的超级病毒,几分钟内便会致人死命。

太糟糕了。我已经如此接近这里的真相了。

我真该待在家里,等着被导弹炸上天。那样至少能有个痛快。周二晚上出发时我怀抱的真正目标——再也实现不了了。

克拉拉,对不起。我真的努力过——

更多的症状涌现,搅乱了我的感官。我敢发誓,那两个被缚偶人之间的空间刚才看上去还空无一物,现在却像液体一样泛着涟漪!这种波动还有点朦胧之感,类似烟雾。

我有种短暂的印象,觉得这个有限区域内似乎盛着无穷无尽的身影,它们若有若无,排着整齐的队列,却不知为什么一点也不拥挤。队列中还有充足的空间，足以容纳更多成员。但只要那个钟摆经过，情形就不同了。一切都搅动起来，许多行进中的身影有了面孔。

他们仿佛在我面前漂浮，而我看到的是尤希尔·马哈拉尔的脸。

"艾伯特，你还好吧？"丽图低声问。我甩开她的手。让她以为我在生她的气吧，但我只是不希望传染她。

我不希望传染给任何人。于是，尽管胃在抽搐，眼前缭绕着幻觉，弄不清东南西北，我还是强迫自己把目光从实验室中央移开，望向排列在岩洞墙壁边的机械，寻找任何跟细菌有关的线索。这是唯一重要的事。

那儿。

透过模糊的双眼，我看到了一台计算机。是那种昂贵的AI–XIX型，虽然是硅制品，但它聪明得要命。这肯定是马哈拉尔的主要工具之一，甚至可能是一台主进程控制器。

我能想办法尽快走到那儿吗？

至少，这算是个目标。

附近的一个贝塔——也许就是那个在通道里和我们说话的战斗偶人——抓住护栏，用一种突然间悲哀到让我吃惊的嗓音大喊——我从没听过贝塔用那样的语气说道："尤希尔！父亲，住手……我们说好的！"

60 | 混合

见鬼的复述本能，它内嵌在一具傀儡的身体里，而这具躯体偏偏是聚拢持续增长的波形的镜子之一。

一股新的灵魂驻波正在通神机的两极之间增长。它很快便会挣脱束缚，越过这群陶瓷玩偶，力量足以在一座濒死的城市上空盘旋，从数百万逐渐熄灭的灵魂之火中攫取死亡的吗哪[①]——这顿大餐足以让它完成从被造之物到造物主的转变。

即使在倒计时之际，绝望之感仍旧徘徊不去。这台制造神明的通神机会留下怎样的印迹？以谁的人格为主？现在的波形在两种可能的状态间摇摆不定——两个不同定义的我。

尤希尔和我在一起，我们在不快的盘旋中交叠彼此的界线，就像无法融合的液体。我们都因这种反常的融合而狂吼着！这就像试图读取别人的偶人的记忆，这种痛苦没有人会尝试两次。如果对方不肯接受维度的概念，比如左右、上下、内外，你又该如何跟他分享记忆？在灵魂位面，这些概念完全取决于主观看法。例如我的版本能以多种角度飞奔急驰，这点跟他毫无共同之处。

---

①《圣经》中一种天降的食物。

我们会达成共识的,但那是我作为拥有万千形体的神祇,君临这块大地以后的事了。我会设立一个简单、通用的公平标准,然后邀请所有人加入这个广阔的宇宙!用比真空更基本的原料,一同创造恒星、行星以及全新的地球。

但首先,我要赢得控制权。

先进入状态的是我,在过去几个小时内,我已经成长到难以计量的程度。但我的对手对理论的了解更加深入,他的位置也是优势。随着每次有节奏的摇摆,那个钟摆就像一片刀锋,划过通神机柔软的中心,那个最具能量、也最易受影响的点。

更糟的是,我还被艾伯特本人的存在拉扯着。我们离得如此之近,以至于他的形象透过一双肉眼清晰地传到我体内。那个红色偶人可以真正看见他:他正从西面的一道栏杆那儿下来。真人艾伯特看起来很痛苦。流着汗,脸色苍白,摇摇晃晃。状况糟透了。

他每走近一步,通神机都在颤抖!

他是我的本体……也是我能熬过那番抹消自我的过程,直到这一刻的原因。

现在他成了我的阻碍。

必须让可怜的艾伯特靠边站。

61 | 重重困境

······绿皮又丢了一条腿······

有没有试过亲手扯下自己的腿？想干出这种事来，你需要点儿动机才行。

如果你的身体正在四分五裂就好办多了。

我用仅有的一只完好手臂用力拉扯，没有太大进展。而导弹在作最后的倒计时。

我给你提点建议吧。

尽管很烦人，可那个声音迄今为止一直在指导着我。转眼间，似乎有什么东西触到了我被烤硬的皮肤，而且深入体内。

这条肢体不再是你的一部分了。

想象一下吧。

把你自己抽离它。

让那些酶发挥作用。

就像这样······

我在化学方面最多不过是个初学者，但这些指令听起来却莫名地有道理，就像唤回了某项被我遗忘的技艺。这是最自然的做法，我想，不再考虑这些指点来自我想象中的朋友。很简单，我记起来了。

那条腿上传来的痛苦和疲惫消失了。在逐渐增长的麻木中，我耗尽了每一滴剩余的能量，不是融化那条腿，而是让它像在快速烤箱里那样迅速硬化。

我的再次撕扯带来了清脆的断裂声。我又拽了一次，那条腿齐根折下，几片碎裂的灵魂织物垂落下来，闪烁着微光。

在我手里的是一个烘焙成型，近乎完美的人类肢体的赤陶复制品。我举起它。它很精致，但用起来恐怕不会太称手。

目标锁定，操控屏幕宣布道。一号导弹的深红色弹头滑到了发射位置。

装弹完成，准备发射。

机器的嗡鸣声升向高点。我知道我只有一次机会。

62 | 陶制的怪物

从露台下来的途中,我的双脚像煮烂面条的僵硬末端一样。恶心反胃的感觉淹没了我,我用满是汗水的手握住栏杆,一步步前进。我干呕着,如果我这几天吃过什么正经食物,现在准会吐出来。自然有饥饿和疲劳的原因,但这样剧烈的变化一定源于别的什么——某些傲慢自大的军方高层贮藏在防护严密的洞窟里的军用速效瘟疫,大规模屠杀的工具,它们早就被明令禁止了。但谁又愿意放弃武器呢?

我是否只是比上百万人提早尝到了这种痛苦?我不知道实验室里这些天线、嗡鸣的线路和晃动的钟摆意味着什么,它们就像希罗尼穆斯·波希①笔下的梦魇。但我知道,它们跟细菌有关,所以肯定是邪恶的。

这下就简单了。我必须干涉。

但怎么做?

我的老朋友小帕有个理论:"如果你搞不清状态,又没有适当

① 荷兰画家,其画作多表现罪恶与人类道德的沉沦,以恶魔、半人半兽甚至机械的形象来表现人类的邪恶。

的手段,拿起大扳手乱敲猛砸也能解决问题。"

这个信条无疑过于简单,而且愚蠢,但此时此刻却非常有说服力。如果我能把眼前这一切破坏得够狠,克拉拉和她的朋友也许就有时间找到这里。他们会处理残局……理清一切。所以,无论这儿正在发生什么,我只要想办法阻挠它就行了。

每向下走一步,我的反胃感就愈发严重……我想着那台AI-XIX计算机……还有附近的一把金属折叠椅。后者正是我需要的扳手替代品——假如我走到那儿时还能举起它的话。

恶化的症状增加了不确定性。在那道摇摇晃晃的楼梯上走到一半时,我觉得有群长着螯针和利爪的肮脏生物包围了我,它们每一次虚无的挥击都会让我的血肉颤抖。是幻觉,我诊断道。你的大脑正在编造故事,以解释这具濒死肉体的种种症状。继续走吧。

好吧。但是,又下了两级台阶之后,除了想象中的怪物,又多了令人不安的鲜活回忆,一波波涌来,令我在楼梯上步履蹒跚。

查韦斯大道公园的花香。

死者开启的棺材,上面还有长矛和盾牌的纹饰。

丽图流着泪,旁边是一个肤色好像明亮的马口铁的身影,正安慰着她。

从院子里三个打闹的男孩身边悄悄走过——

——然后一转身,看到一个持枪微笑的幽灵……

这些凌乱的记忆不是我自己的经历,也并非我接收过记忆的那些偶人。肯定是错觉。然而似曾相识之感是如此强烈,就像我头一次把驻波注入陶土的身躯,或是从几个不同视角目击同一场面,又是不用照相机或是镜子直视自己的双眼。

被人唤醒,身在充满液体的容器里。

浏览楔形文字的石碑和维纳斯雕像——

——还有我无法想象的痛苦,它由机器产生,增幅着我的灵魂,同时又想擦除关于我的其余所有——

我在这些疯狂幻象的攻击下跌跌撞撞,听到房间里回荡着人们的呼喊声。这之中肯定有贝塔和丽图,也许还有其他人。叫声来得那么缓慢,时间也仿佛随着逝去的每一秒而变得更加迟滞。狂乱的呼喊声中,有几句清晰可辨。但无论如何,他们激动的情绪似乎显得无足轻重。

到了最后一级台阶,我却迟疑起来,一只脚悬在实验室的地板上方。

不知为什么,我知道,只要我再踏出一步,事态就会变得不可收拾。我向左看去,看到了面对面的灰色和红色傀儡——钟摆在他们之间摇摆。离我较近的是那个灰色偶人,他转头看向我。在我朦胧的眼里,他显得如此熟悉。

然后,出乎意料、毫无征兆地,颤抖的话语渗入了我的头脑。

真人艾伯特看起来很痛苦。流着汗,脸色苍白,摇摇晃晃。状况糟透了。

这是什么? 另一种症状吗?

我不会再分心了,我发誓。我跟一把折叠椅有个约会,就是几米外的那把。

我又踏向前方,脚底离地面只差最后几英寸——

——即将触地。

突然间,天空仿佛崩塌下来! 一个低沉的声音,一句急促的话语,强行灌入我的头脑,让我陡然紧张起来。

真人艾伯特快死了吗？

他很快就会消失吗？在通神机的能量达到顶峰的最后时刻，如果我原生的"锚"突然消失，会发生什么情况？

评估中……

看起来，死神的鞭子会帮助我的波形对抗尤希尔，也许甚至能将他该死的幽灵驱逐出去！

这他妈的是什么？我的脑顶叶痛得像被刺穿了一样。汹涌而入的奇异想法让我动摇了。感觉就像偶人上传记忆，只是更加激烈，也更加陌生。

随着每一次钟摆的摆动，我的敌人的攻击也更加不顾一切。没有妥协的余地。如果他不能赢，也不会把胜利果实让给任何人！

我和尤希尔也许会击溃彼此，通神机便会无人引导，在现实的位面里横冲直撞，而人类社会的防御体系甚至无法察觉。城市里所有那些注定毁灭的人，即将经受痛苦的死亡……我不能让他们白白牺牲。

巨大的存在，轰鸣的思绪——我被吓坏了。我想知道，它怎么可能跟我有关系？

话说回来，为什么不可能呢？你不可能听到别人的心声。你只能听到不同版本的你自己。

真人艾伯特开始明白了！我会帮助他的，在钟摆荡回来之前。反正他快死了。如果他明白这件事的重要，他会做出正确的选择的。

在效果最佳的一刻,我的创造者和我融合为一 ——这是最恰当的结果。

雷鸣般的叙述如海潮般涌来,而这只是庞大上传过程的最初部分。我大叫出声,抱住自己的头,几天来的经历毫无缓冲地淹没了我纷乱的、毫无防护的头脑。在这阵刺耳的喧嚣中,传出了关键的数据——

——他就是我星期二在高岭庄园失踪的灰色偶人。他得到了强化,增殖了上百万个副本,如今是某台伟大机器的一部分,后者的骇人目的在我脑中逐渐明朗——

——是谁将我的房子和花园付之一炬。也正是那个卑劣的偶人谋害了自己的本体。他如今就坐在钟摆上,发出撕心裂肺的尖叫。在那一瞬间,我明白了原因……以及成为"锚"的意义——

——我会得到什么……

——又会付出什么。

我们的图纹啮合了。尽管大脑神志不清,真人艾伯特还是分享了我的全新视野。伴随着油然而生的敬畏,他察觉到了灵魂之境的荒芜之美,它几乎完全没有被海岸边的星点海藻所染指。

看得更深一点吧,艾伯特。看看灵魂之境是怎样从迪拉克[1]的无限可能性中浮现出来的。它沉睡了百亿年,等待着一个能够发现它存在的人。某个拥有理论家永远无法想象的技巧,能够令所有量子概率坍缩的人……

停!

---

[1]英国物理学家,量子力学的创始人之一。

这些有关技术的话语都是尤希尔的！他的幽灵划过驻波的时候，不断地将他的观点强加给我。

在我们的争执导致一切毁灭之前，还要这样循环多少次？

决定取决于艾伯特本人。

决定吧！曾经是我的渺小原生人，快点决定！

我们的想法并不同步。对那个改变、增幅后的"我"而言，所谓的"时间"已经完全不同于常人了。他的话声时而喷涌而出，时而无法听闻。经过他几秒钟的指导之后，我较为迟钝的有机体大脑才理解了重点——理解丽图的天才父亲的这个了不起的发现，以及他让人类这一物种达到巅峰境界的计划。

我有多少次嘲笑过这些自称"灵魂学家"的神秘主义者？对我们正常人来说，偶人技术仅仅是让我们拥有了多个平行的人生，而他们却从中看到了希望——或是恐惧。人类将会越过一条界线，开始一段全新的宿命。而现在的我，有机会在这个从宇宙起源算起最为重大的事件中扮演关键的角色。

但要做到这一点，我必须死。

反正你也快死了对吗？只不过提早几分钟罢了。它怂恿着我。

随便找件工具。狠狠一下子就行了。

我全身颤抖，看到附近的控制台上躺着一支削尖的铅笔。

在我想到之前——又或许我根本没想过——这支细细的小东西已经在我手里了，尖端正在逼近我的右眼。

用力一刺，一个新时代就将诞生。

"噢，上帝。"我呻吟道。

我的声音从我自己的口中吐出，回答了我的话。

"嗯，我在这儿。相信我，这个头衔很适合我。"

63 留住良知①

……决定性的五秒钟……

　　破晓的日光透过开启的窗户照进来。我躺在冰冷的石地上，已然失去了自己唯一的武器——那条弯折的、烤硬的腿，是我从自己身体上扭下来的。

　　我只有一次砸中目标的机会。

　　导弹发射器传来咔嗒一声响，屏幕上跳出"准备完成"的字眼。

　　那个一直引导着我的多管闲事的声音不见了。没有了目睹我的努力的旁观者，我还真有点儿寂寞呢。

　　去吧。我想着。我唯一正常的肢体——一只手——挥了起来，以全部力量砸向……

---

　　①此处为双关。原文为Catch the Conscience，也可解释为"保持清醒"。

64 ……从属于王

……以及另一个二十……

铅笔尖逐渐逼近我的眼睛。我低声咒骂着,感觉旁边那台造神机器传来飞快的鼓励声。用力一刺,一个新时代就将诞生,人类往昔的无数梦想就将达成。

反正我从十六岁以后已经死过很多次了,对不对?

但那些都是偶人。

我的原生身体在抗拒我的计划。他大吼着想活下去!

一周前,马哈拉尔本人也正是在这种本能的驱使下,在那个晚上不顾一切地逃进了荒漠。

"但你比他坚强多了。"我听见自己这样回答,"和我结合吧。感觉就像读取记忆一样。"

如果偶人能与更加博大的自己融合,一天的生命已经足够。这难道不是一回事吗?圣徒们牺牲时,没有谁像现在的我一样,得到了如此可靠的担保。

好吧。我想着,决心涌入我的手臂。

铅笔尖颤抖了一下——

突然,旁边一盏琥珀色的警报灯闪了一下,我条件反射地望过去。

警报! 警报!
导弹发射系统故障
发射序列中断

全息图像放大,显示出一个架设在倾斜坡道上,外形笨拙的物体。这个新闻引发了灰色偶人、红色偶人以及他们所有虚拟复制体的强烈反应。

火箭为什么没有发射?
啊,原来如此——另一个我!
星期二的绿色偶人,为了打扫厕所、清理草坪而制造……这蠢家伙应该早就不存在了!

一个绿色偶人? 就是自称"瑕疵品",然后出走,寻找自身存在意义的那个? 我想着。他怎么会到这儿来?
AI-XIX 的屏幕显示出新的字眼:

修复开始

"别分心,"我听见自己的声音低声道,"发射器会自行修理的。回去做你自己手头的事吧。"
我自己手头的事——像埃舍尔①和爱因斯坦曾经做过的那样,用一支铅笔实现不朽。我的肾上腺素激烈分泌,心跳也开始加

---

①荷兰人,以画作中的悖论和离奇的空间概念而著称。

快。无论是爬虫、灵长类动物、穴居生物还是都市居民,它们/他们都会反抗。但现在,决心远远强过本能。

就像读取记忆一样,我想着,开始积聚力量。

又一件事分散了我的注意力,让我再次收起了那把临时找来的武器。

这次的感觉是痛苦。炫目、灼眼、闪闪发光的痛苦。

尤希尔目睹了我的计划。他知道,艾伯特本人的死也许会导致他的被逐!

尤希尔反抗了,他引发了一场精心提炼的苦痛,想让艾伯特与我脱离关系。

可怜的艾伯特在突然出现的地狱景象中呻吟。可怕的痛苦将煽动深植于真实血肉中的动物性,唤醒他们的本能,让他们或是逃亡,或是反抗。

尤希尔的傀儡在他那摇晃不定的座位上大喊大叫,要她的女儿从楼上下来——要她推开艾伯特,取代他在这道通神光束中的位置!

他发誓会遵守他们的约定。但她必须快一点儿。

只剩几秒钟了,我必须重新引起艾伯特的注意力。让他明白,那种疼痛只是幻觉。

"疼痛只是幻觉。"我自己的声音安抚着我,我嘴里说出的话来自我大脑以外的地方,"和伟大的灵魂之境相比,痛苦只是一场唇景。"

"面对它吧,艾伯特。"

"看啊!"

突然,庞大的、崭新的国度的全景呈现在我面前,比大地更加宽广华丽,正吸引我走出地狱的深渊,把我送到以前从未想过的

"天堂"。

天堂的喜乐!

沐浴在毫无保留的宽容与爱之中。

还有离开太阳系以后那种难以名状的平静。这些天堂都将属于我。

属于我们。我想象着一个属于所有人的更好的世界。所有人。所有的生命。

会到来的! 这番影像抚慰了我属于"动物"的那部分,平息了我的反抗,令前路畅通无阻。

可是——

伸出手的同时,我也感觉到那个绿色偶人就在近旁,他如今只是一团勉强能动的土块儿,正躺在这座迷宫上方某处的冰冷房间里,无助地看着导弹发射器部署机械维修单元,卸下那条可怜的陶瓷肢体。这位傀儡勇士的牺牲只为这座城市赢得了一丁点儿时间,最多几分钟。

但他不知道即将实现的更大善果,或是在灵魂之境等待着我们的诱人一切。他一无所知。

可是——

可是——

完成徒劳的壮举后,可怜的绿家伙躺在那儿。他身上有种东西。

诸多感受自行涌来。起初是轻柔的抚摸,然后是喉中的奇痒。

让我爆发出一阵自嘲的笑声。

然后是一声轻笑。我嘲笑我的那个拙劣仿制品,只剩一条肢体,正在分解的倒霉蛋。他倒在地上,不幸至极又无依无靠,甚至没有另一条腿可丢,却还在试图阻挠这一切。

这一幕是如此悲伤,感人……而且滑稽!

泪和笑同时如岩浆般喷涌，来源却并非头脑，而是本能。我为这个凄惨的绿皮大笑——为他的勇气和不幸，还有闹剧般的固执。而且，在这一刻，我无比清楚地知道：

我不想成为神明。

我看见了那些天堂般的景致。它们是真实存在的可能性，随时可以成为现实。但直到现在，我才明白其中缺了什么。它们之中没有幽默的一席之地！

还用说吗？任何"完美"的世界都不会有悲剧发生，对吧？这就意味着人类再也无需勇敢地面对不幸，无需直面难以忍受的不公。而幽默正是人类在这种情形下所展示的无畏、轻蔑的——经常是徒劳的——姿态。

哦，老天。比起那个傲慢自大、自诩为神的灰色偶人，我和那个破破烂烂的绿色偶人更有共同点。

这番顿悟仿佛扫清了重重迷雾，我的知觉忽又完整起来。我嘲弄地笑着，把那支愚蠢的铅笔扔到屋子另一端。

然后，我开始寻找那把折椅。

难以置信，他竟然拒绝了提议！

更糟的是，真人艾伯特还想阻挠。

我可以制止他。只要伸手攥住他跳动的心脏就可以了。弄断一根动脉。摧毁那几百万个神经细胞的钠通道①。

我许给了他天大的好处，可他竟然……

要赢得这场争斗，看来不是光击败尤希尔就可以做到。我还必须效仿他。

我必须摧毁其他的我。

————————

①细胞膜上允许少量钠通过的通道。

带着轻快得多的步子，我转身离开那台巨大的灵魂增幅设备。我寻找的东西就在我前方，一件简单工具。我用双手抓起那把椅子，高高举起。小帕准会赞赏我这双手，它有着令人愉悦的分量。我首先对准电脑的全息屏幕，狠狠砸下去。我感到自己是如此有力，坚定。

60%修复完成，显示着这些字样的脆弱屏幕碎裂开来，将闪光的微尘撒向空中。满意了吗？当然，但它只是个全息单元。AI-XIX真正的超导心脏在下方，在紧闭的苯酚罩中。

椅子再次举起。就在这时，有人尖叫起来。是丽图还是贝塔在这段缓慢流逝的时间里来到了近处？这重要吗？

椅子这次落下时，身体的不适重重包围了我。心脏一阵悸动，手臂也在抽痛。我本来会把这种感觉叫做痛苦，只不过有人教过我：痛苦根本不存在！

随着椅子的第一击，中央处理器的护罩开裂了。还需要几下，还得祈祷马哈拉尔教授没有做过什么远程备份。我再次抬起椅子——这时我的嘴唇翕动，那个通神机里的伟大存在再次通过我说话了："艾伯特……我和尤希尔达成了共识……必须阻止你。"

真希望可以吼回去——见鬼去吧！但一只手紧紧攥住了我的心脏，让我头晕眼花。

话声仍不断传来。

"抱歉……这件事……必须完成……也将会完成。"

就在这时，另一个声音加入进来，它洪亮而陌生，仿佛来自虚无。

噢不，不会的。

突然间，我胸腔里的压力消失不见。我身体摇晃，几近虚脱。意识模糊不清，但我不能放弃。不能在见证了可怜的绿皮的榜样以后放弃。

我咬着牙，闷哼一声，用尽全力砸下椅子。

65 | 准备行动

……冈比几乎可以当个一垒手……

成功了吗?

砸出从前属于我的那条腿之后,我这么想着。之后的一分钟左右,我欣喜若狂,因为机器停止了运转,发出呻吟和抱怨的声音。

发射序列中断。小小的显示屏高喊。

但我的成功是短暂的。因为后面紧跟着第二条让我不那么喜欢的信息。

修复开始。机器上的屏幕显示。半打维修机器人从机器的隐蔽处出现,工蚁似的匆匆赶往事发源头,对我从前的陶制肢体又推又拉。其中的两个还点燃了小小的火焰切割器。

与此同时,第一颗导弹已准备就位,进入轨道最底部。我几乎要说它看起来很不耐烦。

我的行动比以前更艰难,尽管如此,我还是竭力用唯一的手臂将自己拉近那机器。也许我可以大声叫喊,或者拿腔捏调地发布命令,让那些维修机器人分心……

……但我只能发出嘶哑的噪音。好吧,毕竟,我只是一堆残骸。

除了眼睁睁看着，我什么也做不了。我思索着这次细菌武器袭击——为什么贝塔会做这样的事？是啊，致命的恐怖袭击也许可以暂时转移权威人士的注意力，让他们忙得顾不上追捕恶名昭彰的偶人绑匪和复制人窃贼。他们甚至可能忘记对寰球陶土集团的那次朊病毒袭击……

但这没什么意义！只有最蠢的骗子才会把一切押在警察永远这么无知上。在这个时代，做什么都会留下痕迹，不管你多么小心翼翼。总之，这么干不像贝塔的作风。

也许不是他。我想。侦探应该经常审视和修正自己的理论。

那又是谁？如果驾驶哈雷车的那个偶人不是贝塔，又会是谁呢？

某个急于跟踪丽图·马哈拉尔，寻找她父亲的小屋的人。

这个人能轻而易举地找到沙漠里的那辆沃尔沃，容易到令人生疑的地步。

这个人肯定仔细研究过贝塔，全为了模仿我的对手的行为举止。而且他一定知道在奎恩·艾琳家里发生的事情。

这个人很快便发现了我和陶土帕利准备在偶人城区跟小帕、拉姆还有加德里恩会面……因为他露面时，他的装备是那么合适。

我和"贝塔"能在那些蜡人战士的袭击下从小帕的公寓里逃脱，似乎只有一个解释得通的理由：他们想让我们逃走。这都是事先计划好的，所以他才会再次出现，关键时刻驾着飞空摩托来到现场。这些问题我早就该想明白，只是现在——

我眨了眨眼睛（虽然一边的眼睑已经脱落了），感觉自己离答案近了，非常近了。

事实上——

我忽然泄了气。现在这些还有意义吗？导弹发射以后，那座城市里的人们——或许是整个世界——都不会在意这些细枝末节了。只有少数活下来的人会。

就快发射了。

80%修复完成。屏幕上这样显示。

啊，好吧。

我躺在那儿，知道自己该去赴那个约会了——不再对抗泥浆回收箱持续不断的召唤。分解融化将是种解脱。

是时候变成地板上的一摊污泥了。

我准备好了……

屏幕上琥珀色的字渐渐转为闪耀的红色。

指令源硬件故障

导弹发射器的显示屏仍在继续报告。它似乎很不满意。

无法确定发射许可代码

提示：武器目标位于公开认可的战区以外，协议要求重复高级别确认。

重试或询问备用服务器？

这机器真是个急性子，但我全心全意地赞成它关机的举动。深红色弹头的火箭关上保险，退回它们的存储仓，而我在想：这是否意味着结束了？

还没完。修补机器人还在继续忙碌，切下我从前的腿，处理着碎片。远程连接是可以恢复的，随时都能重新设置所有的发射代码，并开始读秒。

而我没有办法让它再次停下。

噢不，有办法。

啊？

我还以为我想象中的唠叨声已经消失了。

你要不要回去？

回去？现在？

过去还是现在并不重要。

重要的是你得再次动身了。

动身？去哪儿？重要的是……怎么"动"？

答案我已经知道了。我只是不喜欢它。

回去。

爬回那些可怕的石阶。没有了腿，我只能用乏力的独臂拖动身体，再依靠一点点重力的帮助。

回到那个能让我发挥点作用的地方。说得好像我真有可能办到这一切似的。

好吧，至少这次有照明，那是透过这个狭小房间的窗子照来的光。这束光来自我从未预料自己会看到的新一天。

好吧。

凡事要朝好的方面看。

我建议你尽快出发。

要是我能掐死这个唠叨的声音就好了。但那需要两只手……他还得有个实实在在的脖子。

所以我做了更好的选择。我出发了。

66 合而为一

……大家都在一起了……

丽图、贝塔以及真人艾伯特进入实验室还不到四分钟。这里活脱脱是个灵魂马戏团，它有高空秋千，有疯狂的魔术师主持人，两端还绑着一对儿模样俗气的小丑。在他们之间，空间扭曲到了可以肉眼分辨的程度，泛起一阵阵涟漪和波浪，就像某种禁锢在牢笼中的力量，正来往奔突，准备逃之夭夭。

几分钟内，一场关于谁的人格能在这道崭新的神灵之波中留下印迹的战斗打响了。

谁将获得最终的控制权，去往灵魂之境？是开创这条道路的天才？又或是拥有似乎为此而生的才能的那个人？

战斗的双方完全没有考虑到第三种可能性：那个新的疆域也许并不像他们想象的那么荒凉。

有人也许已经在那儿了。

和有机人类能发出，能听到的绝大多数叽叽喳喳声音一样，"已经"这个词有各式各样的寓意，比如它可以暗示过去时态、现在时态——其实这种种时态都是叙述上的小伎俩，让人们对时间的

544

线性流动方式坚信不疑。

但你/你们不是这样。你/你们这些曾是/正是/将是艾伯特的存在。你/你们的故事不是线性的，它很复杂，首尾相接，难以捉摸。它需要一种灵活，自信，而且具有预测性的叙述方式。

让我告诉你我预见到了什么。

首先，你会弃绝恐惧。

就是这样。很简单，不是吗？

对于生物学意义上的人类，恐惧是很有用的。但你用不着它。

接下来，你会明白你的生命——以目前形态存在的生命——已经到达了终点。

你肯定不会以为自己能撑过这些经历却毫发无伤吧？被锚束缚的思想不可能看到灵魂之境而毫无改变。

忘记那些你以为是瘟疫——某种军用病毒——引起的症状吧。很快你就会明白，这个忠心耿耿地带着你四处转悠的聪明动物的身体没有任何异样。你会发现，曾被你误以为是疾病的感觉，其实是再自然不过的离别之痛。

这具身体会存活下来。当你离开时，它深藏于血肉的本能是不会过多抱怨的。

总之，我们还有些活儿要做！比如领悟时间的本质。

你会注意到我们周围似乎冻结了。连尤希尔的钟摆也暂停下来，悬在中央，而那个疯偶人的嘴也停在了怒吼的姿势。这就是所谓的"正时刻"，一瞬的真实。不过是一道不断变化的狭窄裂隙，有机生物只能在这道窄缝中行动、表现和感知。

伟大的思想家们总是觉得时间也是一种维度，也像其他维度那样有变化的可能。**但活着的有机体无法忍受矛盾，艾伯特**，无法忍受起因和结果的不一致。如果没有次数繁多的试验，慢慢搅动粗陋的化学原料，使之成为有灵魂的生物体，进化的奇迹怎么可能实现呢？"真实"世界需要持之以恒的努力和数不尽的失败，自然选择才会发挥效力，从混沌中分离出错综复杂的事物。

所以我们不能把时间的结构拖得太长，艾伯特！我们可以在时间中来来往往，成就自我，但只能在时间上的这里那里做些微调。

困惑了吗？如果我们后退一小步，你就不会了……大约一周前……上个周一的晚上。

不，别纠结于字面意义。大致差不多就行了。

就是这里！追踪这些痕迹：自命不凡，加上四倍的顽强，还有些过度自信，以及赌徒的大胆。追踪这些痕迹，你会发现那个晚上你的绿色偶人，受伤的、鲁莽的绿色偶人，正在穿过剧院广场，被无聊的蠢货干扰，贝塔愤怒的黄色偶人追逐在后，向你投掷石弹。

别回忆。预见！在这个位面，预见要简单得多。

你很快就会理解其必要性。绿色偶人必须活下来，但是得靠他自己。

只需施加最轻微的一点点影响就够了。足够让可能性塌缩少许。某种微不足道，很容易忽视的影响。

对，去吧，去试验吧。很快就会来到一个决定性的关口，你会伸出手去，在那个码头餐厅侍者的头脑中轻推一把。在那个关键时刻，他习惯性的笨拙将让对方分心……

……小心！最小的刺激也会激起涟漪。你很快就会看到那些碗碟是怎么飞出去的——

之后，某个多疑的你会为此困扰。他会担心这件事，就像忘不

了一颗疼痛的牙齿。我说过,任何因果矛盾都会让智慧动物提心
吊胆。

尤希尔·马哈拉尔,这位超卓与缺陷并存的人物,认定灵魂之
境的原料是简单的,就像任他捏来捏去的陶土。**但你会明白,它的
精巧远远超出可怜的尤希尔的想象。**

你会觉得我们的下一站更加奇怪。跳过一天,来到远离城镇
的荒漠中的一条路上。某人会拿着一件球状武器,准备伏击即将
到来的某辆车。是啊,那个偶人是埃涅阿斯·高岭的灵魂复刻物。
你会注意到那股刺鼻的惊恐气息——他觉得一切都那么不如意。

用不着深究!神秘兮兮的谁,什么,为什么,哪里——别管这
些琐事。忘记动机也忘记罪恶。这个真实世界里的侦探工作,只
管留给你的继任者去解决好了。

它们再也与你无关了。

这就是我预言你会做的事情。你会看着这场埋伏如何进行。

你会赞赏地注意到真人艾伯特·莫里斯让汽车转向以避免碰
撞时,那种野生哺乳动物般的灵巧……接着他加大油门,因为他看
到那个白金偶人用枪指着他……而且开了火!哈,在线性时间里,
这是几天前发生的事儿,但紧迫感仍旧那么鲜活。

你能预先回想起接下来做了什么吗?

很快,你会发现,在荒漠的星空下,所有人都失去了意识。艾
伯特和丽图昏倒在沃尔沃车里,不会注意到你接管了挂在车窗外
的偶人高岭的一小部分身体。你会用这具残躯伸手进去,控制车
子的方向……

……是啊,引导它穿过一道狭窄的峡谷,避开所有同情或关心
的视线,以免救援太快到来。

很快就会发生一些事件，让你分心。

一些信息仍在不断通过真人艾伯特的原生双眼和大脑传达给你，让你回头关注被冻结的"正时刻"中的那个星期五早上，回到那个地下的实验室。你将会思索：比方说，尤希尔·马哈拉尔的伟大发明出了什么问题？哪个人格会赢得控制权？通神机会如预期的那样射出那道灵魂驻波，让它在真实和精神的位面里翱翔吗？

你会问关于导弹的问题——真人艾伯特最后的破坏行动成功阻止了发射吗？这座城市的人们会获救吗？或者备份系统插手，最终还是把带来死亡的弹头射了出去？

艾伯特最后挥出那把金属椅子，将那台电脑的控制芯片砸成闪亮的碎片时，他狂野的心里充满满足之感。可透过眼角的余光，他看到纤细的丽图和一个巨型贝塔同时向他冲来。这一次，那两个身影似乎心甘情愿地联起手来了。面临共同的机遇和家人受到的威胁时，这种摒弃前嫌的行为难道不是很令人赞叹的吗？

时间振动着前进了几个刻度，很快就要重新启动了。在这短短几秒钟里，这两人更加接近。再这样跳动几次，他们就会抓住可怜的艾伯特了。

只是此刻，在房间另一头，艾伯特发现另一个身影也走了过来。这个傀儡身上米黄色的螺纹染色华丽地从头顶一路向下，直至双脚。看到这个堆满昂贵设备的庞大房间，他的表情愤怒到了极点！

起初你会猜想这是贝塔的另一个版本。然后你会明白他这副外表蒙骗了你。

为什么？

为什么这一切会发生？这件事的来龙去脉到底是什么？

这也会是你接下来的问题。我会回答的，而且尽我所能地详尽,但要在几件事完成之后。

首先我们要调整一下时空的坐标。大概半天前……

就是那儿!艾伯特·莫里斯独自站在巨大的军械库里,在电脑记录中查询,追踪尤希尔·马哈拉尔的秘密窃取和背叛行为。不远处站着一队目光茫然的军人,处于保鲜密封状态,祖国需要时他们随时可以投入烘焙——或者被聪明人劫持的时候。

我们要不要帮助自己呢?你的这些自己只需要一点点帮助就行。

首先,找找丽图。我说的是这个受伤的、迷茫的灵魂的第一个版本。你很快就会找到她。她内心充满了自我憎恨,因为她屈服于内心超出她控制能力的渴望,躺在高效四头探针下面。附近的自动陶偶炉开始加温,准备烘焙那几打为战争而设计的巨型偶人。

来吧,趁她仍在对抗那种冲动,仍然在抵抗内心压力时。这次抵抗得如此强烈,贝塔以前从没遇见过这样强烈的抗拒!这意味着他制造的第一个复制人会非常赢弱。你可以悄悄溜进去,接管它,把贝塔挤到一旁。没错,那个偶人也许会受些损伤。但既然他能爬出陶偶炉,说明损伤也损伤不到哪儿去。这个偶人会服从你的命令。

准备好了吗?完成了吗?带上你的战士,我们找艾伯特去。

这是干什么?我们去援救他?

不,我不指望艾伯特会把这么一点点帮助称为援救。他会被逼进那条可怕的隧道里。不过,在时间中来来回回常会带来出人意料的惊喜。无论这个回路循环多少次,都不会有两次一模一样的情形出现。或许这一次会有什么惊喜吧。

没关系。

我相信,当决定性的瞬间来临时,你会知道怎么做的。

……滚啊滚

……冈比听到一阵噼啪声……

旅程继续,这次甚至比星期一的夜里在河底的艰难之旅更可怕。我从没尝试过用这种近乎不断滚落的方式下楼梯。

我还能怎么做?凭这仅存的一条手臂,一颗碎裂的头颅,还有勉强将这些碎片连缀起来的躯干?嗅觉倒是本来就没有(我几乎不记得"嗅觉"这个概念了),但从这具躯体上渗出的油腻水汽却清晰可见。我尽快赶路的原因之一就是抢在这些烟汽的前头——它的作用就是大大加快最终的分解,这就是为什么消融都是一下子开始,迅速而又没有痛苦的原因。

但我没有运气。我想都是因为我太执著、不肯放弃的缘故。多奇怪啊,我变成了瑕疵品,反倒比艾伯特还像艾伯特了!

最后,让我非常惊讶的是,我居然成功地爬下了楼梯,到了我先前面对的那个岔路口,当时我选择的是三条路里最荒凉,几乎没有人迹的一条。那是半小时前吗?我不后悔爬上这些黑暗阶梯的决定。能够阻止导弹的发射,哪怕只是暂时的,也是我这廉价生命的最高意义所在了。只是现在,我不得不面对另外三个选择。

回到岩洞入口和度假小屋,也许可以在那儿的废墟中找到能用的电话?

或是,去马哈拉尔的密室?哈雷车的主人前往的地方——现在我怀疑他根本不是贝塔。毫无疑问,这条路上,有大事正在发生。

那两个选择出局,因为我爬不了几米远了。

我唯一的选择是穿过走廊,去那个放着一体化家用复刻机的小房间(那里面很温暖,而且储藏着大量的新鲜空白偶人)。我要做的事有违传统。如果被人抓到,说不定会被罚款,但这种事每个人都试过一两次。以我现在的状态,我也许会造出一头口角流涎的怪物。

好在那个可怜的家伙用不着记住太多东西。走出陶偶炉,跑上楼梯,把发射器砸到无法修复。易如反掌!

问题是,要做到这些,我得先把自己的脑袋放到复刻机上真人躺卧的位置。我抬起头,思索着——我他妈怎么才能够到那儿?

我的生命快要接近尾声,而导弹的发射代码随时可能恢复……现在又多了一条让自己加快速度的理由:我残破的下腹部传来一阵震颤,富有节奏,一秒比一秒更有力。

马达和轮子。我分辨出来了。

还有其他声音,让我想起了奔跑的脚步声。

68 | 无论你源自何处

……重新学习已知内容……

接下来,你会发现灵魂之境比你想象的大得多。

是啊,那里有人居住。

莫非你自大得以为偌大的宇宙只能由人类占据?

好吧,从某种意义上说,还真是这么回事。我们的宇宙是从一个具有无数发展前景的奇点中衍生的数万亿个后代之一,这个奇点诞生无数黑洞,每一个黑洞又孕育了数之不尽的宇宙,每一个宇宙都会爆发、膨胀、冷却成数十亿个星系,它们又会接着制造出自己的黑洞,从而再度孕育更多的宇宙,周而复始……如此之多的宇宙,如此之多的实验,智慧生命当然会出现。但是,远不如你想象的那么普遍。

而那些拥有血肉之躯,却仰望星空,觊觎着跨越茫茫太空的生物则更加稀少。

在这些生物中间,只有最不同寻常的才能真正找到方法,跨越冰冷的虚空,找到前往更加富饶之地的捷径。正因它们是如此稀少,这个被马哈拉尔称为"精神位面"的领域才显得空无一物。它是一种更加深邃的连续体,其材质远比能量和物质更加基本。他打算像神灵那样踏上这片全新的疆域,动用这种原料去铸造他想象中的天堂。

噢,灵魂深处充满渴望的人类啊,你们是不同寻常的。缺陷是如此之多,却又如此睿智。我很荣幸能见证你们的觉醒,目睹你们做出选择的时刻。

你是不是已经开始好奇,我究竟是谁?是什么?

这个声音,你曾误认为是在引导你……但你很快就会发现,"我"从来没有命令过什么,甚至不会给出更多建议。我所能做的只是预知,评论,以及预言。

不,我不是你的维吉尔①,既不是良师益友也不是智慧的源泉。我是你的回声,既是艾伯特又不仅仅是艾伯特。我是记起你尚未知晓之事的方法,一个方便法门。这种方便法门还有很多,你很快就会习惯的。它们充满了矛盾,但矛盾本是生命的常态。

回到正时刻,它仍在振动着前进。很快,一切就会到达关键时刻。尤希尔的钟摆再挥动三次,通神机就会储存足够的能量。无论有没有复刻上某个人类的人格,它都会爆发;无论城市里是否充满了垂死的人们,为它奉上死灵的盛宴,它都会爆发。

什么,你还是在意这个?那么,让我预言一下,你将会回去,轻轻推一把,影响形势。好吧,去吧。

你会在正时刻的一小时以前找到那个自称"瑕疵品"的绿色艾伯特……他还剩下的部分。对,就在那儿。太空摩托的顶盖夹断了他的手臂,他坠落下来,砸穿尤希尔小屋的屋顶,掉进乱七八糟的起

①公元前70年~公元前19年,古罗马诗人,史诗《埃涅阿斯记》的作者。

居室里。

这时候的他也许需要一点点鼓励。你会用什么方式呢？

他躺在灰尘里，看着哈雷远走高飞，灰心丧气地等待大限到来。你会因此而责怪他吗？

好吧，那么，试着模仿我预言的语气，然后听听那个绿皮偶人的反应！

只是克拉拉永远没法听到完整的故事了……而那些坏蛋将会获胜。

哦，老天。这烦人的内心独白非得把最后这句话说完吗？想勾起我的内疚？如果可以的话，我会把它扔出去！闭上嘴，让我死吧，我抱怨道。

你打算就这么躺在这儿，让他们逍遥法外？

鬼扯。我才不会听一个廉价傀儡灵魂深处的胡话呢，何况他诞生时就是个瑕疵品……后来又成了幽灵……而且马上就会变成一具融化的尸体。

谁是尸体？你在说你自己吧。

尽管我努力不理会那个低语，但还是发生了些令人惊奇的事情。我的右手和手臂在动，它们慢慢抬起，直到五根颤抖的指头出现在我那只好眼睛的视野里。然后我的左腿也抽搐起来……对复刻进体内的，有着百万年历史的习惯做出反应。它们开始协作……

好吧。也许我还派得上用场。

脏兮兮的绿皮偶人动了！毫无疑问，你还得继续跟他唠叨，在他爬进洞穴的漫长旅途中，在漆黑的楼梯上攀爬的时候，等等，等等。

但别夸大你这番絮叨的重要性——或是你作为观察者引发的

坍缩,也就是将可能性变为现实。在有因必有果的"真实"世界里,观察者效应的影响力远远小于简单的物理动作。那个绿色偶人也许不需要你/我/我们的插手,全凭自己就能做到!

这也许会拯救上百万的生命,让驻波转向不同的宿命。所以,尽管做吧。

现在,也许你应该回去几小时,回小帕的公寓一会儿,在那个绿色偶人耳边低语,让他转过头来,在那个关键时刻侧耳聆听。

要从起源处开始干涉。这是学习的一部分,学习如何成为你。

回到正时刻——钟摆又晃动了一次,就像大钟的一声滴答。惊人的共鸣扰乱了增幅的驻波,引起了陷入僵局的双方的注意。观察者效应。薛定谔波函数纷纷坍塌,仿佛一场量子多米诺骨牌。

他们的战斗结束了。它已然不再受他们控制了。

对尤希尔来说,这是个不幸的消息。细菌炸弹也许根本就没有发射!没有死亡病毒之雨去收割上百万人的生命,给随后到来的通神机光束提供食粮。现在它徘徊在城市上空,只能收割涓滴的灵魂。每天死去的那几千人会发现,他们死后的生活根本不像在教堂里听到的那样!但令尤希尔绝望的是,这点贫瘠的补充永远无法给通神机提供足够的动力,让它成为巨兽般庞大的精神体,让灵魂之境在它强大的意志面前俯首称臣。

另一个人格——曾经在艾伯特·莫里斯身体里的那个——为尤希尔的梦想所折服,将之视为自己的目标。此时的他能否接受梦想的破灭,并且选择另一个较为审慎的目标呢?

还有其他人加入这场混战。

当通神机即将发射时,艾伯特本人的原生身体开始在光束的轴线上踉跄起来,像一只被风暴猛烈拉扯的锚——

——丽图和贝塔也来了,手臂向前伸出。共同的目的终于让他们联合起来。他们想将他推开,或者做出更可怕的事。

我知道你很好奇,想探究丽图那复杂、痛苦的灵魂。尽管探究吧,用上你全新的感知力量,你很快就会发现造就她悲剧命运的那场罪行……

……正是由于那场罪行,她的病症才和尤希尔如此相似,而且更加夸张。

这不只是因为基因,还因为他们有着同样的心理创伤。那位宠溺女儿的父亲曾努力用精巧的新技术去激励和鼓舞他幼年女儿发育中的头脑,把自己的才华复刻到女儿身上。

就像给子宫里的胎儿播放音乐一样——这是可怜的尤希尔的想法——将天赋从一代传到下一代。唉,但那个时候,人们还不了解何谓主观独特性和灵魂正交性,还不知道这种做法的可怕危害,还没有将这样的事情定为非法。

悲剧自有其忧郁的美感,所以人们才会落泪或大笑。而这场悲剧带着浓浓的索福克勒斯①风格,既华丽又可怖,充斥着无法宣之于口的懊悔、困扰和痛苦。

是啊,你会同情他们。站在全新的高度,你会怜悯,沉思,分担他们的痛苦。

但那是以后的事了。

还有其他人加入了这场混战。

那个螺纹图案的傀儡冲过房间另一面的房门,用亿万富翁才有的口吻破口大骂某人的背叛。你肯定很佩服他(我预言,你会佩服他的)。没有人猜到他竟有这样的智慧,能够看穿多重伪装和一

---

①公元前496年～公元前406年,古希腊剧作家,古希腊悲剧的代表人物之一,和埃斯库罗斯、欧里庇得斯并称古希腊三大悲剧诗人。

家子天才妄想狂制造的迷雾。尤希尔、丽图和贝塔都低估了他，艾伯特·莫里斯也是。

如果再有一点时间……或者，如果他一开始就相信莫里斯，向他坦白并与他结盟的话，高岭也许能改变些什么。但现在呢？埃涅阿斯很清楚，即使他手持武器，命令其他人住手，也已经太迟了。

冲过乌拉卡山下黑暗的通道，从军事基地抵达的士兵们也一样。他们全副武装，装备精良。他们代表的是被滥用税款的愤怒的纳税人。这支装甲部队终于抵达——他们粉碎了贝塔的殿后部队，来到高高的栏杆边，俯视着这一切。摄像机也夹杂在他们的武器中间，将这幕景象发送到全世界。

真相大白。"世界之眼"的存在目的本就是阻止所有邪恶阴谋和疯狂科学家实验室的出现。

它几乎做到了。

下一次就会做到。

如果还有下一次的话。

增幅的驻波已经庞大到了无法容纳、无法抑制的地步，它即将爆发。你再也无法迟滞这不断前进的正时刻了。干涉的时间即将结束——

——高岭向充当"镜子"的红色偶人冲去；

——丽图和贝塔则冲向灰色偶人；

——陶土兵士们缘绳而下，英勇地冲杀进去；

——真人艾伯特抬头望去……突然间，他似乎成了唯一明白状况的人。

69 | 乔·弗莱迪①

| ……冈比竭力顺其自然……

一个测试员曾告诉艾伯特,他"天生属于这个时代"。意思是他的自我、意识与情感达到了最佳组合,能够制造出完美的复制体。好吧,除了我——他的第一个也是唯一一个瑕疵品。但现在,我的所有希望都押在他的这项天赋上了——

——只要我能想法子够到那台复制机的扫描板。

旁边有把椅子。烟汽从支撑着我前进的可怜手臂上冒出。我蠕动身躯,用下颌够到椅子腿,把它拖过来,放在那台巨大的白色复制机旁边。在此期间,我的身体融解了一千克左右。

我很快意识到,椅子不够高。我四下看看,想找些别的东西,发现三米远的地方有一只铁丝废物篓。伴随着呻吟,以及从我口中传出的几声噼啪,我前去取它。这是一段仿佛穿越北极的旅程,一路上还要忍受雨点般落下的陨石。

归程中,我用仅余的一半陶瓷牙齿咬紧这个金属篮。然后,我试着把它抛到那把椅子上。我失败了,只好从头再来一遍。

①Joe Friday,美国电视剧《法网(Dragnet)》中的一位警探,同时,星期五(Friday)也是故事中本章的时间。

最好别再出盆子了。我看着那只最终就位,颠倒着扣在软椅上的废物篓,心里想着。随时可能有人恢复和楼上那台导弹发射器的联系,让它重新开始读秒。脚步的震颤越来越近。我想获得行动的力量!哪怕只是从瑕疵品中复刻出来的家伙也行。

好,上吧。

我躺在地上,伸出手,触到了椅子边沿,用力拉住。我的头和身体又轻了一些——而且随着过去的每一秒变得更轻——可我仍然极度疲累。颤抖的手臂上不断出现新的裂痕,每一道都开始渗出蒸汽。我的下巴终于提上椅沿,能借上一部分力。这样就容易一些了,但痛苦没有丝毫减轻。我命令我的手肘扭向上方,掉转过来,然后奋力按着椅面,向椅子边缘拖动我逐渐缩水的身躯。

这些是比较容易的部分。

离复制台只剩一半距离,我看到一个发光的绿色"开始"按钮,就在我的触及范围之内。但除非我的头部放到感知探针之下,否则它根本没用。我还是花了点时间拍了拍那个按钮,让机器开始准备一个空白偶人。机器轰鸣起来。

棘手的部分开始。

幸运的是,那把椅子有扶手。这让我得以把自己拖到那个颠倒的篮子旁边,在仅剩的、分解中的肢体的推力下,让我的身体落在那个金属篮上。然后我还得爬向更高处,爬上复刻机,寻找支撑点。就在我再度发力时,两根手指折断,液化,掠过我那只好眼睛前方,泼溅在地板上。

这一次,手臂的裂缝仿佛变成了深沟,流淌的汗水像岩浆的颜色。这是一场竞赛,看我到底是会分解,还是在高热中烘焙发硬,就像我砸在导弹发射器上的那条腿一样?就算我能完成自我烘焙,我又会做出怎样的形象呢?就叫它"对于顽固的研究"好了。我伸出手,咧嘴笑着,拖着这具无用的身躯……

有办法了，我灵机一动，对灵感的到来满怀感激。抛开累赘！

我几乎不假思索地活学活用了我在楼上学到的那堂课，抽离那些不太重要的部分。身体的整个下半部分对我已经没用了——所以抛弃它吧！搜寻残留的酵素，把它们派去协助手臂，以完成最后的拉曳。

我感到腹部剩余的部分粉碎了。重量顿时减轻不少，我的手臂猛动了一下……然后齐肩折断。

我不认为自己能描述出破破烂烂的脑袋和上半个胸腔高高飞起，足以俯视目的地的样子。那块白色面板本该让有机人类舒舒服服躺在上面，无忧无虑地命令这台顺从的机械去制造廉价复制体——制造出完美的仆役，不会反叛，清楚地知道自己该做什么。

看上去多么简单啊！

在飞行过程中，我思索着，假如我能平安着陆，又能否用自己的下颌和肩膀挪动着前进呢？能否把我的头颅放在探针下面呢？

"开始"按钮已经按下，这种举动能不能自动触发复刻？如果不能的话，那我该如何再次按下它？难题总是这么多。

知道吗？我相信自己无论如何都会找到解决办法。我坚信不疑——只要这条见鬼的下落曲线能让我到达我想去的地方。

但和摩西一样，我只能看着远方的应许之地。我掉落的头颅堪堪错过平台，在复制机的边沿弹开，然后撞上垃圾篓，把它撞下了椅子，让它滚动着掉落在地板上。

好像这些还不够似的，接着发生的事更糟糕。

我滚过椅子，摇晃片刻，然后落进一个标着"垃圾"的容器里。这个结局真是太妙了。

灵魂，我的归宿①

> ……通神机的光束已经发射，此后会一切顺利吗？

这是怎样的一幅景象啊。

巨大的驻波穿过两个偶人组成的陶土镜，掀飞了钟摆——以及坐在上面的偶人尤希尔——把他深深砸进坚硬的天花板里。而在周围站着的人却几乎毫发无伤。因为这道伟力之波瞬间开启了一道和所有已知方向形成直角的光轴，消失在活人的眼睛无法追寻之处。

除了真人艾伯特。他转过头，好像在跟随它的去向，带着谜样的、仿佛无所不知的笑容，让丽图和她的孪生哥哥停下了脚步。有那么一瞬间，他们冲向他，抬起了手。接下来，他们又放下手，退向一旁，紧盯着他不放。

是的，"锚"还以一条细细的线连接着。

我们要不要跟上去？

从一开始，当天才的尤希尔·马哈拉尔还认为他能谋划和掌控一切的时候，他的第一目标就是最近的这座城市。还有哪儿能像

——————————
①本章标题是在模仿阿尔弗雷德·贝斯特的小说《群星，我的归宿》。

这里,如此众多的灵魂之火聚在一起,密集得就像休耕地旁禾苗整齐排列的农田？这里显然是收割下一步行动所需养料的上佳地点。

如果尤希尔能压抑自己的极端利己主义,寻求同侪的帮助——甚至是整个文明社会的协助——他也许能发现和修补他伟大计划中的缺陷:技术和概念上的缺陷,道德缺陷。但"疯狂科学家"从来都是唯我论者——神经质地想规避批评,并总是独自解决一切问题。

如果没有马哈拉尔,或许人类还要经过整整一个世代才会进行这个尝试。但也因为他,人类面临着毁灭的威胁。

结果是,当通神机抵达时,瘟疫并未在都市中肆虐。没有堆满停尸房的,瘟疫在短时间制造的大量死者来提供足够的死亡吗哪,它也就无法踏出最后的一步。每天只有几千灵魂,缓缓升入这道盘旋的波形,他们的灵魂驻波将在这里汇合。在最初的惊讶之后,他们会进一步扩大这道波形……

但这算不上一顿大餐。

不完美的力量无法让这道驻波变成"神"。

尤希尔的计划失败了。

该做些别的尝试了。

巨波又一次转向旁边,追逐着某种无人察觉的气息。它飞出两千公里,下方是海底的深沟——那是头足类动物的住所,其中有些拥有接近油轮的长度,散发出高度智慧的气息。它们是异族。

是它们吗?

扎进阳光永远照耀不到的深海,我们来到了巨型乌贼的世界,体会乘坐以括约肌驱动的"水中喷气机"遨游的感受,用吸盘体验这水下世界。我们进食,追逐,交配和产卵。我们用自己特有的逻辑竞争,用身侧闪动的复杂色彩来表达想法。

当死神从地狱到来,降临在我们眼前时,我们也会颤抖和敬畏。在那个短暂的瞬间,在拼命的逃亡中,我们会紧握,珍视某种类似希望的东西——

然后,恶魔降临。它庞大,黑暗,吞噬一切。它刺耳的声音传入我们体内,麻痹了身躯,也让勇气化为乌有!它会张开那精巧有力的下颚,咬开我们的身体,白色獠牙上挂着我们发出生物荧光的血肉,把我们拖向上方……

不,吸引通神机光束的并不是这些巨型乌贼。它们过于奇特了,也许它们会找到它们自己的灵魂之境。

吸引巨波的是它们的猎捕者。

抹香鲸从无光的深渊归来,新鲜的头足类动物满足了它的食欲。如今,它们聚集在舒适的浪尖上,呼吸,泼洒水花。占据它们大脑的是寻求食物和成功繁殖的本能,但时不时的,十几头这种生物会聚集起来,触碰彼此宽大的额头。

额头后面是一座蜡色物质的小山,比其他任何器官都大,它像潮湿的陶土一样具有可塑性,能反射奇异的声音。它使这些深渊猎手能够发出某种音波,找到并震慑隐身于纯粹黑暗中的猎物。对它们而言,塑造声音相当于乌贼变换身体的颜色,或人类用语法连接字词。它们用这种方式对话,合作,欺骗,沉思,或是——如果其他手段全都无效的话——祷告。

抹香鲸聚集成一圈,向外甩打着尾巴,犹如一朵花瓣整齐的花。它们额头相触,用这种许久以前就在生存竞赛中学会的能力,交换着复杂的音波形态/影像/表意文字。蕴意凝结在那块蜡似的大脑里,如蛛网般精致,如雪花般独特,又如生态体系那般繁多。

在贝维索夫发现如何将灵魂复刻进陶土之前很久,它们就在

这么做了。

再次离开！

消耗了这么多能量,通神机不可能不感到饥饿吧？乌贼和鲸群里存在着它所追求的美,但没有足够的养料。为什么巨波显得不那么失望,反而旋转着穿过它凭空创造出的光轴——用虚空的原料造出——又沿着那条它临时编出的路线加快了速度？

我们似乎已来到了外太空。

在闪光中,我们穿越了浩如烟海的星辰。庞然巨物般的一团团明亮光点匆匆掠过,吞噬了空无,仿佛它从未存在。度量本身成了这道巨波的一个组成部分,成了它旅行中的伙伴,而非障碍。

找寻……探测……我们不时短暂停留,仔细察看—— 一颗红巨星,慢慢地胀大、扩张,吞噬它自己的子嗣。然后—— 一颗衰老的白矮星,诞生于银河系的第一个世代。它的大部分已经消失,孤独地散发着微弱的光,缓缓度过漫长的岁月。和它截然相反的是贪婪的蓝色超巨星,对后者来说,几百万年光阴仿佛转瞬即逝。它太过庞大,只能选择荣耀而非生命。一个奇点！它不是黑洞,而是长长的绳状天体;它是宇宙的独特遗迹,时空中的瑕疵,极度危险,只有通晓数学语言的人才能了解它的美丽;但它早在经过一团巨大的分子云时就被扰乱,编织出具有重力的涡流,又逐渐平息,离子化的外缘旋转、融合,成为全新的宇宙。我们再次加快脚步,经过如同钻石尘般闪烁的旋臂,直到——我们发现自己面对着一颗不大的黄色恒星……一颗正值快乐的中年时期的星球。它并不炫目,但有着一整队行星跟班——其中一颗似乎比大部分都要幸运……温暖但不炎热,庞大而不笨重,潮湿却不至于洪水滔天,而且还有不少太空坠落物为它增添趣味。

我们冲向这个世界。它的海与天,水与岸,山与原,湖与丘,池塘与小山,森林与灌木,猎物与猎者,真菌与轮虫,寄生虫与朊病毒,陶土与水晶,分子与原子……种种事物之间,存在着一种华美的平衡感。

等等!

回去!

飞速俯冲时,我们瞥见了什么?用形状奇特的手建造的那座有许多分支的闪亮尖塔,码头的船只和商店,搭建在树上的屋子,模糊的身影,如歌谣般的语言。

另一种文明。另一种能够思想和感觉的生物!那不正是你一直寻找的目标吗?

显然不是。

71 | 装脑袋的篮子

……如何成为一个真正的男孩……

我在星期二的清晨走出陶偶炉,决定放弃清扫屋子,放弃做艾伯特·莫里斯的其他杂活儿,而现在我已所剩无几。感谢埃涅阿斯·高岭,还有那股执拗的韧性,它们联手让这具躯体经历了——让我想想——接近三天的紧张生活。我做过的事比打扫厕所刺激多了!哪个偶人能像我这样,搜集如此众多的有趣记忆和想法?可惜没机会留存下来了,没机会分享。

分享我看过的一切。

还有幻觉。这一路上,我自己编造出来的那些回声和模糊的声音是多么有趣啊。这些经历真人艾伯特都错过了。就算他真的逃过了那颗毁了他家的导弹,他也多半会把一周的时间都花在电脑屏幕前,或是在方披巾下挥舞手臂,和黑色研究偶人、灰色调查偶人以及保险代理人协调。可怜、无趣的家伙,准会累个半死。

但他不可能是个彻头彻尾的讨厌鬼,因为克拉拉爱他。

如果我能笑的话,我会的。如果我脑海中残留的最后画面是她,那该多好……虽然我从没亲眼见过她,但还是那么爱她。

现在我看到她了——在最后时刻,那个亲切的面容仿佛浮现在我眼前。我的身体已经融解,剩下的只有那颗在垃圾箱里滚动的可怜脑袋。是啊,出现在我面前的确实是她,而且用上了好莱坞浪漫电影的拍摄手法,影像模糊柔化。

透过薄薄的光线看去,克拉拉好像俯身凝视着我。她甜美的声音听上去像个天使。

"噢,该死的,"我幻觉中的炽天使①这样说,推开一副亮得像日光灯的全息风镜,"陈! 你看这个偶人像不像艾伯特?"

"唔,有点儿。"另一个身影挤了过来。出现在我幻想中的克拉拉是那么温柔,那么女性化(尽管她全身上下包裹着沉重的盔甲),而新来的这位却有着利齿和鳞片。

魔鬼!

它的手握着根细细的棍子,戳向我的额头。

"该死,你是对的! 身份标签显示……等等,这不可能。"

第三个声音更高一些,也更尖厉:"噢,是的,可能的!"

克拉拉的肩膀附近冒出张瘦削的脸,样子像只贪婪的狐狸。他弯下腰,不怀好意地看着我,露出两排尖利的白牙。"发信的那个准是他,没错。"我想象出的那个貌似的身影说,他有点像我的老朋友陶土帕利,"说不定真的是老冈比。"

如果我有头的话,我一定会摇头。如果我有眼皮,我还会闭上眼睛。

这也太夸张了,即使它是个梦。

在变得更糟之前,赶紧融化吧。

只是,克拉拉的呼唤我可没法置之不理。

"艾伯特,是你吗?"

无论是不是幻觉,我都无法拒绝她。尽管没有身体,很难发出声音,我还是用尽全力,用口形说出了几个字。

①基督教神学理论中,最高等级的天使。

　　"······只是······他的······复制品······女士······"

　　我应该想些更好的台词才对。但世界渐渐消失了。我很高兴，在回到纯粹的黑暗以前，我最后看到的是她的笑容，那么可亲可慰，让你不由得不相信它的真实。

　　"别担心，亲爱的。"克拉拉说着，把手伸进废纸篓，"我找到你了。一切都会好起来的。"

第四部

你试图为自己创造的人，充满激情，却时日无多。

——《约伯记》①

---

①《圣经》上查无此句，应是作者的仿作。

72 | 胡言乱语

……记忆之中，也许仍旧是个绿皮……

庄园大门敞开着，看上去缺乏安全措施。它的主人足够有钱，承受得起这种假象。驶向那座巨大的石头宅邸时，我们的小轿车经过了正在工作的勤杂工——都是薪资高昂的真人。

"这儿有点眼熟，"坐在维生椅里的小帕说，"我记得我们是撞了大运才活着离开这儿的。"他不知用了什么办法从那个毁掉的小偶人那儿取得了一些记忆——那位陪我度过了疯狂的星期二和星期三的小伙伴。得知聪明的陶土帕利有一部分活了下来，我很高兴。

感知器将轿车的一小块车身变得透明，以响应乘客的目光，给车内的人营造出一种没有车顶棚也没有内壁的幻象。但好管闲事的外人只会看到几个模糊的圆圈，正疯狂地四下晃动。不过，为了欣赏埃涅阿斯·高岭的花园里花香的协奏曲，我还是摇下了一面车窗。

嗅觉依然令我惊奇，就像另一次人生的记忆。

我这么做的时候，另外某个人也在深呼吸。艾伯特就在我左边，对我露出淡淡的微笑，显然在享受这个微风中的秋日。除了一只耳朵和拇指上包着绷带以外,他看上去还不错。如果耐心哄他的话,他甚至会自己穿衣服刮胡子。但他的注意力一直放在别的什么地方。

你成了个尼沙玛①吗? 我想着。那种没有灵魂的躯体?

如果是这样的话,那该是多么讽刺的角色互换啊。因为我,身为傀儡,却觉得自己拥有了灵魂。

你那具躯壳里没人在家吗,艾伯特? 还是说我们得到的回答是"忙音"?

我肯定又在看他了。另一边,克拉拉纤细有力的手轻轻捏了我一下。

"你觉得我们是不是该看看高岭的中世纪盔甲藏品?"她问,"那种双刃大砍刀,我很想挥它几下。"

这女人,身穿轻便夏裙,戴着遮阳帽,说出的却是这种话。克拉拉有时喜欢用这身行头掩饰她"令人生畏"的一面,却反而渲染了她野性的魅力。

"他也许没有做旅游向导的心情。"我说,她只是笑笑。

我们离那栋房子更近了。克拉拉朝那座凹陷式停车场里停着的另外两辆车使了个眼色。那两辆车和我们这辆豪华轿车一模一样,我们可是掐准时间跟来的。

红色条纹的守卫偶人监督着一个铲车偶人将一只高大的集装箱从停在别墅出口的卡车上卸下。我们接近时,他们警惕地转过身……直到某种隐蔽的信号让他们让开了道。

"我一直想找份那样的工作。"小帕边低声说,边看着那个轰隆作响的铲车偶人提起货物、然后迈动强健的双腿踏上房子宽敞的阶

---

①neshamah,出自《圣经·旧约》,中译为"气"、"气息"或"人",亦有"死亡"的意思。

梯。

"噢,你不行。"我回答,然后将他的维生椅推到人行道上。重活儿不符合小帕的风格。

克拉拉检查了维生椅的医疗数据,然后转身照顾真人艾伯特,整理他的衣领,"你们两个在这儿没问题吗?"

小帕拉过艾伯特的手,露出那种神秘莫测的微笑,"我们?我们只会到处走走,帮助彼此跨个小沟小坎儿,再惹点儿麻烦什么的。"

克拉拉仍在担忧,但我按了按她的手。还有哪儿能比这里更安全?对高岭来说,他们的出现意味深长。

"进去吧。"小帕朝宅邸点点头,"如果亿万富翁先生找你麻烦,记得大喊。我们会破门而入的,对吧,老伙计?"

艾伯特没有回答,只是转过身,像在看天上的什么东西。绷带包扎的那根拇指翘着,像做了个搭车姿势,似乎想搭上某辆存在于虚无中的车子。

"尘埃,"他用一种茫然的语调说,"上面有印记。很深。每个人都会留下印记。"

我们等了几秒钟,但他没说下去。

"好——吧,"小帕道,"希望这是个好消息。呃,我是说尘埃。"

艾伯特显得很平静,而且心不在焉。他伸出手,在碎石路上稳住小帕的椅子。我和克拉拉就这么看着,直到他们绕过转角,向咕咕叫的鸽群走去。几层楼上有个反射着阳光的穹顶,据说那位著名的隐士就住在那里——埃涅阿斯·高岭本人。

我和克拉拉彼此看了一眼以示鼓励,然后踏上花岗岩的台阶。

走了一会儿,小帕发出信号。终于到时候了!

我从他椅子的底盘跳到暖洋洋的鹅卵石路面,等着车轮经过……行动！

我躲开艾伯特的脚，俯身冲入栀子花篱下的阴影。噢噢，太臭了！我这颗小脑袋有太多部位模仿那种靠气味狩猎的动物了。真该多留点儿地方给脑子的。

好吧。照我的制造者希望的去做，满足他的好奇本性——比食欲和性更旺盛的好奇心。去吧！

一路上，我始终提防着那种触发式探测器。我的智能眼能看到红外线，也能看到充当警卫的机械动物，还有传统的老式陷阱。

一面装饰性的砖墙出现在我面前。我得进去。用上加装了钻石尖头的爪子，还有能把钻石尖头插进石墙里的有力胳膊。

这年头，你能用陶土身躯做许多妙不可言的事。

一个白金偶人站在门厅里，看着仆人们指挥铲车偶人走向巨大的书房。两星期前，尤希尔·马哈拉尔的棺材就放在那里。高岭肯定以为我不知道，因为那些记忆被抹消了——本该被抹消。

眼下他最关心的是那个集装箱，可他还是示意我们跟上。克拉拉很开心地用植入元件拍下那些老旧的长矛、盾牌和钉锤，还有其他种种带尖带刺的展示品。铲车偶人轻轻地把货物放在南边墙角。直到这时，大宅的主人才转过身，伸出一只手。

"冈萨雷斯少校[1]，莫里斯的偶人。你们早到了几小时。"

"是吗？是我的错。"克拉拉说，"这些日子我一直在按东海岸时间执行任务。"

这个借口很不像话。但是让真人访客觉得方便，这点比任何偶人的烦恼——甚至包括亿万富翁的偶人——都重要得多。

"没关系。你们两个这些天都很忙！感谢你们接受我的邀请。但我想，你们的到来应该是出于自己的原因。"

---

[1]此处克拉拉的军衔与前文不符，疑为作者之误。

"有些事情需要商量。"我应道。

"当然。但首先，你这具身体怎么样？"

我打量着自己今天的躯体。带着暗黄色调的灰色，外加足以乱真的头发和皮肤肌理，这已经达到了法律所能容忍的极限。关于我"英勇行为"的传说已经满天飞了，所以没有人会抓住这种小问题不放。其实我更在乎的是其他特色，它们让我能够去闻，去看，去触摸克拉拉，而且感觉是那么鲜明生动。

"非常不错。一定很贵吧。"

"很贵。"他点点头，"但没关系，只要——"

那只板条箱的一面"砰"的一声落在地上，白金偶人缩了一下。仆人们继续拆卸其他几面镶板。

"没问题，"偶人高岭继续说道，"你可以得到这些超高质量的空白偶人，免费赠送，直到你的原生身体的问题得到解决为止。有没有什么迹象……？"

"迹象很多，每一个都不乐观。"

两个星期的专业研究表明，真人艾伯特·莫里斯的思想/灵魂已经以某种没人能理解的方式"消失"了。尤希尔·马哈拉尔也许可以解释这一切。但他也消失了，而且消失得更加彻底。

"哦，对寰球陶土集团，你就放心吧。要么等到你的原生身体可以读取记忆，要么……"

"要么等我到达自己的极限，没法再进行偶人对偶人的转换。"

他点点头，"我们会提供给你超高质量的空白偶人，以及傀偏延寿服务。一部分原因是我们欠你一个情——"

"的确如此。"克拉拉低声道。

闪亮的偶人面部抽搐了一下，"作为交换，我的技术人员也可以监测你超凡的能力。没有其他人能在偶人对偶人的复刻中达到这样的准确度！"

我注意到高岭的右手有些轻颤。上面那些话,他说得实在太低调了。其实他热切得很呢。

"嗯,是的。监测。那样的话,还有个问题,如果——"我停下来。高岭的仆人们总算拆开了那个集装箱,露出一只沉重的水晶陈列柜,里面站着那尊矮小的、体格健壮的暗棕色男性雕像—— 一位亚洲人容貌特征的士兵,手工捏制,在大约两千年前烘焙而成。他带着信心十足的浅笑,栩栩如生。

"这种西安赤陶雕塑只有十尊流传到中国以外。"偶人高岭愉快地深吸了一口气,"我会保留这尊雕像,以兹纪念我已故的朋友尤希尔,直到他的继承人回来认领为止。"

这位商业大亨明显不希望这种事太快发生。不过,三角钢琴上方的显著位置挂着一幅丽图·马哈拉尔的肖像。他是故意放到那儿做姿态的吗?

我对这个房间的"记忆"来自克拉拉在乌拉卡山下找到的录音器,在那个粉碎了的灰色艾伯特身体里找到的。就是在这座宅邸里,他被人绑架,受到了残酷的折磨,又被当成那场古怪实验里的"镜子"。幸运的是,那个灰色偶人的记录在能量到达顶点时的爆炸中留存了下来,以默读方式复述了那个疯狂幽灵的残忍行径;另一卷录音是从艾伯特本人的脖子上找到的,质量相当差,只有零零碎碎的描述,记录了几件更加令人不解的事件——公路旁的袭击,沙漠远足,地下的背叛——还透露了尤希尔之女的参与。

如果三个版本的我们最终能把记忆重新结合起来,那该多么便利啊!但目前,我和克拉拉只能依靠旧式的侦查方法。

"丽图的治疗有进展吗?"

"只做了诊断。已经接触过贝塔人格了。医生大概还在确认是否还有别的沉睡人格。"高岭忧郁地叹了口气,"在以前偶人技术不发达的时代,这些都不会发生。尤希尔也不会在丽图童年时犯下那个悲剧性的错误。而且,就算她真的患有人格分裂症,本来也不该在现实世界表现得这么强烈。谁能料到会有贝塔这样的人格出现——"

"噢,得了吧。"克拉拉插话道。

我们转身看着她。她正细细打量着那个西安士兵——一个军人,观察着另一个军人——但她没有漏过我们的谈话。

"你知道贝塔已经很多年了,"她说,"和这么一个在欺骗方面技艺超卓的人保持关系给你带来了很多便利。这家伙总是能愚弄世界之眼!他是近来最出彩的黑社会人物之一,而你却可以胁迫他帮你各种各样的忙,因为贝塔的源头非常脆弱。得了,承认吧。"

白金偶人攥紧了拳头,但愤怒没什么用。她是真人艾伯特指定的保护人,也是我名义上的所有人。克拉拉拥有不可动摇的合法地位。我是她的顾问,而不是反过来。

"我……不承认这样的事情。"

"那我们来调查一下吧。调出几年前的摄像记录,根据内部举报法和你的雇员面谈。见鬼,我不用费什么力就能让国家安全部对你感兴趣,既然——"

"——当然,我们可以假设。"高岭匆忙插嘴,"为了便于讨论,假设我跟那个叫做贝塔的人有过事先的交易好了。你努力一辈子也没法在我这边找到任何真正的犯罪行为。当然,我承认,我和几起民事侵权行为有关……好吧,也许有好多起。金妮·沃梅克和其他一些变态分子的确有理由因为他们的版权损失向我要求赔偿。

"但你们呢?你们会为了沃梅克这种人,破坏我们的互利关系吗?"

这是威胁。我免费得到的这具超高质量的躯体,外加高保真复刻和充能的设备——它们是我这个无依无靠的灵魂的救命稻草。尽管我有独特的复制天赋,我仍然需要很多助力,直到真人艾伯特最终痊愈,让我能够回到整个地球上唯一适合我的那个有机体大脑。

到了那时就万事大吉了吗? 我还是情不自禁地会把自己看成一个瑕疵品——或是冈比——看成一个叛逆的绿色木偶,有一天他逃离主人,宣布自己就此独立,又梦想着成为一个真正的男孩①。也许我的驻波和艾伯特发生了古怪变异的灵魂之间的分歧,已经大到无法结合的地步。

我也许会变成幽灵。

好吧,真要这样的话,我也是一个五感健全的幽灵,被一位性感的女性爱着,还有重要的工作要做。我想我应该知足了。

"我们来谈谈你和马哈拉尔的这个三角关系,"克拉拉对高岭道,"你和尤希尔还有贝塔……我猜应该说四角关系,如果算上丽图本人的话。其中的每个人都利用了其他人,欺骗,榨取其他人的才能和资源,达成和撕毁盟约——"

"不。"我打断她。

她用迷惑不解的表情看向我,我补充说:"回头再说吧,克拉拉。"偶人高岭似乎松了口气,"是啊,回头再说。对了,我太失礼了,这边请,请用些茶点。"

住在这儿的肯定是个多疑的混蛋。还好我也一样。

我选择的那条小道塞满了棘手的玩意儿:探测器和纳米线……毒虱和迷你蕨蓁。太夸张了吧!

我必须换一条路。试试攀上一堵开阔的墙,那儿的恶心东西肯定都被日晒雨淋弄没了。话说回来,又有谁会在大白天注意爬墙的小贼呢?

---

①此处转引自著名童话《匹诺曹》。木偶匹诺曹逃离了主人,梦想成为一个真正的男孩。

这很难说。脑子太小，记不住太多东西。但我似乎知道哪些才是合理的法子。

我背上的像素皮肤模拟出我攀爬的每一块墙砖的颜色。这是贝塔的花招给我的灵感。从寰球的技师那儿弄到的技术资料，花了我一大笔钱。划算！其他小伎俩很多是军方的——克拉拉有熟人。但最棒的花招却都来自那些业余爱好者，寰球长期拒绝分享源代码，把他们惹火了。

我的右掌心中有只特制的眼睛。经过一扇不透明的窗户时，我把它按了上去。它能劫持房间的监视器。成了！窗户上有一小块变透明了，持续了整整一毫秒！

这点时间已经足够证明房间里没有人。好吧，根据我已经记不得的建筑学方面的原因，他们更可能在下一扇窗户后面的房间里。

再过去一点就行了……

克拉拉跟在东道主身后，又回头看看那位来自西安的赤陶士兵。这样的士兵足有整整一个军团，它的模本——用另一种说法，本体——来自效命于那位传奇的始皇帝的真实士兵，他们勇往直前，万死不辞。克拉拉的许多偶人扮演的正是同样的角色。只是现在，她有了另一个任务：协助查明部队中为什么会出现如此重大的纰漏。

我们在露台上看到了食物和饮料。大份的给了克拉拉，小份的则提供给我这种只有味蕾而没有真正胃袋的高等偶人。克拉拉笑着指指那边草坪上的两个身影：一个坐在轮椅上，另一个轻盈地蹦蹦跳跳，像个小男孩。偶人高岭在他的黑色助手拿来的文件上草草写了些什么。"打官司，又是打官司。"他解释道，"这次是法希德·拉姆和他那群偶人解放运动的疯子！就好像那条通往寰球总部的愚蠢地道是我挖的似的。"

"也许他们想知道是谁设下陷阱,让他们承担那场工业破坏的罪名。我也很好奇。"

埃涅阿斯耸耸肩,"当然是贝塔,这种事没人比他更擅长。他计划和那个疯子艾琳一起,把艾伯特骗去——"

"进行某种几乎算不上违法的技术窥探行动,这是他们的说法。但某人接手了那个计划,弄出了朊病毒炸弹。"

偶人高岭呻吟一声,坐下,拿起一杯提供给傀儡的可乐,"是啊,我知道那个流传很广的理论。我和贝塔曾经是盟友,但我们吵翻了。我为了复仇跟他全面开战,暗中利用艾伯特·莫里斯的侦探社,还使出了各种各样的手段。尽管贝塔才华卓绝,我还是发现了他的秘密身世,这就是他的'阿喀琉斯之踵'①。很快,我消灭了他的复制体,接管了他的那些生意。对吧?"

"根据广为流传的说法,是这样。"

"还不止呢! 接下来,我操纵了艾琳、沃梅克、拉姆以及其他所有人……来破坏我自己的工厂!"

这些字眼本来应该是令人愉快的坦白交代,但高岭话里满溢的讽刺把它全毁了,"你不觉得听起来很愚蠢吗? 我有什么动机?"

我赞同地点了点头。

"是啊,动机才是关键。"偶人高岭盯着我,继续说下去,"的确,尤希尔和贝塔开始对付我,从寰球和政府那里偷窃财物的时候,我没有坐以待毙。"他向克拉拉点点头,"我的确赢过几轮。但我依然是受害者!"

"这很难说。所有这些阴谋——"

"——伪装和出卖,"克拉拉补充道,"就连交战的各方都得画出复杂的图表才能弄明白。"

---

①阿喀琉斯,希腊神话中的英雄,浑身刀枪不入,只有脚踵是他致命的弱点。

"又如何？马哈拉尔一家都是天才！从父亲到女儿，所有表现出来的人格都是。而且疯狂！我除了自保还能怎么做？"

我在心里回答：你可以把一切公开，求助于社会的免疫清理系统。也就是说，如果你自己没有什么疯狂行为需要掩饰的话。

克拉拉插话："也就是说，你承认自己暗地里对付过从前的伙伴。"

"你们已经在尤希尔的实验室逮捕了我的偶人——他还穿着贝塔的伪装！所以，我除非是白痴才会矢口否认。"高岭笑了，"实际上，我做得很不错。我的确耍了你，无论是在偶人城区还是在摩托上，对吗，艾伯特？"

别叫我艾伯特。我几乎脱口而出。但这有什么意义？

接着，这位大人物的表情阴沉下来，"我没想到你会跟上来，趁我离开时发动了哈雷……幸好你这么做了。你阻止了一场灾祸——整个城市都欠你的人情。

"至于那些该死的细菌导弹，我发誓，我根本没想到尤希尔会做出这种事情。"

二楼的第三个窗户——应该就是候见室的正确位置。

仔细检查，看有没有运动探测器、压力感知涂层。好了，现在，只要小心地把带有胶状镜头的爪子按在窗户一角，然后——

哈！我们的猜测是正确的。

里面是个舒服的会客室。丝绒坐垫椅子，各种各样的饮料。这就是高岭在尴尬时刻藏匿客人的地方，比如这一次。冈比和克拉拉来得比他预期的早了几个小时，打断了他的秘密会议！

坏蛋们的会议。

我们能证明高岭对真人犯下了罪行吗？对于公众和法律而言，

这是关键所在。

明显的证据指向尤希尔·马哈拉尔。化身为神的愿景驱使着他,让他企图炸死艾伯特·莫里斯,还想用偷来的细菌武器杀死数百万人。剩下的罪责落到了军内那一小撮高级军官身上。正是这些人决定隐藏这些生物武器,而非根据条约加以摧毁。

但我们能指控埃涅阿斯什么?在荒漠公路上向真人丽图和真人艾伯特开枪?这种行为当然是犯罪,问题是每个人都会说丽图和艾伯特的麻烦是自找的,因为他们扮成了灰色偶人。再说他们还从那次袭击中活了下来。高岭最多只需要支付一笔罚金而已。

还有,就算有证据证明他参与了贝塔过去的偶人绑架生意——不过是律师和会计这几年有得忙了,但他们就是派这个用场的。

算算开支吧。得赔给艾伯特一辆新车,修复泰勒大厦和小帕在偶人城区的公寓,给现代映像公司的头牌女士免费提供高灵敏度的乳白偶人,安置拉姆和加德里恩。有什么大不了的?这些问题,高岭用口袋里的零钱就能解决。

他知道我认为他有罪。证明给我看啊,他肯定在想。提供一个能让所有人相信的动机。

我和陶土帕利在彩虹之家找到的那卷照片又是怎么回事?为什么伪装成螺纹贝塔的高岭想让我发送这个?为了损害我作为诚实私家侦探的名声?还是想把水搅浑?克拉拉曾经试着解释,但那种错综复杂的逻辑不是我这个大脑可以理解的。

我活该,谁让我非要掺和这场天才之间的战争呢?我所有的"胜利"都来自坚持不懈的笨功夫,再加上——

草地那边,我看到真人艾伯特本人从路上拿起了什么东西给小帕看。也许是鹅卵石,或是别的什么神奇的——

——再加上某种我完全摸不着头脑的助力。

不,关键不在于追查证据,琢磨这个案子中间的诡异逻辑。在这个时代,每个人都有办法,都有机会,也都很容易找到证明自己清白的理由、托辞和证据。只有一件事是最根本的。

动机。

透过爪子里的智能眼去观看事物,感觉真的很怪。但不比有爪子更怪,或者小到没法说话的脑子。

我再次透过那扇"透明"的窗子瞥了一眼,觉得自己就像一头行踪隐秘、不怀好意的猛兽。我看到了一群同谋者,有的坐着,有的紧张地踱着步子。

三个人很好认。"性变态皇后"金妮·沃梅克,还有詹姆斯·加德里恩——他鼓吹人们该回去过只有一个人生的生活。他们两个的身份很容易辨认,因为他们是真人。还有一个是法希德·拉姆,那个狂热的"偶人人权主义者",宣称像我这样朝生暮死的存在也该拥有投票权。他的偶人忠实复制了他的相貌。

另外三个偶人的面目却没那么好分辨,但我们已经知道了他们的名字——鼓动者和煽动者,想在即将到来的偶人技术变革中分一杯羹。

在我行动之前,谁最值得一看?

很简单!头牌交叠起她修长的双腿,开始勾引清教徒加德里恩。后者别过脸去,下一秒钟却情不自禁地回望!

他羞红了脸,完全被她的魔咒控制了,可怜的吉米小子①。

噢,不愧是头牌。在每一句撩人的言语和每一个挑逗的动作中,这位代表城市堕落面的女皇都在微妙地暗示着成为她的裙下之臣将得到的令人兴奋的奖赏。

在窗边流口水的我呢?当然很感兴趣啰!

---

①动画《天才小子吉米》的主人公。

"病毒飞弹改变了一切。"高岭说。

"这还用说,"克拉拉搭腔,"六个现任和退休高官都进了监狱。整个军队——"

"不,我是说这里的一切。"白金偶人指了指房子,抬高了音调。

"噢,你的意思是楼上。你的真人……"

"这十年来,许多吹毛求疵的蠢货嘲笑我的生活方式。但在这次险死还生的病毒飞弹威胁之后,数以千计的人来向我寻求建议。我正在考虑开展一项全新的业务。"

"帮助人们与世隔绝?"克拉拉问。

"也可以这么说。别见怪,少校,但你恢复公众信心的任务注定会失败。这一次,我们只是在最后关头才逃脱了尤希尔为解放灵魂而做出的疯狂之举,这件事昭示了一个真相。"

"什么真相?"

"科技能让人类灭亡。"

"一向如此。那又如何?"

"我们从沾沾自喜中醒悟过来。原生的身体是脆弱的,你应该比大多数人都清楚!"高岭用手指戳戳我。在真人本该涨红的脸上,他的偶人却只是泛出愤怒的红晕,还显露出极其细密的斑点,我一下子就认了出来。

他充过能,很多次。

红晕也凸显出了偶人高岭肩膀和脖子相交处的疤痕。被陶泥修补过,又染过色,以配合皮肤的其他部分。见鬼。我想起了这处伤痕的由来。在两周前。我的十多次人生之前。

我控制不住自己,不断透过爪子里的眼睛窥视沃梅克!

奇怪。艾伯特向来觉得她这种伏都巫术般的魅力令人反感。但我的品位却似乎被……小帕提供给我的这个身体改变了! 这么多高档植入物里,他肯定还恶作剧地混了点奇怪的东西进去。真是谢谢啦,小帕。

还好我知道一个药方:想想看,这样一来,我岂不是堕落到跟加德里尔有共同之处了!

好,痊愈了。给自己的备忘:别让人把你骗进一具貂儿的身体里,永远不要。

我们的东道主恢复了镇定,然后叹道:"有时候,我真希望尤希尔和贝维索夫从没在我的工作室出现过,从没有向我提出给偶人注入灵魂的建议。"

"你开玩笑吧。"克拉拉看了看我们周围,这些可都是用那天诞生的全新产业赚来的钱买的。

"是吗?让傀偶时代到来的人是我,但这种技术被大众分享以后,我看到了太多滥用的例子。从印刷到网络再到生物工程学,每种新生媒介都会变成色情的载体,变成让灵魂堕落的手段。"

我上次在这儿的时候,他不是说过同样的事情吗?高岭似乎经常出现记忆缺失。"但每一次科技革命都会空前地激发人们的创造力。"克拉拉答道。

"以及社会动乱、疏离感——"

"别忘了新的体验手段。人们可以借助新技术,更加深入地了解彼此之间的差异,包括种族、性别、物种,进而实现相互理解——"

"还有体验上瘾者和本体土豆①——"

"也会带来新的运动、新的艺术形式和探索方向。"克拉拉笑道,"人类的每一次进步都是挑战,阁下。有些人会过度沉迷,另一

①根据当代美国社会中成天守在电视前的"沙发土豆"现象生造的术语,指那些除了等待偶人上传记忆什么都不干的真人。

些人害怕得拒绝改变。但仍有数量惊人的人会正确运用它。"

"进步？你把尤希尔的秘密实验室发生的事件叫做进步吗？"

我插嘴道："你说出了关键：'秘密'。马哈拉尔漠视'在批评中杜绝错误'的科学态度，他想走捷径，这才导致近乎灾难性的后果。但他真正研究的那些课题——远程偶人制造、非同源复刻……"

"都是无稽之谈！我的朋友神志不清，对女儿心怀愧疚，在自己身上做实验，所以最后发了疯。"

"某些灵魂科学领域的顶尖人物认为他是在——"

"——胡说八道！"

"好吧，某种东西炸毁了那两个偶人'镜子'，让艾伯特本人变成了现在这副模样。还有，至少贝塔和丽图相信他们的父亲，这种信任足以让他们在最后联起手来——"

"好吧，"偶人高岭挥了挥手，"假设真是这么回事吧！尤希尔发现了某种巨大的超现实位面，和我们所知的一切平行存在。灵魂之境。这就意味着我们的麻烦比上一代人的炸弹、瘟疫还有生态灾难加起来更可怕。因为现在我们的命运不再掌握在某些精英的手里，甚至也不在蒙昧的大众手中。

"一位愤怒的神明将决定我们的存亡。"

作为真人，沃梅克和加德里恩坐着黑色豪华轿车来到这儿，以为没人能看到车里。另一个同谋乔装打扮成了红色条纹的保安。另外两个是装在罐子里运进来然后解冻的。这种危险而紧要的会面只有一个目的：保持口径一致！

只是克拉拉和冈比/艾伯特紧跟着出现，打断了会面，更引走了东道主。这让他们紧张。这些尴尬的盟友坐立不安，大都避免彼此对视。

要如何将贿赂、勒索和私心混合，才能让他们联起手来？就算只是短暂的推理，也让我这颗小小头颅里的脑子发疼。

够了。走吧！

我把一个传感器贴在窗上，继续攀爬这堵沐浴着阳光的墙壁。挪动一点儿。钻石爪子抓住墙，等待我的像素化后背模仿石头的颜色。检查前方的陷阱和探测器。

然后再挪动一点儿。

在草坪那边，我瞥见小帕和真人艾伯特举起一只金红相间的风筝，等风鼓满它的鸥形翅膀时放飞出去。它飞向空中，如此天真无邪。的确是这样，它没有携带任何武器或者仪器，没有警惕的保安需要担心的东西。只是个风筝，引人注目的风筝。

连偶人高岭也被它吸引了，他略微笑了笑，然后带着深沉的懊悔神情摇了摇头，"我真该也去放放风筝。事实上，我正准备在近期退休呢。"

"你这话让我很吃惊，先生。"克拉拉说。

"为什么？难道我不配得到休息？反正我对自己协助创造的这个世界一直不太喜欢，这个随随便便谈论'复制灵魂'的世界。现在发展得更可怕了，远不止是滥用术语这么简单的事了。从前，只有几个疯子胡言乱语着灵魂增幅之类的话。如今有了尤希尔的鼓励，爱好者、神秘主义者还有科技迷都开始了自己的实验。数以千计，甚至数以百万计。人人都喋喋不休，大谈着如何运用科技成为神明。"

克拉拉沉吟道："摩门教徒一直相信人类有潜力去——"看到我摇头，她住了口。花在闲谈上的时间已经够多了，我们那个小小的间谍傀儡应该已经就位了。

"高岭阁下，你用不着说得那么玄。我们知道你的退休计划和玄学无关。也许我可以猜猜别的理由？"

　　白金偶人眨眨眼，"说吧。"

　　"原因非常古老。你和你所敬慕的那支赤陶军队的统治者有着同一个妄想。你和尤希尔·马哈拉尔，你们两人都怀抱着这个梦想，只在细节上有所区别。

　　"你不想死，高岭阁下。

　　"你希望能永生不死。"

　　从墙角的实验室－医院到屋顶那个已经多年无人踏足的隐居之地，这座宅邸就像一环套一环的谜题。如果金钱和权力能让现代的某个地方保守住它的秘密的话，那就是这里。

　　我爬到一间阁楼，打算在那里变换一下方向，同时改变我皮肤的颜色。我停在一扇天窗边，窥视着里面的一排排用来存放空白偶人的冷却单元。多数都是空的，准备信号灯熄灭。只有一打左右似乎处于启动状态，里面的偶人可以随时烘焙。

　　有门儿，我想着，转身打算继续攀爬。该死的，我把时间都浪费在头牌身上了！我快迟到了。

　　"谁又想死呢？"埃涅阿斯·高岭的白金复制人问道，"为了求生，我们都会不惜一切代价。"

　　"未必是一切代价。"

　　"好吧。可你这话的意义何在？说我把自己的本体与世隔绝，只通过远程通讯和偶人与世界交流？我的生活方式没有伤害任何人，你想把它和尤希尔宁愿牺牲数百万人也要超脱凡俗的行为相比吗？"

　　我摇摇头，"不是比较。你更实际，也更精明。尽管你的计划近来遭遇了不少挫折，但并没有失败。确信你的前盟友不大稳定以后，你便打算把他替换成另一群不那么聪明，但更容易控制的人。"

他像机器人一样面无表情，"继续。"

"就拿携带炸弹去了寰球陶土的灰色艾伯特来说吧。他以为自己是去寻找某种隐秘技术。那种技术确实存在！是琐罗亚斯德计划带来的一系列突破。首先，傀儡复苏技术——"

"有着令人担忧的副作用，所以我推迟了它的发布。这没什么不对的。事实上——"

"事实上，你自己也在使用这种技术。"

"这么明显吗？噢，也许我只是想把这些亮闪闪的昂贵偶人的作用最大化而已。"偶人高岭干巴巴地笑了几声，"最有钱的隐士不都是最吝啬的吗？"

"你这个已经用了好几周。"

"你能看出来？"高岭装模作样地朝附近的一面镜子看了看，"好吧，我的目的是测试这种技术。"他抬起一只颤抖的手，"毫无疑问，你们注意到这种颤抖了。"

我注意到的——而且佩服的——是他一层又一层的掩饰。你剥开一层皮，他只会飞快地溜到下一层去。

"还有记忆缺失，对吗？"

"这也是恼人的副作用之一，莫里斯。就把它当做我为顾客所做的牺牲吧。"

"令人敬佩啊。如果新科技仅仅是复苏技术的话，你的解释也许能站住脚。但还有偶人对偶人复刻——"

"你才是这一领域的先驱，艾伯特。"

"是吗？你的技术员希望在我独特的灵魂驻波里有所发现。但那台高保真度转换机似乎已经改进过很多次了吧。法西德·拉姆认为我们将进入一个新纪元，长寿的偶人不再需要本体，而是把记忆传输给新鲜的空白偶人，创造出他们自己的——"

"那是数以百万计的人,也许是大多数人都会反对那种怪诞的未来!"偶人高岭悲哀地摇摇头,"我们会看到上一代人经历的社会动乱卷土重来。"

"这是肯定的。更不用说还有远程复刻技术。像金妮·沃梅克那样的专业人士会视之为拓展市场的黄金机会。任何领域的顶级专家都会将自己的专业影响力扩大到全球范围,而非他们居住的城市。剩下的人都得靠救济金过活了。"

克拉拉显然想参与这场争论,但她强忍住了。好姑娘。偶人高岭耸了耸肩。

"好吧,莫里斯。我承认,这些问题我在一年多以前就注意到了。我不喜欢它们会带来的后果,所以我才迟迟不肯推出这些技术。"

"于是惹恼了主创人员——"

"——进而把他推向对神秘主义的探求。该死的,我一开始就不该启动琐罗亚斯德计划。"

他的叹息是那么忧伤,那么自然……我真不想拆穿这么精湛的演技。

"你说你很犹豫,高岭阁下,可寰球陶土研发部却得到了你的大力支持,差不多直到这些技术完成的那一刻为止。之后你才开始迟疑。而且,巧合的是,就在这时,某个人雇用了一个缺乏戒心的灰色艾伯特,去侦察谣传中秘而不宣的技术——"

"我知道你的意思。"他皱着眉头回答,"贝塔、沃梅克和艾琳都需要这些新技术,拉姆的解放斗士们也一样。他们都没有破坏研究部的动机,我也一样。"

"你不一样,先生。"

他的眉头皱得更紧了。

"你想暗示说,我的动机是对于即将到来的新时代的恐惧。所以我在良知的呼唤下,安排了这场破坏,保护社会免于动荡?"偶人高岭顿了顿,低下头,"你知不知道我牺牲了多少东西,友谊、财富、地位,还有权力?"

克拉拉点点头,"没错。但这样一来,即使你的敌人也会赞赏你,认为你是个拥有坚定信念的人……

"……如果你没有撒谎的话。"

麻烦的部分来了。许多纤维纠缠着顶楼,包围了那座反射阳光的穹顶,使之仿佛一只巨大的鼠窝。

我必须伸长爪子,比自然界的任何野兽都长,像踩高跷一样小心翼翼地越过这些探测纤维。我的腹部擦过它们,轻微得仿佛微风。

就是托起艾伯特风筝的那阵微风。风筝华丽夺目,高飞在草坪上空……

专心点!我的身体拱得太高,背上的像素化皮肤没法胜任隐蔽身形的工作了,没法同时从所有方向隐蔽我。

我要迟到了。但欲速则不达,不能急昏头。

这一点小帕可做不到。问题不在智慧(我这儿也不多),或者勇气(小帕比任何人都多),甚至灵魂。关键是,我从艾伯特那儿得来了耐心。

先稳住……然后爬上那座银亮的穹顶!

小帕和真人艾伯特操控着那只金红相间的风筝,让这件精巧的玩具映衬着翻卷的白云。真美,有效地引开了注意力。

我真正担心的是什么? 是我们派去攀爬这座宅邸墙壁的间谍

小傀儡迟到了！这下子,我们之前所做的一切全成了虚张声势。

"为什么这儿只有几个你?"我问这栋宅邸的主人,"这儿过去可是有好几打白金偶人到处转悠的。但现在,寰球雇员几乎只能通过远程设备看到你。你从前事必躬亲的习惯哪儿去了?"

偶人高岭气得全身发抖,愤怒让他的声音断断续续:"够了!我对你……你们太宽容了……但这样放肆的盘……盘问——"

附近桌上的一道闪光打断了他气急败坏的声音。光线打着旋儿,化作一个头发花白,七十岁上下,披着宽大白袍的男人。他脸色是略带桃红的棕色,和白金偶人的脸很像,但皱纹之类细节蚀刻得更加精细,精细直到毛孔,完美地显示出了人体的不完美。

"我应该向你们道歉,冈萨雷斯少校,莫里斯的偶人。我不该指派这个偶人来招待你们,它太老旧,充能次数也太多,已经没法清晰思考了。"

发亮的偶人张口想抗议——然后闭嘴,委顿下来。它出局了。

"我当然明白你这一串问题想得出什么结论,侦探先生。你已经证明我的确有破坏寰球的动机——我从伦理和社会角度对新偶人技术的看法。由近来的事件得出的看法。

"这并不是说我会承认所有事。但确定了可能的动机,股东们就会采取行动,以保护他们的权益。我的退休并不是自愿的。你应该明白我为什么决定暗中行动——"

"为了让其他人替你背黑锅!"克拉拉指控道。

"还是那句话,先告诉我谁受了伤害。罪犯头子贝塔?他只是一位患病的年轻女士的头脑臆造出来的。至于那个怪人奎恩·艾琳,她真是太不幸了。但她选择了自己的路,一条不归路。"

我朝那个全息影像走近了些。它是个赝品吗?所谓的数码纪元有过无数承诺,真正实现了的就是3D仿真模拟。高水准的计算机能在对话中愚弄你,让你相信它背后存在着一个真正的人——尤其是,如果有个傀儡事先给它准备了难题的答案。

我们打算确认的就是这一点。

我抬起一根手指,开始列举。"你先把大量的资源投入琐罗亚斯德计划,催促尤希尔和他的小组加紧研究。但等原型机造出以后,你却禁止它投入量产。"

"我说过,我改主意了——"

"——在把原型机挪到这儿,挪到你的家里以后!然后你又打算把研发部毁掉——"

"这一点我不承认。"

"——诱骗沃梅克、加德里恩和拉姆,好将罪名分散到支持和反对这种新技术的人身上!"

高岭表情冰冷,"巧妙的计划。如果真能实现的话。"

"要不是马哈拉尔一家,它几乎就实现了。那一家子吓着你了,阁下。你企图阻止尤希尔继续研究,于是他偷走了大量的设备,然后失踪了。这些只有在贝塔的帮助下才能办到,所以你开始着手去摧毁你的那个盟友……却发现他和丽图有联系,而她又是对你知根知底的私人助理!

"马哈拉尔一家让你恐慌起来。你在匆忙下犯了错误。"

"比如低估你,莫里斯先生。"

我没理会这句话,"更糟的是,在乌拉卡山下发生的状况引来了外界的关注。世界之眼开始警惕了。你手下的科学家聒噪得就像鸟儿。所以你已经没法把新的傀儡技术继续掩盖下去了。但你还有另一个选择:想个办法引开所有人的注意,好让你暗中得手。"

"我要怎么才能做到呢?"

"引发社会纷争!给拉姆的解放斗士们足够的筹码,让他们为偶人争取公民权。帮助头牌把她的白色魅魔传播到每一个城镇,而加德里恩这种偶人反对者则会四处控诉这一切,得到许许多多的新的追随者。只要他们不露出纰漏,各方都会获益匪浅!"

"你这话可真是愤世嫉俗。"

"而你呢,你会扮演一个新角色!"克拉拉站起身,"你作为寰球领袖的时日已经结束,但你还有时间去影响社会风潮和走向。把你那套色情读物、神明和世风日下的理论公开说出来。让半个社会的人相信你的目标是纯洁的,他们就会帮助你抵御另外一半!你的新生意将会繁荣兴旺,没有人会记得你曾在自己的地下室里收藏的那些玩具。"

那个全息影像摇摇头。

"我真不该帮那个绿皮充能。但我人手不足,而且需要派人去艾琳那里。"停顿片刻以后,高岭笑了,"这番话很机智。不过,前提是我有个值得花费这么多精力和资金、承担这么多风险的理由——或者说目标。为了垄断几个傀儡科技方面的创新就去引发混乱,我会这么做吗?"

他质问的笑容看起来很自信。我没有证据,能做的只有虚张声势。我们的小探子在哪儿?

"你有充足的理由。"我慢慢地,慢慢地说着,"因为那些新科技,在合理搭配之下,能够实现某种形式的不朽。这就是你渴望的,高岭阁下。因为,事实上,你其实——"

就在这时,我的植入元件亮了起来。

总算来了!

字句在我的左眼内出现,组成了一条信息,来自我们派去爬墙的貂形偶人。这条信息正好能帮我把话说完。

"因为,高岭阁下,你其实——"

——没有死。

该死。这下我欠小帕五十块了。

好吧，是冈比欠的。打赌的内容是寰球的首脑是否仍旧活着。

乍看起来，这实在是太明显了！要不然，高岭的那些阴谋诡计和背叛都是为什么？他肯定已经死了！一切都指向这一点。他的隐居，外人只见过他的偶人或者全息影像，还有，那些闪亮的白金偶人每年都在减少……

如果他的复制体是几个月或者几年前的库存，那么记忆的问题也说得通了。每个偶人解冻的时候应该都会得到重要事件的摘要信息。每个偶人都会努力支撑得足够久，以维持本体仍旧活着的假象。目的呢？为了阻止法医或者遗嘱认证人的到来。为了不让人们大喊着"幽灵！"

要不然，他干吗花费巨资去开发偶人复苏和偶人对偶人复刻技术，然后又不愿公之于众？这样就说得通了。

可他偏偏站在那里，就在那座穹顶里面。这是我透过爪子上的智能眼看到的。一个瘦削的身影，苍白的皮肤上斑斑点点，和我的智能植入物提供的所有数据相符。他还穿着一件白色的袍子，面朝着一个全息显示屏上的克拉拉和冈比。当我发送这条新闻的时候，冈比一副目瞪口呆的模样。

没有死。我的信息在植入元件里如此显示。

草坪那边传来清脆如铃的笑声，仿佛在嘲笑我们之前的信念。认为他还活着的只有小帕，就是他开出了赌局和赔率，他还说——

"你们错了。亿万富翁都精明得没那么容易死掉。事情肯定没这么简单。"

"因为我其实并没有死去？"

高岭的全息影像挑了挑眉毛，"我没听错吧，侦探先生？我在这次的伟大计划中的动机就是,我仍然活着?"

我努力给自己打气鼓劲:毕竟,虚张声势就是虚张声势,你只能硬挺下去,坚持到底。

"没错,高岭阁下。因为……因为死人的桥段太明显了! 肯定会有人把这些事联系起来,然后弄份文件,要求见到你本人。"

"有人试过了。"

"是啊,但人们会坚持不懈,最终找到借口入侵你的私密住所,盘查你还在人世的证据。"我摇摇头,"不,我们所说的不朽,指的不是你本人的不朽。至少现在还不是。倒不如说,它是——"

我顿了顿,用拳头堵住嘴,咳嗽了几声。全系影像上的那个人偏过脑袋,催促着我。

"哦? 它是——"

"它和生意有关!"克拉拉冲口而出,"因为……你是一个生意人。你审视着身边的那些超级富豪,他们大多已近垂暮之年,不顾一切地想要更多的时间。提供这项服务,你就能大赚一票。通过复苏技术和偶人对偶人的复制,你的同辈就能放弃他们濒死的原生身体,在上等偶人的身体里不断延续生命!"

克拉拉笑了,几乎掩饰不住得意的心情,"但这只是你计划中的一部分。必须秘密地完成,因为——"

"因为法律规定,只有有机生命才是人类!"我大喊出声,"所以你的客户不得不像你一样隐居起来,不让任何人靠近到能够识破的地步。还有,如果同时有好几个人开始隐居,肯定会令人生疑。这就限制了你的市场规模,除非——"

克拉拉接过话头:"除非所有人都对马哈拉尔差点儿发射的瘟疫导弹惶惶不可终日。突然间,所有人都似乎命在旦夕。不知哪一天,空气中就会充满污秽的病毒,事先毫无预警。这种事足够让几十个富有的古怪老家伙订购亮闪闪的崭新反光穹顶,加盖在他们的宅子上，发誓从此以后只以陶偶现身人前……同时把责任推到危险的世道上。事实上，这些人是在准备自己的后事，准备死后的生活。这是实用主义者版本的死后生活，不同于从前的妄想。而且，你还可以带上自己的全副财产。"

全息影像的脸盯着克拉拉，又转向我。

"这是我听过的最惊人的故事……你有什么证据能——"

我笑了。

"哦，完全没有。暂时没有。但这个计划依赖着两个变化无常的因素：金钱和秘密。那些总也不死的老头子的继承人会怎么做？肯定有人乐意花钱搞一场真正的调查，并且——"

克拉拉突然倒抽一口冷气。"怎么了？"我问。

她的表情僵硬得像铁。她转身盯着埃涅阿斯·高岭，"最好别让我们发现那导弹是你的主意……先生。你巧妙地安排一切，完全是为了造成现在的状况。"

她的语气令我的人造脊背发凉，也震慑了我们的东道主。后者面色惨白，举起双手。

"我……我和别人一样，被导弹的事吓坏了。我发誓！我……我只是利用了……恐慌的情绪……来做点儿小生意。

"还是那句话，我伤害到谁了吗？"

如果我有心的话，此刻肯定会觉得心里有块大石落地。我们从原本确信的错误信念里强行掉头，做出新的推测，却反而正中目标！最后，难住高岭的不是逻辑——他会说我们虚张声势——而是用克拉拉的人格力量。

"走着瞧吧。"她对那位紧张兮兮的隐士说道，气势仍然不减。

"相信我，会给你机会证明你的无辜。"

73 | 顺其自然

……学会转弯……

那只在天空中飞翔的风筝很美,不是吗? 这个世界的大多数事物都很美。你不舍得离开,很大一部分理由就在于此。

关于"锚"产生的影响,尤希尔说对了。你永远也不会做他计划的那些充满野心的事情,或者帮助他实现其目的。广阔的新领土等待着征服——但你会把这些事留待下一代人。也许会是更为睿智的一代人。

但你知道一些他不知道的事情。

大自然是必需的。

没有一个严酷的,严格遵循因果律和物理法则的世界,繁多的复杂性就永远不会出现。只有极大规模的物竞天择才会诞生人类这样的物种:既能在尖牙和利爪的拼斗中胜出,又梦想着与生存似乎毫不相关的东西,比如艺术,比如爱,再比如灵魂。

通过观察,你创造了这个世界。正是由于你的目光,数若繁星的可能性才会塌缩,整个宇宙才会化为实体。你执著于因果关系,是因为它能带来希望：希望进化能变得更加公平，希望你能胜出——哪怕这些希望是多么不可能成为现实。

希望生存下去，即使死亡总是等在前头。

你比其他人更明白这个道理，因为你曾目睹过灵魂之境的荒芜。在那片大陆，只有海岸一线才有几十亿藻民，他们在此挣扎，直至最后一刻。然后，为了片刻的荣耀，如同大马哈鱼奋力洄游那样，他们奋力跃起，以实现某些无法企及的目的，进入某些宗教所暗示的境界。

是的，迄今为止，每一次奋起的努力都失败了。但这些努力留下了印迹。在这儿，在尘埃里。

而印迹会留存下去。

那么，你会怎么做？甩开这个世界，努力前往更高处？没有尤希尔试图汲取的那股力量，你的机会很渺茫。虽然他的灵魂是扭曲的，但他的计算是正确的。

或是待在这儿？一半在这个世界，一半在别的什么地方？和克拉拉，还有那个更像从前的你的版本分享同一张床？

这样也不坏。但是，这么做公平吗？

或者再试试其他事情？某种富有创造性的事情。没有人见过的事情……至少在这个宇宙里无人见过。

成功的可能性不大。但是，意义存在于努力的过程之中，不是吗？

对于诞生自血肉或者泥土的生命，努力便是永恒。

74 | 印象派

……学习更美的艺术①……

离开高岭宅邸的走廊,我和克拉拉沿台阶而下,穿过一座玫瑰园,路过一间精心拾掇的鸽舍,一路走向小帕和真人艾伯特放风筝的草坪。

和我预想的一样,他们吸引了注意——但不是保安人员,而是山后住宅区的人们。住在那里的是大宅的仆人及其家人。一群孩子盯着风筝,兴奋地大喊大叫。

即使在今天,放风筝也是一项本事。

小帕坐在维生椅上控制着风筝,显然玩得很开心。偶人让他和世界保持着接触,可我从没见过任何一个偶人能给他带来如此简单的快乐。通过转动风筝翼片,他控制着它下降,爬升,攻击似的急速俯冲,让孩子和他们父母快乐地放声尖叫。

只有两个成年人看上去不那么快活。他们一直在追赶三个男孩子,想把他们赶回那片住宅区。那些孩子一点儿也不愿意被赶回去,只顾像其他孩子一样尖叫着,乱跑着。

---

①此处原文为 or learning the finer art,而美的艺术在英语中为 fine art。

我转向白金偶人高岭,后者在原生身体的影像消失以后陪伴着我们。我问他:"那些就是继承人吗?"

偶人脸色阴郁地点点头,"外甥。我三年前去世的异母姐姐的孩子。"

克拉拉和我与高岭有过一番讨价还价,这几个孩子的情况就是我们索要的价码之一。

"他们知道吗?"

偶人高岭摇摇头,"他们的母亲把监护权留给了我……留给了埃涅阿斯。程序完全合法,你没法插手。"

克拉拉叹了口气,"好吧,眼下只提醒你一句话:既然我们已经知道了,我们会监督你的。"

"这一点我很确信。"

从偶人的话语里听不出愤懑或是屈服。如果能听出来的话,我的感觉或许会更好些。

我花了些时间,聚齐小帕、真人艾伯特以及小貂儿,把风筝留给了几个孩子。

乘车回家的路上,我想着我们的"胜利"。尽管我们把伟大的高岭逼进了死角,也明白了真相,我却没有特别的喜悦。如果是在很久以前,早在管制大解除以前,我们可以揭露他犯下的种种罪行:欺诈,勒索,敲诈。但如今,这些都成了民事过失,大部分受害者很乐意被他收买。

我们能做的只是让他多付出一点代价,并且阻挠他的计划中危害最大的部分。

首先,琐罗亚斯德计划后解散的研究队伍将会重组。他们会接受外界监督,还会有一个中立的基金会对该项目进行审核。目的:将新科技公之于众,并将不安定因素减到最小,尽量避免混乱。不过,这些新科技所引发的社会动荡是无法避免的。我们注定要迎来一个有趣的新时代。

另一个基金会——由高岭慷慨地提供资金——将探究尤希尔·马哈拉尔的那些更加"神秘"的成果。这些研究将充分考虑大众的感受:许多人相信有些界线是不该跨越的。但话说回来,从历史上看,从不存在什么能阻止人类跨过它的界线。

可怜的丽图会得到照料,尤其是当她外出的时候。医生们甚至提出想让她和"经过教化的"贝塔人格合作。也许将来会出现一个格外有趣的人……而世界最好能用警惕的眼睛好好盯着这个人。

至于高岭的新客户,他大可以把长生不死技术卖给那些拥有一切,只缺时间的人。但只要新的制偶技术公之于众,人人都会明白这是怎么回事。所以,这种事就交给继承人、律师、示威团体还有特别评审团商讨解决吧。也许会有精英分子施加影响,让这种"偶人不朽"成为合法。也许不会。

只要整件事情公正公开,就不需要侦探插手了。不是吗?

小帕让我们把他放在朝夕教堂前。他在那儿和那位志愿者护士艾丽克西有约。在我还是绿色偶人的时候,艾丽克西两次帮我修补。她的老情人小帕坦率地承认,他"配不上她"。

或许吧。但谁能长久拒绝小帕的陪伴呢?他虽然只有一半身体,却比我认识的大多数人都精力充沛。当然也更风趣。

貂形小偶人也同意这一点。报告他爬上高岭庄园的墙壁看到的东西之后,这个缩小版本的我意识到,他也想用他剩下的那一半生命——接下来的十二个小时——去发掘这个世界的奇妙。于是他跳上小帕的肩膀,两人坐着轮椅一起爬上斜坡,给我一种似曾相识的感觉。

我和克拉拉转过身,正想回到车上,眼前的情景却让我们大吃一惊。真人艾伯特坐在车里,笑着等着我们。而且,我们能清楚地看到他!尽管我们站在人行道上。

整辆豪华轿车的外壁和仪表板都成了全透明,而不是每个乘客只有一小块剧烈晃动的光斑。"天哪,"克拉拉喃喃道,"这就是说他在看着所有地方,同时从所有方向——"

"是啊,我知道。"

"现在去哪儿?"豪华轿车的司机问。

我看着我的所有者,也是我爱的那个女人。

她则望向真人艾伯特。他的注意力也许同时无处不在——洞察一切——但他的笑容似乎就在我们身边。

"回家,"声音清晰,带着命令的语气,"每个人都该回家了。"

目前而言,家的意思就是克拉拉的游艇。它就在剧院广场下游一公里处……而那件往事仿佛发生在多年以前:当时的我拖着身子在水底前进,同时想象着自己揭穿臭名昭著的偶人绑架犯贝塔时那如同置身天堂般的感觉。

没错。天堂是一种思想状态。现在我明白了。

马哈拉尔对我们做了件好事——迫使我和克拉拉住在一起。当然了,我很想念我的房屋和花园,但我们都对彼此在同一屋檐下生活时能做出的种种让步而惊讶,尽管这个屋檐下的地方很小,而且存在着两个我。

即使以现代标准来看,这也是一个古怪家庭。我的意思是,有了超高质量空白偶人和顶尖设备,我也许还能存在好些时间。真人艾伯特当然也能活很久。克拉拉的丈夫由两个"半个"丈夫组成。可以做孩子的父亲,也可以帮忙养育他们,但却分隔在不同身体里。

"这样很方便。"她指出了积极的一面。但我能察觉到她的烦恼。她需要考虑她在军队的工作,需要合理安排有机生物和陶土生物的不同作息习惯,还有两个"半人"要爱……游艇上空间不足,无法容纳太多的灰色偶人和黑色偶人,而我们的生活又离不开这些偶人。

该找个房子了,至少现在我们买得起。真人艾伯特正在小小的前舱室里摆弄复刻设备。我压下了前去阻止他的冲动。尽管他现在总是那么神不守舍,但他不是笨蛋。实际上,恰恰相反。

"晚饭正在准备中,"游艇电脑对克拉拉说,"信息已完成优先等级分类,四百七十二条是给你的,五百二十条是给莫里斯先生的。还有,大学通知你,上个学期的每一门课程都没有修完。"

克拉拉咒骂起来。她这种专业学生加兼职士兵的生活是另一件需要改变的事。欢迎来到全职专业人士的生活,亲爱的。

一阵嗡嗡声把我们的注意力拉回了船首。复刻设备正在启动。克拉拉看了我一眼,意思是:去瞧瞧,别让他伤到他自己。

我匆忙赶去,恰好听到艾伯特本人在愉快地低声自语。比如"我们都是尘埃里的玻色子",或者类似的什么话。到了那间舱室,我看到他躺在托板上,他的头——我们的头——放在轻轻晃动的四头探针之间。我发现转换开关拨到了"卸除记忆"。

盯着他看了几秒钟后,我问:"你真的要这么做?"

上次我们尝试上传记忆,传来的只有忙音。原生大脑已经满了,或者说被某种极端巨大的东西占据了。里面再无空隙,更别提给我的空间了。

乌拉卡山那次事件以后,我第一次——或者说自从我们的灵魂之路在那个星期二走向分岔以后——感到那双眼睛全神贯注地注视着我,那双耐用的原生眼眸,足以支撑三万天,或是更久。

"她是你一个人的了,匹诺曹。"我听见自己的声音这样说。至于语气——那种语气是在说"再会"。

这样就会有空间了，我明白过来。变成完全的空白。一个能把我的过去和我的一切重新复刻进去的家，让我这个任性的小木偶成为真正的男孩。

哦，克拉拉准会大吃一惊。

我躺在另一张台子上，就是下方有回收篮的那个。之后，我花了片刻时间，祝愿自己旅程愉快。

然后，我把我的陶土头颅放好，开始新的人生。

75 | 灵魂抚慰

受够了老掉牙的"约会服务"？

来寻找你的灵魂伴侣吧！

运用最新的科学发现，我们可以带你前往著名的"精神海湾"——想必您今年已经多次听说过

观赏马哈拉尔的灵魂之境的奇迹！

俯瞰你的朋友和邻居，看透他们内在的本质！

然后，运用我们获得专利的灵魂伴侣技术，找到最适合的某个人

那个驻波能与你的灵魂之歌组成最完美和声的人

找到那个专属于你的人！

昨日的难解之谜——在今天将以合理的价格得到解决

你还在等什么？